Alle in diesem Buch geschilderten Handlungen und Personen sind frei erfunden. Ähnlichkeiten mit lebenden oder verstorbenen Personen wären zufällig und nicht beabsichtigt.

»Denn die einen sind im Dunkeln

Und die andern sind im Licht.

Und man siehet die im Lichte

Die im Dunkeln sieht man nicht.«

(Das Moritat von Mackie Messer, Bertolt Brecht, 1930)

Joachim Krug

Im fahlen Licht des Mondes

Bibliografische Information der Deutschen Nationalbibliothek. Die Deutsche Nationalbibliothek verzeichnet diese Publikation in der Deutschen Nationalbiografie, detaillierte bibliografische Daten sind im Internet unter dnb.dnb.de abrufbar.

Verlag: BoD - Books on Demand GmbH, In de Tarpen 42, 22848 Norderstedt

Druck: Libri Plureos GmbH, Friedensallee 273, 22763 Hamburg

© 2024 Joachim Krug

1. Auflage

ISBN: 9783758324505

Der Winter war vorüber, der Frühling zog ins Land, doch die Nächte waren immer noch kühl. John Reginald Deville hatte es sich, in einer Wolldecke eingewickelt, mit einer heißen Tasse Tee am lodernden Kaminfeuer gemütlich gemacht und bereitete den Englischunterricht für den nächsten Tag vor. Er war Grundschullehrer in Goulburn, nur wenige Kilometer von Crockwell entfernt und hatte seinem Bruder versprochen auf seiner Farm einzuhüten, solange der in den Bergen und Wäldern unterwegs war, um zu jagen und zu meditieren. Wie lange Maynard diesmal unterwegs sein würde, wusste er nicht. Gewöhnlich war er nach einer Woche wieder zurück. Doch sicher war das nicht.

Reggie, wie ihn seine Freunde nannten, wollte gerade aufstehen, um ein paar Holzscheite nachzulegen, als plötzlich das Licht der Leselampe erlosch. Im Augenwinkel bemerkte er einen Lichtschein am Fenster. Als er näherkam, um nachzusehen, woher das Licht kam, stieg ihm ein stechender Geruch in die Nase. Er registrierte sofort, dass es nicht der angenehme Geruch von brennendem Kaminholz war, sondern der beißende Gestank von dichtem Rauch. Er riss das Fenster auf und erschrak. Die Scheune am Ende des Hofes stand in hellen Flammen. Reggie schlüpfte eilig in seine Stiefel, warf seine Daunenjacke über und rannte über den Hof zum Scheunentor. Das Feuer hatte bereits den Dachstuhl in Brand gesetzt. Als er das massive Holztor aufschob, wäre er beinahe von den flüchtenden Schafen überrannt worden, die panisch blökend ins Freie stürmten. Als er in die Scheune vorstieß, um die anderen Schafe, die es nicht geschafft hatten, das Gatter zu überwinden, zu befreien, ließen ihn die Hitze und der Rauch zurückweichen. Doch er hatte keine Wahl, er musste die Tiere retten. Schließlich konnte er nicht tatenlos zusehen, wie sie bei lebendigem Leibe verbrannten. Er holte tief Luft, stürmte in die Scheune und begann, die übrigen Gatter aufzusperren. Sengende Hitze brannte auf seiner Haut. Er hatte das Gefühl, glühende Lava einzuatmen. Er musste sich beeilen, die ersten brennenden Dachbalken lösten sich und drohten in die Tiefe zu stürzen. Als er das letzte Gatter geöffnet hatte, passierte es. In seinem Rücken krachte ein massiver Balken herunter, traf ihn am Bein und riss ihn zu Boden. Die flüchtenden Schafe sprangen über ihn hinweg ins Freie. Nur mit großer Mühe gelang es ihm, die schwere Bohle anzuheben und darunter hervorzukriechen. Als er aufstehen wollte, verspürte er einen stechenden Schmerz. Durch die ungeheure Wucht des Aufpralls hatte der schwere Balken sein Schienenbein zertrümmert. Mit allerletzter Kraft schleppte er sich vorwärts. Jede Sekunde konnte das lichterloh brennende Scheunendach einstürzen und ihn unter sich begraben. Reggie kämpfte verzweifelt um sein Leben, versuchte sich auf allen Vieren kriechend ins Freie zu retten. Die Schmerzen im gebrochenen Bein lähmten ihn, sein Körper glühte und er bekam keine Luft mehr. Dann plötzlich wurde es stockdunkel. Bewusstlos blieb er im Scheuneneingang liegen, während sich das Feuer weiter unerbittlich voranfraß.

An Schlaf war in dieser Zeit kaum zu denken. Niklas war ein lebhafter Junge, hielt seine Eltern ständig auf Trab. Mit kaum einem halben Jahr liebte er es, in aller Herrgottsfrühe aufzuwachen und sein Frühstück einzufordern. Hannah hatte versucht, ihn später ins Bett zu bringen, damit er morgens länger schläft, musste aber schnell feststellen, dass dieser Schachzug nicht aufging. Pünktlich um sechs war für Niklas die Nacht beendet.
Jan hatte ihn in den Hochstuhl gesetzt und fütterte ihn mit Obstbrei, während Hannah eine Tasse Kaffee trank und in der Tageszeitung blätterte. Plötzlich klingelte es an der Tür.»Wer zum Teufel…«, murmelte Jan und wollte aufstehen um nachzusehen, wer um halb sieben Uhr morgens störte.
»Bleib sitzen, ist meine Mutter«, sagte Hannah.
»Deine Mutter? Um diese Zeit?«

»Sie kümmert sich um Niklas. Hab um neun ´nen Termin beim Chef.«

»Was? Wieso?«, fragte Jan überrascht.

»Ein halbes Jahr Auszeit reicht. Ich will wieder arbeiten. Zumindest stundenweise«, erklärte Hannah.

»Ach ja? Und wann hattest du vor, mir das mitzuteilen?«

»Ich hab dir das schon tausendmal gesagt, du musst einfach mal zuhören«, entgegnete sie gereizt und öffnete die Tür.

Hannahs Mutter trat ein, begrüßte Jan und Niklas und setzte sich.

»Komme ich ungelegen?«, fragte sie. Ihr war nicht entgangen, dass gerade dicke Luft herrschte.

»Nein, alles okay, möchtest du ´nen Kaffee?«, riss sich Jan zusammen.

»Gern«, nickte sie.

»Mama hat sich bereiterklärt an vier Wochentagen vormittags auf Niklas aufzupassen. Ich hab dem Chef angeboten, vorzeitig wieder einzusteigen und zwanzig Stunden die Woche zu arbeiten. Er war einverstanden, wollte das aber erst mit Personalrat und Gewerkschaft abstimmen.«

»Weiß Rico davon?«

»Keine Ahnung«, zuckte Hannah mit den Achseln. »Glaub aber nicht, dass er was dagegen hätte. Einen Ersatz für mich hat er ja nicht bekommen.«

»Klar, Schuberth ist uns zugeteilt worden. Ein cleverer Bursche«, meinte Jan.

»Blödsinn, der ist IT-Fachmann und kein Ermittler. Außerdem hat der auch schon vorher eng mit uns zusammengearbeitet.«

»Na gut, dann mach ich mich mal auf den Weg«, stand Jan auf.

»Soll ich dich mitnehmen?«

»Nee, der Termin ist erst um neun. Ich fahre selbst.«

»Äh, wenn ihr noch was zu besprechen habt, kann ich auch später nochmal wiederkommen. Hab in der Stadt noch was zu erledigen«; sagte Hannahs Mutter, die sich unwohl fühlte, weil ihre Tochter ihrem Mann offensichtlich nichts von ihrem Besuch erzählt hatte.

»Nein, Mama. Passt schon. Wenn du möchtest, kannst du mit Niklas nach oben gehen und ihn waschen und anziehen«, schlug Hannah vor.

Ihre Mutter nickte, hob den Jungen aus seinem Stuhl und trug ihn die Treppe hinauf.

»Was denn? Bist du jetzt etwa sauer?«, fragte Hannah.

»Wäre schön gewesen, wenn du mich etwas eher in deine Pläne eingeweiht hättest. Aber du machst ja eh, was du willst. Bin dann mal weg«, schimpfte Jan.

Leise fluchend stieg er in seinen Opel Astra. Klar, er konnte verstehen, dass sie wieder arbeiten wollte. Schließlich war sie mit jeder Faser ihres Körpers Polizistin. Außerdem fehlte sie dem Team im Morddezernat. Sehr sogar. Und ja, Schuberth war natürlich kein Ersatz, auch wenn er sich alle Mühe gab. Trotzdem ärgerte er sich darüber, dass sie hinter seinem Rücken mit dem Polizeidirektor gesprochen und ihre Mutter ins Haus geholt hatte. Außerdem war er nicht sicher, wie Niklas auf diese Umstellung reagieren würde. Womöglich käme Hannahs Mutter überhaupt nicht mit ihm zurecht. Aber gut, sie würden es versuchen. Er nahm sich vor, abzuwarten, wie sich alles entwickeln würde. Vielleicht waren seine Bedenken unbegründet und alles würde sich zum besten fügen.

Er schaltete das Radio ein. Es lief irgendein x-beliebiger Popsong, den er zwar schon mal gehört, aber keine Ahnung hatte, welche Möchtegern-Popdiva sich da gerade die Seele aus dem Leib schrie. »Oh, Mann«, seufzte er und schob die CD ein, die aus dem Player ragte. Nachdem Hannah ihn vor zwei Jahren dazu überredet hatte, ein Konzert der Editors zu besuchen, war er auf den Geschmack gekommen. Er hatte sich eingestehen müssen, dass Tom Smith tatsächlich so etwas wie ein moderner Jim Morrison war, ein Rockpoet mit Charisma und einer verdammt guten Stimme.

Don't say it's easy/To follow a process/There's nothing harder/Than keeping a promise/ Blood runs through your veins/That's where our similarity ends/Blood runs through your veins...

Er wollte gerade in den Chorus einsteigen, als sein Handy klingelte. Er fischte das Gerät aus der Mittelkonsole und warf einen schnellen Blick aufs Display.

»Was in aller Welt...«, platzte es aus ihm heraus. Die Vorwahl begann mit 61 und die Rufnummer war gefühlt länger als seine Kontonummer.

»Ja, bitte«, meldete er sich, nachdem er die Musik leiser gestellt hatte.

»Spreche ich mit Jan Krüger?«, hörte er die dünne Stimme einer offensichtlich älteren Frau.

»Ja und wer sind Sie?«

»Äh, bitte entschuldigen Sie, dass ich Sie anrufe. Mein Name ist Meredith. Sie kennen mich nicht. Ich bin eine Freundin von Maynard. Er ist sozusagen mein Nachbar.«

Jan brauchte einen Moment, dann ging ihm ein Licht auf. »Sie sind doch die tapfere Frau, die die mexikanischen Flüchtlinge gerettet hat. Der Devil hat mir von Ihnen erzählt.«

»Entschuldigung, wer hat Ihnen von mir erzählt?«

»Oh, sorry, mein Fehler. Ich meine natürlich Maynard. Er hat mir berichtet, wie Sie sich gemeinsam für diese jungen Leute eingesetzt und sie vor der Abschiebung bewahrt haben.«

»Ja ja, wir waren ein prima Team. Und das sind wir immer noch. Er ist eine Seele von Mensch. Er hilft mir oft auf meiner Farm.

9

Ohne ihn wäre ich wahrscheinlich längst in einem Seniorenheim gelandet, würde grässlichen roten Tee trinken und Kreuzworträtsel lösen.«

»Was kann ich für Sie tun, Meredith?«, erkundigte er sich.

»Tja, ich weiß gar nicht genau, wo ich anfangen soll. Also kurzum, Maynard und ich stecken in großen Schwierigkeiten und ich glaube, dass wir allein damit nicht fertig werden. Wir brauchen Hilfe.«

»Worum geht's?«

»Na ja, vor ein paar Wochen sind hier in Crockwell ein paar grauhaarige weiße Männer in schwarzen Anzügen aufgekreuzt. Sie gaben vor, alle drei Farmen entlang der Redground Road kaufen zu wollen. Sie haben uns einen guten Preis geboten.«

»Hm, und was haben Sie denen geantwortet?«

»Was wohl? Dass sie sich zum Teufel scheren sollen.«

» Und wie haben die darauf reagiert?«

»Sie haben mein Trinkwasser vergiftet und fast die Hälfte meiner Schafe sind elendig verendet.«

»Oh, verdammt«, war Jan entsetzt.

»Das war schlimm, aber bei weitem nicht so schlimm, wie das, was sie Maynard angetan haben.«

Jan zuckte zusammen. »Wollen Sie damit sagen, dass er …«

»Nein, er lebt. Gott sei Dank. Während er auf Jagd war, haben sie seine Scheune angezündet. Sein Bruder Reggie hat versucht, die Schafe aus der Scheune zu befreien und ist dabei schwer verletzt worden. Er liegt im Koma. Die Ärzte wissen noch nicht, ob er überleben wird.«

Jan stockte der Atem. »Das ist ja furchtbar«, seufzte er.

»In der Tat. Doch damit nicht genug. Vor ein paar Tagen ist hier eine Motorradbande aufgetaucht. Eine Horde wirklich finsterer Typen. Die sind wie die Heuschrecken bei mir eingefallen und haben alles kurz und klein geschlagen. Oma, haben sie gesagt,

10

wenn du nicht freiwillig verschwindest, werden wir dir Beine machen.«

»Und waren die auch bei Maynard?«

»Ja, aber er konnte sie mit Hilfe von Castor und Pollux in die Flucht schlagen. Doch mittlerweile sind noch mehr von diesen Typen angekommen. Die tyrannisieren die ganze Stadt. Gestern sind sie mit ihren Maschinen über den Wochenmarkt gerast und haben unsere Stände zerstört.«

»Und die Polizei unternimmt nichts dagegen?«

»Der alte Tucker und sein Gehilfe können da wenig tun. Die sind auf sich allein gestellt. Bis hier die South Wales Police aus Parramatta anrückt, muss schon was Außergewöhnliches vorgefallen sein. Ein paar Motorradrocker, die die Gegend unsicher machen, reichen da nicht aus.«

»Hm, und Maynard? Der lässt sich das alles doch sicher nicht gefallen, oder?«

»Genau das ist das Problem. Er will mit diesen Kerlen im Alleingang fertig werden. Maynard würde niemals jemanden um Hilfe bitten. Dafür ist er zu stolz.«

»Ja, ich weiß. Die einzige Möglichkeit ist, dass die Polizei Unterstützung aus Sydney anfordert. Darauf müssen Sie drängen, Meredith.«

»Nein, bis die darauf reagieren, haben diese Männer längst ihr Ziel erreicht. Der alte Forster, dem die Farm nördlich der Redground Road gehört, hat bereits aufgegeben. Er will verkaufen, bevor sie alles niederbrennen. Und ich werde mich wohl auch nicht mehr lange weigern können, sonst vernichten die meinen gesamten Viehbestand. Das sind brutale, skrupellose Typen, denen jedes Mittel recht ist, um das zu bekommen, was sie wollen. Hören Sie, Herr Krüger, ich sehe nur einen einzigen Ausweg. Sie müssen Maynard helfen. Kommen Sie nach Crockwell und bringen Sie Ihre Freunde mit. Sonst sind wir hier alle verloren.«

»Crockwell liegt ja nicht mal gerade um die Ecke. Und ich habe eine Familie und einen Job. So gern ich helfen würde, aber ich kann hier nicht alles stehen und liegen lassen und Hals über Kopf nach Australien reisen«, seufzte Jan.

»Ich hätte Sie nicht angerufen, wenn es eine andere Lösung geben würde. Aber Sie sind jetzt unser einziger Rettungsanker. Helfen Sie uns, bitte. Ich übernehme selbstverständlich die Reisekosten«, flehte Meredith.

»Also gut, Meredith. Ich sehe, was ich tun kann. Halten Sie mich bitte auf dem Laufenden. Ich melde mich, sobald ich weiß, welche Möglichkeiten es gibt, zu helfen«, versprach er.

»Danke, Herr Krüger, aber warten Sie bitte nicht zu lange, ich habe das Gefühl, dass es hier bald zum großen Knall kommen wird.«

»Verstehe, also bis dann, Meredith«, beendete Jan das Telefonat.

Hannah war überrascht. Als sie pünktlich um neun das Büro von Polizeidirektor Horst Wawrzyniak betrat, waren auch Oberstaatsanwalt Oberdieck und ihr Chef, Dezernatsleiter Rico Steding, anwesend.

»Kommen Sie, Frau Hauptkommissarin, nehmen Sie Platz. Möchten Sie einen Kaffee?«, empfing sie Waffel überaus höflich, aber auch ungewohnt förmlich, was sonst nicht seine Art war. Bei Hannah schrillten sofort sämtliche Alarmglocken. Was zum Geier war hier eigentlich los? Sie wollte lediglich hören, dass ihrer vorzeitigen Rückkehr aus der Elternzeit nichts im Wege stand und sie ab sofort wieder arbeiten könnte. Stattdessen war hier die gesamte Führung der Polizeidirektion aufgetaucht. Das hatte irgendwas zu bedeuten. Aber was?

»Guten Tag, die Herren. Wow, was für ein hochkarätiges Empfangskomitee. Womit habe ich das verdient?«, fragte sie.

»Na ja, dieser Termin war bereits vor einigen Tagen anberaumt worden. Oberstaatsanwalt Oberdieck und ich haben uns in den vergangenen Wochen und Monaten beim Innenministerium immer wieder dafür stark gemacht, meine Nachfolge mit einer Person aus den eigenen Reihen zu besetzen. Wie Sie wissen, wurde Hauptkommissar Steding wegen seiner vermeintlichen Stasivergangenheit als ehemaliger Volkspolizist vom Innenminister von der Kandidatenliste gestrichen. Daraufhin habe ich versucht, eine andere interne Lösung zu finden, bin aber dabei auf wenig Gegenliebe gestoßen. Sie wissen wen und was ich meine, Frau Hauptkommissarin.«

»Ja, sicher«, nickte Hannah.

»Deshalb hatte ich mich dazu entschlossen, nicht in den Ruhestand zu gehen, sondern weiterzumachen, bis ein geeigneter Kandidat gefunden worden ist. Hätte ich das nicht getan, wäre einer der drei vom Ministerium favorisierten Anwärter neuer Polizeichef geworden.«

»Stimmt und alle drei wären Fehlbesetzungen gewesen. Deshalb haben Horst und ich alles getan, um diese Katastrophe zu verhindern«, erklärte der Oberstaatsanwalt.

»Nun, frei nach dem Motto, steter Tropfen höhlt den Stein, haben wir dem Innenminister nochmal deutlich gemacht, dass Hauptkommissar Steding die beste Lösung für meine Nachfolge wäre«, erklärte Horst Wawrzyniak.

»Na ja und so ganz nebenbei haben wir die Kandidaten des Ministeriums mal genauer unter die Lupe genommen und dabei einige, nennen wir's mal, unschöne Details aus dem Berufs- und Privatleben dieser Männer ans Tageslicht befördern können. Ich kann Ihnen versichern, Frau Hauptkommissarin, Sie glauben ja gar nicht, was wir dabei alles herausgefunden haben«, schmunzelte Oberdieck.

»Und siehe da, vorgestern erhielt ich einen Anruf des Innenministers, dass er nach nochmaliger intensiver Recherche zu dem Ergebnis gekommen ist, dass Hauptkommissar Steding wohl doch kein Stasimitarbeiter gewesen sei. Jedenfalls hätte er dafür keinerlei Beweise gefunden«, sagte der Polizeidirektor.

Hannah runzelte die Stirn. »Machen Sie's nicht so spannend, Chef, heißt das, dass…«

»…Hauptkommissar Rico Steding zum 1. Januar zum Polizeirat befördert und neuer Polizeichef wird«, unterbrach sie der Polizeidirektor.

»Und genau das haben wir ihm heute morgen mitgeteilt. Und in diesem Zusammenhang betrachte ich es als glückliche Fügung, dass Sie sich dazu entschlossen haben, sofort wieder Ihren Dienst aufzunehmen, Frau Dammüller«, sagte der Oberstaatsanwalt.

»Äh, ja, ich hoffe natürlich, dass Sie für die Betreuung Ihres Sohnes eine gute Lösung gefunden haben, denn sonst…«

»Machen Sie sich keine Sorgen, Chef. Meine Mutter wird sich während meiner Arbeitszeit um Niklas kümmern«, antwortete Hannah.

»Und was sagt Jan dazu? Er hat bisher mit keinem Wort erwähnt, dass du vorzeitig zurückkehren wirst«, fragte Rico Steding.

Hannah zuckte mit den Schultern. »Hab's ihm heute morgen erst gesagt.«

»Oh, und wie hat er reagiert?«

»Überrascht. Aber er weiß genau, dass meine Mutter sich gut um Niklas kümmern wird. Also, alles gut. Ich bin wieder da. Allerdings zunächst nur an vier Tagen zu je fünf Stunden«, erklärte Hannah.

»Ist bereits alles besprochen und genehmigt. Sie können sofort wieder anfangen«, freute sich Horst Wawrzyniak.

»Genau, und das ist gut, weil damit die Möglichkeit besteht, dass Sie beide sich ab sofort in Ihr neues Aufgabengebiet einarbeiten können«, ergänzte der Oberstaatsanwalt.

Hannah stutzte. »Entschuldigung, ich glaube, ich verstehe nicht ganz.«

Horst Wawrzyniak grinste. »Es ist mir eine besondere Freude, Ihnen mitteilen zu können, dass Sie die neue Leiterin der Mordkommission werden. Natürlich auch erst zum 1. Januar, wenn Sie wieder Fulltime arbeiten werden.«

Hannah blies die Backen auf. »Boah, ganz ehrlich, das kommt jetzt schon etwas überraschend. Und was wird aus meinem Job als Gleichstellungsbeauftragte?«

»Den können Sie nebenbei weitermachen. Kommt eh nur alle Jubeljahre vor, dass sich jemand an die Gleichstellungsbeauftragte wendet. Während meiner Amtszeit gab es nur einen einzigen Fall, wenn ich mich richtig erinnere. Und der konnte schnell gelöst werden«, antwortete der Polizeidirektor.

»Weiß Jan was davon, was Sie hier im stillen Kämmerlein beschlossen haben?«

»Nein, diese Entscheidungen sind, wie bereits erwähnt, noch taufrisch. Und ich denke, dass es sich gehört, zunächst mit den Betroffenen zu sprechen, bevor man damit hausieren geht. Hauptkommissar Krüger hat immer wieder betont, weiter als Ermittler arbeiten zu wollen. Und Sie, Frau Hauptkommissarin, sind nach Rico Steding hier die Dienstälteste. Deshalb, und natürlich wegen Ihrer unbestrittenen fachlichen Qualitäten, steht Ihnen die Stelle der Dezernatsleiterin zu«, sagte Oberdieck.

Hannah nickte. »Klar, verstehe, aber ich denke, darüber muss ich erst mal 'ne Nacht schlafen. Und vor allem muss ich zunächst mit Jan reden. Ich möchte ihn nicht einfach vor vollendete Tatsachen stellen. Der muss jetzt erst mal verdauen, dass ich ab sofort wieder im Dienst bin.«

»Ach, da mach dir mal keine Sorgen. Wie ich ihn kenne, wird er sich für uns freuen. Unser bewährtes Team bleibt zusammen, auch wenn ein paar Stühle gerückt wurden. An unserer hervorragenden Zusammenarbeit wird das nichts ändern«, sagte Rico.

»Hm, trotzdem. Lassen Sie mir ein paar Tage Zeit, um alles mit meiner Familie zu besprechen, das ist mir wichtig«, meinte Hannah.

»Natürlich, kein Problem. Ich gehe jetzt einfach mal davon aus, dass ich Ihre Zustimmung habe. Glauben Sie mir, ich denke, wir haben die bestmögliche Lösung gefunden. Wer hätte das nach dem ganzen Theater mit dem Innenministerium gedacht?«, seufzte Horst Wawrzyniak.

»Na dann, meine Dame, meine Herren, ich freue mich weiterhin auf eine gute Zusammenarbeit. Schön, dass Sie wieder an Bord sind, Frau Dammüller«, sülzte der Oberstaatsanwalt, der offensichtlich erleichtert darüber war, dass sie die Beförderung nicht abgelehnt hatte.

Maynard sah den Polizeiwagen bereits, als er von der Redground Road abbog, um den letzten Kilometer zu seiner Ranch zurückzulegen. Er ließ die Dobermänner Castor und Pollux ins Haus und wartete an der Hofeinfahrt auf den ungebetenen Besuch.

»Was zum Teufel wollt ihr hier?«, giftete er Sergeant Tucker an, als der aus seinem Victoria Crown stieg.

»Hör zu, Maynard, wir sind nicht deine Feinde, sondern versuchen dir zu helfen, kapiert?«, stellte Sergeant Gerald Tucker klar.

»Ach ja? Ist das so? Also gut, wo wart ihr denn, als uns diese verdammten Biker fertigmachen wollten? Wo wart ihr, als diese skrupellosen Verbrecher Meredith' Schafe vergiftet und meine

Scheune abgefackelt haben? Und wo zum Henker seid ihr gewesen, als diese Schweine den alten Forster in die Mangel genommen haben?«

»Was soll das, Deville? Was sollten wir denn bitte zu zweit gegen fünfzig bewaffnete »Comancheros« unternehmen? Wir haben den Fall in Parramatta gemeldet und umgehend um Verstärkung gebeten«, sagte der junge Officer Jeffrey Kane, der der einzige Mitarbeiter von Sergeant Tucker im Polizeirevier Crockwell war.

»Ja und? Wo bleibt die Verstärkung? Die haben es in mittlerweile zwei Wochen nicht geschafft, ihre Ärsche zu bewegen. Wahrscheinlich wissen die nicht mal, wo Crockwell liegt.«

»Na ja, seit dem Brand hat es bis auf den Zwischenfall auf dem Marktplatz keine weiteren Vorfälle gegeben. Die Typen sind verschwunden und im Moment ist alles ruhig. Außerdem hat die Untersuchung der Spurensicherung aus Goulburn ergeben, dass der Auslöser für den Brand in deiner Scheune wahrscheinlich ein Kurzschluss im Generator war. Die Funken hätten die Strohballen entzündet und den Dachstuhl in Brand gesetzt. Es wurden keine Spuren von Brandbeschleunigern gefunden. Außerdem hat die Auswertung der Überwachungskameras bis auf deinen Bruder niemanden aufgezeichnet, der deinen Hof in den Stunden vor dem Brand betreten hätte«, erklärte Sergeant Tucker.

»Als die Typen mir ihren Antrittsbesuch abgestattet haben, haben die die Kameras entdeckt. Deshalb sind sie von der Rückseite in die Scheune eingebrochen und haben das Feuer gelegt. Dazu brauchten sie nur einen Kanister Benzin und ein Streichholz. Hätte Reggie nicht sein Leben aufs Spiel gesetzt, wären achtzig Schafe bei lebendigem Leibe verbrannt«, zürnte Maynard.

»Ich weiß, aber es gibt keinen Beweis dafür, dass das die Biker waren. Wir haben vorhin mit der Klinik in Sydney telefoniert. Sie sagten, sie hätten Reggie ins künstliche Koma gelegt, aber er wäre stabil. Er wird's schaffen, Deville. Ihr Bruder ist ein harter Bursche, den bringt so schnell nichts um«, antwortete Officer Kane.

»Klar, fragt sich nur, was aus ihm wird, wenn er überlebt. Seine Haut ist zu mehr als dreißig Prozent verbrannt. Da bleibt mehr zurück, als nur ein paar kleine Narben. Er wird kein normales Leben mehr führen können.«

»Äh, wenn du ihn besuchen möchtest, würden wir die Farm solange unter Polizeischutz stellen«, bot Sergeant Tucker an.

»Sehr großzügig von euch, aber wie wollt ihr zu zweit gleichzeitig drei Farmen überwachen, die einige Kilometer auseinanderliegen? Und was in aller Welt wollt ihr tun, wenn die Kerle zurückkommen? In Parramatta anrufen, dass die 'ne Sondereinheit mit Helikoptern schicken sollen? Die werden den Teufel tun und hier aufkreuzen. Crockwell geht denen am Arsch vorbei. Nee, freunde, die Sache hier ist längst nicht vorüber. Im Gegenteil, die hat noch nicht mal richtig begonnen. Die Biker arbeiten für diese Finanzhaie aus Sidney, die sich mit allen Mitteln unsere Grundstücke unter den Nagel reißen wollen. Ich weiß zwar nicht, wer diese Kerle sind und warum sie ausgerechnet so scharf auf unser Land sind, aber ich werd's herausfinden, auch ohne eine Spezialeinheit der New South Wales Police.«

Tucker zuckte die Achseln. »Tja, im Moment können wir leider nichts weiter tun. Sollten die Kerle wieder auftauchen, werden wir die Kollegen aus Goulburn um Unterstützung bitten. Wir werden mit dem Bürgermeister reden. Er soll auf dem offiziellen Dienstweg eine Sondereinheit der Police Force anfordern.«

»Hoffentlich hat er auch gleich das richtige Formular zur Hand. Nach Ablauf der Bearbeitungsfrist wird er sicher einen Fragebogen erhalten. Hat er den ausgefüllt und zurückgeschickt, wird eine unabhängige Kommission der New South Wales Police darüber entscheiden, ob der Antrag auf Ersuchen von Amtshilfe auch tatsächlich gerechtfertigt ist. Man will ja schließlich keine Steuergelder verschwenden, nur um ein paar Rabauken in der Provinz zur Räson zu bringen. Nein, Tucker, die Sesselfurzer aus Parramatta werden einen Teufel tun, uns zu helfen. Wir sind auf uns allein gestellt. Das beste, was ihr tun könnt, ist, euch zu verkrümeln, wenn's wieder losgeht und mir das Problem zu überlassen«, empfahl Maynard.

»Was haben Sie vor, Deville? Wollen Sie etwa als One Man Army gegen die Comancheros antreten? Wissen Sie eigentlich, dass das mehr als dreihundert Männer sind. Da hätte selbst die Nationalgarde Schwierigkeiten, mit denen fertig zu werden. Wir werden nicht tatenlos zusehen, wenn die zurückkommen sollten. Zusammen mit den Kollegen aus Goulburn und den umliegenden Gemeinden werden wir ein schlagkräftiges Team auf die Beine stellen«, sagte Officer Kane.

»Das ist mutig von Ihnen, Kane, aber sie werden trotzdem den Kürzeren ziehen«, antwortete der Devil.

Tucker nickte. »Er hat recht, Jeff. Also, Maynard, hast du einen Vorschlag, wie wir denen entgegentreten können?«

»Ich sagte ja bereits, am besten gar nicht. Aber wenn ihr unbedingt helfen wollt, dann beschützt Meredith und ihre Farm. Bittet die Kollegen aus Goulburn, sich um den alten Forster und sein Anwesen zu kümmern. Ich werde mir selbst helfen«, meinte Maynard.

»Hm, also gut. So machen wir das. Wie gesagt, vielleicht kommen die ja auch gar nicht zurück. Ich habe hier den offiziellen Untersuchungsbericht der Spurensicherung aus Goulburn. Den solltest du deiner Versicherung weiterleiten«, sagte Tucker und reichte Maynard die Unterlagen.

Der Devil sah ihn an und zuckte mit den Schultern.

»Sag jetzt nicht, dass du nicht versichert bist«, ahnte Tucker Böses.

»Nein, Versicherungen sind eine Erfindung des Weißen Mannes. Die kassieren hohe Beiträge und wenn sie zahlen sollen, verweisen sie auf irgendwelche versteckten Passagen im Kleingedruckten, um die Schadensregulierung zu verweigern«, erklärte Maynard.

Officer Kane grinste. »Da würde ich nicht mal widersprechen wollen.«

»Wie auch immer, behalte den Bericht trotzdem. Vielleicht kann er dir doch noch irgendwie von Nutzen sein«, sagte der kleine, übergewichtige Sergeant Tucker, der bereits sehnsüchtig auf seine Pensionierung wartete. Eine seiner letzten Aufgaben bestand darin, Officer Kane zu seinem Nachfolger auszubilden. Wenn er das erledigt hätte, würde er in den wohlverdienten Ruhestand treten. Und die Zeit bis dahin hoffte er möglichst unbeschadet zu überstehen.

Als Hannah und Rico die Treppe herunter kamen, trafen sie Jan auf dem Flur, der ungeduldig mit der Faust gegen den Kaffeeautomaten hämmerte.

»Meine Fresse, dieses verfluchte Kackding treibt mich noch in den Wahnsinn«, schimpfte er.

»Das Gerät ist sensibel, mein Lieber. Anstatt draufzuhauen, solltest du es mal mit ein paar warmen Worten und einem leichten, kameradschaftlichen Klaps versuchen. Wirkt Wunder, glaub mir«, empfahl Hannah.

»Alles geklappt?«, fragte er.

»Nicht hier auf dem Flur«, flüsterte Hannah und zog ihn am Ärmel mit sich.

»Schließ die Tür«, forderte Rico, als Jan als Letzter das Büro betrat. Er öffnete die unterste Schreibtischschublade und holte seine Thermoskanne hervor. Der Kaffee seiner Frau war unter den Kollegen heiß begehrt. Selbst der Polizeidirektor ließ keine Gelegenheit aus, um im Büro des Morddezernats ein oder zwei Tassen davon zu schnorren. Rico schenkte den beiden Kaffee ein und stellte die Becher auf den Schreibtisch.

»Ich denke, ich kann dir gar nicht genug danken, Jan«, begann Rico. »Du hast dich immer für mich eingesetzt und wurdest nie müde, denen zu erklären, dass ich niemals ein Stasispitzel gewesen bin. Und du hast das Angebot, Waffels Nachfolger zu werden, abgelehnt, weil du es als nicht richtig empfunden hast, wie das Ministerium mit mir umgegangen ist. Und das hat jetzt Früchte getragen. Er hat mir gerade mitgeteilt, dass ich ab dem 1. Januar zum Polizeirat befördert werde und seine Nachfolge antreten soll«, strahlte Dezernatsleiter Rico Steding.

»Du warst und bist die einzige Option. Niemand könnte das besser machen als du. Ich habe aus Überzeugung gehandelt. Na ja, ich wusste natürlich nicht, ob die meine Meinung überhaupt interessiert. Aber scheinbar konnte ich einen kleinen Teil zu dieser Entscheidung beitragen. Das freut mich sehr für dich, Rico. Ich gratuliere«, sagte Jan.

»Boah, und wir trinken Kaffee. Eigentlich sollten wir 'ne Flasche Champagner köpfen«, meinte Hannah.

»Stimmt, wir haben ja schließlich gleich doppelten Anlass zu feiern«, sagte Rico, um sich zugleich Hannahs strafenden Blick einzufangen.

Jan sah die beiden fragend an. »Wieso, hab ich noch was verpasst?«

»Äh, na ja, schließlich ist Hannah ja wieder an Bord. Das ist doch großartig«, bekam Rico gerade noch die Kurve.

»Ja, danke, Rico. Vier Tage die Woche zu je fünf Stunden. Es gibt zwar nichts Schöneres, als sich um sein Kind kümmern zu können, aber in den letzten Tagen habe ich festgestellt, dass mir zu Hause die Decke auf den Kopf fällt. Meine Mutter kümmert sich um Niklas, wenn Jan und ich nicht zu Hause sind«, sagte Hannah. Dass sie Leiterin der Mordkommission werden würde, wollte sie Jan in einer ruhigen Minute selber erzählen.

Plötzlich wurde ohne anzuklopfen die Bürotür aufgerissen und Oberkommissar Krause kam hereingestürmt.

»Hab ich doch richtig gehört. Die Stimme am Kaffeeautomaten, meine ich. Herzlich Willkommen zurück und Glückwunsch zur Beförderung.«

»Äh, ja danke, Krause«, schaltete Rico am schnellsten.

»Ja, nee, ich meinte…«, wollte Krause richtigstellen, wem sein Glückwunsch galt.

»…wir haben hier was Wichtiges zu besprechen. Kannst du später nochmal wiederkommen?«, nahm ihm Rico den Wind aus den Segeln.

»Klar, aber ich könnte gerade gut deine Hilfe brauchen, Hannah.«

»Ich bin noch gar nicht wieder richtig im Dienst. Kann das vielleicht bis morgen warten?«

»Leider nicht. Nebenan bei der Sitte sitzt 'ne junge Frau mit ihrer Mutter. Sie behauptet, sie sei vergewaltigt worden, will aber nur mit einer Kollegin reden. Und wie du weißt, bist du im Moment die einzige Hauptkommissarin im Revier.«

»Dann wird's verdammt nochmal Zeit, dass sich das ändert. Aber gut, einen Moment, ich komme gleich«, antwortete Hannah.

»Danke, wir sind nebenan«, sagte Krause und verschwand.

»Wieso zum Henker weiß Krause davon?«, giftete Hannah Rico an.

»Beruhige dich, Schatz. Dass Rico Waffel beerbt und du seine Nachfolge in der Mordkommission antreten wirst, weiß bereits das ganze Präsidium. So eine Info macht schnell die Runde. Und du kennst Waffel. Der ist doch fast vor Stolz geplatzt, dass er Rico doch noch als seinen Nachfolger durchdrücken konnte. Und du weißt, wie schlecht er gute Nachrichten für sich behalten kann«, griff Jan ein.

»Moment. Bedeutet das, du hast es auch schon gewusst? Wie lange schon?«, wollte Hannah wissen.

»Ein paar Tage vielleicht. Spielt das eine Rolle?«

»Ah, verstehe, du wolltest es mir nicht erzählen, damit ich nicht auf die Idee komme, Waffels Wunsch nachzukommen, vorzeitig wieder einzusteigen. Wäre ich erst zum 1. Januar zurückgekommen, wäre es mit der Beförderung aus zeitlichen Gründen schwierig geworden. Oder wolltest du verhindern, dass…«

»…jetzt hör schon auf Hannah. Du wärst auch Dezernatsleiterin geworden, wenn du erst im Januar angefangen hättest. Das hat Waffel Jan und mir bestätigt. Da konnte ja noch niemand ahnen, dass du schon heute wieder hier sein würdest. Schluss jetzt mit dieser unsinnigen Diskussion. Es ist alles gut so wie es ist, verstanden? Und, wenn es dich beruhigt, es wurde zu keiner Zeit über einen anderen Kandidaten als Leiter der Mordkommission nachgedacht. Du warst immer die erste und einzige Wahl«, wurde Rico deutlich.

«Dann wäre das ja geklärt. Ich geh dann mal rüber zur Sitte. Mal sehen, was die junge Dame zu Protokoll gibt. Besser mittendrin als nur dabei, würde ich sagen.«

Hannah trank einen Schluck Kaffee, stand auf und warf den beiden einen strengen Blick zu, bevor sie das Büro verließ. »Was ist mit euch? Habt ihr nichts zu tun?«

»Na bitte, wer sagt's denn? Waffel hat sie ja ausdrücklich gebeten, sich sofort einzuarbeiten«, grinste Rico.

»Tja, aber dass das so schnell geht, damit konnte natürlich niemand rechnen«, schmunzelte Jan.

»Spinner«, kommentierte Hannah als sie das Büro verließ.

Sie klopfte kurz, bevor sie eintrat. Im Vernehmungsraum saßen die Oberkommissare Krause und Jungmann und sprachen mit einer dunkelhaarigen Frau mittleren Alters.

»Guten Morgen, ich bin Hauptkommissarin Dammüller«, sagte sie und setzte sich.

»Das sind Frau Iwanova und ihre Tochter Mila. Sie wollen eine Vergewaltigung anzeigen« erklärte Krause.

»Ja, aber wir möchten das bitte mit Ihnen unter vier Augen besprechen. Meine Tochter schämt sich und will ungern in Gegenwart eines Mannes über den Vorfall reden. Ich hoffe, das ist kein Problem für Sie«, wandte sie sich an die beiden Oberkommissare.

»Nein, ist es nicht. Wir lassen Sie dann jetzt mal allein«, erwiderte Krause und verließ zusammen mit Jungmann den Raum.

»Na, dann erzählen Sie mal«, kam Hannah sofort zur Sache.

»Ja, also wie gesagt, wir möchten…«, begann die Mutter,

»Entschuldigen Sie, Frau Iwanova, aber spricht Ihre Tochter kein Deutsch?«

»Doch, natürlich.«

»Gut. Dann würde ich gern von Mila hören, was geschehen ist.« Hannah sah Mila an und nickte ihr auffordernd zu.

»Mein Name ist Milana Iwanova, ich bin neunzehn Jahre alt und arbeitete als Auszubildende im Architekturbüro Langhoff«, begann sie.

»Okay, also was ist passiert?«, fragte Hannah.

»Ihr Chef hat sie vergewaltigt, das ist passiert. Dieses verdammte…«, schimpfte die Mutter.

»Stopp, Frau Iwanova. Sie sind jetzt mal ruhig, klar?«, fuhr Hannah dazwischen.

»Samstag vor vier Wochen war ich mit meinen Freundinnen in der Stadt. Wir haben einen Kneipenbummel gemacht. Gegen Mitternacht sind wir dann in einen Club gegangen, um zu feiern und zu tanzen. Als ich an der Bar was zu trinken geholt habe, stand plötzllich mein Chef hinter mir. »Na, das ist ja ein Zufall«, sagte er. Ich war natürlich überrascht, ihn dort zu treffen. Ich meine, der ist irgendwo um die Fünfzig. Geht's noch? Der ist doch viel zu alt für so einen Schuppen, oder? Ich habe versucht ihn abzuwimmeln, aber er wollte unbedingt meine Getränke bezahlen. Ich bedankte mich und ging schnell zurück zu meinen Freundinnen, in der Hoffnung, dass er wieder verschwinden würde.«

»Aber das tat er nicht, oder?«

»Nein, es dauerte nicht lange und er kam zu uns an den Tisch. Er fragte, ob er stören würde und setzte sich. Voll peinlich, Frau Kommissarin. Ich habe mich in Grund und Boden geschämt. Mein Chef, der alte Sack, macht junge Mädchen an. Eine Vollkatastrophe, ehrlich.«

»Verstehe. Was geschah dann?«

»Plötzlich fragte er mich, ob ich mit ihm tanzen würde? Ich meine, was hätten Sie gemacht? Immerhin war er mein Chef. Ich wollte ihn nicht beleidigen. Am liebsten hätte ich ihn angeschrien, dass er sich verpissen soll.«

»Also haben Sie mit ihm getanzt?«

»Was hätte ich tun sollen? Ja, ich habe mit ihm getanzt. Danach hat er uns ohne Ende Getränke spendiert. Meine Freundinnen waren begeistert.

»Der ist doch süß. Den halte ich mir als Sugar Daddy, meinte eine meiner Freundinnen. Ich hätte vor Scham im Boden versinken können. Am liebsten wäre ich Hals über Kopf abgehauen. Aber ich wollte meinen Job nicht aufs Spiel setzen. Also machte ich gute Miene zum bösen Spiel und blieb.«

»Kann ich nachvollziehen. Was geschah dann?«, wollte Hannah wissen.

»Er hat Mila abgefüllt, mit nach Hause genommen und vergewaltigt, dieses Schwein«, schimpfte Jelena Iwanova.

Hannah überging die Äußerung der Mutter und nickte Mila aufmunternd zu, selbst zu erzählen, was weiter passiert war.

»Je mehr ich getrunken hatte, desto weniger störte es mich, dass er da war. Er war höflich, freundlich und machte niemanden von uns blöd an. Gegen halb fünf wollten wir nach Hause. Meine Freundin Sarah bestellte ein Taxi. Sie wohnt nicht weit von uns entfernt. »Blödsinn«, meinte Robert Langhoff, »ich kann dich doch mitnehmen. Liegt ja quasi auf meinem Weg.«

»Robert Langhoff? Der Stararchitekt? Das ist Ihr Chef?«, hakte Hannah nach.

»Sie kennen den?«, wunderte sich Mila.

»Nicht persönlich. Aber er ist natürlich in Leipzig ein bekannter Mann«, antwortete Hannah.

»Na ja, egal. Wie gesagt, ich hatte einiges getrunken und war hundemüde. Ich wollte nur noch nach Hause und schlafen. Also habe ich sein Angebot angenommen. Schließlich war er mein Chef, oder?«

»Hm, Sie hätten auch nein sagen und mit Ihrer Freundin ein Taxi nehmen können«, entgegnete Hannah.

»Mila war betrunken. Sie konnte nicht mehr klar denken«, warf die Mutter ein.

»Stimmt. Mir war alles egal. Ich wollte nur noch in mein Bett«, seufzte Mila.

»Okay und dann?«

»Ich muss auf der Fahrt eingeschlafen sein. Als ich aufwachte, wusste ich zunächst gar nicht, wo ich war. Ich lag in irgendeinem Bett. Plötzlich stand mein Chef vor mir. Er trug einen Morgenmantel. Er fragte mich, ob ich Frühstück wollte.«

»Also befanden Sie sich in der Wohnung von Herrn Langhoff?«, fragte Hannah.

»Ja und sie lag splitterfasernackt in seinem Bett«, schimpfte die Mutter.

»Und Sie können sich nicht daran erinnern, was geschehen war, nachdem Sie im Wagen Ihres Chefs eingeschlafen waren?«

»Dieser Mistkerl hat ihr K.O. Tropfen verpasst, sie in seine Wohnung gezerrt und vergewaltigt. Mehrmals, wie die Untersuchungen der Gynäkologin ergeben haben«, ätzte Frau Iwanowa.

»Zunächst nicht. Aber nach und nach kamen die Erinnerungen zurück. Ich bin mit ihm rauf in sein Appartement gefahren. Dort haben wir noch was getrunken, keine Ahnung was. Dann hat er mich irgendwann ins Schlafzimmer getragen, ausgezogen und ins Bett gelegt.«

»Und danach? Können Sie sich noch an irgendetwas erinnern? Hat er sich zu Ihnen ins Bett gelegt?«, fragte Hannah.

»Ja, er hat sich auf mich gelegt. Er war schwer, roch nach Alkohol, Schweiß und abgestandenem After Shave.«

»Und Sie? Haben Sie versucht, ihn abzuwehren?«

»Keine Ahnung. Ich konnte ihn riechen, konnte ihn spüren, aber ich konnte mich nicht bewegen. Es war schrecklich.« Mila liefen die Tränen.

»Er hatte sie mit Medikamenten ruhig gestellt und gefügig gemacht. Sie war ihm wehrlos ausgeliefert. Wir können froh sein, dass dieser Perverse sie nicht umgebracht hat. Der gehört lebenslang weggesperrt«, ereiferte sich die Mutter.

»Was geschah, nachdem Sie aufgestanden waren?«, wollte Hannah wissen.

»Er lachte mich freundlich an und meinte, ich soll vor dem Frühstück duschen gehen.«

»Was Sie aber nicht taten.«

»Ich schnappte meine Klamotten und ging ins Bad. Ich drehte die Dusche auf, zog mich rasch an, öffnete die Tür einen Spalt und vergewisserte mich, dass er im Esszimmer war. Ich schlich auf Zehenspitzen zur Wohnungstür und wollte gerade verschwinden, als er plötzlich hinter mir stand.

»Bleib doch noch ein bisschen, Mila, sagte er. Wir frühstücken in Ruhe und danach bringe ich dich nach Hause.«

»Als er so vor mir stand, mit seinem halboffenen Bademantel, habe ich Panik bekommen. Ich dachte, er würde mich wieder zurück ins Bett zerren und nochmal über mich herfallen, wie er es letzte Nacht gleich mehrere Male getan hatte. Ich habe ihn von mir weggeschubst, bin den Flur entlang am Fahrstuhl vorbei gelaufen und bin die Treppe hinuntergerannt, so schnell ich konnte. Ich hatte Angst, dass er mit dem Fahrstuhl schneller unten sein würde als ich.«

»War er aber nicht«, meinte Hannah.

»Nein, ich glaube nicht, dass er mir gefolgt ist. Danach bin ich zu Fuß nach Hause gelaufen. Ich habe mich immer wieder umgedreht, aber wie gesagt, er hat mich nicht verfolgt.«

»Und dann haben Sie Ihrer Mutter alles erzählt, sind ins Krankenhaus gefahren und haben sich untersuchen lassen?«

»Es war Sonntagmorgen. Das war gar nicht so einfach. Meine Mutter hat ihre Gynäkologin angerufen. Frau Dr. Rosemeyer wollte, dass wir in eine Klinik fahren und danach zur Polizei gehen, aber meine Mutter hat sie überredet, dass wir uns in ihrer Praxis treffen können.«

»Aus welchem Grund?«, wunderte sich Hannah.

»Na ja, immerhin war Mila bei Langhoff beschäftigt. Sie hatte einen sehr gut bezahlten Ausbildungsplatz, den sie nicht verlieren wollte. Wir wollten keinen Schnellschuss machen und genau überlegen, was wir tun sollten. Einen solch hochangesehenen Mann der Vergewaltigung zu beschuldigen, wäre natürlich ein Risiko gewesen. Er hätte wahrscheinlich gesagt, der Sex wäre einvernehmlich gewesen. Es gab keine Zeugen, die das Gegenteil hätten behaupten können. Er hätte es so dargestellt, dass beide im angetrunkenen Zustand im Bett gelandet wären. Das ist ja schließlich keine Seltenheit. Außerdem ist Mila volljährig«, zuckte Jelena Iwanova mit den Schultern.

»Aber jetzt, gut vier Wochen später, sind Sie zu der Einsicht gelangt, Langhoff anzuzeigen. Woher der plötzliche Sinneswandel?«, fragte Hannah.

»Nachdem ich mich eine Woche krank gemeldet hatte, bin ich wieder ins Büro gefahren. Langhoff hat mich freundlich begrüßt und mich gefragt, wie's mir geht. Am nächsten Tag hat er mich in sein Büro gebeten und mich zum Essen eingeladen. Er meinte, wir hätten uns ja gerade näher kennengelernt und er würde unsere Beziehung gerne vertiefen. Ehrlich gesagt, wusste ich in diesem Moment nicht, was ich antworten sollte. Ich hatte gehofft, dass er nie wieder ein Wort über besagte Nacht verlieren würde.«

»Er war offensichtlich an einer Beziehung interessiert. Was haben Sie ihm darauf geantwortet?«. wollte Hannah wissen.

» Na ja, ich habe seine Einladung angenommen.«

»Wie bitte?«

»Er war mein Chef, verdammt. Ich hatte Angst, rauszufliegen, wenn ich ihm einen Korb geben würde.«

»Sind Sie wieder mit ihm im Bett gelandet?«

»Nein, er hat mich nach dem Essen nach Hause gebracht.«

»Haben Sie mit ihm über die Nacht von Samstag auf Sonntag letzter Woche gesprochen?«

»Ja, er meinte, wir hätten wohl beide zuviel getrunken.«

»Hm, das war klar. Wird schwierig, ihm Vergewaltigung zu unterstellen. Ganz davon abgesehen, dass Sie nichts in der Hand haben, was beweist, dass er Sie zum Sex gezwungen hat«, stellte Hannah fest.

»Langhoff hat mir im Club K.O. Tropfen in den Drink geschüttet. Dann hat er in Gegenwart meiner Freundin Michaela behauptet, er würde mich nach Hause fahren. Anschließend hat er mich in sein Appartement verschleppt und mehrfach vergewaltigt. Am nächsten Morgen hat er den Eindruck erweckt, als hätten wir einvernehmlichen Sex gehabt.«

»Sie hätten, nachdem Sie bei Ihrer Gynäkologin waren, sofort zur Polizei gehen müssen. Dass Sie es erst jetzt, vier Wochen später, tun, wirft jede Menge Fragen auf.«

»Ich habe doch gesagt, dass ich Angst hatte, meinen Job zu verlieren.«

»Und jetzt haben Sie keine Angst mehr davor?«

»Ich arbeite nicht mehr in Langhoffs Firma.«

»Sie haben gekündigt?«

»Nein, er hat mich rausgeschmissen.«

»Wirklich? Mit welcher Begründung?«

»Als Langhoff klar wurde, dass ich nicht vorhabe, mich mit ihm einzulassen, hat er mir unterstellt, streng vertrauliche Unterlagen an die Konkurrenz weitergegeben zu haben. Nachdem ich weg war, hat er nicht lange getrauert, sondern sich umgehend seinem nächsten Opfer zugewendet.«

»Woher wissen Sie das?«

»Wir haben den Kerl einfach mal genauer unter die Lupe genommen, Frau Kommissarin. Und siehe da, der Mistkerl zieht an jedem Wochenende die gleiche Masche ab. Er macht sich in Clubs an junge Frauen ran. Er zahlt Ihnen die Drinks, schüttet seiner Auserwählten K.O. Tropfen ins Glas und bietet danach an, sie nach Hause zu fahren. Was danach geschieht, wissen wir.«

»Also kennen Sie weitere seiner Opfer?«

»Ja, aber diese Mädchen suchen die Schuld bei sich. Sie sprechen von einem One Night Stand unter Alkoholeinfluss. Davon, dass Langhoff sie ruhiggestellt hat, in sein Appartement verschleppt und vergewaltigt hat, wollen sie nichts wissen«, sagte Jelena Iwanova.

»Haben Sie Namen und Adressen dieser jungen Frauen? Vielleicht ist ja doch eine von ihnen bereit, Langhoff anzuzeigen?«, meinte Hannah.

»Eine von denen ist eine ehemalige Kollegin von mir. Sie heißt Stephanie Virkus. Sie hat mir erzählt, was passiert ist.«

»Aber sie will Langhoff nicht anzeigen?«

»Nein, sie arbeitet bei ihm.«

»Na gut, also bleiben Sie dabei, Robert Langhoff wegen Vergewaltigung anzuzeigen?«

»Ja«, nickte Mila Iwanova.

»Dann werden wir die Anzeige aufnehmen und den Mann vorladen. Aber versprechen Sie sich nicht zuviel davon. Es wird für seine Anwälte kein großes Problem darstellen, die Beschuldigungen gegen ihren Mandanten zu entkräften. Die Aussagen von Frau Virkus oder anderer betroffener Frauen wären durchaus hilfreich.«

»Danke, Frau Hauptkommissarin«, sagte Jelena Iwanova.

»Danken Sie mir nicht zu früh. Bisher haben wir nicht viel gegen Langhoff in der Hand. Wir melden uns bei Ihnen, wenn wir mit dem Mann gesprochen haben.«

Hannah stand auf, reichte den beiden Frauen die Hand und verließ den Vernehmungsraum.

Maynard war angespannt. Er spürte, dass etwas in der Luft lag. Diese Männer, wer immer die auch waren, würden nicht eher Ruhe geben, bis sie ihre Ziele erreicht hätten. Sie wollten mit aller Macht die Farmen an der Redground Road in ihren Besitz bringen. Sie hatten Meredith, dem alten Forster und ihm gutes Geld geboten. Mehr als sie im Moment für einen Verkauf erzielen würden. Maynard hatte seine Ranch vor zehn Jahren einem alten Ehepaar abgekauft, das nicht mehr in der Lage war, Grund

und Boden zu bewirtschaften und sich innerhalb der Familie niemand fand, der das Erbe antreten wollte. Er hatte ihnen damals 150.000 Dollar gezahlt. Da aber sämtliche Gebäude renovierungsbedürtig waren, hatte er in etwa die gleiche Summe investieren müssen, um die Farm auf Vordermann zu bringen.

Er hatte keine Ahnung, warum diese Männer hinter ihren Grundstücken her waren wie der Teufel hinter der Seele. In dieser Gegend gab es seines Wissens weder Öl- noch Gasvorkommen, ganz zu schweigen von anderen Bodenschätzen wie Eisenerz, Blei oder Zink und schon gar kein Gold.

Nachdem Meredith Connor, der alte Forster und er die Angebote abgelehnt hatten, begann der Psychoterror. Zunächst wurde auf der Connor-Farm der Bachlauf zum Weideland kontaminiert, auf der Ranch des alten Forsters wurde Zäune niedergerissen und ein Teil der flüchtenden Rinder erschossen. Schließlich wurde seine Scheune niedergebrannt. Beim Versuch, die Schafe vor dem Feuer zu retten, wurde sein Zwillingsbruder Reggie schwer verletzt und lag seitdem im Koma. Für diese Anschläge waren die »Comancheros« verantwortlich, eine Motorradbande, die aller Wahrscheinlichkeit nach von diesen Bodenspekulanten und Finanzhaien angeheuert worden war. Nachdem die Biker über den Marktplatz von Crockwell gerast waren und dabei eine Spur der Verwüstung hinterlassen hatten, waren sie plötzlich verschwunden. Im Moment herrschte Ruhe. Aber das war nur die Ruhe vor dem Sturm, ahnte er.

Er war auf dem Weg zu Meredith, um nach dem Rechten zu sehen. Die alte Frau war diesen Kerlen wehrlos ausgeliefert. Er wusste zwar noch nicht wie, aber er würde nicht zulassen, dass diese Kriminellen sich ihren Besitz unter den Nagel reißen würden. Das Problem war, dass er allein war und nicht an mehreren Orten gleichzeitig sein konnte. Die beiden Dorfpolizisten hatten ihm zwar ihre Unterstützung zugesagt, doch darauf konnte er sich

nicht verlassen. Diese Männer waren kaum kampferprobt, ständen gegen diese skrupellosen Schläger auf verlorenem Posten.
Und auf Hilfe aus den umliegenden Polizeirevieren konnten sie
nicht hoffen. Die waren unterbesetzt, schlecht ausgebildet und
zudem meilenweit entfernt.

Als er von der Redground Road auf den Weg zu Meredith' Ranch
abbog, klingelte sein Handy. Unterdrückte Rufnummer. Er nahm
das Gespräch an.

»Guten Morgen, Mr. Deville. Haben Sie sich unser Angebot
nochmal durch den Kopf gehen lassen?«, fragte der Anrufer,
ohne sich vorzustellen.

Maynard atmete tief durch. Er brauchte einen Moment, um seine
Wut zu kontrollieren.

»Wer immer Sie auch sind, Mister, Sie haben einen Fehler gemacht«, antwortete er.

»Hören Sie, Deville, wir sind bereit, den Kaufpreis zu erhöhen.
Wieviel wollen Sie?«

»Wir verkaufen nicht.«

»Also gut, wir legen nochmal Fünfzigtausend drauf.«

»Nein.«

»Sein Sie nicht dumm, Mann, und denken noch mal in Ruhe darüber nach. Ich rufe wieder an.«

Das Gespräch war beendet.

Auf dem Hof vor dem Wohnhaus standen Meredith und Officer
Kane neben dem Polizeiwagen. Sie schienen in heller Aufregung
zu sein. Maynard bremste seinen Truck ab und sprang aus dem
Wagen.

»Stell dir vor, James, der alte Forster hat verkauft.« Meredith
nannte Maynard stets bei seinem zweiten Vornamen James. »Gerade eben. Sergeant Tucker hat angerufen. Diese Männer sind da
heute Morgen in aller Frühe aufgekreuzt, haben das Angebot
nochmal erhöht und ihm die Kaufverträge vorgelegt. Tucker

musste tatenlos mit ansehen, wie Forster unterschrieben hat. Daraufhin hat er seine sieben Sachen gepackt und wurde von seinem Sohn abgeholt. Tucker meinte, er hätte keine Ahnung, was mit dem Viehbestand geschehen würde. Wahrscheinlich würde die gesamte Rinderherde zur Schlachtbank geführt. Ist das nicht fürchterlich, James? Und wir können nichts dagegen tun.« Meredith war der Verzweiflung nahe.

Maynard legte ihr tröstend seine Hand auf die Schulter. Diese Geste des Mitgefühls war weitaus mehr, als der Devil, wie ihn seine Freunde nannten, gewöhnlich zu geben bereit war. »Wird schon, Meredith. Ich werde mich um diese Leute kümmern, versprochen.«

Die alte Frau schüttelte den Kopf. »Wie willst du das anstellen? Die Unterstützung von zwei zugegebenermaßen tapferen Polizisten wird da wohl kaum ausreichen.«

»Hm, das wird sich zeigen.«

»Sie hat recht, Mr. Deville und das wissen Sie genau. Wenn die »Comancheros« zurückkommen, werden die hier alles dem Erdboden gleich machen. Und wir werden nichts dagegen tun können. Die werden erst Ruhe geben, wenn sie ihr Ziel erreicht haben«, glaubte Officer Kane.

»Sorgen Sie dafür, dass die Bundespolizei davon erfährt, was hier vor sich geht. Machen Sie Tucker Druck, damit der endlich was unternimmt. Die drei Beamten aus Goulburn werden uns jedenfalls nicht weiterhelfen. Bleiben Sie hier, bis der Sergeant von der Forster Farm zurückkommt und lassen Sie Meredith auf gar keinen Fall allein. Rufen Sie mich sofort an, wenn sich hier einer von denen blicken lässt, verstanden? Ich muss zurück auf meine Farm. Möglich, dass die Typen, die Forsters Ranch gekauft haben, bereits auf dem Weg zu mir sind«, befürchtete Maynard, stieg in seinen Truck, rauschte vom Hof, und hinterließ eine quellende Staubwolke.

Zurück im Büro, erzählte Hannah ihren Kollegen, was sie gerade im Vernehmungszimmer erfahren hatte.

»Robert Langhoff? Der Stararchitekt? Der soll die junge Frau vergewaltigt haben? Hm, klingt alles andere als glaubwürdig. Warum zum Teufel sollte der sowas tun?«, stutzte Rico.

»Aus dem gleichen Grund, aus dem Männer sowas eben machen. Sie können ihre Triebe nicht kontrollieren, werden von Frauen, die ihnen gefallen, nicht beachtet oder abgewiesen oder suchen einfach nur den besonderen Kick«, erklärte Hannah.

»Macht«, meinte Jan.

»Macht?«, fragte sie.

»Ja, Macht. Ich denke bei solchen Typen wie Langhoff geht es darum, seine Macht zu demonstrieren. Er glaubt mit seinem beruflichen Erfolg, der damit verbundenen gesellschaftlichen Stellung und seinem Geld kann er sich alles nehmen, was er will. Er ist ein mächtiger Mann. Er ist es gewohnt, nur mit dem Finger zu schnippen und schon bekommt er, was er will. Und wenn nicht, dann nimmt er es sich«, sagte Jan.

»Möglich, aber nicht sehr wahrscheinlich«, meinte Rico. »Außerdem verstehe ich nicht, warum die Frau erst nach vier Wochen Anzeige erstattet.«

»Weil Langhoff ihr Chef war. Sie hatte Angst, ist doch absolut nachvollziehbar«, meinte Hannah.

»Ihr größter Fehler war, dass sie nicht sofort ihr Blut nach sedierend wirkenden Substanzen hat untersuchen lassen«, sagte Jan.

»Klar, aber selbst das wäre kein Beweis gewesen, dass Langhoff ihr das Zeug verabreicht hat.«

»Stimmt. Aber es wäre zumindest ein weiteres Indiz gewesen, das zum Vorwurf der Vergewaltigung gepasst hätte«, sagte Rico.

»Wie auch immer. Was hast du jetzt vor? Willst du Langhoff vorladen?«, fragte Jan.

»Ich? Wieso ich? Ich bin Ermittlerin bei der Mordkommission. Mit diesem Scheiß sollen sich Jungmann und Krause rumschlagen.«

»Komm schon, Hannah. Die beiden gehören doch längst zu uns. Das Sittendezernat besteht lediglich noch auf dem Papier«, sagte Jan.

»Vorschlag zur Güte: Die beiden kümmern sich um die Sache. Wenn da wider Erwarten mehr draus werden sollte, werden wir die Kollegen unterstützen, einverstanden?«, schlug Rico vor.

»Meinetwegen, du bist der Chef«, seufzte Hannah.

»Okay, also sind wir uns einig. Ich habe gleich einen Termin beim Oberstaatsanwalt. Keine Ahnung, was der will«, zuckte Rico mit den Achseln, stopfte sich einen Keks in den Mund, nippte kurz an seinem lauwarmen Kaffee und verließ eilig das Büro.

Kaum war Rico verschwunden, ging Hannah auf Jan los. »Du hättest es mir sagen müssen, verdammt«, schimpfte sie.

»Ach ja? Du meinst, so wie du mir gesagt hast, dass deine Mutter sich in Zukunft um Niklas kümmern wird, weil du wieder arbeiten willst?«, konterte er.

»Du hättest nur versucht, mir die Sache auszureden. Außerdem musste ich erst mit meiner Mutter sprechen, ob sie bereit wäre, zu uns zu kommen und Niklas zu betreuen.«

»Und ich habe dir nichts von deiner bevorstehenden Beförderung erzählt, weil das im Moment noch gar nicht akut war. Außerdem hat Waffel darauf bestanden, dir das in einem persönlichen Gespräch mitzuteilen. Dass er das schon vorher rumposaunt, konnte ich nicht wissen. Wundern tut's mich allerdings nicht. Der kann nichts für sich behalten, dieser Laberkopp«, schüttelte Jan den Kopf.

»Na ja, es ist wie es ist. Außerdem bin ich ja nur an vier Tagen vormittags hier. Und auf meine Mutter ist Verlass. Mir ist zu

Hause einfach die Decke auf den Kopf gefallen. Niklas ist ein so verdammt unkompliziertes Kind, dass ich überhaupt keine Arbeit mit ihm habe. Er schläft nachts durch, isst brav seine Mahlzeiten und nörgelt nie. Er scheint immer zufrieden zu sein. Normal ist das nicht«, lachte Hannah.

»Ganz wie der Vater«, kommentierte Jan.

»Logo, träum weiter«, lästerte sie.

»Also gut, einigen wir uns auf Unentschieden. Ich hätte dir von deiner bevorstehenden Beförderung erzählen müssen und du hättest mich frühzeitig in deine Pläne, wieder arbeiten zu wollen und deine Mutter ins Haus zu holen, einweihen sollen.«

»Tja, was soll ich sagen? Ist was dran. Also nehmen wir uns vor, in Zukunft wieder mehr miteinander zu reden und auf Geheimniskrämereien zu verzichten?«, schlug Hannah vor.

»Einverstanden«, antwortete Jan, stand auf und gab Hannah einen Kuss.

»Wo wir gerade beim Thema Geheimniskrämereien sind, Meredith Connor aus Crockwell in Australien hat mich angerufen. Du erinnerst dich an sie?«

»Du meinst die alte Dame, mit der Maynard befreundet ist? Hat die nicht damals diesen mexikanischen Flüchtlingen geholfen und sie vor der Abschiebung bewahrt?«, war Hannah sofort im Bilde.

»Genau. Sie hat mir erzählt, dass Maynard in Schwierigkeiten steckt.« Jan berichtete Hannah, was er von Meredith in Erfahrung gebracht hatte.

»Und jetzt willst du nach Australien reisen, um Maynard zu helfen? Wie wär's denn, wenn du zunächst mal mit ihm sprichst, bevor du dich Hals über Kopf ins Flugzeug setzt und einmal um die halbe Welt fliegst? Könnte doch sein, dass die alte Frau ein wenig übertrieben hat. Gewöhnlich weiß sich der Devil nämlich selbst zu helfen«, meinte Hannah.

»Möglich, aber Meredith ist nicht senil. Ich glaube ihr. Immerhin liegt sein Zwillingsbruder Reggie mit schweren Verletzungen im Krankenhaus. Maynard wird die Leute, die dafür verantwortlich sind, zur Rechenschaft ziehen. Aber er kämpft gegen mächtige Männer und eine Horde von gewaltbereiten Rockern. Allein wird das schwierig.«

»Dann soll Meredith doch die Polizei anrufen und nicht dich. Selbst wenn du ihm jetzt hilfst, zu zweit wird's auch nicht viel einfacher. Du wirst doch nicht so dämlich sein und dich dieser Gefahr aussetzen«, maulte Hannah.

»Die New South Wales Police sitzt in Sydney, hunderte von Kilometern entfernt von Crockwell. Aber du hast recht, ich allein werde Maynard nicht allzu viel nutzen. Deshalb werde ich Tom Ritter bitten mich zu begleiten und ich werde Jimmy Morisson und Johnny Henderson anrufen. Schätze, dass ich die Jungs nicht lange bitten muss.«

»Echt jetzt? Ist das dein Ernst?«, seufzte Hannah.

»Du weißt doch selbst, wie der Devil tickt. Der würde sich eher die Zunge rausschneiden, bevor er jemanden um Hilfe bittet. Wenn aber einer seiner Kameraden in Not ist, zögert er keine Sekunde, ihm zur Seite zu stehen, egal wann und wo. Das hat er schon oft genug getan«, sagte Jan.

»Oh, Mann, du hast versprochen, nicht mehr für andere in den Kampf zu ziehen, wenn Niklas da ist. Du wolltest dich um deinen Sohn kümmern und nicht mehr fremde Probleme lösen.«

»Ja, aber hier geht es nicht um irgendjemanden, sondern um einen Freund. Vielleicht der Beste, den ich je hatte. Und du weißt, dass er alles für uns tun würde, wenn wir in Gefahr wären. Ohne ihn hätte ich Afghanistan nicht überlebt. Und ich bin sicher, dass die anderen Jungs genauso denken und jetzt für den Devil da sein werden.«

»Verstehe, ihr seid die »Brotherhood Of Warriors«. Und du gehörst dazu, auch ohne dieses verdammte Tattoo im Nacken. Trotzdem solltest du mit Maynard reden, bevor du die anderen Kameraden anrufst und ihr zusammen Himmel und Hölle in Bewegung setzt. Vielleicht lassen sich die Dinge ja doch noch anderweitig regeln.«

»Okay, du hast recht«, stimmte Jan zu. »Aber ich befürchte, dass mir dieser Kauz nicht die Wahrheit sagt, auch wenn er in noch so großen Schwierigkeiten steckt.«

»Versuch's doch einfach, dann sehen wir weiter«, schlug Hannah vor.

Auf dem Rückweg zur Farm rief Maynard seinen Kumpel »Crasher« an. Theodor Crankwell war Pilot. Mit seiner zweimotorigen Propellermaschine vom Typ Cessna 402 c flog er seine Passagiere aus kleineren Städten zu den großen Flughäfen des Landes. Das Geschäft als Zubringer lief gut. Seine Flüge waren in der Regel ausgebucht.

»Hi, Crasher, ich kann hier im Moment nicht weg. Diese Typen haben sich heute Morgen die Ranch des alten Forster unter den Nagel gerissen. Die werden jetzt weitermachen und Meredith und mich solange unter Druck setzen und tyrannisieren, bis wir nachgeben. Tu mir bitte einen Gefallen und flieg allein nach Sydney. Reggie liegt immer noch im Koma. Vielleicht erwischt du einen der behandelnden Ärzte und kannst in Erfahrung bringen, wie es um ihn steht.«

»Klar, kein Problem. Ich fliege ab 18 Uhr von Goulburn aus Geschäftsleute nach Sydney. Werde dort übernachten und gleich morgen Früh ins Krankenhaus fahren«, willigte Crasher ein.

»Ich danke dir, mein Freund. Ich hätte da noch was. Kannst du deinen Vater bitten, Hector und Paris zu mir zu bringen. Ich brauche in den nächsten Tagen zusätzliches Abschreckungspotential auf der Farm, wenn diese Kerle hier wieder auftauchen sollten.«

»Ich rufe ihn gleich an. Schätze, er wird 'ne Stunde brauchen. Sei vorsichtig, Maynard. Das, was bisher bereits geschehen ist, läßt nichts Gutes erahnen. Wo zum Henker ist die Bundespolizei, wenn man sie wirklich braucht? Aber die jagen ja lieber illegale Einwanderer und verfolgen sie bis ans Ende der Welt«, schimpfte Crasher.

Als Maynard die verkohlten Überreste seiner Scheune wegräumte, bemerkte er die Staubfahne, die sich aus Richtung Redground Road seiner Farm näherte. Er hatte das Gatter zur Hofeinfahrt geschlossen. Dahinter wachten vier ausgewachsene Dobermänner darüber, dass kein Unbefugter es wagen würde, die Farm zu betreten. Castor und Pollux gehorchten ihm aufs Wort. Er hatte sie vor fast zehn Jahren aus Afghanistan mitgebracht, nachdem ihr Besitzer von den Taliban getötet worden war. Mit fast zwölf Jahren waren die Hunde immer noch topfit und konnten einem gehörigen Respekt einflößen. Hector und Paris gehörten seinem Freund Crasher. Sie waren noch jung, gerade mal vier Jahre alt und sie waren die Söhne von Castor. Maynard und Crasher züchteten Dobermänner und betrieben unweit der Farm an der Redground Road zusammen einen Hundesportverein.

Ein schwarzer Cadillac hielt vor dem Tor. Ein Mann in dunklem Anzug stieg aus und näherte sich der Einfahrt. Maynard befahl den Hunden Platz zu machen und ging ihm entgegen.

»Mr. Deville? Mein Chef würde gerne mit Ihnen reden«, sagte der schlanke, austrainierte Typ, ohne Zweifel einer der Bodyguards.

Maynard war wütend. Am liebsten hätte er die Typen an Ort und Stelle erledigt, aber er musste sich zusammenreißen. Er wollte schließlich herausfinden, wer diese Männer waren und was sie im Schilde führten. Klar, sie wollten an der Redground Road Land kaufen. Aber aus welchem Grund? Und warum gingen diese Leute dermaßen aggressiv vor? Eine seriöse Immobilienfirma aus Sydney war das ebensowenig, wie Mitarbeiter eines staatlichen oder privaten Energieversorgers. Diese Kerle erinnerten ihn eher an Mitglieder der Mafia, denen jedes Mittel recht war, um zu bekommen, was sie wollten. Und wenn sie dabei über Leichen gehen mussten.

Maynard antwortete nicht, blieb am Tor stehen und wartete, was geschehen würde. Der Mann hielt kurz inne, dann drehte er sich um, ging zurück zum Wagen, beugte sich durch das Seitenfenster und sprach mit seinem Chef auf dem Rücksitz.

Sekunden später öffnete er die Tür und ein älterer, grauhaariger Mann, ebenfalls im dunklen Anzug gekleidet, kam auf die Hofeinfahrt zu. Er blieb im respektvollem Abstand einige Meter vor dem Gatter stehen.

»Der Unfall mit Ihrem Bruder tut mir leid, Mr, Deville. Diese hirnlosen Biker sollten lediglich ein bisschen Staub aufwirbeln, mehr nicht. Niemand hat denen gesagt, dass die Ihre Scheune abfackeln sollen. Wir werden den Schaden natürlich ersetzen und auch für die Behandlungskosten Ihres Bruders aufkommen. So wie ich gehört habe, wird er wieder gesund werden«, sagte der Mann.

»Wer sind Sie und was wollen Sie?«, raunzte der Devil.

»Das wissen Sie bereits. Wir wollen Ihre Farm kaufen und Sie so gut dafür bezahlen, dass Sie sich an einem anderen Ort niederlassen können. Wir sind nur an Grund und Boden interessiert. Ihre Schafe können Sie behalten. Einzige Bedingung, ist, dass der Verkauf schnell vonstatten geht. Und da Sie scheinbar ein hartnäckiger Mann sind, Mr. Deville, erhöhen wir den Kaufpreis nochmal um Fünfzigtausend, also auf insgesamt 300.000 Dollar. Mr.

41

Forster hat bereits eingewilligt und heute Morgen den Kaufvertrag für seine Ranch unterschrieben.«

»Klar, nachdem sie die Weidezäune niedergerissen und seine Rinder getötet haben«, antwortete Maynard.

»Wie gesagt, diese Bande hat das ohne unsere Zustimmung getan«, zuckte der Mann mit den Schultern.

»Sie haben immer noch nicht meine Frage beantwortet. Wer sind Sie und warum wollen Sie uns mit aller Gewalt hier vertreiben?«

»Wir kaufen im Auftrag unserer Mandanten Grundstücke und Immobilien auf. Was die Kunden dann damit anstellen, hat uns nicht zu interessieren«, antwortete der Mann genervt.

»Sie sehen aus wie Kerle, die sich nehmen, was sie wollen. Aber hier werden sie mit ihren zweifelhaften Methoden keinen Erfolg haben. Mrs. Connor und ich haben nicht vor, uns von unserem Besitz zu trennen.«

Der Mann drehte sich um und nickte. Zwei jüngere Kerle stiegen aus dem Wagen, kamen ans Tor und bauten sich neben ihrem Chef auf. Sie zogen ihre Jacken zur Seite und ließen bedrohlich ihre Revolver aufblitzen.

»Kommen Sie zur Vernunft. Nehmen Sie unser großzügiges Angebot an. Dann kommt niemand weiter zu Schaden«, warnte der Grauhaarige.

Maynard öffnete das Tor einen Spalt breit. Ein Zeichen, das Castor sofort verstand. Der Rudelführer trabte mit Pollux, Hector und Paris im Schlepptau langsam und noch vollkommen unaufgeregt Richtung Hofeinfahrt. Die Hunde setzten sich mit aufmerksam gespitzten Ohren neben Maynard und warteten geduldig auf seine Befehle.

»Was soll das, Deville? Wollen Sie uns mit Ihren Hunden Angst einjagen? Eine Bewegung in die falsche Richtung und wir knallen die Köter ab, kapiert?«, drohte der Anführer.

»Die Hunde zerfetzen euch die Kehlen, bevor ihr auch nur eine Hand an euren Revolvern habt.«

Maynard schob das Gatter ein Stück weiter auf, so dass die Hunde freie Bahn zum Angriff hatten. Plötzlich lagen die Nerven bei den Bodyguards blank. Als einer der beiden zur Waffe greifen wollte, wurde er von seinem Chef gestoppt.

»Lass das. Wir kommen wieder. Allerdings nicht allein. Ich gebe Ihnen noch genau drei Tage Zeit, unser Angebot zu akzeptieren. Jeder weitere Tag wird Sie Fünfzigtausend kosten, Deville. Und vollkommen egal, was Sie tun werden, am Ende werden wir bekommen, was wir wollen. Das haben Sie genau richtig erkannt. Also seien Sie nicht dumm, oder wollen Sie enden wie Ihr Bruder?«, drohte der Boss.

Maynard blieb ruhig, ohne seinen Blick von den Männern abzuwenden. Als er bemerkte, dass die ungebetenen Gäste sich zurückzogen, schloss er das Tor. Einer der Bodyguards spreizte seine Finger zu einer Pistole und zielte damit auf Maynard, bevor er in den Wagen stieg.

»Gut gemacht, Jungs«, lobte Maynard seine Hunde. »Hab' ne kleine Belohnung für euch. Habt ihr euch verdient.«

Die schwarze Limousine rauschte mit durchdrehenden Rädern über den unbefestigten, steinigen Untergrund in Richtung Redground Road davon.

»Keine netten Menschen, oder was meinst du, mein Junge?«, strich er Castor dankbar über den Kopf.

Hannah hatte es sich anders überlegt. Irgendwie reizte es sie, zu erfahren, ob die Anschuldigungen dieser jungen Frau gegen Robert Langhoff, der als Stararchitekt schließlich kein Unbekannter war, der Wahrheit entsprachen. Und sie war gespannt darauf, wie der Mann auf die Vorwürfe gegen ihn reagieren würde. Außerdem hatten die Kollegen Jungmann und Krause zuletzt sehr viel für ihre Abteilung geleistet. Trotz ihres Hauptjobs bei der Sitte, hatten sie die Mordkommission nach besten Kräften unterstützt. Sie hatten sich die Nächte um die Ohren geschlagen, um Verdächtige zu observieren und gefährdete Personen zu schützen.

Jetzt war es an der Zeit, auch mal etwas zurückzugeben. Oberkommissar Krause freute sich diebisch, dass ihn Hannah auf dem Weg zum Architekturbüro Langhoff und Vogt begleitete. Er hielt sich vorzugsweise im Hintergrund, erledigte lieber zusammen mit seinem Kollegen Jungmann die Drecksarbeit, wie er es nannte. An der Front fühlte er sich dagegen eher unwohl.

Hannah hatte von Mila Iwanowa erfahren, dass Robert Langhoff gewöhnlich gegen neun Uhr morgens ins Büro kam. Um Viertel nach neun schellte sie zusammen mit Oberkommissar Krause an der Tür des Architekturbüros Langhoff und Vogt in der Abtnaundorfer Straße.

»Haben Sie einen Termin?«, fragte die Stimme einer jungen Frau aus der Freisprechanlage.

Hannah hielt ihren Dienstausweis in die Überwachungskamera oberhalb des Eingangstores.

»Wir müssen dringend mit Robert Langhoff sprechen. Bitte öffnen Sie.«

»Einen Moment bitte«, bat die junge Frau.

Eine gefühlte Ewigkeit später meldete sich der Türsummer. Krause drückte das Tor auf und die beiden stiegen die kurze Treppe hinauf zur Haustür. Wieder dauerte es etwas, bis schließlich die Tür geöffnet wurde und sie von einer jungen Frau hineingebeten wurden.

»Die mussten offensichtlich erst noch Kriegsrat halten«, murmelte Krause.

»Bitte nehmen Sie Platz«, führte sie die junge Frau in ein Besprechungszimmer im ersten Stock. »Herr Langhoff wird sofort bei Ihnen sein. Kann ich Ihnen etwas zu trinken anbieten?«

»Kaffee wäre gut«, nickte Hannah.

»Verdammt nobler Schuppen«, bemerkte Krause. »Stinkt förmlich nach dicker Kohle.«

»Klar, die haben Aufträge bis zum Abwinken. Jeder, der was auf sich hält, plant sein Bauvorhaben mit Robert Langhoff«, meinte Hannah.

»Kannte den Typ vorher gar nicht«, flüsterte Krause.

»Bewegt sich auch nicht in unserer Gehaltsklasse. Die arbeiten eher für die oberen Zehntausend oder erhalten lukrative Aufträge von Großunternehmen«, wusste Hannah.

»Guten Morgen«, stand plötzlich ein schlanker, dunkelhaariger Mann Ende Vierzig im Türrahmen. »Robert Langhoff, was kann ich für Sie tun?«

Die beiden standen auf, stellten sich vor und zückten ihre Dienstausweise.

»Es liegt eine Anzeige gegen Sie vor, Herr Langhoff. Und wir sind verpflichtet, dieser Anzeige nachzugehen«, begann Hannah.

»Okay, wieviel diesmal?«, seufzte Langhoff genervt.

»Es geht hier nicht um eine Geschwindigkeitsüberschreitung, Herr Langhoff«, antwortet Krause.

»Nein, worum denn?«, zog der Architekt scheinbar überrascht die Augenbrauen hoch.

»Sie kennen Mila Iwanova?«, fragte Hannah.

»Ja, sie ist…äh, war Auszubildende bei uns. Ihr ist doch hoffentlich nichts zugestoßen«, zeigte er sich besorgt.

»Wie man's nimmt«, antwortete Krause.

»Herr Langhoff, Frau Iwanova beschuldigt Sie der Vergewaltigung. Sie hat gestern Anzeige gegen Sie erstattet«, erklärte Hannah.

»Was? Aber wie in aller Welt kommt sie denn auf sowas? Das muss ein Missverständnis sein«, wurde Langhoff augenblicklich nervös.

»Nein, leider nicht«, bestätigte Hannah und klärte ihn über die Vorwürfe auf, die Mila Iwanova gegen ihn erhoben hatte.

Robert Langhoff schüttelte offenbar fassungslos den Kopf, drehte sich um und nahm eine Karaffe von der Anrichte neben der Tür. Er stellte sie auf den Tisch, setzte sich, zog ein Glas heran und schenkte sich einen fingerbreit Whiskey ein.

»Ist zwar noch früh am Vormittag, aber auf diesen Schock brauche ich erstmal einen Drink«, seufzte er. »Wie kommmt Mila denn nur zu dieser abstrusen Behauptung?«

»Also geben Sie zu mit Mila Iwanova in der besagten Nacht geschlafen zu haben?«, fragte Krause scharf.

»Ja, natürlich gebe ich das zu. Warum auch nicht? Wir hatten in diesem Club zu viel getrunken. Ich wollte sie nach Hause fahren. Sie ist während der Fahrt eingeschlafen, da dachte ich, dass ich sie besser mit zu mir nehme und im Gästezimmer übernachten lasse.«

»Hm, und dann haben Sie es sich anders überlegt und sind mit ihr im Bett gelandet?«, wollte Krause wissen.

»Nein, so war das nicht. Ich habe ihr nur Schuhe und Jacke ausgezogen und sie im Gästezimmer ins Bett gebracht«, schwor Langhoff Stein und Bein.

»Also haben Sie in dieser Nacht nicht mit ihr geschlafen?«, hakte Hannah nach.

»Ja doch, aber ich habe sie nicht vergewaltigt, verdammt«, rief der Architekt aufgebracht.

»Also war der Sex aus Ihrer Sicht einvernehmlich?«, fragte Krause.

»Irgendwann in der Nacht kam sie in mein Schlafzimmer und hat sich zu mir ins Bett gelegt«, zuckte Langhoff mit den Schultern. »Dann ist es eben passiert.«

»Okay, das reicht uns fürs Erste. Ich möchte Sie bitten, morgen früh um acht ins Präsidium zu kommen. Wir werden Ihre Aussage zu Protokoll nehmen. Danach wird entschieden, ob Ermittlungen aufgenommen werden«, erklärte Hannah.

»Ermittlungen? Wieso denn? Ich habe Mila nicht vergewaltigt, wie oft soll ich das noch sagen«, regte sich der Architekt auf.

Wie er da so saß, wie ein Häufchen Elend, tat er Hannah fast schon leid. Eigentlich war Robert Langhoff ein unscheinbarer Typ, kein Mann, der einem sofort auffiel. Aber irgendwas an ihm war ungewöhnlich. Als sie ihn genauer anssah, fiel es ihr auf. Der Mann hatte dunkle Haare, aber stechend blaue Augen.

»Ach sagen Sie, Herr Langhoff, leben Sie allein?«, fragte sie.

»Ja, ich bin seit zwei Jahren geschieden«, antwortete er.

»Hm, na gut, dann sind wir hier fertig, denke ich. Wir sehen uns morgen früh im Präsidium. Ich würde Ihnen raten, einen Anwalt mitzubringen.«

Hannah stand auf, nickte ihm kurz zu und verabschiedete sich.

»Ja, das wird wohl notwendig sein«, seufzte er, erhob sich ebenfalls und geleitete die Kommissare zur Tür.

Es war Donnerstag. Markttag in Crockwell. Um sechs Uhr morgens belud Maynard seinen Pickup mit Obst, Gemüse und Schafskäse. Seit drei Tagen hatte er nichts mehr von den Männern gehört, die mit aller Gewalt die drei Farmen an der Redground Road in ihren Besitz bringen wollten. Er hatte das Ultimatum, das ihm diese Halsabschneider gestellt hatten, verstreichen lassen. Aber er war sicher, dass sie das nicht hinnehmen würden. Er musste damit rechnen, dass die Kerle jederzeit wieder auftauchen würden. Sergeant Tucker und Officer Kane hatten sich bereiterklärt, Meredith rund um die Uhr zu beschützen, solange diese Typen versuchen würden, ihre Farm zu übernehmen. Aus diesem Grund würde Meredith heute auch nicht ihre Blumen auf dem Markt verkaufen, sondern zu Hause bleiben. Es hatte ihn zwar einiges an Überre-

dungskunst gekostet, aber letztlich hatte seine alte Freundin eingewilligt, sich nicht unnötig in Gefahr zu bringen. Sollten die
»Comancheros« im Auftrag dieser verdammten Bodenspekulanten erneut auftauchen, um ihre Marktstände plattzumachen, würde
er nur für sich selbst verantwortlich sein und nicht noch obendrein
Meredith beschützen müssen. Auf die anderen Marktstände hatten
es diese verfluchten Biker ohnehin nicht abgesehen.

Eine halbe Stunde später bog Maynard auf die Redground Road
Richtung Crockwell ab. Sollten die Kerle in der Zeit, in der er auf
dem Markt war, seine Farm niederbrennen wollen, würde sie eine
bitterböse Überraschung erwarten. Er hatte die Hunde im Haus
gelassen. Überall auf dem Hof hatte er Sprengfallen installiert und
den Zaun unter Starkstrom gesetzt. Außerdem zeichneten die
Überwachungskameras alles auf, was sich auf seinem Anwesen
bewegte. Über die App auf seinem iphone konnte er jederzeit
sämtliche Aktivitäten beobachten. Wenn notwendig, war er in der
Lage, mit dieser App alle Türen zu entriegeln und zu verschließen.
Und zu guter Letzt hatte er auf dem Dachboden der Scheune gegenüber der Einfahrt ein Maschinengewehr in Stellung gebracht,
das er ebenfalls per Handy bedienen konnte. Die Typen würden
zur Hölle fahren, wenn sie versuchen würden, sein Grundstück zu
betreten.

Etwa auf der Hälfte der Strecke nach Crockwell tauchten die Biker
plötzlich in seinem Rückspiegel auf. Maynard griff nach seiner
Pumpgun und lud sie durch. Sollten sie versuchen, ihn zu attackieren, würde er sich zur Wehr setzen. Zwei Harleys lösten sich aus
der Gruppe und fuhren mittlerweile dicht hinter ihm, machten aber
keine Anstalten, ihn zu überholen. Maynard hielt die Geschwindigkeit und ließ die Seitenscheibe herunter.

Dann sah er, dass die beiden Fahrer Pistolen in Anschlag nahmen
und offensichtlich auf die Hinterreifen zielten. Er rammte seinen
Stiefel in das Bremspedal. Einer der Biker verlor die Kontrolle

über sein Motorrad, als er versuchte, auszuweichen, geriet ins Schleudern, stürzte und rutschte über den rauen Asphalt von der Straße. Maynard sah Funken aufsprühen. Dann gab er wieder Gas. Der andere Biker ließ sich zurückfallen und wartete, bis die Kollegen zu ihm aufgeschlossen hatten. Sie beschleunigten und holten ihn wieder ein. Dann eröffneten sie das Feuer. Der Devil zog den Kopf ein und schoss aus dem Seitenfenster zurück. Sekunden später waren beide Hinterreifen getroffen, der Pick-up brach aus. Er versuchte gegenzulenken und den Wagen auf der Straße zu halten. Er ließ sein Gewehr fallen, um mit beiden Händen am Lenkrad das Ausbrechen des schweren Geländewagens zu verhindern. Als die Heckscheibe splitterte und ihn eine Kugel nur um Millimeter verfehlte, verlor er schließlich die Kontrolle über seinen Wagen. Der Pick-up schleuderte, kippte auf die Seite und wurde von der Straße katapultiert. Nachdem der Truck mehrfach um seine Längsachse gerollt war, blieb er auf dem steinigen Bankett auf der Beifahrerseite liegen.

Der Devil brauchte einen Moment, um sich zu orientieren. Als er versuchte, den Sicherheitsgurt zu lösen und aus dem Wagen zu kriechen, musste er mit Entsetzen feststellen, dass sich der Gurt verklemmt hatte. Jeden Moment konnte einer der Biker auftauchen und ihm eine Kugel in den Kopf jagen. Er würde nichts dagegen tun können. Doch es geschah nichts.

Eine gefühlte Ewigkeit später vernahm er Stimmen. Jemand rief seinen Namen. Dann sah er das Gesicht von Sergeant Tucker über ihm auftauchen.

»Gott sei Dank, er lebt«, hörte er ihn rufen.

Es dauerte ein paar Minuten, bis Officer Kane ihn aus seiner Zwangslage befreit hatte.

»Alles okay, Mr. Deville?«, erkundigte er sich besorgt. »Brauchen Sie einen Krankenwagen?«

»Nein, danke für Ihre Hilfe. Denke, ich bin soweit okay«. antwortete der Devil. »Haben Sie gesehen, wohin diese Kerle gefahren sind?«

»Nein. Waren das die »Comancheros«?«

»Ja. Am besten, Sie fahren sofort zurück zu Meredith. Könnte sein, dass die da als Nächstes aufkreuzen werden.«

»Gut, aber zunächst bringe ich Sie zu einem Arzt. Sie bluten aus dem Ohr, kein gutes Zeichen«, antwortete Officer Kane.

»Nein, nicht nötig. Rufen Sie den Abschleppdienst. Der alte Millner wird versuchen, meine Karre wieder flott zu machen. Wenn das nicht klappen sollte, wird er die Kiste aufladen und mich nach Hause fahren.«

»Sind Sie sicher, Sir? Mit Kopfverletzungen sollte man sorgsam umgehen. Wäre es nicht besser…«

»Danke, Officer Kane, ich komme klar. Fahren Sie mit Tucker zurück zu Meredith und lassen Sie sie auf gar keinen Fall mehr allein.«

»Wie Sie wollen, Mr. Deville«, antwortete Officer Kane und ging zurück zum Polizeiwagen, wo Sergeant Tucker mit dem alten Millner telefonierte.

Bereits fünfzehn Minuten später war Millner vor Ort, stellte den Pick-up wieder auf alle vier Räder und checkte die Schäden.

»Hm, Maynard, schätze die Karre kannst du für's Erste vergessen. Ich nehm' den Wagen mit und mache mir ein Bild über die genauen Schäden. Verdammte Sauerei. Schade um das schöne Obst und Gemüse. Ich schicke einen meiner Männer, der räumt das Zeug weg. Sieht aus wie nach dem Gemetzel am Little Big Horn.«

Die zerquetschten Tomaten hatten den Sand blutrot gefärbt.

»Danke, John«, sagte Maynard, dem der Schädel brummte und die rechte Schulter schmerzte. Der Krieg war eröffnet, die ersten beiden Schlachten hatte er verloren. Wurde Zeit, zum Gegenschlag auszuhollen. Allein würde das allerdings schwierig werden. Aber wer in aller Welt sollte ihm dabei helfen, diese verfluchte Brut zu erledigen? Sergeant Tucker und Officer Kane taten ihr Bestes. Doch das Problem war, dass die beiden sich an die Gesetze halten mussten. Außerdem hatten sie der brutalen Gewalt der »Comancheros« nichts entgegenzusetzen. Er musste sich etwas einfallen lassen, wie er sich gegen diese Übermacht behaupten konnte. Im Moment war er ratlos. Noch.

Pünktlich um acht erschien Robert Langhoff in Begleitung seines Anwalts im Polizeipräsidium an der Dimitroffstraße. Nach der ersten Vernehmung am Tag zuvor hatte Hannah den Eindruck gewonnen, dass der Mann die Wahrheit gesagt hatte. Krause dagegen war gänzlich anderer Meinung. »Der Typ ist schwanzgesteuert, der vögelt alles, was nicht bei drei auf den Bäumen ist. Und je jünger desto lieber. Ich gehe jede Wette ein, dass der diese Nummer öfter abzieht.«

»Klar, vielleicht hast du recht. Aber diese Mila Iwanova ist auch nicht ohne. Möglich, dass sie Langhoff ganz bewusst ins Visier genommen hat. Ihr Chef ist geschieden, steht auf junge Dinger und hat 'nen Haufen Kohle. Und da dachte sie womöglich, dass sich aus dem Vorwurf der Vergewaltigung reichlich Profit schlagen lässt. Sie wusste, dass Langhoff am Wochenende in den Clubs unterwegs ist und dort nach jungen Frauen Ausschau hält. Er sieht nicht schlecht aus, ist ledig, fährt einen teuren Schlitten und lebt in einer Luxuswohnung. Darauf fahren diese jungen Chicks ab. Also hat sie ihn dort abgepasst, hat sich von ihm anbaggern lassen und ist mit in sein Appartement gefahren. Nachdem Langhoff dann doch noch rechtzeitig sein Hirn eingeschaltet hatte und ihm klar geworden war, dass es keine gute Idee sein würde, mit einer seiner Auszubildenden in die Kiste zu steigen, hat er sie ins Gästezimmer verfrachtet und ist schlafen gegangen. Mila Iwanova musste also die Initiative ergreifen, ist in sein Bett gestiegen und hat ihn gevögelt.«

»Echt jetzt? Das glaubst du? Ich weiß nicht, Hannah, ich denke da liegst du komplett falsch«, meinte Krause. »Wenn es so gewesen wäre, warum ist sie nicht sofort zur Polizei gegangen?«

»Hm, weil die Polizei womöglich sofort eine Blutprobe angeordnet hätte, um die K.O.-Tropfen nachzuweisen, die er ihr ihrer Aussage nach ins Glas geträufelt hatte. Und, weil sie Langhoff möglicherweise damit erpresst hat, ihn wegen Vergewaltigung anzuzeigen, wenn er ihr nicht ein stolzes Sümmchen überweisen würde. Es würde mich nicht wundern, wenn hinter alledem ihre vorlaute Mutter stecken würde.« »Und erst als Langhoff es abgelehnt hatte, zu zahlen, hat sie ihn wegen Vergewaltigung angezeigt?«, fragte Krause.

»Ja, sie hatte ja zumindest den Beweis, dass Langhoff mit ihr geschlafen hatte.«

»Du meinst die Untersuchung bei der Gynäkologin, bei der Langhoffs Sperma nachgewiesen werden konnte?«

»Ja. Und damit steht fest, dass der Chef mit seiner neunzehnjährigen Auszubildenen geschlafen hat. Das kommt vor Gericht überhaupt nicht gut, glaub mir. Vor allem, wenn eine Richterin den Vorsitz hat. Und wenn Mila ihre Rolle als Opfer überzeugend spielt, wandert Langhoff in den Knast.«

»Gibt es eigentlich diesen Paragraphen noch? Unzucht mit Abhängigen, oder wie der heißt?«, wollte Krause wissen.

»Der heißt jetzt § 174, Sexueller Mißbrauch von Schutzbefohlenen.«

»Äh, genau, den meine ich,«

»Allerdings ist Mila bereits neunzehn und der Paragraph 174 bezieht sich auf Personen unter achtzehn.«

»Wow, somit würde Langhoff also haarscharf um eine Verurteilung herumkommen?«

»Keine Ahnung«, zuckte Hannah mit den Schultern. »Hören wir uns erstmal an, was Langhoff zu Protokoll gibt.«

Als Hannah das Vernehmungszimmer betrat, stand Robert Langhoff auf und reichte ihr zur Begrüßung die Hand. Sie stutzte, erwiderte dann aber den Handschlag und setzte sich. Oberkommissar Krause blieb zunächst im Nebenraum und beobachtete die Vernehmung zusammen mit seinen Kollegen Jan Krüger und Rico Steding.

»Mein Name ist Thorben Steinfeldt. Meine Kanzlei vertritt Herrn Langhoff«, sagte der junge Anwalt und reichte Hannah seine Visitenkarte.

»Danke«, nickte sie und warf einen kurzen Blick auf die Karte. »Es liegt eine Anzeige gegen Herrn Langhoff vor. Mila Iwanova wirft ihm vor, sie in der Nacht von Samstag, den 5. August, auf Sonntag in seiner Wohnung vergewaltigt zu haben. Wir haben Herrn Langhoff gestern über diesen Vorwurf informiert. Er hat zugegeben mit Frau Iwanova in der besagten Nacht geschlafen zu haben, führt jedoch an, dass der Sex einvernehmlich gewesen sei.«

»Nicht nur das, Frau Hauptkommissarin, der Sex ging sogar von Frau Iwanova aus, als sie ihr Bett im Gästezimmer in der Nacht verließ und unaufgefordert das Schlafzimmer meines Mandanten betreten hat«, antwortete der Rechtsanwalt.

»Das hat uns Herr Langhoff bereits erzählt. Allerdings hat er uns nicht gesagt, dass er Frau Iwanova nicht, wie von ihm angeboten, nach Hause gefahren, sondern sie mit in seine Wohnung genommen hat, nachdem er ihr vorher K.O. Tropfen verabreicht hatte«, sagte Hannah.

»Das ist doch Unsinn«, rief Robert Langhoff. »Sie ist in meinem Wagen eingeschlafen. Es war schließlich bereits zwei Uhr morgens. Deshalb bot ich ihr an, in meinem Gästezimmer zu übernachten. Mila war Auszubildende in meiner Firma, ich bin keine Sekunde auf die Idee gekommen, mit ihr ins Bett zu gehen.«

»Konnten sedierende Substanzen im Blut von Frau Iwanova nachgewiesen werden? Wie ich gehört habe, hat sie sich am Tag nach der vermeintlichen Vergewaltigung untersuchen lassen«, fragte der Anwalt.

Hannah wusste, dass diese Frage kommen würde. In der Tat konnte dieses Versäumnis Robert Langhoffs Rettung bedeuten.

»Bisher liegen uns keine Ergebnisse dieser Untersuchung vor. Die Staatsanwaltschaft wird diese aber unverzüglich anfordern«, blieb Hannah absichtlich vage. So schnell wollte sie Langhoff nicht vom Haken lassen.

»Gut, dann bitte ich um Benachrichtigung, sobald die Ergebnisse vorliegen. Herr Langhoff bestreitet jedoch, Frau Iwanova sedierende Substanzen verabreicht zu haben, in welcher Form auch immer«, betonte Dr. Steinfeldt. Seinen Doktortitel hatte er nicht erwähnt, hatte sich lediglich als Thorben Steinfeldt vorgestellt. Für Hannah war das ein Zeichen, dass dieser Mann sicher kein Blender war. Er war ein eher unauffälliger Typ. Mittelgroß, leicht übergewichtig mit einem Allerweltsgesicht. Sie schätzte ihn auf Mitte dreißig. Unsympathisch war er ihr allerdings nicht.

»Selbstverständlich«, antwortete Hannah. »Sagen Sie, Herr Langhoff, kommt es öfter vor, dass Sie junge Frauen in Clubs und Kneipen ansprechen und sie dann später mit zu sich nach Hause nehmen? Ich meine, Sie sind ein erfolgreicher Architekt, noch relativ jung, mitterweile wieder ledig und womöglich auf der Suche nach einer neuen Beziehung?«, fragte Hannah.

Der Anwalt holte gerade Luft, um sich über die Frage aufzuregen, als ihn sein Mandant zurückhielt.

»Schon gut, Thorben. Ich werde die Frage beantworten. Wenn es meine Zeit erlaubt, gehe ich an den Wochenenden aus. Es gibt ein paar Clubs in Leipzig, die ich regelmäßig besuche. Und ja, ich sehe mich dort auch nach attraktiven Frauen um. Ich war fast zwanzig

Jahre verheiratet und habe in meinem Leben viel und hart gearbeitet. Jetzt möchte ich meine neu gewonnene Freiheit auch ein Stück weit genießen. Meistens nehme ich nur ein, zwei Drinks, führe nette Gespräche, flirte ein wenig und fahre gegen Mitternacht wieder nach Hause. Aber es ist natürlich auch schon vorgekommen, dass ich nach einem netten Abend mit einer schönen Frau im Bett gelandet bin.«

»Aber nicht mit einer blutjungen Auszubildenden aus Ihrer eigenen Firma, oder?«, provozierte Hannah.

»Netter Versuch, Frau Hauptkommissarin. Aber wie Sie sicher wissen, greift in diesem Fall der Paragraph 174 nicht. Frau Iwanova war nicht minderjährig«, antwortete der Anwalt.

»Sexueller Mißbrauch von Schutzbefohlenen. Früher nannte man das Unzucht mit Abhängigen, wie Sie sicher wissen. Mila Iwanova stand in einem Abhängigkeitsverhältnis zu Herrn Langhoff und sie ist erst neunzehn. Also gerade mal knapp volljährig. Glauben Sie, dass dieses eine Jahr eine Richterin beeindrucken wird? Wohl kaum. Auch wenn es gesetztlich natürlich einen Unterschied macht, ändert es nichts daran, dass Mila gerade mal erst neunzehn ist, also noch ein halbes Kind«, wurde Hannah deutlich.

»Was soll das, Frau Hauptkommissarin? Lassen Sie uns bei den Fakten bleiben und argumentieren Sie bitte nicht emotional. Robert Langhoff hat Ihnen bereitwillig alles erzählt, was in der besagten Nacht geschehen ist. Für die Behauptung von Frau Iwanova, sie sei in dieser Nacht von Herrn Langhoff in seinem Appartement vergewaltigt worden, gibt es keinerlei Beweise. Und wenn Sie sich darüber wundern, warum Frau Iwanova diese vermeintliche Vergewaltigung erst vier Wochen später anzeigt, sollten Sie mal bei ihrer Mutter nachfragen. Frau Lena Iwanova hat nämlich mehrfach versucht, meinen Mandanten zu erpressen. Sie hat zweihundertfünfzigtausend Euro von ihm gefordert, und ihm gedroht, ihn wegen Vergewaltigung anzuzeigen, wenn er nicht zahlen würde«, verriet Thorben Steinhoff.

»Warum haben Sie uns das nicht erzählt, Herr Langhoff?«, fragte Hannah.

»Weil ich nicht damit gerechnet habe, dass Lena, ich meine Frau Iwanova, tatsächlich zur Polizei geht. Zudem wäre es ja wohl so eine Art Schuldeingeständnis gewesen, wenn ich gezahlt hätte«, erklärte der Architekt.

»Lena? Kennen Sie Frau Iwanova näher?«, wollte Hannah wissen.

»Darauf musst du nicht antworten, Robert«, empfahl der Anwalt.

»Ja, sie war sozusagen der Grund für meine Scheidung. Ich hatte zwei Jahre ein Verhältnis mit ihr. Auf ihre Bitte hin habe ich ihrer Tochter Mila einen Ausbildungsplatz in meiner Firma beschafft«, antwortete Robert Langhoff trotzdem.

Krause trat ein, legte ihr kommentarlos eine dünne Mappe vor, sah Langhoff streng an, drehte sich um und verschwand. Hannah warf einen Blick in die Akte und zog überrascht die Augenbrauen hoch.

»Sahen Sie sich in der Vergangenheit bereits ähnlichen Vorwürfen ausgesetzt, oder ist es das erste Mal, dass Sie eine Frau der Verge- waltigung bezichtigt?«, fragte sie Langhoff.

»Was soll denn diese Frage? Mein Mandant ist nicht vorbestraft«, schritt der Anwalt ein.

»Habe ich auch nicht behauptet. Ich habe lediglich danach gefragt, ob Herr Langhoff sich schon mal in einer ähnlichen Situation be- funden hat«, erklärte Hannah.

Robert Langhoff rutschte nervös auf seinem Stuhl herum.

»Nein, hat er nicht«, antwortete Thorben Steinfeldt schroff.

»Wer ist Sofia Glaser?«, fragte Hannah.

»Ach, das hat doch mit dieser Geschichte überhaupt nichts zu tun«, schimpfte der Anwalt.

»Sie ist…, sie war eine Freundin meiner Tochter Rebecca. Ihr Va- ter ist Stefan Glaser, ein Kollege und Konkurrent. Wir haben vor etwa zwei Jahren um einen lukrativen Auftrag gekämpft und ich habe schließlich den Zuschlag erhalten. Stefan war stinksauer und hat darauf versucht, mit allen Mitteln meinen Ruf in den Dreck zu ziehen. Er hat mir Bestechung vorgeworfen. Als er damit nicht durchkam, hat er behauptet, ich hätte seiner Tochter Sofia auf einer Party Drogen verabreicht und sie anschließend sexuell miß- braucht«, berichtete Robert Langhoff.

»Und was ist aus diesem Vorwurf geworden?«, fragte Hannah.

»Nichts natürlich. Rebecca hat Sofia ins Gewissen geredet, nicht die unlauteren Methoden ihres Vaters zu unterstützen. Daraufhin hatte sie zugegeben, dass ihr Vater sie zu dieser Aussage gedrängt hätte«, antwortete der Architekt .

»Ist Stefan Glaser nicht der Architekt, der bei der Sanierung des MDR-Towers zusammen mit einem Bauunternehmer nicht ausge- führte Leistungen berechnet und damit die Stadt Leipzig um einige Millionen Euro betrogen hat? Der Fall ging im lezten Jahr durch die Presse«, erinnerte sich Hannah.

Langhoff nickte. »Ja, aber dieses Verfahren läuft noch und wird sich wahrscheinlich auch noch eine Zeit lang hinziehen. Sowohl Stefan Glaser als auch der Bauunternehmer Felix Neumann stehen mittlerweile vor dem finanziellen Aus. Neumann hat auch mal für mich gearbeitet, aber nachdem uns gewisse Unregelmäßigkeiten aufgefallen waren, habe ich ihn gefeuert. Daraufhin hat er mich auf Schadensersatz in Millionenhöhe verklagt und verloren. Wenn Sie mich fragen, sind sowohl Glaser als auch Neumann am Ende.«

»Und die beiden haben Sie als Schuldigen für ihre Pleite ausge- macht?«, fragte Hannah.

»Kann sein, interessiert mich aber nicht. Ich bin nicht für ihre du- biosen Machenschaften verantwortlich. Das haben die schon ganz allein getan«, kommentierte Langhoff.

»Ich denke, wir kommen langsam vom Thema ab, Frau Hauptkommissarin. Herr Langhoff hat alle Fragen ausführlich beantwortet. Der Vorwurf der Vergewaltigung entbehrt jeglicher Grundlage. Der Sex mit Frau Iwanova war einvernehmlich. Die Anschuldigung, er hätte zuvor sogenannte K.O.-Tropfen eingesetzt, ist vollkommen absurd und durch nichts zu belegen. Selbst wenn sedierende Substanzen im Blut von Frau Iwanova festgestellt worden sind, gibt es keine Beweise dafür, dass mein Mandant sie ihr verabreicht hat«, führte Dr. Steinfeldt aus. »Ich denke, wir sind jetzt hier fertig.«

»Äh, noch nicht ganz, Herr Rechtsanwalt«, unterbrach Hannah. Sie schlug die Mappe auf, die ihr Krause gerade vorgelegt hatte. »Es gibt eine Zeugenaussage, dass ihr Mandant an dem besagten Abend gleich mehreren Frauen in dem Club sogenannte Partydrogen angeboten hat. Es ist von GBH die Rede. Die Zeugin ist eine Freundin von Mila Iwanova und arbeitet in einer Apotheke. Sie sagt, dass Robert Langhoff im Besitz von einem Fläschchen Xanax war, einem rezeptpflichtigen Beruhigungsmittel. Ähnlich wie Valium, nur noch etwas stärker in der Wirkung.«

»Das nehme ich gelegentlich selbst, wenn der Stress zu groß wird. Aber ich habe das noch nie einer anderen Person angeboten, das ist Unsinn«, entkräftete Langhoff den Vorwurf.

»Gut, dann habe ich zunächst keine weiteren Fragen. Sie können gehen, Herr Langhoff. Wir melden uns bei Ihnen, sobald die Laborbefunde vorliegen. Selbstverständlich werden wir Lena Iwanowa mit Ihrem Vorwurf konfrontieren, Sie erpresst zu haben. Halten Sie sich bitte für weitere Fragen zur Verfügung«, sagte Hannah.

Langhoff und Steinfeldt standen auf und verabschiedeten sich von Hannah. Doch diesmal blieb der Handschlag aus.

Meredith war entsetzt, als Maynard ihr erzählte, was geschehen war.

»Alles halb so schlimm. Mir geht's gut. Mach dir um mich keine Sorgen«, beruhigte er sie.

»Die hätten dich beinahe umgebracht, James. Und da soll ich mir keine Sorgen machen? Ich habe Angst. Wohin soll das denn alles noch führen?«, jammerte Meredith.

»Du hast doch früher bei der Stadtverwaltung gearbeitet, oder?«, wechselte der Devil das Thema.

»Ja. Ich war über zwanzig Jahre im Bürgeramt tätig. Habe Personalausweise, Reisepässe und Führerscheine ausgestellt, umgeschrieben oder verlängert«, antwortete sie stolz.

»Es gibt doch sicherlich auch ein Bauamt in Crockwell, oder?«, erkundigte sich Maynard.

»Natürlich. Das ist das Dezernat für Liegenschaften und Baumaßnahmen. Es wird vom Bürgermeister persönlich geleitet. Zu meiner Zeit war das Gregory Thornton. Heute ist, glaube ich, sein Neffe Jack Shannon dafür verantwortlich«, antwortete Meredith.

»Und dieser Shannon ist Bürgermeister?«

»Ja, warum fragst du?«

»Wie läuft das ab, wenn jemand von außerhalb in Crockwell ein Grundstück erwerben und bebauen will?«

»Na ja, zunächst mal muss die Stadt Grundstücke zum Verkauf anbieten. Die sind aber stets zweckgebunden. Entweder für private oder aber für geschäftliche Zwecke. Die Bewerber müssen einen Nutzungsantrag stellen, unterliegen allerdings gewissen Vorgaben des Amtes was Art, Größe und Umfang der geplanten Bebauung angeht«, erklärte Meredith.

»Wenn jetzt jemand unsere Farmen kauft, sie abreißt und auf diesem Land neu bauen will, was muss der tun?«, wollte der Devil wissen.

»Der muss einen Antrag auf Nutzungsänderung stellen.«

»Das ist alles?«

»Ja, eigentlich schon. Aber was zum Teufel sollte man denn auf unseren Grundstücken bauen wollen? Glaube ehrlich gesagt nicht, dass die Stadt das Gebiet an der Redground Road als Bauland ausgewiesen hat. So weit draußen will doch ohnehin niemand wohnen.«

»Angenommen, dass sich dort eine große Firma niederlasen will. Würde die Stadt dann eine Nutzungsänderung befürworten?«

»Hm, das weiß ich nicht. Aber Gewerbesteuereinnahmen sind ein wichtiges Standbein für die Kommune. Wenn sich irgendwo ein dicker Fisch niederlassen will, reißen sich die Städte und Gemeinden um den Zuschlag und machen natürlich auch alle nur erdenklichen Zugeständnisse.«

»Okay, also sollten wir mal nachfragen, ob sich jemand bei der Stadt gemeldet hat, der in Crockwell Investieren will. Wie können wir das in Erfahrung bringen?«

»Sowas wird nicht an die große Glocke gehängt. Solche Verhandlungen laufen diskret hinter verschlossenen Türen ab. Möglich, dass nur der Bürgermeister davon weiß.«

»Dann werde ich Shannon mal fragen, ob er 'ne Ahnung hat, warum uns diese Typen aus Sydney tyrannisieren«, kündigte Maynard an.

Crasher rief an. »Reggie ist stabil. Die Ärzte meinen, in ein paar Tagen wüssten sie mehr. Aber es bestehe die Hoffnung, dass er wieder gesund wird. Als ich aus seinem Zimmer kam, unterhielten sich auf dem Flur zwei Anzugträger mit der Oberschwester. Als ich sie gefragt habe, wer die Typen waren und was sie gewollt hätten, meinte sie, die hätten gesagt, dass sie von der Versicherung kämen und Auskunft über Reggies Gesundheitszustand einholen wollten.«

»Und was hat sie denen geantwortet?«

»Nichts. Sie müssten sich direkt an den Oberarzt wenden. Aber gewöhnlich würden solche Informationen von den Versicherungen schriftlich eingeholt, wie sie ja sicher wüssten.«

»Gute Frau, die Oberschwester«, sagte Maynard. »Steck ihr 'nen Fünfziger zu und bitte sie, uns sofort zu informieren, wenn die Kerle zurückkommen sollten. Und sie soll sie auf gar keinen Fall zu Reggie lassen.«

»Längst geschehen. Bin schließlich kein Amateur.«

»Danke, Crasher, melde dich, wenn du zurück bist. Muss dringend was mit dir besprechen.«

»Geht klar«, antwortete Crasher und legte auf.

Jan hockte vor seinem Laptop und starrte geistesabwesend auf den Bildschirm, als Hannah zurück ins Büro kam.

»Was meinst du?«, fragte sie.

»Äh, was?«

»Was sagst du zu Langhoff und seinem Anwalt? Erzählen die die Wahrheit, oder vertuschen die was?«

»Keine Ahnung. Wenn ich in meiner langen Zeit als Ermittler eines gelernt habe, dann ist das die Tatsache, dass du niemals weißt, ob einer die Wahrheit sagt oder lügt. Das sogenannte Bauchgefühl spielt dabei eher eine untergeordnete Rolle. Fakt ist, du weißt es einfach nicht«, antwortete Jan.

»Fakt ist auch, dass der Mann nicht nur Freunde hat. Möglich, dass ihm jemand was anhängen will.«

»Klar, aber ebenso gut kann es sein, dass er dieses Mädchen vergewaltigt hat.«

»Tja, klar, ausgeschlossen ist das nicht. Mal sehen, was unsere Ermittlungen ergeben werden. Ansatzpunkte haben wir mehr als genug.«

»Hier, sieh dir das mal an«, sagte Jan und drehte den Bildschirm in Hannahs Richtung.

»Okay, was ist das? Sieht aus wie 'ne riesige Achterbahn.«

»Das ist die DC Rivals Hypercoaster Stahlachterbahn in Queensland. Das Monstrum ist 1.400 Meter lang und 62 Meter hoch. Das Ding wurde von einem deutschen Architekten entworfen.«

»Aha.«

»Für eine solch riesige Stahlkonstruktion brauchst du einen erstklassigen Statiker. Der kleinste Rechenfehler könnte eine Katastrophe auslösen. Es gibt nur eine Handvoll von Spezialisten, die in der Lage sind, diese Dinger zu konstruieren.«

»Und?«, fragte Hannah während sie sich eine Tasse Kaffee eingoss.

»Der Konstrukteur ist Robert Langhoff.«

»Echt?«

»Ja, er gilt weltweit als *der* Spezialist für die Statik von Großbauwerken. Unter anderem hat er mehrere Wolkenkratzer in Dubai und Katar entworfen. Der Bursche muss mittlerweile steinreich sein.«

»Wow und dann schleppt der diese jungen Küken ab? Der könnte mit seiner Kohle mit den teuersten Topmodels in die Kiste springen. Wieso angelt der Kerl im Dorfteich, wenn er seine Rute auf hoher See auswerfen könnte.«

»Vielleicht, weil seine Rute zu klein ist?«, lachte Jan.

»Boah ey, du nun wieder. Aber okay, könnte was dran sein. Wer weiß, was in den Köpfen dieser Millionäre vorgeht. Möglich, dass er den besonderen Kick sucht. Und der besteht darin, nicht mit Miss World zu vögeln, sondern mit der neunzehnjährigen Auszubildenden aus seiner eigenen Firma.«

»Was ja noch in Ordnung wäre. Wenn er sie allerdings mit Valium betäubt und anschließend vergewaltigt, ist das nicht mehr die Suche nach dem besonderen Kick, sondern eine schwere Straftat.«

»Also hältst du es doch für möglich…«

»…wie gesagt, Hannah, ich habe keine Ahnung«, zuckte Jan mit den Achseln.

Hannah nickte. »Klar, geht mir genauso. Ich werde Krause und Jungmann in diesem Fall unterstützen, auch wenn das eigentlich deren Job ist. Irgendwie reizt mich diese Geschichte.«

»Klar, die beiden haben uns oft genug aus der Patsche geholfen. Wenn ich was tun kann, bin ich selbstverständlich auch dabei«, bot Jan seine Unterstüzung an.

»Es sei denn, du fliegst morgen nach Sydney«, meinte Hannah.

»Hab nichts mehr gehört. Vielleicht hat sich die Sache ja erledigt.«

»Du glaubst, Meredith hat übertrieben?«

»Weiß nicht. Möglich.«

»Hm, warum rufst du nicht einfach den Devil an und fragst ihn«, schlug Hannah erneut vor.

»Tja, vielleicht sollte ich das tun. Aber wie ich ihn kenne, wird er mir nicht erzählen, wie ernst die Lage wirklich ist. Es ist nicht Maynards Art, andere um Hilfe zu bitten. Er erledigt die Dinge selbst, egal was er dafür tun muss. Doch diesmal könnte das schwierig werden. Meredith meinte, sie würden von einer Horde von Bikern tyrannisiert, die von skrupelosen Bodenspekulanten angeheuert wurden, um sie mit Gewalt von ihren Farmen zu vertreiben«, sagte Jan.

»Okay, also braucht er Hilfe.«

»Schätze ja.«

»Dann lass mich doch einfach mal an deinen Gedanken teilhaben. Was hast du vor?«

»Zuerst rufe ich Tom an. Dann werde ich versuchen, Johnny Henderson und Jimmy Morrison zu erreichen. Wenn die drei dabei sind, könnten wir zusammen möglicherweise die Probleme in Crockwell lösen.

»Aber ohne Waffen wird das schwierig werden«, bemerkte Hannah.

»Du machst Scherze. Der Devil ist der größte Waffennarr, den ich kenne. Schätze, seine Waffenkammer ist so groß, wie das Opernhaus in Sydney. Außerdem sind wir Sniper, wir brauchen nur das richtige Gewehr.«

»Na gut, worauf wartest du? Ruf die Jungs an.«

»Sag mal, Hannah, meinst du das jetzt ernst? Ich dachte, du machst mir die Hölle heiß, wenn ich nur daran denke, nochmal in den Krieg zu ziehen.«

»Klar, aber du hast recht, hier geht es nicht um Tom Bauer oder die CIA. Es geht um einen Freund, der oft genug genau dann zur Stelle war, wenn du ihn dringend gebraucht hast. Und jetzt bist du dran, für ihn da zu sein, wenn er dich braucht.«

»Fragt sich nur, wie ich das Rico erklären soll. Ich habe ihm versprochen, dass ich keine Auslandseinsätze mehr absolvieren werde.«

»Hm, lass das mal meine Sorge sein. Ich werde ihm das schon verklickern. Du nimmst 'ne Woche Urlaub. Muss ja niemand wissen, wo du bist und was du machst.«

»Also sollten wir Rico keinen reinen Wein einschenken?«

»Muss ich mir noch überlegen. Manchmal ist es besser, wenn man nicht alles weiß. Ruf deine Jungs an, dann sehen wir weiter.«

Jan nickte, stand auf, nahm Hannah in den Arm, drückte sie fest an sich und küsste sie. »Danke«, hauchte er ihr ins Ohr.

Das Rathaus von Crockwell war eine ehemalige Stadtvilla am Marktplatz, die einst der Familie Lindner gehörte, einer Auswandererfamilie aus Bayern, die in Crockwell mittlerweile in der fünften Generation eine über die Grenzen hinaus bekannte Sockenfabrik betrieb. Das Gebäude stammte aus dem frühen 20. Jahrhundert, als der Ort nicht mal hundert Einwohner zählte. Inzwischen lebten hier fast dreitausend Menschen. Das waren vornehmlich Farmer, die Obst und Gemüse anbauten, Rancher, die Rinderzucht betrieben und jede Menge Schafzüchter, die ihre Produkte zweimal wöchentlich auf dem Markt verkauften.

Als Maynard mit Schwung die schwere Eingangstür öffnen wollte, spürte er einen stechenden Schmerz in der Schulter. Wahrscheinlich hatte er sich beim harten Aufprall auf dem steinigen Untergrund sämtliche Bänder gerissen. Er musste den rechten Arm schonen und die Schultermuskulatur in der Nacht mit einer Wärmepackung aus heilenden Kräutern umwickeln.

Im Eingangsbereich saß eine kleine, blonde Frau mittleren Alters an einem Schreibtisch und beäugte den Besucher neugierig über den Rand ihrer Lesebrille.

»Kann ich Ihnen helfen, junger Mann?«, fragte sie.

Maynard hasste diesen Begriff. »Junger Mann«, er war kein junger Mann, sondern ein gestandener Kerl Ende Fünfzig und damit wahrscheinlich um einiges älter als die Frau hinterm Schreibtisch.

»Ich will zum Bürgermeister«, murrte Maynard unfreundlich.

»Aha und Sie sind?« wollte sie wissen.

»Ein extrem wütender Bürger, der ein paar Fragen hat, auf die er gern Antworten hätte.«

»Haben Sie einen Termin?«

»Ja, jetzt.«

»Tut mir leid, aber davon weiß ich nichts und ich mache alle Termine für den Bürgermeister.«

»Sagen Sie mir einfach, wo ich Shannon finden kann. Dauert nicht lange.«

»Hören Sie, Mister, Sie brauchen einen Termin, wenn Sie den Bürgermeister sprechen wollen. Er ist im Moment in einer Sitzung. Nennen Sie mir Ihren Namen, Ihr Anliegen und geben Sie mir eine Telefonnummer unter der ich Sie erreichen kann. Ich melde mich dann bei Ihnen«, sagte die Blondine streng.

»Nicht nötig. Ich mach's kurz. Also, wo ist er?«

»Entschuldigen Sie, aber Ich möchte Sie jetzt bitten zu gehen, sonst rufe ich die Polizei.«

»Die haben im Moment keine Zeit. Tucker und Kane sind draußen an der Redground Road auf der Connor-Farm und kümmern sich um eine hilflose alte Frau, die von ein paar skrupellosen Bodenspekulanten aus Sydney bedroht wird.«

»Meinen Sie etwa Meredith Connor?«

»Genau.«

»Und sie befindet sich in Gefahr?«

»Sagte ich bereits, ja.«

»Ach, dann sind Sie wohl James, der Indianer, mit dem sie befreundet ist?«

»Kann man so sagen.«

»Was sind das für Leute, die eine alte Frau bedrohen?«

»Wüsste ich auch gern und deswegen muss ich mit dem Bürgermeister sprechen.«

»Und Sie glauben, dass Mr. Shannon weiß, wer diese Männer sind?«

»Ich denke schon.«

»Moment bitte, ich rufe ihn eben an.«

»Nein, sagen Sie mir einfach, wo ich ihn finden kann. Geht schneller.«

»Äh, eigentlich darf ich niemanden…«

»…dürfen Sie. Denken Sie daran, dass das hier ein Notfall ist.«

»Na gut. Die Treppe rauf, nach rechts den Flur entlang, das letzte Zimmer auf der linken Seite.«

Maynard lief die Treppe hinauf bis zum Zimmer des Bürgermeisters. Er riss die Tür auf, ohne anzuklopfen und vor allem, ohne an seine schmerzende Schulter zu denken.

Jack Shannon saß hinter seinem Schreibtisch und telefonierte. Als er Maynard erblickte, legte er irritiert den Hörer beiseite und starrte ihn ungläubig an.

»Ich befinde mich gerade mitten in einem wichtigen Telefonat. Was fällt Ihnen ein, hier einfach so hereinzuplatzen? Warten Sie gefälligst draußen, bis ich Sie hereinrufe«, schimpfte er.

»Keine Umstände, Shannon. Sagen Sie mir einfach, wer diese miesen Typen sind, die uns unser Land wegnehmen wollen.«

»Wie bitte? Wovon sprechen Sie?«

Maynard ging zum Schreibtisch und drückte die Telefongabel herunter. Das Gespräch war beendet.

»Sie wissen genau, wovon und vor allem von wem ich rede. Was zum Teufel haben diese Kerle vor?«

»Ich habe keine Ahnung, was Sie wollen, Mister. Und jetzt verlassen Sie bitte augenblicklich mein Büro. Ihr Benehmen ist unerträglich.«

»Diese Typen wollen sich gleich drei Farmen an der Redground Road einverleiben. Warum? Was wollen die mit dem Land anfangen? Die machen das doch nicht, ohne vorher mit Ihnen gesprochen zu haben. Also, Shannon, raus mit der Sprache. Was läuft hier?«

Maynard war wütend. Sehr wütend. Er beugte sich über den Schreibtisch, stützte sich mit beiden Armen auf und funkelte den Bürgermeister böse an.

Angesichts dieser Naturgewalt auf zwei Beinen bekam es Jack Shannon mit der Angst zu tun.

»Beruhigen Sie sich, Mister. Es gibt keinen Grund sich aufzuregen.«

Maynard trat einen Schritt zurück.

»Bin die Ruhe selbst, Sir. Also, wer sind diese Männer und was haben die vor?«

»Der Stadt Crockwell liegt kein Antrag auf eine Nutzungsänderung im Bereich der Redground Road vor. Das ist klassisches Farmland und die Stadt hat auch nicht vor, dort Baugrundstücke zu erschließen. Ich habe keinen Schimmer, wer diese Leute sind und warum sie die Farmen kaufen wollen. Warum fragen Sie sie nicht einfach?«

»Tja, ist schwierig. Die haben meine Scheune niedergebrannt, meinen Bruder schwer verletzt und meinen Truck zerstört. Mein Gesprächsbedarf ist gedeckt.«

»Wie bitte, warum weiß ich nichts davon? Haben Sie nicht sofort die Polizei gerufen?.«

»Tucker und Kane helfen bereits so gut sie können. Aber wir sind gerade mal zu dritt und müssen uns gegen mehr als dreißig hartgesottene »Comancheros« zur Wehr setzen.«

»Sie meinen diese Motorradbande?«

»Stellen Sie sich nicht dümmer als Sie sind, Shannon. Sie sind kein guter Lügner. Sie zittern und Sie schwitzen. Eindeutig ein Zeichen, dass Sie ein schlechtes Gewissen haben. Ich nehme Ihnen Ihre Unwissenheit nicht ab. Sie wissen ganz genau, was hier gerade vor sich geht. Ich warne Sie. Wenn ich herausfinde, dass Sie mit denen gemeinsame Sache machen, erledige ich Sie, kapiert?«

»Was glauben Sie eigentlich, wer Sie sind, Mister? Sie stürmen in mein Büro und bedrohen mich? Ich werde Sie dafür hinter Gitter bringen.«

»Halten Sie die Klappe, Shannon. Sorgen Sie lieber dafür, dass diese Kerle verschwinden. Wenn nicht, werde ich das tun. Aber dann werde ich vor Ihnen keinen Halt machen, das verspreche ich Ihnen.«

Maynard warf Shannon einen bitterbösen Blick zu und verschwand. Für ihn stand fest, dass der Bürgermeister genau wusste, was gerade an der Redground Road geschah. Beweisen konnte er ihm das allerdings nicht. Noch nicht.

Nachdem Hannah Lena Iwanova am Telefon von der Aussage Robert Langhoffs in Kenntnis gesetzt hatte, war sie stocksauer.

»War doch klar, dass er das behaupten würde. Er hat Mila betäubt, entführt und vergewaltigt. So wie er das schon etliche Male zuvor getan hat. Der Mann ist ein Psychopath, wann kriegt das mal endlich einer mit?«

Hannah hob die Augenbrauen.

»Es gibt da allerdings einiges, was wir nicht verstehen, Frau Iwanova. Sie sagen, die Anzeige sei erst nach vier Wochen erfolgt, weil Mila Angst hatte, ihren Job zu verlieren, wenn sie ihren Chef anzeigen würde?«

»Richtig«, bestätigte sie.

»Hm, war es nicht vielmehr so, dass Sie von Robert Langhoff 250.000 Euro gefordert haben, und ihm gedroht haben zur Polizei zu gehen, wenn er nicht zahlen würde? Und als er nach vier Wochen immer noch nicht gezahlt hatte, haben Sie ihn schließlich angezeigt?«

»Unsinn«, ätzte sie.

Hannah nickte. »Also haben Sie Herrn Langhoff nicht erpresst?«

»Nein, natürlich nicht.«

»Warum haben Sie bei der ärztlichen Untersuchung durch eine Gynäkologin einen Tag nach der vermeintlichen Vergewaltigung nicht auch sofort eine Blutprobe nehmen lassen, um etwaige sedierende Substanzen im Blut Ihrer Tochter nachzuweisen? Oder gab es die gar nicht und Sie mussten befürchten, dass zudem auch noch jede Menge Alkohol in Milas Blut festgestellt werden würde?«

»Mila hat erst später von einer Freundin, die am besagten Abend dabei war, erfahren, dass Langhoff den Mädchen Partydrogen angeboten hatte. Danach wurde uns klar, warum Mila im seinem Auto eingeschlafen war. Er hatte ihr was von dem Zeug in den Drink geschüttet.«

»Was sich allerdings nicht beweisen lässt . Selbst, wenn er diese sogenannten K.O.-Tropfen dabei hatte, heißt das nicht, dass er sie

Mila auch verabreicht hat. Außerdem war er ja wohl zu keiner Sekunde mit ihr allein in diesem Club. Wenn er das Zeug in Milas Glas geträufelt hätte, wäre das doch nicht unbemerkt geblieben«, meinte Hannah.

»Wann waren Sie das letzte Mal in einem Danceclub? Dort ist es brechend voll, heiß, laut und dunkel. Die Leute trinken, tanzen und feiern. Und sie nehmen Drogen. Glauben Sie, da fällt es auf, wenn jemand ein paar Tropfen in irgendein Glas schüttet? Die schießen sich doch reihenweise selbst ab mit diesem Teufelszeug«, sagte Lena Iwanova.

»Kennen Sie Sofia Glaser?«

»Na klar, mit der hat Langhoff doch dasselbe gemacht. Aber seine Tochter Rebecca, dieses Miststück, hat dafür gesorgt, dass sie die Klappe hält. Alle in der Clique wussten, was passiert war.«

»Also kennen sich Mila, Sofia und Rebecca?«

»Ja, die sind in einem Alter und sind zusammen zur Schule gegangen. Rebecca weiß ganz genau wie ihr Vater tickt. Seit seiner Scheidung ist der nur noch auf der Jagd nach jungen Mädchen. Sie hat versucht, ihn zu bremsen, scheinbar ohne Erfolg.«

»Hatten Sie ein Verhältnis mit Robert Langhoff?«

»Klar, die Frage musste ja jetzt kommen. Er hat sich nach seiner Scheidung bei mir ausgeheult. Ich war ein paarmal mit ihm im Bett. Aber ich sage Ihnen was, mit selbstbewussten Frauen hat er Probleme. Da geht nicht viel, wenn Sie wissen, was ich meine.«

»Ist Sofia Glaser diejenige, die gesehen haben will, dass Robert Langhoff Mila K.O.-Tropfen verabreicht hat?«

»Nicht nur das, sie hat auch gehört, dass er Mila nach Hause fahren wollte. Wenn Mila gewusst hätte, dass er vorhatte, sie mit in sein Appartement zu nehmen, wäre sie niemals in seinen Wagen gestiegen.«

»War Rebecca Langhoff an besagtem Abend auch in diesem Club?«

»Ja, die ganze Mädchenclique war da.«

»Wie hat sie denn darauf reagiert, als ihr Vater da plötzlich aufgekreuzt ist?«

»Sie war not amused, hat aber versucht, sich nichts anmerken zu lassen. Außerdem war Langhoff seit seiner Scheidung fast jedes Wochenende in den Bars und Clubs auf Beutezug. Das war für Rebecca nichts Neues.«

»Wo arbeiten Sie gerade, Frau Iwanova?«

»Nirgendwo. Hab mich selbständig gemacht und arbeite von zu Hause aus.« »Aha, und was machen Sie, wenn ich fragen darf?«

»Ich betreibe eine Sex Web Cam.«

»Hm, und das läuft?«

»Sehr gut sogar.«

»Frau Iwanova, Sie waren eine zeitlang mit Robert Langhoff liiert. Irgendwann hat er Sie abserviert, weil, wie Sie ja selbst zu verstehen gegeben haben, Sie ihm scheinbar zu alt waren. Haben Sie einen Grund, sich an ihm zu rächen?«

»Nein, er hat Mila schließlich einen Ausbildungsplatz gegeben und hat sie gut bezahlt. Dass er auf junge Frauen steht, wusste ich, aber dass er auch den Freundinnen seiner Tochter nachstellt, ist im höchsten Maße pervers. Wenn er wenigstens ein Nein akzeptieren würde. Tut er aber nicht. Er macht sie mit Valium gefügig, entführt sie unter einem Vorwand in sein Appartement und vergewaltigt sie. Robert Langhoff ist ein Sexualstraftäter und gehört hinter Gitter«, giftete sie.

Hannah atmete tief durch. »Frau Iwanova, ich würde Ihnen dringend empfehlen, einen Anwalt aufzusuchen, der Sie darüber aufklärt, wie es um Ihre Chancen bei dieser dürftigen Beweislage vor Gericht steht.«

»Dacht ich's mir doch, dass die Polizei auf Langhoffs Seite steht. Wir wollten unbedingt mit einer Kommissarin sprechen, weil wir dachten, dass eine Frau das besser versteht. Aber da haben wir uns wohl getäuscht.«

»Schade, dass Sie das so sehen, Frau Iwanova. Aber mein Job ist es, sämtliche Emotionen außen vor zu lassen und nur die Faktenlage zu beurteilen. Alles andere wäre wenig hilfreich. Natürlich verstehe ich Ihren Ärger. Der fast fünfzigjährige Chef lädt seine Auszubildende zu sich nach Hause ein und schläft mit ihr. Wäre Mila nur ein Jahr jünger, würde dieser Tatbestand allein ausreichen, um ihn nach Paragraph 174 der Strafprozessordnung für fünf Jahre ins Gefängnis zu bringen. Aber Mila war zum Zeitpunkt der Tat bereits neunzehn, also volljährig. Und es steht Aussage gegen Aussage. Dass Langhoff Mila sedierende Substanzen verabreicht hat, um sie gefügig zu machen, kann im Nachhinein nicht mehr festgestellt werden«, erklärte Hannah.

»Also werden Sie jetzt nichts weiter unternehmen, verstehe ich das richtig?«

»Selbstverständlich werden wir weiter gegen Langhoff ermitteln, auch wenn die Chancen im Moment gering sind, ihm eine Vergewaltigung zu beweisen.«

»Tja, dann werde ich mich wohl selber um die Sache kümmern müssen«, schimpfte Lena Iwanova.

»Davon würde ich dringend abraten. Lassen Sie Langhoff in Ruhe. Nehmen Sie sich einen Anwalt und machen Sie dem klar, dass Sie vor Gericht ziehen wollen. Möglich, dass eine Richterin auch ohne den Beweis, dass Langhoff Mila Valium verabreicht hat, den Tatbestand der Vergewaltigung als gegeben sieht«, sagte Hannah.

»Wohl kaum. Robert Langhoff ist ein bekannter Mann. Dem werden die wohl eher glauben, als einer kleinen Auszubildenden«, seufzte Lena Iwanova hörbar enttäuscht und beendete das Gespräch.

Jan hatte das Gepräch mitgehört. »Ist 'ne harte Nuss, die Frau. Aber ich kann sie verstehen. Ob Vergewaltigung oder nicht. Der alte Sack hat mit ihrer fast noch minderjährigen Tochter geschlafen und dabei schamlos ausgenutzt, dass er ihr Chef ist.«

»Stimmt, das ist moralisch verwerflich, hat aber keinerlei strafrechtliche Folgen, wenn der Sex tatsächlich einvernehmlich war. Und da steht eben Aussage gegen Aussage.«

»Was willst du jetzt unternehmen?«

»Na ja, das Übliche eben. Wir werden im Umfeld der Beteiligten ermitteln. Mal sehen, was da noch alles ans Tageslicht kommt.«

»Tja, wenn ihr meine Unterstützung braucht. Ich bin dabei.«

»Hast du inzwischen mit deinen Jungs telefoniert?«, erkundigte sich Hannah.

»Tom Ritter ist dabei. Jimmy Morisson und Johnny Henderson konnte ich nicht erreichen, hab denen aber eine WhatsApp geschickt.«

»Und was ist mit Rommel?«

»Ist keine gute Idee. Der hat mit seiner Vergangenheit als Soldat endgültig abgeschlossen. Außerdem würde er das alles nicht mehr verkraften. Weder physisch noch mental.«

»Du stellst ihn dar, als wäre er ein Wrack«, meinte Hannah.

»Nein, aber wenn die innere Bereitschaft fehlt, nochmal alles zu geben, macht es keinen Sinn mehr. Da sind die anderen drei Jungs aus einem anderen Holz geschnitzt. Die werden sich nicht lange bitten lassen, wenn einer ihrer Kameraden Hilfe braucht.«

Jans Handy klingelte. »Oh, verdammt, das ist Meredith«, nahm er das Gespräch an.

»Entschuldigen Sie, aber ich bin's schon wieder«, begann sie und schilderte Jan ausführlich, was zuletzt in Crockwell geschehen war.

»Ich habe unsere Freunde kontaktiert und warte auf ihre Rückmeldung. Ich werde versuchen, so schnell es geht, nach Crockwell zu kommen. Das wird aber mindestens noch zwei Tage dauern. Solange müssen Sie noch durchhalten, Meredith«, antwortete Jan.

Meredith Connor bedankte sich und legte auf.

»Da brennt der Baum, Maynard ist mit seinem Kumpel Crasher auf sich allein gestellt. Die beiden Dorfpolizisten sind zwar auf ihrer Seite, sind aber dem Gesetz verpflichtet. Die angeforderte Verstärkung der Bundespolizei aus Sydney ist abgelehnt worden. Stattdessen wollen die Unterstützung aus Goulburn schicken. Allerdings ist da bis jetzt niemand aufgekreuzt. Und zu allem Überfluss hat sich der Devil eine schwere Schulterverletzung zugezogen, als die Biker ihn mit seinem Truck von der Straße gedrängt haben. Wir müssen jetzt so schnell wie möglich etwas unternehmen. Am besten Tom und ich fliegen schon morgen nach Australien. Mal sehen, ob wir das organisieren können«, sagte Jan.

»Okay, dann sollten wir herausfinden, welches die schnellste Verbindung ist«, schlug Hannah vor. »Ich kümmere mich darum. Du solltest inzwischen weiter versuchen, die beiden Amerikaner zu erreichen.«

Zehn Minuten später hatte Hannah eine Reiseroute ausgearbeitet. »Morgen von Frankfurt ab 12:30 Uhr mit der Lufthansa nach Singapur, Ankunft 06:50 Uhr. Ab Singapur um 07:45 Uhr weiter nach Melbourne, Ankunft 17:10 Uhr. Von Melbourne um 19:05 Uhr weiter nach Sydney, Ankunft 20:25 Uhr. Von dort fahrt ihr mit einem Mietwagen die 240 Kilometer nach Crockwell, Ankunft gegen 23 Uhr. Die Sache hat nur einen Haken: Die Kosten für Hin- und Rückflug eine Woche später betragen satte 4.500 Euro. Pro Person.«

»Viel Geld, aber eben nicht zu ändern. Tom und ich werden das stemmen können, Jimmy ebenfalls, nur Johnny nicht. Der arbeitet in New York beim Grünflächenamt und kommt finanziell geradeso über die Runden. Aber ich werde mit Jimmy sprechen, ob er

Johnny behilflich sein kann. Immerhin ist er ein reicher texanischer Viehzüchter mit eigener Ranch«, meinte Jan.

»Gut, dann ruf Tom an und frag ihn, ob die Buchung für ihn so in Ordnung geht«, sagte Hannah.

»Okay, alles andere regele ich mit Jimmy, sobald er sich meldet«, antwortete Jan.

»Tja, dann werde ich Rico wohl doch in unsere Pläne einweihen. Er soll dann entscheiden, ob wir Waffel mit ins Boot nehmen, oder nicht. Vielleicht ist es besser, den Chef da herauszuhalten. Ich könnte ihm erzählen, dass meine Mutter plötzlich krank geworden ist und du dich eine Woche um Niklas kümmern musst, weil ich gerade an dem Fall Langhoff arbeite«, schlug Hannah vor.

»Irgendwie hoffe ich immer noch, dass sich die Probleme in Crockwell auf vernünftige Art und Weise lösen lassen. Allerdings wohl nur dann, wenn die Polizei ihre Bürger schützt. Kann doch nicht sein, dass eine Bande von Bikern im Auftrag von irgendwelchen skrupellosen Großkotzen deren Interessen mit Gewalt durchsetzen will«, schimpfte Jan.

»Wobei die ja wohl noch gar nicht wissen, wer oder was genau dahintersteckt, oder?« fragte Hannah.

»Für diese Leute muss das Land von Maynard und Meredith einen bestimmten Wert haben, sonst würden die nicht mit aller Macht versuchen, sie von ihrem Grund und Boden zu vertreiben.«

»Gibt's da vielleicht bisher unentdeckte Öl- oder Gasvorkommen?«

»Keine Ahnung. Möglich. Ich weiß es nicht«, zuckte Jan mit den Schultern.

Hannah und Jan wollten sich gerade auf den Heimweg machen, als sein Handy klingelte.

»Hey, Jimmy, wie geht's dir?«, nahm er das Gespräch an.

»Alles okay, Jan. Viel Arbeit, wenig Zeit für die Familie. Ist bei euch auch alles in Ordnung? Hab letztens mit Steven telefoniert.

Er hat mir erzählt, dass du Papa geworden bist. Glückwunsch, wurde ja auch langsam Zeit, oder?«

»Ja, stimmt. Hannah und ich sind glücklich, dass wir doch noch Eltern geworden sind. Niklas ist ein prächtiger Junge. Er ist das Beste, was mir in meinem Leben passiert ist.«

»Verstehe, ich habe mittlerweile drei von der Sorte. Der Älteste sitzt bereits im Sattel und reitet Rodeo.«

»Wahnsinn, wie schnell die Zeit vergeht. Du hast meine Nachricht gelesen. Maynard braucht unsere Hilfe.«

»Weisst du bereits Genaueres?«

Jan erzählte Jimmy in Kurzform, was er von Meredith gehört hatte.

»Hm, also steht er fast allein da und ist zu allem Überfluss auch noch verletzt. Kaum zu fassen, dass die Polizei nichts unternimmt. Australische Provinz eben, bis da irgend so ein Sesselfurzer aus Sydney reagiert, fallen Weihnachten und Ostern auf einen Tag.«

»Du sagst es, Jimmy - ich denke, wir haben keine Wahl, wir müssen dem Devil helfen.«

»Ich habe bereits mit Johnny telefoniert. Er fliegt noch heute Abend von New York nach Dallas. Wir werden zusammen morgen früh von Dallas Airport über Los Angeles nach Sydney fliegen und übermorgen um 19:15 Uhr Ortszeit in Sydney landen. Und klar, ich werde selbstverständlich sämtliche Kosten übernehmen«, sagte Jimmy.

»Perfekt, wenn alles klappt, landen wir nur eine Stunde nach euch. Danach geht's mit 'nem Mietwagen nach Crockwell.«

»Wie sieht 's mit Waffen aus? Im Flieger ist nicht mal 'ne Nagelfeile erlaubt. Wir können schließlich nicht die gesamte Motorradbande mit bloßen Händen erledigen.«

»Wohl kaum. Aber ich denke, dass wir uns über dieses Thema wenig Sorgen machen müssen. Wie ich Maynard kenne, wird seine Waffenkammer gut sortiert sein.«

»Klar, im australischen Busch musst du auf alles vorbereitet sein. Sogar auf eine Bande marodierender Biker.«

»Ich freue mich euch zu sehen. Wird allerdings ein verdammt schwieriger Auftrag werden. Aber zusammen sind wir stark. Haben wir oft genug bewiesen, auch wenn wir vielleicht schon 'n wenig eingerostet sind.«

»Mach dir keine Sorgen. Wir werden ja wohl noch mit ein paar motorisierten Krawallbrüdern fertig werden, oder? Wenn die wüssten, was auf sie zukommt, würden die besser einen gemütlichen Ausflug zum Ayers Rock machen und nicht versuchen, einem unserer Brüder die Farm wegzunehmen.«

»Danke, Jimmy. Wir sehen uns«, sagte Jan und beendete das Gespräch.

Er lächelte Hannah an. »Ist ein unglaublich gutes Gefühl, wenn man weiß, dass man sich auf seine Freunde verlassen kann.«

»Stimmt«, antwortete Hannah und grinste.

»Hm, klar, das gilt selbstverständlich auch für beste Freundinnen«, beeilte er sich hinzuzufügen.

Nachdem Hannah Jan zum Flughafen gebracht hatte, fuhr sie sofort weiter ins Präsidium. Zu ihrer Überraschung saß Rico Steding bereits an seinem Schreibtisch, als sie um kurz nach sieben das Büro der Mordkommission betrat.

»Hey, bist du aus dem Bett gefallen?«, wunderte er sich, dass Hannah heute eine Stunde eher dran war als gewohnt.

»Hatte heute morgen schon was Wichtiges zu erledigen. Hab uns Croissants mitgebracht«, wedelte sie mit der Brötchentüte.

»Oh, womit hab ich die denn verdient?«, lächelte Rico.

»Soll ich uns Kaffee holen, oder…?«

»…untersteh dich. Der Kaffee meiner Frau ist schließlich nicht nur für Waffel da«, meinte Rico, holte zwei Kaffeebecher, stellte sie auf den Schreibtisch, drehte seine silberne Thermoskanne auf und füllte die beiden Becher randvoll mit dem herrlich duftenden Bohnenkaffee seiner Frau. Hannah legte jedem zwei Croissants auf den Teller, stellte Butter und Marmelade dazu und nahm zwei Messer aus dem offenen Besteckkasten im Regal neben der Tür.

»Sollen wir noch einen Moment warten, bis Jan kommt?«, fragte Rico.

»Nein«, antwortete Hannah einsilbig.

»Äh, okay, na dann…guten Appetit«, zuckte Rico mit den Achseln.

»Ich muss mit dir reden, Rico. Jan wird heute nicht kommen und morgen auch nicht. Ich habe ihn gerade zum Flughafen gefahren. Er fliegt nach Australien.«

»Was? Nach Australien? Was in aller Welt…?«

»Maynard steckt in großen Schwierigkeiten. Er braucht dringend Hilfe«, begann Hannah und erzählte ihrem Chef, was vorgefallen war.

»Das ist ja kaum zu glauben. Und die Polizei unternimmt nichts dagegen? Australien ist doch ein Rechtsstaat und keine Bananenrepublik. Ich fass es nicht«. schüttelte Rico fassungslos den Kopf.

»Hör zu, Jan hat offiziell eine Woche Urlaub genommen, weil meine Mutter krank geworden ist. Er muss sich um Niklas kümmern, weil ich am Fall Langhoff arbeite«, erklärte Hannah.

»Klar, kein Problem. Den Antrag kann er später unterschreiben. Wird natürlich sofort genehmigt. Die Frage ist nur…«

»…ob wir Waffel mit ins Boot nehmen, oder bei der offiziellen Begründung bleiben.«

»Tja, ich weiß nicht. Wenn im Nachhinein herauskommt, warum er tatsächlich eine Woche weg war, wird Waffel sicher sauer sein. Und das zurecht.«

»Du entscheidest, ob du ihm reinen Wein einschenkst. Wäre nur blöd, wenn der Oberstaatsanwalt den wahren Grund gewahr werden würde. Und die Kollegen müssen auch nicht unbedingt erfahren, was Jan in Australien macht.«

»Aber Waffel sollten wir schon informieren. Er wird seine Klappe halten, wenn wir ihn darum bitten«, meinte Rico.

»Okay«, war Hannah einverstanden.

Plötzlich stand Krause im Türrahmen und wünschte einen schönen Guten Morgen. Er wedelte mit einem dünnen Hefter in der Luft.

»Kollege Jungmann und ich haben gestern Nacht das Internet durchforstet und das ein oder andere durchaus informative Telefonat geführt«, sagte er.

»Echt jetzt? Habt ihr eigentlich kein zu Hause, oder habt ihr eure Gasrechnung nicht bezahlt?«, fragte Hannah.

»Nee, wir haben das im Homeoffice gemacht und dann gleich heute morgen die ersten Telefonate geführt.«

»Nimm dir 'nen Kaffee, setz dich und erzähl uns, was ihr rausgefunden habt«, forderte Hannah ihren Kollegen auf.

»Robert Langhoff hat sich scheiden lassen. Seine Tochter Rebecca lebt bei seiner Frau Lisa.«

»Ist bekannt«, unterbrach Hannah.

»Ja, aber was wir bisher nicht wussten, ist, dass ein knallharter Ehevertrag existiert. Lisa Langhoff geht leer aus. Sie bekommt gar nichts. Sie ist mit ihrer Tochter in eine kleine Zweizimmer-Wohnung gezogen und befindet sich auf Jobsuche, um wenigstens die Miete zahlen zu können.«

»Wieso? Ihr Ex zahlt doch sicher Unterhalt, oder?«

»Nee, Rico. Langhoff hat bisher keinen Cent gezahlt. Deshalb hat seine Frau jetzt Klage eingereicht.«

»Und warum weigert der sich?«, wollte Hannah wissen.

»Haben wir uns auch gefragt. Doch dann haben wir die Antwort auf diese Frage gefunden. Lisa Langhoff hat ein Verhältnis zu seinem Partner Tino Vogt. Und Vogt und Langhoff sind schon seit Längerem zerstritten. Grund ist anscheinend Vogts Ärger darüber, dass Langhoff seine lukrativen Aufträge als Statiker nicht über die Firma abrechnet, sondern privat verbucht. Der hat einen millionenschweren Vertrag mit einer US-Firma abgeschlossen, die sich auf den Bau von riesigen Freizeitparks spezialisiert hat.«

»Sag mal, Krause, woher weisst du das alles? Kann man das tatsächlich alles im Internet recherchieren?«, wollte Rico wissen.

»Manches schon, aber eben nicht alles. Aber ihr wisst ja, Beziehungen schaden nur dem, der keine hat. Ich kenne da jemanden bei Gericht. Über den Schreibtisch dieser guten Bekannten laufen sämtliche Klagen und deren Erwiderungen.«

»Was denn? Die hat ihren Job aufs Spiel gesetzt und dir Zugang zu streng vertraulichen Gerichtsakten gewährt?«, wunderte sich Hannah.

»Na ja, sagen wir mal, ich durfte kurz ungestört einen Blick reinwerfen«, grinste Krause.

»Oh, Mann«, seufzte Hannah.

»Es kommt noch besser. Langhoffs Anwalt wirft seiner Frau Erpressung vor. Lisa hatte ihm damit gedroht, dass Rebecca aussagen würde, dass ihr Vater Mila Iwanova sediert, entführt und vergewaltigt hätte, wenn er sich nicht bereiterklären würde, ihrer Tochter eine lebenslange monatliche Unterhaltszahlung in Höhe von 25.000 Euro zu zahlen.«

»Und das stand auch in den Gerichtsakten?«, wunderte sich Rico.

»Nee«, schütttelte Krause den Kopf. »Meine Quelle war beim Gütetermin als Protokollantin dabei.«

»Wow, also gibt's momentan richtig Zoff im Hause Langhoff. Wieso weigert der sich eigentlich zu zahlen? Der Kerl hat Geld wie Dreck«, fragte sich Hannah.

»Tja, schätze aus verletzter Eitelkeit. Dass seine Frau ausgerechnet mit seinem Geschäftspartner schläft und seine eigene Tochter droht, ihn ans Messer zu liefern, hat er offensichtlich nicht verkraftet«, glaubte Krause.

»Gute Arbeit«, hob Rico den Daumen.

»Danke, aber das ist noch nicht alles. Wusstet ihr eigentlich, dass Lena Iwanova als Prostituierte arbeitet? Na ja, der Begriff »Edelnutte« trifft's wahrscheinlich eher. Die betreibt eine Live-Cam im Internet. Das Interessante daran ist, dass sie sich nicht nur vor laufender Kamera auszieht, sondern auch ihre Dienste als Callgirl anbietet. Und jetzt haltet euch fest. Ihr Honorar beträgt satte tausend Euro. Pro Stunde wohlgemerkt. Und wenn ihr glaubt, dass das zu viel ist, nee, die Dame ist auf Wochen ausgebucht.«

»Das hat sie uns bereits erzählt. Übrigens auch, dass sie mal was mit Robert Langhoff hatte«, sagte Hannah.

»Hatte? Der Kerl vögelt die Dame immer noch regelmäßig. Sie hat in ihrem Kalender einen festen wöchentlichen Termin notiert. Und zwar in Robert Langhoffs Appartement in der Abtnaundorfer Straße 32, in der Nähe seines Firmensitzes«, wusste Krause.

»Ja, aber warum verdammt nochmal zeigt sie ausgerechnet jetzt ihren besten Kunden an? Immerhin verdient sie doch einen Haufen Kohle mit dem Kerl?«, wunderte sich Hannah.

»Vielleicht, weil Langhoff tatsächlich ihre Tochter vergewaltigt hat?«, mutmaßte Rico.

»Nee, ich glaube eher, dass Lena Iwanova genau wusste, dass Langhoff stinkreich ist. Und sie wusste um seine Vorliebe für junge Frauen. Ihre Tochter hatte ihr wahrscheinlich erzählt, dass Langhoff oft an Wochenenden in den Clubs unterwegs ist und Ausschau nach Frischfleisch hält. Da kam ihr die Idee, ihn in ein Falle zu locken und anschließend zu erpressen. Als er nicht gezahlt hat, hat sie ihn angezeigt«, kombinierte Krause.

»Durchaus möglich. Aber Beweise dafür haben wir nicht«, seufzte Hannah.

»Noch nicht. Aber wir sind dran«, antwortete Krause.

»Also haben sowohl Lisa Langhoff als auch Lena Iwanova einen Grund, Robert Langhoff zu schaden«, fasste Rico zusammen.

»Na ja, schaden ist da wohl maßlos untertrieben. Ich würde eher sagen, die wollen ihn vernichten«, sagte Hannah.

»Womöglich arbeiten die beiden Frauen sogar zusammen. Ihre Töchter Rebecca und Lisa kennen sich, gehören sogar der gleichen Clique von Mädchen an, die an Wochenenden in den Clubs feiern geht«, glaubte Krause.

»Und sie wollen beide Geld von ihm«, ergänzte Hannah.

»Okay, also bleiben wir dran an diesem Fall. Du kannst mit unserer vollen Unterstützung rechnen, Krause. Im Moment haben wir keinen Mord aufzuklären und bevor uns langweilig wird, machen wir eben einen Abstecher zur Sitte und beteiligen uns an der Untersuchung einer vermeintlichen Vergewaltigung«, sagte Rico.

»Wo ist Jan?«, fragte Krause.

»Hat Urlaub«, beeilte sich Hannah zu antworten.

»Urlaub? Was ist das?«, seufzte Krause. »Kann unsereiner nur von träumen.«

»Tja, war in letzter Zeit viel los. Da mussten alle ran. Oft rund um die Uhr, unermüdlich Doppelschichten schieben. Und da Jungmann und du weit und breit die einzigen seid, die in der Lage sind, Verdächtige aufs Korn zu nehmen, ohne, dass das am nächsten Tag in der Zeitung steht, wart ihr oft Tag und Nacht im Einsatz«, sagte Rico.

»Wir wissen das zu schätzen, dass ihr euch für die Mordkommission den Arsch aufgerissen habt, ohne euch auch nur einmal zu beklagen. Jetzt sind wir dran, das Gleiche für euch zu tun«, meinte Hannah.

»Oh, rieche ich da etwa frisches Gebäck und echten Bohnenkaffee? Und sind das nicht diese fantastischen Butterhörnchen vom Bäcker an der Ecke?«

Es war kurz nach neun Uhr morgens. Zeit für Polizeidirektor Horst Wawrzyniak im Präsidium auf Schnorrertour zu gehen. Erste Anlaufstation war gewöhnlich das Büro der Mordkommission. Er war geradezu süchtig nach dem Kaffee, den Ricos Frau jeden Morgen frisch zubereitete und in die mittlerweile legendäre silberne Thermoskanne ihres Mannes füllte. Und sie packte ihrem Mann stets eine Tupperdose mit selbstgebackenen Keksen ein, wohlwissend, dass die im ganzen Präsidium beliebt waren.

»Morgen Horst, setz dich«, sagte Rico und schenkte dem Chef einen Becher Kaffee ein.

»Ach, keine Umstände bitte«, antwortete Waffel wie er es jeden Morgen tat, und schielte dabei auf das übriggebliebene Butterhörnchen auf Hannahs Teller.

»Wie wär's mit 'nem leckeren Hörnchen zum Kaffee, Chef?«, fragte Hannah, die hinter ihm stand und vielsagend mit den Augen rollte .

»Äh, na ja, wenn das tatsächlich übrig ist? Ich will ja niemanden was wegessen. Ach, wo ist denn eigentlich Hauptkommissar Krüger?«

»Nee, Chef, schon gut, greifen Sie zu«, antwortete Hannah und überging Waffels Frage nach Jan.

Der Polizeidirektor ließ sich nicht zweimal bitten, verschlang gierig das ofenfrische Gebäck und schlürfte mit Genuss den von ihm so geliebten Bohnenkaffee von Ricos Frau.

»Wir sind dann mal drüben bei der Sitte und kümmern uns um den Fall Langhoff«, sagte Hannah und zupfte Krause am Ärmel.

»Okay, der Chef und ich gehen gleich noch eine rauchen, haben noch was Wichtiges zu bespecken. Bis gleich«, antwortete Rico und nickte Hannah zu. Sie wusste, dass er dem Polizeidirektor unter vier Augen erzählen würde, warum Jan Urlaub genommen hatte. Und sie wusste auch, dass Waffel Jan im Zweifelsfall unterstützen würde.

Mit knapp halbstündiger Verspätung landete der Airbus der Singapore Airlines um Viertel nach neun auf dem Kingsford Smith International Airport in Sydney. Jan und Tom waren am Vortag um halb eins in Frankfurt am Main abgeflogen und nach Zwischenstopps in Singapur und Melbourne am frühen Abend des Folgetages in Sydney gelandet.

Als die beiden am Gepäckband ihre Rucksäcke aufnehmen wollten, wurde sie bereits von einem strahlend lächelnden Jimmy Morrisson begrüßt.

»Hey, Jungs, kann das sein, dass ihr noch gewachsen seid? Hab euch kleiner in Erinnerung«, flachste er.

»Das sieht von da unten nur so aus«, lachte Jan und umarmte seinen Freund, der gut einen Kopf kleiner war als er.

Johnny Henderson hatte sich zunächst, wie es so seine zurückhaltende Art war, im Hintergrund gehalten. Er schüttelte Tom die Hand und nickte Jan zu.

»Major, schön Sie zu sehen«, salutierte er.

»Hey, Johnny, der Major ist jetzt Colonel, so viel Zeit muss sein«, grinste Tom.

»Echt? Selbst als Rentner erklimmt der Kerl noch die Karriereleiter? Wahnsinn«, antwortete Johnny.

»Beim nächsten mal isser General, wetten?«, legte Jimmy noch einen drauf,

»Möglich ist das. Wenn die mich nochmal zur Reserveübung einziehen, steht am Ende wahrscheinlich ein waschechter Viersternegeneral vor euch«, meinte Jan.

»Gott bewahre«, rief Jimmy, »dann wird der Kerl ja noch arroganter.«

»Oh Mann, das wäre ja nicht auszuhalten. Dann kommandiert der uns noch mehr herum«, lachte Johnny.

»Schön euch zu sehen, Männer«, sagte Jan. »Der Devil braucht unsere Hilfe, also werden wir für ihn da sein. Großartig, dass ihr gekommen seid.«

»Ehrensache«, antwortete Jimmy. Johnny pflichtete ihm nickend bei.

»Selbstverständlich ist das nicht. Und gefährlich außerdem. Wir werden es wohl mit 'ner Horde aggressiver Rocker zu tun bekommen, die schon mehrfach brutal zugeschlagen haben. Das wird sicher kein Kinderspiel«, warnte Jan.

»Selbst Schuld, wenn die sich mit den Marines anlegen. Kann mitunter ungesund sein. Wir werden diesen Typen gehörig in den Arsch treten und sie zum Teufel jagen«, sprühte Jimmy förmlich vor Tatendrang.

«Dazu werden wir Waffen brauchen«, forderte Johnny.

»Hm, bin gespannt, was wir in Maynards Waffenkammer alles finden werden«, fragte sich Jimmy.

»Unbewaffnet wird er nicht sein, das ist sicher. Alles andere wird sich zeigen. Wir werden improvisieren müssen«, zuckte Jan die Schultern.

»Hey, seht mal, der Typ da drüben mit dem Schild«, rief Tom Ritter.

Am Ausgang der Gepäckabholung stand ein Kerl, sah zu ihnen hinüber und schwenkte ein Schild mit der Aufschrift «Mr. Kruger«, ohne Pünktchen.

»Hm, dann fragen wir ihn doch mal, wen genau er sucht«, schlug Jan vor.

Die Gruppe steuerte direkt auf den Mann zu.

»Äh, Hallo. Sind Sie Major Kruger aus Deutschland?«, wollte er wissen.

Jan verzichtete auf eine Belehrung und nickte. »Ja, und wer sind Sie?«

»Ich heiße Theodor Crankwell. Ich bin ein Freund von Maynard«, stellte er sich vor.

Jan stutzte. »Hat er Sie geschickt?«

»Nein, er weiß noch nichts von Ihrer Ankunft. Miss Connor bat mich, Sie vom Flughafen abzuholen und nach Crockwell zu fliegen. So sparen wir über zwei Stunden Zeit«, erklärte er.

»Was, wenn das 'ne Falle ist?«, flüsterte Jimmy misstrauisch.

Jan zuckte die Achseln, nahm sein Handy und schickte Meredith Connor eine WhatsApp.

Nicht mal eine Minute später hatte er die Antwort.

»Das ist »Crasher«, ein guter Freund. Sie können ihm vertrauen«.

Jan nickte den anderen zu, dass alles in Ordnung sei.

»Okay, dann mal los, »Crasher«, wir wollen keine Zeit verlieren«, sagte Jan .

»Äh, moment mal bitte, »Crasher«? Wieso heißt du »Crasher«?«, befürchtete Johnny Schlimmes.

»Na ja, hab eben schon den ein oder anderen Flieger zerlegt. Da hat man schnell so einen Namen weg«, grinste er.

»Oh verdammt, diese australischen Buschpiloten haben allgemein keinen guten Ruf«, schauderte es Johnny.

Crasher lachte. »Macht euch mal keine Sorgen, ich bin kein Buschpilot, sondern fliege Flugtaxi als Zubringer aus der Provinz zu den großen Flughäfen. Außerdem hat der Name »Crasher« nichts mit meinen Fähigkeiten als Pilot zu tun, sondern ist von meinem Nachnamen Crankwell abgeleitet. Wusste gar nicht, dass Marines so ängstlich sind.«

Eine halbe Stunde später hob die zweimotorige Cessna in Richtung Crockwell ab.

»Wie geht's Reggie? Konntest du ihn besuchen?«, erkundigte sich Jan nach Maynards Zwillingsbruder.

»Hat ihn schwer erwischt. Bei dem Versuch, die Schafe aus der brennenden Scheune zu befreien, ist ein Balken auf ihn gestürzt und hat sein Bein zertrümmert. Er konnte mit letzter Kraft herauskriechen, hat dabei aber schwere Verbrennungen erlitten. Die Ärzte haben ihn ins Koma versetzt, um ihm die schlimmen Schmerzen zu ersparen«, hatte Crasher keine guten Nachrichten.

»Die Devilles sind stark, haben gute Gene, er wird das schaffen«, machte Jan Mut.

»Ja, die Ärzte meinten, dass er gute Chancen hätte, zu überleben. Allerdings wäre es jetzt noch zu früh für eine Prognose«, sagte Crasher.

»Was sind das eigentlich für Typen, die Maynard gerade die Hölle heiß machen? Wo kommen die her und wieso tun die das?«, wollte Jimmy wissen.

»Das sind die »Comancheros«, eine Motorradbande ähnlich den Hells Angels oder den Banditos. Die kommen aus dem Großraum Sydney und machen im gesamten Osten die Gegend unsicher. Handeln mit Drogen und Waffen und arbeiten gelegentlich im Auftrag von zwielichtigen Geschäftsleuten, die mit Gewalt ihre Interessen durchsetzen wollen«, antwortete Crasher. »Richtig böse Jungs, schrecken auch vor Mord nicht zurück.«

»Hm, und über wieviele reden wir da? Fünfzig, hundert?«, fragte Jimmy.

»Dreihundertfünfzig, eher mehr.«

»Wow, und wieviele davon treiben sich in Crockwell rum?«

»Keine Ahnung. Viele«, zuckte Crasher die Achseln.

»Wird also kein Spaziergang, wie ich das sehe«, meinte Jimmy.

»Nein, wird es sicher nicht. Ist wirklich super von euch, eurem Freund zu helfen, aber ich befürchte, dass wir nicht mal zehn Leute zählen werden, die gegen diese Übermacht antreten wollen. Und da sind schon unsere beiden Provinzsheriffs eingerechnet«, antwortete Crasher.

»Wir waren in Afghanistan gerade mal fünfzehn Mann in der Sondereinheit Sniper. Gegen zahlenmäßig überlegene Gegner zu kämpfen war unsere Aufgabe«, erklärte Jimmy.

»Hm, und wieviele von euch haben überlebt?«, fragte Crasher.

»Alle bis auf einen«, antwortete Jimmy halblaut mit zusammengekniffenen Lippen.

Für einen Moment herrschte Ruhe. Nur das sonore Dröhnen der Propeller war zu hören.

»Oh, das tut mir leid«, meinte Crasher, dem nicht entgangen war, dass es Jimmy schwerfiel über dieses Thema zu reden.

»Poul Verhuysen war sein Name. Ein belgischer Sergeant und Scharfschütze«, sagte Jan. »Die Aufgabe der Sniper war es, Nadelstiche gegen die Taliban zu setzen. Wir sind meistens nachts auf Patrouille gegangen und haben die Taliban in ihren Rückzugsgebieten im Hindukusch attackiert, wo sie sich in Sicherheit fühlten. Alle Männer der Einheit waren hervorragende Scharfschützen, die allesamt in der Lage waren, bei widrigen Bedingungen und in der Dunkelheit Ziele jenseits der tausend Meter punktgenau auszuschalten. Bevor die Taliban erkannt hatten, woher die Gefahr kam, waren wir längst wieder verschwunden.«

»Aber einmal ist das schiefgegangen, oder?«, fragte Crasher.

»Ja, wir sind in einen Hinterhalt geraten, als wir uns gerade wieder zurückziehen wollten.«

»Klar, weil der Hubschrauber, der uns aufnehmen sollte, die falschen Koordinaten hatte und nicht am vereinbarten Treffpunkt erschienen war«, schimpfte Jimmy.

Jan nickte. »Wir sind unter starken Beschuss geraten, mussten die Köpfe einziehen. Die Taliban hatten uns hinter einem Felsvorsprung festgenagelt und waren dabei, uns zu umstellen.«

»Und wie seid ihr da wieder rausgekommen?«, wollte Crasher wissen.

»Poul Verhuysen wurde angeschossen, konnte nicht mehr laufen. Als wir ihn wegtragen wollten, hat er sich geweigert. »Macht, dass ihr wegkommt, ich halte sie auf«, meinte er, steckte sich Handgranaten in den Gürtel, nahm seine Waffe, robbte hinter einen Felsvorsprung und schoss Sperrfeuer. Wir wussten genau, wenn wir nicht augenblicklich verschwinden würden, würden wir alle sterben. Ich war der verantwortliche Offizier und musste eine Entscheidung treffen. Und ich traf die schwerste Entscheidung meines Lebens. Wir ließen den schwerverletzten Poul Verhuysen zurück und brachten uns in Sicherheit.«

Crasher stockte der Atem. »Oh, verdammt, dass…«, fehlten ihm die Worte.

»Serjant Poul Verhuysen hat in dieser Nacht vierzehn Männern das Leben gerettet, in dem er sich selbst geopfert hat«, sagte Jan.

»Die Taliban haben ihn erwischt, bevor er sich eine Kugel in den Kopf jagen konnte. Sie haben ihm bei lebendigem Leibe die Haut abgezogen und ans Kreuz genagelt, wo die Geier ihm das Fleisch von den Knochen hackten«, sagte Johnny Henderson mit zittriger Stimme.

Crasher hätte fast vor Schreck die Kontrolle über das Flugzeug verloren. Die Cessna geriet für einen kurzen Moment ins Trudeln, bevor er sie wieder stabilisieren konnte.

»Aber das Schlimmste war, dass wir uns von unserem toten Kameraden nicht ehrenvoll verabschieden konnten und die Familie Verhuysen ihren Sohn nicht beerdigen konnte. Wir waren verzweifelt, konnten jedoch nichts tun«, sagte Jan.

»Und dann hat der Devil ihn zurückgeholt. Er ist allein in der Nacht in das Lager der Taliban vorgedrungen, hat die Wachen getötet, Poul vom Kreuz geschnitten und ihn kilometerweit durch das

Gebirge zurück in die Kaserne getragen«, berichtete Johnny Henderson.

Jan nickte. »Und jetzt verstehst du sicher, warum die Männer dieser Einheit sich geschworen haben, ein Leben lang für den anderen da zu sein, wenn er in Schwierigkeiten gerät. Und genau das tun wir jetzt. Wir werden Maynard zur Seite stehen und diese verfluchte Bande von Bikern zum Teufel jagen.«

Hannah hatte eine unruhige Nacht hinter sich. Jan hatte sich noch nicht gemeldet und Niklas hatte schlecht geschlafen. Die beiden unteren Schneidezähne bahnten sich ihren Weg durch das gerötete Zahnfleisch und bereiteten ihm offensichtlich Schmerzen. Sie hatte das Zahnfleisch mit einem Zahnungshilfegel eingerieben, doch das hatte nicht wirklich viel geholfen. Während der Kaffee durchlief, fütterte sie ihn mit Flaschenmilch, in die sie etwas Paracetamol geträufelt hatte, um die Schmerzen zu lindern.

Als ihre Mutter um halb sieben kam, um Niklas zu betreuen, war er wieder eingeschlafen.

Hannah umarmte sie und erzählte ihr von ihrer schwierigen Nacht.

»Das hat er von dir, Schatz, hast dich beim Zahnen auch schwergetan. Papa und ich haben dich so manche Nacht durch die Wohnung getragen«, seufzte ihre Mutter.

Hannah lächelte und schenkte ihrer Mutter eine Tasse Kaffe ein, als ihr Handy klingelte.

»Verdammt, hab vergessen das Ding auf lautlos zu stellen«, rannte sie die Treppe nach oben.

»Hey, hab gehört, du bist wieder im Dienst. Hättest dich mal melden können, aber du hast im Moment wahrscheinlich jede Menge um die Ohren«, sagte Josie Nussbaum.

»Hi, Josie. Hast recht, tut mir leid. Hab vorgestern wieder angefangen, vorerst aber nur halbtags«, antwortete Hannah.

»Hab versucht, Jan zu erreichen, aber der hat sein Handy ausgeschaltet. Schläft wohl noch, der gestresste Familienvater?«

»Äh, nein. Er ist nicht da. Das erzähle ich dir später. Gibt's was Besonderes? Meine Mutter ist gerade gekommen, wir…«

»Leider ja. Wir haben eine Leiche.«

»Oh verdammt, hast du Rico schon benachrichtigt?«

»Er hat mich gerade angerufen. Ist bereits unterwegs.«

»Hm, okay, gib mir ein paar Minuten. Wo muss ich hin?«

»Abtnaundorfer Park. Seeufer am Kleingartenverein.«

»Äh, ja, ich weiß, wo das ist. Liegt auf Jans Joggingstrecke. Halbe Stunde.«

»Kein Stress, mein Täubchen, wir fangen dann schon mal ohne dich an.«

»Gut, danke, Josie. Bis gleich«, sagte Hannah und stieß einen Frustseufzer aus. »War wohl doch keine gute Idee«, murmelte sie.

Obwohl es erst Anfang September war, war es ein naßkalter, dunkler Herbstmorgen, als Hannah um kurz vor sieben nach Abtnaundorf fuhr. Auf den feuchten Straßen der Innenstadt herrschte reger Berufsverkehr. Eine halbe Stunde später hatte sie über ihr bekannte Schleichwege den Kleingarten am Seeufer erreicht.

Ein uniformierter Kollege winkte sie durch die Absperrung und zeigte ihr an, dass sie am Straßenrand parken konnte.

Hannah stieg aus, bedankte sich und lief die Straße hinunter zum Seeufer. Als Rico sie sah, kam er ihr entgegen. »Morgen, Hannah. Männliche Leiche, um die Fünfzig. Lag mit eingeschlagenem Kopf im Wasser, als sie ein Kleingärtner gegen halb sechs in der Nähe des Ufers entdeckt hat.«

»Äh, Moment. Um halb sechs war es noch stockdunkel und eine Straßenbeleuchtung gibt es nicht.«

»Der Mann gab an, dass sein Hund runter zum Ufer gelaufen sei und gebellt hätte. Offensichtlich hat er den Toten gewittert«, erklärte Rico.

»Hast du dir die Leiche angesehen?«

»Nee, Josie will erst die Spuren sichern. Sie meinte, dass es aber auch gut möglich wäre, dass der Mann an anderer Stelle ins Wasser geworfen wurde.«

»Hm, klar. Mal sehen, ob Josie mir einen kurzen Blick erlaubt.« Hannah beschlich ein merkwürdiges Gefühl. Ein Mann um die Fünfzig, der erschlagen am Ufer des Abtnaundorfer Sees lag - in unmittelbarer Nähe des Architekturbüros Langhoff und Vogt?

»Hi, Josie, wisst ihr bereits, wer der Mann ist?«, fragte sie.

»Hey, äh, nein. Gib mir noch ein paar Minuten, okay?«

»Sag mal, hat sich Jan gemeldet?«, fragte Rico, während sie darauf warteten, dass sie sich den Toten am Ufer näher ansehen durften.

»Nee, wollte uns wohl in der Nacht nicht stören. Wenn wir hier fertig sind, schreibe ich ihm 'ne WhatsApp.«

»Sag mal, ich hatte vorhin den Eindruck, du hättest eine Vermutung, wer der Tote sein könnte?«

»Nee, ist nur so ein Bauchgefühl.«

»Du meinst, es könnte sich um diesen Langhoff handeln?«

»Keine Ahnung«, zuckte sie mit den Schultern. »Möglich. Immerhin wohnt der nur einen Steinwurf von hier entfernt.«

»Und hat sich in der Vergangenheit sicher einige Feinde gemacht. Ich meine, Vergewaltigung ist kein Kavaliersdelikt.«

»Wenn die Vorwürfe denn zutreffen«, relativierte Hannah.

»Hm, klar«, nickte Rico.

»Hannah?«, hörte sie Josie rufen. Als sie sich umdrehte, stand die Gerichtsmedizinerin vor ihr. Sie nahm die Kapuze ihres Overalls ab und streifte sich die Plastikhandschuhe von den Händen.

»Macht jetzt keinen Sinn, dass ihr euch den Mann anseht. Da hat scheinbar jemand 'ne verdammte Wut auf den Kerl gehabt und ihm mit 'nem harten Gegenstand den Kopf eingeschlagen. Vom Gesicht ist nicht mehr viel übrig geblieben. Kein schöner Anblick«, sagte sie.

»Nein, ich will ihn sehen, bevor ihr ihn wegbringt«, verlangte Hannah.

»Meinetwegen, ich hoffe, du hast bereits gefrühstückt«, warnte Josie.

Die beiden stiegen die Böschung hinunter. Josie kniete sich neben die Leiche und zog die Plastikplane zurück.

Hannah konnte nur erahnen, dass die blutige Masse mal das Gesicht eines Menschen gewesen war. Da hatte offensichtlich jemand die Kontrolle verloren und blindwütig auf sein Opfer eingeschlagen, bis es nicht mehr zu erkennen war. Der Täter wollte die Person nicht nur töten, er wollte sie zerstören, sie auslöschen.

Hannah musste schlucken. Sie hatte im Laufe der Jahre als Ermittlerin der Mordkommission viel mitansehen müssen, aber dieser Anblick war extrem heftig. Sie nickte Josie zu, dass sie genug gesehen hatte.

»Hab dich gewarnt, mein Täubchen«, sagte sie.

»Also werden wir das Opfer wohl nur über einen DNA-Abgleich identifizieren können?«, fragte Hannah.

»Na ja, wir haben da schon noch ein paar mehr Möglichkeiten. Fingerabdrücke, Zahnstatus, Operationsnarben, das ganze Programm eben. Kann allerdings etwas länger dauern.

»Okay, also was kannst du bisher sagen?«

»Männliche Leiche, um die Fünfzig, etwa einsachtzig groß, schlank, dunkle Haare. Todeszeitpunkt irgendwann zwischen Mitternacht und sechs Uhr morgens.«

»Also hat der Körper nicht lange im Wasser gelegen?«

»Nein, nicht mehr als drei oder vier Stunden, schätze ich. Die Haut war noch nicht aufgeweicht.«

»Du sagst, er wurde mit einem harten, schweren Gegenstand erschlagen?»

»Ja, ich würde auf einen Hammer tippen. Hinten flach, vorne spitz.

Damit hat dieser Psychopath seinem Opfer die Augenhöhlen zerstochen.«

Hannah atmete tief durch und schüttelte den Kopf. »Was gibt es nur für kranke Typen?«

»Hey, alles in Ordnung?«, fragte Josie. »Ist doch nicht das erste Mal, dass wir es mit solchen Psychopathen zu tun haben:«

»Nein, aber gewöhnen werde ich mich mit Sicherheit nie daran.«

»Okay, lass uns fahren. Hier können wir nichts mehr tun«, fasste Rico Hannah an der Schulter.

»Du meldest dich?«, fragte er Josie.

»Aber selbstverständlich, Herr Hauptkommissar. Wie immer so schnell wie möglich«, schlug Josie die Hacken zusammen und salutierte.

»Dass die noch Scherze machen kann«, murmelte er, als sie zurück zum Wagen gingen.

»Nichts als ihre Art, diesen ganzen Scheiß zu verdrängen. Unser Job ist bereits hart genug, aber was Josie tut, ist die Hölle. Wenn du das alles an dich heranlässt, macht dich das auf die Dauer fix und fertig.«

Kurz nach 22 Uhr Ortszeit landete die Cessna auf dem Crockwell Airstrip an der Kialla Road südlich der Innenstadt. Es war bereits dunkel, als Crasher seine Passagiere in den Pick-up steigen ließ und sie zur Farm von Meredith Connor im Süden der Redground Road fuhr.

»Herzlich Willkommen meine Freunde«, begrüßte die alte Lady die vier Männer überschwänglich. »Habe ja kaum zu hoffen gewagt, dass Sie kommen werden. Schließlich leben Sie ja alle am anderen Ende der Welt. Umso schöner, dass alles so wunderbar geklappt hat.«

»Schätze, die Jungs haben Hunger«, grätschte Crasher dazwischen, der den Männern eine längere Begrüßungsrede ersparen wollte. Er wusste genau, dass es dauern konnte, wenn Meredith einmal in Fahrt kam.

»Oh, natürlich, ja. Ich habe bereits alles vorbereitet. Bitte, kommen Sie doch herein«, bat sie ihre Gäste ins Haus.

»Wo ist der Devil?«, wandte sich Jan flüsternd an Crasher.

»Zu Hause. Der wird im Moment seine Farm nicht verlassen. Er hat alle Vorbereitungen getroffen, für den Fall, dass die Comancheros wieder bei ihm auftauchen werden. Deshalb hat er Sergeant Tucker gebeten, Meredith rund um die Uhr zu bewachen. Er wechselt sich mit Officer Kane ab. Die beiden teilen sich die Aufgabe für jeweils zwölf Stunden. Und wenn sie zu einem anderen Einsatz gerufen werden, springe ich für sie ein, es sei denn, ich sitze gerade im Flieger«, erklärte Crasher.

»Aha, im Moment ist aber keiner von denen hier, oder?«, erkundigte sich Jan.

»Nein, ich habe denen gesagt, dass ich heute Nacht übernehme. Meredith und ich waren der Meinung, dass Sergeant Tucker noch nichts von eurer Ankunft wissen muss. Das wird er noch früh genug erfahren. Je weniger im Moment von euch wissen, umso besser. Die Comancheros sammeln sich seit heute Mittag im Zentrum von Crockwell. Gut möglich, dass die noch heute Nacht zuschlagen werden. Sergeant Tucker hat den Bürgermeister gebeten, Hilfe anzufordern, doch merkwürdigerweise rührt der Kerl sich nicht. Nicht mal die versprochenen Leute aus Goulburn sind bis jetzt hier eingetroffen«, sagte Crasher.

»Also sind wir keinen Moment zu früh gekommen«, meinte Jan.

»Sicher nicht. Officer Kane behält die Biker im Auge und meldet sich sofort bei Maynard und mir, sobald die sich in Bewegung setzen. Sieht fast so aus, als würden die auf ihren Einsatzbefehl warten«, vermutete Crasher.

»Wie sieht's mit Waffen aus, oder müssen wir denen mit bloßen Händen den Arsch versohlen?«, meldete sich Jimmy zu Wort.

»Wir sind vorbereitet«, antwortete Crasher. »Nach dem Essen zeige ich euch, was wir auf die Schnelle organisieren konnten. Maynard verfügt auf seiner Ranch über ein stattliches Arsenal an Waffen. Keine Ahnung, woher er das ganze Zeug hat. Als ich ihn gefragt habe, was er damit will, meinte er nur, dass man hier draußen auf alles vorbereitet sein müsste. Landstreicher, Einbrecher, und Viehdiebe gäbe es mehr als genug und zwei Polizsten könnten die Sicherheit der Farmen außerhalb der Stadt kaum gewährleisten.«

»Also fahren wir nach dem Essen zu Maynard?«, wollte Tom Ritter wissen.

»Nein, die Comancheros beobachten ihn bereits seit heute Morgen. Wäre nicht klug, jetzt da aufzukreuzen. Wir wollen die Bande doch nicht warnen. Wir halten uns hier bereit und schlagen zu, wenn die nicht damit rechnen«, verriet Crasher den Plan.

»Weiß der Devil, dass wir hier sind?«, wollte Johnny Henderson wissen.

»Nein«, sagte Meredith. »Ihr wisst doch wie er tickt. Er würde jede Hilfe konsequent ablehnen. Er sorgt sich permanent darum, dass den Menschen, die er liebt, etwas zustoßen könnte. Lassen wir ihn zunächst in dem Glauben, er müsste diesen Kampf allein austragen. Wenn er auf niemanden Rücksicht nehmen muss, ist er am stärksten.«

»Ist was dran, Miss Connor«, bestätigte Jan.

»Oh, bitte, nennen sie mich Meredith. Mrs. Connor klingt so…verstaubt«, lächelte sie.

»Aber was in aller Welt geht hier eigentlich ab? Wer hat dieses Gesindel beauftragt, hier auf dem Lande weit weg von den Großstädten Terror zu verbreiten?«, fragte Tom Ritter.

»Wissen wir nicht«, zuckte Crasher die Achseln. »Es waren ein paar Typen in schwarzen Anzügen hier, die die drei Farmen an der Redground Road aufkaufen wollten. Sie haben nicht gesagt, wer sie sind und was genau sie vorhaben. Als alle drei abgelehnt haben, kreuzten plötzlich über Nacht die Biker auf und begannen, die Leute zu schikanieren. Zuerst haben sie auf Forsters Farm ein paar Rinder erschossen, dann den Bachlauf zu Meredith' Schafweiden vergiftet, so dass etliche Tiere qualvoll verendet sind und schließlich haben sie Maynards Scheune abgefackelt, als der zur Jagd war. Dabei ist sein Bruder schwer verletzt worden, wie ihr wisst. Na ja und dann die Attacke auf den Devil, als sie die Reifen seines Pick-ups zerschossen und seinen Wagen von der Straße gedrängt haben.«

»Dann werden wir die Kerle wohl fragen müssen, was sie hier wollen«, sagte Jimmy Morisson.

»Das werden die euch kaum verraten, denke ich. Jedenfalls nicht freiwillig«, antwortete Crasher. »Sind ein paar richtig üble Typen dabei. Die schrecken vor nichts zurück.«

»Irrtum, Crasher, die richtig üblen Typen kommen erst noch, glaube mir«, grinste Johnny.

»Komm, zeig mal, was du für uns hast. Essen können wir später noch«, sagte Jimmy.

»Ja ja, geht nur. Ich halte das Essen warm«, nickte Meredith.

Auf der Rückfahrt zum Präsidium rief Hannah Krause an und erzählte ihm in kurzen Worten was geschehen war.

»Wieso zum Teufel hat Rico mich nicht sofort angerufen?«, schimpfte der Oberkommissar.

»Weil er keine Ahnung hatte, dass der Tote möglicherweise etwas mit unserem Fall zu tun hat. Sicher bin ich auch nicht, aber das Opfer könnte tatsächlich Robert Langhoff sein. Ich habe versucht ihn anzurufen, aber er meldet sich nicht.«

»Hm, er ist ja gewöhnlich nicht vor neun im Büro.«

»Stimmt, also erscheint der dort frühestens in einer ´halben Stunde. Am besten, du setzt dich ins Auto und wir treffen uns in zwanzig Minuten an der Firmenvilla. Ich versuche inzwischen ihn zu Hause zu erreichen.«

Fünf Minuten später stand Hannah vor dem Haus in der Abtnaundorfer Straße 32 und schellte. Als niemand öffnete, rief sie auf dem Handydisplay Langhoffs Nummer auf und wählte ihn an. Nichts. Der Rufton ging heraus, aber er meldete sich nicht. Dann fiel ihr ein schwarzer Porsche Panamera in der Einfahrt zur Tiefgarage auf. Das Leipziger Kennzeichen hatte die Buchstaben LV.

»Verdammt«, murmelte sie, ließ ihren Wagen vor dem Haus stehen und lief die Straße hoch zum Architekturbüro Langhoff und Vogt, das nur etwa fünfhundert Meter entfernt lag.

Zehn Minuten später kam Krause. Er parkte direkt vor dem Eingang und sprang aus seinem Wagen.

»Nichts«, empfing ihn Hannah mit einem Kopfschütteln.

»Okay, dann fragen wir mal nach«, meinte Krause und ging voran.

Punkt neun standen die beiden vor der Rezeption. Eine junge Frau nickte ihnen freundlich zu, während sie telefonierte.

Ungeduldig zuckte Krause seinen Ausweis und gab ihr ein Zeichen, dass sie das Gespräch beenden sollte.

Die Frau warf ihm einen bösen Blick zu und brachte das Telefonat zu Ende.

»Sie wünschen?«, fragte sie schnippisch.

»Wo ist Ihr Chef? Wir müssen ihn dringend sprechen«, polterte Krause los.

»Tut mir leid, die beiden sind noch nicht im Haus«, antwortete sie.

Krause wollte gerade Luft holen, als Hannah eingriff.

»Wir wollen zu Herrn Langhoff. Haben Sie heute schon mit ihm gesprochen?«

»Nein«, blieb die junge Frau kurz angebunden.

»Und Sie wissen auch nicht, wo er sich zurzeit aufhält?«

»Nein.«

»Hm, ich war gerade bei ihm zu Hause. Sein Wagen steht vor der Tür, aber es hat niemand geöffnet. Er fährt doch einen schwarzen Porsche mit dem Kennzeichen L-LV 348, oder?«

»Ich habe keine Ahnung, wo sich Herr Dr. Langhoff aufhält. Am besten, Sie rufen später nochmal an.«

»Sagen Sie, joggt Herr Langhoff gelegentlich morgens um den Abtnaundorfer See?«

»Davon weiß ich nichts«, war die Angestellte bemüht, möglichst unverbindlich zu antworten.

»Hören Sie zu, junge Frau, wir sind nicht zum Vergnügen hier. Wir sind keine Hobbyangler sondern von der Mordkommission. Also, wo zum Teufel steckt Langhoff«, riss Krause der Geduldsfaden.

»Um Gottes willen, es ist doch hoffentlich nichts Schlimmes passiert?«, erschrak die Mitarbeiterin.

»Genau das wollen wir herausfinden. Also, wo ist ihr Chef?«

»Moment bitte.« Sie griff zum Hörer, drückte eine Kurzwahltaste und wartete. Dann zuckte sie mit den Schultern, beendete den Anruf und betätigte eine andere Taste. Sie schüttelte den Kopf. »Er geht nicht ran. Weder ans Festnetz noch ans Handy.«

»Okay, danke. Bitte rufen Sie uns sofort an, wenn Herr Langhoff eintrifft, oder Sie wissen, wo er sich aufhält«, legte Hannah ihre Karte auf den Tresen.

»Ja, natürlich. Sie machen mir ein wenig Angst. Herrn Langhoff ist doch hoffentlich nichts zugestoßen?«, fragte die junge Frau.

»Wie gesagt, wir müssen dringend mit ihm reden«, wich Hannah der Frage aus. Sie nickte der Angestellten zu, drehte sich um und folgte Krause hinaus.

»Der Tote ist Langhoff, oder?«, vermutete Krause.

»Ich befürchte es.«

»Na ja, Verdächtige gäbe es ja zuhauf.«

»Du meinst, Lena Iwanova hat ihm den Schädel eingeschlagen, weil er ihre Tochter vergewaltigt hat?«

»Vielleicht nicht selbst.«

»Also könnte sie einen Killer auf ihn angesetzt haben?«

»Zum Beispiel«, meinte Hannah.

»Hm, ein Auftragsmörder hätte ihm 'ne Kugel in den Kopf gejagt. Das hier sieht eher so aus, als hätte jemand nach dem nächstbesten Gegenstand gegriffen und in blinder Wut auf sein Opfer eingeschlagen.«

»Also könnte das auch seine Frau Lisa gewesen sein, oder sogar seine Tochter Rebecca?«

»Ich weiß es nicht. Ich hoffe, Josie hat bald eine Antwort für uns.«

»Wir sollten uns seinen Partner vorknöpfen, da hat es doch zuletzt scheinbar ziemlichen Zoff gegeben.«

»Du meinst diesen Tino Vogt?«

»Ja und dann gab's doch da auch zuletzt Ärger mit der Konkurrenz, weil Langhoff Aufträge mit unlauteren Methoden an Land gezogen haben soll.«

»Hm, ja, der Kerl heißt Stefan Glaser und ist der Vater von Sofia Glaser, die ja angeblich auch von Robert Langhoff sexuell belästigt worden ist«, sagte Hannah.

»Tja, die Liste der Verdächtigen ist lang. Motive, Langhoff einen Denkzettel zu verpassen, gibt es genug. Und wer weiß, vielleicht wollte der Täter ihn gar nicht umbringen. Es gab ein Wortgefecht, die Situation geriet außer Kontrolle und dann lag da irgendwo dieser Hammer«, skizzierte Krause ein mögliches Szenario.

»Okay, bevor die Spekulationen ins Kraut schießen, müssen wir wissen, ob der Tote tatsächlich Robert Langhoff ist«, sagte Hannah.

»Du versuchst Tino Vogt zu erreichen, ich fahre in die Gerichtsmedizin«, schlug Hannah vor.

»Okay, ich warte hier auf Vogt. Wir treffen uns später im Präsidium«, antwortete Krause.

Als Crasher die vier Männer hinüber zu Meredith' Scheune führen wollte, fasste ihn Jan an der Schulter.

»Kannst du mir deinen Pick-up leihen?«, fragte er. »Ich werde mir besser selbst ein Bild von der Lage machen. Verlasse mich ungern auf andere.«

»Du willst nach Crockwell fahren? Keine gute Idee. Die Typen machen jeden fertig, der denen in die Quere kommt. Officer Kane beobachtet die Kerle anhand der Überwachungskameras. Er kann uns jederzeit die Bilder senden. Er wird uns warnen, sobald sich die Gang in Bewegung setzt«, antwortete Crasher.

»Ich werde Tom mitnehmen. Jimmy und Johnny bleiben hier. Du kannst ihnen inzwischen die Waffen zeigen. Hast du zufälligerweise 'ne Knarre für uns? So vollkommen nackt wollen wir da auch nicht aufkreuzen«, meinte Jan.

»Äh, klar. Im Fußraum vor den Hintersitzen klemmt eine Schrotflinte. Die Munition liegt im Handschuhfach. Sei bloß vorsichtig mit dem Ding. Damit kannst du mit einem Schuss 'ne Büffelherde erlegen«, warnte Crasher und warf Jan die Schlüssel für seinen Pick-up zu. »Wäre schön, wenn du ihn in einem Stück zurückbringen würdest. Hab mir das Ding erst letztes Jahr gekauft.«

»Mach dir keine Sorgen, wir wollen uns nur mal umsehen«, beruhigte ihn Jan.

Kurz nach Mitternacht verließ der rote Pick-up die Redground Road und bog am Skate Park ab auf die Saleyards Road Richtung Innenstadt. Die Straßenbeleuchtungen waren bereits abgeschaltet. Crockwell hatte sich zur Nachtruhe begeben. Nirgendwo war mehr eine Menschenseele zu sehen. Mittlerweile war die Saleyards Road in die Spring Street übergegangen und als der Geländewagen die Robertson Road überquerte, sahen Jan und Tom in der Entfernung helles Licht aufflackern. Sie folgten den Schildern zum Kirchplatz im Zentrum der Stadt, der an zwei Tagen der Woche als Marktplatz diente.

Und dann sahen sie sie. Jan schätzte, dass mindestens fünfzig Motorräder auf dem Kopfsteinpflaster vor der Kirche standen. Sie parkten ordentlich wie auf einer Perlenschnur aufgezogen in Reih und Glied. Eine Horde von Bikern hatte sich vor einem Bistro versammelt, hörte laut Musik, rauchte und hielt Bierflaschen in den Händen.

»Wieviele sind das? Fünfzig, hundert oder mehr?«, fragte Jan.

»Eher mehr. Sieh mal dort drüben, da stehen noch mehr Motorräder«, zeigte Tom zum anderen Ende des Marktplatzes. »Was zum Teufel wollen die hier? Scheint so, als hätten die vor, die ganze Stadt einzunehmen.«

»Vielleicht sollten wir mal einen von denen fragen«, sagte Jan und nickte in Richtung einer kleinen Gasse neben der Kirche, die sich ein paar Biker offensichtlich zum Pinkeln ausgesucht hatten.

»Fahr hinter die Kirche und lass mich da raus«, forderte Tom.

»Was zum Henker hast du vor?«, wollte Jan wissen.

»Pinkeln gehen«, grinste Tom und sprang aus dem Pick-up. »Warte hier und lass den Motor laufen.«

»Hey, mach keinen Scheiß, Mann«, rief ihm Jan hinterher.

Tom lief um die Kirche herum und bog in die kleine Gasse zum Kirchplatz ein. Etwa zwanzig Meter entfernt standen zwei Biker nebeneinander vor der Kirche und urinierten gegen die Backsteinmauer.

Als die beiden Tom kommen sahen, war es bereits zu spät. Er packte einen der Biker am Kragen und schlug ihn mit dem Kopf gegen die Mauer. Der andere hatte sein Geschäft noch nicht erledigt und wollte erst seinen Hosenstall schließen, bevor er sich zur Wehr setzte.

»Zu spät, Freundchen«, zischte Tom und streckte den Kerl mit einer Kopfnuss zu Boden. Er setzte nach und trat ihm hart in die Seite. Der Biker stöhnte auf vor Schmerzen, als Tom ihn am Revers seiner Rockerkutte packte und nach oben riss.

»Was geht hier ab, Kollege? Wer hat euch geschickt?«, keifte Tom den Kerl an.

»Fick dich, du Arsch«, krächzte der Biker und spuckte einen Schwall Blut auf das Straßenpflaster.

»Falsche Antwort«, sagte Tom und verpasste ihm einen knallharten Haken in die Magengrube. Die Wucht des Schlages ließ den Mann in die Knie gehen, doch Tom hielt ihn fest. Zu seiner Überraschung grinste ihn der Kerl immer noch an.

»Bist wohl einer von den ganz Harten? Verpiss dich lieber, bevor wir dir das Licht ausknipsen«, tönte er.

»Merkwürdig, den gleichen Rat wollte ich dir gerade geben«, antwortete Tom, stieß ihm sein Knie in den Unterleib und ließ ihn fallen.

»Hey, was ist da los?«, riefen drei Männer, die gerade vom Marktplatz aus die Gasse betraten. Als sie sahen, dass zwei ihrer Kumpanen am Boden lagen, stürmten sie auf Tom zu. Der drehte ab und spurtete zurück zum Wagen. »Gib Gas«, rief er, sprang auf den Beifahrersitz und knallte die Tür zu.

Jan raste los und wendete den Pick-up.

»Hey, was zum Teufel hast du vor, das ist die falsche Richtung«, protestierte Tom.

»Nein, im Gegenteil, das ist haargenau die richtige Richtung«, antwortete er, fuhr um die Kirche herum, bog auf den Marktplatz ein und trat das Gaspedal durch.

»Bist du wahnsinnig?«, schrie Tom als er erkannt hatte, was Jan vorhatte. Doch sein Protest kam zu spät. Wie eine Dampframme schoss der schwere Pick-up über das Kopfsteinpflaster und raste in den Pulk der geparkten Motorräder. Im Domino-Effekt kippte eine Maschine nach der anderen um und knallte zu Boden.

Jan stoppte, legte den Rückwärtsgang ein und überfuhr den ersten Teil der umgestürzten Motorräder. Dann gab er erneut Gas, überquerte den Marktplatz und raste mit noch höherem Tempo als zuvor in die Gruppe der dort abgestellten Motorräder, die durch den heftigen Aufprall durch die Luft geschleudert wurden, als wären sie von einem wilden Stier auf die Hörner genommen worden.

Er setzte zurück, ließ die Seitenscheibe herunter und feuerte mit der Schrotflinte auf zwei fette Harleys, die offenbar den Anführern gehörten.

»Verschwindet und lasst euch hier nie wieder blicken, sonst fresst ihr Schrot, kapiert?«, rief er.

»Wow, was für 'ne geile Aktion, alter Mann«, rief Tom.

»Das wird sich noch zeigen. Glaube nicht, dass die sich so leicht beeindrucken lassen. Wahrscheinlich haben wir die Typen jetzt erst richtig gereizt«, befürchtete Jan.

»Sicher, aber ein wütender Stier verliert schnell seine Hörner«, philosophierte Tom.

»Möglich, doch ihre Wut werden die Typen sich aufsparen müssen. Die Hälfte ihrer Motorräder sind Schrott. Glaube nicht, dass die heute Nacht noch irgendwo hinfahren werden. Es sei denn, die sitzen zu fünft auf einem Bike«, meinte Jan und fuhr so schnell es mit der halb abgerissenen Frontschürze möglich war, zurück zu Meredith' Farm.

Josie saß gemütlich auf dem Sofa, hatte die Beine hochgelegt und trank einen Becher dampfend heißen Kaffee, als Hannah hereinkam.

»Guten Morgen, Schätzchen, welch Glanz in meiner bescheidenen Hütte. Wieso zum Henker siehst du morgens um halb zehn eigentlich schon aus wie das blühende Leben?«, wunderte sie sich.

»Morgen, meine Beste. Hm, bin im Moment nicht so gut drauf. Niklas bekommt Zähne, hat die ganze Nacht gequängelt. Und dann noch diese Leiche auf nüchternen Magen - der Tag hätte durchaus etwas weniger aufregend beginnen dürfen«, seufzte Hannah.

»Schnapp dir 'nen Becher und setz dich«, sagte Josie, nahm die Beine vom Tisch und schenkte ihr frisch gebrühten Kaffee ein.

»War gerade mit Krause bei Langhoff, aber er war weder zu Hause noch in der Firma«, erzählte Hannah.

»Nee, wie auch. Der Mann liegt unten auf meinem Seziertisch«, antwortete die Gerichtsmedizinerin.

»Was? Du weißt bereits, dass der Tote Langhoff ist?«

»Ja, seit etwa fünf Minuten. Obwohl ich das ungern zugebe, war die Identifizierung des Opfers nicht das Ergebnis meiner zweifellos erstklassigen Fähigkeiten als Pathologin, sondern eher reiner Zufall. Ich hatte noch nie zuvor derart makellose Zähne bei einem Fünfzigjährigen gesehen, außer bei mir selbst natürlich«, grinste Josie.

»Stimmt, dafür beneide ich dich.«

»Na ja, eigentlich ist mein Gebiss eher 'ne Baustelle. Hab die schlechten Zähne von meinem Vater geerbt und schon als Kind darunter gelitten, dass meine Schneidezähne schief waren wie der Turm von Pisa. Aber dann habe ich vor etwa zehn Jahren Dr. Friedemann kennengelernt.«

»Den Kieferchirurgen aus Reudnitz?«

»Genau den. Ein Meister seines Faches. Der hat aus meiner Ruine einen Palast gezaubert. Hat ja auch etwa so viel gekostet wie 'ne Luxusvilla auf Mallorca.«

»Okay und was hat das mit Robert Langhoff zu tun?«

»Langhoff hat sich die Zähne auch bei Dr. Friedemann machen lassen. War ein kurzer Anruf beim Meister höchstselbst. Hab ihm Fotos vom Gebiss des Opfers geschickt. Und siehe da, er konnte sich noch genau daran erinnern, dass er Robert Langhoff diese enorm kostspieligen Verblendungen eingesetzt hatte. So eine Behandlung liegt heutzutage bei gut zwanzigtausend Euro. Er wusste auch noch, dass es in diesem Fall Probleme gegeben hatte, weil er dem Patienten vorher eine riesige Zyste aus dem Oberkiefer entfernen musste. Die Wunde oberhalb der Schneidezähne musste mit zehn Stichen vernäht werden.«

»Und anhand dieser Narbe konntest du Langhoff identifizieren?«

»Ja, der Tote ist Robert Langhoff, kein Zweifel. Natürlich werden wir der Ordnung halber noch einen DNA-Test durchführen.«

»Und die Todesursache?«

»Wie bereits vermutet, ist er erschlagen worden. Sieht so aus, als hätte der Täter ihm von hinten mit einem harten stumpfen Gegenstand den Schädel eingeschlagen.«

»Moment, und wieso ist sein Gesicht nur noch eine Masse aus blutigem Brei?«

»Tja, da hatte wohl jemand 'ne wahnsinnige Wut auf den Kerl und hat ihm anschließend so richtig die Visage poliert«, meinte Josie und biss in ihre Puddingschnecke.

»Dass du bei diesem Thema sowas essen kannst«, schüttelte sich Hannah.

»Das gute Teil ist von gestern. Lag die Nacht über im Kühlschrank. Schmeckt wie kalter Kleister, aber der Hunger treibt's rein«, nuschelte Josie mit vollem Mund.

»Offiziell ist das Ergebnis aber noch nicht, oder?«

»Nee, du kennst doch das Prozedere. Die endgültigen Ergebnisse der Obduktion liegen morgen Mittag vor. Aber ihr könnt natürlich eure Ermittlungen mit dem Wissen fortsetzen, dass Robert Langhoff ermordet worden ist. Und zwar heute Morgen zwischen ein und vier Uhr. Die Spuren, die wir am Tatort gefunden haben, werden noch ausgewertet, aber es ist so gut wie sicher, dass der Täter sein Opfer in der Nähe des Auffundortes in den See geworfen hat. Wir haben Fussabdrücke und Schleifspuren sichergestellt.«

»Tja, dann werden wir jetzt wohl die lange Liste der Verdächtigen abarbeiten müssen. Das werde ich halbtags kaum schaffen. Muss wohl mit meiner Mutter reden, ob sie vorübergehend Fulltime einspringen kann«, stöhnte Hannah.

»Wenn du Hilfe brauchst, du weißt ja, ich hab 'ne gute Nase, wenn es darum geht, herauszufinden, ob einer die Wahrheit sagt oder das Blaue vom Himmel lügt«, bot Josie ihre Unterstützung an.

Seit sie Hannah vor zwei Jahren im Fall Vanderbilt bei den Ermittlungen zur Seite gestanden hatte, hatte Josie Gefallen an der Polizeiarbeit gefunden. Sich an der Front mit Verdächtigen zu beschäftigen, war eben spannender, als im Keller der Pathologie Leichen aufzuschneiden.

»Wenn es deine Zeit erlaubt, klar, warum nicht«, antwortete Hannah, als Krause anrief.

»Immer noch keine Spur von Langhoff. In der Firma ist er bisher nicht aufgetaucht. Ich habe mit seinem Partner Tino Vogt gesprochen…«

»…äh, hör zu, bevor du weitersprichst. Der Tote ist Langhoff«, unterbrach Hannah und erzählte ihm, was Josie herausgefunden hatte.

»Wirklich überraschend kommt das jetzt nicht mehr«, meinte Krause. »Tino Vogt war jedenfalls nicht gut auf seinen Partner zu sprechen. »Der »Herr Stararchitekt«, wie er ihn nannte, kümmere sich nur noch um lukrative Aufträge. In Langhoffs Augen wäre er eh nur ein gewöhnlicher Bauzeichner, allenfalls geeignet, günstige Einfamilienhäuser zu planen. Als arrogant und abgehoben hat er ihn bezeichnet. Kurz und gut, Vogt hat kein gutes Haar an seinem Geschäftspartner gelassen. Der Frust scheint tief zu sitzen.«

»So tief, dass er ihm einen Hammer über den Schädel zieht?«, fragte Hannah.

»Keine Ahnung, vielleicht hatten sie mal wieder Streit. Ein Wort gab das andere, da hat Vogt möglicherweise rot gesehen. Und dass in einem Architekturbüro irgendwo ein Hammer rumliegt, ist nicht vollkommen unmöglich«, meinte Krause.

»Also könnte Vogts Motiv Eifersucht sein. Langhoff, der erfolgreiche Architekt auf der einen Seite und er, der eher biedere Baumeister, der nur einfache Projekte von der Stange plant, auf der anderen Seite.«

»Ja, so in etwa. Und dann kommt noch dazu, dass Langhoff seine lukrativen Aufträge als Statiker scheinbar nicht über das Architekturbüro abrechnet, sondern privat verbucht. Wie ich in dem Gespräch heraushören konnte, geht es der Firma im Moment nicht besonders gut«, sagte Krause.

»Trotzdem, das ist als Mordmotiv unterm Strich zu dünn.«

»Stimmt, aber Totschlag im Affekt halte ich durchaus für möglich.«

»Na gut, dann solltest du Vogt nach seinem Alibi befragen. Langhoff ist zwar erst nach Mitternacht umgebracht worden, aber möglicherweise hatte er seinen Mörder bereits am Abend zuvor getroffen.«

»Okay, sobald wir von Josie hören, dass Langhoff per DNA-Test einwandfrei identifiziert wurde, benachrichtigen wir zuerst seine Angehörigen und nehmen danach die Ermittlungen auf«, sagte der Oberkommissar.

»Wir treffen uns gleich im Präsidium. Die Mordkommission übernimmt ab sofort den Fall Langhoff«, ordnete Hannah an und beendete das Gespräch.

»Sobald wir offiziell wissen, dass der Tote Robert Langhoff ist, informieren wir den Staatsanwalt. Solange werden wir die Füße stillhalten. Ich mache mich dann mal auf den Weg. Krause und ich werden auf dem Whiteboard schon mal optisch darstellen, was wir bis jetzt wissen und welche Personen in den Fall involviert sind. Und das sind einige, soviel steht bereits fest«, sagte Hannah, trank noch einen Schluck Kaffee, bedankte sich bei ihrer Freundin und verabschiedete sich Richtung Präsidium.

»**Das** war nicht nur dumm von Ihnen, Deville, sondern auch im höchsten Maße unklug«, drohte der unbekannte Anrufer. »Nach dieser Aktion hat sich unser Angebot halbiert. Ich rate Ihnen, keine weiteren Scherereien zu machen. Nehmen Sie das Geld und verschwinden Sie. Und zwar solange Sie noch können.«

»Hab keine Ahnung was Sie meinen, aber ihr Angebot interessiert mich nicht die Bohne. Meine Farm steht nicht zum Verkauf«, blieb Maynard gelassen.

»Hören Sie, Deville, am Ende bekommen wir doch immer, was wir wollen. Sie werden nichts dagegen tun können. Ihre Widerspenstigkeit zögert den Verkauf nur hinaus, wird ihn aber nicht verhindern. Passen Sie auf, dass Ihre Sturheit Sie nicht ins Grab bringt. Ihr Bruder ist ja bereits auf halbem Weg dorthin.«

Der Devil beschloss sich auf gar keinen Fall provozieren zu lassen und blieb geradezu aufreizend ruhig, auch wenn es ihm im Moment verdammt schwer fiel.

»Ich denke, ich habe alles gesagt. Ich werde meine Farm nicht verkaufen. Nicht an Sie, noch an sonst jemanden. Wenn Sie das nicht akzeptieren wollen, ist das Ihr Problem.«

Er rief Sheriff Tucker an und berichtete ihm kurz von seinem Gespräch mit dem Unbekannten.

»Officer Kane hat mir gerade die Aufnahmen der Überwachungskameras vom Kirchplatz geschickt. Was zum Teufel hat sich Crasher nur dabei gedacht? Ist der von allen guten Geistern verlassen, diese aggressiven Biker dermaßen zu reizen? Die werden über euch herfallen, wie ein Schwarm Heuschrecken. Vielleicht sogar schon heute Nacht. Ich schicke die Bilder nach Parramatta und fordere nochmals Verstärkung an. Die Bundespolizei muss jetzt endlich einschreiten. Danach mache ich mich zusammen mit Kane auf den Weg zu Meredith. Wir müssen auf alles vorbereitet sein. Glaube nicht, dass die Comancheros nach diesem Vorfall die Schwänze einziehen werden. Genau das Gegenteil wird der Fall ein«, prophezeite der Sheriff.

»Was in aller Welt…«, fehlten Maynard die Worte, als er die Bilder sah, wie der rote Pick-up über den Kirchplatz raste und die Motorräder der Comancheros schrottete.

»Melde dich sofort, wenn die Kerle bei dir antanzen. Wir werden uns diesem Haufen Wilder sicher nicht kampflos ergeben. Sollten die es zuerst auf Mererdith' Farm abgesehen haben, rufen wir dich an. Mit Crasher sind wir mittlerweile zu viert und zudem gut bewaffnet. Wäre natürlich hilfreich, wenn sich diese verdammten Cops von der Bundespolizei endlich blicken lassen würden. Mit 'nem scheiß Hubschrauber könnten die in zwei Stunden hier sein. Ich mache auf jeden Fall weiter Druck«, versprach Tucker.

Crasher schlug die Hände über dem Kopf zusammen, als er seinen demolierten Truck auf den Hof rollen sah. Die gesamte Front war eingedrückt, die Windschutzscheibe gesplittert, die Stoßstange hing herunter und schleifte funkensprühend über die Pflastersteine.

»Mein Gott, seid ihr von allen guten Geistern verlassen? Was habt ihr getan? Ich fass' es nicht«, jammerte er.

»Wir haben das Video gesehen, das der Polizist gerade geschickt hat. Respekt, Freunde, jetzt wissen die Kerle, dass die hier nicht ungestraft machen können, was die wollen«, zeigte sich Jimmy dagegen vollauf begeistert.

»Äh, wie bitte? Das war eine absolute Scheißaktion. Wir haben die Kerle wütend gemacht. Das werden die sich nicht gefallen lassen. Schätze, jetzt werden wir uns auf einiges gefasst machen müssen. Vielleicht schon heute Nacht«, schimpfte Crasher.

»Dann müssen sich aber einige dieser bärtigen Fettsäcke zu Fuß auf den Weg machen. Sind mal so schlappe acht Kilometer, denke ich. Wir haben gut die Hälfte ihrer Motorräder plattgemacht und zwei von denen gehörig vermöbelt. Glaube nicht, dass die sich so schnell hier blicken lassen werden«, vermutete Jan.

»Sollen sie kommen, je eher, desto besser. Wir sind mit den verfluchten Taliban fertiggeworden, da wird uns eine Horde von übergewichtigen Kuttenträgern nicht aus der Fassung bringen. Die nieten wir vom Sattel, bevor die überhaupt von der Hauptstraße abgebogen sind. Das sind nicht mal schlappe fünfhundert Meter. Wir haben zwar keine MacMillan, aber selbst mit dem M-24 sollte das kein Problem darstellen«, sagte Johnny Henderson.

Crashers Handy klingelte. »Das ist Maynard. Was soll ich ihm sagen?«

»Die Wahrheit, verdammt«, antwortete Jan. »Wir sind doch nicht zum Versteckspielen hier. Vielleicht sollten wir uns aufteilen. Tom und ich fahren zum Devil, Jimmy und Johnny bleiben hier«, schlug Jan vor.

»Okay, verstanden«, stimmte Crasher zu und beendete das kurze Telefonat mit Maynard.

»Er hat nur gesagt, dass ihn die Typen wieder angerufen häten, die seine Farm kaufen wollen. Aufgrund dieses Vorfalles auf dem Kirchplatz hätten sie ihr Angebot halbiert und ihm geraten, es anzunehmen, solange er noch könnte.

Sheriff Tucker und Officer Kane wären auf dem Weg hierher. Und wir würden uns gegenseitig informieren, sobald sich was täte«, berichtete Crasher.

Jan schüttelte den Kopf und atmete tief durch. »Was soll der Scheiß, Crasher? Wähl ihn nochmal an und gib mir das Handy, verdammt.«

»Gibt's noch was?«, fragte Maynard kurz angebunden.

»Ja, Verstärkung«, antwortete Jan. »Tom und ich sind in zehn Minuten bei dir. Sorg bitte dafür, dass wir nicht in die Luft fliegen oder von einem Stromschlag umgehauen werden, bevor wir deine Farm erreicht haben. Wir nehmen Crashers demolierten Pick-up.«

»Was zum Teufel macht ihr denn hier? Wer hat euch denn erzählt, dass ich Hilfe brauche?«, meckerte der Devil auf altbekannte Art und Weise.

»Ja, du alter Kauz, wir freuen uns auch, dich zu sehen. Jimmy und Johnny sind auch hier. Sie bleiben aber zunächst bei Meredith«, sagte Jan.

»Was soll das hier werden? So'n beschissenes Klassentreffen, oder was?«, schimpfte Maynard. »Aber meinetwegen, wenn ihr schon mal da seid, könnt ihr euch auch nützlich machen.«

»Haben wir vor. Also, bis gleich«, beendete Jan das Gespräch.

»Und, was hat er gesagt?«, wollte Jimmy wissen.

»Na was wohl? Er freut sich, uns zu sehen. Nur eben auf seine Art«, grinste Jan.

Wie immer kam sie zu spät. Josie wirkte abgehetzt, als sie zehn Minuten nach eins das Büro der Mordkommission betrat. In einer Hand trug sie ihren Laptop, in der anderen baumelte eine weiße Plastiktüte.

»Hab noch schnell was vom Türken besorgt. Vor lauter Arbeitseifer vergesst ihr ja sonst mal wieder das Essen. Unregelmäßige Nahrungsaufnahme ist schlecht für Körper, Geist und Seele«, grinste Josie.

»Ach ja? Heißt es nicht, ein voller Bauch studiert nicht gern?«, entgegnete Rico.

»Mag sein, aber ein leerer noch viel weniger. Also bitte, greift zu. Drei Döner mit allem Pipapo für die Herren der Schöpfung und zwei Salattaschen mit Zwiebeln und scharfer Sauce für die veganen Schwestern«, frotzelte Josie.

Während sich die Männer hungrig über die unerwartete Mahlzeit hermachten, begann Hannah mit einem Textliner Verbindungslinien zwischen den Fotos auf dem Whiteboard zu ziehen.

»Vorweg vielen Dank an den Kollegen Schuberth von der IT, dass er so schnell die Fotos beschafft hat«, begann sie. »Wir haben das Opfer, den Architekten Dr. Robert Langhoff, der unlängst von Lena Iwanova wegen Vergewaltigung angezeigt worden ist. Langhoff soll ihre Tochter Mila, die pikanterweise im Architekturbüro Langhoff und Vogt als Auszubildende gearbeitet hat, entführt, sediert und vergewaltigt haben. Langhoff hat diesen Vorwurf vehement bestritten. Wie wir inzwischen wissen, hatte Lena Iwanova zuvor eine Beziehung zu Robert Langhoff. Sie arbeitet als Barfrau und betreibt eine Live-Cam für Erwachsene im Internet.«

»Ist denn mittlerweile sicher, dass es sich bei dem Toten um Robert Langhoff handelt?«, erkundigte sich Jungmann.

»Kein Zweifel«, antwortete Josie mit vollem Mund. »Der abschließende DNA-Abgleich war positiv.«

»Okay, also dann haben wir hier Lisa Langhoff, die Ex-Frau des Opfers«, zeigte Hannah auf ein weiteres Foto. »Daneben sehen wir Rebecca, ihre gemeinsame neunzehnjährige Tochter. Die beiden leben in einer kleinen, bescheidenen Wohnung am Rande der Innenstadt. Zwischen Robert und Lisa Langhoff gab es einen knallharten Ehevertrag, der sie nach der Scheidung praktisch mittellos dastehen ließ. Und nachdem Rebecca ihren achtzehnten Geburtstag vollendet hatte, hat Robert Langhoff nicht nur die Unterhaltszahlungen eingestellt, sondern seiner Tochter sämtliche finanzielle Zuwendungen gestrichen.«

»War Rebecca nicht an jenem Abend in diesem Club dabei, als ihr Vater mit Mila Iwanova geflirtet hat und sie anschließend nach Hause fahren wollte?«, fragte Krause.

»Ja, Rebecca und Mila sind gleich alt und zusammen zur Schule gegangen. Sie gehören einer Clique von jungen Frauen an, die an den Wochenenden gemeinsam feiern gehen«, antwortete Hannah.

»Stimmt und dazu gehört auch Sofia Glaser, die Tochter des Architekten Stefan Glaser, der mit seiner Firma in harter Konkurrenz zu Langhoff und Vogt steht. Er hatte Langhoff in der Vergangenheit immer wieder beschuldigt, lukrative Aufträge mit unlauteren Mitteln an Land gezogen zu haben. Das hat Glaser an den Rand des Ruins getrieben«, berichtete Krause.

»Genau. Auffällig dabei ist, dass Glaser nur von Langhoff spricht und nicht von seinem Partner Tino Vogt. Vogt ist ebenfalls schlecht auf Langhoff zu sprechen, weil der einen Teil der Aufträge nicht über die Firma abrechnet, sondern privat verbucht. Dabei handelt es sich vor allem um die Tätigkeiten, die er als Statiker durchführt. Und genau das sollen die dicken Fische sein. Vogt meinte, Langhoff würde ihn nicht als gleichberechtigten Partner, sondern als gewöhnlichen Bauzeichner behandeln.«

»Da scheint der Frust ja tief zu sitzen«, bemerkte Rico.

»Sieht so aus«, meinte Hannah. »Und dann ist da noch jemand, der heftige Vorwürfe gegen Langhoff erhebt. Der Bauunternehmer Felix Neumann behauptet, dass Langhoff ihm noch eine Menge Geld schulden würde. Deswegen stände seine Firma kurz vor der Pleite. Der Stararchitekt hätte ihm mehrmals Aufträge vermittelt, die er gewissenhaft erledigt hätte, aber die der Kunde anschließend nicht bezahlt hätte. Während Langhoff das jedesmal mit einem Schulterzucken abtat, blieb er auf den gesamten Kosten sitzen. Wie er später erfahren hatte, hatte Langhoff jedoch in jedem einzelnen Fall sein Geld bekommen, es aber nicht für nötig gehalten, dafür Sorge zu tragen, dass seine Rechnungen beglichen würden, geschweige denn ein Teil davon von Langhoff übernommen wurde.«

»Hm, also noch jemand, der richtig sauer auf Langhoff war«, sagte Rico.

»Und vergiss bitte nicht zu erwähnen, dass Stefan Glaser Robert Langhoff beschuldigt hat, seine Tochter Sofia sexuell belästigt zu haben, Zu einer Anzeige war es aber damals nicht gekommen, weil angeblich Langhoffs Tochter Rebecca ihre Freundin Sofia überredet hatte, den Vorfall herunterzuspielen und nicht der Polizei zu melden«, sagte Krause .

»Oha, die Liste derer, die einen Grund hatten, Langhoff 'nen Hammer über den Schädel zu hauen, wird immer länger«, bemerkte Jungmann.

»Wenn man das alles so hört - immer vorausgesetzt, dass alles stimmt- scheint der Typ ja auch wohl ein echter Kotzbrocken gewesen zu sein. Lässt sich scheiden, zahlt keinen Unterhalt, bescheißt seinen Partner, treibt von ihm abhängige Firmen in den Ruin und - was das Schlimmste ist - er belästigt und vergewaltigt blutjunge Mädchen«, kommentierte Josie und wischte sich ihre fettigen Finger an einer Serviette ab. »Kein Wunder, dass da offenbar einer die Nerven verloren hat.«

»Möglich, aber wer?«, stimmte Hannah zu.

»Wenn ihr mich fragt, könnte das jeder von denen gewesen sein«, zeigte Krause auf die Fotos am Whiteboard.

»Okay, dann sollten wir uns jetzt die Verdächtigen nach und nach vornehmen. Ich rede mit Lisa Langhoff und ihrer Tochter Rebecca. Krause schnappt sich Lena Iwanova, Jungmann stattet Felix Neumann einen Besuch ab und Rico kümmert sich um Stefan Glaser, einverstanden?«, blickte Hannah in die Runde.

Die drei Männer nickten. Auch der Dezernatsleiter und künftige Polizeirat Rico Steding nahm unwidersprochen die Anweisung seiner Kollegin entgegen. Polizeidirektor Horst Wawrzyniak hatte ja angeregt, dass sich Hauptkommissarin Dammüller ab sofort in ihren neuen Job als Leiterin der Mordkommission einarbeiten sollte.

»Und was ist mit mir? Ich hab Zeit«, meldete sich Josie Nussbaum.

»Hast du nichts anderes zu tun?«, rollte Hannah mit den Augen.

»Im Moment nicht.«

»Was ist zum Beispiel mit Faserspuren an der Kleidung oder Hautresten unter den Fingernägeln des Toten?«, wollte Hannah wissen.

»Mach dir keine Sorgen, Liebes, meine beiden Assistenten suchen akribisch nach jedem Hinweis. Die kommen gerade von der Uni und sind hochmotiviert. Wenn es an der Leiche auch nur irgendwo mikroskopisch kleinste Spuren gibt, werden sie sie finden, hundertpro«, sagte Josie.

»Na gut, meinetwegen, Frau Professor, du kommst mit mir.«

»Na also, geht doch«, freute sich Josie mal einen Tag aus dem muffigen Keller der Pathologie herauszukommen.

Auf dem Weg zu Maynard erkannten Jan und Tom in einigen hundert Metern voraus Lichter auf der Redground Road etwa in Höhe der Abzweigung zur Farm.

»Einzelne Bremslichter, von Motorrädern würde ich behaupten«, meinte Tom.

»Hm, die haben sich aber nicht viel Zeit gelassen. Die haben 'ne Stinkwut und wollen die Angelegenheit jetzt sofort an Ort und Stelle erledigen«, vermutete Jan, fuhr rechts ran, schaltete das Licht aus und griff zum Handy.

»Dein Besuch steht vor der Tür. Schätze, die werden jeden Moment zur Attacke blasen«, berichtete Jan.

»Wohl kaum. Den ersten, der es gewagt hat, meinen Privatweg zu benutzen, hat es bereits zerrissen. Die trauen sich im Moment keinen Meter weiter«, antwortete der Devil.

»Die werden sich einen Weg durchs Gelände suchen. Aufgeben werden die jedenfalls nicht.«

»Das wird mit ihren schweren Harleys in der Dunkelheit schwierig werden. Da landet man schnell mal in 'ner Wildfalle.«

»Möglich, dass die warten, bis es hell wird. Das Problem ist, dass wir an denen nicht vorbeikommen.«

»Müsst ihr nicht. Ihr dreht um, fahrt zurück und biegt an der Grey Horse Farm rechts ab. Hinter der Farm nehmt ihr den Feldweg hoch bis zum Cherry Hill. Dort führt ein kleiner Weg durch ein Waldstück hindurch bis zum Weidegatter auf der Rückseite der Farm. Ich werde es für euch öffnen. Ihr müsst es wieder schließen, wenn ihr drinnen seid.«

Zwanzig Minuten später hatte der rote Pick-up auf Schleichwegen die Farm erreicht. Jan schaltete das Licht aus und rollte langsam über den Hof zum Haus. Maynard hatte zuvor den Starkstrom an den Zäunen ausgeschaltet und die Bewegungsmelder abgestellt.

Als Jan und Tom ausstiegen, öffnete sich die Haustür und die beiden Dobermänner Castor und Pollux stürzten sich schwanzwedelnd auf sie und jaulten vor Freude. Sie hatten die beiden nicht vergessen. Die Hunde hatte Maynard von einem Afghanen übernommen, der als Informant für die ISAF gearbeitet hatte und dafür von den Taliban auf bestialische Weise abgeschlachtet worden war. Danach hatten Castor und Pollux über ein Jahr lang im Feldlager in Kundus zugebracht, wo sie sich mit den Männern der Sondereinheit Sniper angefreundet hatten. Nach Dienstende hatte der Devil die beiden mit nach Australien genommen.

»Hey, Jungs, alles klar?«, tätschelte Jan die beiden.

»Wow, sind das die Hunde von Ibrahim? Wie alt sind die jetzt? Die sehen topfit aus«, schwärmte Tom und herzte sie ausgiebig.

»Zwölf«, beantwortete der Devil die Frage, als er im Türrahmen auftauchte.

Jan umarmte seinen Freund und küsste ihn auf die Stirn. Niemand außer ihm durfte das. Der Devil hielt immer Abstand, ein kurzer Händedruck war der einzige Kontakt, zu dem der kauzige Halbindianer bereit war. Tom wusste das und verzichtete auf eine hautnahe Begrüßung. Der Devil nickte ihm zur Begrüßung mit einem Anflug eines Lächelns zu.

»Für wen arbeiten diese Kerle?«, fragte Jan, als sie ins Haus gingen.

»Wüsste ich auch gern«, antwortete Maynard.

»Was macht deine Farm so wertvoll? Gibt es hier Öl- oder Gasvorkommen? Sitzt du vielleicht auf einer bisher unentdeckten Goldader oder birgt dein Land andere Bodenschätze? Erz, Mangan oder Kupfer vielleicht?«, wollte Jan wissen.

»Ich war beim Bürgermeister. Nichts dergleichen ist ihm bekannt. Habe ihn gefragt, ob er ein Angebot einer Hotelkette oder eines Wirtschaftsunternehmens erhalten hätte, die in Crockwell investieren wollen. Die Gewerbesteuer könnte die Stadt gut brauchen«, erzählte der Devil.

»Was waren das für Typen, die hier aufgekreuzt sind? Haben die nicht gesagt, wer sie sind und aus welchem Grund sie das Land kaufen wollen?«, erkundigte sich Tom.

»Anzugträger in Luxuslimousinen aus Sydney. Die wollen alle drei Farmen oberhalb der Redground Road kaufen. Die nördlichste davon haben sie dem alten Forster bereits abgekauft. Jetzt wollen sie noch Meredith' und meine Farm haben. Sie haben ursprünglich 350.000 Dollar geboten. Nach dem Vorfall heute Nacht haben sie das Angebot halbiert.«

»Das ist doch zusammen ein riesiges Gebiet. Für eine, wenn auch großzügige, Hotelanlage ist das doch viel zu groß. Da hätte doch das Land einer der drei Farmen vollkommen ausgereicht, oder?«, meinte Jan.

»Wahrscheinlich hast du recht«, zuckte Maynard die Schultern.

»Ja aber was zum Geier haben die dann vor?«, fragte Tom.

»Ehrlich gesagt ist mir das egal. Meredith und ich verkaufen ohnehin nicht. Aber diese miesen Typen haben meine Scheune angezündet und meinen Bruder schwer verletzt. Das bedeutet Krieg, und den sollen sie haben«, zeigte sich der Devil fest entschlossen, die Kerle nicht ungestraft davonkommen zu lassen.

»Also müssen wir herausfinden, wer diese Leute sind und warum die hinter eurem Land her sind«, sagte Jan.

»Und dazu werden wir am besten den Anführer der Comancheros befragen«, meinte Maynard.

»Freiwillig wird er uns das sicher nicht erzählen«, glaubte Tom.

»Nein, aber wir werden ihm keine Wahl lassen«, sagte der Devil.

»Okay, hast du einen Plan?«, wollte Jan wissen.

»Der Plan ist, diese Kerle zu erledigen.« »Schätze, du hast bereits Vorkehrungen für einen Angriff getroffen?«

»Die Zufahrt ist vermint, durch die Zäune fließt Starkstrom und auf dem Dach der Garage gegenüber des Eingangstores steht ein ferngesteuertes Machinengewehr. Das Problem ist, dass der Patronengürtel gewechselt werden muss. Aber das kann ja nun einer von euch übernehmen«, erklärte Maynard.

»Und wenn sie den Weg hintenherum nehmen und von der Rückseite angreifen, oder sogar von beiden Seiten gleichzeitig?«, fragte Jan.

»Das ändert nichts. Das gesamte Gelände ist eingezäunt und unter Starkstrom gesetzt, das MG auf dem Garagendach kann auch auf der Rückseite eingesetzt werden. Außerdem habe ich um die gesamte Farm herum Wildfallen ausgelegt. Und sollte es einem der Kerle trotzdem gelingen, die Hindernisse zu überwinden, werden sie von Castor und Pollux empfangen. Und die mögen grundsätzlich keine Fremden.«

Jan hatte keine Sekunde daran gezweifelt, dass der Devil alle notwendigen Vorkehrungen getroffen hatte, um sich zu verteidigen. Selbst für gut ausgebildete Elitesoldaten würde es verdammt schwierig werden, diese Hindernisse zu überwinden. Doch da draußen standen keine Soldaten, sondern eine wilde Horde von Bikern, die zwar auf Krawall gebürstet waren und in wilden Keilereien auch zu Baseballschlägern und Messern griffen, aber eher selten Schusswaffen abfeuerten. Und selbst wenn, waren das keine geübten, erfahrenen Schützen, sondern allenfalls ein paar aggressive Schläger, die mit einem Colt in der Hand Eindruck machen wollten. Jan befürchtete, dass diese Männer nicht einmal ahnten, auf was sie sich da eingelassen hatten.

Maynards Handy klingelte. Sergeant Tucker war dran. Er hörte kurz zu, dann sagte er: »Das ist nur ein Ablenkungsmanöver, die wollen mich hier rauslocken. Verlasst euch auf meine beiden Kameraden, die sorgen für eure Sicherheit.«

»Was ist los?«, fragte Jan.

»Es sind 'ne Handvoll Rocker bei Meredith aufgekreuzt und blockieren die Ausfahrt. Sheriff Tucker und Officer Kane haben die Typen aufgefordert zu verschwinden, aber die rühren sich nicht vom Fleck. Solange die nichts unternehmen, müssen wir nicht eingreifen«, blieb der Devil gelassen.

»Moment«, sagte Jan und rief Jimmy an. »Hör zu, knallt denen ein paar Dinger vor den Bug, damit die wissen, was Sache ist. Der Großteil von denen bereitet sich anscheinend darauf vor, Maynards Farm zu stürmen. Sollte es hier losgehen, brauchen wir euch. Also seht zu, dass ihr freie Bahn habt.«

»Hm, klar, aber der Sheriff will nicht, dass wir was unternehmen. Er meint, das würde die Typen noch mehr provozieren. Wenn du mich fragst, hat der Kerl die Hosen voll«, antwortete Jimmy.

»Verscheucht die Bande mit ein paar gezielten Schüssen auf ihre Bikes, das sollte fürs Erste reichen.«

»Okay, wird erledigt«, bestätigte Jimmy.

Jan nickte Maynard zu, dass ihre Freunde die Lage im Griff hatten. Der hatte verstanden. »Gut, dann kommt mal mit«, meinte er.

Im Flur unter der Treppe stand ein mannshoher Wandschrank. Maynard entfernte ein stabiles Vorhängeschloss und öffnete ihn.

»Wow«, staunte Tom. »Das nenn' ich mal' nen Waffenschrank.« Neben einigen Jagdgewehren lagerten hier sauber aufgereiht mehrere Sturmgewehre, Maschinenpistolen, diverse Handfeuerwaffen, Kampfmesser in allen Größen und ein beachtliches Arsenal an Handgranaten.

Jans Augen glänzten, als Maynard eine McMillan TAC-50 herausnahm und es ihm zusammen mit Infrarotzielfernrohr, einem Nachtsichtgerät und zwei Packungen Munition vom Kaliber 12,7 x 99 mm in die Hand drückte.

»Verdammt, Maynard, du glaubst gar nicht, wie erleichtert ich bin. Ich dachte schon, ich müsste mit einem M-24 Vorlieb nehmen. Ich hasse Repetiergewehre, speziell diesen Remington-Scheiß«, freute sich Jan.

»Folgt mir«, sagte der Devil. Sie gingen über den Hof in die Garage und stiegen auf den Dachboden.

Tom fielen fast die Augen aus dem Kopf, als er das schwere Maschinengewehr vom Typ Browning M3M sah. »Wo zum Teufel hast du dieses Ding her? Ich fass es nicht«, staunte er.

»Ich habe die maximale Reichweite von 1.800 Metern eingestellt. Damit können wir die Typen ins Visier nehmen, sobald sie die Straße verlassen und auf dem Weg zur Farm sind. Die Entfernung von der Straße zum Eingangstor beträgt exakt 1.450 Meter«, erklärte Maynard. »Ich denke, ansonsten kennst du dich mit der Waffe aus, Tom.«

Tom Ritter war in Afghanistan einer der besten Maschinengewehrschützen gewesen. Kaum einer konnte mit dieser schweren Waffe so sicher umgehen wie er.

»Das Ding hat schon mal 'ne Ladehemmung. Du weißt, was dann zu tun ist«, sagte Maynard.

»Verschluss auf, Patrone entfernen, Patronengürtel wechseln, Verschluss schließen, durchladen, feuern«, kam die Antwort wie aus der Pistole geschossen.

»Guter Mann«, grinste der Devil. Er öffnete die beiden Flügelfenster zum Hof. Die Männer hatten jetzt freie Sicht bis zur Straße, wo die Biker immer noch geduldig ausharrten.

»Sieh dir das mal genauer an, Jan«, forderte er.

Jan wusste, was gemeint war. Er schraubte das Infrarotzielfernrohr auf die McMillan, legte sich neben das MG und stützte die Waffe auf einen Balken unter der Fensteröffnung auf. Dann begann er mit der exakten Einstellung auf sein Ziel.

»Okay, ich denke, der Tank ist ein geeignetes Ziel, oder?«, meinte der Devil.

Ohne Übung in der Nacht auf 1.500 Metern Entfernung sofort mit dem ersten Schuss zu treffen, war eine Aufgabe, die nicht einfach war. Mit jeder anderen Waffe hätte Jan Zweifel gehabt, aber nicht mit der McMillan. Mit diesem Gewehr hatte er in Afghanistan unter schwierigsten Bedingungen Ziele in einer Distanz von weit mehr als 2.000 Metern getroffen. Und auch diesmal brauchte er nur wenige Handgriffe, um das Gewehr einsatzbereit zu machen. Er wusste genau, dass die McMillan exakt das tat, was ihr der Schütze vorgab. Diese Waffe hatte ihn noch nie im Stich gelassen. Sie war ein Muster an Zuverlässigkeit und Präzision.

»Okay, bereit«, vermeldete er.

»Feuer«, befahl der Devil.

Jan holte Luft, legte den Finger an den Abzug, atmete langsam und gleichmäßig aus und drückte ab.

Das Projektil schlug in den Tank einer Harley ein, der sofort explodierte und einen meterhohen Feuerball in den Nachthimmel sandte. Scheinbar war der Kraftstoffbehälter bis zum Rand gefüllt gewesen.

Er zerstörte kurz nacheinander zwei weitere Motorräder, ohne dass einer der Biker dabei verletzt wurde. Er hatte die Maschinen ins Visier genommen, die am Rande der Gruppe abgestellt waren und auf denen kein Fahrer saß. Er konnte durch das Zielfernrohr erkennen, wie die Biker erschraken und sich schützend zu Boden warfen. Nach einigen Schrecksekunden sprangen die ersten auf, stiegen auf ihre Maschinen und rauschten davon, so schnell sie konnten. Die brennenden Motorräder erleuchteten die Nacht wie Leuchtfeuer auf hoher See. Die Rücklichter der geschockten Biker verschwanden blitzschnell in der Dunkelheit.

Hannah stieg in ihren Dienstwagen und machte sich auf den Weg zu Lisa Langhoff, um ihr mitzuteilen, dass ihr Ex-Mann tot aufgefunden worden war. Sie hasste diesen Teil ihres Berufes. Jemandem erklären zu müssen, dass ein Angehöriger tot war, stellte immer wieder eine höchst undankbare Aufgabe dar.

Plötzlich meldete ihr Handy den Eingang einer WhatsApp. Sie nahm den Gang heraus und zog die Handbremse an. Krause hatte eine Videonachricht geschickt. die er lediglich mit einem Fragezeichen kommentiert hatte. Das Video zeigte eine Frau, die aus einem Haus kam, kurz stehenblieb und sich zu allen Seiten umsah. So als suche sie etwas, oder sich vergewissern wollte, dass sie nicht beobachtet wurde.

»Ist das Lisa Langhoff?«, erkundigte sie sich.

»Jep, und die verlässt gerade das Haus, in dem Lena Iwanova wohnt«, antwortete Krause.

»Hm, naja, dass die beiden sich kennen, war anzunehmen. Allerdings hätte ich eher gedacht, dass Lisa Langhoff nicht gut auf die Ex-Geliebte Ihres Mannes zu sprechen ist.«

»Könnte doch sein, dass die beiden gemeinsam Rache an Robert Langhoff genommen haben, oder?«

»Du meinst, dass die beiden Frauen so 'ne Art Schicksalsgemeinschaft gebildet und den Mann, der sie beide eiskalt absrviert hatte, ermordet haben?«

»Keine Ahnung. Aber wäre doch immerhin möglich, dass sie die Vergewaltigung von Mila Iwanova zusammen inszeniert haben, um Langhoff damit zu erpressen. Beide sind finanziell nicht gerade auf Rosen gebettet.«

»Möglich, aber zwischen Erpressung und Mord besteht ein gewaltiger Unterschied. Außerdem kann ich mir kaum vorstellen, dass eine der beiden sich einen Hammer besorgt und damit Langhoffs Kopf zu Brei geschlagen hat.«

»Du traust denen eine solch brutale Tat nicht zu?«

»Eigentlich nicht. Wenn allerdings der Tat ein heftiger Streit vorangegangen war, könnte es natürlich sein, dass eine von beiden im Affekt zugeschlagen und danach ihre ganze Wut an ihm ausgelassen hat.«

»Du meinst, der Mord war nicht geplant?«

»Ich denke eher, sie wollten ihn erpressen, es kam zum Streit, eine der Frauen griff nach dem nächstbesten Gegenstand und schlug Langhoff nieder. Um den Verdacht auf einen skrupellosen Psychopathen zu lenken, hat sie sein Gesicht zu Hackfleisch verarbeitet.«

»Stimmt. Möglich, dass die beiden Frauen die Tat gemeinschaftlich verübt haben, oder?«

»Klar, aber das ist bisher nur eine Theorie. Wir gehen weiter vor wie besprochen. Du redest mit Lena Iwanova, ich statte Lisa Langhoff einen Besuch ab. Hör zu, Krause, bitte noch kein Wort davon, dass wir wissen, dass Lisa Langhoff bei Lena Iwanova war, klar?«

»Okay, ich melde mich, sobald ich mit ihr gesprochen habe.«

»Super, danke«, sagte Hannah und legte auf.

Lisa Langhoff wohnte in einer Zwei-Zimmer-Dachgeschosswohnung in der Hinrichsenstraße. Hannah hatte vor Jahren ganz in der Nähe in der Feuerbachstraße gewohnt und wusste daher, dass es von Lena Iwanovas Wohnung in der Fregestraße nur etwa zwei Kilometer bis zu Lisa Langhoffs Adresse in der Hinrichsenstraße war. Wenn sie also auf dem Weg nach Hause war, müsste Hannah sie gleich dort antreffen.

Zwanzig Minuten später hatte Hannah ihr Ziel erreicht. Sie stieg aus, überquerte die Straße und klingelte an der Haustür. Es dauerte einen Momnent, bis der Türöffner summte. Sie lief die Treppen hinauf bis ins Dachgeschoss. Einen Fahrstuhl gab es nicht.

Eine hübsche dunkelhaarige Frau Ende vierzig öffnete die Wohnungstür und sah Hannah unverwandt an.

»Ja bitte?«, fragte sie erstaunt.

Hannah stellte sich vor und zeigte ihren Ausweis.

»Mordkommission?«, wunderte sie sich.

»Ja ich habe leider eine schlechte Nachricht für Sie, Frau Langhoff. Darf ich reinkommen?«

»Äh, ja, was denn für eine Nachricht?«, erschrak sie.

Hannah trat ein und wartete, bis Lisa Langhoff die Tür hinter ihnen geschlossen hatte. Die beiden Frauen standen sich in dem engen Flur gegenüber und sahen sich einen Moment schweigend an. Hannah versuchte in den Augen der Frau einen Hinweis darauf zu entdecken, dass sie bereits wusste, um was es ging. Doch Lisa Langhoff zeigte keine Regung. Sie hob fragend die Hände. »Worum geht es denn?«

»Ich muss Ihnen leider mitteilen, dass ihr Ex-Mann Robert Langhoff heute Nacht tot aufgefunden wurde.«

»Wie bitte, ich verstehe nicht…«, antwortete sie mit zittriger Stimme.

Entweder hatte sie tatsächlich keine Ahnung, oder sie war eine glänzende Schauspielerin, dachte Hannah.

»Können wir uns setzen?«, fragte sie.

»Äh, ja sicher, was in aller Welt ist denn nur geschehen?«, jammerte Lisa Langhoff, während sie Hannah in eine winzige Küche

125

führte, in der neben einem Küchenblock nur noch Platz für einen kleinen Zweiertisch war.

Bevor Hannah antworten konnte, erschien Rebecca in der Küchentür. »Was ist denn los, Mama?« fragte sie besorgt.

»Dein Vater ist tot«, starrte Lisa Langhoff ins Leere.

Für einen Moment verfiel Rebecca in Schockstarre, stand stocksteif mit offenem Mund und weit aufgerissenen Augen im Türrahmen. »Waaas? Um Gottes willen, nein! Was ist denn passiert?«, schluchzte sie.

»Robert Langhoff wurde letzte Nacht am Ufer des Abtnaundorfer Sees tot aufgefunden. Nach dem jetzigen Stand der Ermittlungen wurde er erschlagen und danach ins Wasser geworfen. Tut mir sehr leid«, sagte Hannah.

Sie suchte anhand der Körpersprache von Mutter und Tochter nach Hinweisen darauf, ob ihre Reaktion echt oder gespielt war. Doch es gelang ihr nicht.

»Wer macht denn sowas?«, jammerte Lisa Langhoff.

»Wie gesagt, wir haben gerade erst mit unseren Ermittlungen begonnen. Wir gehen selbstverständlich jeder Spur nach. Dazu gehört auch, die Alibis aller von diesem Fall betroffenen Personen zu überprüfen«, erklärte Hannah.

»Sie wollen wirklich wissen, wo meine Mutter und ich letzte Nacht waren? Spinnen Sie? Glauben Sie vielleicht, wir haben Robert ermordet?«, pustete Rebecca Langhoff.

»Reine Routine. Bitte beantworten Sie die Frage.«

»Ich fass es nicht, das ist doch…«

»Schon gut, Rebecca, die Kommissarin hat recht. Wir werden selbstverständlich alles tun, um bei der Aufklärung dieses schrecklichen Verbrechens behilflich zu sein. Allerdings könnte Sie unsere Antwort womöglich nicht zufriedenstellen. Ich bin gestern Abend gegen elf ins Bett gegangen und um halb sieben wieder aufgestanden, um zur Arbeit zu gehen. Rebecca war bei einer Freundin und ist etwa gegen halb zwölf nach Hause gekommen. Ich habe auf die Uhr gesehen, als ich die Haustür gehört habe«, erklärte Lisa Langhoff.

Rebecca nickte wortlos.

»Hm, na gut. Ich möchte Sie bitten, Frau Langhoff, so schnell es geht in die Gerichtmedizin an der Uniklinik zu kommen, um ihren Ex-Mann zu identifizieren. Wir konnten leider bisher keinen anderen Angehörigen ausmachen«, erklärte Hannah.

»Roberts Eltern sind tot und er hatte keine Geschwister. Er stammt aus Berlin und hat in Leipzig außer uns keine Verwandten. Wann soll ich da sein?«

»Wie es Ihnen passt. Melden Sie sich bitte in der Pathologie bei Frau Professor Dr. Nussbaum. Sie ist bis 18 Uhr erreichbar«, sagte Hannah.

»Ja, das schaffe ich«, antwortete Lisa Langhoff.

»Gut, danke, halten Sie sich bitte für weitere Nachfragen zur Verfügung und melden Sie sich, wenn Ihnen noch was einfällt, was für die Ermittlungen relevant sein könnte. Ich lasse Ihnen meine Karte da«, sagte Hannah, stand auf und verabschiedete sich.

Eine halbe Stunde später war sie zurück im Büro. Krause stand am Whiteboard. Er kratzte sich am Kopf und blickte nachdenklich auf die schwarzen Verbindungslinien zwischen den Personen, die dort bildlich und namentlich aufgeführt waren.

»Hey, hat Lena Iwanova nicht geöffnet?«, wollte Hannah wissen.

»Doch, aber sie hat mich nicht reingelassen. Sie meinte, sie wäre gerade bei der Arbeit und hätte keine Zeit. Ich bat sie um eine Minute und teilte ihr mit, dass Robert Langhoff ermordet wurde.«

»Und?«

»Nichts und.«

»Ja, wie hat sie reagiert, verdammt?«

»Sie meinte, das täte ihr leid, aber sie habe den Mann kaum gekannt.«

»Das war alles?«

»Ich habe sie gefragt, wo sie letzte Nacht war.«

»Mensch Krause, nun lass dir doch nicht alles aus der Nase ziehen«, rollte Hannah mit den Augen.

»Sie hat mir eine Karte zugesteckt und gemeint, ich solle doch mal auf ihre Internetseite schauen, dann wüsste ich, was sie letzte Nacht gemacht hätte.«

»Und, hast du?«

»Nein, die Seite ist kostenpflichtig. Ich habe Schuberth gebeten, dort mal nachzusehen. Er sagt uns gleich Bescheid.«

»Hm, na gut«, antwortete Hannah und erzählte dem Oberkommissar, was sie bei ihrem Besuch von Lisa Langhoff und ihrer Tochter in Erfahrung gebracht hatte.

»Hast du sie gefragt, was sie vorhin bei Lena Iwanova wollte?«

»Nein. Das ist im Moment auch nicht wichtig. Wir wissen, dass sich die beiden Frauen kennen, das reicht fürs Erste. Mal sehen, wie sie reagieren, wenn wir fragen, ob es in letzter Zeit Kontakt zwischen den beiden gegeben hätte. Wir werden unsere Munition nicht gleich beim ersten Angriff verschießen, oder?«

»Nee, natürlich nicht«, nickte Krause.

»Okay, wir warten auf Rico und Jungmann. Dann werden wir die ersten Ergebnisse besprechen. Bin gespannt, was die beiden in Erfahrung bringen konnten«, meinte Hannah.

»Kaffee?«, fragte Krause.

»Nee, danke, ist lieb von dir. Mein Bedarf ist für heute gedeckt. Schlafe ohnehin nicht viel. Niklas bekommt Zähne.

»Kenn ich«, grinste Krause. »Mit Kamillensalbe einreiben hilft.«

Während Jan und Tom, von der Müdigkeit übermannt, eingeschlafen waren, hatte Maynard die Nacht mit seinen Hunden vor dem Kamin verbracht, immer ein Auge auf die Überwachungskameras gerichtet. Nachdem Jan mit seinen Präzisionsschüssen drei Motorräder zerstört hatte, waren die Biker geflohen und mussten sich offensichtlich zunächst von diesem Schock erholen, bevor sie möglicherweise eine erneute Attacke starten würden.

Es wurde langsam hell, als um kurz nach sieben Maynards Handy summte. Er hatte es lautlos gestellt, um seine beiden Freunde nicht zu wecken, hatte es aber in Reichweite gelegt, um keinen Anruf zu verpassen. Schließlich sorgte er sich immer noch um Meredith, obwohl er wusste, dass sie bei Jimmy und Johnny in guten Händen war. Sie würden aufpassen, dass ihr nichts geschieht.

»Hey, Maynard, du bekommst Besuch«, warnte Sheriff Tucker. »Die Bundespolizei ist im Anmarsch. Bürgermeister Shannon hat offenbar Druck gemacht, nachdem letzte Nacht auf dem Kirchplatz die Hölle los war. Die haben sich bereits mit den Bikern unterhalten, die denen natürlich erzählt haben, dass sie von ein paar Irren angegriffen wurden, die auf sie geschossen und ihre Motorräder zu Kleinholz verarbeitet hätten. Sie selbst wären die reinsten Unschuldslämmer und wollten nur friedlich ein Bikertreffen in Crockwell abhalten, ohne jemanden zu belästigen. Schätze, wir sind in einer halben Stunde bei dir. Ich habe denen gesagt, dass ich vorweg fahre. Mach also keinen Scheiß, und lass uns rein, okay? Vielleicht können die Bundesagenten die Sache ja ein für allemal klären.«

»Wohl kaum, Gerald. Wenn allerdings auch nur einer von diesen Bikern dabei ist, knallt's, verstanden?«

»Keine Sorge, das habe ich bereits geregelt. Also, bis gleich. Und tu mir einen Gefallen, egal, was die Cops sagen, bleib ruhig, klar?«, forderte Sheriff Tucker und legte auf.

Um kurz nach halb acht bog die Kolonne von der Redground Road auf den Feldweg zu Maynards Farm ab. Sheriff Tucker fuhr mit seinem weißen Ford Falcon vorweg, dahinter folgten zwei schwarze Mercedes-Limousinen der Federal Police. Maynard hatte die Minen entschärft und den Starkstrom ausgeschaltet. Per Handy-App öffnete er das Eingangstor, ohne die sich nähernden Fahrzeuge auch nur einen Moment aus den Augen zu lassen.

Sheriff Tucker hielt vor seinem Haus und wartete, bis die Bundesagenten ausgestiegen waren.

»Hören Sie, Chief, ich kann Ihnen versichern, dass Mr. Deville sich nur verteidigt hat. Also fassen Sie ihn nicht zu hart an«, bat Sheriff Tucker.

»Halten Sie die Klappe, Tucker und schaffen Sie mir diesen Deville hier raus, klar?«, knurrte Chief Robertson.

Gerald Tucker nickte und klopfte an die Tür. Es dauerte einen Moment, bis Maynard öffnete, herauskam und die Tür hinter sich schloss, um die Hunde nicht auf den Hof zu lassen. Als er sah, wer vor ihm stand, verfinsterte sich seine Miene.

»Tja, so sieht man sich wieder, Deville. Da wo Sie sind, gibt es Schwierigkeiten, wie? Sie ziehen den Ärger an wie ein Scheißhaufen die Fliegen«, ätzte der Chief.

Robertson ging mittlerweile auf die Fünfzig zu und schien im Kampf gegen die Pfunde auf die Verliererstraße geraten zu sein. All das Übergewicht hatte seine harten Züge jedoch nicht weicher gemacht. Unter dem hellbraunen Haar stellte er einen zornigen Gesichtsausdruck zur Schau.

»Hey, Robertson, was macht die Nase? Oder war's das Brustbein, das ich Ihnen zertrümmert habe? Lange her, ich weiß es gar nicht mehr genau«, antwortete der Devil.

»Ihnen wird Ihr vorlautes Gequatsche noch vergehen, Deville. Gegen Sie liegen gleich mehrere Anzeigen vor. Als da wären Sachbeschädigung, Bedrohung, schwere Körperverletzung und unerlaubter Schusswaffengebrauch.«

»Sie müssen sich irren, Robertson, nichts davon habe ich getan.«

»*Chief* Robertson für Sie, verstanden? Wo waren Sie heute um Mitternacht und wo ist dieser verdammte rote Pick-up, mit dem Sie in der Stadt diese harmlosen Motorradfahrer überfallen und verletzt haben?«

»Ich war hier und sonst nirgendwo und einen roten Pick-up besitze ich nicht. Meiner ist grau. Außerdem habe ich auf niemanden geschossen«, stellte Maynard klar. Er hatte Crashers beschädigten Pick-up vorsichtshalber in die Garage gefahren.

»Sir, ich habe Ihnen doch gesagt, dass die Comancheros gleich drei Farmen an der Redground Road angegriffen haben. Die haben bei Miss Connor das Trinkwasser für die Schafe vergiftet, beim alten Forster Rinder erschossen und Mr. Devilles Scheune abgefackelt. Offenbar sollen sie den Besitzern Druck machen, ihre Farmen an diese Geschäftsleute aus Sydney zu verkaufen. Weiß Gott, was die damit vorhaben«, erklärte Sheriff Tucker.

»So, das waren also die Comancheros? Meinen Sie vielleicht diese arglosen Motorradfahrer, auf die ihr Freund geschossen hat? Hören Sie, Tucker, die Comancheros befinden sich in Sydney und nicht hier draußen auf dem platten Land. Außerdem haben die gerademal wieder mächtig Stress mit den Hells Angels. Und jetzt wäre ich Ihnen sehr verbunden, wenn Sie sich nicht weiter in die Angelegenheiten der Bundespolizei einmischen würden, verstanden?«, zischte Robertson ungehalten.

Der wandte sich wieder an Maynard. »Also, wo waren Sie zur fraglichen Zeit, Deville?«

»Er war hier. Wir haben am Kamin gesessen, über die alten Zeiten geredet und Tee getrunken«, kam Jan aus dem Haus und baute sich vor Robertson auf.

»Wer zum Teufel sind Sie denn?«, blickte der einen Kopf kleinere Bundesagent zu dem Zweimeterriesen hoch.

»Sagte ich doch gerade. Jemand, der einen guten Freund besucht und mit ihm gemütlich bei einer Tasse Tee über alte Zeiten plaudert.«

»Können Sie sich ausweisen?«

»Aber sicher doch«, antwortete Jan.

»Sie sind aus Deutschland den weiten Weg um die halbe Welt gereist, nur um mit einem alten Freund ein Teekränzchen zu veranstalten?«

»Haben uns lange nicht gesehen. Wurde mal wieder Zeit für 'nen Besuch.«

»Wer ist dieser Kerl, Deville? Haben Sie jetzt etwa pötzlich auch noch 'nen weißen Bruder? Kann eigentlich nur 'n Bastard sein, oder? Wer ist denn da fremdgegangen? Ihre Mutter oder Ihr Vater?«, provozierte Chief Robertson.

»Entschuldigung, Sir, wie haben Sie mich da gerade genannt?«, durchbohrte ihn Maynard mit einem strengen Blick.

Angesichts des Hünens, der sich vor ihm aufgebaut hatte, zog es Robertson vor, umgehend zurückzurudern. »War nicht persönlich gemeint, Mann.«

»Also, wenn Sie hier fertig sind, Chief. Sie sehen ja, ich habe einen Gast, um den ich mich gern kümmern würde.«

»Wir würden uns hier gern mal umsehen, Deville. Sie haben doch sicher Waffen im Haus, oder?«

»Klar, wenn Sie mir einen Durchsuchungsbeschluss vorlegen.«

»Wieso, haben Sie was zu verbergen? Vielleicht ein paar Präzisionswaffen, mit denen Sie auf die Biker geschossen haben?«

»Ich bin Jäger. Natürlich besitze ich Waffen. Und ich wiederhole nochmal: Ich habe auf niemanden geschossen. Außerdem ist es ja wohl schier unmöglich in der Dunkelheit ein Ziel in eineinhalb Kilometern Entfernung punktgenau zu treffen, oder? Sowas wäre selbst für einen erstklassigen Scharfschützen ein Kunststück«, sagte der Devil.

»Hören Sie, Deville, Crockwell war immer eine ruhige Kleinstadt, in der friedliche Menschen lebten. Bis Sie hier vor ein paar Jahren aufgekreuzt sind. Seitdem gibt es immer wieder Ärger. Und stets stehen Sie im Mittelpunkt. Zufall? Wohl kaum. Ich warne, Sie, halten Sie sich zurück. Ich werde Sie von jetzt an im Auge behalten, klar? Sollten Sie noch einmal auf die Idee kommen, jemanden zu bedrohen, wandern Sie in den Knast, kapiert? Ihr Freund Tucker wird Ihnen bald nicht mehr helfen können, sein Nachfolger steht bereits in den Startlöchern. Und der wird Ihnen nicht aus der Hand fressen, dafür werde ich sorgen«, drohte Robertson.

»Sie sollten jetzt besser mein Grundstück verlassen, Robertson, meine Hunde wollen raus. Und die mögen Fremde nicht besonders, wie Sie wissen.«

Robertsons ausgeprägte Augenbrauen schossen in die Höhe. »Ich warne Sie, treiben Sie's nicht auf die Spitze, ich kann Sie auch gleich wegen Bedrohung eines Bundesbeamten festnehmen lassen«, meckerte er.

Im selben Moment öffnete sich die Haustür und Castor und Pollux stürmten auf den Hof.

»Ruhig Jungs, bei Fuß«, befahl der Devil. Die beiden Dobermänner gehorchten aufs Wort, setzten sich neben ihr Herrchen und knurrten Robertson mit gebleckten Zähnen an.

Der wich erschrocken zurück. »Glauben Sie ja nicht, dass Sie aus dem Schneider sind. Wir werden weiter gegen Sie ermitteln«, drohte er und beeilte sich in den Wagen zu steigen, ohne sich zu verabschieden.

Die beiden schwarzen Mercedes-Limousinen hinterließen auf dem trockenen Feldweg eine Staubwolke, durch die nur noch die roten Bremslichter zu erkennen waren, kurz bevor die Fahrzeuge auf die Redground Road abbogen.

Stefan Glaser ließ Rico Steding nicht lange warten.

»Die Polizei?«, schien er überrascht, als er seinem Gast zur Begrüßung die Hand schüttelte. »Ich hätte eher den Gerichtsvollzieher erwartet«, scherzte er.

»Wieso? Sind Sie beim Finanzamt im Rückstand?«, fragte Rico.

»Wer ist das nicht?«, antwortete Stefan Glaser, ein großer, guttrainierter Mann Anfang Fünfzig. »War natürlich ein Witz, aber ich würde lügen, wenn ich behaupten würde, dass wir gerade rosige Zeiten durchleben. Was kann ich für Sie tun Herr…?«

»…Steding, Hauptkommissar. Können wir uns irgendwo in Ruhe unterhalten?«

»Sicher. Kommen Sie, wir gehen in mein Büro«, verfinsterte sich Glasers Miene, der offenbar ahnte, dass Rico keine gute Nachrichten hatte.

»Kann ich Ihnen etwas anbieten? Kaffee? Mineralwasser?«

»Nein, vielen Dank. Ich bin gekommen, um Ihnen mitzuteilen, dass Robert Langhoff tot ist«, sagte Rico.

Glaser zog die Augenbrauen hoch und richtete sich in seinem Schreibtischsessel kerzengrade auf.

»Tot? Robert? Äh, wie…?«, zuckte er fragend die Achseln.

»Er ist ermordet worden.«

»Ermordet?«

»Ja, letzte Nacht zwischen ein und vier Uhr morgens.«

»Wer zum Teufel hat das getan? Und vor allem warum?«

»Es heißt, Sie hätten mit Robert Langhoff Streit gehabt. Angeblich soll er Ihnen regelmäßig lukrative Aufträge weggeschnappt haben, stimmt das?«

Der Architekt stand auf, nahm eine Karaffe aus einem Regal, stellte sie auf den Schreibtisch, holte zwei Gläser und füllte das erste Glas fingerbreit.

»Auf diesen Schreck brauche ich einen Drink. Ich trinke normalerweise keinen Alkohol, aber ab und an brauche ich einen Schluck

Whiskey, um die Nerven zu beruhigen. Nehmen Sie auch einen, Herr Kommissar?«, fragte er.

»Nein, danke«, lehnte er ab.

»Also, um auf Ihre Frage zurückzukommen. Wir waren früher mal eng befreundet. Unsere Töchter sind im gleichen Alter und haben dieselbe Schule besucht. Robert war schon immer ein guter Architekt. aber vor allem ein glänzender Mathematiker und Physiker. Er hätte sicher auch an einer Universität lehren können. Sein Spezialgebiet ist…, äh, war die Statik. Er hat Großbauwerke konstruiert. Brücken, Hallen, Hochhäuser, eben alles, was mit komplizierter Statik zu tun hatte.«

»Und Sie hatten Streit mit ihm, weil er sämtliche Großaufträge an Land zog, für die Sie sich auch beworben hatten?«

»Na ja, letztendlich entscheidet der Kunde, wer einen Auftrag erhält. Ich hatte allerdings den Verdacht, dass er nicht immer mit legalen Mitteln um einen Auftrag gekämpft hat. Sehen Sie, Herr Kommissar, Robert Langhoff war ein Mann mit einem großen Ego. Wenn er nicht bekam, was er wollte, hat er eben dafür gesorgt, dass er es bekam. Dabei waren ihm alle Mittel recht. Und Robert verfügte über viele Mittel. Der Mann war steinreich. Sein Vermögen beträgt, äh, betrug nach Schätzungen über eine halbe Milliarde Euro. Da war es ihm möglich, schon mal einen Großauftrag erheblich unter dem Marktpreis anzunehmen. Ein Luxus, den sich weder das Architekturbüro Glaser noch ein anderer Konkurrent leisten konnte.«

»Robert Langhoff wurde zuletzt beschuldigt, eine seiner Auszubildenden vergewaltigt zu haben. Unsere Ermittlungen haben ergeben, dass er auch Ihre Tochter Sofia sexuell belästigt haben soll?«

Glaser wurde blass. Er trank einen Schluck Whiskey. So langsam dämmerte ihm, worauf sein Gegenüber hinaus wollte.

»Moment, Herr Kommissar, Sie verdächtigen mich doch nicht etwa, dass ich was mit dem Mord an Langhoff zu tun habe?«

»Ich verdächtige nicht, ich ermittle. Wo waren Sie gestern Abend, Herr Glaser? Das betrifft vor allem die Zeit von Mitternacht bis vier Uhr morgens.«

»Also von den Anschuldigungen wegen einer angeblichen Vergewaltigung weiß ich nichts. Und ja, Robert hat meiner Tochter unmoralische Angebote gemacht, sie aber nicht vergewaltigt. Wegen unserer Freundschaft zum Ehepaar Langhoff haben wir auf eine Anzeige verzichtet. Nicht zuletzt wegen dieses Vorfalls hat sich Lisa von Robert scheiden lassen. Danach war meine Freundschaft zu ihm natürlich beendet. Wir waren aber keine Feinde, wenn Sie das meinen. Im Gegenteil, ich habe Lisa Langhoff nach der Scheidung finanziell unterstützt, weil sie nach der Trennung keinen Cent von Robert bekommen hat. Wie es hieß, gab es es einen Ehevertrag, der Lisa nach der Scheidung mittellos dastehen ließ.«

»Hm, gibt es da nicht sowas wie einen Pflichtanteil für den Ehepartner?«, fragte Rico.

»Ja, aber Lisa musste unterschreiben, dass sie bei einer möglichen Trennung darauf verzichtet.«

»Wusste gar nicht, dass sowas rechtens ist«, bemerkte Rico.

»Ich bin kein Jurist«, zuckte Glaser die Achseln.

»Nein, verstehe. Also, Herr Glaser, wo waren Sie zum Zeitpunkt der Tat?«

»Wo ich immer um diese Zeit bin, im Bett. Meine Frau und ich gehen gewöhnlich gegen elf Uhr schlafen und stehen um halb sieben auf.«

»Gewöhnlich? Also auch gestern?«

»Ja«, nickte der Architekt. »Sie können gern meine Frau fragen.«

»Sagen Sie, kennen Sie eine Lena Iwanova?«

»Äh, ich glaube ja. Ist das nicht eine Mitarbeiterin im Architekturbüro Langhoff und Vogt?«

»Nein, Sie meinen Lisa Iwanova, Lena ist ihre Mutter.«

»Oh, nein, die kenne ich nicht.«

»Sie hatte angeblich mal ein Verhältnis mit Robert Langhoff.«

Stefan Glaser schüttelte den Kopf. »Tut mir leid, ich hab mich um Roberts Affären nicht gekümmert. Aber wenn das die Mutter dieser Lisa ist, dann frage ich mich, ob die nicht viel zu alt für ihn war. Robert stand mit Verlaub eher auf junges Gemüse. Deswegen ist er ja immer wieder in Schwierigkeiten geraten.«

»Immer wieder, sagen Sie?«

Der Architekt zuckte mit den Schultern. »Na ja, es war ja längst kein Geheimnis mehr, dass er sich laufend in den Clubs und Kneipen in der Barfussgasse herumtrieb und nach jungen Frauen Ausschau hielt. Da gab es dann eben schon mal das ein oder andere Gerücht.«

»Und das wissen Sie von Ihrer Tochter, die ja auch oft dort mit ihren Freundinnen feiern geht? Wie man hört, zählen dazu ja auch Rebecca Langhoff und Lisa Iwanova.«

»Nein.«

»Von wem dann?«

»Sowas spricht sich herum. Vor allem natürlich in der Baubranche, wo praktisch jeder jeden kennt.«

»Dann kennen Sie ja sicher auch Felix Neumann?«

»Sicher.«

»Neumann soll behauptet haben, dass ihn Langhoff in den Ruin getrieben hat.«

»Die Liste derer, die Robert Langhoff beschissen haben soll - entschuldigen Sie den harschen Ausdruck, Herr Kommissar - ist ellenlang.«

»Neumann hat ihn verklagt. Er fordert, dass ihm Langhoff die Schäden ersetzt, die er durch unbezahlte Rechnungen von Kunden erlitten hat, die das Architekturbüro Langhoff betreut hat.«

Stefan Glaser zuckte mit den Schultern und rieb sich nachdenklich das Kinn. »Ja, aber Langhoff hat Neumann die Aufträge nicht erteilt, sondern lediglich vermittelt. Neumann ist deshalb stinksauer,

137

weil Langhoff sein Geld erhalten hat, während seine Forderungen unbeglichen blieben. Er ist sicher, dass Langhoff wusste, wie es um die Solvenz seiner Kunden stand und dieses Wissen absichtlich nicht an ihn weitergegeben hat.«

»Kann er das beweisen?«

»Schwierig, glaube ich eher nicht.«

»Ja, dann danke ich Ihnen für Ihre Offenheit, Herr Glaser. Bitte halten Sie sich für weitere Fragen zur Verfügung. Wir würden auch gern mit Ihrer Tochter sprechen. Haben Sie eine Handynummer, unter der wir Sie erreichen können?«

»Sofia macht bei uns eine Ausbildung zur Bauzeichnerin. Sie will Architektur studieren. Im Moment hat sie Blockunterricht in der Berufsschule. Ich werde Ihr sagen, dass Sie sich bei Ihnen melden soll, Herr Kommissar.«

»Gut, aber bitte so schnell wie möglich. Ich lasse meine Karte da.«

Rico erhob sich, schüttelte Stefan Glaser die Hand und verabschiedete sich. Als er ins Auto stieg, hatte er den Eindruck, dass Glaser alle Fragen offen und ehrlich beantwortet hatte. Dass sich seine Trauer um Langhoff in Grenzen hielt, war verständlich. Sein Alibi war zwar eher dünn, aber im Moment gab es keinen Anlass, seine Angaben anzuzweifeln.

Sheriff Gerald Tucker zuckte die Achseln. »Keine Ahnung, warum der Kerl so aggressiv war. Robertson wollte überhaupt nichts davon wissen, was hier vor sich geht. Wäre doch normal, dass Investoren Land kaufen würden, um es zu bebauen, meinte er. Immerhin hätten sie den Besitzern ein gutes und faires Angebot unterbreitet, wie er gehört hätte. Und dass dieser Motorradclub den Farmern im Auftrag der Geschäftsleute Druck machen sollte, sei überhaupt nicht bewiesen. Er hätte mit den Bikern gesprochen und die hätten ihm versichert, dass sie außerhalb von Sydney nach einem geeigneten Ort suchen würden, um dort eine Farm zu kaufen und sie gemeinsam zu bewirtschaften. Das hätte diesem gewalttätigen Indianer nicht gefallen und deshalb hätte er auf sie geschossen und ihre Motorräder zerstört.«

»Schien so, als hätte der Typ was gegen dich. Bist du dem Kerl schon mal irgendwo begegnet?«, fragte Tom.

»Robertson war der Assistent von Chief Gardener«, erklärte Maynard. »Die beiden waren vor drei Jahren hinter zwei jungen Mexikanern her, die illegal eingewandert waren und zu ihrem Onkel ins Northern Territory wollten. Meredith hat dem jungen Geschwisterpaar damals geholfen, vorübergehend unterzutauchen und Crasher hat sie schließlich an ihren Zielort geflogen. Während Chief Gardener danach die Sache auf sich beruhen ließ, wollte Agent Robertson nicht klein beigeben. Er war bei Meredith aufgetaucht und wollte sie zwingen, ihm den Aufenthaltsort der beiden Flüchtlinge zu verraten. Ich bin zum Glück gerade noch rechtzeitig auf ihrer Farm eingetroffen, um Robertson aufzuhalten.« »Und dabei hast du ihm die Nase gebrochen und das Brustbein zertrümmert?«, fragte Jan.

»Er hat mich mit einem Feuerhaken angegriffen. Habe mich nur gewehrt«, zuckte der Devil die Achseln.

»Hm und jetzt ist er Chief bei der Federal Police und sucht nach einem Grund, es dir heimzuzahlen.«

»Scheint so«, nickte er.

»Ich war dabei, als Robertson mit dem Anführer der Biker gesprochen hat. Der Kerl nennt sich Red Bill Rafferty. Ich hab' mal recherchiert. Sein bürgerlicher Name ist John Keane. Er ist der Sohn irischer Einwanderer und hat vor etwa zehn Jahre in Sydney die Comancheros gegründet. Zuvor war er Mitglied der Hells Angels, aber nach einem Streit mit dem Präsidenten hat er den Club im Unfrieden verlassen. Seitdem bekämpfen sich die Comancheros und die Hells Angels bis aufs Messer um die Vorherrschaft in Sydney. Zuletzt hatten die Angels ihren Widersachern eine herbe Lektion erteilt, ihr Clubheim überfallen und niedergebrannt. Auf Seiten der Comancheros gab es etliche Tote und Verletzte. Schätze deshalb haben die es vorgezogen, zunächst aus Sydney zu verschwinden, zumal sie den Angels zahlenmäßig hoffnungslos unterlegen sind«, erklärte Sheriff Tucker.

»Und jetzt wollen die sich hier niederlassen?«, fragte Tom.

»Möglich, dass sie von ihrem Auftraggeber eine Zusage haben, sich hier irgendwo ansiedeln zu dürfen, wenn sie ihren Job erfolgreich erledigt haben«, glaubte Tucker.

»Wir sollten herausfinden, wer diese Auftraggeber sind«, meinte Jan.

»Ja und deshalb müssen wir uns den Anführer vorknöpfen«, schlug Tom vor.

»Tja, ich nehme an, die sitzen jetzt in Jacks Pub am Kirchplatz und lecken ihre Wunden. Möglich, dass Robertson dabei ist. Wahrscheinlich hat der mit Red Bill noch einiges zu besprechen«, sagte der Sheriff. »Ich werd' mich dort mal blicken lassen und die Lage sondieren. Ihr werdet allerdings einen Teufel tun und was auf eigene Faust unternehmen, verstanden? Immerhin haben wir es mit der Bundespolizei zu tun. Die nehmen mir meine Marke weg und lochen euch ein, wenn wir ihnen nur den geringsten Grund dafür liefern.«

»Könnte natürlich sein, dass Robertson noch 'ne Weile hierbleibt. Der hat Witterung aufgenommen. Der riecht seine Chance, sich an mir zu rächen«, ahnte Maynard.

»Oder der Kerl steckt mit den Auftragbebern der Comancheros unter einer Decke. Die Fußsoldaten haben die Schlacht verloren, jetzt schicken die Generäle die Kavallerie«, vermutete Tom.

»Ich kenne diesen Mann. Der ist zu allem fähig. Robertson hat seinen Chef ans Messer geliefert, um seinen Posten einzunehmen. Er hat damals ein paar Einbrecher engagiert, die in Chief Gardeners

Haus Drogen versteckt haben und anschließend anonym die Cops gerufen«, erinnerte sich der Devil.

»Tja und solange die Feds sich hier herumtreiben, sind wir gezwungen, die Füße still zu halten«, sagte Sheriff Tucker.

»Wir?«, zog Maynard die Augenbrauen hoch.

»Ja, wir. Glaubt ihr vielleicht, ich lasse mir in meiner Stadt von diesen aufgeblasenen Anzugträgern auf der Nase herumtanzen? Ich gehe nächstes Jahr in Pension. Mir kann ohnehin nicht mehr allzu viel passieren. Außerdem will ich auch danach noch in den Spiegel sehen können, ohne mich für den Mann zu schämen, der mir dort gegenübersteht«, gab sich Gerald Tucker kämpferisch.

»Allerdings bin ich auch immer noch dem Gesetz verpflichtet. Die Biker grundlos zu attackieren ist eine Straftat. Die Aktion auf dem Kirchplatz war zwar verständlich, aber trotzdem gesetzeswidrig. Die Schüsse auf die Biker an der Redground Road ebenfalls. Notwehr ist dagegen legal. Also sollten wir besser eine guten Grund dafür haben, diese Kerle fertigzumachen, klar?«

»Sicher, Sheriff, trotzdem werden wir uns diesen Red Bill vorknöpfen müssen, um zu erfahren, wer deren Auftrageber sind und aus welchem Grund die hinter diesem Land her sind, wie der Teufel hinter der Seele«, sagte Jan.

»Stimmt, aber nicht mit den Muskeln, sondern mit Verstand«, antwortete Gerald Tucker.

»Ich bezweifle, dass der Mann uns freiwillig erzählen wird, was wir wissen wollen«, meinte Tom.

»Der Bursche ist zäh, glaubt mir. Selbst wenn ihr den Namen seines Auftraggebers aus ihm herausprügeln wollt, wisst ihr nicht, ob er euch nicht trotzdem verarscht. Außerdem wird es nicht leicht sein, überhaupt an ihn heranzukommen. Ich werde zunächst versuchen, mit ihm zu reden und ihm klarmachen, dass er hier unter Umständen den Kürzeren ziehen könnte. Und nach dem Desaster mit den Hells Angels in Sydney könnte er es sich wohl kaum leisten, ein weiteres Mal zu versagen. Dann würden ihn seine Leute mit Schimpf und Schande zum Teufel jagen.

»Du willst den Kerl warnen?«, fragte Maynard.

»Glaubt mir, der Typ ist bereits gewarnt. Und er weiß, dass er von Glück reden kann, dass noch keiner seiner Männer ernsthaft zu Schaden gekommen ist. Bisher ist es lediglich bei ein paar zerstörten Motorrädern geblieben. Ich werde ihm unmissverständlich deutlich machen, dass sich das schnell ändern könnte.«

»Du willst ihm drohen?«

»Nein, ich will ihm helfen«, sagte Tucker.

Oberkommissar Jungmann hatte im Büro des Bauunternehmens Neumann erfahren, dass sich der Chef zurzeit auf einer Baustelle an der Messe-Allee aufhielt. Eine halbe Stunde später fand er Felix Neumann am Ende der Messe-Allee, wo seine Firma den Auftrag hatte, einen neuen Parkplatz für das mittlerweile riesige Messegelände zu bauen.

Jungmann parkte am Straßenrand und fragte zwei Arbeiter, die gerade dabei waren, Bordsteine zu betonieren, nach ihrem Boss.

»Da drüben im Büro«, zeigte einer der beiden auf einen gelben Container am Rande der Baustelle.

Jungmann klopfte an und trat ein. »Felix Neumann?«, fragte er.

Ein korpulenter, breitschultriger Mann Mitte Fünfzig saß an einem provisorischen Schreibtisch und blickte seinen Besucher über den Rand einer Lesebrille an. »Wer will das wissen?«, raunzte er.

»Oberkommissar Jungmann«, antwortete er und zeigte seinen Ausweis.

»Polizei? Schickt Sie das Bauordnungsamt? Meine Leute sind alle ordnungsgemäß angemeldet. Die beiden Neuen kommen von einem Subunternehmer, da müssen Sie bei dem nachfragen«, polterte Neumann.

»Ich bin von der Mordkommission«, klärte ihn Jungmann auf.

»Ach du Scheiße, hat einer von den Kerlen etwa Dreck am Stecken? Das hätte mir gerade noch gefehlt.«

»Ich bin nicht wegen einem Ihrer Arbeiter hier, sondern wegen Robert Langhoff.«

Neumann schoss aus seinem Sessel. »Was ist mit diesem verdammten Kerl? Hat der jetzt eine von seinen Lolitas vermöbelt? Musste ja irgendwann mal passieren. Hat sich wohl gewehrt, das arme Mädchen?«

»Nein, Langhoff hat niemanden angegriffen. Wie kommen Sie darauf?«

»Wissen Sie, das ist schon beschämend, dass die Polizei diesen Vergewaltiger nicht längst weggesperrt hat.«

»Robert Langhoff ist gestern Nacht tot aufgefunden worden.«

»Ach was?«, zog Neumann überrascht die Augenbrauen hoch. »Na, das wundert mich ehrlich gesagt wenig. Hätte der meine Tochter angefasst, glauben Sie mir, ich hätte dem längst den Schädel eingeschlagen«, schimpfte der Bauunternehmer.

»Tatsächlich? Womit denn? Mit einem Zimmermannshammer vielleicht?«

»Was? Nein, wie kommen Sie denn dadrauf?«

»Machen wir's kurz, Herr Neumann. Wo waren Sie gestern zwischen zehn Uhr abends und fünf Uhr morgens«, fragte Jungmann.

»Aaah, verstehe, Langhoff wurde mit einem Hammer erschlagen, also kann das nur ein Bauarbeiter gewesen sein?«, ereiferte sich Neumann.

»Nicht unbedingt. Einen solchen Hammer kann man in jedem Baumarkt kaufen. Also, wo waren Sie?«

»Herr Kommissar, denken Sie etwa…?«

»Ich denke gar nichts. Ich muss lediglich ihr Alibi überprüfen, Herr Neumann. Also?«

»Ich war zu Hause. Wo sonst?«

»Und? Kann das jemand außer Ihrer Frau bezeugen?«, wollte Jungmann wissen.

»Was soll der Quatsch? Wollen Sie etwa behaupten, die Aussage meiner Frau wäre unglaubwürdig?«

»Nein, aber wenn jemand Ihr Alibi bestätigen kann, der nicht zur Familie gehört, wäre das sicher von Vorteil.«

»Unsinn. Meine Frau und ich sind noch vor Mitternacht zu Bett gegangen. Heute morgen um sieben war ich bereits wieder auf der Baustelle. Dieser Auftrag muss schnell und zuverlässig erledigt werden. Sonst verliere ich mit der Stadt Leipzig noch meinen wichtigsten Auftraggeber. Im Gegensatz zu Langhoff bezahlt die Stadt ihre Auftragnehmer. Und zwar zuverlässig und pünktlich.«

»Sie meinen, was man von Langhoff und Vogt nicht behaupten konnte?«

»Meine Außenstände sind gewaltig, Herr Kommissar. Und wir reden hier nicht etwa nur über ein paar tausend Euro. Langhoff besaß das zweifelhafte Talent, Aufträge von wenig solventen Kunden anzunehmen. Einige Großaufträge entpuppten sich als Seifenblasen. Noch bevor der Kunde seine erste Rechnung beglichen hatte, zerplatzten sie. Langhoff wusste schon immer lange vor mir, wenn ein Auftraggeber im Begriff war finanziell baden zu gehen. Dann sah er zu, dass er noch schnell sein Geld bekam, bevor der Bauherr Insolvenz anmelden musste. Und uns als Bauunternehmer ließ er im Regen stehen und auf unseren Kosten sitzen«, schimpfte Neumann.

»Ich höre heraus, dass das mehr als einmal geschehen ist. Wieso haben Sie nach dem ersten Mal noch Aufträge von Langhoff angenommen?«

»Tja, das frage ich mich jetzt auch. Wie heißt es so schön, im Nachhinein ist man immer schlauer. Zuerst habe ich geglaubt, dass Langhoff und Vogt auch auf ihren Kosten sitzengeblieben waren, bis ich davon erfuhr, dass die ihr Geld in jedem einzelnen Fall erhalten hatten.«

»Und das hat Sie wütend gemacht. Haben Sie von Langhoff und Vogt Schadensersatz gefordert?«

»Das war rechtlich sehr schwierig, Wir hätten denen beweisen müssen, dass sie von der bevorstehenden Insolvenz der Kunden gewusst haben. Diesen Nachweis konnten wir natürlich nicht erbringen«, führte Neumann aus.

»Haben Sie Langhoff deswegen zur Rede gestellt?«, fragte Jungmann.

»Sicher, aber er hat sich gewunden wie ein Aal. Er meinte, auch seine Firma hätte erhebliche Verluste erlitten. Was de facto Unsinn war, wie ich später erfahren habe.«

»Von wem?«, hakte Jungmann nach.

»Von den Insolvenzverwaltern.«

»Hm, verstehe. Und dann haben Sie Langhoff aufgefordert, einen Teil Ihrer unbezahlten Rechnungen zu begleichen?«

»Ja, wir reden hier immerhin über eine halbe Million Euro. Sein Partner Tino Vogt war bereit, mit uns über eine Entschädigung zu sprechen, doch Langhoff hat dem einen Riegel vorgeschoben. Meine Firma stand kurz vor der Pleite. Ohne diesen Auftrag der Stadt Leipzig wäre bei uns Schicht gewesen, Herr Kommissar«, seufzte Felix Neumann.

»Sie müssen ja eine Stinkwut auf Robert Langhoff gehabt haben.«

»Sicher, aber Ihren Täter müssen Sie trotzdem woanders suchen. Ich war's nicht«, antwortete der Bauunternehmer. »Aber ich sage Ihnen was, die Schar der Trauernden am Grab von diesem Mistkerl wird sich in Grenzen halten. Im Gegenteil, der ein oder andere wird sogar ein Gläschen Champagner trinken, wenn er von Langhoffs Tod erfährt. Sie wissen sicher, wen ich meine, oder? Und genau das werde ich heute Abend zusammen mit meiner auch Frau tun. Wir köpfen 'ne edle Flasche Dom Pérignon und trinken auf das Ableben dieses Schweinehundes«, sagte Felix Neumann.

Jack Doherty besaß die größte Kneipe in Crockwell. Sie befand sich am Kirchplatz, wo auch zweimal wöchentlich Markt war. »Jack's Pub« wie die Einheimischen die Doherty-Bar nannten, war ein beliebter Treffpunkt. Die Männer tranken Guinness, Red Ale, oder Tullamore Dew, die Frauen mit Vorliebe Little Lion Rose oder White Stuff, echten irischen Weißwein.

Als Jimmy Morisson und Johnny Henderson um kurz nach acht den Pub betraten, war der Laden bereits brechend voll. Sie schätzten, dass etwa dreißig Biker an Tischen und Tresen saßen, Guinness tranken und mit Händen und Füßen diskutierten, während im Hintergrund irische Folklore lief. Die drei Frauen hinter der Theke hatten alle Hände voll zu tun, um die durstigen Comancheros mit ausreichend Bier und Whiskey zu versorgen.

»Die bringen sich in Stimmung für den nächtlichen Überfall«, flüsterte Johnny.

»Hm, möglich. Der Typ da drüben am Ecktisch, das könnte er sein«, nickte Jimmy unauffällig in Richtung eines großen, runden Holztisches, an dem mehrere Männer saßen, Whiskey tranken und aufmerksam zuhörten, was ein Kerl mit langen, zotteligen Haaren und buschigem, roten Bart erzählte.

Johnny nickte, zog sein Handy aus der Tasche und schrieb eine WhatsApp. »Okay, sie wissen Bescheid«, sagte er.

»Na, dann wollen wir mal. Bin allerdings ein bisschen aus der Übung. Neuerdings prügelt sich keiner mehr auf den Rodeos. Früher sind wir da nur hingegangen, weil es immer 'ne zünftige Keilerei gab. Heute kommen die Kerle mit Frauen und Kindern, trinken Apfelsaft und Mineralwasser und schleichen mit lädierten Knochen und eingezogenem Schwanz wieder nach Hause, wenn der Gaul sie abgeworfen hat. Macht echt keinen Spaß mehr«, schüttelte Jimmy den Kopf.

Die beiden erkämpften sich mit Mühe einen Stehplatz am Tresen und bestellten Guinness. Jimmy griff nach seinem Glas. »Okay, Showtime, Johnny«, rief er und kippte es einem der Biker über den Kopf.

Der sprang erschrocken von seinem Hocker und schüttelte sich, während die anderen Männer drumherum Jimmy fassungslos anstarrten.

»Hey, Zwerg, bist du lebensmüde?«, schrie der tropfnasse Biker und funkelte Jimmy wütend an.

Johnny lachte, hob sein Glas und schüttete es seinem Nachbarn ins Gesicht. Der bullige Kerl grunzte wie ein wilder Keiler und holte zu einem kapitalen Schwinger aus. Johnny duckte sich und konterte mit einem harten Schlag in die Magengrube.

»Hey lasst das, prügelt euch gefälligst draußen«, rief eine der Barfrauen, doch ihre Aufforderung hörte schon keiner mehr.

Jimmy packte einen Barhocker und zertrümmerte ihn auf dem Rücken seines Nebenmannes. Der schnellte herum und schlug einem Mann ins Gesicht, von dem er glaubte, er gehöre zu Jimmy. Der ließ sich nicht lang bitten und hämmerte dem Angreifer sein Glas über den Schädel. Im Nullkommanichts hatte sich eine wilde Kneipenschlägerei entwickelt, in der jeder auf jeden einschlug. Der Wirt sprang über den Tresen und wollte schlichten, als er in einen kapitalen Kinnhaken lief und rücklings auf einem Tisch landete, der sofort zu Bruch ging. Die schwerfälligen Motorradrocker schlugen auf Jimmy ein, waren aber viel zu langsam. Der flinke Ex-Marine wich den Schlägen blitzschnell aus und deckte seine Angreifer mit schnellen, gezielten Kombinationen ein. Johnny war zwar längst nicht mehr so beweglich wie sein agiler Freund, schlug aber harte, punktgenaue Haken, mit denen er die Biker reihenweise zu Boden schickte.

Fast schon unbemerkt stürmten Jan und Tom in den Pub und steuerten zielgerichtet auf den Ecktisch zu, an dem Red Bill Rafferty saß und scheinbar seelenruhig die wilde Kneipenschlägerei verfolgte.

»Hi, Bill«, rief Jan und verpasste dem verdutzten Biker-Boss einen knallharten Kinnhaken, der ihn samt Stuhl zu Boden warf. Tom griff den Tisch, stemmte ihn über den Kopf und schleuderte ihn in die prügelnde Menge, um die Schlägerei weiter anzuheizen. Mittlerweile droschen alle unkontrolliert aufeinander ein, egal ob Freund oder Feind.

Jan packte Red Bill am Kragen, zog ihn hoch und schob ihn vor sich her Richtung Ausgang. Als einer der Biker sich auf ihn stürzen wollte, haute ihm Tom von hinten einen Stuhl über den Rücken.

»Rückzug«, rief Jimmy als er sah, dass Jan und Tom mit Red Bill im Schlepptau den Pub verließen.

»Moment noch«, schrie Johnny, der für eine Sekunde unaufmerksam war und sich deshalb im Schwitzkasten eines Bikers wiederfand.

»Oh Mann, was soll denn der Scheiß? Kann man dich nicht für eine Minute aus den Augen lassen?«, schimpfte Jimmy, hob ein einzelnes Tischbein auf und wuchtete es dem Angreifer über den Schädel, so dass es in tausend Teile splitterte.

»Danke, aber ich war gerade dabei, den Kerl fertig zu machen«, grinste Johnny.

»Los, raus hier, bevor die merken, was los ist«, zog Jimmy ihn am Ärmel.

»Schade, wo's gerade anfängt Spaß zu machen«, sagte Johnny.

»Mann, wie hab ich das vermisst. Es geht nichts über eine waschechte Kneipenschlägerei unter irischen Freunden.«

»Was weißt du denn davon? Du bist doch Schotte«, sagte Jimmy und lachte.

Draußen wartete Maynard mit seinem Pick-up, ließ die beiden auf die Ladefläche springen und gab Gas.

Den Ermittlern der Mordkommission rauchte der Kopf. Nachdem alle Beteiligten die Runde über die Inhalte ihrer Gespräche informiert hatten, machte sich eine gewisse Ratlosigkeit breit. Im Moment kam jeder der bisher Verdächtigen als Täter in Frage. Motive waren in Hülle und Fülle vorhanden. Lisa Langhoff wurde von ihrem Mann nach der Scheidung mittellos im Regen stehen gelassen, die Unterhaltszahlungen an die gemeinsame Tochter Rebecca waren ausgeblieben. Ein knallharter Ehevertrag war Lisa Langhoff zum Verhängnis geworden. Lena Iwanova war von ihrem Liebhaber abserviert worden, stattdessen hatte Langhoff sich an ihre Tochter Mila rangemacht. Der Verdacht der Vergewaltigung stand im Raum. Mila hatte Robert Langhoff, der pikanterweise auch ihr Chef war, angezeigt. Architekt Stefan Glaser hatte Langhoff unlautere Methoden bei der Vergabe von Aufträgen und darüber hinaus die sexuelle Belästigung seiner Tochter Sofia vorgeworfen. Bauunternehmer Felix Neumann fühlte sich von Langhoff betrogen, weil der ihm Aufträge von Kunden verschafft hatte, die seine Rechnungen nicht bezahlt hatten. Das hätte ihn beinahe in den Ruin geführt. Langhoff dagegen hatte sein Geld stets erhalten. Langhoffs Geschäftspartner Tino Vogt hatte beklagt, dass Robert Langhoff alle lukrativen Aufträge über seine Tätigkeit als Statiker abrechnete und nicht, wie üblich, übers Firmenkonto. Außerdem missbilligte er, dass Langhoff seine Finger nicht mal von den eigenen weiblichen Auszubildenden nehmen konnte. Und wieviele Eltern, Geschwister oder Freunde von jungen Frauen, die Langhoff vermeintlich sexuell belästigt hatte, es da draußen noch gab, die sich den Architekten vorknöpfen wollten, konnten die Ermittler nur erahnen.

»Tja, es kann in der Tat jeder von denen gewesen sein. Ob der Mord geplant war oder im Affekt geschah, wissen wir nicht, aber beides ist möglich«, fasste es Hannah treffend zusammen.

»Ich würde nach jetzigem Stand der Beweislage eher auf einen Profi tippen«, glaubte Josie Nussbaum.

»Aha, und weshalb?«, fragte Polizeidirektor Wawrzyniak.

»Weil wir sowohl am Seeufer noch an der Kleidung des Opfers irgendwelche Spuren gefunden haben. Der Täter hat Handschuhe getragen und die Leiche in einem Plastiksack in den See geworfen. Seinen Wagen hatte er auf dem Gehweg geparkt, um keine Reifenspuren zu hinterlassen. Außerdem trug er profillose Schuhe, oder er hat Überschuhe benutzt.«

»Ja, aber ein Profi hätte sein Opfer doch sicher mit einem Kopfschuss erledigt und nicht sein Gesicht mit einem Hammer zu Brei geschlagen«, nörgelte Oberstaatsanwalt Oberdieck.

»Stimmt«, antwortete Josie. »Scheint so, als wollte er, dass der Eindruck entsteht, dass der Täter unkontrolliert aus einem negativen Impuls heraus gehandelt hat. Also jemand, der Robert Langhoff gehasst hat und seine Emotionen nicht zügeln konnte.«

»Tja, es wird uns wohl nichts anderes übrigbleiben, als die Alibis aller Verdächtigen zu überprüfen«, sagte Hannah. »Klinkenputzen ist angesagt, Freunde.«

»Und wir sollten nach Verbindungen der Verdächtigen untereinander suchen. Lisa Langhoff war gestern bei Lena Iwanova zu Hause. Was hatten die beiden so wichtiges zu besprechen, dass das nicht auch am Handy möglich gewesen wäre?«, meinte Krause.

»Wahrscheinlich wollte Lisa Langhoff vermeiden, dass Lena Iwanovas Nummer auf ihrem Handy erscheint. Sie weiß anscheinend, dass wir den Provider zwingen können, alle gespeicherten Daten offenzulegen«, sagte Jungmann.

»Woher wissen wir eigentlich, dass der Auffindeort nicht der Tatort war?«, wollte Oberdieck wissen.

»Das Opfer lag etwa zwei bis drei Stunden im Wasser, war aber bereits seit mindestens fünf Stunden tot. Außerdem haben wir kein Wasser in der Lunge gefunden. Ein deutlicher Hinweis darauf, dass die Leiche noch an der Oberfläche schwamm. Außerdem konnten wir die Schleifspuren eines Plastiksacks sicherstellen. Und wir konnten keinerlei Blutspuren am Ufer entdecken. Bei der schweren Kopfverletzung des Opfers hätten wir dort Blut finden müssen«, erklärte Josie.

»Leuchtet ein«, war der Oberstaatsanwalt mit Josies Erklärung zufrieden.

»Haben wir eigentlich auch schon mit den Mädchen gesprochen? Ich meine, mit den Töchtern der Verdächtigen? Wer weiß, vielleicht haben die sich ja zusammengetan und sich gemeinsam an Langhoff gerächt, ohne, dass die Eltern irgendwas davon wussten?«, fragte Horst Wawrzyniak.

»Nein, Chef, aber Sie haben recht. Lisa Iwanova, Rebecca Langhoff und Sofia Glaser sind zusammen in einer Clique, die an den Wochenden gemeinsam feiern geht. Möglich, dass sie die Gerechtigkeit in die eigenen Hände nehmen wollten. Das hieße allerdings auch, dass Rebecca Langhoff an der Ermordung ihres eigenen Vaters beteiligt war«, gab Hannah zu bedenken.

»Moment, könnte doch auch sein, dass die drei Langhoff nur zur Rede stellen oder ihm maximal einen Denkzettel verpasen wollten und die Situation dabei eskaliert ist?«. wandte Jungmann ein.

»Und wie sollte das konkret abgelaufen sein?«, wollte Oberdieck wissen.

»Na ja, möglicherweise haben die drei damit gedroht, ihn anzuzeigen, wenn er sich noch einmal einer jungen Frau nähert. Vielleicht haben sie auch Schweigegeld gefordert? Bei der klammen Finanzlage ihrer Eltern wäre das gar nicht mal so abwegig, oder?«, antwortete Jungmann.

»Äh, Mila Iwanova hat Langhoff doch wegen Vergewaltigung angezeigt, oder hab ich da was falsch verstanden?«, wunderte sich Waffel.

»Ja, richtig, aber es fehlen die Beweise. Da stand zuletzt Aussage gegen Aussage. Und Sofia Glaser wollte zuvor ebenfalls Anzeige wegen Vergewaltigung stellen, aber Rebecca Langhoff hatte sie überredet, ihren Vater nicht zu belasten. Gut möglich, dass Langhoff Sofia Glaser Geld gezahlt hat, damit sie auf eine Anzeige verzichtet«, sagte Hannah.

»Tja, also liegt da noch viel Arbeit vor uns. Packen wir's an«, fasste Waffel zusammen.

»Gut, dann werden wir im Anschluss an diese Besprechung die Aufgaben neu verteilen. Außerdem sollten wir versuchen, die letzten Stunden im Leben des Robert Langhoff zu rekonstruieren«, sagte Rico Steding.

»Haben wir auf dem Schirm. Langhoff besaß nach Aussage seines Partners Tino Vogt zwei Handys. Beide konnten bisher nicht gefunden werden«, antwortete Hannah.

»Stimmt, wir haben bei der Leiche weder Handys, noch Ausweispapiere oder Wohnungs- und Wagenschlüssel gefunden. Die Hosentaschen waren leer, in der Brusttasche des Oberhemdes steckte ein Stofftaschentuch, das war's«, bestätigte Josie.

»Okay, Leute, dann an die Arbeit. Worauf wartet ihr noch?«, befahl Dezernatsleiter Rico Steding.

»Na ja, ist verdammt trockene Luft hier drin«, grinste Waffel. »Eine Tasse Kaffee könnte da helfen.«

»Dachte schon, du hättest heute das Wichtigste vergessen, Horst.«

»Nee, Rico, ein paar leckere Kekse zum Kaffee wären natürlich das Sahnehäubchen obendrauf«, zeigte sich der Polizeidirektor in gewohnter Schnorrerlaune.

Red Bill Rafferty saß regungslos auf seinem Stuhl. Seine Miene verriet Gelassenheit. Keine Frage, der Kerl war ein harter Brocken, den zu brechen es alles andere als leicht werden würde.

»Hören Sie Rafferty, wir wollen lediglich wissen, wer Ihre Auftraggeber sind. Sie haben die Wahl. Sie können uns das jetzt sofort verraten, oder Sie beweisen uns, was für ein knallharter Bursche Sie sind und erzählen es uns dann später, wenn wir mit Ihnen fertig sind«, drohte Jan.

»Keine Ahnung wer ihr seid, aber ihr macht gerade einen Riesenfehler. Diese Typen, mit denen ihr euch anlegen wollt, haben die Macht. Die kriegen was sie wollen. Und zwar immer. Egal, was ihr auch anstellt, die haben euch bereits an den Eiern, ihr wisst es nur noch nicht«, antwortete Red Bill.

»Mag sein«, sagte Jan. »Trotzdem wüssten wir gern, was hier vor sich geht. Also, raus mit der Sprache. Ich frage nicht nochmal.«

»Was wollt ihr tun? Meine Schneidezähne rausbrechen, die Fingernägel abziehen, meine Eier mit Elektroschocks braten? Tut euch keinen Zwang an. Ich kenne die Auftraggeber nicht. Der Kerl, der uns kontaktiert hat, ist nur ein Mittelsmann gewesen. Diese Leute werden den Teufel tun und ihre wahre Identität preisgeben«, sagte Rafferty.

»Also wenn ich das richtig verstehe, ist da irgendein Kerl bei euch aufgetaucht und hat euch geflüstert, dass ihr irgendwo mitten in der Knüste über dreihundert Kilometer von Sydney entfernt ein paar harmlose Farmer tyrannisieren sollt?«, fragte Jan.

»Na ja, da gibt's 'ne Vorgeschichte«, zuckte der Anführer der Comancheros mit den Schultern.

»Wir sind ganz Ohr«, sagte Tom.

»Es gab Stress mit den Hells Angels. Einer unserer Männer hatte seine Frau dabei erwischt, wie sie zu Hause in ihrem Schlafzimmer mit so 'nem Typen gevögelt hat. Statt dem Kerl 'ne Abreibung zu verpassen, und ihn vom Hof zu jagen, hat er dem 'ne Kugel ins

Gemächt gejagt, ihn in den Keller gesperrt und da unten verbluten lassen. Der Kerl ist elendig verreckt, Dumm nur, dass dieser Typ ausgerechnet der Vice-President der Angels war.«

»Okay und weiter«, wurde Jan bereits ungeduldig.

»Tja, dauerte natürlich nicht lange, bis die Wind von der Sache bekommen hatten. Die Angels haben verlangt, dass wir unseren Mann ausliefern und an die Witwe eine Million Dollar zahlen sollen.«

»Komm auf den Punkt, Kollege«, warnte Jan.

»Natürlich waren wir nicht bereit, unseren Freund zu opfern. Immerhin war er im Recht. Und das Geld hatten wir auch nicht. Also mussten wir uns wohl oder übel auf einen Krieg mit den Angels einstellen. Nur mal so zur Info: Die Comancheros haben dreihundert Mitglieder, die Hells Angels fast fünftausend. Raten Sie mal, wer da den Kürzeren gezogen hätte?«

»Unschwer zu erraten. Aber es kam nicht dazu, oder?«

»Nein. Plötzlich tauchte dieser gelackte Kerl im schwarzen Anzug bei uns auf und meinte, er könnte die Sache mit den Angels klären. Allerdings müssten wir ihm 'ne kleine Gefälligkeit erweisen. Er gab uns die Namen und Adressen von drei Farmen in Crockwell. Wir sollten dafür sorgen, dass die Besitzer ihre Farmen verkaufen. Wie wir das anstellen würden, würde er uns überlassen, aber er wäre sicher, dass wir das hinkriegen würden.«

»Was ihr ja eindrucksvoll unter Beweis gestellt habt«, meinte Tom.

»Ihr habt die Rinder vom alten Forster erschossen, die Schafe einer alten Frau vergiftet, meine Scheune angezündet und meinen Bruder schwer verletzt. Außerdem habt ihr auf mich geschossen und meinen Truck zerstört«, zählte Maynard auf.

»Hey, stopp, das stimmt nicht. Okay, wir haben dich verfolgt. Wollten dir lediglich ein bisschen Angst einjagen«, antwortete Red Bill. »Als du die Knarre aus dem Fenster gehalten hast, haben meine Männer Panik gekriegt und auf deine Reifen gefeuert. Dass die Karre sofort 'nen Abgang macht, konnte ja keiner ahnen. Aber du hast es ja überlebt, oder? Mit dem ganzen anderen Scheiß haben wir nichts zu tun. Das waren diese Söldner.«

»Was für verdammte Söldner? Die Typen in den schwarzen Anzügen?«, wollte Jan wissen.

»Nein, das sind die Bodyguards der beiden Geschäftsmänner aus Sydney. Die machen sich die Finger nicht schmutzig. Die haben Profis engagiert, die für sie die Drecksarbeit erledigen.«

»Was sind das für Typen?« fragte Tom.

»Ehemalige Fremdenlegionäre.«

»Geht's 'n bisschen genauer?«, schimpfte Jan.

»So viel ich weiß, sind das etwa zehn Mann. Die sind gut ausgebildet und schwerbewaffnet. Richtig üble Typen, die vor nichts zurückschrecken. Ich glaube, die haben französisch gesprochen, sehen aber aus wie Terroristen, wenn ihr wisst, was ich meine. Schwarze Haare, braune Augen, Hakennase«, sagte Rafferty und deutete mit dem Zeigefinger die Form der Nase an.

»Glaub dem kein Wort, Jan, der will nur seine Haut retten«, meinte Tom.

»Wir brauchen Namen, Rafferty. Und wo halten sich diese Söldner jetzt auf?«, versuchte es Jan trotzdem weiter.

»Wieso sollte ich euch helfen? Ihr habt meine Männer verprügelt, auf uns geschossen und unsere Motorräder plattgemacht. Die Sache mit dem Indianer hat der Typ selbst verschuldet. Er hat 'ne Knarre auf uns gerichtet. Da mussten wir reagieren. Wer seid ihr überhaupt? Aus Australien kommt ihr jedenfalls nicht«, meckerte Red Bill.

»Okay, hör zu, Bill. Du nennst und jetzt den Namen des Mannes, der euch angeheuert hat und verrätst uns, wo wir die Söldner finden. Solltest du das nicht tun, müssen wir annehmen, dass du lügst.

Und das würde uns sehr verärgern. Glaub mir, das möchtest du nicht.«, blieb Jan hartnäckig.

»Und dann lasst ihr mich gehen, oder was?«, zog Red Bill ungläubig die Augenbrauen hoch.

»Ja, aber solltest du es wagen, uns zu verarschen, bleibt es nicht bei ein paar zerstörten Motorrädern. Dann solltet ihr lieber ganz schnell zurück nach Sydney fahren und gegen die Hells Angels kämpfen. Da werden eure Chancen weitaus größer sein, zu überleben, als euch mit uns anzulegen, klar?«, drohte Jan.

Red Bill Rafferty strich sich durch den buschigen, roten Bart. Offenbar musste er einen Moment nachdenken, bevor er antwortete. Er hatte gesehen, wie Jimmy und Johnny seine Leute in der Bar aufgemischt hatten und er war dabei, als Scharfschützen in der Dunkelheit aus weiter Entfernung die Tanks der Motorräder getroffen hatten. Und dass die beiden Männer den Mut hatten, direkt vor ihren Augen ihre Bikes plattzumachen, zeigte ihm, dass mit denen nicht zu spaßen war.

»Der Mann, der uns in Sydney für diesen Auftrag angeworben hat, nennt sich Logan. Wir haben nachgeforscht und glauben, dass er für Cartwright Investments arbeitet. Die kaufen Grundstücke auf, beantragen die Bebauung oder eine Nutzungsänderung und verkaufen sie danach für ein Vielfaches.«

»Und was wollen die mit unserem Land anfangen?«, fragte Maynard.

»Das weiß ich nicht«, zuckte Red Bill die Achseln.

»Okay, weiter. Die Namen der Söldner?«, forderte ihn Jan auf.

»Äh, der Anführer heißt Rafik. Seine Leute nennen ihn »Le Couteau«, das Messer. Ich weiß nicht, wo die sich aufhalten. Aber sicher irgendwo ganz in der Nähe. Die haben nicht damit gerechnet, dass die Besitzer der Farmen derart hartnäckig sein werden. Dieser alte Mann hat nachgegeben und seine Ranch verkauft. Jetzt werden sie die nächste Eskalationsstufe ausrufen, um ihr Ziel zu erreichen. Vielleicht schon heute Nacht«, vermutete Rafferty.

»Und was wird dabei die Aufgabe der Comancheros sein?«, wollte Jan wissen.

»Wir sollen in der Stadt bleiben und auf weitere Anweisungen warten. Schätze, wir sollen die eine Farm attackieren, während sie die andere angreifen. Ich weiß es aber nicht«, antwortete Red Bill. Der Boss der Comancheros verspürte offenbar wenig Lust, seinen Kopf für Leute hinzuhalten, die er kaum kannte und denen er nichts schuldete. Und er schien keine Zweifel zu haben, dass diese Männer ernst machen würden, wenn er nicht die Wahrheit sagen würde.

»Ich brauche die Handynummern von Rafik und diesem Logan«, forderte Jan.

»Habe ich nicht. Die rufen *uns* an.«

»Dann sieh gefälligst auf deiner Anrufliste nach«, forderte Tom scharfzüngig.

»Na ja, so blöd sind die nun auch nicht. Die rufen anonym an«, antwortete Red Bill.

»Hm, Vertrauen ist gut, Kontrolle ist besser. Wie ist das Passwort für dein Handy?«, wollte Jan wissen.

Red Bill gab es ihm. Als Jan die Anruferliste herunterscrollte, stellte er fest, dass der Biker-Boss mehrfach mit unterdrückter Nummer angerufen worden war. Dann durchsuchte er seinen WhatsApp-Account und die sozialen Medien, Facebook, Instagram und Twitter. Und tatsächlich fand er nicht eine Nachricht von Bedeutung. Offensichtlich hatte Rafferty die Wahrheit gesagt. Die Kommunikation zwischen den Comancheros und ihren Auftraggebern verlief nur in eine Richtung und beschränkte sich auf anonyme Handytelefonate.

Jan sah Maynard an und schüttelte den Kopf. Der nickte mit zusammengekniffenen Lippen.

»Also gut, Rafferty, fürs Erste war's das. Du kannst gehen«, sagte Jan.

»Äh, ich habe keine Ahnung, wo ich bin und wie ich in die Stadt zurückkommen soll«, zuckte Red Bill mit den Schultern.

»Sollen wir dir jetzt vielleicht noch'n Taxi bestellen? Verschwinde, bevor wir's uns anders überlegen, klar?«, meckerte Jimmy.

»Schon gut, Jimmy, reg dich nicht auf«, beschwichtigte ihn Jan. »Lauf den Weg zurück bis zur Straße. Dort können dich deine Leute abholen. Und denk dran, Rafferty, haltet euch ab jetzt besser aus dieser Angelegenheit heraus, die Sache kann verdammt schmutzig werden und wird sicher um einiges gefährlicher, als eine harmlose Kneipenschlägerei. Sollten wir euch noch einmal in der Nähe der Farmen sehen, schießen wir nicht mehr nur auf die Motorräder, kapiert?«, warnte Jan.

Red Bill Rafferty nickte, erhob sich von seinem Stuhl, schob sich vorsichtig an Jimmy und Johnny vorbei und verließ, ohne sich nochmal umzusehen, eilig Meredith' Haus.

Wie hatte Robert Langhoff die letzten Stunden vor seinem Tod verbracht? Um dieser Frage auf den Grund zu gehen, war Hannah nach Abtnaundorf gefahren und hatte sich in der Firma mit Langhoffs Partner Tino Vogt getroffen.

»Er war den ganzen Tag im Büro, soviel wie ich weiß. Möglich, dass er über Mittag in der Stadt war. Aber da müssen Sie seine Sekretärin fragen, die wird das wissen«, sagte Tino Vogel.

»Gut, machen wir das«, nickte Hannah.

Der Architekt drückte die hausinterne Ruftaste und bat die junge Frau in sein Büro.

»Hallo Irma, das ist Hauptkommissarin Dammüller. Können Sie uns sagen, was Robert vorgestern gemacht hat?«, fragte Tino Vogt.

»Äh, ja, natürlich. Robert…,äh, ich meine Herr Langhoff, ist wie jeden Morgen um neun ins Büro gekommen. Er hatte um zehn eine Videokonferenz. Ich habe ihm wie immer zwei Scheiben Käse-toast und eine Kanne frisch gebrühten Kaffee gebracht. Robert ist ein Koffeinjunkie, ohne Kaffee geht bei ihm gar nichts«, sagte Irma Steffens.

Hannah schätzte die junge Frau auf höchstens zwanzig. Sie stellte sich die Frage, ob auch sie zu Langhoffs Geliebten gezählt hat. Verwunderlich wäre das nicht.

»Äh, Frau…«, begann Hannah.

»…Steffens, Irma Steffens, Frau Kommissarin«, ergänzte die junge Mitarbeiterin.

»Ja, also, Frau Steffens, Sie wissen sicher, mit wem Herr Langhoff diesen Videotermin hatte, oder?«

»Äh, ja natürlich«, antwortete sie und schaute unsicher zu Tino Vogt hinüber.

»Machen Sie sich keinen Kopf, Irma, ich weiß längst, dass er mit den Amerikanern was am Laufen hatte«, sagte Vogt.

»Ja, er hat mit einer Firma in Chicago gesprochen, die ihn für einen Auftrag als Statiker gewinnen wollte«, berichtete Irma.

»Wenn Sie bitte so freundlich wären und mir die Kontaktdaten die-ser Firma geben würden«, bat Hannah.

»Ja, sicher«, nickte die Sekretärin.

»Gut, was hat Ihr Chef anschließend gemacht?«

»Er ist in die Stadt gefahren, um mit seiner Tochter zu Mittag zu essen.«

»Mit Rebecca? Und wo?«

»So viel ich weiß, geht er gern ins Vapiano am Augustusplatz. Robert isst eigentlich nur italienisch, am liebsten Tagliatelle Frutti de Mare.«

»Ja ja, Irma, schon gut, so genau will Frau Dammüller das gar nicht wissen«, verdrehte Vogt die Augen.

»Doch doch, ich will alles wissen, egal wie nebensächlich es auch erscheint. Ich werde Rebecca fragen, wo genau die beiden sich getroffen haben«, sagte Hannah. »Wann ist Herrr Langhoff zurück ins Büro gekommen?«

»Ich habe so gegen 13 Uhr Mittag gemacht und als ich um 14 Uhr zurückgekommen bin, saß er bereits wieder in seinem Büro«, antwortete Irma. Wieder warf sie Vogt einen ängstlichen Blick zu. Der hatte sofort bemerkt, dass Hannah diesen Blick registriert hatte. »Bevor Sie denken, ich würde etwas verschweigen, werde ich Ihnen die Wahrheit sagen. Robert und ich hatten nach seiner Rückkehr vom Mittagessen einen heftigen Streit in seinem Büro.«

»Aus welchem Grund?«, wollte Hannah wissen.

»Ich hatte Ihnen ja bereits erzählt, dass Langhoff seine Tätigkeiten als Statiker nicht über die Firma abgerechnet hat, sondern über seine private GbR. Er hat damit eine Menge Geld verdient, während die Firma mittlerweile in eine finanzielle Schieflage geraten war. Ich habe ihn gefragt, wie wir im nächsten Monat die Gehälter unserer Angestellten zahlen sollten. Das Geschäftskonto war nicht nur leer, sondern bis zum Limit überzogen«, berichtete Vogt.

»Was hat Langhoff geantwortet?«, fragte Hannah.

»Er hat mir vorgeworfen, dass ich zu wenige Aufträge hereinhole. Dann musst du eben den Arsch mal hochkriegen, Tino, und dich nicht immer nur auf mich verlassen, hat er gesagt.«

»Hm, aber Sie wollten das nicht so stehenlassen, oder?«, hakte Hannah nach.

»Nein, natürlich nicht. Die Baubranche hat im Moment mit sehr hohen Materialkosten zu kämpfen. Die müssen wir an unsere Kunden weitergeben. Das hat zur Folge, dass ein durchschnittliches Einfamilienhaus um bis zu fünfzig Prozent teurer geworden ist. Deshalb halten sich die Bauherrn zurzeit verständlicherweise zurück. Und andere Großaufträge haben wir im Moment nicht, weil Robert Langhoff sich lieber damit beschäftigt, lukrative Tätigkeiten als Statiker anzunehmen«, erklärte der Architekt.

»Wissen Sie, um was es in Langhoffs Gespräch mit Chicago ging?«, wollte Hannah wissen.

»Nein, aber wahrscheinlich ging es um den Bau eines Wolkenkratzers oder eines anderen Großbauwerks. Robert Langhoff galt als Statiker zuletzt weltweit als einer der größten Spezialisten auf diesem Gebiet«, antwortete Vogt.

»So viel ich weiß, hatte Herr Langhoff seine Zusage gegeben, in der nächsten Woche in die USA zu fliegen. Er hatte mich beauftragt, für Mittwoch einen Flug nach Chicago zu buchen. Er meinte nur, dass dieses Projekt seine bisher größte Herausforderung werden könnte«, erzählte Irma.

»Gut, was hat Ihr Chef nach dem Gespräch mit Herrn Vogt gemacht?«, fragte Hannah.

»Er blieb bis etwa 17 Uhr im Büro und hat gearbeitet. Dann meinte er nur, dass er noch einen Termin hätte und sich mit einem Kunden in der Stadt treffen würde. Er wüsste nicht genau, ob er danach noch mal zurück ins Büro käme«, berichtete die Sekretärin.

»Und? Kam er nochmal zurück?«, erkundigte sich Hannah.

»Ich weiß es nicht. Ich habe um halb sechs Feierabend gemacht«, erklärte Irma.

»Stimmt, ich bin als Letzter eine halbe Stunde später gegangen. Möglich, dass Robert später nochmal ins Büro gekommen ist. Er hat natürlich einen Schlüssel. Manchmal arbeitete er hier bis in die

Nacht hinein, um seine persönlichen Projekte voranzutreiben«, gab Vogt zu Protokoll.

»Aber ob er an diesem Abend zurückgekommen ist, wissen Sie nicht?«, ließ Hannah nicht locker.

»Keine Ahnung«, zuckte Vogt die Achseln. »Ich wohne nicht in Abtnaundorf.«

»Mit welchem Kunden könnte er sich in der Stadt getroffen haben?«, fragte Hannah.

»Das hat er mir nicht gesagt«, meinte Irma.

»Sicher nicht mit einem Leipziger Bauherrn. Schätze, es ging auch wieder um seine Arbeit als Statiker. Diese Gespräche führte er nie im Büro«, klagte Tino Vogt.

»Frau Steffens, Sie wissen doch sicher, wo Herr Langhoff sich gewöhnlich mit diesen persönlichen Kunden traf, oder?«, blieb Hannah hartnäckig.

»Äh, ich, äh…« stotterte die Mitarbeiterin.

»Robert ging regelmäßig ins Mercure am Bahnhof. Da war er Stammgast und mietete auch des Öfteren eine Suite. Wozu, muss ich ja wohl nicht betonen«, fiel Vogt der Sekretärin ins Wort.

»Sie meinen, er traf sich dort mit Frauen?«

»Schwul war er meines Wissens nicht«, antwortete Vogt lapidar. »Aber fragen Sie doch mal Irma.«

Die junge Frau wurde puterrot.

»Haben Sie sich mit Ihrem Chef dort getroffen?«, griff Hannah die Vorlage sofort auf.

Irma Steffens wurde nervös, fühlte sich womöglich ertappt.

»Äh, ja, Robert, ich meine, Herr Langhoff hatte mich zum Abendessen eingeladen. Als ich dort ankam, sagte man mir, Herr Langhoff wäre noch oben in seiner Suite und ich möchte doch bitte zu ihm heraufkommen«, stammelte Irma.

»Lassen Sie das, Frau Kommissarin. Sie ist nur ein Opfer von vielen. Was hätte sie tun sollen? Sie wollte ihren Job behalten, ist doch klar, oder?«, nahm Tino Vogt seine Angestellte in Schutz.

»Hat Langhoff Sie vergewaltigt?«, kannte Hannah keine Gnade.

»Nein, hat er nicht. Der Sex war einvernehmlich. Ich habe ihm am Tag darauf gesagt, dass ich das nicht wiederholen möchte«, beteuerte Irma.

»Und, ist es bei diesem einen Mal geblieben?«, ließ Hannah nicht locker.

»Ja, er hat mich danach in Ruhe gelassen«, antwortete sie.

»Bitte denken Sie noch mal nach, Frau Steffens, wer der- oder diejenige war, mit dem oder der sich Robert Langhoff am späten Nachmittag getroffen hat. Das wäre sehr wichtig. Gut, dann danke ich Ihnen für Ihre Zeit«, erhob sich Hannah. »Rufen Sie mich bitte an, wenn Ihnen noch was einfällt.«

Als Rafferty verschwunden war, herrschte für einen Moment kollektives Schweigen. Die Männer sahen sich fragend an. Hatte der Anführer der Comancheros die Wahrheit gesagt, oder gelogen, dass sich die Balken biegen, nur um seine Haut zu retten?

»Schätze, der Bursche hat uns gewaltig verarscht. Wir hätten de Kerl härter anpacken sollen«, schimpfte Jimmy Morisson.

»Vielleicht auch nicht. Red Bill ist ein harter Hund aber mit Sicherheit nicht dumm. Der hätte uns auch angelogen, wenn wir ihn in die Mangel genommen hätten. Ich denke, dass er keinen Bock darauf hatte, für irgendwelche Typen, die er kaum kennt, den Kopf hinzuhalten«, meinte Jan.

»Stimmt. Wir werden seine Angaben überprüfen. Wir müssen Logan suchen und nach den Söldnern Ausschau halten. Auf jeden Fall sollten wir vorbereitet sein, wenn diese Männer angreifen. Das sind ausgebildete und erfahrene Kämpfer, wenn es sich denn tatsächlich um ehemalige Fremdenlegionäre handelt. Zu spaßen ist mit diesen Typen jedenfalls nicht, das haben wir am eigenen Leib zu spüren bekommen. Denkt nur an Le Panthére und Le Boucher. Ihr erinnert euch? Die beiden fränzösischen Geheimdienstler standen auch lange Zeit in Diensten der Fremdenlegion. Ohne die Hilfe der beiden wäre es für uns damals in Islamabad eng geworden, als Hassan Omar Bin Khalib uns beinahe erwischt hätte«, mahnte Tom.

»Ich erinnere mich. Wie könnte ich das jemals vergessen. Ich war heilfroh, dass die beiden am Ende auf unserer Seite standen. Sah ja lange genug nicht danach aus. Aber du hast recht, Tom, diese Männer sind von einem anderen Kaliber, als ein paar halbstarke Motorradrowdies« nickte Jan.

Plötzlich hämmerte es an der Tür. »Machen Sie auf, hier ist Sheriff Tucker.«

Jan öffnete und Tucker stürzte mit hochrotem Kopf herein.

»Kommen gerade von Jack. Die Biker haben seinen Laden in Schutt und Asche gelegt. Jack meinte, da wären zwei Typen reingekommen, ein kleiner Drahtiger und ein kräftiger Goßer und hätten ohne Vorwarnung eine wilde Keilerei angezettelt. Die wären plötzlich genauso schnell wieder verschwunden gewesen, wie sie gekommen waren. Und er hätte beobachtet, wie zwei andere Männer Red Bill Rafferty ausgeknockt und ihn aus der Kneipe geschleppt hätten. Mich beschleicht da so ein merkwürdiges Gefühl, als stände ich gerade den Urhebern dieser Randale gegenüber. Können Sie mir vielleicht mal erklären, was diese Aktion sollte? Und wo zum Teufel ist Red Bill?«

»Ich will's versuchen«, antwortete Jan und brachte Sheriff Tucker auf den neuesten Stand.

»Und Sie glauben Rafferty?«, fragte Tucker.

»Er hat uns den Namen des Mannes gegeben, der sie für den Job in Crockwell angeworben hat. Und er hat uns von den Söldnern erzählt«, antwortete Jan.

»Wir wissen nichts von irgendwelchen Söldnern. Wir sind zwar nur eine kleine Police Station, aber wir sind nicht dämlich. Ich bin seit über zehn Jahren in Crockwell. Ein ruhiges, beschauliches Städtchen, wo jeder jeden kennt und frei von jedweden Affären und Skandalen. Jedenfalls bis zu dem Zeitpunkt, als Shannon hier Bürgermeister wurde. Er hat sich auf die Fahnen geschrieben, Crockwell für Investoren und Unternehmen interessant zu machen. Dazu zählt, dass er Bauland zum Dumpingpreis verscherbelt und in den ersten fünf Jahren auf die Zahlung von Gewerbesteuern verzichtet. Allerdings war sein Werben bisher wenig erfolgreich, weil Crockwell weit weg vom Schuss liegt. Keine Schnellstraße, keine Bahnanbindung, von einem Flughafen ganz zu schweigen. Außerdem gibt es hier keine Arbeitskräfte. Die Leute sind Farmer, Rancher, Viehhändler oder betreiben kleine Geschäfte. Großunternehmen sind hier Fehlanzeige.«

»Sie glauben, Shannon hat was mit der Sache zu tun?«

»Das glaube ich nicht, ich weiß es. Er hat uns angewiesen, die Biker in Ruhe zu lassen und uns untersagt, aus Goulburn Verstärkung anzufordern. Und er hat die Bundespolizei angerufen und von den Vorfällen auf dem Kirchplatz und den Schüssen auf die Biker berichtet. Dass ausgerechnet dieser widerliche Robertson hier aufgetaucht ist, ist kein Zufall. Shannon wusste von der Sache mit den Flüchtlingen und dass Robertson deswegen noch eine Rechnung mit Maynard Deville offen hatte. Und Shannon weiß auch, wer hinter den Attacken auf die Farmer an der Redground Road steckt. Ich habe vor ein paar Tagen zufällig ein Telefonat von Shannon mithören können, als ich vor seinem Büro auf ihn gewartet habe, um ihn davon zu überzeugen, Verstärkung anzufordern. Sein Gesprächspartner schien ziemlich aufgebracht gewesen zu sein. Shannon musste ihn beruhigen und hat ihm versichert, dass er alles dafür tun würde, die Voraussetzungen zum Bau der Anlage zu schaffen. Es wäre nur noch eine Frage von wenigen Tagen, bis die

Eigentümer ihre Grundstücke verkaufen würden. Der Erste hätte es ja bereits getan.«

»Aber mit wem er gesprochen hat, wissen Sie nicht?«

»Nein, leider«, bedauerte Tucker.

»Das alles wundert mich nicht. Ohne eine Baugenehmigung der Stadt kann sich hier kein Unternehmen ansiedeln. Und im Fall unserer Grundstücke bedarf es zusätzlich der Zustimmung der Gemeinde zur Nutzungsänderung. Schätze, Shannon hat den Leuten im Gemeinderat versprochen, sie an den Einnahmen der Stadt zu beteiligen, wenn sie seinen Plänen zustimmen würden«, vermutete Maynard.

»Ach was. Der Gemeinderat besteht lediglich aus drei Mitgliedern. Die hat Shannon allesamt im Griff. Das sind Jasager, die tun genau das, was er sagt«, meinte der Sheriff.

»Haben Sie 'ne Ahnung um was für eine Anlage es sich handeln könnte«, fragte Jan.

»Keine Ahnung«, zuckte der Sheriff mit den Schultern. »Eine Hotelanlage schließe ich aus. In Crockwell gibt es keine Touristen. Tja, und um was es sich sonst handeln könnte, weiß der Teufel.«

»Der nicht, aber der Bürgermeister«, meinte Tom.

»Mit Anlage könnte natürlich auch ein Forschungsprojekt oder eine militärische Einrichtung gemeint gewesen sein. Das würde erklären, warum hier Männer in schwarzen Anzügen auftauchen und versuchen, den Farmern ihr Land zu einem zugegeben fairen Preis abzukaufen, ohne, dass es an die große Glocke gehängt wird«, vermutete Jan.

»Du meinst diese Kerle sind vom Geheimdienst?«, fragte Jimmy.

»Möglich, deshalb ist hier auch die Bundespolizei aufgetaucht. Anstatt den Bikern Beine zu machen, hat dieser Robertson versucht, Maynard unter Druck zu setzen. Sieht ganz nach Zusammenarbeit zwischen Militär und Politik aus«, glaubte Tom.

Jan wollte gerade antworten, als plötzlich ein Geschoss die Fensterscheibe durchschlug, nur haarscharf Toms Kopf verfehlte, und in die Holzvertäfelung über dem Kamin einschlug.

»Runter«, schrie er und warf sich zu Boden. Gerade noch rechtzeitig, um dem darauf folgenden Kugelhagel zu entgehen. Fensterscheiben zerbarsten, Holz zersplitterte, Glühbirnen platzten und Putz regnete von den Wänden.

»Verdammt, alle Waffen liegen im Wagen«, rief Crasher. »Ich geh' raus und hole sie«, sagte er und sprang auf, um zur Haustür zu gelangen. Doch bevor er loslaufen konnte, holte ihn eine Kugel von den Beinen.

»Scheiße, Crasher hat's erwischt«, brüllte Tom.

»Alles okay«, gab Crasher Entwarnung. »Ist nur'n Kratzer am Arm.«

»Bleib unten, verdammt«, rief Jan.

Jimmy hatte sich zur Fensterseite vorgerobbt, von der die Schüsse kamen. Er setzte sich auf die Knie und spähte vorsichtig in die Dunkelheit. Im selben Moment begann die zweite Angriffswelle.

»Mündungsfeuer etwa hundert Meter entfernt«, schätzte er. »Geben Sie mir Feuerschutz, Sheriff. Ich gehe durch die Hintertür.«

»Nicht allein. Maynard und ich kommen mit«, befahl Jan.

»Seid ihr wahnsinnig, unbewaffnet da rauszugehen«, schimpfte Johnny.

»Sollen wir etwa warten, bis die reinkommen und uns niedermähen?«, fragte Jimmy.

»Wenn wir draußen sind, müssen wir im Sprint bis zum Schuppen rennen. Im Zaun dahinter gibt's ein Gartentor. Danach geht's eine kurze Böschung hinauf. Von dort aus sind es noch etwa fünfzig Meter bis zu ersten Baumreihe. Hoffen wir, dass uns die Dunkelheit ausreichend Schutz bietet und die Typen nicht mit uns rechnen«, hoffte Maynard, der zum Glück ortskundig war.

»Sind Sie sicher, dass Sie das tun wollen?«, fragte Sheriff Tucker besorgt.

»Haben Sie 'ne bessere Idee?«, raunzte Jan.

»Ich hab zwei Schrotgewehre im Kofferraum. Damit könnten wir uns verteidigen. Ich gehe sie holen«, antwortete er und drückte Johnny seine Pistole in die Hand. »Geben Sie den Männern Feuerschutz, ich kümmere mich um die Gewehre. Sie lenken die Typen ab, während wir von der anderen Seite kommen«, schlug Gerald Tucker vor.

»Guter Plan, aber überlassen Sie die Waffen meinen Männern. Bleiben Sie im Haus und kümmern sich um Crasher und Meredith«, sagte Jan.

»Also gut«, antwortete der Sheriff. »Dann versuchen wir unser Glück.«

Nach dem die zweite Welle abgeebbt war, sprang Johnny auf und begann mit der Pistole des Sheriffs in Richtung der Baumreihe zu feuern. Jimmy öffnete vorsichtig die Verandatür, als Jan die Aktion abrupt stoppte.

»Stopp, Feuer einstellen. Meredith, wo können wir die Bewegungsmelder ausschalten?«

»Sicherungskasten im Flur. Ich gehe…«

»Nein, bleib unten…«, rief Jan.

»Ich mache das«, sagte Crasher und robbte in den Flur.

»Drück' einfach den Federstromschalter herunter«, rief Meredith ihm hinterher.

»Okay, erledigt«, meldete sich Crasher.

Jimmy, Jan und Maynard schlichen aus dem Haus und rannten geduckt zum Schuppen hinüber. Gerade als Johnny erneut Feuerschutz geben wollte, entfachten die Angreifer die nächste Angriffswelle, die noch heftiger ausfiel, als die vorangegangenen.

»Die Attacke dient zur Einschüchterung. Wenn die aus dieser geringen Entfernung gezielt schiessen würden, hätten die uns wahrscheinlich längst erledigt«, vermutete Jan.

Das Gartentor war zum Glück nicht verschlossen. Die drei Männer schlüpften hindurch, liefen vor bis zur Böschung und warfen sich sofort in Deckung.

Nachdem auch diese Attacke vorüber war, feuerte Johnny erneut auf die Baumreihe, ohne zu wissen, wo genau der Gegner sich aufhielt. Sheriff Tucker nahm seinen ganzen Mut zusammen und rannte aus der Tür über den Hof zu seinem Wagen. Er holte die Gewehre aus dem Kofferraum und ging dahinter in Deckung.

»Alles klar«, rief er zum Haus hinüber. Tom und Johnny sprangen auf und folgten dem Sheriff.

Vorsichtig kroch Jimmy die Böschung hinauf und lugte über den Rand Richtung Baumreihe. In der mondlosen Nacht machte er die Konturen mehrerer Gestalten aus und vernahm deren Stimmen. Die Männer sprachen französisch, da war er sicher. Er gab Jan und Maynard ein Zeichen, dass sie nachkommen sollten.

»Wir müssen unbedingt die Büsche direkt vor uns erreichen. Von dort aus sollten wir versuchen, in den Rücken der Kerle zu gelangen. Wenn die uns allerdings vorher bemerken, war's das, klar?«

»Sonnenklar, Jimmy«, antwortete Jan.

Inzwischen näherten sich Tom und Johnny mit den Schrotflinten des Sheriffs bewaffnet den Angreifern von der anderen Seite der Farm. Sie konnten in der Dunkelheit nicht erkennen, wie weit sie noch von ihrem Ziel entfernt waren und beschlossen deshalb abzuwarten, bis der Gegner seine Position durch erneutes Mündungsfeuer verraten würde. Doch es geschah nichts.

Jimmy, Jan und Maynard setzten alles auf eine Karte, sprangen auf und liefen nacheinander geduckt und auf leisen Sohlen hinüber zu den mannshohen Büschen, die nur noch geschätzte zwanzig Meter von der Position ihrer Angreifer entfernt lagen.

»Kannst du was erkennen?«, flüsterte Jan.

»Nein«, antwortete Jimmy leise. »Schätze, die sind abgehauen.«
Plötzlich knackten Äste. »Allez, il faut sortir d'ici«, hörte er einen der Männer sagen, der nicht mal fünf Meter entfernt an ihrem Versteck vorbeilief.

»Die wollen verschwinden, die Schweine«, flüsterte Jimmy.

»Nein, lass das«, warnte Jan, aber es war bereits zu spät. Jimmy schnellte hoch, lief noch drei Schritte, packte den Mann von hinten, umklammerte seinen Hals und brach ihm mit einem kurzen Ruck das Genick, ohne dass der noch einen Laut von sich geben konnte. Er zog den leblosen Körper ins Unterholz, duckte sich und wartete ab, bis die anderen Männer bemerken würden, dass ihr Kamerad fehlte. Doch wieder geschah nichts.

»Hey, Jimmy, verdammt, wo steckst du?«, fragte Jan leise in die Dunkelheit.

Im Augenwinkel erkannte er Bewegungen aus Richtung der Baumreihe, hinter denen die Angreifer sich zu Beginn ihrer Attacke verschanzt hatten. Er tippte Maynard auf die Schulter und deutete in Richtung der Baumreihe.

Der Devil nickte, sprang auf und schlich behände wie eine Katze durch das Unterholz auf die besagte Stelle zu. Er duckte sich, zum Sprung bereit, und wollte gerade zum Angriff übergehen, als er eine vertraute Stimme vernahm.

»Wo zum Teufel sind diese Kerle?«, hörte er Tom leise fragen.

Der Devil wusste genau, dass er jetzt keinen Fehler machen durfte. Johnny und Tom würden sofort schiessen, wenn er sie jetzt aus der Dunkelheit heraus überraschen würde. Er hob vorsichtig einen Stein auf und warf ihn in die entgegengesetzte Richtung.

»Hey«, hörte er Tom rufen, bevor der eine Ladung Schrot in die Dunkelheit feuerte.

»Ruhig, Freunde, ich bin's«, verließ Maynard betont vorsichtig seine Deckung.

»Wie zum Teufel kannst du uns so erschrecken? Spinnst du?«, raunzte ihn Johnny an.

»Was hätte ich sonst tun sollen, vielleicht 'ne Ansichtskarte schicken?«, antwortete der Devil.

»Sind die Kerle verschwunden?«

»Ja, die sind im Dunkeln nur wenige Meter an uns vorbeimarschiert.«

»Sollen wir sie nicht verfolgen?«

»Nein, die sind längst weg. Außerdem sind sie schwer bewaffnet.«

»Dann werden wir nicht erfahren, wer diese Männer waren.«

»Vielleicht doch. Jimmy hat einen von denen erledigt.«

»Was? Und die sind einfach weitergelaufen?«

»Schätze, als sie's bemerkt haben, war es zu spät, umzudrehen. Vielleicht glauben sie auch, dass ihr Kollege sich im Dunkeln verlaufen hat, wer weiß?«, zuckte der Devil die Achseln.

Der Schreck saß ihnen in den Gliedern. Angesichts der drohenden Gefahr hätten sie vorsichtiger sein müssen, und sich nicht bei Dunkelheit hinter hell erleuchteten Fenstern zur Zielscheibe machen dürfen. Während Meredith damit beschäftigt war, Scherben zusammenzukehren und den Fußboden zu reinigen, berieten die Männer, was jetzt zu tun war.

Johnny Henderson schob derweil draußen Wache. Mit Pistole und Schrotflinte bewaffnet, patrouillierte er rund um das Grundstück der Farm.

Jan hielt einen Reisepass in die Höhe. »Den hatte der Tote bei sich. Der Mann heißt Abou Bouziane und ist Algerier.«

»Hm, dann hat uns Rafferty offensichtlich die Wahrheit erzählt«, meinte Tom.

»Ja, aber was machen wir jetzt mit dem Mann? Ich kann diesen Vorfall nicht einfach unter den Tisch kehren. Ich muss meiner vorgesetzten Dienststelle in Goulburn Meldung machen«, sagte Sheriff Tucker.

»Damit die uns die Bundespolizei auf den Hals hetzen und Chief Robertson hier auftaucht und uns alle verhaftet? Der wartet doch nur auf die Gelegenheit Maynard fertigzumachen. Nein, auf gar keinen Fall, Sheriff«, warnte Jan.

»Aber wir können den Mann doch nicht einfach da draußen liegenlassen«, meinte Tucker.

»Nein. Meredith ruft Sie in ein paar Stunden an und meldet ihnen den Fund einer Leiche in der Nähe ihrer Farm. Sie wird behaupten, sie hätte den Mann gefunden, als sie mit den Hunden unterwegs war. Danach können Sie Goulburn informieren und die schicken die Spurensicherung und nehmen die Leiche mit. Die werden uns nichts nachweisen können. Der Tote hat sich das Genick gebrochen. Es gibt kein Projektil, kein Blut, keine DNA, gar nichts. Die werden annehmen, dass der Mann in der Dunkelheit gestolpert und unglücklich gestürzt ist. Da er keinerlei Papiere bei sich trug, werden die 'ne zeitlang damit beschäftigt sein, den Toten zu identifizieren«, schlug Jan vor.

»Und wenn die die Schäden am Haus bemerken, sind wir geliefert. Die können auch eins und eins zusammenzählen. Zerstörte Fensterscheiben und Einschusslöcher in den Wänden werden die wohl kaum übersehen können«, gab der Sheriff zu bedenken.

»Darum kümmern wir uns. Das ist bis heute Abend erledigt«, sagte Maynard. »Glasscheiben, Holz, Steine und Wandputz gehören bei uns zur Standardausrüstung. Haben wir alles vorrätig. Wenn alle mit anpacken, ist das schnell erledigt. Solange müssen Sie uns Ihre Kollegen vom Hals halten, Tucker. Schaffen Sie das?«, fragte der Devil.

»Okay, dann sollten wir besser bis morgen warten, bevor wir den Fund der Leiche melden«, schlug Gerald Tucker vor.

Jan nickte. »Gut, das verschafft uns Zeit.«

»Okay, und was machen wir jetzt? Begeben wir uns auf die Suche nach diesen Kerlen oder warten wir, bis die wiederkommen?«, wollte Jimmy wissen.

»Dazu müssen wir erstmal wissen, mit wem genau wir es zu tun haben. Mal sehen, ob wir nicht herausfinden könnenn, wer genau der Tote ist, zu wem er gehört und warum er hier ist?«, sagte Jan, zückte sein Handy und drückte eine Kurzwahltaste.

Es dauerte einen Moment, bis der Ruf herausging.

»Hey, Jan, das ist ja eine Überraschung«, meldete sich sein Gesprächspartner.

»Hi, Steven. Wobei störe ich gerade?«, fragte Jan.

»Ach, du störst nie, mein Freund. Was machst du in Australien? Und wieso bist du so früh schon auf den Beinen?«, fragte Steven Goldblum.

»Ich bin bei Maynard. Er steckt in Schwierigkeiten«, begann Jan und erzählte dem CIA Director of Digital Innovation, was genau geschehen war.

»Schick mir ein Foto des Reisepasses. Ich lass das sofort überprüfen«, sagte Steven.

Jan legte auf und erklärte Sheriff Tucker, mit wem er gerade gesprochen hatte.

»CIA? Was zum Teufel haben Sie mit der CIA zu schaffen?«, wunderte er sich.

»Lange Geschichte, Sheriff. Das wäre ein abendfüllendes Programm, glauben Sie mir.«

Nicht mal zehn Minuten später rief Steven Goldblum zurück.

»Hm, da habt ihr es mit richtig harten Burschen zun tun«, seufzte Steven. »Dieser Abou Bouziane stammt aus Algier, wohnt in Marseille und war mehr als fünfzehn Jahre bei der Fremdenlegion. Er war zuletzt in Abu Dhabi stationiert und ist vor zwei Jahren aus der Légion étrangère ausgeschieden. Danach hat er bei den »Loups de la Nuit« als Söldner angeheuert. Die sogenanten »Nachtwölfe«

sind eine paramilitärische Spezialeinhalt unter der Leitung von Rafik Merabet, auch »Le Couteau«, das Messer, genannt. Die tauchen wie aus dem Nichts in irgendeiner Ecke der Welt auf, erledigen konsequent und zügig ihre Aufträge und verschwinden genauso schnell, wie sie gekommen waren. Diese Typen sind brutal, eiskalt und gewissenlos. Die mähen alles nieder, was sich denen in den Weg stellt.«

»Könntest du herausfinden, wer die Kerle angeheuert hat? Arbeiten die auch für Geheimdienste und Regierungen?«

»Na ja, für Regierungen demokratischer Länder jedenfalls nicht. Aber ein Diktator einer Bananenrepublik oder eines totalitären Regimes bedient sich schon mal solcher Söldner.«

»Also glaubst du nicht, dass die für die Australische Regierung oder den Geheimdienst arbeiten?«

»Nein, das ist nicht vorstellbar. Die ASIS arbeitet eng mit der CIA zusammen. Wenn es so wäre, wüssten wir davon.«

»Hm, dann gehen wir davon aus, dass die von irgendwelchen skrupellosen Geschäftsleuten beauftragt wurden, nachhaltig ihre Interessen durchzusetzen«, sagte Jan.

»Ja, das könnte sein. Ich höre mich mal um, ob wir Kenntnis über einen derartigen Vorgang haben«, bot Steven an.

»Gut, danke, mein Freund.«

»Passt bloß auf euch auf. Mit diesen Kerlen ist nicht zu spaßen. Und denkt daran, dass ihr auch nicht mehr die Jüngsten seid. Wird langsam Zeit mit diesem ganzen Scheiß abzuschließen«, riet Steven.

»Glaub mir, Steven, ich wäre auch lieber zu Hause bei meiner Familie. Aber wenn einer meiner Männer in Schwierigkeiten steckt, kann ich nicht so tun, als wäre mir das egal. Ohne diese Männer wäre ich längst nicht mehr am Leben. Und du wahrscheinlich auch nicht.«

»Tja, das ist wohl so. Okay, seid vorsichtig. Ich melde mich«, beendete Steven das Gespräch.

Die Spurensicherung hatte auf Hochtouren gearbeitet, konnte aber weder in der Firma noch in der Wohnung von Robert Langhoff Hinweise darauf finden, dass er dort ermordet worden war. Josie Nussbaum hatte bereits im Vorfeld erklärt, dass weder an der Leiche noch an deren Kleidung Spuren vom Täter sichergestellt werden konnten.

»Hätte einer unserer Verdächtigen Robert Langhoff irgendwo aufgelauert und ihm mit einem Hammer den Schädel eingeschlagen, hätten wir mit Sicherheit irgendetwas Verwertbares gefunden. Das hier sieht eher nach einem Profi aus, der den Anschein erwecken wollte, dass die Tat im Affekt erfolgte«, vermutete Hannah.

»Durchaus möglich. Der Täter hat sich mit Langhoff getroffen und wollte ihn zur Rede stellen. Möglicherweise hat der Architekt ihn provoziert oder sogar verhöhnt, dass dieser den nächstbesten Gegenstand gegriffen und ihm voller Wut den Kopf eingeschlagen hat«, glaubte Krause.

»Und eben genau das sollen wir glauben. Wenn das allerdings einer unserer Verdächtigen getan hätte, hätte sich Langhoff doch mit Sicherheit gewehrt. Außerdem glaube ich nicht, dass Lisa Langhoff oder Lena Iwanova zu so einer brutalen Tat fähig gewesen wären. Und ihre Töchter schon gar nicht. Der Zimmermannshammer ist doch eher ein deutlicher Hinweis auf die Architekten Tino Vogt und Stefan Glaser. Und vor allem natürlich auf den Bauunternehmer Felix Neumann. Alle drei hätten einen solchen Hammer problemlos auf einer ihrer Baustellen einsacken können. Und Neumann scheint ja nicht gerade zimperlich zu sein, so wie der redet«, sagte Jungmann.

»Wir haben Taucher angefordert. Sie werden im See nach der Tatwaffe suchen«, sagte Josie.

»Ich habe versucht, die letzten Stunden im Leben von Robert Langhoff chronologisch nachzuvollziehen. Er hatte um fünf Uhr nachmittags einen Termin in Mercure Hotel am Bahnhof. Seine Sekretärin Irma Steffens, mit der er übrigens ebenfalls geschlafen hat, hat ausgesagt, dass Langhoff diesen Termin nicht über das Büro vereinbart hatte. Das unterließ er immer dann, wenn es um einen Auftrag ging, den er als Statiker in Eigenregie annahm und durchführtc«, schilderte Hannah.

»Also wusste Frau Steffens nicht, wen ihr Chef dort getroffen hat?«, fragte Polizeidirektor Horst Wawrzyniak.

»Nein«, bestätigte Hannah. »Ich habe im Hotel nachgefragt. Aus Datenschutzgründen gibt es dort nur Kameras ín der Tiefgarage und außerhalb des Hotels. Schuberth hat die Aufnahmen von fünf Uhr nachmittags bis um Mitternacht angesehen. Langhoff war um kurz vor fünf in die Tiefgarage gefahren und hat sie um viertel nach sieben wieder verlassen. Er war allein. Eine Mitarbeiterin der Rezeption konnte sich erinnern, dass er sich im Foyer mit einem Mann getroffen hatte. Der wäre groß und schlank gewesen, hätte dunkles Haar gehabt und einen Anzug getragen. Sie hatte ihn auf etwa fünfzig geschätzt, hätte aber nicht sich so genau hingesehen. Auf den Bildern der Überwachungskameras taucht niemand auf, auf den diese Beschreibung zutrifft. Also ist Langhoffs Kontakt entweder zu Fuß gekommen, oder hat weiter weg außerhalb des Hotels geparkt. Der Mann hätte das Hotel zeitgleich mit Langhoff verlassen, hätte aber den Hauptausgang genommen. Wir haben der Empfangsdame Fotos von Vogt, Glaser und Neumann geschickt, aber sie war sich nicht sicher. Am ehesten trifft ihre Beschreibung auf Glaser zu, aber das beweist gar nichts«, zuckte Hannah mit den Schultern.

»Hm, aber was hat Langhoff gemacht, nachdem er das Mercure verlassen hat?«, wollte Oberdieck wissen.

»Wir haben im Vapiano nachgefragt, wo er bereits mit seiner Tochter Rebecca zu Mittag gegessen hatte, ob er abends nochmal da war. Da konnte sich dort allerdings niemand mehr dran erinnern. Ich vermute, dass Langhoff nach seinem Termin im Mercure zurück in seine Wohnung gefahren ist. Seinen Wagen haben wir dort in der Tiefgarage gefunden. Von da aus ist er wahrscheinlich nochmal ins Büro gegangen, dass nur ein paar hundert Meter entfernt liegt. Wir haben einen Zeugen, der ihn gegen halb zwölf auf dem Gehweg vor seiner Firma angetroffen hat. Der Mann ist Rentner und hat mit seinem Hund die Abendrunde gemacht. Er kennt Langhoff vom Sehen. Sie wären sich des Öfteren über den Weg gelaufen. Schließlich wären sie ja Nachbarn, meinte der Mann«, sagte Hannah.

»Und er war sicher, dass dieser Mann Robert Langhoff war?«, fragte Waffel.

»Ja, Chef, absolut«, nickte Hannah.

»Dann könnte es doch sein, dass der Täter ihm irgendwann zwischen Mitternacht und zwei Uhr Morgens auf dem Weg zwischen Firma und Wohnung aufgelauert und attackiert hat. Er hat ihn aus dem Hinterhalt angegriffen, mit einem Hammer erschlagen, in einen Plastiksack gepackt, zum Ufer geschleppt und im See versenkt«, meldete sich erstmals der Oberstaatsanwalt zu Wort.

»Möglich, aber die Spusi hat die gesamte Strecke zwischen Firma, Wohnung und Seeufer abgesucht. Bisher haben wir nichts gefunden. Nicht mal Schleifspuren des Leichensacks«, sagte Josie Nussbaum.

»Na ja, der Weg ist gepflastert. Außerdem könnte der Täter den Sack auch getragen haben«, wandte Krause ein.

»Was wiederum nicht für eine Frau als Täter spricht. Langhoff wog sicher gute achtzig Kilo«, kommentierte Jungmann.

Josie Nussbaums Handy klingelte. »Okay, bringt das Ding sofort in die Gerichtsmedizin«, antwortete sie. »Gute Nachricht, die Taucher haben wahrscheinlich das Tatwerkzeug gefunden. Es handelt sich tatsächlich um einen Zimmermannshammer, auch Latthammer genannt. Er hat auf der einen Seite eine Nagelbahn, auf der anderen eine Klaue zum Herausziehen von Nägeln, meinte der Kollege.«

»Und damit wurden dann dem Opfer die Augen ausgehackt?«, fragte Krause.

»Ja, wahrscheinlich«, zuckte Josie die Achseln. »Jetzt untersuchen wir das Teil erstmal nach brauchbaren Spuren.«

Es klopfte. Schuberth kam herein. »Tschuldigung, Kollegen, aber ich glaube, ich hab hier was. Moment bitte.«

Er steckte einen USB-Stick in den Laptop und warf ein vergrößertes Foto an die Wand. »Das ist ein Bild der Überwachungskamera vor dem Haupteingang des Mercure Hotels. Es zeigt einen Mann, auf den die Beschreibung der Frau am Empfang zutreffen könnte. Er steigt um exakt 19:05 Uhr in ein Taxi und fährt Richtung Hauptbahnhof davon.«

»Das könnte der Typ sein, allerdings auch jeder X-Beliebige. Viel ist da jedenfalls nicht zu erkennen«, nörgelte Oberdieck.

»Stimmt. Aber ich habe das zuerst der Zeugin am Empfang geschickt. Und die konnte sich daran erinnern, dass der Mann ein Taxi zum Flughafen bestellt hat. Sie hat bestätigt, dass das der Kerl war, der sich mit Langhoff getroffen hat. Und sie war sicher, dass der Mann englisch gesprochen hat und zwar akzentfrei und fließend. Sie meinte noch, dass der Typ aus der Nähe betrachtet deutlich jünger als fünfzig war.«

»Hey, Schuberth, an dir ist ja ein erstklassiger Ermittler verloren gegangen. Wird Zeit, dass du mal aus deinem miefigen Kabuff raus auf die Straße kommst«, sagte Rico.

»Kannst du noch mehr aus dem Foto rausholen? Wäre super, wenn man sein Gesicht besser erkennen könnte«, fragte Hannah.

»Klar, wird aber ein bisschen dauern.«

»Super, danke. Also, dann sollten wir am Flughafen checken, ob es möglich ist, den Kerl dort ausfindig zu machen. Mit ein bisschen Glück erfahren wir, wohin er geflogen ist. Obwohl das natürlich ohne einen Namen schwierig ist. Aber da hängt ja an jeder Ecke eine Kamera«, meinte Hannah.

»Okay, ich versuche, die Aufnahmen von Dienstagabend bis Mittwochfrüh zu bekommen. Allzu viele Starts und Landungen sollte es dort nach zwanzig Uhr nicht mehr gegeben haben«, nickte Schuberth.

»Hm, also kommt jetzt neben unseren bereits Verdächtigen noch ein unbekannter Mann mittleren Alters ins Spiel, der wahrscheinlich aus dem Ausland kommt, englisch spricht und womöglich beruflich mit Langhoff zu tun hatte?«, fragte der Polizeidirektor.

»Ja, aber nur dann, wenn dieser Unbekannte nicht bereits vor Mitternacht wieder zurückgeflogen ist, sondern erst am nächsten Tag. Wird auf jeden Fall schwierig, das herauszufinden«, glaubte Rico.

»Ich werde mit Schuberth sprechen. Er soll alle Flüge überprüfen, die vorgestern aus englischsprachigen Ländern in Leipzig eingetroffen sind. Möglich, dass auch ein Anschlussflug von Frankfurt aus Chicago dabei war. Langhoff wollte laut seiner Mitarbeiterin nächste Woche nach Chicago fliegen. Er soll die Passagierlisten nach einem Mann mittleren Alters, der allein unterwegs war, durchsuchen. Ist 'ne Sisyphos Arbeit, aber vielleicht haben wir Glück«, meinte Hannah.

»Und wir sollten nochmal im Architekturbüro nachfragen, ob Tino Vogt oder einer seiner Mitarbeiterinnen diesen Mann schon mal gesehen hat? Irgendwie habe ich das Gefühl, dass Langhoffs Sekretärin Irma Steffens mehr weiß, als sie preisgibt. Kann mir doch

179

keiner erzählen, dass die keine Ahnung hat, wen Langhoff in Chicago treffen wollte. Womöglich sogar diesen Unbekannten, mit dem er sich im Mercure verabredet hatte«, glaubte Rico.

»Aber warum sollte ein Geschäftspartner aus Chicago Langhoff mit einem Hammer erschlagen und in den See geworfen haben? Welches Motiv sollte der Mann gehabt haben? Das halte ich doch für ziemlich weit hergeholt. Wir sollten uns weiter an diejenigen halten, die einen handfesten Grund hatten, Langhoff zu töten. Auch wenn die Tat selbst nicht vorsätzlich, sondern im Affekt ausgeführt worden ist. Mein persönlicher Favorit ist übrigens dieser Bauunternehmer Neumann. Könnte doch sein, dass der am besagten Abend mit ein paar Bier intus bei Langhoff aufgekreuzt ist, und mit Nachdruck sein Geld gefordert hat, das Langhoff ihm angeblich geschuldet hat. Ein Wort gab das andere. Es entwickelte sich ein handfester Streit. Neumann verließ wutentbrannt das Büro, holte Hammer und Plastiksack aus seinem Wagen und lauerte Langhoff auf, als der kurz nach Mitternacht sein Büro verlassen hatte. Er wartete ab, bis Langhoff an dem Rentner mit Hund vorbei war, schlug ihn von hinten nieder, packte ihn in den Sack und versenkte die Leiche im See«, vermutete Oberstaatsanwalt Oberdieck.

»Könnte sein, klar, zumal Neumann kein wasserdichtes Alibi für die Tatzeit vorweisen kann. Und er war in der Tat stinksauer auf Langhoff. Wie zu hören war, haben ihn die unbezahlten Rechnungen von Langhoffs Kunden beinahe in den Ruin getrieben. Und der war nicht bereit gewesen, einen Teil des entstandenen Schadens mitzutragen. Im Gegenteil, er hatte dafür gesorgt, dass er sein Geld bekam, bevor die Kunden Konkurs anmelden mussten. Neumann war am Ende der Dumme und blieb auf den unbezahlten Rechnungen sitzen. Dass der wütend auf Langhoff war, versteht sich von selbst«, sagte Hannah.

»Mal sehen, ob wir auf diesem Hammer Hinweise auf den Täter finden können. Gegen Neumann als Mörder spricht, dass diese Tat beinahe klinisch sauber, ohne eine nachvollziehbare Spur zu hinterlassen, ausgeführt worden ist. Das spricht nicht gerade für einen Mann aus der Baubranche, oder? Nein, ich denke, dass dieser Mord geplant war und von einem Profi ausgeführt worden ist. Aber ich bin ja schließlich keine Ermittlerin«, zuckte Josie Nussbaum die Achseln.

Die Männer mussten sich beeilen. Viel Zeit blieb nicht, um die Schäden an Meredith' Haus zu reparieren. Jimmy Morisson war handwerklich geschickt. Er erledigte zu Hause in Texas auf seiner Ranch sämtliche Arbeiten selbst. Egal ob im Haus Leitungen defekt waren, Löcher in den Zäunen geflickt werden mussten oder der Motor seines Trucks streikte. Zusammen mit Maynard setzte er neue Fensterscheiben ein, verputzte die Wände und reparierte die Holzvertäfelung. Jan, Tom und Johnny übernahmen die Handlangerarbeiten, während Crasher, der mit seiner Armverletzung gehandicapt war, rund um die Farm Wache schob.

»Glaubst du, die Typen kommen zurück?«, fragte Jimmy.

»Keine Ahnung«, zuckte der Devil die Achseln. »Aber da die ihr Ziel noch nicht erreicht haben, ist das gut möglich.«

»Du meinst, Meredith und dich von euren Farmen zu vertreiben?« Klar«, nickte Maynard. »Wer immer auch dahinter steckt, es scheint so, als würden die alles tun, um sich unser Land einzuverleiben. Die haben hier scheinbar irgendwas Großes vor.«

»Klar, aber was?«

»Tja, der Einzige, von dem wir das erfahren könnten, ist Shannon. Aber der bestreitet vehement, zu wissen, was hier gerade vor sich geht.«

»Also müssen wir direkt mit denen reden, die euch die Angebote gemacht haben.«

»Die wissen, dass wir nicht verkaufen. Deshalb ist es mir egal, was die hier planen. Die werden sich woanders umsehen müssen.«

»Aber die sehen das anscheinend anders. Denen ist offenbar jedes Mittel recht, um ihr Ziel zu erreichen.«

»Ja, aber das werden sie nicht. Und das werde ich denen unmissverständlich klarmachen. Wenn nicht mit Worten, dann mit Taten.«

»Klar, verstehe. Wenn mir einer meine Ranch wegnehmen wollte, würde ich genauso reagieren«, nickte Jimmy.

Maynards Handy klingelte. Crasher rief an. »Verdammt, die Leiche ist weg. Spurlos verschwunden. Schätze, die Kerle haben sie eingesammelt und mitgenommen.«

»Okay, hoffentlich haben den Toten nicht irgendwelche Wanderer entdeckt und die Behörden informiert. Wir sollten uns beeilen und fertig werden, bevor die Bundesbeamten hier auftauchen«, sagte Maynard.

Er wählte die Nummer des Sheriffs und erzählte ihm, dass der Tote verschwunden war.

»Nein, bei uns ist bisher keine Meldung eingegangen. Ich war vorhin beim Bürgermeister. Ich habe ihm erklärt, dass wir was gegen die Biker unternehmen müssen und ihn nochmal gebeten, Verstärkung anzufordern, um Meredith und dich zu schützen.«

»Lass mich raten, Shannon hat abgelehnt.«

»Ja, er meinte, solange wir den Bikern keine Straftat nachweisen könnten, hätten wir keine Handhabe. Im Gegenteil, *die* hätten Anzeige erstattet, weil du auf sie geschossen und ihre Motorräder beschädigt hättest. Und sie haben Jack anstandslos den Schaden in seinem Pub ersetzt, obwohl sie darauf beharrten, dass die Schlägerei nicht von ihnen ausgegangen wäre.«

»Wir haben mit deren Anführer Red Bill Rafferty gesprochen. Sie meinten, sie ständen in der Schuld dieses Logan. Der hätte angeblich dafür gesorgt, dass die Hells Angels die Comancheros nicht angegriffen hätten. Und dafür müssten sie ihm jetzt einen Gefallen tun. Wenn sie nach Sydney zurückkehren würden, ohne dass sie ihren Job hier erledigt hätten, müssten sie damit rechnen, dass es Krieg mit den Hells Angels gibt.«

»Tja, mittlerweile hat dieser Logan noch härtere Geschütze aufgefahren. Die »Nachtwölfe« sind von einem anderen Kaliber als die paar harmlosen Motorradrocker«, sagte der Sheriff. »Die haben die Amateure abgelöst und Profis geschickt. Schätze, die Attacke gestern Nacht war nur die Ouvertüre. So 'ne Art ultimative Warnung.«

»Möglich. Mal sehen, ob sich der Kerl heute nochmal meldet. Klar ist, dass wir auf alles vorbereitet sein müssen. Am besten, Sie halten sich aus der Sache raus, Sheriff. Ab jetzt könnte es richtig schmutzig werden. Die denken, dass die uns mit einem harten, gezielten Schlag erledigen können. Aber die haben nicht den Hauch einer Vorstellung, mit wem die sich angelegt haben. Die halten sich für knallharte Profis. Aber den richtig üblen Typen sind die bisher nicht begegnet. Das wird sich jetzt ändern. Dieser Rafik hat das Tor zur Hölle aufgestoßen. Jetzt muss er sich nicht wundern, wenn sich der Teufel blicken lässt.«

»Hör zu, Maynard, so einfach ist das nicht. Ich bin immer noch der Sheriff in diesem County und kann nicht tatenlos zusehen, wie hier die Anarchie ausbricht. Ich werde auf jeden Fall Verstärkung aus Goulburn anfordern, egal, ob der Bürgermeister zustimmt, oder nicht. Wir werden unsere Bürger schützen. Das ist unsere verdammte Pflicht.«

»Meinetwegen, Tucker, aber behaupten Sie später nicht, ich hätte Sie nicht gewarnt. Kümmern Sie sich mit Ihren Leuten um die Farm von Meredith Connor. Ich glaube ohnehin, dass es die Söldner eher auf mich abgesehen haben. Und meinen Besitz werde ich mit Hilfe meiner Freunde allein verteidigen. Dabei würde uns das Gesetz nur im Wege stehen«, antwortete der Devil.

Meredith hatte für die Männer gekocht. Es gab Lammsuppe mit weißen Bohnen und Kartoffeln. Gierig machten sie sich über die erste warme Mahlzeit seit ihrer Ankunft her.

»Wow, fast so scharf wie texanischer Rindereintopf«, schwärmte Jimmy.

»Ja, Meredith spart nie mit Pfeffer und Tabasco. Von Zwiebeln, Lauch und Knoblauch ganz zu schweigen«, erklärte Maynard.

»Hey, schätze, die brennt zweimal«, grinste Johnny Henderson.

»Schmeckt ausgezeichnet, Meredith«, lobte Tom. »Das verlangt natürlich nach einem satten Nachschlag.«

»Freut mich, wenn's euch schmeckt. Nehmt nur, ich habe noch einen Topf auf dem Herd. Schön mal wieder für meine Gäste zu kochen. Für mich allein lohnt sich das ja nicht«, freute sich Meredith über den Appetit der Männer.

Die Haustür wurde aufgerissen und Crasher stürzte hinein. »Hey, da kommt so 'n schwarzer SUV den Weg herunter«, rief er atemlos.

»Nur einer?«, fragte Jan.

Crasher nickte.

»Okay, Maynard und ich gehen raus. Ihr behaltet die Typen im Auge. Wenn die auch nur mit der Wimper zucken, knallt ihr denen ein paar Warnschüsse vor den Bug, klar?«, sagte Jan und verließ zusammen mit dem Devil das Haus, um den ungebetenen Besuch in Empfang zu nehmen.

Ein schwarzer Cadillac Escalade raste auf den Hof und bremste direkt vor Meredith' Haus scharf ab. Der Beifahrer stieg aus. Ein großer, schlanker Typ Mitte Vierzig, mit schwarzer Anzughose und weißem Oberhemd steuerte auf Jan und Maynard zu. Als er dem Devil zur Begrüßung die Hand reichen wollte, giftete der ihn an. »Was zum Teufel wollen Sie noch hier? Sie haben meine Antwort auf Ihr Angebot bereits erhalten. Nein habe ich gesagt, was ist daran so schwer zu verstehen?«

»Eigentlich wollte ich zu Miss Connor. Aber da Sie schon mal hier sind: Ich hoffe Sie und Ihre Freunde hatten gestern einen ruhigen Abend. Könnte sein, dass das vorerst der letzte war. Hab gehört, hier treiben sich ein paar üble Typen herum, die für 'ne Menge Ärger sorgen werden«, drohte der Mann.

»Sie sind Logan, oder?«, fragte Jan. »Was zur Hölle soll das ganze Theater? Für wen arbeiten Sie? Und warum will Ihr Auftraggeber sich mit Gewalt diese Grundstücke unter den Nagel reißen? Was gibt es in dieser Einöde, was es woanders nicht gibt?«

»Und Sie sind?«, fragte der Kerl arrogant.

»Nur einer, der sich Sorgen um einen Freund macht. Also, Logan, antworten Sie.«

»Also hat dieser hirnlose Biker den Mund aufgemacht? Hätte ich mir ja denken können. Diese Freizeitrocker sind tatsächlich zu nichts zu gebrauchen. Na ja, sei's drum. Die werden jetzt hier ohnehin nicht mehr gebraucht. Wir haben uns mittlerweile andere Geschäftspartner gesucht. Und die sind weitaus zuverlässiger und effektiver, wie sie ja gestern Nacht feststellen konnten«, lächelte Logan überheblich.

»Sie meinen doch nicht etwa diese Krawallbrüder, die hier im der Dunkelheit Schießübungen absolviert haben? Wir haben die Kerle verjagt. Na ja, bis auf einen, der muss irgendwo im Dunkeln gestolpert sein und ist wohl so unglücklich gefallen, dass er sich das Genick gebrochen hat. Ist aber auch wirklich gefährlich, sich in der Finsternis in diesem holprigen Gelände herumzutreiben. Ein falscher Tritt und schon bricht man sich die Knochen«, zuckte Jan die Achseln.

Logan blinzelte nervös. Seine eiskalten blauen Augen blickten ihn fragend an. An seiner Reaktion konnte Jan ablesen, dass er von diesem Vorfall noch nichts wusste.

Er drehte sich um und nickte seinen Männern zu, auszusteigen. Zwei der ebenfalls in schwarzen Anzügen gekleideten Kerle waren

185

groß und kräftig, einer etwas kleiner und schmaler. Sie bauten sich demonstrativ neben ihrem Chef auf und funkelten Jan und Maynard böse an. Sie trugen ihre Jacken offen. In ihren gut sichtbaren Brustholstern blitzten silberne, großkalibrige Revolver. Keine Frage, die Kerle hatten ein beachtliches Drohpotential aufgebaut, das besser niemand unterschätzen sollte. Für gewöhnlich reichte das vollkommen aus, um ihre Gegner nachhaltig einzuschüchtern. »Sie haben meine Frage noch nicht beantwortet, Logan. Warum wollen sich Ihre Auftraggeber mit aller Gewalt dieses Land aneignen?«, ließ Jan nicht locker.

»Ich bin nicht befugt, über die Geschäftspolitik unserer Firmenleitung Auskunft zu erteilen. Mein Auftrag lautet, dieses Land zu beschaffen. Wir haben den Besitzern ein großzügiges Angebot unterbreitet. Einer war bereits so vernünftig und hat es angenommen. Wir sind hier, um Miss Connor nochmal ein verbessertes Angebot zu machen. Wenn Sie jetzt so freundlich wären und den Weg freimachen würden, damit wir mit Miss Connor sprechen können?« Jan trat einen Schritt vor. »Sie tragen Waffen?«

»Gehört zu unserem Job, Mister. Und jetzt treten Sie besser zur Seite«, antwortete Logan.

»Nein, Sie werden jetzt das Grundstück von Miss Connor verlassen. Sie ist an Ihrem Angebot weiterhin nicht interessiert. Sie wird ihre Farm nicht verkaufen. Nicht an Sie, noch an sonst jemanden«, stellte Jan klar.

»Sagt wer?«, fragte Logan und wollte gerade zu seiner Waffe greifen, als Jan seinen Arm packte und ihn festhielt. Logans Männer reagierten und wollten ihre Revolver ziehen, als Jimmy das Fenster neben der Tür aufriss und mit der Schrotflinte auf die Männer zielte. »Keine gute Idee, Freunde. Runter mit den Kanonen. Werft die Knarren auf den Boden und tretet drei Schritte zurück.«

Jan zog Logan zu sich heran, ohne seinen Arm loszulassen. »Ich frage Sie jetzt noch einmal. Für wen arbeiten Sie und warum sind diese Leute hinter diesen Grundstücken her wie der Teufel hinter der Seele?«

Logan versuchte seinen Arm aus der Umklammerung zu lösen, doch es gelang ihm nicht. »Lassen Sie mich los. Mann. Wer immer Sie auch sind, Sie machen gerade einen großen Fehler. Sie legen sich mit mächtigen Leuten an. Die werden sie zerquetschen wie lästige Zecken. Glauben Sie vielleicht, Sie können mit ein paar Männern eine ganze Armee aufhalten? Die werden nämlich eine schicken, wenn Sie hier nicht endlich verschwinden. Die kriegen immer, was die wollen.«

»So, glauben Sie? Ich dachte immer, in Australien herrschen Recht und Ordnung? Also, ein letztes Mal, Cowboy. In wessen Auftrag seid ihr hier? Antworte, sonst breche ich dir den Arm, klar?«, wurde Jan deutlich.

»Fick dich«, rief Logan.

Jan ließ seinen Arm los und streckte ihn mit einem Kinnhaken zu Boden. Als die anderen drei Männer ihm zur Hilfe eilen wollten, schoss Jimmy ihnen eine Ladung Schrot vor die Füße.

Mittlerweile waren Tom und Johnny aus dem Haus gekommen. Während Johnny mit der anderen Schrotflinte des Sheriffs auf die Männer zielte, sammelte Tom die Revolver auf.

»Na gut, dann zäumen wir das Pferd eben von hinten auf«, sagte Jan. »Tom, nimm den Kerlen die Ausweise ab und durchsuch' den Wagen.«

»Hey, schon gut. Bleiben Sie ganz ruhig«, sagte der Kleinste der drei Männer. »Wir sind der Sicherheitsdienst von »Cartwright and Sons« aus Sydney. Unsere Waffen sind alle angemeldet. Jeder von uns verfügt über eine gültige Waffenbesitzkarte. Lassen Sie uns die Sache hier vernünftig zu Ende bringen. Mr. Logan reagiert leider oft zu aufbrausend. Wir werden Mr. Cartwright Ihre Entscheidungen mitteilen. Er wird nicht sehr erfreut darüber sein. Ich rate Ihnen inständig, sich die Sache nochmal zu überlegen. Wir sind

187

normalerweise friedliche Menschen, aber »Le Coteau« ist ein Psychopath. Und ich denke, Mr. Cartwright hat nicht vor, sich aus diesem Geschäft zurückzuziehen. Er wird diese Schlächter aus Algerien beauftragen, seine Interessen durchzusetzen. Und erwarten Sie bitte keine Hilfe von der Polizei. Die maßgeblichen Beamten in Paramatta stehen alle auf seiner Gehaltsliste. Einen davon haben sie ja bereits kennengelernt. Und ich vermute, der war nicht besonders nett zu Ihnen.«

Das waren weit mehr Informationen, als er in dieser Situation erwartet hatte. Jan nickte dem kleinen drahtigen Mann zu. »Wie heißen Sie, Mann?«

»Ich bin Rollins.«

»Also gut, Rollins«, sagte Jan. »Sie scheinen ja ein helles Köpfchen zu sein. Sammeln Sie diesen Haufen Scheiße ein und verschwinden Sie. Und sagen Sie diesem Cartwright, dass er sich sein Land woanders suchen muss. Hier wird er jedenfalls keinen Erfolg mit seinen Gangstermethoden haben. Und sorgen Sie dafür, dass dieser Warlord aus Algerien hier nicht mehr auftaucht. Es gibt hier nichts mehr für ihn zu tun. Andernfalls wird es nicht bei einem Toten bleiben, verstanden?«

»Geben Sie uns unsere Waffen zurück«, forderte Rollins.

»Klar doch«, antwortete Jan und nickte Tom zu. Der entfernte die Patronen aus den Colts und warf den Männern ihre Pistolen zu.

»Ich wünsche Ihnen viel Glück, Mister, glaube aber nicht, dass Cartwright die Sache auf sich beruhen lässt«, sagte Rollins, bevor er in den Wagen stieg und davonrauschte.

Hannah hatte gerade Niklas zu Bett gebracht, als ihr Handy läutete. Unbekannte Nummer. »Ja, hallo?«, meldete sie sich.

»Hier ist Irma,…. Irma Steffens von Langhoff und Vogt.«

»Hi, Irma.«

»Entschuldigung, dass ich um diese Zeit anrufe, aber ich konnte gestern im Büro nicht frei sprechen. Tino, ich meine, Herr Vogt, hat den Angestellten verboten, mit der Polizei zu reden. Er meinte, die würden uns das Wort im Munde umdrehen und alles, was wir sagen, gegen uns verwenden.«

»Was genau wollen Sie mir sagen, Irma?«

»Na ja, Herr Vogt und Herr Langhoff hatten vorgestern einen heftigen Streit. Es ging um seine Geschäftsreise nach Chicago.«

»Aha, also wissen Sie, mit wem Robert Langhoff in Chicago einen Termin vereinbart hatte?«

»Sicher, ich koordiniere sämtliche Aktivitäten von Robert…, äh, Herrn Langhoff. Er wollte sich mit Andrew Fisher treffen.«

»Bevor wir über diesen Fisher sprechen, worum genau ging es in dem Streit zwischen Langhoff und Vogt?«

»Ums Geld. Die Firma schreibt schon lange rote Zahlen. Vogt führt das darauf zurück, dass Robert, äh…«

»Schon gut, Irma, sagen Sie ruhig weiter »Robert«, Schließlich kannten Sie sich ja näher«, spielte Hannah darauf an, dass Irma bereits mit ihrem Chef im Bett gewesen war.

»Ja, äh, also Vogt hat von Robert gefordert, seine Tätigkeiten als Statiker über die Firma abzurechnen, ansonsten stände ein Konkurs ins Haus.«

»Und was hat Langhoff geantwortet?«

»Er sagte, er hätte es satt, dass er ständig das Geld ranschaffen müsste, während Vogt untätig ist und fünfmal im Jahr auf die Malediven fliegt. Es wäre wohl an der Zeit, dass sich ihre Wege trennten.«

»Oh, dann hat Langhoff Vogt mit dem Ende der Partnerschaft gedroht?«

»Mehr oder weniger schon. Diese Art von Streit hatte es in der

Vergangenheit bereits öfter gegeben, ohne dass daraus Konsequenzen gezogen wurden. Nur war es diesmal heftiger als sonst.«

»Inwiefern?«, hakte Hannah nach.

»Vogt hatte Robert gedroht, dass er dafür sorgen würde, dass er mit ihm untergehen würde.«

»Was hat er damit gemeint?«

»Das weiß ich nicht. Aber ich denke, ich sollte Ihnen sagen, dass dieser Streit erst spät am Abend stattgefunden hat. Ich war noch bis kurz vor Mitternacht im Büro. Robert ist gegen neun zurückgekommen und hatte mich gebeten, noch Unterlagen zusammenzustellen, die er mit nach Chicago nehmen wollte. Er wollte sie sich nochmal genau ansehen, bevor er fliegen würde.«

»Und Vogt war auch noch da?«

»Ja, er hat im Büro auf Robert gewartet und dabei mindestens eine halbe Flasche Whiskey getrunken.«

»Wann haben Sie das Büro verlassen? Waren Vogt und Langhoff da noch anwesend?«

»Ja, ich sagte ja bereits, es war kurz vor Mitternacht. Die beiden waren noch da. Aber die Lage schien sich beruhigt zu haben. Jedenfalls stritten sie nicht mehr.«

»Okay, dann erzählen Sie mir bitte, wer dieser Fisher ist und um welche Art von Geschäft es sich handelt«, forderte Hannah.

»Das ist der Chef von Andrew Fisher Investments in Chicago. Robert hatte in der Vergangenheit bereits für ihn gearbeitet. Damals ging es um den Bau einer der größten Achterbahnen der Welt. Robert hatte den Auftrag erhalten, im Freizeitpark Gold Coast in Queensland den sogenannten DC Rivals Hypercoaster zu konstruieren. Das war 2017. Diese Stahlachterbahn war zu dem Zeitpunkt die größte der Welt. Sie ist 1.400 Meter lang und gewaltige 62 Meter hoch.«

»Moment, Queensland in Australien?«, fragte Hannah.

»Ja«, bestätigte Irma. »Gold Coast liegt südlich von Brisbane direkt an der Küste. Die Achterbahn steht im Warner Brothers Movie Park und ist eine der größten Attraktionen in ganz Australien. Fisher Investments ist Anteilseigner und kassiert damit mehrere Millionen Dollar pro Jahr.«

»Hm, und wieviel hat Langhoff damit verdient?«

»Rund fünf Millionen Euro, Frau Kommissarin.«

»Boah, das ist ja unglaublich. Und jetzt geht es um einen ähnlichen Auftrag?«

»Ich denke schon. Aber das sollte ja in Chicago besprochen werden. Robert meinte, Fisher wäre gerade dabei ein geeignetes Grundstück in Australien zu erwerben.«

»Und wusste Tino Vogt davon?«

»Ja, Robert hatte es ihm dummerweise erzählt.«

»Dummerweise?«

»Na ja, war doch klar, dass Vogt jetzt erst recht von ihm verlangte, die Finanzen der Firma in Ordnung zu bringen.«

»Langhoff und Vogt ist verschuldet, sagten Sie. Über welchen Betrag reden wir da?«

»Genau weiß ich das nicht. Aber es dürften mehrere Millionen Euro sein.«

»Hm, also wenn es zum Konkurs gekommen wäre, wäre Vogt erledigt gewesen, während Langhoff seine Schulden aus der Portokasse bezahlt hätte?«

»Ja, so ungefähr«, bestätigte Irma.

»Und jetzt stellt sich die spannende Frage, ob Tino Vogt irgendeinen Vorteil von Robert Langhoffs Tod hat?«

»Na ja, zunächst mal hat Roberts Anwalt dafür zu sorgen, dass aus seinem Vermögen die Hälfte der Verbindlichkeiten von Langhoff und Vogt bezahlt wird. Aber viel interessanter ist, dass sowohl Robert als auch Tino Vogt eine Lebensversicherung zu Gunsten der Firma abgeschlossen haben.«

»Wie bitte? Über welche Summen reden wir da?«, wollte Hannah wissen.

»Im Fall von Robert Langhoff sind das über zehn Millionen Euro.«

»Und mit diesem Geld könnte Tino Vogt die Firma problemlos weiterführen, oder?«

»Sicher, aber ich glaube, er wird sich mit Stefan Glaser zusammentun. Die sind befreundet und beide hatten ihre Probleme mit Robert. Wie zu hören war, steht Glasers Firma ebenfalls das Wasser bis zum Hals.«

»Sie wissen, was Ihre Aussagen bedeuten, Irma, oder?«

»Ja, das weiß ich, aber ich denke, ich bin es Robert schuldig, die Wahrheit zu sagen. Außerdem habe ich in dieser Firma ohnehin keine Zukunft. Tino Vogt wusste natürlich, dass ich loyal zu Robert war. Und er wusste auch, dass ich mit Robert geschlafen habe.«

»Woher? Wer hat ihm das erzählt?«

»Stefan Glaser, denke ich. Robert hatte ja mal was mit seiner Tochter Sofia. Auch da machte das Wort Vergewaltigung die Runde. Klar, Robert konnte seine Finger nicht von jungen Frauen lassen, aber er hat niemals den Sex mit Gewalt erzwungen.«

»Sind Sie sich da sicher?«

»Ja. Sowohl Sofia Glaser als auch Lisa Iwanova haben das bestätigt. Wir haben mal nach ein paar Gläsern Wein über unsere Erfahrungen mit Robert gesprochen. Das war ein Fehler, ließ sich aber nicht mehr ändern.«

»Wären Sie bereit, das notfalls vor Gericht auszusagen?«, fragte Hannah.

»Da ist noch was, was Sie wissen sollten, Frau Kommissarin.«

»Okay«, wartete Hannah gespannt auf das, was Irrna Steffens noch zu sagen hatte.

»Ich erhielt den Abend vor Roberts Tod einen Anruf von Sofia Glaser. Sie meinte, Rebecca Langhoff wollte uns treffen, um mit uns über ihren Vater zu reden. Angeblich war sie wütend auf ihn, weil er schon seit Monaten keine Unterhaltszahlungen mehr geleistet hatte. Sofia glaubte, dass Rebecca uns überreden wollte, ihren Vater nachträglich wegen Vergewaltigung anzuzeigen. Sie wusste auch, dass Rebecca Mila Iwanova bereits dazu überredet hatte. Ihre Mutter Lisa hatte sich zuvor mit Lena Iwanova getroffen, um die Aussagen gegen Robert abzusprechen. Lisa Langhoff war stinksauer, dass Robert ihr nach der Scheidung kein Geld mehr gezahlt hatte und sie von einem auf den anderen Tag mittellos dastand. Lena Iwanova war wütend, dass Robert sie verlassen und sich mit jüngeren Frauen vergnügt hatte.«

»Und, ist es zu diesem Treffen gekommen?«

»Ja, die sind gegen 18 Uhr hier in der Firma gewesen und wollten Robert zur Rede stellen. Ich habe denen gesagt, dass er einen Termin hätte und heute wohl nicht mehr zurückkäme.«

»Und dann sind sie wieder gegangen?«

»Lena Iwanova meinte, dann würden sie eben vor seinem Haus auf ihn warten. Irgendwann müsste er ja zurückkommen. Sie wollte, dass ich mitkomme. Ich habe aber gesagt, dass ich dringend meine Mutter besuchen müsste, der würde es nicht gut gehen.«

»Haben Sie Robert Langhoff gewarnt, wer da vor seinem Haus auf ihn warten würde?«

»Nein, das habe ich nicht.«

»Und aus welchem Grund haben Sie das nicht getan?«

»Weil ich es überhaupt nicht gut fand, wie Robert Rebecca und ihre Mutter behandelt hat. Das hatten die beiden nicht verdient. Es war mehr als recht, dass sie ihn deshalb zur Rede stellen wollten.«

»Aber Sie wussten doch, dass die Frauen Robert Langhoff damit drohen wollten, ihn wegen Vergewaltigung anzuzeigen, wenn er nicht zahlen würde, oder?«

»Ja, und ich wusste auch, dass Robert praktisch im Geld schwamm. Ich hielt es nur für recht und billig, dass er seinen Verpflichtungen nachkommt.«

»Haben Sie mal mit ihm darüber gesprochen?«

»Nein, aber ich kannte den Ehevertrag. Sein Anwalt hatte den vorab an Roberts E-Mail-Adresse geschickt.«

»Sind Sie sicher, dass die Frauen ihn vor seinem Haus abgefangen haben?«

»Nein, wie gesagt, Robert kam um neun zurück ins Büro. Keine Ahnung, ob er vorher zu Hause gewesen war. Er hat jedenfalls nichts davon erzählt, dass er zuvor die Frauen getroffen hätte.«

»Ich frage Sie das ungern, aber halten Sie es für möglich, dass die Frauen ihn nach Mitternacht auf dem Weg zurück vom Büro vor seinem Haus abgefangen haben? Sie gerieten mit ihm in einen heftigen Streit, worauf eine der Frauen ihm in blinder Wut einen Hammer über den Kopf geschlagen hat?«

»Das weiß ich nicht. Ist aber schwer vorstellbar. Also Rebecca, Sofia und Mila schließe ich komplett aus. Lisa Langhoff auch. Na ja, für Lena Iwanova würde ich dagegen nicht meine Hand ins Feuer legen. Sie kann ganz schön ausrasten, habe ich nicht nur einmal erlebt«, schilderte Irma.

»Irma, ich muss Sie bitten, gleich morgen früh ins Präsidium zu kommen und Ihre Aussagen zu Protokoll zu geben. Wir brauchen das alles schriftlich.«

»Sie wissen aber auch, was das für mich bedeutet, oder? Tino Vogt wird mich sofort rauswerfen«, antwortete Irma.

»Für eine fristlose Kündigung hat er keine Handhabe. Mal sehen, wie er reagiert, wenn wir ihn mit der neuen Faktenlage konfrontieren. Dann wird er wahrlich Besseres zu tun haben, als an Ihre Kündigung zu denken«, sagte Hannah.

»Naja egal, ich werde dort sowieso nicht bleiben. Ich muss um neun im Büro sein. Passt acht Uhr?«

»Klar, natürlich. Es wird nicht lange dauern. Und Irma, danke. Sie haben das Richtige getan.«

»Tja, das wird sich zeigen«, seufzte Irma Steffens und legte auf. Hannah setzte sich an den Küchentisch und atmete tief durch. Diese Informationen musste sie erstmal in Ruhe verarbeiten. Sie sah auf die Uhr. Sie hatte fast eine halbe Stunde mit Irma Steffens geredet. Sie horchte kurz, ob von Niklas etwas zu hören war, doch oben war alles ruhig. Es war Viertel nach sieben, in Australien war es bereits 4:15 Uhr morgens. Also machte es im Moment wenig Sinn, Jan anzurufen. Sie entschloss sich, bis morgen früh zu warten und die Kollegen zu informieren, nachdem Irma Steffens ihre Aussage zu Protokoll gegeben hätte. Sie holte sich eine angefangene Flasche Rotwein aus dem Kühlschrank, ging ins Wohnzimmer, schaltete den Fernseher ein und ließ sich müde aufs Sofa fallen.

Nachdem Cartwrights Männer verschwunden waren, erledigten Maynard und Jimmy die noch ausstehenden Arbeiten an Meredith' Haus. Am frühen Abend traf Sheriff Tucker mit der Verstärkung aus Goulburn ein. Allerdings hatte das Departement lediglich zwei Officer zur Unterstützung nach Crockwell geschickt.

»Na ja, ist nicht gerade üppig, aber immerhin«, seufzte Tucker und stellte die beiden Polizisten vor. »Das sind die Officer Millner und Stearling. Sie werden hier solange zu unserer Unterstützung bleiben wie notwendig.«

»Okay, danke, dass Sie gekommen sind. Wir können jede Hilfe brauchen«, schüttelte Jan den beiden jungen Polizisten die Hand.

»Wir hätten ein paar bissige Kampfhunde gebraucht, stattdessen schicken die uns einen Wurf tapsiger Welpen, verdammt«, murmelte Jimmy Morisson.

»Wieso sehen hier eigentlich alle Cops aus wie Klosterschüler? Wenn du bei uns in Queens von der Polizei angehalten wirst, bringst du zuerst dein Portemonnaie und deine Armbanduhr in Sicherheit, weil du glaubst, du wirst von entflohenen Häftlingen ausgeraubt, die sich eine Polizeiuniform geklaut haben«, ätzte Johnny Henderson.

»Haltet die Klappe, seid froh, dass uns überhaupt jemand hilft«, rief Maynard die beiden zur Ordnung.

»Was sagt Ihnen der Name Cartwright, Tucker?«, fragte Jan.

»Na ja, schätze, Sie meinen nicht die Kerle aus »Bonanza«, oder?«, antwortete Tucker.

»Nein, der Mann, den ich meine, ist irgendso 'n geldgieriger Nimmersatt aus Sydney, der unseren Freunden das Land wegnehmen will.«

»Oh, verdammt, Sie meinen doch nicht etwa diesen Baulöwen »Wrecking ball« Cartwright aus Burwood? Steckt der etwa hinter dieser ganzen Sache?«

»Sieht so aus, ja.«

»Was zum Teufel wollen Cartwright and Sons mit Farmland an der Redground Road in Crockwell? Das liegt doch aus seiner Sicht am Arsch der Welt. Glaub kaum, dass hier ein Fünf Sterne Hotel dauerhaft ausgebucht wäre.«

»Es sei denn, es gäbe hier etwas zu bestaunen, was es sonst nirgendwo gibt.«

»Sie meinen, sowas wie den Yeti oder so 'nen verdammten Alien?«

»Nein, ich dachte eher an sowas wie das Opernhaus in Sydney oder die Mailänder Scala. Irgendeine riesige, einzigartige Kulturstätte, die Kunst- und Musikfreunde aus der ganzen Welt anlockt«, sagte Jan.

»Ohne einen Flughafen wäre das nicht rentabel«, meinte Tucker.

»Wieso? Mit einem Shuttledienst von Sydney Airport aus wäre das doch kein Problem. Crasher braucht nur eine Stunde bis Crockwell. Mit einem Learjet wären die Besucher in einer halben Stunde hier. Und das Flugfeld in Crockwell müsste dafür nicht mal ausgebaut werden.«

»Möglich, aber trotzdem könnte ich mir für ein solches Prestigeprojekt durchaus ein schöneres Fleckchen Erde vorstellen, als das biedere, verschlafene Crockwell«, seufzte Tucker.

»Vollkommen egal, was dieser Cartwright plant. Er wird das jedenfalls nicht auf meinem Grund und Boden tun. Und Meredith sieht das genauso. Ich denke, wir sollten jetzt hier verschwinden und zurück auf meine Farm fahren. Wie es aussieht, haben es Cartwrights Söldner auf mich abgesehen. Also werden die zuerst zu mir kommen. Ich schlage vor, dass Sheriff Tucker, Millner und Stearling hier bei Meredith bleiben. Crasher wird sie unterstützen. Sollten die Typen wider Erwarten doch hier aufkreuzen, gebt uns sofort Bescheid. Dann sind wir in zehn Minuten wieder hier«, sagte der Devil.

Kurz nachdem Maynard zusammen mit seinen Freunden auf seiner Farm eingetroffen war, rief Crasher an,

»Oh, verdammt, das ging ja schneller als ich dachte«, vermutete der Devil einen Notruf von Mererdith' Farm. Hatten Rafiks Männer entgegen seinen Erwartungen doch zuerst das Anwesen seiner Freundin ins Visier genommen? Womöglich hatten die Söldner beobachtet, dass sie die Farm verlassen hatten und danach sofort zur Attacke geblasen.

»Was gibt's, Crasher? Sind die Typen bei euch aufgetaucht?«, fragte der Devil.

»Nein, hier ist alles ruhig. Das Krankenhaus hat sich gemeldet. Der Arzt meinte, Reggie wäre aus dem Koma erwacht. Er hat angeblich sofort nach dir gefragt«, berichtete Crasher.

»Geht's ihm gut?«

»Ja, den Umständen entsprechend wäre er wohlauf, aber er wird wohl noch ein paar Tage bleiben müssen.«

»Okay, sollte es heute Nacht ruhig bleiben, fliegen wir gleich morgen früh nach Sydney«, sagte der Devil.

»Klar, kein Problem. Am besten wir telefonieren vorher nochmal und treffen uns dann um halb sieben auf dem Flugfeld. Ich lasse die Maschine auftanken und startklar machen. Um Punkt sieben heben wir ab.«

»Perfekt, mein Freund. Melde dich, wenn sich bei euch was tut.«

»Mach ich«, antwortete Crasher und legte auf.

Kurz danach rief Sheriff Tucker an. »Die Biker haben Crockwell verlassen und sind Richtung Goulburn unterwegs. Officer Kane ist hinterhergefahren und behält sie im Auge. Von dem Toten fehlt bisher jede Spur. Ebenso wie von den Söldnern. Keine Ahnung, wo die sich derzeit aufhalten. In Crockwell aber wahrscheinlich nicht. Ach, und Shannon hat angerufen und gefragt, ob sich die Lage mittlerweile beruhigt hätte. Er meinte, er hätte die Bundespolizei in Parramatta gebeten, bei uns nach dem Rechten zu sehen. Die Sache mit diesen Söldnern würde ihm doch zu denken geben. Schließlich wäre er ja für die Sicherheit der Bürger zuständig.«

»Ach, echt jetzt? Fällt dem Kerl aber früh ein. Danke, Sheriff, halten Sie uns bitte weiter auf dem Laufenden«, bat Maynard.

»Gibt's was Neues?«, erkundigte sich Jan.

Der Devil berichtete kurz, was Tucker gerade gesagt hatte. »Wenn wir morgen nach Sydney fliegen, sollten wir unseren Besuch bei Reggie dazu nutzen mal 'ne unangemeldete Stippvisite bei diesem Cartwright zu machen.«

»Wir?« fragte Jan.

»Ja, die anderen halten derweil die Stellung. Im Notfall sind wir schnell wieder zurück«, sagte Maynard.

Punkt sieben Uhr morgens hob Crashers Cessna vom Airstrip Flugfeld an der Kialla Road ab. Zwei Stunden später landete die

Maschine nach ruhigem Flug auf dem für Sportflugzeuge ausgewiesenen Abschnitt am Rande des Sydney Airports.

Das Sydney Hospital, auch spöttisch »Rum Hospital« genannt, befand sich in der Innenstadt in der Macquarie Street, gut eine dreiviertel Autostunde vom Airport entfernt.

Als die drei Reggies Krankenzimmer betraten, war gerade der Chefarzt zur Visite erschienen und bat die Männer noch einen Augenblick draußen zu warten.

»Wie sieht's aus, Doc? Mein Bruder wird doch wieder, oder?«, erkundigte sich Maynard besorgt.

Oberarzt Orson Greeney nickte. »Ich denke schon, aber ein paar hässliche Narben werden bleiben. Sowohl auf als auch unter der Haut, wenn Sie verstehen, was ich meine. Oft sind nach schweren Verbrennungen die psychischen Schäden größer, als die physischen. Vor allem dann, wenn der Patient sich im Spiegel betrachtet. Aber Ihr Bruder ist stabil. Er ist vollkommen klar und besitzt die Statur eines Ochsen. Liegt wohl in der Familie«, grinste der Arzt.

»Wann können wir ihn abholen?«, wollte der Devil wissen.

»Geben Sie ihm noch 'ne Woche. Unsere Klinik ist auf die Versorgung von Brandopfern spezialisiert. Er bekommt hier die bestmögliche Behandlung. Danach kann der Hausarzt übernehmen.«

»Chiyé, tõha wáchípi ki iyáya hūwo?«, begrüßte Reggie seine Besucher auf Lakota, der Sprache der Cheyenne.

»Schon bald«, antwortete Maynard und nickte seinem Zwilingsbruder zu.

»Wastete«, schien Reggie zufrieden mit der Antwort.

»Ja, in der Tat, das ist sehr gut«, bestätigte der Devil.

»Äh, was hat er gesagt?«, kratzte sich Crasher am Kopf.

»Er fragt, wann der Tanz beginnt«, erklärte der Devil.

»Aha«, zog Crasher die Augenbrauen hoch.

»Das ist mein Freund Jan. Er wird uns helfen«, sagte Maynard.

»Hau kola«, sagte Reggie.

»Ich grüße dich auch, mein Freund«, hatte Jan verstanden, der einige wenige Sätze Lakota von Maynard aufgeschnappt hatte.

»Erzähl uns, was genau geschehen ist. Hast du jemanden erkannt?«, fragte der Devil.

»Ich habe am Kamin gesessen und gelesen, als plötzlich ein Feuerschein am Hoffenster aufflackerte. Bin sofort raus und rüber zur Scheune, die bereits in hellen Flammen stand. Ich habe zuerst die Schafe gerettet und wollte dann Hilfe rufen, aber da hatte mich bereits so ein verdammter Dachbalken erwischt und mein Bein eingeklemmt. Ich konnte mich mit letzter Kraft befreien, bin raus auf den Hof gerobbt und ohnmächtig geworden«, schilderte Reggie.

»Hast du irgendjemand gesehen?«

»Nein«, schüttelte er den Kopf.

»Okay, der Arzt meinte, du solltest noch ein paar Tage bleiben, damit deine Brandwunden optimal versorgt werden können«, sagte Maynard.

»Ungern, aber ist wohl am besten so«, seufzte Reggie.

»Jetzt müssen wir noch einen Besuch machen. Wir holen dich dann in einer Woche ab. Alles Gute, Bruder«, sagte der Devil.

»Also habt ihr 'ne Ahnung, wer hinter diesem Anschlag steht?«, fragte Reggie.

»Ja, da will sich so ein skrupelloser Baulöwe aus Sydney unser Land unter den Nagel reißen. Der hat uns Söldner auf den Hals gehetzt, die uns mit Gewalt vertreiben sollen. Wahrscheinlich haben die auch die Scheune in Brand gesetzt«, antwortete Maynard.

»Verdammt, seid bloß vorsichtig. Es ist bereits genug geschehen«, warnte Reggie.

»Wie immer, Bruder. Allerdings weißt du genau, dass wir uns nichts gefallen lassen. So sind wir erzogen worden. Niemand versucht uns unser Land zu stehlen, klar? Dieser Mann hat das Tor zur Hölle aufgestoßen, indem er uns angegriffen hat. Jetzt wird er im Fegefeuer schmoren. Es sei denn, er zeigt sich einsichtig und nimmt von seinen perfiden Plänen Abstand«, antwortete der Devil.

Eine halbe Stunde später hatten die Männer die Firmenzentrale von Cartwright and Sons an der Elizabeth Street im Zentrum von Sydney erreicht. Der gut fünfzig Stockwerke hohe, mächtige Klotz befand sich in bester Innenstadtlage gegenüber dem Hyde Park. Während Crasher im Auto blieb, folgten Maynard und Jan der Beschilderung und nahmen den Fahrstuhl hoch in den 25. Stock, in dem sich die Anmeldung befand. Jan wollte seinem Freund gerade vorschlagen, dass er das Reden übernehmen würde, als der bereits wie ein gereizter Büffel die Glastür aufriss und auf den Tresen der Rezeption zustürmte.

»Hallo«, nickte er der jungen Frau am Empfang zu, die vor ihrem Bildschirm saß und überrascht den Kopf hob, als sie Maynard erblickte.

»Wir wollen mit Cartwright reden. Sofort«, forderte er.

»Äh, Moment bitte, so viel ich weiß, hat Mr. Cartwright heute Nachmittag keine Termine. Aber ich sehe vorsichtshalber mal nach. Wie ist Ihr Name, Sir?«

»Jetzt hat er einen«, unterbrach sie der Devil harsch. »Wo ist er?«

»Nein, ich sehe gerade, Mr. Cartwright ist nicht im Haus und wird auch heute nicht mehr zurück erwartet. Vielleicht kann Ihnen einer unserer Mitarbeiter weiterhelfen?«, ließ sich die hübsche, dunkelhaarige Frau nicht aus der Ruhe bringen, obwohl ihr der riesige Indianer mit seinen tiefen Narben im Gesicht merklich Unbehagen bereitete.

Der Devil wollte gerade aus der Haut fahren, als Jan vortrat und die Frau freundlich anlächelte. »Entschuldigen Sie, Miss…«, er warf einen Blick auf das Namensschild neben ihrem Computer, »…Mandel…, es ist wirklich sehr wichtig, dass wir heute noch mit

Mr. Cartwright sprechen können. Wir haben einen weiten Weg hinter uns und müssen eine dringende geschäftliche Angelegenheit mit Ihrem Chef bereden. Könnten Sie uns nicht vielleicht sagen, wann und wo wir ihn erreichen können? Diese vertrauliche Information werden wir selbstverständlich für uns behalten und unsere Quelle nicht verraten, versprochen«, säuselte Jan.

»Guten Tag, die Herren. Sie haben doch gerade gehört, dass Mr. Cartwright nicht zu sprechen ist. Wir möchten Sie bitten, zu gehen. Sie können gern in den nächsten Tagen versuchen, einen Termin bei Cartwright und Sons zu bekommen. Dann wird Ihnen einer unserer Mitarbeiter für Ihre Fragen zur Verfügung stehen.«

Als die beiden sich umdrehten, standen ihnen zwei Männer in schwarzen Anzügen und Knöpfen im Ohr gegenüber. Offensichtlich hatte Miss Mandel den Alarmknopf unterm Tresen gedrückt und die Security angefordert. Die beiden waren groß, muskulös und offenbar topfit. Allerdings schien ihnen der Anblick der beiden breitschultrigen Zwei -Meter-Hünen sichtlich Respekt einzuflössen. Während einer von ihnen das Gespräch führte, zog sich der andere ein paar Meter zurück und sprach in sein Mikrofon, das er an seinem Anzugrevers trug. Offensichtlich forderte er Verstärkung an.

»Klar doch, sagen Sie uns einfach, wo wir Cartwright finden und wir werden auf der Stelle verschwinden«, antwortete Maynard.

»Tut mir leid, Sir, aber Sie müssen jetzt wirklich das Gebäude verlassen. Andernfalls…«,

»…was?«, fiel ihm der Devil ins Wort.

»Andernfalls werden wir Sie hinausbegleiten müssen, Sir. Bitte machen Sie keine Schwierigkeiten und befolgen Sie unsere Anweisung«, verlangte der Sicherheitsbeamte, der sich offensichtlich nicht wohl in seiner Haut fühlte. In seinen Augen war eine schwere Form von Unbehagen abzulesen.

Jan sah Maynard an. Er wusste genau, dass sein Freund fest entschlossen war, nicht nachzugeben, bevor er die gewünschte Information erhalten hätte. Er kannte diesen Blick genau. Der Devil hatte in den Kampfmodus geschaltet. Jetzt würde ihn nichts und niemand mehr aufhalten. Jan musste handeln. Sofort. Jeden Moment würden weitere Security-Mitarbeiter auf der Bildfläche erscheinen.

»Tja, Freunde, es liegt ganz bei euch. Sagt uns einfach, wo wir Cartwright finden und erspart euch damit 'ne Menge Ärger«, warnte Jan.

»Den Ärger bekommt ihr, wenn ihr nicht augenblicklich verschwindet, klar?«, rief der zweite Mann aus dem Hintergrund, drehte sich um und blickte erwartungsvoll Richtung Fahrstuhl. Keine Frage, die Verstärkung war bereits im Anmarsch.

»Wie ihr wollt«, zuckte Jan die Schultern, schnellte zwei Schritte nach vorn, packte den Mann am Kragen und nahm ihn in den Schwitzkasten. Maynard stürzte sich auf den anderen Kerl, drehte ihm den Arm auf den Rücken und presste ihn mit der Brust gegen die Wand.

»Also, ich warte«, rief Jan und verstärkte den Druck auf die Halsschlagader des Mannes, der verzweifelt nach Luft schnappte. In wenigen Sekunden würde er das Bewusstsein verlieren. Er wusste, dass es nichts Schlimmeres gab, als zu registrieren, dass man jeden Moment ersticken würde.

»Con…cord« röchelte der Mann. »Golf Club,… Burwood.«
Jan lockerte den Griff ohne loszulassen.

»Cartwright ist beim Golfen? Stimmt das, Miss Mandel, oder erzählt der Typ hier Märchen?«, fragte Jan über die Schulter nach hinten.

»Ja ja, lassen Sie ihn um Gottes willen los. Er sagt die Wahrheit «, flehte die Sekretärin.

»Haben Sie auch 'ne Adresse für uns?«

»Äh, ja, Flavelle Street… in Burwood«, stammelte sie.

»Na gut. Sollte hier jemand gelogen haben, kommen wir zurück. Dann werden wir allerdings weniger freundlich reagieren, kapiert?«, drohte Jan.

Sie ließen die Männer los und verließen das Büro. Als sie in den Fahrstuhl stiegen, öffnete sich die Tür eines gerade ankommenden Lifts, aus dem eilig mehrere Männer herausstürmten.

»Die Kavallerie. Leider 'nen Tick zu spät«, kommentierte Jan und drückte den Knopf zum Erdgeschoss.

Der Concord Golf Club lag eine knappe Dreiviertelstunde vom Zentrum entfernt an der Yaralla Bay, einer Bucht des Parramatta Rivers. Der sonnige Frühlingstag im September war freundlich und für diese Jahreszeit bereits sehr warm. Ein idealer Tag, um mit Freunden und Geschäftspartnern eine Runde Golf zu spielen.

Als Crasher von der Flavelle Street auf den Parkplatz des Golf Clubs abbog, wurden sie bereits vom Sicherheitsdienst erwartet. Jan zählte insgesamt acht Männer, drei davon in schwarzen Anzügen. Die anderen trugen eine dunkelblaue Uniform mit dem Emblem des Concord Golf Clubs und der Aufschrift *Security*.

»Das Empfangskomitee, vollständig in Reih und Glied angetreten. Hätte mich auch gewundert, wenn die nicht auf unseren unangemeldeten Besuch reagiert hätten«, meinte Jan.

Crasher stellte den Mietwagen am Rande des Parkplatzes ab. Als Jan und Maynard ausstiegen, kam ihnen ein einzelner Anzugträger entgegen. Als der Mann näherkam, erkannte er, dass es Rollins war, der sie tags zuvor auf Meredith' Farm aufgesucht hatte.

»Keine gute Idee«, rief Rollins und schüttelte den Kopf. »Ich hatte Sie gewarnt, aber scheinbar glauben Sie mir nicht. Cartwright wird den Teufel tun und mit Ihnen reden. Ersparen Sie sich den Ärger und nehmen Sie sein großzügiges Angebot an. Von dem Geld können Sie sich ein paar Kilometer weiter eine nagelneue, moderne

Farm bauen. Warum verdammt sträuben Sie sich dagegen? Sie machen ein gutes Geschäft«, meinte Rollins.

»Mag sein, aber ich lasse mich nicht von meinem Land vertreiben. Die Farm steht nicht zum Verkauf. Nicht heute und auch nicht morgen, klar? Und genau das werde ich diesem Cartwright jetzt persönlich mitteilen«, sagte der Devil.

»Okay, dann lassen Sie sich einen Termin in der Firma geben. Vielleicht haben Sie Glück und der Boss empfängt Sie persönlich. Allerdings würde ich an Ihrer Stelle nicht darauf hoffen. Cartwright interessiert sich wenig für Einzelschicksale, wenn es um eines seiner Großprojekte geht. Er regelt alles mit Geld und gewöhnlich hat er damit Erfolg«, meinte Rollins.

»Und wenn nicht?«, fragte Maynard.

»Na ja, Sie befinden sich gerade auf dem bestem Weg das herauszufinden. Lassen Sie die Situation nicht weiter eskalieren. Kommen Sie endlich zur Vernunft«, beschwichtigte Rollins.

»Hören Sie, Rollins, Sie scheinen ein vernünftiger Mann zu sein. Wieso arbeitet so jemand wie Sie für einen solchen Drecksack? Sehen Sie nicht, mit welchen Methoden der Typ arbeitet? Kaum zu glauben, dass Sie den Kettenhund für diesen Kerl spielen. Wie vielen Menschen haben Sie bereits mit Gewalt ihr Land und ihren Besitz genommen?«, fragte Jan.

»Ehrlich gesagt, keinem. Früher oder später waren alle dazu bereit, zu verkaufen«, zuckte Rollins die Achseln.

»Klar, nachdem ihr im Auftrag von Cartwright das Weidewaser vergiftet und die Rinder erschossen habt«, ätzte Maynard. »Und ihr habt meine Scheune niedergebrannt und meinen Bruder schwer verletzt. Damit habt ihr die rote Linie überschritten. Das sind schwere Straftaten, die durch nichts gerechtfertigt sind. Dafür werdet ihr die Konsequenzen tragen.«

»Hey, Mann, das waren nicht wir. Ich habe den Boss beschworen, diese algerischen Söldner zu feuern. Die sind einwandfrei zu weit gegangen«, seufzte Rollins.

»Und? Hat er auf Sie gehört?«, fragte Jan.

»Keine Ahnung. Er lässt sich eben nicht gern auf der Nase herumtanzen. Für Cartwright zählt nur das Ergebnis. Der Weg und die Mittel spielen keine Rolle. Aber wie gesagt, solange ich für ihn arbeite, ist mir kein Fall wie Ihrer bekannt. Sämtliche Probleme wurden bisher mit Geld und nicht mit Gewalt gelöst.«

»Tja, aber so wie's aussieht, wird Cartwright die Erfahrung machen müssen, dass sich eben nicht alles und jeder für Geld kaufen lässt«, sagte Jan.

»Glaube nicht, dass er vorhat, sein Projekt wegen eines einzigen widerspenstigen Dummkopfs einzustampfen«, meinte Rollins.

»Von welcher Art Projekt reden wir hier eigentlich? Ich meine, Crockwell liegt weit ab vom Schuss. Weshalb interessiert sich ein Bauunternehmer aus Sydney für ein paar Quadratmeter Farmland mitten in der Einöde?«, wollte Jan wissen, der zu schätzen wusste, dass Rollins zumindest versuchte, die Wogen zu glätten.

»Selbst, wenn ich's wüsste, dürfte ich darüber keine Auskunft erteilen. Mein Job ist es, mit den Leuten zu reden und ihnen unser Angebot zu unterbreiten«, antwortete Rollins.

»Und wenn sich einer querstellt, erhält er Besuch von den Comancheros. Und wenn das nicht wirkt, helfen diese Fremdenlegionäre mit Gewalt nach. Ihr müsst euch eure Finger nicht schmutzig machen. Praktisches Geschäftsmodell«, sagte Maynard.

»So viel ich weiß, sind die Algerier übers Ziel hinausgeschossen. Lässt sich jetzt leider nicht mehr ändern. Verkaufen Sie und wir können die Angelegenheit friedlich zu den Akten legen«, sagte Rollins.

»Ich will mit Cartwright reden«, bestand der Devil auf ein Treffen mit dem Baulöwen.

Rollins schüttelte den Kopf. »Sie werden mit Ihrer sturen Art keinen Schritt weiterkommen. Ich gebe Ihnen nochmal den guten Rat, einzulenken und zu verkaufen. Sie können nichts tun um Cartwright zu stoppen. Sie machen alles nur noch schlimmer, wenn Sie jetzt nicht vernünftig sind«, versuchte Rollins ein letztes Mal, Maynard zur Aufgabe zu bewegen.

»Nicht bevor ich mit Cartwright gesprochen habe«, antwortete Maynard, schob Rollins zur Seite und wollte Richtung Eingang zum Clubhaus gehen, als sich ihm zwei von Rollins Leuten in den Weg stellten, eine Hand an ihren Pistolenhalftern.

Der Devil blieb stehen. »Macht den Weg frei«, warnte er.

»Pfeifen Sie Ihre Leute zurück, Rollins, sonst kann ich für nichts garantieren«, forderte Jan.

»Tut mir leid. Endstation. Bis hierhin und nicht weiter. Meine Geduld ist am Ende. Hauen Sie endlich ab, verdammt nochmal, bevor die Sache aus dem Ruder läuft. Der Club ist Privatbesitz von Mr. Cartwright. Wenn Sie unserer Aufforderung, zu gehen, nicht Folge leisten, ist das Hausfriedensbruch. Dann werden wir notfalls von der Waffe Gebrauch machen«, drohte Rollins.

Der Devil stand ruhig vor den beiden Männern und blickte ihnen in die Augen. Jan hatte eine Ahnung, was gleich geschehen würde. Jetzt gab es kein Zurück mehr.

Plötzlich schrie einer der Männer auf, riss seine Hände schützend vors Gesicht und sprang einen Schritt zurück. Der andere blieb mit offenem Mund wie zur Salzsäule erstarrt stehen und stieß ein undefinierbares Krächzen aus.

Der Anblick des Höllenhundes Zerberus hatte ihm augenblicklich das Blut in den Adern gefrieren lassen.

Im gleichen Moment schlug Jan Rollins mit einem kurzen Haken ans Kinn zu Boden und entwaffnete ihn.

Crasher sprang aus dem Wagen und nahm den sichtlich eingeschüchterten Wachmännern die Pistolen ab.

Als der Devil seinen Weg zum Eingang fortsetzte, bildeten die Security-Männer des Golf-Clubs ehrfurchtsvoll eine Gasse und ließen ihn ungehindert passieren.

»Halte die Typen in Schach, solange wir da drinnen sind. Nicht, dass da noch einer auf dumme Gedanken kommt«, wies Jan Crasher an.

Crasher richtete seine beiden Pistolen auf die Männer und befahl ihnen, sich auf den Boden zu legen und die Hände hinter den Kopf zu nehmen. So wie es aussah, waren die Sicherheitsleute des Clubs unbewaffnet.

In der Cafeteria des Golfclubs war trotz des frühen Nachmittags bereits viel Betrieb. Nur wenige Plätze waren unbesetzt. An einem mächtigen runden Holztisch in der Mitte des Raums saßen mehrere Männer. Sie hatten offensichtlich ihre gesamte Aufmerksamkeit auf einen kräftigen, grauhaarigen Kerl mit markant kantigen Gesichtszügen gerichtet. Mit seiner extrem ausgeprägten Kinnpartie wirkte er wie ein Nussknacker. Keine Frage, der Typ war das Alphatier in diesem Raum.

Jan und Maynard steuerten auf die Gruppe zu. »Sind Sie Cartwright?«, unterbrach der Devil die launige Runde.

Im Nu herrschte Schweigen. Die Männer richteten neugierig ihre Blicke auf die Neuankömmlinge, die offenbar die Dreistigkeit besaßen, einen George Cartwright in seinem Redefluss zu unterbrechen.

»Was zum Teufel wollen Sie? Hat mein verdammter Sohnemann mal wieder seine Spielschulden nicht bezahlt? Wieviel schuldet er Ihnen?«, antwortete der Bauunternehmer.

Währenddessen griff ein anderer Kerl am Tisch nach seinem Handy und drückte eine Kurzwahltaste. Keine Frage, der Typ funkte die Security an, ahnte allerdings nicht, dass die Männer von Crasher daran gehindert wurden, an ihre Handys zu gehen.

Jan entgingen nicht die fragenden Blicke, die Cartwright dem Mann mit dem Handy zuwarf. Doch der zuckte nur mit den Schultern.

»Ihre Leute machen gerade Pause. Die stehen Ihnen im Moment leider nicht zur Verfügung«, erklärte Jan.

»Also, nennen Sie mir die scheiß Summe. Sie kriegen 'nen Scheck und verschwinden, klar?«, polterte Cartwright großkotzig.

»Darum geht's nicht«, antwortete Maynard.

»Was zum Henker wollen Sie dann? Hat das nicht Zeit bis morgen? Sie stören unsere Herrenrunde. Das gefällt mir nicht«, meckerte der Unternehmer.

»Sage ich Ihnen unter vier Augen. Stehen Sie auf«, forderte Maynard.

»Wie bitte? Was fällt Ihnen ein, mich hier rumzukommandieren? Wissen Sie überhaupt…?«

»Halten Sie die Klappe, Cartwright. Also los, hoch mit Ihnen, sonst helfe ich nach«, drohte der Devil und bewegte sich auf den Firmenchef zu.

»Ruf die Männer, du Idiot. Mach schon«, schrie Cartwright den Mann mit dem Handy an.

Als der aufstehen wollte, drückte Jan ihn an der Schulter zurück auf den Stuhl. »Sitzen bleiben und schön die Füße stillhalten, kapiert?«

Die anderen Leute im Raum verfolgten mittlerweile gespannt, was sich am Stammtisch abspielte. Sie witterten offensichtlich einen handfesten Skandal. Es sah so aus, als wollten sie Blut sehen. Niemand machte Anstalten, einzugreifen oder gar Hilfe zu holen. Offenbar genossen sie die Tatsache, dass der große George Cartwright gerade ein Problem hatte, mit dem er augenscheinlich nicht umgehen konnte. Beliebtheit sah anders aus. Definitiv, dachte Jan.

Als Cartwright schließlich registriert hatte, dass er weder von seinen Bodyguards noch von den Leuten im Club Hilfe erwarten konnte, lenkte er ein.

»Also gut, meinetwegen. Gehen wir raus auf die Terrasse«, schlug er vor und stand auf.

George Cartwright war ein mittelgroßer, untersetzter Mann mit lichten grauen Haaren und Wohlstandsbauch. Jan schätzte ihn auf Anfang siebzig, aber vielleicht war er auch ein Mittsechziger, der nie besonderen Wert auf körperliche Ertüchtigung gelegt hatte. Mal abgesehen davon, dass er Zeit seines Lebens das Geld mit beiden Händen gescheffelt hatte. Wie zu hören war, besaß der Mann mehrere Milliarden Dollar. Kurzum, der Bursche war steinreich, konnte aber offensichtlich noch immer nicht den Hals voll kriegen. Seine Gier nach Geld und Macht schien unersättlich.

Jan blieb am Tisch stehen und hatte ein Auge auf die Männer, während Maynard Cartwright nach draußen auf die Terrasse folgte.

»Sie haben Courage, mein Freund, hier so einfach reinzumarschieren, meine Männer auszuschalten und mich zu bedrohen. Also gut, was zum Geier wollen Sie von mir?«, wollte Cartwright wissen.

»Ich möchte Ihnen lediglich persönlich mitteilen, dass weder meine Farm noch die von Meredith Connor zum Verkauf stehen. Egal was Sie auch bieten, die Antwort lautet nein. Allerdings verlange ich von Ihnen, dass Sie meine Scheune wieder aufbauen lassen und die Krankenhauskosten für meinen Bruder übernehmen. Und Sie sorgen dafür, dass sowohl diese Biker als auch die Söldner, die sie angeheuert haben, aus Crockwell verschwinden und nie wieder dort auftauchen werden«, verlangte der Devil.

Cartwright kräuselte die Stirn und musterte Maynard mit zusammengekniffenen Augen. »Hm, jetzt kapier ich. Sie sind dieser widerspenstige Typ aus diesem Kaff am Arsch der Welt, der sein Land nicht verkaufen will. Wissen Sie eigentlich, was Sie mit Ihrer

Weigerung anrichten, Mann? Durch meine Investitionen wird dieses gottverlassene Nest aufblühen wie die Provence im Frühling. Der Bürgermeister war mehrere Male bei mir und hat mich auf Knien angefleht, seine Stadt bei der Auswahl eines geeigneten Standortes zu berücksichtigen. Schließlich haben wir uns für dieses verdammte Nest entschieden. Hätte ich gewusst, welche Schwierigkeiten damit auf mich zukommen, hätte ich woanders investiert. An Interessenten hat es nun wahrlich nicht gemangelt.«

»Machen Sie was Sie wollen, Cartwright. Sie haben gehört, was ich gesagt habe.«

»Na gut, also wieviel?«

»Fünfzig Riesen für die Scheune und zwanzig für die Krankenhauskosten meines Bruders.«

»Meinetwegen, aber meine Frage war, was Sie für die Farm verlangen?«

»Nichts. Ich verkaufe nicht, wie ich Ihnen bereits gesagt habe.«

»Sie sind ein verdammt harter Brocken. Wie ist Ihr Name?«

»Maynard Deville.«

»Also gut, Mister Deville, ich bin bereit Ihnen eine halbe Million Dollar zu zahlen. Und ich lege nochmal hunderttausend für Ihre Unannehmlichkeiten obendrauf.«

»Nein.«

»Nein?«

»Nein. Zahlen Sie mir die siebzigtausend, die Sie mir schulden und ich verschwinde wieder. Meine Farm behalte ich, egal, was Sie mir dafür bieten. Geld interessiert mich nicht.«

»Ihre Sturheit grenzt an Dummheit, Mister. Das Problem ist, dass die Planungen für den Bau des Freizeitparks bereits unumkehrbar vorangeschritten sind. Der Gouverneur von New South Wales hat bereits angekündigt, dass er sämtliche staatliche Zuschüsse genehmigen wird. Es gibt eine Unmenge an Politikern, Geschäftsleuten und Prominenten, die Anteile an diesem Projekt erwerben wollen. Einer davon ist übrigens Ihr Bürgermeister.«

»Dann werden Sie diesen Leuten wohl absagen müssen«, sagte Maynard.

»Kennen Sie das Gold Coast Projekt in Brisbane? In diesem Freizeitpark steht die zurzeit modernste und größte Achterbahn der Welt. Wissen Sie wieviele Besucher dort Tag für Tag hineinströmen und manchmal stundenlang anstehen, um einen Platz in diesem Hyper Rollercoaster zu ergattern? Und jetzt sage ich Ihnen was, Mayhill, die neue Super Achterbahn, die wir dort draußen in der Wildnis errichten, wird alles in den Schatten stellen, was es jemals gegeben hat. Haben Sie den Hauch einer Ahnung, wieviele Menschen demnächst nach Rockvale pilgern werden, um dieses Wunder der Technik zu bestaunen? Millionen, Meville. Und die werden den Menschen in dieser Stadt zu Wohlstand und Reichtum verhelfen. Und ausgerechnet Sie, der wie man sieht nicht mal Australier ist, wollen Ihren Mitbürgern einen Strich durch die Rechnung machen?«

»Die Stadt heißt Crockwell, mein Name ist Deville und ich bin Australier.«

»Äh, was? Okay, meinetwegen. Eine Million, aber das ist mein letztes Wort«, sagte Cartwright und reichte Maynard die Hand, damit er einschlug.

»Sie haben's immer noch nicht kapiert, oder? Zur Hölle mit Ihrem Geld, Cartwright. Sie lassen die Finger von meinem Grundstück, verstanden?«, fauchte ihn der Devil an.

»Nein, *Sie* haben's nicht kapiert, Sie verdammter Querulant. Sie glauben doch nicht, dass Sie mich aufhalten können, oder? Also, kommen Sie endlich zur Vernunft. Sie haben keine Chance, Melville.«

»Hm, möglich, vielleicht haben Sie recht. Finden wir's heraus.«

»Meine Männer werden dich fertigmachen, du beschissene Rothaut«, verlor Cartwright die Beherrschung.

Der Devil wollte gerade antworten, als Jan die Tür zur Terrasse aufriss. »Wir müssen verschwinden. Jemand hat die Polizei gerufen. Die werden gleich hier sein«, rief er.

Maynard nickte, drehte sich nochmal zu Cartwright um und warf ihm einen strengen Blick zu. »Ich habe Sie gewarnt. Was jetzt geschieht, haben allein Sie zu verantworten.«

»Du bist erledigt Freundchen, kapiert?«, brüllte der Baulöwe.

»Ja, du mich auch«, antwortete Maynard und folgte Jan hinaus.

Irma Steffens war pünktlich um acht Uhr morgens auf dem Revier erschienen und hatte ihre Aussagen vom Vorabend zu Protokoll gegeben. Anschließend hatte Hannah die Kollegen zu einer Dienstbesprechung eingeladen und sie über den neuesten Stand der Ermittlungen informiert.

»Tja, da deutet dann ja wohl so einiges auf Tino Vogt als Täter hin, möchte ich meinen«, sagte der Oberstaatsanwalt. »Der Mann hatte am Abend vor der Tat einen heftigen Streit mit dem Opfer. Er war wütend und betrunken. Und er hatte ein Motiv. Mit der Lebensversicherung Langhoffs wäre er finanziell aus dem Schneider. Er hat sich diesen Zimmermannshammer besorgt und hat das Opfer auf dem kurzen Weg zwischen Firma und Wohnhaus abgefangen, erschlagen, in einen Plastiksack gesteckt und im See versenkt.«

»Und es wäre ja durchaus möglich, dass er diese Tat bereits seit längerem geplant und nur auf den richtigen Moment gewartet hatte. Das würde erklären, warum er im Besitz dieses Hammers, eines Plastiksacks und der Einmalhandschuhe war. Womöglich hatte er diese Sachen schon seit ’ner geraumen Zeit in seinem Schreibtisch aufbewahrt. Schließlich kannte er die Gewohnheiten seines Partners und wusste, dass nach Mitternacht dort unten auf dem Fußweg am See keine Menschenseele mehr anzutreffen war«, ergänzte der Polizeidirektor.

»Dazu kommt, dass Vogt kein Alibi hat. Er war zur Tatzeit wahrscheinlich noch im Büro. Mit einer halben Flasche Whiskey intus hätte er ohnehin kein Auto mehr fahren können«, fügte Oberstaatsanwalt Oberdieck hinzu.

»Sein Anwalt wird behaupten, dass man mit dermaßen viel Alkohol im Blut auch keinen geplanten Mord begehen könnte«, vermutete Hannah. »Aber zu diesem Thema sollten wir Frau Professor Nussbaum befragen.«

»Vogt ist ein gesunder, ausgewachsener Mann von durchaus kräftiger Statur. Glaube nicht, dass ihn eine halbe Flasche Whiskey aus den Socken haut. Im Gegenteil, ich denke eher, dass der Alkohol ihm die Skrupel genommen und seine Wut auf das Opfer noch gesteigert hat«, sagte Rico.

»Da bin ich ganz bei Hauptkommissar Steding«, meinte der Oberstaatsanwalt. »Ich werde Haftbefehl gegen Vogt erlassen. Es spricht viel für ihn als Täter, entlastende Fakten sehe ich im Moment keine.«

»Naja, allerdings basieren unsere Erkenntnisse derzeit nur auf Indizien und der Aussage von Frau Steffens. Beweise haben wir nicht. Es gibt weder Fingerabdrücke auf der Tatwaffe noch DNA-Spuren am Opfer. Und auch am Auffindeort haben wir keine verwertbaren Spuren entdecken können. Und obwohl wir davon ausgehen können, dass der Tatort irgendwo auf dem Weg zwischen Firma und Wohnhaus des Opfers gelegen haben muss, hat die Spurensicherung dort bisher nichts gefunden«, erklärte Hannah.

»Egal, wir nehmen den Mann in die Mangel. Vielleicht können Sie ihm ja ein Geständnis entlocken. Vogt ist nicht dumm, der weiß, wann er verloren hat«, glaubte Oberdieck.

»Und was ist mit diesen Frauen? Sind die jetzt vollkommen außen vor?«, wollte Polizeidirektor Wawrzyniak wissen.

»Nein, auch mit denen werden wir uns ausgiebig unterhalten müssen. Vor allem mit Lena Iwanova, die dafür bekannt ist, schon mal die Kontrolle zu verlieren, wenn sie in Rage gerät«, antwortete Hannah.

»Und da wären nach wie vor die Herren Glaser und Neumann. Auch mit denen werden wir reden müssen. Auch die hatten ein handfestes Motiv, Langhoff umzubringen. Immerhin hat Langhoff mit Glaser geschäftlich in Konkurrenz gestanden und vermeintlich seine Tochter Sofia vergewaltigt. Und der Bauunternehmer Neumann macht Langhoff für seine finanziellen Verluste verantwortlich, die ihn laut eigener Aussage an den Rand des Ruins getrieben haben. Und dieser Neumann fackelt nicht lange, wenn ihm jemand dumm kommt. In seiner Akte finden sich diverse Einträge wegen Beleidigung und Körperverletzung, auch wenn das bereits ein paar Jahre zurückliegt. Der ist mit Langhoff in Streit geraten und hat schließlich nach dem erstbesten Gegenstand gegriffen und zugeschlagen. Und so einen Zimmermannshammer trägt man auf dem Bau nicht selten am Gürtel«, sagte Rico Steding.

»Stimmt«, nickte Hannah. »Und dann ist da noch dieser unbekannte Mann, mit dem sich Langhoff am Nachmittag vor der Tat im Mercure-Hotel getroffen hat. Laut Irma Steffens handelte es sich dabei um einen Vertreter der Firma Fisher Investments aus Chicago, für die Langhoff bereits tätig gewesen war. Angeblich ging es dabei um ein Projekt in Australien.«

»Ja, aber warum sollte der Langhoff umgebracht haben? Das erschließt sich mir nicht, wenn ich ehrlich bin«, meinte der Polizeidirektor.

»Nein, auf den ersten Blick nicht. Trotzdem werden wir den Mann ausfindig machen und befragen müssen. Ich habe den Kollegen Schuberth gebeten, sich darum zu kümmern«, berichtete Hannah.

»Äh, da fällt mir ein: Hatte Josie, äh, Frau Professor nicht behauptet, dass die Tat von einem Profi ausgeführt wurde? Ich sehe unter den Verdächtigen weit und breit keinen Profikiller, eher halbwegs normale Leute, die Wut auf Langhoff hatten und ihn dann womöglich im Affekt erschlagen haben«, gab Horst Wawrzyniak zu bedenken.

»Ach, Horst, da kommt wieder mal der Gutmensch in dir durch«, seufzte Oberstaatsanwalt Oberdieck. »Der kriminellen Energie sind heutzutage keine Grenzen mehr gesetzt. Die Hemmschwelle für einen Mord ist deutlich gesunken. Klar, ich würde diesen Vogt jetzt auch nicht gerade als professionellen Killer bezeichnen, aber aus seiner Verzweiflung heraus, in die Pleite gehen zu müssen und womöglich alles zu verlieren, hat er den Mord an seinem Partner geplant, um von dessen Lebensversicherung zu Gunsten der Firma zu profitieren. Es ist also durchaus möglich, dass er die Tat von langer Hand geplant und vorbereitet hatte. Er musste nur noch auf den geeigneten Zeitpunkt warten.«

»Und dann kippt der sich vorher 'ne halbe Flasche Whiskey rein?«, zweifelte Rico.

»Klar, um sich Mut anzutrinken«, meinte Hannah. »Aber wie gesagt, alles Indizien, aber keine Beweise.«

»Aber Indizien, die ihn schwer belasten. Für manch einen Richter reicht das für eine Verurteilung«, sagte Oberdieck.

»Also gut, nehmen wir uns zunächst diesen Vogt vor«, sagte der Polizeidirektor. »Anschließend kümmern wir uns um die anderen Verdächtigen.«

Der Devil hatte mit dem Feuer gespielt und dabei einen Flächenbrand entfacht. So leicht würde sich Cartwright nicht einschüchtern lassen. Im Gegenteil, jetzt würde er erst recht versuchen mit allen Mitteln seinen Willen durchzusetzen. Der Typ gehörte sicher nicht zu der Sorte von Männern, die nachgeben und einlenken würden. Der Devil hatte ihn herausgefordert und Cartwright würde die Kampfansage annehmen. Daran hegte Jan keinen Zweifel.

»Einen Freizeitpark? In Crockwell? Wo zum Henker sollen denn die ganzen Leute herkommen? Und wo sollen die alle unterkommen? Es gibt nicht einmal ein Hotel in dieser Stadt. Na ja, mal abgesehen von ein paar verlausten Fremdenzimmern im ersten Stock von Jack's Pub«, wunderte sich Crasher auf der Rückfahrt zum Flughafen.

»Hab's mir gleich gedacht. Shannon steckt hinter dieser ganzen Sache. Er hätte ihn auf Knien angefleht, Crockwell bei der Suche nach einem geeigneten Standort zu berücksichtigen. Angeblich hätte der Kerl sogar schon Anteile an diesem Projekt erworben, hat Cartwright behauptet. Den Burschen werde ich mir wohl vorknöpfen müssen«, fauchte der Devil.

»Langsam, Maynard, auch wenn du das ungern hören magst, in seiner Eigenschaft als Bürgermeister hat er nichts falsch gemacht. Es sei denn, er würde sich tatsächlich persönlich bereichern, was aber noch zu beweisen wäre. Ein Freizeitpark in der Größenordnung vom Gold Coast Projekt in Brisbane würde wahrscheinlich Hunderttausende von Besuchern im Jahr nach Crockwell locken. Ganz abgesehen von unzähligen neuen Arbeitsplätzen würde das viele Millionen Dollar an Gewerbesteuern in die marode Stadtkasse spülen. Außerdem würde ein solches Megaprojekt weitere Investoren und Geschäftsleute nach Crockwell bringen«, sagte Jan.

»Wenn das so ist, warum hat Shannon dann nicht von Anfang an mit offenen Karten gespielt? Stattdessen hat er gebilligt, dass sich Cartwrights Leute mit Gewalt unser Land einverleiben wollen. Was geschehen ist, hat er zu verantworten. Und was jetzt geschehen wird, erst recht. Ich werde mich nicht an Leute verkaufen, die lügen, betrügen und sich mit Gewalt fremdes Land unter den Nagel reißen wollen. Die Kerle haben meine Farm angegriffen, die Scheune abgefackelt und dabei um ein Haar meine gesamte Schafherde verbrannt, wenn Reggie nicht derart mutig eingegriffen

217

hätte. Diesen Mut hätte er beinahe mit seinem Leben bezahlt. Cartwright wird sich woanders nach geeignetem Land umsehen müssen«, sagte Maynard.

»Hm, verstehe«, nickte Crasher. »Aber wenn ich richtig gehört habe, hat dir der Kerl am Ende eine Million Dollar geboten, oder?«

Jan zuckte auf dem Beifahrersitz zusammen. Das war definitiv die falsche Frage zum falschen Zeitpunkt. Er drehte sich vorsichtig nach hinten um, in Erwartung, dass der Devil aus der Haut fahren und Crasher vehement zur Ordnung rufen würde. Doch zu seiner Überraschung geschah nichts.

»Klar, Geld ist wichtig. Viele Menschen brauchen es, um zu überleben, ich nicht. Ich kann wie die anderen Farmer entlang der Redground Road davon leben, was meine Farm abwirft. Ich brauche Cartwrights Geld nicht. Ich möchte in Ruhe auf meiner Farm leben, Schafe züchten und Gemüse anbauen. Und wenn mir das jemand mit Gewalt streitig machen will, werde ich mein Hab und Gut verteidigen.«

»Das ist dein gutes Recht«, nickte Jan.

»Okay, aber ihr wisst, was das bedeutet, oder?«, schwante Crasher Böses.

»Ich weiß es, aber Cartwright offensichtlich nicht.«

»Was glaubst du, was der jetzt vorhat?«

»Das weiß ich nicht, Crasher.«

»Der wird die Nachtwölfe anweisen, die Angelegenheit in seinem Sinne zu regeln«, befürchtete Jan.

»Ja aber wir sind hier doch nicht im Wilden Westen, verdammt noch mal. Wir müssen uns an die Behörden wenden. Die Bundespolizei muss darüber informiert werden, was hier vorgeht. Und wir sollten an die Presse gehen und die Öffentlichkeit ins Boot holen. Und vor allem sollten wir den Millionen von Usern im Internet erzählen, was hier gerade vorgeht. Ich werde gleich…«

»Nein, Crasher, du wirst gar nichts. Ich werde die Angelegenheit auf meine Art klären. Ich brauche keine Öffentlichkeit«, unterbrach ihn Maynard.

Jan zog die Stirn in Falten, sagte aber nichts. Er wusste, dass Crasher recht hatte. Aber er wusste genauso gut, dass es sinnlos war, den Devil davon zu überzeugen, die Behörden einzuschalten. Und wahrscheinlich lag er damit sogar richtig. Außerdem wusste die Bundespolizei ja offensichtlich bereits, was Cartwright in Crockwell vorhatte. Offenbar hatte Robertson bereits den Auftrag erhalten, die Sache vor Ort zugunsten Cartwrights zu regeln. Der hatte mit Sicherheit die gesamte Maschinerie so gut geschmiert, dass er seelenruhig eine Entscheidung in seinem Sinne erwarten konnte.

»Hey, Leute, ich glaube wir kriegen Besuch«, rief Crasher und sah in den Rückspiegel.

»Hm, schätze, das sind Cartwrights Männer«, sagte Jan beim Blick in den Außenspiegel.

»Soll ich die Wichser abhängen?«

»Nein, die werden hier in aller Öffentlichkeit nichts unternehmen«, antwortete Jan.

Als der schwarze Escalade bedrohlich nah auffuhr, hörte Jan, wie der Devil auf dem Rücksitz seine Pistole durchlud.

»Ruhig Blut, Männer, die wollen uns Angst machen, mehr nicht. Aber okay, Crasher, zeig denen mal deine Qualitäten als Kamikazeflieger.«

»Okay, aber den Strafzettel zahlt ihr, klar?«

Ein paar Minuten später hatte Crasher den Kleinwagen dermaßen schnell und geschickt durch den dichten Verkehr manövriert, dass der riesige schwere Geländewagen nicht mehr folgen konnte.

Zweieinhalb Stunden später landete Theodor Crankwell seine Cessna auf dem Flugfeld an der Kane Road außerhalb von Crockwell.

Hannah löschte den Anruf und steckte ihr Handy wieder ein. Sie hatte beschlossen ohne Anmeldung im Architekturbüro Langhoff und Vogt zu erscheinen, um Tino Vogt nicht die Zeit zu geben, sich auf ihre Fragen vorzubereiten. Nach Auswertung aller bisherigen Fakten war er mittlerweile der Hauptverdächtige. Beweise lagen allerdings nicht vor, allenfalls die Vielzahl der Indizien sprachen für Vogt als Täter.

»Guten Morgen, Frau Kommissarin. Wollen Sie zu mir?«, empfing sie Irma Steffens.

»Morgen. Nein, ich möchte mit Herrn Vogt sprechen«, antwortete Hannah.

»Er ist noch nicht im Büro. Keine Ahnung, wo der bleibt. Ich könnte mal meine Kollegin fragen, ob sie weiß, wo er steckt«, bot Irma an.

»Nein, nicht nötig, ich warte einen Moment, wenn's recht ist«, wollte Hannah den Überraschungseffekt nicht verspielen, »Sagen Sie, Irma, worum ging es eigentlich in dem Gespräch zwischen Robert Langhoff und Andrew Fisher?«

»Um einen Auftrag, so viel ich weiß.«

»Geht's bitte etwas genauer?«

»Robert hatte vor einigen Jahren bereits mit Fisher Investments aus Chicago zusammengearbeitet. Damals hatte er als Konstrukteur Pläne für eine Achterbahn in einem Freizeitpark in Australien entworfen.«

»Ich dachte, Langhoff baut Häuser?«

»Auch, aber nicht nur. Er hat neben Wolkenkratzern auch die aufwendigen Statiken für riesige Industriehallen, Brücken und sogar für Aquädukte berechnet. Er gilt in dieser Branche als absoluter Spezialist.«

»Aber diese Aufträge laufen nicht über die Firma Langhoff und Vogt, oder?«

»Nein, das sind Aufträge für das Statikbüro.«

»Und mit diesem Statikbüro hat Tino Vogt nichts zu tun?«

»Nein, Diplom-Ingenieur Robert Langhoff ist alleiniger Inhaber.«

»Gibt es außer Ihnen eine weitere Mitarbeiterin für das Statikbüro?«

»Nein.«

»Also sind Sie die Einzige, die über die Auftragslage informiert ist, richtig?«

Irma nickte.

»Und hat Vogt sich bei Ihnen erkundigt, was bei Langhoff gerade lief?«

»Ich hatte strikte Anweisung, nicht mit Tino Vogt darüber zu reden. Daran habe ich mich gehalten.«

»Verstehe. Und wegen dieser Aufträge als Statiker kam es zwischen Vogt und Langhoff immer wieder zu Streitigkeiten?«

»Ja«, antwortete Irma, die sich offensichtlich bei der Beantwortung der Fragen unwohl fühlte.

»Wussten Sie von der Lebensversicherung, die Robert Langhoff zugunsten der Firma Langhoff und Vogt abgeschlossen hatte?«

»Äh, ja, aber Einzelheiten sind mir nicht bekannt«, blockte Irma ab.

»Wissen Sie, was das Meeting zwischen Langhoff und Fisher ergeben hat?«, fragte Hannah.

»Nein, keine Ahnung.«

»Aber Sie wissen, dass Fisher Langhoff für einen Auftrag gewinnen wollte.« »Das nehme ich an, ja, ich weiß es aber nicht.«

»Würden Sie mir bitte die Handynummer von diesem Fisher geben?«

Irma zögerte. »Äh…, ich weiß nicht, ob ich das darf.«

»Dürfen Sie. Immerhin war Fisher einer der Letzten, die mit Langhoff gesprochen haben. Somit gilt er zumindest als Zeuge in einem Mordfall. Also, Irma, die Nummer bitte«, forderte Hannah.

Die Sekretärin zuckte die Achseln, suchte die Nummer heraus, schrieb sie auf einen Zettel und gab ihn Hannah.

»Ach, wäre es möglich, hier irgendwo ungestört zu telefonieren?«, fragte sie.

»Kommen Sie, ich zeige Ihnen die Teeküche. Außer mir ist im Moment nur Klara, die Mitarbeiterin von Herrn Vogt, im Haus. Da können Sie in Ruhe sprechen.«

»Danke. Geben Sie mir bitte Bescheid, wenn Herr Vogt inzwischen eingetroffen ist, ja?«

»Klar«, nickte Irma.

Hannah schloss die Tür, stellte sich ans Fenster und wählte Fishers Nummer.

Der meldete sich bereits nach dem ersten Klingelton.

Hannah stellte sich vor und teilte ihm den Grund für ihren Anruf mit.

»Robert ist tot? Oh, das ist ja schrecklich«, sagte Fisher in beinahe akzentfreiem Deutsch.

»Ist es, in der Tat. Sagen Sie, Mr. Fisher, worum ging es in Ihrem Meeting mit Robert Langhoff?«, erkundigte sich Hannah.

»Wir haben Robert ein Angebot unterbreitet, einen brandneuen Hyper Rollercoaster zu konstruieren.«

»Sie meinen eine Achterbahn, oder?«

»Ja, so sagt man wohl in Deutsch. Aber der Hyper Rollercoaster ist nicht mit einer gewöhnlichen Achterbahn zu vergleichen, Frau Kommissarin. Wir reden hier über ein Projekt von ganz anderen Dimensionen. Dazu braucht man einen absoluten Fachmann. Und Robert hat bewiesen, dass er in der Lage ist, ein solch aufwendiges und technisch anspruchsvolles Projekt in die Tat umzusetzen.«

»Ach ja? Wo denn?«

»Er hat für Fisher Investments den bis dato größten Hyper Rollercoaster der Welt entwickelt und gebaut. Er steht im Gold Coast Freizeitpark in der Nähe von Brisbane.«

»Und jetzt planen Sie ein neues Projekt?«

»Ja, wir wollen vor den Toren von Chicago einen ähnlichen Vergnügungspark eröffnen. Als Attraktion planen wir dort die größte und längste Stahlachterbahn der Welt zu errichten. Noch größer und attraktiver als der Hyper Rollercoaster in Brisbane. Für einen Statiker ist ein solches Projekt eine unglaubliche Herausforderung. Der kleinste Fehler in der Konstruktion könnte unabsehbare Folgen haben. Es wird sicher über ein Jahr dauern, bis die zuständigen Behörden nach eingehenden Prüfungen und unzähligen Testfahrten die Betriebserlaubnis erteilen. Robert Langhoff ist momentan weltweit einer der wenigen Statiker, der ein ähnliches Projekt konstruiert hat und bewiesen hat, dass es auch reibungslos funktioniert. Auch nach fünf Jahren hat es bisher keine einzige Beanstandung am Hyper Rollercoaster in Brisbane gegeben. Die regelmäßigen Wartungen ergaben keine Auffälligkeiten.«

»Gibt es bei Ihrem neuen Projekt in Chicago irgendwelche Mitbewerber?«

»Nein, wir haben das Grundstück bereits erworben ud die Planungen laufen auf Hochtouren. Der Tod von Robert Langhoff könnte uns jetzt jedoch um Jahre zurückwerfen. Einen Konkurrenten gibt es nicht. Jedenfalls nicht in den USA.«

»Aber woanders schon?«

»Ja, es gibt einen hartnäckigen Widersacher in Australien. Genauer gesagt in Sydney. Wir haben 2015 den Zuschlag bekommen, das Gold Coast Projekt in Brisbane bauen zu dürfen. Es gab damals einen riesen Aufschrei in den Medien, dass eine US-Firma den Vorzug vor einem ortsansässigen Betrieb aus Sydney erhalten hatte. Unser Angebot war günstiger und technisch versierter. Der Achterbahn- Konstruktion Langhoffs hatte die Firma Cartwright and Sons nichts Vergleichbares entgegenzusetzen.«

»Und wie hat die Firma aus Sydney auf diese scheinbar für sie unerwartete Absage reagiert?«

»George Cartwright hat Gift umd Galle gespuckt und uns Steine in den Weg gelegt wo er nur konnte. Das war nicht immer einfach für uns, aber wir haben uns letztendlich durchgesetzt. Doch Cartwright gibt nicht auf. Wie wir gehört haben, will er ein paar hundert Kilometer außerhalb von Sydney den größten Freizeitpark der Welt errichten. Und in diesem soll auch der bisher größte Rollercoaster der Welt entstehen.«

»Aha. Und ist bekannt, wer diese Super Achterbahn für Cartwright konstruieren soll?«

»Natürlich. Robert Langhoff, wer sonst?«

»Wie bitte?«, konnte Hannah kaum glauben, was sie gerade gehört hatte. »Cartwright wollte Langhoff für sein Projekt gewinnen?«

»Ja«, bestätigte Fisher. »Deshalb bin ich auch nach Leipzig gekommen, um Robert unter vier Augen von unserem Projekt zu überzeugen und ihm ein lukratives Angebot zu unterbreiten. Immerhin wollen wir mit dem Attribut »Größte Achterbahn der Welt« werben.«

»Hatte Cartwright ihm bereits ein Angebot gemacht?«

»Das weiß ich nicht. Ist aber anzunehmen. Darüber habe ich mit Robert nicht gesprochen. Aber er hat mehr als genug verdient in seiner Karriere als Architekt. Ich denke Geld ist nicht seine Motivation. Er muss ein gutes Gefühl entwickeln, welche Aufgabe er annimmt und mit wem er zusammenarbeitet. Und das hatte er zweifelsfrei bei uns.«

»Wieso? Hatte er sich bereits entschieden?«

»Unterschrieben hat er nichts, aber er hat mir die Hand gegeben und gemeint, dass wir einig wären.«

»Also hat Cartwright wieder mal den Kürzeren gezogen? Hatte Langhoff ihm bereits abgesagt?«

»Ehrlich gesagt, weiß ich das nicht. Aber er hat mir versichert, dass er kein Interesse an Cartwrights Angebot hat.«

»Hat er erwähnt, warum?«

»Wissen Sie, Frau Kommissarin, Robert Langhoff ist auf seinem Gebiet ein Genie. Und ein Genie ist in den seltensten Fällen ein einfacher Mensch. Eine falsche Bemerkung könnte ihn bereits dazu verleiten, aufzustehen und den Raum zu verlassen. Man musste ihn behandeln wie kostbares Porzellan. Vorsichtig und feinfühlig.«

Und diese Sensibilität hatte Cartwright scheinbar vermissen lassen, oder?«

»Dazu muss man wissen, wer George Cartwright ist. Der Mann stammt aus Texas. Ursprünglich war er in der Rohöl-Branche tätig und hat Millionen von Dollar verdient. Allerdings hatte er wohl vergessen, die anfallenden Steuern zu entrichten und ist nach einer Verurteilung wegen Steuerhinterziehung Hals über Kopf nach Mexiko geflüchtet. Als die australische Regierung ihm vor gut dreißig Jahren ein Angebot unterbreitet hatte, einen australischen Pass zu erhalten, wenn er sein Know-How in die staatliche Ölförderung einbringt, hat er natürlich nicht gezögert. Mittlerweile gehört ihm ein Imperium aus Öl - und Gasvorkommen und unzähligen Immobilien. Jedes dritte Gebäude in Sydney ist in Cartwrights Besitz, sagt man.«

»Also ist dieser Mann erfolgsverwöhnt und duldet keine Niederlagen?«

»Ja und der Kerl geht über Leichen, wenn's sein muss. Was er nicht auf legalem Wege bekommt, verschafft er sich mit Gewalt.«

Hannah stutzte. »Sie meinen, er könnte Langhoff gedroht haben?«

»Weiß ich nicht. Wir haben nicht darüber gesprochen. Aber ja, eine Absage hätte er womöglich nicht einfach so hingenommen. Da bin ich sicher.«

Hannah schluckte. Diese Informationen musste sie erst einmal verarbeiten.

»Eine letzte Frage, Mr. Fisher. Sie waren eine der letzten Personen, die Robert Langhoff vor seinem Tod getroffen hat. Wissen

Sie, was er nach dem Treffen mit Ihnen im Mercure Hotel vorhatte?«

»Nein. Wir waren dort bis etwa 17.30 Uhr zusammen. Ich musste zurück zum Flughafen, um die Maschine nach Frankfurt zu erwischen. Als ich das Hotel verließ, war er noch dort.«

»Und wie waren Sie mit ihm verblieben?«

»Ich wollte ihm Anfang der neuen Woche die Verträge zukommen lassen. Er hat zugestimmt und gemeint, dass er sich auf diese Aufgabe freue. Wir hatten ein harmonisches und vor allem erfolgreiches Meeting. Wir sind im besten Einvernehmen auseinandergegangen.«

»Dann danke ich Ihnen für Ihre offenen Worte. Ich denke, Sie haben mir sehr geholfen, Mr. Fisher. Ich werde mich bei Ihnen melden, wenn wir wissen, wer hinter dieser Tat steckt. Ich wünsche Ihnen trotzdem viel Erfolg mit Ihrem neuen Projekt. Sollte Ihnen noch etwas einfallen, was diesen Fall anbelangt, möchte ich Sie bitten mich anzurufen. «

»Ja sicher. Tut mir sehr leid, was passiert ist. Ich hoffe, Sie finden den Schuldigen«, antwortete Andrew Fisher und legte auf.

Hannah hatte das Gespräch gerade beendet, als Irma hereinkam.

»Tino Vogt hat sich für heute abgemeldet. Klara meinte, er fühle sich nicht wohl.«

»Oder hat sie ihn gewarnt, dass ich hier auf ihn warte?«

»Weiß nicht. Möglich«, zuckte Irma die Achseln.

»Geben Sie mir bitte seine Privatadresse.«

»Äh, das darf ich eigentlich nicht. Fragen Sie am besten Klara.«

Hannah blinzelte Irma wütend an. »Scheinbar haben Sie den Ernst der Lage immer noch nicht erkannt, oder? Das war keine Bitte, sondern eine Aufforderung, verstanden?«

»Sicher, Frau Kommissarin, einen Moment bitte«, seufzte Irma.

Auf dem Rückweg vom Flugplatz fuhren Jan, Maynard und Crasher zuerst zu Meredith' Farm, um dort nach dem Rechten zu sehen und den anderen zu erzählen, was sie in Sydney in Erfahrung gebracht hatten.

»Ein Freizeitpark mit einer riesigen Achterbahn nach dem Vorbild des Gold Coast Projects in Brisbane? In Crockwell?«, wunderte sich Officer Kane.

»Scheinbar will Cartwright sich dafür rächen, dass er vor Jahren bei der Vergabe dieses lukrativen Auftrages von der Bezirksregierung Sydney ausgebootet wurde und stattdessen eine Firma aus Chicago den Zuschlag erhielt«, erinnerte sich Sergeant Tucker. »Die haben dann mit Hilfe eines deutschen Architekten dort diesen Hyper Rollercoaster gebaut, die bisher größte Achterbahn der Welt. Offensichtlich will Cartwright die jetzt noch übertrumpfen. Die Sache ging monatelang durch die Medien. Scheint mir für Crockwell mehr als eine Nummer zu groß zu sein. Wo bitte sollen denn die ganzen Besucher herkommen und wo zum Teufel sollen die alle unterkommen? Hier gibt es keine Hotels, Pensionen oder Ferienhäuser, nicht mal 'ne billige Jugendherberge, so viel ich weiß«, konnte Tucker nicht glauben, was er da gerade gehört hatte.

»Also hat Cartwright vor, mit seinem Mega-Projekt den Gold Coast Freizeitpark in den Schatten zu stellen und dessen Besucher nach Crockwell zu locken?«, fragte Officer Kane.

»Ja, so in etwa«, nickte Gerald Tucker.

»Also investiert Cartwright hier in der Einöde Millionen von Dollar, nur um sich dafür zu rächen, dass er damals bei der Auftragsvergabe den Kürzeren gezogen hat? Verstehe ich das richtig?«

»Sieht so aus, Jeff«, antwortete Tucker seinem Kollegen.

»Und Bürgermeister Jack Shannon hat das alles gewusst und sich angeblich sogar schon Anteile gesichert«, sagte Crasher. »Cartwright meinte, Shannon hätte ihn quasi auf Knien angefleht, sein Projekt in Crockwell zu starten.«

»Cartwright und Shannon sollen ihren Freizeitpark bauen, aber nicht auf unseren Grundstücken. Außerdem glaube ich nicht, dass die Menschen in Crockwell diesen ganzen Trubel wollen. Schätze, die wollen lieber weiterhin ihre Ruhe haben. Schließlich befinden wir uns hier auf dem australischen Land und nicht in Brisbane, Canberra oder Sydney, verdammt«, schimpfte Maynard.

»Man sollte diesen verfluchten Shannon zum Teufel jagen«, meckerte Tucker.

»Wir sollten mit unserem Wissen an die Öffentlichkeit gehen, was meint ihr?«, schlug Meredith vor.

»Ja, vielleicht, aber Shannon wird alles abstreiten. Noch gibt es keine offiziellen Verlautbarungen, geschweige denn irgendwelche Verträge. Das Land an der Redground Road gehört nicht der Stadt, sondern den Farmern. Und Meredith und ich verkaufen nicht, egal zu welchem Preis«, antwortete Maynard.

»Verstehe ich, würde genauso handeln. Immerhin haben diese skrupellosen Typen versucht, euch mit Gewalt zu vertreiben. Wir sollten denen jetzt richtig in den Hintern treten«, sagte Jimmy.

»Sehe ich genauso«, nickte Johnny.

»Hm, schätze, das wird nicht lange auf sich warten lassen. Cartwright hat unmissverständlich klargemacht, dass er nicht aufgeben wird. Die werden euch solange terrorisieren, bis ihr verkauft. Das Problem ist, dass er nicht ahnt, mit wem er sich angelegt hat. Es wird Krieg geben, das ist unvermeidlich. Also bereiten wir uns darauf vor. Diese Söldner sind harte Burschen. Wird nicht leicht werden, denen klarzumachen, dass sie nicht gewinnen können«, sagte Jan.

Die beiden jungen Officer Millner und Stearling aus Goulburn starrten Sheriff Tucker ungläubig an.

»Ruhig Blut, Jungs. Ihr müsst keine Angst haben. Wäre allerdings besser, wenn ihr eurer Dienststelle nichts davon erzählt, was hier besprochen wird, klar? Ihr seht ja selbst, welch famose Unterstützung der Staat seinen Bürgern zukommen lässt. Ganze vier Polizisten sollen eine Horde gewaltbereiter Motorradrocker und eine Bande von schießwütigen Söldnern aus der Stadt jagen. Ein Witz, oder?«, sagte Tucker.

»Der Sheriff hat recht, Männer. Wenn ihr tut, was wir euch sagen, wird euch nichts geschehen«, beruhigte Jan die Polizisten.

Millner und Stearling nickten.

Jans Handy klingelte. Unbekannter Anrufer. Er nahm das Gespräch an.

»Hier ist Rollins.«

»Moment«, bat Jan.

»Hey Männer, bin mal eben draußen. Ist wichtig«, rief er und ging zum telefonieren auf den Hof. Eine Viertelstunde später kam er zurück.

»Hannah?«, fragte der Devil.

»Nein, Rollins.«

»Der Aufpasser von Cartwright?«

»Genau der.«

»Woher hat der deine Nummer, verdammt?«

»Hab sie ihm gegeben. Hab an sein Gewissen appelliert, uns nicht gegen die Übermacht dieser Söldner ins offene Messer laufen zu lassen. Ich hatte das Gefühl, der Kerl hat Charakter.«

»Und, hat er?«

»Scheint so.«

»Was hat er gesagt?«

»Er meinte, Cartwright wäre außer sich vor Wut gewesen, dass sein Sicherheitsdienst versagt hat und sie zugelassen haben, dass ein paar dahergelaufene Nichtsnutze ihn vor seinen Freunden und Geschäftspartnern bis auf die Knochen blamiert hätten. Er hat Lo-

229

gan angewiesen, mit aller Härte vorzugehen und diesem erbärmlichen Spielchen ein Ende zu machen. Und zwar so schnell wie möglich.«

»Und was heißt das im Klartext?«, fragte Maynard.

»Nichts Gutes. Rollins meinte, dass die Nachtwölfe und die Comancheros sich in Goulburn sammeln und spätestens morgen Nacht unter der Führung Logans nach Crockwell zurückkehren.«

»Du glaubst ihm?«

»Ja, denn genau das hatten wir doch erwartet, oder?«

»Wir sollten uns darauf vorbereiten, dass die schon heute Nacht zuschlagen werden.«

»Unbedingt«, nickte Jan.

»Hat Rollins sonst noch was gesagt?«

»Äh, ja, tatsächlich. Er meinte, Cartwright wäre ohnehin mächtig angefressen, weil ihm vor ein paar Tagen der Architekt für sein Projekt abgesprungen sei. Scheinbar hätte die Konkurrenz ihn abgeworben«, sagte Jan.

»Konkurrenz? Also gibt es Mitbewerber für den Bau des Freizeitparks. Deshalb hat er es auch dermaßen eilig, sich endlich das Bauland zu sichern. Fragt sich nur, wer dieser Mitbewerber ist und wo der seinen Park eröffnen will?«

»Hm, sicher nicht in Crockwell. Schätze, dass dieser Architekt die neue Super-Achterbahn konstruieren sollte. Womöglich ist es der Gleiche, der zuvor schon den Hyper Rollercoaster in Brisbane entworfen hat.«

»Möglich, aber den Gold Coast Park hat eine amerikanische Firma gebaut. Vielleicht planen die ein neues, noch größeres Projekt?«, vermutete Maynard.

Jan nickte. »Könnte sein. Ich rufe Rollins später nochmal an. Möglicherweise weiß der was darüber.«

Hannah zog überrrascht die Augenbrauen hoch. Hier also wohnte der Architekt Tino Vogt? In einer einfachen Doppelhaushälfte? Sie hatte erwartet, dass der Mann in einem noblen Einfamilienhaus in bester Wohnlage residierte, mit modernen Skulpturen im Vorgarten, begrünter Dachterasse und beheiztem Swimmingpool.

Der Pappelhof lag auf der anderen Seite des Abtnaundorfer Parks etwa zehn Geh-Minuten vom Architekturbüro Langhoff und Vogt entfernt.

Sie wollte gerade aus dem Wagen steigen, als sie im Augenwinkel einen grauen BMW bemerkte, der an ihr vorbei in die Einfahrt vor Vogts Haus fuhr. Sie blieb sitzen und beobachtete, wer da gerade angekommen war. Hannah hatte keine Ahnung, was für einen Wagen Vogt besaß. Sie blickte auf die Uhr. Es war halb elf Uhr vormittags. Vielleicht hatte Vogts einen Arzttermin und kam gerade aus der Stadt zurück.

»In drei Teufels Namen, was will der denn hier?«, flüsterte sie überrascht, als sie sah, wer aus dem Siebener BMW ausstieg.

Tino Vogt öffnete die Tür. Offensichtlich hatte er Stefan Glaser bereits erwartet. Was hatten die beiden wohl zu besprechen? Womöglich ging es darum, wie die Firma Langhoff und Vogt nach dem Tod ihres Zugpferds neu aufgestellt werden könnte. Bahnte sich da etwa eine Kooperation oder sogar eine Fusion an? Klar, dachte Hannah, Minus mal Minus ergibt Plus. Ein einfaches Rechenexempel, wie aus zwei negativen Zahlen am Ende ein positives Ergebnis zu erzielen ist. Wollten Glaser und Vogt über ihre künftige Zusammenarbeit reden? Beide waren finanziell gebeutelt, wenn nicht gar am Ende. Die Lebensversicherung von Robert Langhoff zugunsten der Firma könnte den beiden Pleite-Architekten womöglich in letzter Sekunde den Hintern gerettet haben, vermutete Hannah.

Sie stieg aus und beschloss, den beiden bei ihrem Geheimtreffen einen Besuch abzustatten.

»Sie? Was zum Geier wollen Sie denn hier? Haben wir einen Termin?«, zeigte sich Tino Vogt überrascht. Er blieb im Türrahmen stehen und verdeckte Hannah den Blick ins Haus.

»Nein, aber ich wollte Ihnen nochmal die Gelegenheit geben, ein paar offene Fragen zu beantworten, bevor wir Sie wegen Mordverdacht verhaften«, antwortete Hannah.

»Wie bitte? Sie glauben, *ich* hätte Robert ermordet? Sind Sie verrückt? Warum hätte ich so etwas tun sollen? Klar, wir hatten zuletzt einige Meinungsverschiedenheiten, aber deswegen bring ich ihn doch nicht um, verdammt. Für wen zum Teufel halten Sie mich, Jack the Ripper?«

»Vielleicht sollten wir das nicht an der Haustür besprechen?«

»Äh, nein, aber im Moment passt es leider nicht. Wir können gern heute Nachmittag einen Termin bei mir im Büro vereinbaren.«

»Sie haben Besuch?«

»Ja.«

»Na das passt doch prima. Dann kann ich bei dieser Gelegenheit gleich noch Herrn Glaser ein paar Fragen stellen. Wollte sowieso mit ihm reden«, sagte Hannah und trat einen Schritt vor.

»Was soll das, Frau Kommissarin? Ich sagte Ihnen doch, dass es jetzt gerade nicht passt.«

»Was haben Sie denn mit Glaser so dringendes zu besprechen? Haben Sie den Mord an Langhoff zusammen geplant? Immerhin hatten Sie beide mit ihm noch die ein oder andere Rechnung offen. Und mit dem Geld aus Langhoffs Lebensversicherung ließe sich der Schaden begrenzen, den Langhoff in Ihren Augen verursacht hatte und darüberhinaus würde das Geld für einen Neuanfang reichen. Einen gemeinsamen Neuanfang vielleicht?«

»Sie verfügen in der Tat über eine blühende Fantasie. Aber ja, ich will mit Stefan Glaser über künftig gemeinsame Projekte reden, aber eine Fusion unserer Firmen ist nicht geplant.«

Hannah nickte. »Na gut. Eigentlich bin ich hier, um nochmal den genauen Ablauf am Abend des Mordes mit Ihnen zu rekonstruieren. Frau Steffens hat mir berichtet, dass Sie gegen 21 Uhr im stark alkoholisierten Zustand einen heftigen Streit mit Langhoff hatten. Sie hätten ihn wegen seines neuen Auftrags als Statiker zur Rede gestellt und gefordert, die Einnahmen über die Firma abzurechnen, da sonst der Konkurs drohen würde?«

»So, das hat Irma Ihnen erzählt? Und Sie glauben ihr das natürlich. Sie sollten wissen, dass Irma Steffens Robert Langhoff hörig war. Sie hat ihn vergöttert, hätte alles für ihn getan, nur um ihn zurückzugewinnen. Diese Frau ist eine Psychopathin, glauben Sie mir. Sie hat Robert gestalkt, ist ihm heimlich gefolgt, um zu sehen, mit wem er sich traf. Sie hat im angetrunkenen Zustand mehrfach gedroht, ihn umzubringen, wenn er sich mit anderen Frauen einlassen würde. Sofia Glaser und Rebecca Langhoff können das bezeugen. Irma Steffens war mit den Mädchen des Öfteren in den Clubs unterwegs. Würde mich nicht wundern, wenn sie Robert aus Eifersucht umgebracht hätte. Zuzutrauen wäre ihr das nämlich.«

»Stimmt, das kann ich bezeugen. Sofia hat mir mehrfach von Irma Steffens Ausrastern erzählt«, tauchte plötzlich Stefan Glaser hinter Tino Vogt auf. »Langhoff hat mit ihr gespielt, wie er es mit anderen jungen Frauen auch gemacht hat. Er war ein ekelhafter Typ, konnte seine Finger einfach nicht vom jungen Gemüse lassen. Er zog immer die gleiche Masche ab. Prahlte mit seinem Geld, spendierte den Mädchen in den Clubs Drinks, suchte sich dann sein Opfer für den Abend aus, schüttete ihm K.O.-Tropfen ins Glas und bot danach an, die junge Frau nach Hause zu fahren. Was dann geschah, ist ja mittlerweile hinreichend bekannt.«

»Guten Tag, Herr Glaser. Das trifft sich gut. Wollte sowieso noch mit Ihnen reden. Sollten wir das dann doch nicht besser im Haus tun? Die Nachbarn haben ihre Augen überall. Und schon gibt es Gerede. Sie wissen schon«, sagte Hannah.

»Nee, weiß ich nicht. Aber meinetwegen. Kommen Sie rein«, trat Tino Vogt zur Seite und ließ Hannah eintreten.

»Kaffee?«, bot er an.

»Warum nicht, danke«, meinte Hannah.

Sie setzte sich zu Stefan Glaser an einen großen Esstisch im Wohnzimmer, während der Hausherr in die Küche verschwand.

»Hand aufs Herz, Frau Kommissarin. Sie nehmen doch nicht allen Ernstes an, wir hätten etwas mit dem Mord an Langhoff zu tun. Trauen Sie uns das tatsächlich zu?«, wollte der Architekt wissen.

»Ich bin keine Psychologin, sondern Ermittlerin bei der Mordkommission. Ich halte mich an Fakten und versuche Beweise zu finden, anhand deren ich einen Mörder überführen kann. Sie glauben gar nicht, wie oft ich mich in den Menschen getäuscht habe. Wie heißt es so schön: Man kann jedem nur vor den Kopf gucken. Was sich dahinter abspielt, können wir allenfalls erahnen«, antwortete Hannah.

»Hm, natürlich. Trotzdem, ich versichere Ihnen, dass wir Langhoff nicht umgebracht haben. Und ich kann mir auch nicht vorstellen, dass die Frauen etwas damit zu tun haben. Klar waren die alle sauer auf ihn. Was würden Sie sagen, wenn sich Ihr Mann scheiden ließe und Ihnen und Ihrem Sohn alle Zahlungen verweigern würde? Dass Lisa und Rebecca Langhoff nicht gut auf den Kerl zu sprechen waren, dürfte wohl einleuchten. Na ja, und Lena Iwanova ist sicher kein Kind von Traurigkeit. Der würde ich schon einiges zutrauen, aber keinen Mord. Sie wollte Kapital daraus schlagen, dass Langhoff ihre Tochter Lisa vergewaltigt hat…«

»…was nicht bewiesen ist. Lisa ist zu Langhoff ins Bett gestiegen, das hat sie mittlerweile zugegeben. Also ging der Sex nicht von ihm aus.«

»Das ist doch Haarspalterei, Frau Kommissarin. Langhoff hatte es darauf angelegt. Genauso hat er es Monate zuvor mit meiner Tochter gemacht. Und wer weiß, mit wievielen jungen Frauen noch«, seufzte Glaser.

»Tja, möglich, aber eine Vergewaltigung konnte ihm nie bewiesen werden. Wenn Vogt und Sie es nicht waren und Sie nicht glauben, dass diese Frauen etwas mit dem Mord zu tun haben, wer könnte es dann getan haben? Neumann vielleicht?«

»Ach woher. Hunde, die bellen, beißen nicht. Felix Neumann ist ein Stehaufmännchen. Der ist es als Bauunternehmer fast schon gewohnt, dass er auf unbezahlten Rechnungen sitzenbleibt. Diesen Umstand lässt er in seine Angebote einfließen. Damit macht der seine Verluste wett. Außerdem erhält er regelmäßig lukrative Aufträge von der Stadt Leipzig. Und die bezahlen ihre Rechnungen pünktlich.«

»Tja dann bleibt nach Ihren durchaus interessanten Ausführungen nur noch Irma Steffens. Halten Sie's für möglich…«

»Nein nein, um Gottes willen. Da müssen Sie mich falsch verstanden haben. Sie war eifersüchtig, ja, aber deshalb ist sie noch lange keine Mörderin«, schüttelte Glaser energisch den Kopf.

»Ihr Kollege Vogt bezeichnet Frau Steffens als Psychopathin.«

»Aber trotzdem glaube ich ehrlich gesagt nicht, dass sie Robert was angetan haben könnte. Ich war sauer auf sie, weil sie jedem Stöckchen hinterhergelaufen ist, das ihr Herr und Meister geworfen hatte. Und sie hat mich mehrfach belogen, als ich sie nach Roberts Aufträgen als Statiker befragt habe«, relativierte Tino Vogt, als er mit einem Tablett aus der Küche kam.

»Was wissen Sie denn über seinen aktuellen Auftrag? Er hatte sich am Tag des Mordes im Mercure Hotel mit einem Geschäftsmann aus Chicago getroffen.«

»Nicht viel«, zuckte er die Schultern. »Wie gesagt, Irma ließ nie was durchsickern und Robert selbst sprach nicht mit mir über seine

Tätigkeiten als Statiker. Ich weiß nur, dass er sich mit Andrew Fisher getroffen hat. Für die Firma Fisher Investments aus Chicago hat er vor einigen Jahren diese Mega-Achterbahn in Brisbane entworfen. Robert war als Statiker eine weltweit angesagte Adresse. Könnte sein, dass Fisher ihn für ein ähnliches Projekt engagieren wollte.«

»Waren Sie eifersüchtig auf seine Erfolge?«

»Quatsch, ich habe mich darüber geärgert, dass er nicht zumindest einen Teil seiner Gewinne in die Firma fließen ließ. Er machte Geld wie Heu währenddessen unsere gemeinsame Firma rote Zahlen schrieb. Das hat nicht zusammengepasst.«

»Wie hoch war die Lebensversicherung, die er zugunsten der Firma abgeschlossen hatte?«

»Ach so, darauf wollen Sie hinaus. Also erstens weiß ich es nicht und zweitens bin ich mir nicht sicher, dass er den Begünstigten im Fall seines Ablebens nicht schon vor Jahren geändert hat. Seine Versicherung hat sich bisher nicht bei uns gemeldet und Irma Steffens verweigert jede Auskunft. Übrigens habe auch ich eine Lebensversicherung zugunsten von Vogt und Langhoff abgeschlossen. Das hatten wir vor einigen Jahren mal gemeinsam besprochen. Der Wert meiner Versicherung beträgt eine Million Euro«, führte Tino Vogt aus.

»Tja, meine Herren, alles was ich jetzt noch wissen muss, ist, wo Sie sich zur Tatzeit aufgehalten haben. Dann wären wir für heute fertig«, meinte Hannah und trank einen Schluck Kaffee.

»Das haben wir der Polizei doch bereits erzählt«, meinte Tino Vogt. Stefan Glaser nickte zustimmend.

»Dann erzählen Sie's mir jetzt eben nochmal«, antwortete Hannah und griff nach einem Schokoladenkeks.

»Ich bin irgendwann vor Mitternacht nach Hause gegangen. Fahren konnte ich nicht mehr, war aber noch so klar, dass mir das bewusst war. Ich wohne ja nur ein paar Minuten von der Firma entfernt, wie Sie jetzt ja selbst festgestellt haben. Querfeldein brauche ich zu Fuß nicht mal eine Viertelstunde. Zuhause angekommen, bin ich sofort zu Bett gegangen.«

»War noch jemand in der Firma, als Sie gingen?«

»Ja, in Roberts Büro brannte noch Licht.«

»Frau Steffens?«

»Tut mir leid. Ich habe nicht auf sie geachtet.«

Hannah nickte.

»Und ich kann Ihnen auch nichts anderes erzählen, als zu- vor. Meine Frau und ich sind gegen elf schlafen gegangen«, zuckte Stefan Glaser die Achseln.

»Gut, dann will ich Ihre Besprechung nicht länger stören, meine Herren. Danke für den Kaffee und die leckeren Kekse.« Hannah erhob sich, nickte den beiden Männern freundlich zu und verließ Vogts Haus.

Jan war todmüde. Er hatte die letzten Nächte kaum geschlafen. Auf dem Rückflug von Sydney waren sie in ein Schlechtwettergebiet geraten. Crashers kleine Cessna wurde dabei einige Male kräftig durchgeschüttelt. Es knackte und rumpelte in der Kabine als würde die Maschine jeden Moment auseinanderbrechen. Immer wenn ihm gerade die Augen zugefallen waren, wurde das Flugzeug kurzzeitig zum Spielball plötzlich auftretender Turbulenzen. »Nichts ungewöhnliches für diese Jahreszeit«, kommentierte Crasher trocken. »Haltet euch gut fest und kotzt mir bloß nicht die Sitze voll. Hab die Dinger gerade neu beziehen lassen.«

Jan drehte sich zu Maynard um. Der hatte bisher keinen Mucks von sich gegeben. Als er sah, dass sein Freund anscheinend tief und fest schlief, schüttelte er fassungslos den Kopf. Klar, der Devil ruhte wie immer in sich selbst. Selbst als die Maschine durchsackte wie ein abstürzender Fahrstuhl und dabei alles was nicht niet- und nagelfest war, durch den Kabineninnenraum flog, regte er sich kaum. Tom hatte wie er kein Auge zugetan. Kreidebleich starrte er angespannt nach vorn ins Leere.

Jan atmete tief durch als nach knapp zwei Stunden endlich das Ziel erreicht war und Crasher die Maschine wohlbehalten auf dem Flugfeld an der Kialla Road außerhalb von Crockwell landete.

Auf der Connor-Ranch war alles ruhig. Nach dem Telefonat mit Rollins war mit einem Angriff der Nachtwölfe wohl erst morgen Nacht zu rechnen. Der hatte ihm erzählt, dass sich die Männer von Rafik Merabet in Goulburn mit den Bikern von Red Bill Rafferty treffen wollten, um einen gemeinsamen Plan zu schmieden, wie sie morgen Nacht mit einem schnellen, gezielten Schlag die beiden Farmen unter Kontrolle bringen konnten. Scheinbar hatte Cartwright mächtig Druck gemacht. Er wollte jetzt endlich Erfolge sehen.

Die Männer waren sich uneinig, in wie weit sie Rollins trauen konnten. Konnte natürlich auch sein, dass er log und die Attacke bereits heute Nacht erfolgen würde. Sie beschlossen, auf alles vorbereitet zu sein, teilten sich in zwei Gruppen und stellten Nachtwachen auf.

Jimmy und Johnny blieben zusammen mit den vier Polizisten auf der Connor-Farm, während sich Jan, Maynard, Tom und Crasher auf den Weg zur Deville-Farm machten.

Tom hatte sich bereiterklärt, die erste Wache bis Mitternacht zu übernehmen. Danach war Crasher an der Reihe. Um drei Uhr morgens sollte er von Maynard abgelöst werden. Jan hatte das große Los gezogen und konnte bis um sechs Uhr durchschlafen, wenn nichts Unvorhergesehenes passieren würde. Sein Bauchgefühl sagte ihm, dass Rollins die Wahrheit gesagt hatte. Der Mann besaß zweifellos Charakter. Ihm schien Cartwrights Art und Weise, sich mit Gewalt fremdes Eigentum anzueignen, gehörig gegen den Strich zu gehen. Lange würde Rollins wohl nicht mehr für diesen

Diktator arbeiten. Vor allem dann nicht, wenn der erfahren würde, dass Rollins uns gewarnt hätte.

Jan hatte es sich in seinem Schlafsack neben dem Kamin gemütlich gemacht. Es störte ihn nicht, dass sich Castor und Pollux dicht an ihn geschmiegt hatten. Die beiden Dobermänner kannten ihn, seit er und der Devil sie in Ibrahims Haus in Kundus vor der Rache der Taliban bewahrt hatten. Nach Ibrahims Tod waren die beiden Hunde allein zurückgeblieben und wären mit Sicherheit von den wütenden Taliban erschossen worden, die ihm vorgeworfen hatten, für die Amerikaner spioniert zu haben.

Egal, wie lange er die Hunde nicht gesehen hatte, sie begrüßten ihn jedesmal aufs Neue, als wäre er ein Mitglied der Familie. Und das war er wohl auch. Castor und Pollux waren ihm ans Herz gewachsen und die beiden spürten das.

Er stöpselte die drahtlosen Kopfhörer in die Ohren und wählte auf seinem iPhone die Startseite von Amazon music. Hannah hatte ihm eine Playlist mit ihren Lieblingstiteln heruntergeladen. Die Editors, Coldplay, Sam Smith, Madrugada und Interpol, eben alles, was zurzeit up to date war. Musik, die Hannah liebte und für die sie ihn begeistern wollte.

Nach zehn Minuten gab er auf. Er fingerte aus seinem Rucksack den in die Jahre gekommenen Discman heraus und schloss die großen Kopfhörer an. Im Lichtschein des Kaminfeuers zog er ein paar CDs hervor, die er noch auf die Schnelle eingepackt hatte, und begutachtete sie wie einen seltenen Schatz. Klar, Argus von Wishbone Ash ging immer, Dark Side Of The Moon von Pink Floyd sowieso und L.A. Woman von den Doors erst recht. Aber spontan entschied er sich für eine Scheibe, die er lange nicht mehr gehört hatte.

Sing me a song, you're singer/ Do me wrong, you're a bringer of evil/The devil is never a maker/ The less that you give, you're a taker/ So it's on and on and on, it's Heaven and Hell/Oh well.

The lover of life's not a sinner/ The ending ist just a beginner/ The closer you get to the meaning/ The sooner you'll know that you're dreaming/ So ist on and on and on, Heaven and Hell/ I can tell.

Heaven and Hell von Black Sabbath aus dem Jahr 1980. Ronnie James Dio hatte Ozzy Osbourne als Sänger abgelöst, der eine Solo-Karriere gestartet hatte.

Der Song war einer seiner absoluten Favoriten. Die außergewöhnliche Stimme des kleinen, drahtigen Ronnie James Dio, das knallharte Iommi-Riff und die wie immer überzeugende Rhythmus-Arbeit von Bassist Geezer Butler und Drummer Bill Ward machten Heaven and Hell zu einem Klassiker des Heavy Metals. Wer zum Teufel waren nochmal Coldplay und die Editors?

Und der Text beinhaltete durchaus eine Tatsache, die er nur allzu gut kannte: Je näher man der Wahrheit kam, umso mehr glaubte man zu träumen.

Konnte es tatsächlich sein, dass sich dieser Cartwright so ungestraft einfach alles nehmen konnte, was er wollte, ohne dass ihm jemand Einhalt gebot? Wie zum Henker war es möglich, dass in einem zivilisierten, demokratischen Staat wie Australien die Behörden nicht in der Lage waren, für Recht und Ordnung zu sorgen? Die Bundespolizei in Parramatta hatte ausgerechnet diesen Agent Robertson nach Crockwell geschickt. Der hatte in der Vergangenheit Stress mit Maynard gehabt, weil der aus seiner Sicht flüchtigen Mexikanern geholfen hatte, unterzutauchen und sich weit ab vom Schuss im Northern Territory außerhalb der Reichweite der New South Wales Police in Sicherheit zu bringen. Der Stachel bei Robertson saß tief. Er hatte diese vermeintliche Niederlage persönlich genommen und versucht, sich dafür am Devil zu rächen. Das war allerdings vollkommen aus dem Ruder gelaufen. Der Devil hatte ihn gehörig vermöbelt, als Robertson versucht hatte, mit Waffengewalt in Meredith' Haus einzudringen, um dort nach den Flüchtigen zu suchen. Mittlerweile war er wohl zum Captain oder sogar zum Chief aufgestiegen. Und jetzt würde er mit allen Mitteln versuchen, Versäumtes nachzuholen.

So wie es aussah, würden sie im Kampf gegen Cartwrights Söldner-Armee auf sich allein gestellt bleiben. Bis auf vier mehr oder weniger unerfahrene Provinzpolizisten käme von offizieller Seite keinerlei Unterstützung. Im Gegenteil, es war damit zu rechnen, dass sich Robertson mit seinen Leuten an die Seite Cartwrights stellen würde. Möglich, dass er zeitnah mit einem Durchsuchungsbeschluss auftauchen und versuchen würde, sie komplett zu entwaffnen. Und zwar noch vor der Attacke von Rafiks Söldner-Armee.

Weitreichende Verschärfungen der Bestimmungen gegen den Waffenbesitz waren von der australischen Regierung beschlossen worden und würden demnächst in Kraft treten. Halbautomatische Gewehre, Revolver und jegliche Handfeuerwaffen dürften dann nur noch mit einer gültigen Waffenbesitzkarte geführt werden und die sollte nur noch in wenigen begründeten Einzelfällen ausgestellt werden. Grund für diese Maßnahme war der Amoklauf auf dem Universitätsgelände von Melbourne, bei dem vor einigen Wochen zwei Menschen getötet worden waren. Doch noch war dieses Gesetz nicht in Kraft.

Das würde Robertson allerdings nicht daran hindern, sämtliche Waffen, die sich auf Maynards Farm befinden, aufzuspüren und einzukassieren.

Gegen die Nachtwölfe und die Comancheros hatten sie das Recht, sich zur Wehr zu setzen, den Anordnungen der Bundespolizei dagegen hatten sie Folge zu leisten, egal, wie die auch immer lauteten. Beschweren konnten sie sich später. Robertson würde diesen Spielraum ausnutzen, das war ihnen bewusst. Zudem waren Jan und seine Freunde Ausländer, die ohnehin keine Waffen tragen durften. Es würde Robertson nur ein müdes Lächeln kosten, sie sofort festzunehmen, wenn sie auch nur in die Nähe einer Schusswaffe kämen. Kurzum, sie saßen auf einem Pulverfass, das jeden Moment explodieren konnte.

They say that life's a carousel/Spinning fast, you've got to ride it well/The world is full of kings and queens/Who blind your eyes and steel your dreams/It's Heaven and Hell, oh well.

Sie mussten jetzt Himmel und Hölle in Bewegung setzen, um sich der falschen Propheten zu entledigen, die sie blendeten und ihre Träume stahlen. So in etwa lautete die Botschaft, die Ronnie James Dio in diesem Song verkündete.

Der falsche Prophet war Cartwright, seine Vasallen die Diebe. Er versprach den Menschen in Crockwell Arbeitsplätze und neuen Wohlstand, doch in Wirklichkeit ging es ihm nur um den Profit, den er aus diesem Projekt ziehen würde. Widerstände war er nicht gewohnt. Er nahm sich, was er wollte. Und wenn ihn jemand daran hindern wollte, regelte er das Problem mit Gewalt. Ohne sich allerdings selbst die Finger schmutzig zu machen. Dafür hatte er Männer wie diesen Logan, der Schläger und Söldner anheuerte, die dann die Drecksarbeit erledigen würden.

Vielleicht wäre es tatsächlich ratsam gewesen, wenn Maynard und Meredith ihr Land zu einem guten Preis verkauft hätten und sich irgendwo in der Nähe von Crockwell eine neue, moderne Farm aufgebaut hätten. Bestenfalls sogar zusammen.

Aber James Maynard Deville ließ sich nicht so einfach von seiner Farm, seinem Zuhause, vertreiben, nur weil ein rücksichtsloser Geschäftsmann aus Sydney ihm sein Land stehlen wollte. Und genau das würde er diesem Cartwright jetzt unmissverständlich klarmachen. Das Problem für Cartwright und seine Leute war, dass sie nicht mal den Hauch einer Ahnung hatten, mit wem sie sich gerade anlegten.

Er schreckte aus dem Halbschlaf hoch. Castor und Pollux waren aufgesprungen und knurrten bedrohlich. Er sah auf die Uhr. Dann hörte er Stimmen an der Tür. Es war kurz nach drei Uhr morgens. Maynard übernahm gerade die Wache von Crasher. Die beiden flüsterten, um die anderen nicht zu wecken. Jan kroch aus dem Schlafsack, beruhigte die Hunde und ging zur Tür.

»Hey, gibt's Schwierigkeiten?«, fragte er die beiden.

»Möglich. Auf der Redground Road herrscht reger Verkehr. Scheint so, als sammelten die sich irgendwo ganz in der Nähe. Wir sollten der Sache auf den Grund gehen, bevor wir überrascht werden«, meinte Crasher.

Maynard nickte. »Normalerweise fährt hier um diese Zeit niemand entlang. Kann sein, dass sich Cartwrights Leute formieren. Könnte allerdings auch sonstwer sein. Außerdem waren keine Motorräder dabei. Und die Söldner machen nicht so einen verfluchten Radau, sondern kommen schnell und lautlos. Nein, wir bewegen uns nicht vom Fleck. Egal wann und wo die vorhaben, zu attackieren, wir sind auf alles bestens vorbereitet. Schlaft jetzt. Ich behalte die Lage im Auge.«

Der Devil pfiff zweimal kurz. Sofort standen Castor und Pollux bei Fuß und spitzten aufmerksam die Ohren.

»Die Jungs bleiben draußen. Nur für den Fall, dass die tatsächlich versuchen sollten, sich auf leisen Sohlen der Farm zu nähern. Ich wecke euch dann, wenn ich die Typen erledigt habe«, meinte Maynard, der für seinen trockenen Humor bekannt war.

»Wieviele Fahrzeuge hast du gesehen?«, fragte Jan Crasher, als sie zurück ins Haus gingen.

»Acht, vielleicht auch zehn. Keine Ahnung.«

»Mit vollem Licht?«

»Äh, ja. Die Scheinwerfer brannten.«

»Würdest du wie ein Weihnachtsbaum beleuchtet durch die Nacht fahren, wenn du vorhast, deinen Gegner zu überraschen? Schon merkwürdig, oder?«

243

»Mag sein, aber ich denke, die sind so siegessicher, dass sie meinen, sich nicht vor uns verstecken zu müssen.«

»Möglich«, nickte Jan.

»Hat Maynard euch eigentlich erzählt, welche Vorbereitungen er getroffen hat?«, fragte Crasher.

»Nein, muss er nicht. Wir wissen, dass er genau weiß, was zu tun ist.«

»Echt jetzt?«

»Ja«, bestätigte Jan.

»Der Irre hat aus seiner Farm eine uneinnehmbare Festung gemacht«, sagte Crasher. »Die Zäune stehen unter Starkstrom. Das Land rundherum ist engmaschig vermint. Das Maschinengewehr auf dem Scheunendach ist in der Lage, in alle Richtungen zu feuern und wird über eine Handy-App gesteuert.«

»Nachladen muss man trotzdem, oder? Tom ist der beste MG-Schütze, den man sich vorstellen kann. Der hat sich bereits mit seinem Schlafsack da oben eingenistet«, erklärte Jan.

»Wow, das wird die Hölle für diese Kerle, wenn die hier tatsächlich aufkreuzen sollten«, war Crasher beeindruckt. »Aber was ist, wenn die zuerst die Connor-Farm ins Visier nehmen?«

»Jimmy und Johnny haben die Zufahrt vermint und Sprengfallen um die Farm herum installiert. Auf Meredith' Dachboden steht ein MG, das ebenfalls in alle Richtungen feuern kann. Leider gibt es keinen Zaun, dafür sind die Wachen zu zweit unterwegs. Es gibt allerdings nur diese eine Zufahrt zur Farm und der Boden um den Bachlauf herum ist tief und morastig. Da kommt kein Fahrzeug hindurch. Ich glaube allerdings, dass sich Cartwrights Leute auf Maynards Farm konzentrieren werden. Die wissen genau, dass sie zuerst den Devil erledigen müssen. Gelingt das, würde Meredith sich nicht mehr wehren können«, vermutete Jan.

»Könnte doch sein, dass die Fahrzeuge auf der Hauptstraße von der Bundespolizei waren. Was werden wir tun, wenn die hier im

Morgengrauen aufkreuzen? Wenn dieser Robertson einen Durchsuchungsbeschluss hat, wird ihn Maynard wohl oder übel hereinlassen müssen. Und dann?«

»Mann, Crasher, du stellst eindeutig zu viele Fragen. Man könnte fast meinen, du würdest für diesen Cartwright spionieren. Oder hast du die Hosen jetzt schon voll? Dachte, du wärst ein harter Bursche«, seufzte Jan.

»Nee, aber Gedanken mache ich mir schon«, gab Crasher zu.

»Verdammt viele Wenn und Aber. Das bringt uns nicht weiter. Wenn Robertson unangemeldet auftaucht, wird er mit unseren Sicherungsmaßnahmen Bekanntschaft machen. Das wird er wissen. Deshalb wird er den Teufel tun und so unvorsichtig sein, hier wie aus dem Nichts aufzukreuzen.«

»Und wenn doch?«

»Dann macht's Bumm, ganz einfach«, zuckte Jan die Achseln. »Der Devil kann sein Grundstück sichern, wie er will. Und er hat ein verbrieftes Recht auf Selbstverteidigung. Die Bundespolizei wird sich anmelden müssen, wenn die was von ihm wollen.«

»Oder eine Kompanie Minenentschärfer vorausschicken«, grinste Crasher.

»Oder so«, nickte Jan und lächelte, obwohl ihm alles anderer als zum Lachen zumute war.

Er kroch zurück in seinen Schlafsack, um noch zwei Stunden zu schlafen, bis er Maynard um sechs Uhr morgens ablösen würde.

Er setzte die Kopfhörer auf und drückte die Play-Taste seines Discman. Heaven and Hell, zweiter Durchgang:

Cry out to legions of the brave/Time again to save us from the jackals of the street/Ride out, the protectors of the realm/Captain's at the helm, sail across the sea of lights.
Neon Knights! Neon Knights!

Natürlich, sie waren die edlen Ritter, die strahlenden Neon Knights. Sie gehörten zu den Legionen der Tapferen, die die Menschen vor den Schakalen der Straße beschützen würden. Was denn sonst?

Rico zog die Augenbrauen hoch und nickte mit zusammengekniffenen Lippen. Hannah hatte ihm gerade in allen Einzelheiten berichtet, was der Hausbesuch bei Tino Vogt ergeben hatte. »Denkst du auch, was ich denke?«

»Schon merkwürdig, oder? Wer sich alles so mit wem trifft«, nickte sie.

»Scheint fast, als hätten die Langhoff-Geschädigten eine Interessengemeinschaft aus der Taufe gehoben. Jeder trifft sich mit jedem. Lena Iwanova mit Langhoffs Ex-Frau Lisa. Deren Töchter Mila und Rebecca mit Sofia Glaser und Tino Vogt mit Stefan Glaser. Fehlt nur noch, dass die sich alle bei Felix Neumann zum Kaffeekränzchen versammeln«, schüttelte Rico fassungslos den Kopf.

»Und wenn man bedenkt, dass alle ein mehr oder weniger schwerwiegendes Problem mit Robert Langhoff hatten, kommt jeder von denen als Mörder in Frage«, meinte Hannah.

»Na ja, du glaubst doch nicht wirklich, dass seine Ex-Frau oder seine Tochter ihn umgebracht haben, weil er ihnen den Geldhahn zugedreht hatte?«

»Nein, Rico, aber ich denke schon, dass sie ihn leiden sehen wollten. Und neben den ausstehenden Zahlungen stand da ja auch noch das Problem der vermeintlichen Vergewaltigungen im Raum. Möglich, dass Rebecca ihren Vater deswegen gehasst hat.«

»Ja ja, klar, aber würde Rebecca ihren eigenen Vater töten? Wohl kaum.«

»Nein, sie selbst wäre dazu sicher nicht in der Lage. Ebensowenig wie ihre Mutter.«

»Ehrlich gesagt glaube ich nicht, dass eine der Frauen Langhoff hätte töten können. Und selbst bei den Männern habe ich da so meine Zweifel. Tino Vogt oder Stefan Glaser sind intelligente Männer, die rational denken und dazu alles andere als gewalttätig. Zudem liegt gegen beide nichts vor. Nicht mal ein Strafzettel für falsches Parken. Das sind wahre Musterbürger, die sich noch nie was haben zu Schulden kommen lassen«, sagte Rico.

»Was ist mit Felix Neumann? Der Bursche scheint doch eine verdammt kurze Lunte zu besitzen. Geht bei jeder Kleinigkeit ab wie'n Zäpfchen. Der ist doch geradezu prädestiniert für eine Affekthandlung. Langhoff ist ihm dumm gekommen, ein Wort gab das andere und hat Neumann dermaßen auf die Palme gebracht, dass er rasend vor Wut seinen Zimmermannshammer aus dem Gürtel gezogen und Langhoff damit erschlagen hat. Als er schließlich gemerkt hat, was er angerichtet hatte, hat er ihn in einem Plastiksack verstaut, die Leiche in seinen Lieferwagen gepackt und gegen Mitternacht nach Abtnaundorf geschafft und dort im See versenkt. Es sollte so aussehen, als hätte ihm der Täter auf dem kurzen Weg zwischen Firma und Wohnung am Rande des Abtnaundorfer Sees aufgelauert und erschlagen.«

»Klar, so könnte es gewesen sein. Beweisen können wir das leider nicht. Was hältst du von der Theorie, dass sich unsere sogenannten Langhoff-Geschädigten zusammengetan und einen Profi-Killer engagiert haben? Die Tat ist professionell ausgeführt worden. Es gibt überhaupt keine Spuren. Der Täter scheint alles genau bedacht zu haben. Neumann ist doch eher von der groben Fraktion. Der hätte doch garantiert einen Fehler gemacht. Irgedwo an der Leiche hätte man mit Sicherheit seine DNA gefunden. Er muss Langhoff beim Transport angefasst haben. Und irgendwo hätte die Spusi Fuß- und Reifenspuren in dem aufgeweichten Untergrund am Seeufer finden müssen.«

»Hast recht, Rico. Sag mal, was ist eigentlich mit diesem Andrew Fisher? Hätte der nicht vielleicht auch ein Motiv gehabt, Langhoff umzubringen? Laut Irma Steffens wollte seine Firma Fisher Investments den Stararchitekten für ein neues, umfangreiches Projekt engagieren. Aber da soll es harte Konkurrenz gegeben haben. Ein Unternehmen aus Sydney hat wohl ebenfalls stark um Langhoff gebuhlt. Beide Firmen wollten ihn, nur eine konnte ihn bekommen. Möglicherweise hat Langhoff Fisher ja bei dem Treffen im Mercure abgesagt. Der war außer sich vor Wut, ist ihm gefolgt. Es hat Streit gegeben und Fisher hat ihn erschlagen.«

»Und woher bitte sollte Fisher auf die Schnelle einen Zimmermannshammer zur Hand gehabt haben?«

»Tja, wenn ich auf alle Fragen eine Antwort hätte, hätten wir den Täter wohl bereits gefunden«, seufzte Hannah.

»Apropos Irma Steffens. Hatte Tino Vogt nicht behauptet, sie würde Robert Langhoff stalken?«

»Du meinst, sie hätte ihn womöglich aus Eifersucht umgebracht?«

»Sie hat ein Motiv und sie war in der Mordnacht bis spät abends im Büro. Sie musste nur warten, bis Langhoff auf dem Weg nach Hause war. Womöglich hatte sie sich vorher schon die Tatwaffe besorgt und sie zusammen mit Handschuhen und einem Plastiksack im Kofferraum ihres Wagens deponiert. Sie hat ihm auf dem Gehweg am Ufer des Sees aufgelauert und ihn erschlagen. Sie musste den Plastiksack mit seiner Leiche nur noch ein paar Meter bis zum Seeufer ziehen und versenken«, schilderte Rico ein mögliches Szenario.

»Dass sie ihm die Augen ausgehackt hat, könnte ein Hinweis darauf sein, dass er zu oft Augen für andere Frauen hatte«, meinte Hannah.

»Möglich wär's, klar«, stimmte Rico zu. »Aber eben auch nur möglich. Beweise gibt's auch hier leider keine.«

»Nein«, seufzte Hannah.

»Und wie machen wir jetzt weiter?«

»Ich werde mit Josie reden. Die soll sich die Leiche nochmal ganz genau ansehen, bevor sie zur Beerdigung freigegeben wird. Vielleicht haben wir ja doch was übersehen. Und wir sollten die Spusi nochmal runter zum See schicken. Irgendwas müssen die doch dort finden, verdammt. Einen Tatort ohne Spuren gibt es einfach nicht.«

»Okay, ich knöpfe mir nochmal Irma Steffens vor. Mal sehen, was sie noch über diesen Fisher sagen kann. Und bestimmt weiß sie auch, wie diese Firma in Sydney heißt, die Langhoff ebenfalls engagieren wollte«, sagte Rico.

»Gut, aufgeben ist keine Option. Packen wir's an.«

»Ja, aber jetzt brauche ich erst mal 'nen Kaffee. Am besten in Kombination mit einer Zigarette. Das entspannt und beruhigt. Mal sehen, was Waffel dazu sagt«, grinste Rico und griff zum Hörer.

Jan blickte auf die Uhr. Er hatte Maynard wie vereinbart um sechs Uhr morgens abgelöst und machte gerade mit Castor und Pollux im Schlepptau seine Runde entlang der inneren Umzäunung.

Ihn plagte das schlechte Gewissen, dass er sich bereits seit zwei Tagen nicht mehr bei Hannah gemeldet hatte. Er rechnete kurz aus, wie spät es jetzt in Leipzig war. Sydney war zehn Stunden voraus, also war es dort jetzt exakt 20:42 Uhr. Hannah hatte Niklas wahrscheinlich schon zu Bett gebracht. Ein guter Zeitpunkt für einen Anruf. Er drückte die Kurzwahltaste mit der Landesvorwahl 0049 und Hannahs Rufnummer. Der Gesprächsaufbau dauerte einige Sekunden. Schließlich nahm seine Freundin den Anruf an.

»Hi, Schatz, alles okay bei euch?«

»Ja, bei euch auch?«

Er entschuldigte sich, dass er sich erst jetzt meldete und erzählte ihr, was sich in den letzten beiden Tagen ereignet hatte.

»Im Moment können wir nur abwarten, was als Nächstes geschehen wird. Wir hoffen darauf, dass die Bundespolizei endlich eingreift und Cartwrights Leute zurückpfeift. Allerdings können wir diesem Robertson nicht trauen. Möglich, dass der hier heute noch mit einem Durchsuchungsbeschluss auftaucht, Maynards gesamtes Waffenarsenal einkassiert und alle Ausländer des Landes verweist. Es liegt eine Anzeige des Rocker Bosses Red Bill Rafferty vor, der zusammen mit mehreren Zeugen gesehen haben will, dass Tom und ich mit Crashers SUV seine Motorräder geschreddert und ein paar seiner Leute zusammengeschlagen haben.«

»Und, habt ihr?«

»Hm, so schlimm war's nicht. Tom hat zwei von den Typen 'ne harmlose Abreibung verpasst und die Motorräder waren dermaßen ungeschickt in Reihe geparkt, dass ein kleiner Schubser gereicht hatte, um den Domino-Effekt auszulösen. Bis auf ein paar Kratzer und zerbrochene Spiegel sind keine ernsthaften Schäden entstanden.«

»Haben die Beweise gegen euch? Gibt es Handy-Videos oder Bilder einer Überwachungskamera?«

»Weder noch. Die wissen nur, dass der SUV auf Crasher zugelassen ist. Das war's. Aber Robertson wird das wenig interessieren. Der wird versuchen, uns so schnell wie möglich loszuwerden. Der Bursche steht wahrscheinlich wie viele andere auch auf Cartwrights Gehaltsliste. Und er will sich natürlich an Maynard rächen.«

»Klar, verstehe. Was hat dieser Cartwright eigentlich vor?«

»Der will in Crockwell entlang der Redground Road einen riesigen Freizeitpark bauen. Dazu braucht er das Land einiger Farmer. Auch das von Meredith und Maynard. Die Hauptattraktion soll, wie zu hören war, die größte und längste Stahlachterbahn der Welt werden. Er hat wohl vor, dem Gold Coast Park in Brisbane die Besucher abzuwerben. Es wurmt ihn immer noch gewaltig, dass damals ein Unternehmen aus Chicago den Auftrag erhalten hatte. Und damit nicht genug. Es wird gemunkelt, dass die Amerikaner in New South Wales einen zweiten Freizeitpark eröffnen wollen. Und auch dort soll so ein Hyper Rollercoaster gebaut werden, der alles bisher Dagewesene toppt.«

»Verdammt, ich glaube ich weiß, wie diese Firma aus Chicago heißt.«

»Was? Woher denn?«, wunderte sich Jan.

Hannah erzählte ihm, was in den letzten beiden Tagen in Leipzig passiert war. »Und im Zuge unserer Ermittlungen sind wir auf Andrew Fisher gestoßen, der am Abend des Mordes an Robert Langhoff noch ein Meeting mit ihm im Mercure Hotel am Bahnhof hatte. Und dabei ging es höchstwahrscheinlich darum, dass die Firma Fisher Investments aus Chicago Robert Langhoff erneut als Architekt für den Bau dieser Stahlachterbahn gewinnen wollte. Der hatte 2015 in Fishers Auftrag bereits den Hyper Rollercoaster in Brisbane konstruiert. Wir halten es für möglich, dass Langhoff ihm bei diesem Treffen abgesagt hat, weil er zuvor ein Angebot der Konkurrenz angenommen hatte. Und das wiederum könnte Fisher dermaßen auf die Palme gebracht haben, dass er Langhoff im Affekt erschlagen hat. Ist zwar nicht sehr wahrscheinlich, wir können das aber nicht ausschließen.«

»Jetzt wird die Sache langsam rund. Rollins, einer von Cartwrights Männern, hat mir erzählt, dass sein Boss stinksauer war, weil ihm der deutsche Architekt, der als absoluter Spezialist für den Bau dieser Stahlachterbahn gilt, kurzfristig abgesagt und bei der Konkurrenz angeheuert hätte.«

»Moment, das hieße ja, dass Langhoff Fisher seine Zusage gegeben hat und nicht, wie wir vermutet haben, einen Korb. Wäre das so, würde Andrew Fisher als Tatverdächtiger ausscheiden.«

»Tja, was wiederum bedeuten könnte, dass Cartwright sich an Langhoff rächen wollte. Vielleicht hat der ihm einen Killer auf den

Hals gehetzt, um zu verhindern, dass Langhoff genau wie damals erneut für die Konkurrenz tätig wird. Wenn das kein Tatmotiv ist, was dann?«

»Ich muss unbedingt nochmal mit Irma Steffens reden. Sie ist…, war die Sekretärin von Robert Langhoff. Mal sehen was die mir zum Thema Cartwright erzählen kann. Allerdings gehört auch sie zum Kreis der Verdächtigen.«

Hannah erklärte Jan, warum Irma Steffens ebenfalls einen Grund gehabt hätte, Langhoff zu ermorden.

»Okay, möglicherweise kann mir Rollins ja bestätigen, dass es sich bei diesem Architekten tatsächlich um Robert Langhoff gehandelt hat«, sagte Jan.

»Ja, das wäre sicher hilfreich«, antwortete Hannah. »Was habt ihr jetzt vor? Wollt ihr Maynards Farm notfalls mit Gewalt verteidigen? Macht das tatsächlich Sinn? Wäre es nicht besser, nochmal zu verhandeln? Vielleicht könnt ihr Cartwright ja davon überzeugen, seinen Freizeitpark woanders zu bauen? Jetzt wo Robert Langhoff tot ist, wird er auf die Schnelle ohnehin keinen Ersatz finden und kann sich in Ruhe nach einem anderen Standort umsehen.«

»Keine Ahnung. Du kennst den Devil. Der ist stur wie ein Esel. Der wird keinen Quadratzentimeter seiner Farm an Cartwright abtreten. Schon gar nicht nachdem was geschehen ist. Der wird nicht verhandeln. Egal mit wem.«

»Passt bloß auf euch auch, verdammt, hörst du? Du könntest doch deinen Freund Tom Bauer bitten, mit den Behörden in Sydney zu reden. Ein Anruf des CIA-Direktors würde da doch sicher mächtig Eindruck machen, oder?«

»Hm, auf die Idee bin ich bisher nicht gekommen. Guter Vorschlag, Schatz. Der Devil darf davon aber nichts wissen. Allerdings ist fraglich, ob die australischen Behörden sich von der CIA bevormunden lassen. Glaube ich eher nicht. Aber vielleicht kann

Tom erreichen, dass zumindest dieser Robertson von diesem Fall abgezogen wird, damit wäre uns schon geholfen. Und ich werde Rollins fragen, ob er zwischen mir und Cartwright vermitteln kann.«

»Wieso redet Rollins eigentlich mit dir? Hast du dich das schon mal gefragt? Der kennt dich doch überhaupt nicht. An deiner Stelle wäre ich vorsichtig. Möglichweise schleicht der sich in dein Vertrauen, um dich gezielt mit Falschmeldungen zu füttern«, warnte Hannah.

»Wäre möglich, glaube ich aber nicht.«

»Aha und wieso nicht?«

»Weil mein Bauchgefühl mir sagt, dass er es ehrlich meint. Aber du hast recht, ich werde ihn fragen, warum er ein solches Risiko eingeht, mir Informationen über seinen Boss zu liefern.«

»Mein Rat, trau niemanden von denen. Könnte 'ne Falle sein«, mahnte Hannah.

»Klar, könnte sein. Ich werde aufpassen.«

»Gut«, war Hannah zufrieden.

Jan hörte im Hintergrund einen Piepton. »Ist Niklas wach?«, fragte er.

»Hm, scheint so. Ich denke, ich sehe mal nach ihm. Also, pass auf dich auf, Großer, und melde dich, sobald es was Neues gibt.«

»Okay, hab euch lieb. Gib dem Kleinen einen Kuss von mir«, verabschiedete sich Jan.

Castor und Pollux bellten. Er streichelte über ihre Köpfe.

»Klar, ich liebe euch auch. Versteht sich doch von selbst.«

Pünktlich wie jeden Morgen erschien Dezernatsleiter Rico Steding um Viertel nach sieben im Büro. Wie es sich für einen guten Chef gehörte, war er stets der Erste am Arbeitsplatz. Umso überraschter war er, dass seine Kollegin heute Morgen bereits vor ihm da war.

»Hey, guten Morgen. Was zum Teufel machst du denn schon hier? Oder hab ich mich in der Zeit vertan?«, blickte er zur Uhr über der Tür.

»Morgen, Rico. Wir haben gleich 'nen Termin und ich wollte vorher noch ein paar Dinge recherchieren.«

»Aha, dann lass mal hören.«

Hannah erzählte ihrem Chef in aller Ausführlichkeit von ihrem Telefonat, das sie gestern Abend mit Jan geführt hatte.

»Verdammt, dann ist Cartwright also dieser Kerl, der sich mit Gewalt Maynards Farm unter den Nagel reißen will? Und der wollte Robert Langhoff als Architekt und Statiker für den Bau einer neuen Stahlachterbahn engagieren? Na, wenn das mal kein Zufall ist.«

»In der Tat und nach Aussage eines seiner Mitarbeiter hätte Langhoff ihm einen Korb gegeben.«

»Sicher? Und aus welchem Grund?«

»Ganz einfach, weil er bereits bei der Konkurrenz angeheuert hatte.«

»Bei Fisher Investments?«

»Ja«, bestätigte Hannah. »Die stehen wie bereits 2015 im Wettbewerb mit Cartwright and Sons und wollen ebenfalls in New South Wales einen neuen, noch größeren Freizeitpark bauen. Die Hauptattraktion soll ein nagelneuer Hyper Rollercoaster werden, der die Stahlachterbahn im Gold Coast Park in Brisbane in allen Belangen in den Schatten stellen soll.«

»Und dafür wollen beide Kontrahenten ein und denselben Architekten verpflichten? Ist Langhoff denn der einzige Fachmann auf dieser Welt?«

»Nein, sicher nicht. Aber er ist der Beste. Und die beiden wollen nur den Besten, keine zweite Wahl.«

»Tja, wenn Langhoff sich tatsächlich für Fisher entschieden hatte, war das für Cartwright natürlich ein Schock. Er hätte damit zum zweiten Mal den Kürzeren gezogen. Und solche Typen verlieren nicht gern.« »Nein, ganz und gar nicht. Nach Jans Aussage ist dieser Cartwright ein Mann, der über Leichen geht. Allerdings macht er die Drecksarbeit nicht selber. Der Chef seines privaten Sicherheitsdienstes heuert dafür Söldner an. Die kommen irgendwo aus Nordafrika oder Osteuropa, erledigen ihren Auftrag und verschwinden genauso schnell, wie sie gekommen waren«, erklärte Hannah.

»Also hältst du es für möglich, dass Robert Langhoff von Auftragsmördern, die dieser Cartwright engagiert hat, erschlagen wurde, damit der nicht für die Konkurrenz arbeitet?«

»Tja, kann sein. Allerdings haben wir dafür keinen Beweis. Um ehrlich zu sein, nicht mal einen konkreten Hinweis. Nichts, Nothing, Nada, Niente«, zuckte Hannah die Schultern. »Und deshalb fahren wir jetzt nach Abtnaundorf und werden uns nochmal eindringlich mit Irma Steffens unterhalten. Ich bin mir sicher, dass sie weitaus mehr weiß, als sie uns bisher erzählt hat.«

»Arbeitet die überhaupt noch dort? Die war doch ausschließlich für Langhoff zuständig. Vogt hat sich ja nicht gerade lobend über sie geäußert«, meinte Rico.

»Schätze, dass die sich über kurz oder lang trennen werden. Die Frage ist eh, ob Vogt allein die Firma weiterführen kann. Eine Zusammenarbeit mit Glaser könnte da die Lösung sein«, antwortete Hannah.

»Okay, wann wollen wir los?«

Hannah nahm eine Tüte aus ihrer Tasche und legte sie auf den Schreibtisch. »Frische Brötchen und für jeden 'ne leckere Puddingschnecke«, grinste sie.

»Passt gut, hab heute noch nicht gefrühstückt. Meine Frau musste schon um sieben zum Arzt. Krebsvorsorge. Da ist sie sehr gewissenhaft. Liegt mir schon seit Wochen in den Ohren, dass ich zur Darmspiegelung gehen soll.«

»Hat sie recht.«

»Hab bereits 'ne Hafenrundfahrt hinter mir, die nächste mache ich, wenn ich sechszig bin. Bis dahin ist noch 'n bisschen Zeit.«

»Ja, erzähl das mal Jan. Der hat so 'ne Art Weißkittelallergie. Wenn der nur das Wort Arzt hört, sträuben sich sämtliche Nackenhaare. Aber ich hab ihn jetzt fast so weit, dass er zur Vorsorge geht. Als wir mit Niklas beim Kinderarzt waren, hat der ihm einen Vortrag darüber gehalten, wie wichtig Früherkennung bei der Heilung von Krebs ist. Jan war beeindruckt. Bin dem Kerl echt dankbar.«

»Tja, wir Männer haben's eben nicht so mit Arztbesuchen. Könnte ja sein, dass die irgendwas finden«, seufzte Rico.

»Ja nee, is' klar. Das starke Geschlecht. Weicheier seid ihr«, grinste Hannah.

»Ist was dran«, nickte Rico und holte seine Thermoskanne aus der Aktentasche.

»Ach, ich dachte, heute gibt's keinen Kaffee, weil deine Frau schon früh aus dem Haus musste?«

»Dachte ich auch. Aber als ich in die Küche kam, stand die Kanne schon auf dem Tisch. Klebte 'n Zettel dran.«

»Oha, und was stand drauf?«

»Zaubertrank ist fertig! Wünsche dir einen schönen Tag. Miraculix.«

»Wow, wie lieb. Kannst echt stolz auf deine Frau sein. Na dann mal her mit dem magischen Gebräu«, war Hannah begeistert und schob ihren Kaffeebecher über den Schreibtisch. »Der Tag ist gerettet, verdammt.«

Eine Stunde später klingelten die beiden an der Tür zum Architekturbüro Langhoff und Vogt. Es dauerte eine gefühlte Ewigkeit bis der Summer ertönte und eine junge Frau öffnete. Hannah nahm an, dass sie Klara war, die Mitarbeiterin von Tino Vogt.

»Wir möchten mit Irma Steffens sprechen«, sagte Rico und zeigte seinen Ausweis.

»Einen Moment bitte, ich habe sie heute noch nicht gesehen. Ich schau mal in ihrem Büro nach«, antwortete die junge Frau freundlich.

Nicht mal eine Minute danach kam ihnen Irma Steffens auf dem Flur entgegen.

»Haben Sie den Täter?«, wolllte sie wissen.

»Nein, aber wir müssen nochmal mit Ihnen sprechen, Frau Steffens. Können wir uns irgendwo ungestört unterhalten«, forderte Hannah.

»Äh, ja natürlich. Folgen Sie mir bitte in den Besprechungsraum«, antwortete Irma und ging vorweg.

»Was wird denn jetzt aus Ihnen? Bleiben Sie oder müssen Sie sich nach dem Tod Ihres Chefs nach einem anderen Job umsehen?«, wollte Rico wissen.

»Im Moment weiß hier niemand, wie es weitergehen wird. Ich wickle gerade Roberts letzte Aufträge ab. Es sind noch einige Rechnungen offen. Das Geld kann die Fima zurzeit gut gebrauchen«, erklärte Irma.

»Das ist das Stichwort«, begann Hannah, »uns interessiert vor allem, welchem der beiden Konkurrenten Robert Langhoff seine Zusage für seine Mitarbeit beim Bau dieses neuen Freizeitparks gegeben hat. Cartwright oder Fisher?«

»Das weiß ich nicht. Ich habe Robert nach dem letzten Treffen mit Andrew Fisher nicht mehr fragen können. Das Thema wollten wir am nächsten Tag besprechen«, zuckte Irma die Achseln.

»Na gut, dann frage ich mal anders herum. Hatte Langhoff Cartwright bereits vor dem Treffen mit Fisher eine Absage erteilt?«

»Auch das kann ich nicht beantworten. Aber ich glaube, er wollte zunächst das Treffen mit Andrew Fisher abwarten, bevor er sich endgültig entscheidet.«

»Welches Angebot war denn lukrativer?«, wollte Rico wissen.

»Keine Ahnung. Über Zahlen hatte ich mit Robert in diesem Zusammenhang noch nicht gesprochen.«

»Über welche Dimension reden wir? Mehrere Hunderttausend Euro? Vielleicht sogar einige Millionen? Was hätte ihm dieser Auftrag eingebracht?«, fragte Hannah.

Irma rutschte unruhig auf ihrem Stuhl herum. »Ich denke, dass Robert mit der Konstruktion dieser Stahlachterbahn mehrere Millionen verdient hätte. Wieviel genau weiß ich nicht. Es lag von keinem der beiden ein schriftliches Angebot vor.«

»Was hat er denn beim Gold Coast Projekt 2015 verdient?«, erkundigte sich Rico.

»Oh, keine Ahnung. Da habe ich noch nicht für ihn gearbeitet.«

»Und darüber gibt es auch keine Unterlagen?«

»Nein, Herr Kommissar. Nicht hier in meinem Büro. So viel ich weiß, hat er damals schon auf eigene Rechnung gearbeitet und nicht als Architekt der Firma Langhoff und Vogt. Seitdem gab es ja diesen Streit zwischen ihm und Vogt. Der wollte natürlich, dass Robert seine Tätigkeit als Statiker auch über die gemeinsame Firma laufen ließ.«

»Hat er aber nicht. Und diesmal hatte er das auch nicht vor, oder? Obwohl der Firma das Wasser bis zum Hals steht?«

»Wie gesagt, deshalb gab es ja den Streit zwischen den beiden.«

»So auch am Vorabend seines Todes, oder?«

»Ja, das hatte ich Ihnen ja bereits erzählt«, nickte Irma.

»Was sagt Ihnen der Name Logan?«

Irma Steffens zuckte zusammen. Ihre rosige Gesichtsfarbe verwandelte sich von einer Sekunde zur anderen in ein blasses Weiß. Mit dieser Frage hatte sie augenscheinlich nicht gerechnet. Es schien, als wäre sie total überrascht, dass Hannah diesen Namen erwähnte.

»Logan? Äh, nein,…äh, wer soll das sein?«, stotterte sie, und konnte dabei ihre Aufregung kaum verbergen. Nervös schlug sie mehrfach die Beine übereinander.

Hannah wusste genau, dass Irma log. Ihre Körpersprache hatte sie verraten. Das sagte ihr die Erfahrung aus mittlerweile hunderten von Befragungen und Verhören. Dazu bedurfte es keines Psychologen. Irma Steffens wusste sehr wohl, wer Logan war.

»War Logan in Leipzig, um sich mit Robert Langhoff zu. treffen?«, blieb sie am Ball.

»Äh, nein, ich sagte doch, dass…«

»…Sie lügen, Irma. Sagen Sie uns die Wahrheit. Wir werden das sowieso herausfinden. Und wenn Sie uns jetzt hinters Licht führen, wird das schwerwiegende Folgen für Sie haben, verstanden?«

Irma hatte den Moment ihrer vorübergehenden Unsicherheit offenbar überstanden.

»Das sind haltlose Unterstellungen, Frau Kommissarin. Ich habe Ihnen alles erzählt, was ich weiß. Kümmern Sie sich lieber um diejenigen, denen der Tod von Robert gelegen kam. Und das sind nicht wenige. Sie vergeuden hier nur Ihre Zeit. Die Unterhaltung ist für mich beendet. Bitte gehen Sie jetzt, ich habe noch viel Arbeit.«

»Hm, also ich fasse zusammen: Sie wissen nicht, welchen der beiden Kontrahenten Robert Langhoff seine Zusage gegeben hat. Und der Name Logan ist Ihnen im Zusammenhang mit der Firma Cartwright and Sons aus Sydney gänzlich unbekannt, richtig?«

»Ja, das sagte ich bereits«, nickte Irma.

»Ach, eine Frage noch. War Stefan Glaser in den letzten Tagen hier? Ich meine, hatte der einen Termin mit Tino Vogt?«, erkundigte sich Rico.

»Ja, der sitzt gerade in seinem Büro«, antwortete Irma.

Jan hatte gerade seinen ersten Rundgang beendet, als er in der Dämmerung Lichter auf der Redground Road entdeckte. Sein Handy klingelte. »Was gibt's Jimmy?«, fragte er.

»Tucker ist mit der Bundespolizei im Schlepptau zu euch unterwegs. Der wird sich gleich noch bei dir melden. Die wollen mit euch reden.«

»Okay, danke, Jimmy. Haltet die Stellung. Ich melde mich.«

»Sie kommen, oder?«, stand plötzlich der Devil hinter ihm.

Jan erschrak. »Verdammt, Maynard, meine Nerven sind nicht mehr die Besten. Ja, Tucker ist dabei.«

»Ich habe alle Vorkehrungen getroffen. Wir werden sie reinlassen.«

Jan nickte. »Klar, was sonst? Die sitzen am längeren Hebel.«

Der Devil drehte sich um und brachte Castor und Pollux ins Haus.

»Was zum Teufel hast du vor? Mach keinen Unsinn. Wir müssen ruhig bleiben, hörst du?«

»Bin die Ruhe selbst. Ich hole nur Tom und Crasher«, blieb Maynard gelassen.

Tucker rief an. »Bin mit Robertson auf dem Weg. Macht um Gottes willen keinen Scheiß und lasst uns rein.«

»Klar doch, was soll die ganze Aufregung? Wir sind hier nicht die Bösen«, antwortete Jan.

Er sah in der Entfernung, wie Tuckers Victoria Crown von der Redground Road auf die Zufahrt zu Maynards Farm abbog. Ihm folgten zwei schwarze Escalades der Bundespolizei, die ihr Blaulicht eingeschaltet hatten. Zwei Minuten später hielten sie vor dem geschlossenen Tor.

Maynard wartete dahinter mit einem geladenen Sturmgewehr im Anschlag. Tucker stieg aus und ging in Begleitung eines Bundesbeamten auf das Tor zu.

»Stehenbleiben«, befahl der Devil. »Was wollt ihr?«

»Hör zu Maynard, die Agents haben einen Durchsuchungsbeschluss für deine Farm. Mach das Tor auf, verdammt«, sagte Sheriff Tucker.

»Ich will den Beschluss sehen.«

»Den zeigen wir Ihnen, wenn wir drinnen sind. Also los, Tor auf, kapiert?«, befahl der Bundesbeamte, ein kleiner, drahtiger Mittdreißiger im obligatorischen schwarzen Anzug.

»Nein, erst will ich wissen, warum Sie hier sind«, antwortete Maynard und lud demonstrativ seine Waffe durch.

»Na los, zeigen Sie ihm den Beschluss. Ist sein gutes Recht, zu wissen, was Sie von ihm wollen«, redete Tucker auf den Agent ein.

»Okay, also nehmen Sie die Waffe runter. Ich komme jetzt ans Tor«, lenkte der Beamte ein. Er reichte Maynard einen offenen Briefumschlag durch das Tor.

»Sie suchen nach Waffen, Granaten und Sprengstoff? Wenn's weiter nichts ist, meinetwegen«, gab er das Schreiben zurück, nahm die Waffe herunter und öffnete das Gatter.

Die Fahrzeuge fuhren langsam hintereinander auf den Hof und hielten vor dem Haus. Jan zählte insgesamt zwölf Männer, die aus den beiden Escalades ausstiegen und sich in zwei Reihen aufstellten.

Dann erschien Robertson auf der Bildfläche. Er hatte gewartet, bis seine Leute Haltung angenommen hatten und baute sich demonstrativ vor Maynard auf.

»Sie haben's gelesen, Deville. Also treten Sie beiseite und lassen uns unsere Arbeit machen. Das gilt selbstverständlich auch für Ihre ausländischen Freunde«, befahl er.

»Dann mal los, Robertson, tun Sie sich keinen Zwang an«, blieb der Devil gelassen.

»Wenn die das Maschinengewehr auf dem Dachboden finden, werden die uns alle einlochen, verdammt«, flüsterte Tom.

»Hm, das Ding werden die wohl kaum übersehen«, antwortet Jan.

»Abwarten«, grinste Crasher, der mehr zu wissen schien.

»Wo zum Henker sind Ihre verschissenen Tölen, Deville?Wenn die uns attackieren, erschießen wir sie, klar?«, meckerte Robertson.

»Nicht nötig, Robertson, die liegen im Haus vorm Kamin und werden sich nicht vom Fleck rühren.«

»Das hoffe ich für Sie«, grantelte der Agent.

Die Beamten schwärmten aus und begannen, jede Ecke und jeden Winkel auf der Farm zu durchsuchen.

»Wir brauchen den Schlüssel zu Ihrem Waffenschrank, Mr. Deville«, forderte einer der Männer.

»Nicht nötig, den hab ich bereits für Ihre Inspektion aufgeschlossen. Die Waffenbesitzkarten für die Jagdgewehre hängen am Schaft. Damit können Sie problemlos die Seriennummern vergleichen«, antwortete Maynard.

»Hey, was zum Geier läuft hier eigentlich?«, flüsterte Tom.

»Schätze, der Devil hat die Lage im Griff«, grinste Jan.

»Und ob er das hat«, nickte Crasher.

»Du meinst, der hat das ganze Zeug weggeschafft?«, fragte Tom.

»Keine Ahnung«, zuckte Crasher die Achseln. »Sieht aber ganz danach aus.«

»Wie hat er das auf die Schnelle geschafft? Und wo zum Teufel hat er das Zeug versteckt? So ein MG löst sich doch nicht einfach in Luft auf.«

»Nur die Ruhe, Tom. Warten wir's ab. Wäre nicht das erste Mal, dass der Devil seinen Gegnern im entscheidenden Moment den berühmtem Schritt voraus wäre«, flüsterte Jan.

Eine gute halbe Stunde später machten die Beamten ihrem Chef Meldung, dass bis auf die Jagdgewehre keine weiteren Waffen gefunden werden konnten.

Robertson kochte vor Wut, als er sich Maynard mit grimmiger Miene zuwandte. »Keine Ahnung, wie Sie das angestellt haben, den ganzen Kram in der Kürze der Zeit zu verstecken, Deville. Aber ich kriege Sie noch, darauf können Sie sich verlassen.« Wutschnaubend drehte er ab und gab seinen Männern das Zeichen, aufzusitzen und zu verschwinden. Mit Vollgas rauschten die schweren Escalades vom Hof.

»Woher verdammt nochmal wusstest du, wann wir kommen werden?«, wunderte sich Sheriff Tucker.

»Hat mir der große Manitu im Traum erzählt«, antwortete der Devil, ohne eine Miene zu verziehen.

Jan grinste. »Wieder einer, der besser nicht gefragt hätte. Der Devil hasst Fragen.«

Hannah überlegte kurz, ob sie Tino Vogt und Stefan Glaser einen Überraschungsbesuch abstatten sollte, entschied sich dann aber dagegen. Stattdessen klopfte sie an die Tür von Klara Peters, der Sekretärin von Tino Vogt.

»Auf ein Wort, Frau Peters, Ihr Chef hat gerade einen Termin mit Stefan Glaser, oder ist sein Besuch hier eher spontaner Natur?«

»Moment bitte, ich schau mal nach«, antwortete sie und rief auf ihrem Computer die Terminplanung ihres Chefs auf.

»Äh, nein, hier ist nichts eingetragen.«

»Also wussten Sie nichts von Glasers Besuch. Kommt es öfter vor, dass Ihr Chef unangemeldet einen Gast empfängt?«

»Nein, aber manchmal eben schon.«

»Wissen Sie, was Glaser will?«

»Oh, nein, das weiß ich leider nicht.«

»War er in den letzten Tagen schon einmal hier?«

»Äh, ja, gestern.«

»Aha, war er allein?«

»Er war in Begleitung von zwei Frauen. Eine davon war die Ex von Herrn Langhoff.«

»Und die andere?«

»Tut mir leid. Die Dame war mir unbekannt.«

»War ihr Name vielleicht Lena Iwanova?«

»Keine Ahnung. Aber fragen Sie doch mal Irma. Bevor die beiden bei Herrn Vogt im Büro waren, haben sie kurz mit Irma gesprochen. Ich nahm an, dass Irma beide Frauen kannte.«

Hannah nahm ihr Handy und scrollte die Fotoliste herunter, auf der sie gewöhnlich die Aufnahmen aller in einem Fall Verdächtigen abgespeichert hatte. Sie zeigte Klara Peters ein Bild von Lena Iwanova.

»Ja«, nickte sie, »das ist die Frau.«

»Und Sie haben nicht zufällig mitbekommen, worum es bei dem Treffen ging?«

»Nicht genau, aber Herr Vogt hatte mich während des Treffens gebeten, die Telefonnummer einer Versicherung herauszusuchen.«

»Geht's bitte etwas genauer?«, hakte Hannah nach.

»Äh, ich weiß nicht, ob ich Ihnen das sagen darf«, wurde Klara unsicher.

»Hören Sie, Frau Peters, wir ermitteln in einem Mordfall. Da ist kein Platz für Geheimniskrämereien. Wir versuchen herauszufinden, wer Ihren Chef umgebracht hat. Und da kann jeder Hinweis, auch wenn er zunächst noch so unbedeutend erscheinen mag, durchaus hilfreich sein.«

»Sie verdächtigen doch nicht etwa Herrn Vogt?«, war Klara erschrocken.

»Solange wir den oder die Täter nicht ermittelt haben, müssen wir allen Spuren nachgehen. Herr Vogt hatte immerhin kurz vor dem Tod seines Geschäftspartners einen heftigen Streit mit ihm gehabt.«

»Leider. Zuletzt gab es öfter Streit. Sie wissen sicher längst, dass es mit den Finanzen der Firma nicht zum Besten steht«, antwortete Klara.

Hannah nickte. »Ja, das wissen wir. Diese Nummer, die sie heraussuchen sollten, handelte es sich da um die Versicherung, bei der Robert Langhoff eine Lebensversicherung zugunsten der Firma abgeschlossen hatte?«

»Sowohl Herr Langhoff als auch Herr Vogt hatten eine solche Versicherung zugunsten der Firma abgeschlossen. Herr Vogt wollte die Nummer eines Herrn Reichenbach von der »Alten Leipziger« haben.

»Hm, also ist das die Gesellschaft, bei der die beiden versichert sind?«

»Soviel ich weiß, ja.«

»Und hat Herr Vogt danach mit Herrn Reichenbach telefoniert?«

Klara nickte.

»Aber Sie wissen nicht, worum es in dem Gespräch konkret ging?«

»Doch.«

Hannah zog überrascht die Augenbrauen hoch. Damit hatte sie nicht gerechnet.

»Herr Vogt hat mich nach dem Gespräch angewiesen, Herrn Reichenbach anzurufen und ihm unsere neue Kontonummer zu übermitteln.«

Hannah blickte Klara fragend an.

»Ja, wir haben seit gestern eine neue Bankverbindung.«

»Wie bitte? Weshalb?«

»Das müssen Sie Herrn Vogt fragen«, zuckte Klara mit den Schultern.

Hannah nickte. »Gut, danke Frau Peters.«

»Nicht dafür«, antwortete Klara höflich.

»Die wollen jetzt natürlich so schnell wie möglich Langhoffs Lebensversicherung ausgezahlt haben. Möglicherweise könnte das der Startschuss für eine Fusion mit Stefan Glaser sein«, sprach Hannah auf dem Weg zum Auto mit Rico.

»Vogt hat die Bankverbindung geändert, um alleinigen Zugriff auf das Geld zu haben. Möglich, dass außer ihm und Langhoff noch andere Zugriff auf das alte Firmenkonto hatten«, meinte Rico.

»Das Finanzamt zum Beispiel«, unkte Hannah.

»Möglich. Vielleicht wollte er auch verhindern, dass Irma Steffens weiterhin Zugang zum Konto hat«, vermutete Rico.

»Jedenfalls steht außer Frage, dass sich hier ein Club der »Langhoff-Geschädigten« gesucht und gefunden hat. Scheinbar will sich jetzt jeder was vom Kuchen abschneiden. Wir sollten versuchen, herauszufinden, ob Robert Langhoff ein Testament aufgesetzt hatte und zu welchen Gunsten es ausfällt«, schlug Hannah vor.

»Möglicherweise kann uns Irma Steffens etwas darüber erzählen. Immerhin waren sie und Langhoff eine zeitlang ein Paar«, nickte Rico.

»Hm, so langsam erhärtet sich bei mir der Verdacht, dass der Mord an Robert Langhoff keine spontane Tat eines Einzelnen, sondern die sorgfältig geplante Aktion einer Gruppe war«, vermutete Hannah. »Fragt sich nur, ob sie die Tat selbst ausgeführt oder einen Profikiller beauftragt haben?«

»Trotzdem müssen wir auch weiterhin diese beiden konkurrierenden Firmen Cartrwright aus Sydney und Fisher aus Chicago im Blickfeld behalten. Vor allem Cartwrights Bluthunde von der Security«, bedachte Rico. »Wir müssen checken, ob einer von Cartwrights Männern vielleicht zur Tatzeit in Leipzig waren. Und Andrew Fishers Angaben zu seinem Aufenthalt in Deutschland sollten wir ebenfalls genau überprüfen.«

»Ich werde so schnell es geht mit Jan sprechen. Der hat eine Verbindung zu einem von Cartwrights Sicherheitsleuten. Vielleicht kann er über diesen Kontakt herausfinden, ob tatsächlich jemand von denen Langhoff aufgesucht hat, um ihn dazu zu bewegen, Cartwrights' Angebot anzunehmen.«

Tom Ritter schüttelte fassungslos den Kopf. »Wie kann das sein, dass die hier nichts gefunden haben? Wo zum Teufel nochmal hast du das ganze Zeug versteckt?«

»Hör schon auf, Tom. Du hast doch wohl nicht im Ernst geglaubt, dass Maynard sich von Robertson überraschen lässt? Hätte mich in der Tat gewundert, wenn er nicht auf diesen Besuch vorbereitet gewesen wäre«, sagte Jan.

»Mag sein, aber so ein MG löst sich doch nicht innerhalb weniger Minuten so einfach in Luft auf, verdammt«, wunderte sich Tom.

»Müssen die glatt übersehen haben, als die auf dem Dachboden über der Garage nachgesehen haben«, grinste der Devil.

»Übersehen? Das Ding füllt doch den gesamten Dachboden aus. Die hätten förmlich darüber stolpern müssen. Vorausgesetzt, dass das MG noch dort war, als die da oben gesucht haben.«

Maynard zückte sein Handy, rief eine App auf und zeigte Tom ein Bild des Maschinengewehrs auf dem Dachboden über der Garage. Dann öffnete er die Dachluke zum Hof und ließ das MG wie auf Schienen bis an den Rand der Luke vorfahren.

Tom staunte Bauklötze. »Wie zum Henker hast du das gemacht?«

Jan schüttelte den Kopf. »Scheißegal, Tom. Lass es. Wahrscheinlich sind Robertsons Leute da oben auf Zerberus gestoßen und haben starr vor Schreck sofort den Rückzug angetreten.«

Maynard lachte. »Ja, das wäre durchaus eine Variante gewesen. Aber die Antwort ist viel einfacher.«

Der Devil bediente erneut seine Handy-App und hielt Tom sein iPhone vor die Nase.

»Gibt's doch nicht«, war Tom überrascht. »Also keine Zauberei, sondern simple Mechanik.«

Maynard nickte. »Einfach aber effizient, wie man sieht.«

Jan blickte Tom über die Schulter und sah, wie der Devil das MG per Handybefehl um 180 Grad um die eigene Achse drehte und es in einem Zwischenboden verschwinden ließ. Es hing jetzt unsichtbar kopfüber unter den Bodendielen.

»Special effects ala James Bond. Respekt mein Freund«, schlug Tom Maynard anerkennend auf die Schulter.

»Naja, hier draußen in der Wildnis treibt sich schon allerhand Gesindel herum. Die glauben, dass es bei mir was zu holen gibt. Eine MG-Salve vor die Füße beendet deren Ambitionen im Handumdrehen.«

»Robertson ist jedenfalls frustriert wieder abgeschoben und wird Cartwright wahrscheinlich bereits von seinem Fehlschlag in Kenntnis gesetzt haben. Die rätseln jetzt, ob wir tatsächlich bis auf vier Jagdgewehre unbewaffnet sind«, kommentierte Jan.

»Könnte diese Bande natürlich ermutigen, uns so bald als möglich anzugreifen«, meinte Tom. »Was werden wir unternehmen, wenn die zuerst Meredith' Farm attackieren?«

»Ist alles vorbereitet. Unsere Männer sind bestens ausgerüstet. Allerdings werden die längst wissen, dass die Polizei dort vor Ort ist und die Farm bewacht«, sagte Maynard.

»Davon werden sich diese Verbrecher nicht abhalten lassen. Denen ist es scheißegal, ob sie auf Zivilisten oder Polizisten schießen. Die wollen die Sache nur möglichst schnell zu Ende bringen«, glaubte Tom.

»Sollte es so sein, werden wir in nicht mal zehn Minuten bei Meredith sein und die Typen zur Hölle schicken«, sagte der Devil. »Ich bleibe allerdings dabei, die wollen zuerst mich erledigen.«

Jans Handy vibrierte. Er hatte es, während er Wache schob, stumm geschaltet.

»Rollins? Was zum Henker wollen Sie?«, war er überrascht.

»Robertson hat gerade mit Logan gesprochen. Logan ist der Chef…«

»Ich weiß, wer Logan ist.«

»Ja, okay. Jedenfalls hat er ihm berichtet, dass seine Leute auf der Farm keine Waffen finden konnten. Logan hat daraufhin Rafik Merabet den Befehl gegeben, sofort loszuschlagen.«

»Wann und wo genau?«

»Das weiß ich nicht. Noch nicht jedenfalls. Aber Sie müssen jederzeit damit rechnen.«

»Sagen Sie, Rollins, warum zum Teufel helfen Sie uns eigentlich?«

»Sie denken, ich will Sie hinters Licht führen?«

»Ja, genau das denke ich.«

»Klar, verstehe, an Ihrer Stelle wäre ich auch vorsichtig. Aber meine Hilfe hat einen bestimmten Grund. Besser gesagt, genau zwei Worte: Semper Fi.«

»Sie waren bei den Marines?«

»Navy Seals. Hab neun Jahre in Afghanistan gedient.«

»Wann?«

»Von 2001 bis 2010 in Mazar-i-Sharif und Kundus.«

»Sind wir uns dort vielleicht mal begegnet?«

»Ja, Sir, ich habe mich für den Dienst in der Sondereinheit »Sniper« beworben.

»Was? Tatsächlich?«

»Hab's aber leider nicht bis unter die letzten zehn geschafft. Ich war ein erstklassiger Scharfschütze, aber einer der Ausbilder meinte, ich wäre zu klein und zu schmächtig, um mich im Nahkampf behaupten zu können.«

»Und hatte der Mann recht?«

»Nein, Sir, hatte er nicht.«

»Wer war Ihr Ausbilder?«

»Staff Sergeant Deville, Sir.«

»Oh verdammt, dann müssen Sie ja stinksauer auf uns gewesen sein.«

269

»War nicht gerade erfreut. Aber dann hat sich schnell herumgesprochen, dass die Sniper mit großem Erfolg Jagd auf die Taliban machten und bereits mehrere hochrangige Anführer ausgeschaltet hatten. Das hat mir mächtig imponiert.«

»Ja, in der Tat, ein paar von denen konnten wir erwischen.«

»Der »Black Dragon« ist noch heute eine Legende bei den Marines. Und die Taliban fürchten ihn nach wie vor wie der Teufel das Weihwasser. Sie haben Großes geleistet, Major, und zusammen mit Ihren Männern vielen von uns das Leben gerettet.«

»Zu viel der Ehre, Rollins. Wir haben nur unseren Job gemacht.

»Jedenfalls haben Sie's nicht verdient, von Cartwrights Söldnern getötet zu werden. Sobald ich mehr weiß, rufe ich wieder an. Passen Sie auf sich und Ihre Männer auf, Sir.«

»Okay, danke Rollins.«

Schuberth zuckte die Achseln. »Fehlanzeige, leider. Es gab in der Woche vor der Tat nicht einen australischen Staatsbürger, der aus Sydney nach Leipzig geflogen ist. Wir prüfen gerade die Passagierlisten aller Flüge im besagten Zeitraum von Sydney nach Berlin, Frankfurt, Düsseldorf und München. Möglich, dass jemand von dort aus mit einem Mietwagen nach Leipzig gefahren ist. Auch die Mietwagenzentralen werden wir checken. Allerdings gleicht diese Aktion der Suche nach der berühmten Nadel im Heuhaufen. Könnte zum Beispiel auch jemand von Sydney nach Amsterdam, Brüssel oder Paris geflogen sein und dann mit der Bahn weiter nach Leipzig gereist sein. Es ist praktisch unmöglich, das alles zu überprüfen.«

»Klar, danke. Bleib trotzdem weiter dran. Eine bessere Idee haben wir im Moment nicht«, antwortete Rico.

»Allerdings haben wir herausgefunden, dass Andrew Fisher nicht wie von ihm behauptet noch am Abend der Tat nach seinem Termin mit Langhoff zurück nach Chicago geflogen ist, sondern erst einen Tag danach. Und zwar von Frankfurt aus«, wusste Schuberth zu berichten.

»Sieh mal einer an. Damit rutscht der Kerl auf unserer Kandidatenliste aber ganz weit nach oben«, sagte Rico.

»Klar, der hat sich eine Absage eingehandelt und erfahren, dass Langhoff das Angebot von Cartwright angenommen hat. Als er ihn nicht umstimmen konnte, hat er ihm den Schädel eingeschlagen, weil Fisher Investments ohne Langhoff dieses aufwendige Projekt vergessen konnte. Ohne Langhoff kein neuer Hyper Rollercoaster. Und ohne diese Attraktion wäre der Bau eines neuen Freizeitparks Makulatur. Somit wäre der Kampf gegen die Konkurrenz verloren. Cartwright and Sons hätten das Rennen gemacht und sich für den verlorenen Zweikampf von 2015 in Brisbane revanchiert«, glaubte Hannah.

»Was mir nicht in den Kopf will, ist, dass es mit Robert Langhoff nur diesen einen Spezialisten geben soll. Es muss doch irgendwo auf der Welt noch andere qualifizierte Leute geben, die ein solches Projekt erfolgreich umsetzen können, verdammt«, runzelte Polizeidirektor Wawrzyniak die Stirn.

»Natürlich gibt es die. Aber es ist nun mal Fakt, dass Langhoff den Hyper Rollercoaster in Brisbane konstruiert hat und der auch nach nun mittlerweile sieben Jahren nichts von seiner Anziehungskraft eingebüßt hat. Wie zu hören war, gab es bis heute nicht eine einzige Beanstandung an der aufwendigen Konstruktion. Keine Aussetzer, keine aufwendigen Reparaturen und vor allen Dingen keine Unfälle. Das Ding läuft quasi wie geschmiert«, antwortete Hannah.

»Stimmt. Das Risiko, dass ein anderer Fachmann letztendlich nicht die Qualität der Arbeit eines Robert Langhoff garantieren könnte, ist bei diesem Mega-Projekt viel zu groß«, nickte Rico.

»Mag alles sein. Aber schlägt man jemanden, der sich für ein anderes Angebot entscheidet, gleich den Schädel ein? Diese Vorgänge gibt es doch in der freien Wirtschaft täglich tausendfach und zwar rund um den gesamten Globus. Demnach müssten wir ja allein in Deutschland jeden Tag etliche Morde verzeichnen. Frei nach dem Motto, willst du nicht mein Partner sein, schlag ich dir den Schädel ein, oder wie? Unvorstellbar, wenn ihr mich fragt«, zuckte Waffel mit den Schultern.

»Hast recht, Horst. Ich bin der Meinung, dass wir den Täter eher in der Gruppe der »Langhoff-Geschädigten«, - Oberstaatsanwalt Oberdieck setzte die Bezeichnung mit den Fingern in virtuelle Häkchen - »hier bei uns in Leipzig suchen müssen. Ich denke, wir sollten uns vor allem diesen Neumann noch mal vorknöpfen. Der Mann wurde von Langhoff aufgrund ausbleibender Zahlungen beinahe in den Ruin getrieben. Als er erfahren hatte, dass der im Gegensatz zu ihm von den säumigen Zahlern sein Geld kassiert hatte, hat er rot gesehen. Neumann ist Choleriker, ist vorbestraft wegen Körperverletzung und hat zudem kein Alibi für die Tatzeit. Ich bin sicher, dass seine Frau einknickt, wenn man ihr wegen der Aussage, ihr Mann hätte in der Tatnacht um elf im Bett gelegen, nochmal gehörig auf den Zahn fühlt. Und einen solchen Zimmermannshammer besitzen nicht viele. Neumann trägt so ein Ding sogar am Gürtel. Ich habe jedenfalls keinen.«

»Ist bei zwei linken Pfoten auch nicht ratsam, Ralf«, scherzte Waffel.

»Selten so gelacht, Horst. Also, haken Sie bei Neumann und seiner Frau nach. Und machen Sie Druck. Das könnte helfen«, glaubte der Oberstaatsanwalt.

»Gegen Neumann spricht, dass diese Tat professionell geplant und ausgeführt worden ist. Der hätte doch irgendwo Spuren hinterlassen. Der Kerl ist Grobmotoriker und für kleinräumige Abläufe vollkommen ungeeignet. Außerdem hätte der ihm nicht beide Augen ausgehackt. Warum hätte er das tun sollen? Ich denke, dass das ein Zeichen ist, dass Langhoff nicht den Blick für eine bestimmte Frau, sondern eher für viele und vor allem junge Frauen hatte. Da fühlte sich jemand zurückgesetzt, nicht beachtet, vielleicht sogar betrogen«, erklärte Josie Nussbaum.

»Wieso gehst du von einer Frau aus? Möglicherweise war Langhoff ja bisexuell oder sogar schwul?«

»Nee, Hannah, echt jetzt?«, seufzte Josie. »Dafür gibt es doch keinerlei Hinweise.«

»Nein, aber krankhafte Eifersucht ist ein mögliches Tatmotiv. Und da fallen mir zuerst Lena Iwanova und Irma Steffens sein. Vielleicht sogar Lisa Langhoff«, meinte Rico.

»Und die sollen einen solch brutalen Mord geplant und ausgeführt haben? Glaube ich nicht«, entgegnete Josie.

»Ich auch nicht«, pflichtete ihr Hannah bei.

»Wobei wir dann wieder bei unserer Theorie einer gemeinschaftlichen Tat wären«, schlussfolgerte Waffel.

»Dafür spricht, dass es in letzter Zeit häufiger Treffen zwischen den Verdächtigen gegeben hat. Lisa Langhoff kreuzt bei Lena Iwanova auf, Tino Vogt und Stefan Glaser treffen sich in Vogts Büro. Und Rebecca Langhoff, Sofia Glaser und Mila Iwanova bilden eine unzertrennliche Clique, als ob nichts geschehen wäre und hängen an den Wochenenden weiterhin gemeinsam in den Clubs ab. Eine merkwürdige Vertrautheit, wenn ihr mich fragt. Immerhin wurde Rebeccas Vater umgebracht und ihre Freundinnen und deren Eltern gehören zum Kreis der Tatverdächtigen? Das passt doch irgendwie nicht zusammen«, gab Rico zu bedenken.

»Nein, ganz und gar nicht«, nickte Hannah.

»Hatte Robert Langhoff zuletzt überhaupt noch irgendwelche Freunde? Ich meine, er hat sich mit Frau und Tochter überworfen, hatte Streit mit seinem Geschäftspartner, lag mit Kunden und Mitbewerbern im Clinch und hatte offenbar Probleme mit der Schar seiner Ex-Geliebten. Ganz abgesehen von den Reibereien mit seinen potentiellen Auftraggebern in Sydney und Chicago«, hinterfragte Rico.

»Und selbst seine ihm treu ergebene Mitarbeiterin Irma Steffens schien zuletzt von ihm abzurücken, weil er ihre Zuneigung nicht erwiderte und sich stattdessen mit anderen jungen Frauen beschäftigte«, ergänzte Hannah.

»Sagen Sie, Frau Professor, ist die Spurensuche mitterweile abgeschlossen, oder können wir noch auf neue Erkenntnisse hoffen? Ich meine, es ist doch ungewöhnlich, dass so gar keine Hinweise gefunden worden sind. Weder am Tatort noch an der Leiche selbst?«, wollte der Oberstaatsanwalt wissen.

Josie Nussbaum rollte genervt mit den Augen. Die oberschlauen Kommentare ihres Kollegen Oberdieck liebte sie wie drei Tage Regenwetter.

»Nein«, antwortete sie einsilbig.

»Nein? Also ist die Spurensuche abgeschlossen?«

»Ja.«

Hannah wusste natürlich, dass dies nicht der Fall war. Josie würde niemals aufgeben. Schon gar nicht in solch einem schwierigen Fall. Das war nicht ihre Art. Aber sie war bisweilen stur. Sehr stur sogar, vor allem, wenn es um Oberdieck ging, den sie überhaupt nicht leiden konnte. Naja und wenn Josie jemanden nicht mochte, dann hatte sie auch kein Problem damit, es dieser Person unverhohlen zu zeigen.

Hannahs Handy klingelte. Jan war dran. Er erzählte ihr in Kurzform, was auf Maynards Farm geschehen war und unterrichtete sie von seinem erneuten Gespräch mit Rollins. Sie berichtete ihm von ihrem Meeting und klagte darüber, dass sie im Mordfall Langhoff im Moment kaum vorankamen.

»Hört sich in der Tat nicht gut an. Sieht aber so aus, als wenn der oder die Täter eher in Leipzig als in Chicago oder Sydney zu suchen wären. Kann mir auch ehrlich gesagt nicht vorstellen, dass Cartwright einen Killer nach Übersee schickt, um einen Architekten ermorden zu lassen, nur weil der sein Angebot ausgeschlagen hat. Selbst wenn der danach eine Offerte der Konkurrenz angenommen hat. Cartwright hat genug Probleme. Er hat ja noch nicht mal den Standort sicher, um seinen Freizeitpark zu bauen. Und ich glaube auch ehrlich gesagt nicht, dass er dieses Land bekommen wird. Maynard und Meredith sind jedenfalls fest entschlossen, keinen Quadratzentimeter ihres Besitzes aufzugeben. Cartwright wird seinen Freizeitpark woanders bauen müssen. Und bis dahin hat er ausreichend Zeit, sich weiterhin um einen kompetenten Architekten zu bemühen. Das ist jedenfalls zurzeit nicht sein vorrangiges Problem. Also nein, Hannah, wenn du mich fragst, glaube ich nicht, dass er Langhoff hat umbringen lassen.«

»Trotzdem Jan, bitte versuch' bei Rollins in Erfahrung zu bringen, ob nicht doch irgendeiner von Cartwrights Leuten in Deutschland war. Vielleicht hat er ja auch einen dieser Söldner, von denen du erzählt hast, beauftragt, Langhoff zu beseitigen. Möglich wär's immerhin.«

»Hm, klar, einen Versuch isses wert. Rollins ist ein Ex-Marine, der bei den Navy Seals in Afghanistan gedient hat. Und Marines vertrauen sich bedingungslos. Auch wenn sie nicht mehr im Dienst sind. Ich werde ihn bitten, herauszufinden, ob Cartwright beim Mord an Langhoff seine Hände im Spiel hatte.«

»Super, danke. Es ist bei euch bereits nach zehn. Erwartet ihr heute noch eine Attacke von Cartwrights Söldnern? Die glauben ja anscheinend, ihr wäret unbewaffnet. In diesem Fall hätte euch dieser Kotzbrocken Robertson sogar noch einen Dienst erwiesen.«

»Ich gehe davon aus, dass die wissen, dass wir hier Waffen haben. Immerhin haben wir auf die eineinhalb Kilometer entfernten Motorräder der Biker geschossen und getroffen. Also werden sie gewarnt sein. Aber den ein oder anderen Trumpf haben wir im Ärmel. Und damit rechnen die sicher nicht. Mach dir keine Sorgen, Hannah, wir werden diese Kerle zum Teufel jagen. Die haben sich mit den Falschen angelegt und das werden sie nachhaltig zu spüren bekommen.«

»Hey, Großer, passt bloß auf euch auf. Selbst wenn ihr diese Typen in die Flucht schlagen werdet, lauft ihr immer noch Gefahr, dass euch Robertson schnappt und hinter Gitter bringt. Der hat einen wahnsinnigen Hass auf den Devil. Der wird sich diesmal nicht nochmal geschlagen geben wollen, glaube mir.«

»Abwarten. Wir verteidigen uns nur. Und außerdem zeichnen die Überwachungskameras alle Vorgänge rund um die Farm auf. Wird schwer werden für Robertson die Tatsachen zu verdrehen.«

»Und du glaubst nicht, dass Sheriff Tucker nicht doch noch bei der Bundespolizei Gehör finden wird? Immerhin werdet ihr von diesen nordafrikanischen Auftragskillern und der Bikergang aus Sydney terrorisiert. Da können die Behörden doch nicht einfach drüber hinwegsehen, oder?«

»Das hier ist Australien. Ein unvorstellbar riesiges Land. Die Bundespolizei ist gut dreihundert Kilometer von Crockwell entfernt und hier gibt es mal gerade zwei Polizisten. Was glaubst du, was es die Agents in Parramatta interessiert, was hier draußen in der Wildnis vor sich geht? Außerdem haben die ja jemanden geschickt, um nach dem rechten zu sehen. Nur leider den Falschen. Unser Pech. Nein, die werden uns nicht helfen. Darauf zu hoffen wäre nicht nur naiv, sondern wahrscheinlich tödlich.«

»Also werdet ihr kämpfen müssen.«

»Sieht so aus. Aber mach dir keine allzu große Sorgen. Maynards Farm gleicht einer Festung. Ich glaube nicht, dass die überhaupt bis in unsere unmittelbare Nähe gelangen werden. Und wenn doch, werden sie schnell merken, welch fatalen Fehler sie begangen haben.«

»Sei bitte vorsichtig, Jan. Wir lieben dich, das weißt du, Schatz.«

»Ich bin bald wieder zu Hause, Hannah, versprochen.«

Jan befand sich im Tiefschlaf, als der Devil ihn weckte. »Crasher hat sich gemeldet. Es tut sich was.«

»Oh, verdammt, wie spät ist es?«, schreckte er hoch.

»Halb drei.«

»Okay, gib mir 'ne Minute«, brauchte er einen Moment um wach zu werden.

»Was ist los?«, streckte Tom den Kopf aus seinem Schlafsack.

»Wir kriegen Besuch. Macht euch bereit«, antwortete Maynard. »Ich bin draußen bei Crasher.«

Fünf Minuten später warteten Jan und Tom einsatzbereit auf dem Hof.

Crasher erklärte kurz die Lage. »Vor knapp zehn Minuten sind die beiden Geländewagen an der Zufahrt zur Ranch aufgetaucht, haben aber die Redground Road nicht verlassen. Ich habe insgesamt acht Männer gezählt. Die sind schwer bewaffnet. Haben 'nen Granatwerfer in Stellung gebracht.«

»Was zum Teufel haben die vor?«, wunderte sich Tom.

Maynards Handy meldete sich. Sheriff Tucker rief an. »Sie sind da. Haben sich in dem Wäldchen hinterm Haus gesammelt und bereiten den Angriff vor. Die machen sich gerade am Zaun zu schaffen. Schätze, es geht gleich los.«

»Wir haben hier ein Problem. Die blockieren die Zufahrt von der Ranch zur Redground Road«, antwortete der Devil.

»Scheiße, die wollen euch da festnageln, während sie uns hier fertigmachen«, befürchtete der Sheriff.

»Nicht nervös werden, Tucker. Vertrauen Sie auf unsere beiden Männer. Die wissen, was zu tun ist. Wir werden gleich bei euch sein.«

Maynard legte auf und rief Jimmy Morisson an. »Passt auf, die werden nicht nur von einer Seite kommen. Haltet sie auf Distanz. Wir werden sie in ihrem Rücken attackieren.«

»Beeilt euch, sieht so aus, als wären das weitaus mehr Angreifer als zuletzt.«

»Okay, bleibt in Deckung. Kein unnötiges Risiko, klar? Schätze wir sind in fünfzehn Minuten bei euch. Müssen leider einen kleinen Umweg nehmen.«

Maynard legte auf. »Die sind vor Meredith' Farm in Stellung gegangen und werden jeden Moment losschlagen. Die Typen oben an der Straße wollen uns aufhalten. Mehr nicht. Die werden es nicht wagen, uns hier zu attackieren«. war er sicher.

»Hm, wird verdammt schwierig, an denen vorbeizukommen«, meinte Tom.

»Müssen wir nicht. Mein Pick-up steht beladen und einsatzbereit vor dem Gatter an der Rückseite. Wir müssen uns allerdings beeilen, bevor die da hinten aufkreuzen«, antwortete der Devil.

»Bist du sicher, dass die nicht bereits dort sind?«, fragte Tom.

»Ja, auf der Überwachungskamera ist nichts zu sehen. Außerdem ist der Weg über die Felder und durch den Wald in der Dunkelheit nur schwer auszumachen. Aber klar, die werden früher oder später dort sein. Crasher, du wirst die Kerle beschäftigen, während wir durch die Hintertür verschwinden.«

»Ich soll hierbleiben?«, stutzte Crasher. »Wieso, die werden es nicht wagen, sich der Farm zu nähern. Schätze, die wissen längst, was denen blüht, wenn sie's versuchen.«

»Geh hoch aufs Garagendach und bring das MG in Stellung. Warte ein paar Minuten, bis wir unterwegs sind, dann knallst du denen ein paar Salven vor den Bug.«

»Und wenn die ihren Raketenwerfer einsetzen?«

»Dann sorg eben dafür, dass denen das Ding um die Ohren fliegt. Wo das MG-Feuer einschlägt, wächst kein Gras mehr. Die werden die Beine in die Hand nehmen, glaub mir. Und melde dich sofort, sobald sich die Situation hier ändert. Ich habe die Lage über meine Handy-App im Blick. Und lass die Hunde nicht raus, verstanden?«

Crasher nickte widerwillig. Allein zurückzubleiben gefiel ihm ganz und gar nicht. Aber er vertraute seinem Freund und würde tun, was er verlangte.

»Glaubst du, er kriegt das hin? Hat der überhaupt schon mal mit einem schweren Maschinengewehr geschossen? Der gewaltige Rückschlag der Browning wird ihm das Schultergelenk sprengen, wenn er den Schaft nicht knallhart in die Schulterbeuge presst«, warnte Tom.

»Crasher ist ein Technikfreak und ein Waffennarr. Wer mit 'ner Cessna 'nen Looping hinlegt, wird auch mit einem MG umgehen können, oder? Außerdem haben wir das Ding mehrfach zusammen getestet. Er weiß, wie er damit umzugehen hat, verlass dich drauf«, antwortete der Devil.

»Hoffentlich«, seufzte Tom.

Nachdem der Pick-up die Farm durch das Tor auf der Rückseite verlassen hatte, manövrierte Maynard den schwerbeladenen SUV im Schritttempo und unbeleuchtet durch das unwegsame Gelände.

»Hey, pass auf, dass du verdammt nochmal nicht auf eine der eigenen Minen fährst. Woher weißt du eigentlich so genau, wo die Dinger liegen?«, wollte Jan wissen.

»Weiß ich nicht«, antwortete Maynard.

»Wie bitte?«, erschrak Jan.

Der Devil lachte und streckte einen kleinen Gegenstand in die Höhe, der aussah wie eine Streichholzschachtel. »Ich schalte die Dinger wieder scharf, wenn wir das Minenfeld passiert haben.«

»Mannomann«, seufzte Jan und schüttelte den Kopf. »Mit dir wird's jedenfalls niemals langweilig, soviel steht fest.«

Zehn Minuten später hatten sie die Kreuzung zur Redground Road erreicht. Von den Söldnern war nichts zu sehen.

Maynard griff zum Handy. »Was ist los, Crasher? Wir haben keine Schüsse gehört?«

»Die haben zusammengepackt und sind wieder abgehauen. Keine Ahnung, wieso.«

Der Devil trat auf die Bremse. »Okay halt die Stellung und melde dich, sobald sich was tut.«

»Was ist, warum stoppst du?«, wollte Jan wissen.

»Die wollen uns in einen Hinterhalt locken. Schätze, dass die uns ins Visier nehmen, sobald wir uns auf der Straße blicken lassen«, glaubte Maynard.

»Und jetzt?«

»Plan B.«

»Und der wäre?«

»Wie nehmen 'nen kleinen Umweg durchs Gelände. Dauert allerdings ein paar Minuten länger. Gut festhalten, Freunde.«

Der Devil setzte zurück und fuhr langsam am Rande der Redground Road Richtung Crockwell. Der holprige Feldweg lag etwa eineinhalb Meter unterhalb der Straße. Der unbefestigte, steinige Untergrund ließ die Starrachse des Toyotas knarren und knarzen wie die knochentrockenen Scharniere eines alten, rostigen Eisentores. Schlaglöcher, so groß wie Granattrichter, brachten die Karosserie mächtig ins Wanken.

Jimmy meldete sich auf Jans Handy. Er klang besorgt.

»Es geht los. Wo bleibt ihr, verdammt? Allein schaffen wir das nicht. Die Wahnsinnigen feuern aus allen Rohren. Einen der Polizisten aus Goulburn hat's bereits erwischt.«

»Wir mussten einen Umweg nehmen. Die haben uns 'ne Falle gestellt und lauern uns an der Abzweigung zur Farm auf. Haltet durch. Wir werden versuchen den Kerlen in den Rücken zu fallen und das Feld von hinten aufzurollen.«

»Seid vorsichtig, schätze, das sind mehr als fünfzig Männer. Und die scheinen zu wissen, wie man mit Waffen umgeht. Wir müssen die Köpfe einziehen und werden die nicht mehr lange abwehren können.«

»Komm schon, Jimmy, zeig denen mal aus welchem Holz ein Texaner geschnitzt ist. Mach diesen Söldnern Feuer unterm Arsch. Und passt um Gottes willen auf Meredith auf. Das Blatt wird sich gleich wenden.«

»Okay, also gebt zum Henker nochmal Vollgas. Jede Minute zählt.«

Etwa fünfhundert Meter weiter quälte sich der schwere Pick-up eine kurze, steile Böschung hinauf zur Redground Road. Sie hatten die Einfahrt zu Meredith' Farm hinter sich gelassen und bogen in einen kleinen Waldweg hinter der Farm ein. Der Mond hatte sich hinter dunkle Wolken verzogen, leichter Nieselregen hatte eingesetzt. Maynard stellte den Wagen am Wegrand ab.

»Von hier aus geht's zu Fuß weiter«, flüsterte er.

Als Tom sich ein Sturmgewehr griff, packte der Devil seinen. Arm. »Nein, brauchen wir nicht. Pistole und Kampfmesser, mehr nicht. Sie werden uns nicht kommen hören. Jeder Schuss würde uns verraten. Wir töten sie lautlos.«

Tom nickte und legte das Gewehr beiseite.

Jan lud seine Pistole durch und steckte sich je ein Kampfmesser in den Gürtel und den Stiefelschaft.

Sie folgten dem Waldweg. Von hier aus waren es nur wenige hundert Meter bis zum Wäldchen hinter Meredith' Farm. Schüsse peitschten durch die Nacht. Der Kampf um die Farm war in vollem Gange.

Während sie sich geduckt im Laufschritt vorwärts bewegten, hofften sie inständig, dass sie nicht zu spät kamen.

Hannah erhielt einen Anruf aus dem Mercure Hotel. Die Nummer kannte sie.

»Guten Tag, Frau Kommissarin. Hier ist Jessica Kaufmann. Ich sollte Sie anrufen, wenn ich noch etwas über den Tag, an dem Herr Langhoff starb, in Erfahrung bringen könnte. Das ist alles so schrecklich und wollte mir einfach nicht mehr aus dem Kopf gehen. Ich hab heute Morgen mit meiner Kollegin gesprochen, die an besagtem Tag die Frühschicht hatte. Sie hat mir erzählt, dass Herr Langhoff bereits am Vormittag einen Termin im Mercure hatte. Er hattte sich etwa gegen halb zwölf mit zwei uns unbekannten Männern getroffen. Die drei saßen in der Bar und haben Kaffee getrunken. Meiner Kollegin war aufgefallen, dass der Ton gelegentlich recht scharf wirkte. Vor allem von einem seiner Besucher, der ihn offenbar mehrfach verbal attackiert hatte. Nach etwa einer Stunde haben die drei gemeinsam das Hotel verlassen.«

»Kann Ihre Kollegin diese Männer beschreiben?«

»Einer war groß und schlank, etwa Mitte vierzig. Der andere kleiner, fülliger und gut zehn Jahre älter. Die Männer haben englisch gesprochen.«

»Gibt es vielleicht Bilder der Überwachungskameras vor dem Hotel oder aus der Tiefgarage?«

»Nein, die Männer sind zu Fuß gekommen. Haben wahrscheinlich außerhalb des Hotes geparkt. Ein Taxi haben sie jedenfalls nicht bestellt.«

»Vielen Dank, Frau Kaufmann. Sagen Sie doch bitte Ihrer Kollegin, dass jedes auch noch so unwichtig erscheinende Detail wichtig sein könnte. Wenn ihr noch mehr zu dem Thema einfällt, soll sie mich bitte sofort anrufen.«

»Natürlich. Auf Wiederhören, Frau Kommissarin.«

»Also doch, verdammt«, rief Hannah und ballte die Faust. »Die waren da. Ich hab's gewusst.«

Dann rief sie Irma Steffens an.

»Hallo, Frau Steffens, Zeit für die Wahrheit. Mit wem hatte sich Robert Langhoff an seinem Todestag vormittags im Mercure getroffen, verdammt? Raus damit, und keine weiteren Lügen bitte!«

»Äh, tut mir leid, davon weiß ich nichts. In seinem Terminkalender war lediglich das Treffen mit Andrew Fisher eingetragen. Robert war vorher nicht im Büro. Daher weiß ich nicht, was er tagsüber gemacht hat«, antwortete sie.

Hannah entging die Unsicherheit in Irmas Stimme nicht.

»Also hat er diesen Termin vorher Ihnen gegenüber nicht erwähnt? Wollen Sie mir das tatsächlich weismachen? Sie wussten doch über jeden Schritt Ihres Chefs genau Bescheid. Schwer zu glauben, dass Sie ausgerechnet von diesem Termin nichts gewusst haben wollen. Das nehme ich Ihnen nicht ab. Also nochmal, mit - wem - hat - sich - Langhoff - getroffen, zum Teufel?«, machte Hannah Druck.

Am anderen Ende der Leitung wurde es ruhig. Irma Steffens schien sich die Antwort genau zu überlegen. Keine Frage, sie hatte ihr gehörig zugesetzt. Sie konnte förmlich hören, wie es in Irmas Hirn arbeitete.

»Was ist? Hat es Ihnen die Sprache verschlagen?«, hakte sie nach.

»Uns liegen genaue Personenbeschreibungen vor und wir wissen, dass die Männer akzentfrei englisch gesprochen haben. Unsere Nachforschungen haben ergeben, dass es sich um Cartwrights Leute gehandelt hat. Einer von denen ist sein Sicherheitschef Logan. Sie sehen, Frau Steffens, es gibt keinen Grund für Sie, weiterhin zu lügen«, sagte Hannah.

»Ich kenne keinen Logan. Egal, was Sie mir auch unterstellen wollen, ich weiß nichts und kann Ihnen leider nicht helfen. Sollten Sie Beweise erbringen, dass ich lüge, dürfen Sie sich gern wieder melden. Ansonsten möchte ich Sie bitten, mich jetzt einfach in Ruhe zu lassen. Ich muss meine Energie darauf verwenden, einen neuen Job zu finden. Vogt hat mich freigestellt. Der glaubt nämlich auch, dass ich mehr weiß, als ich sage. Da befinden Sie sich schon mal in guter Gesellschaft, Frau Kommissarin. Ich wünsche Ihnen trotzdem noch einen schönen Tag.«

Schuberth platzte ins Büro wie der Anführer einer Herde Wasserbüffel auf der Flucht. Hannah zog verwundert die Augenbrauen hoch. »Was ist los? Sind die Kollegen hinter dir her, weil du am Kaffeeautomaten gedrängelt hast?«, fragte Hannah, die ihrem ruhigen Kollegen einen solchen Temperamentsausbruch gar nicht zugetraut hätte.

»Bin Teetrinker«, antwortete Schuberth trocken. »Aber das hier solltest du dir ansehen. Manchmal findet man eben sogar die Nadel im Heuhaufen. Die Kollegen haben mich bei der Suche tatkräftig unterstützt und siehe da, wir haben einen Treffer.«

Er legte Hannah einen Computerausdruck vor, auf dem er eine Zeile gelb gemarkt hatte.

Hannah warf einen Blick drauf und runzelte die Stirn. »Hm, ja, wäre möglich«, kommentierte sie.

»Das ist doch kein Zufall. Die beiden Männer sind einen Tag vor der Tat von Sydney über Dallas nach Frankfurt geflogen. Dort haben sie sich einen Wagen gemietet. Zwei Tage später haben sie ihn am Leipziger Flughafen wieder abgegeben. Danach sind sie von Leipzig nach Amsterdam geflogen und von dort weiter über Dallas zurück nach Sydney. Das passt doch wie die Faust aufs Auge«, freute sich Schuberth. Er war sicher, ins Schwarze getroffen zu haben.

»Klar, bis auf die Namen.«

»Was? Wieso?«

»Weil wir nach einem Mann suchen, der sich Logan nennt. Entweder mit Vor- oder Nachnamen. Und keinen Louis Gane oder Hunter Washington. Zudem sind die beiden Amerikaner und keine Australier. Trotzdem, gute Arbeit, Schuberth«, lobte Hannah.

Schuberth nickte. Die Enttäuschung schien ihm ins Gesicht geschrieben. »Okay, wir werden trotzdem versuchen herauszukriegen, für wen die Männer arbeiten und was sie in Leipzig wollten.«

»Gut, macht das. Halt mich bitte auf dem Laufenden.«

Hannah rief Klara Peters an.

»Kurze Frage. Ist Irma Steffens von Herrn Vogt freigestellt worden?«

»Äh, ja, gestern.«

»Und sie ist heute schon nicht mehr an ihrem Arbeitsplatz erschienen?«

»Nein. Die Freistellung tritt mit sofortiger Wirkung in Kraft. Sie darf das Büro nicht mehr betreten.«

»Hm, und Sie wissen nicht vielleicht aus welchem Grund Frau Steffens so Hals über Kopf gehen musste?«

»Nein, da müssen Sie Herrn Vogt fragen.«

»Klar, verstehe. Sagen Sie, Klara - ich darf Sie doch Klara nennen - können Sie mir einen Gefallen tun?«

»Sicher. Kommt darauf an, was ich für Sie tun soll.«

»Ich möchte gern wissen, ob Robert Langhoff am Dienstag vormittag letzter Woche, also am Tag der Tat, einen Termin im Mercure Hotel hatte. Könnten Sie in seinem Terminkalender nachsehen?«

»Ich habe keine Zugangsberechtigung zu Irmas Computer. Da müssten Sie sich an Herrn Vogt wenden.«

»Kommen Sie, Klara, Sie werden doch innerhalb der Firma vernetzt sein. Es muss doch eine Möglichkeit geben, Zugriff auf Irmas Computer zu erhalten.«

»Ja, natürlich, aber dazu brauche ich das Passwort.«

»Und das ist nirgendwo hinterlegt?«

»Soviel ich weiß nicht.«

»Hm, na gut. Gibt es möglicherweise so was wie einen Terminkalender in Irmas Büro? Ich meine, so einen altmodischen, analogen Kalender aus Papier?«

Klara lachte. »Stellen Sie sich vor, Frau Kommissarin, ja, den gibt es noch. Auch bei uns.«

»Könnten Sie da bitte mal einen Blick drauf werfen?«

»Sicher. Soll ich Sie dann gleich zurückrufen?«

»Das wäre echt nett, danke.«

Hannah war nicht sicher, ob Klara Peters nicht wollte oder nicht durfte. Jedenfalls machte sie sich keine großen Hoffnungen, die gewünschten Informationen zu erhalten. In diesem Fall müsste sie zu Oberdieck gehen und ihn bitten beim zuständigen Richter einen Durchsuchungsbeschluss für das Architekturbüro zu erwirken. Immerhin könnte Irma Steffens Computer einen entscheidenden Hinweis auf den oder die Täter liefern. Sie war allerdings skeptisch, ob der Oberstaatsanwalt mitspielen würde. Wahrscheinlich war ihm der Anlass für einen Durchsuchungsbefehl nicht zwingend genug.

Nicht mal fünf Minuten später rief Klara Peters zurück.

»Scheint Ihr Glückstag zu sein, Frau Kommissarin, ich habe das Passwort für Irmas Computer unter ihrer Schreibtischunterlage gefunden.«

»Tatsächlich? Und konnten Sie einen Blick auf Robert Langhoffs Terminkalender werfen?«

»Ja, das konnte ich. Ich weiß nur nicht, ob ich berechtigt bin, diese vertrauliche Informationen weiterzugeben?«, zweifelte Klara.

»Hören Sie, Klara. Ich verspreche Ihnen, dass niemand erfährt, woher ich diese Auskunft habe.«

»Äh, na gut. Also hier steht kurz und knapp: Di., 11 Uhr, Cartwright, 17 Uhr Fisher. Mercure Hotel.«

»Okay, das war's schon. Mehr wollte ich gar nicht wissen. Ich danke Ihnen, Klara. Sie haben mir wirklich sehr geholfen.«

»Gerne, wenn's denn hilft den Mörder von Herrn Langhoff zu finden. Aber ich bitte Sie um absolute Diskretion, Frau Kommissarin. Ich habe soeben meine Befugnisse überschritten und möchte gern meinen Arbeitsplatz behalten.«

»Natürlich, verstehe. Sie können sich auf mich verlassen.«

Hannah legte auf. Sie lehnte sich in ihrem Bürosessel zurück und atmete tief durch. Also waren Washington und Gane offenbar Mitarbeiter von Cartwright and Sons. Aber das müsste Jan über diesen Rollins eigentlich in Erfahrung bringen können. Sie nahm ihr Handy und schickte ihm eine Nachricht.

Maynard stoppte, hob den angewinkelten Arm und ballte die Faust. Er setzte sich in die Hocke und winkte Jan und Tom zu sich. Nur wenige Meter vor ihnen tobte ein heftiges Feuergefecht.

»Die Jungs wehren sich«, stellte Jan zufrieden fest.

»Sicher, aber das bedeutet auch, dass wir uns leicht 'ne Kugel fangen können. Und zwar eine eigene. Wir bewegen uns im Schussfeld unserer Männer, wenn wir die Söldner jetzt in ihrem Rücken attackieren. *Shot by friendly fire* wird dann auf unseren Grabsteinen stehen. Ruf Jimmy an, die sollen in den nächsten Minuten über die Köpfe der Angreifer zielen. Und zwar solange, bis wir uns wieder melden, klar?«

Jan nickte und gab die Nachricht an Jimmy weiter.

Er hob den Daumen. »Okay, los geht's, Freunde.«

Der Devil nickte, sprang auf, zückte das Kampfmesser und schlich auf leisen Sohlen vorwärts. Wenige Meter entfernt befand sich eine Gruppe von Söldnern, die sich hinter einem umgestürzten Baum verschanzt hatte. Die Männer feuerten auf Meredith' Wohnhaus, wo Jimmy mit seinen Leuten Stellung bezogen hatte.

Maynard gab Tom ein Zeichen, hinter ihm und Jan zu bleiben und ihnen wenn nötig Feuerschutz zu geben. Dann rückten die beiden lautlos vor.

Die Söldner feuerten aus allen Rohren. In diesem Moment ahnten sie noch nicht, welches Unheil sich hinter ihnen zusammenbraute. Wahrscheinlich wären sie längst tot, bevor sie überhaupt begriffen hätten, was gerade geschah.

Der Devil packte den ersten der Männer von hinten, drückte ihm die Hand auf den Mund, zog ihn zurück und stieß ihm das Messer in den Hals.

Jan nahm den Kopf des Nebenmannes in den Schwitzkasten und brach ihm blitzschnell und lautlos das Genick. Das kurze Knacken wurde vom Lärm der Schüsse übertönt.

Die anderen Nachtwölfe, wie sich Rafik Merabets Söldner nannten, hatten offensichtlich noch nicht bemerkt, was in ihrem Rücken vor sich ging.

Als Maynard dem nächsten Söldner das Kampfmesser ansatzlos von hinten ins Herz rammte, blickte sein Nebenmann verdutzt über die Schulter. Noch bevor er reagieren konnte, hatte Jan ihm ebenfalls das Genick gebrochen. Plötzlich schnellte der Letzte der Männer herum und richtete sein Gewehr auf den Devil. Doch ehe er den Abzug betätigen konnte, hatte Tom ihm ein Loch in die Stirn geschossen.

Der Devil gab das Zeichen zum Rückzug. Sie schlichen zurück ins Unterholz und gingen in Deckung.

»Okay, wartet hier. Ich sehe nach, wo die nächste Gruppe in Stellung gegangen ist. Bin gleich zurück«, sagte er.

Etwa zwei Minuten später tauchte er wie aus dem Nichts wieder neben ihnen auf. Eben genauso wie sie es von ihm gewohnt waren.

»MG-Schütze mit Helfer zwanzig Meter voraus«, flüsterte er. »Wir schalten sie aus, kapern das MG und feuern damit auf die nächste Gruppe, die etwa weitere zwanzig Meter entfernt ist. Das übernimmst du, Tom. Jan und ich schleichen uns in deren Rücken und erledigen die Überlebenden, klar?«

Tom wusste, dass die beiden auf Abstand bleiben würden und ihre Waffen aus sicherer Entfernung abfeuern würden, um nicht in die Streuung des Maschinengewehrfeuers zu geraten. Diese taktische Angriffsvariante hatten sie in Afghanistan bis zum Abwinken praktiziert. Sie war ihnen längst in Fleisch und Blut übergegangen. Jeder wusste auf den Punkt, was zu tun war. Sie waren ein Team, genau wie vor fast fünfzehn Jahren im Hindukusch.

Es dauerte nicht mal zehn Sekunden, um den MG-Schützen und seinen Ladehelfer auszuschalten. Wie zuvor setzte der Devil das Messer ein, Jan benutzte seine Hände. Tom hob das MG auf, warf sich den Patronengurt über die Schulter und gab Dauerfeuer.

Rafiks Männer warfen sich panisch zu Boden. Einige versuchten verzweifelt das Feuer zu erwidern, andere suchten ihr Heil in der Flucht.

Der Spuk dauerte nicht mal eine Minute, dann waren alle fünfzehn Nachtwölfe tot. Entweder waren sie dem MG-Feuer zum Opfer gefallen, oder auf der Flucht von Jan und Maynard erschossen worden.

Jan rief Jimmy an. »Wir haben das MG. Wir brauchen zwei Minuten, um von hier zu verschwinden. Die meisten von denen sind tot. Keine Ahnung, wieviele noch übrig sind, aber viele können es nicht mehr sein. Gebt den anderen den Rest, verstanden?«

»Verstanden. Macht, dass ihr da wegkommt. Wir werden denen jetzt die Hölle heiß machen«, antwortete Jimmy.

Die drei Männer schlichen so schnell sie konnten im Schutze der Dunkelheit der mondlosen Nacht zurück zu ihrem Pick-up.

Jans Handy vibrierte. Crasher rief an.

»Auf der Straße tut sich was. Sieht aus, als würden sich dort die Biker sammeln. Schätze, das sind mindestens dreißig Mann. Diesmal scheinen sie etwas schlauer zu sein, die haben ihre Maschinen hinter der Baumreihe auf der anderen Seite der Redground Road abgestellt.«

Jan übergab Maynard das Handy, der mitgehört hatte, was Crasher gesagt hatte.

»Hör zu, unternimm nichts, bevor sie versuchen, vorzurücken. Beim ersten Anzeichen schießt du auf die Motorräder. Die Reichweite der Browning beträgt bei voller Feuerkraft gut 1.500 Meter. Bis zur Baumreihe sind es höchstens 1.300 Meter. Stell das Visier auf maximale Reichweite und das Infrarotsichtgerät auf die höchste Stufe. Du wirst die Ziele hell und scharf im Blick haben. Achte darauf, dass der Patronengurt nicht geknickt wird. Dann schießt du etwa 'ne halbe Minute Dauerfeuer. Red Bills Kumpanen werden die Beine in die Hand nehmen, verlass dich drauf. Ich denke, von denen werden wir ernsthaft nichts zu befürchten haben. Wir müssen hier die Sache erst zu Ende bringen, bevor wir zurückkommen. Wird aber nicht mehr lange dauern.«

Tom stieg auf die Ladefläche und stemmte das MG auf das Führerhaus. Maynard und Tom sprangen in den Pick-up, fuhren den Waldweg zurück zur Straße und bogen nach rechts Richtung Meredith' Farm ab.

Würden Rafiks Männer noch am Abzweig des Feldweges zur Ranch auf sie warten, würden sie sich mit dem MG den Weg freischießen. Außerdem war das Überraschungsmoment auf ihrer Seite, weil ihre Gegner sie aus der entgegengesetzten Richtung erwarten würden. Und bevor sie registrieren würden, wer da gerade mitten in der Nacht aus der Stadt die Redground Road hochkam, hätte Tom längst das Maschinengewehr zum Einsatz gebracht.

Hannah stand vorm Kaffeeautomaten. Half ja alles nichts. Sie hatte Schmacht auf eine Koffeindröhnung. Ihr Chef und Partner Rico Steding hatte sich heute morgen mit einer Grippe abgemeldet. Und das bedeutete, dass heute Frau Stedings erstklassiger Kaffee entfiel. Sie gab ihrem Mann jeden morgen eine Thermoskanne frisch gebrühten Bohnenkaffee mit auf den Weg. Der schmeckte umwerfend gut und war mittlerweile im gesamten Präsidium bekannt und begehrt. Polizeirat Horst Wawrzyniak war geradezu süchtig danach. Wann immer sich eine Gelegenheit bot, schnorrte er bei seinem Freund Rico einen Becher Kaffee. Und eine Zigarette, denn dann schmeckte der Kaffee erst richtig gut. Zuhause durfte er ebensowenig rauchen wie Rico. Ihre Frauen hatten der Nikotinsucht íhrer Männer einen Riegel vorgeschoben, den zu knacken sie nicht wagten. Jetzt war eben Plan B gefragt und der hieß Automatenplörre. Besser als nichts, dachte Hannah, eine Alternative gab es nicht. Leider.

»Was denn? Willst du dich etwa vergiften, Schätzchen?«, rief Josie Nussbaum über den Flur, als sie ihre Freundin dabei ertappte, wie sie gegen den Kaffeeautomaten hämmerte, weil sich mal wieder der Becher in der Aufhängung verhakt hatte.

»Hey, Josie. Wolltest du zu mir?«, fragte sie überrascht.

»Tja, ich dachte mir, ich überbringe dir die frohe Botschaft höchstselbst«, grinste sie.

»Oh, biste etwa schwanger?«, lachte Hannah.

»Ha, wie denn? Durch Windbestäubung vielleicht? Hab schon seit Monaten keinen Kerl mehr nackt gesehen. Jedenfalls nicht in meinem Bett.«

»Soll ich dir 'nen süßen Callboy bestellen? Der besorgt's dir, duscht, zieht sich wieder an und verschwindet. Keine Zigarette danach, kein lästiger Smalltalk, kein Frühstück mit Ei und Orangensaft. Einfach nur gnadenlos effektiv.«

»Klar. Immer her mit dem jungen Gemüse«, lachte Josie. »Apropos gnadenlos effektiv. Wir haben fast die ganze Nacht durchgearbeitet und uns nochmal alle Daten und Fakten der Spurensicherung angesehen. Dieser Obernörgler von Oberstaatsanwalt hat mir einfach keine Ruhe gelassen. Ich habe Langhoffs Leiche nochmal gründlich nach Spuren untersucht, aber konnte erneut nichts finden, was wir dem Täter zuordnen konnten. Kein Blut, keine Speichelreste, kein Sperma und auch keine Hautpartikel. Nichts. Nicht mal diesen einen verräterischen Fussel auf der Kleidung.«

»Hm, war ja schließlich auch nicht zu erwarten, oder?«

»Eigentlich nicht, aber ich wollte hundertprozentig sicher sein, bevor ich Oberdieck in den Hintern trete. Der Kerl treibt mich noch irgendwann zur Weißglut, verdammt«, schimpfte Josie.

»Aber du wärst ja hier nicht in aller Frühe unangemeldet aufgekreuzt, wenn du nicht doch noch irgendwo ein Ass im Ärmel hättest, oder?«

»Worauf du einen lassen kannst, Schätzchen. Aber ich hab' kein einfaches Ass im Ärmel, sondern 'nen dicken Joker auf der Hand, der uns den Jackpot bescheren wird. War gerade bei Schuberth und hab' ihm einen USB-Stick mit Aufnahmen einer Überwachungskamera mitgebracht, mit der Bitte, aus den vorhandenen Bildern das beste herauszuholen. Er meinte, er wäre in einer halben Stunde fertig.«

»Nun mach's doch nicht so verdammt spannend. Was zum Henker habt ihr gefunden?«

»Während ich in der Pathologie nach Spuren gesucht habe, haben meine beiden fleißigen Studenten alle am Tatort und Umgebung gefundenen Hinweise nochmal eingehend überprüft. Einschließlich der Bilder aller Überwachungskameras im näheren Umkreis. Naja, ich gebe zu, ich hab's auch nicht auf den ersten Blick erkannt. Aber die Jungspunde haben auch bessere Augen als ich.«

»Hey, weißt du, wie oft wir uns diese Aufnahmen angesehen haben? Bis auf den Rentner, der am späten Abend mit seinem Hund auf dem Fußweg zum See spazieren gegangen ist, ist darauf im fraglichen Zeitraum zwischen elf Uhr abends und drei Uhr morgens keine Menschenseele zu sehen. Im unmittelbaren Umfeld des Tatorts unten am See gibt es nirgendwo Kameras.«

»Ich weiß, aber auf der Abtnaundorfer Straße steht eine riesige Villa mit zwei Überwachungskameras über dem schmiedeeisernen Eingangstor. Genau gegenüber befindet sich ein Haus mit einem Panoramafenster zur Straße, das weder durch Hecken, Bäume oder Zäune verdeckt ist. Und in diesem Fenster hat sich im besagten Zeitraum nicht nur das Mondlicht gespiegelt, sondern auch die Silhouette einer Person. Und die Kameras haben dieses Bild aufgezeichnet, obwohl sie eigentlich rein rechtlich die andere Straßenseite nicht erfassen dürften. Waren wohl falsch eingestellt oder vom Wind verdreht worden. Purer Zufall eben.«

»Und du glaubst, dass Schuberth diese Person identifizieren kann?«

»Klar kann er das. Sieh selbst«, sagte Josie und zeigte Hannah eine Aufnahme auf ihrem iPhone.

«Wer zum Teufel soll das sein?«, zuckte sie die Achseln.

»Moment, Fräulein, er wird gleich größer«, grinste Josie und vergrößerte das Bild maximal.

»Wow, scheiß die Wand an. Der Typ sieht tatsächlich aus wie Neumann. Gibt's doch nicht«, staunte Hannah.

»Wir haben den Kerl bei den Eiern, Schätzchen. Der war's, das ist mal sicher. Nur eins stört mich daran«, meinte Josie.

»Und das wäre?«

»Dass Oberdieck recht hatte. Er hat von vornherein gesagt, dass Neumann der Täter ist.«

»Geschenkt, Josie, 'n blindes Huhn findet eben auch mal 'n Korn.«

»Wohl wahr. Aber das ist noch nicht alles. Wir haben herausgefunden, dass Neumanns Handy zur fraglichen Zeit in der Nähe des Tatorts eingeloggt war«, berichtete Josie stolz.

»Wie bitte? Ihr habt eine Funkzellenortung durchführen lassen? Ohne richterlichen Beschluss?«

»Beruhige dich, Schätzchen. Die Jungs haben dafür eine Software. Keine Ahnung, woher. Wahrscheinlich aus dem Internet runtergeladen. Sind absolute Technikfreaks, die Burschen. Na ja, Neumanns Handynummer hab ich aus dem System gefischt«, zuckte Josie mit den Schultern.

»Dann müssen wir darauf hoffen, dass Oberdieck den Haftrichter dazu bewegen kann, im Nachhinein eine Genehmigung auszustellen. Am besten ist, wenn wir Waffel bitten, mit ihm zu reden«, schlug Hannah vor.

Sie griff zum Handy, rief Rico an und erzählte ihm, was geschehen war.

»Da fehlt man in fast dreißig Jahren mal einen einzigen Tag und schon klärt ihr einen Fall mal so einfach ohne mich auf. Ich fass es nicht«, seufzte Rico. »Ich wäre ja gekommen, aber meine Frau hat's mir verboten. Sie meinte, ich würde euch alle anstecken.«

»Erkältung, Grippe oder Corona? Hast du 'nen Test gemacht?«

»Natürlich, das erste, was meine Frau getan hat, ist, mir das Stäbchen in den Rachen zu rammen. Negativ. Ist nur 'n kleiner Schnupfen, sonst geht's mir gut. Bin morgen früh wieder am Start. Mit Kaffee und Keksen. Lass uns um neun 'ne Dienstbesprechung in großer Runde einberufen.«

»Klar, Chef, gute Besserung.«

Maynard verlangsamte die Geschwindigkeit und rollte vorsichtig auf den Abzweig zu Meredith' Farm zu. Tom thronte auf der Ladefläche, hatte das MG in Stellung gebracht und durchgeladen, bereit, notfalls den Weg freizuschießen.

Doch zu ihrer Überraschung, war der Weg frei.

Crasher rief an.

»Was gibt's?«, fragte Jan.

»Hier ist die Hölle los. Die Biker versuchen, die Farm einzukesseln. Die kommen von allen Seiten«, rief Crasher aufgeregt.

»Wenn die dem Zaun zu nahe kommen, betreten sie das Minenfeld. Gab es bereits Explosionen?«, wollte der Devil wissen.

»Nein, nicht eine. Sieht so aus, als hätten die Minensuchgeräte dabei. Da kommen ein paar von denen den Weg herunter Richtung Tor. Die bewegen sich langsam und vorsichtig. Scheint so, als wären die sehr gut vorbereitet.«

»Okay, dann knall den Kerlen ein paar Warnschüsse vor den Bug. Wird Zeit, dass wir denen' ne Lektion erteilen«, forderte Maynard.

Crasher lud das MG durch und feuerte vor die Füße der Angreifer. Schottersteine, Sand und Gras spritzten auf. Die Angreifer warfen sich schutzsuchend zu Boden. Als sie wieder aufsprangen, schoss er erneut. Die Biker drehten um und suchten ihr Heil in der Flucht.

»Die hauen ab. Damit haben sie scheinbar nicht gerechnet«, vermeldete Crasher.

»Gut gemacht. Sobald wir hier fertig sind, kommen wir zurück. Wird nicht mehr lange dauern. Glaube nicht, dass die Nachtwölfe noch mehr Verluste riskieren wollen«, sagte der Devil.

Der Pick-up rollte unbeleuchtet und langsam auf den Hof vor Meredith' Wohnhaus. Es waren nur noch vereinzelte Schüsse zu vernehmen.

»Hört sich nach Rückzug an«, kommentierte Jan.

Jimmy und Johnny kamen aus dem Haus und liefen geduckt über den Hof.

»Scheint denen ja echt Beine gemacht zu haben. Die ziehen sich zurück. Am besten, wir nehmen die Verfolgung auf und geben denen den Rest«, schlug Johnny vor.

»Nein, die werden so schnell nicht zurückkommen. Wir haben mindestens zwanzig Männer erledigt. Schätze, dass die vorerst genug haben. Wie geht's dem verletzten Polizisten?«, fragte Jan.

»Ist nur 'n Kratzer«, kommentierte Jimmy.

Mittlerweile waren auch Sheriff Tucker und seine drei Kollegen auf der Bildfläche erschienen.

Tucker hatte die Ärmel hochgekrempelt und umklammerte sein Gewehr immer noch fest mit beiden Händen. Officer Millner stützte seinen humpelnden Kollegen Stearling, der offenbar doch schwerer verletzt war, als es Jimmy wahrhaben wollte. Officer Kane holte sein Handy aus der Tasche. »Ich denke, wir sollten 'nen Krankenwagen rufen«, meinte er.

»Steck das Ding weg, Jeffrey«, befahl Tucker. »Danke für die Hilfe, Männer. Fünf Minuten später und die hätten uns überrannt. Sah nicht gut aus, wenn ich ehrlich bin.«

»Wo ist Meredith? Geht's ihr gut?, wollte Maynard wissen.

»Ich bin hier«, hörte er die Stimme seiner Freundin. Sie kam mit einer Schrotflinte unterm Arm aus dem Haus.

»Was in aller Welt…«, staunte Maynard.

»Ja, glaubst du vielleicht, ich verkrieche mich feige unterm Esstisch, wenn so ein paar dahergelaufene Strolche mir meine Farm wegnehmen wollen?«, gab sich Meredith kämpferisch. »Was denkt ihr, kommen die zurück?«

»Keine Ahnung«, zuckte Tucker mit den Schultern. »Ich weiß nur eins, wir müssen jetzt die Dinge in unserem Sinne regeln. Am besten, ihr steigt sofort in den Wagen und verschwindet. Ihr seid heute Nacht nicht hier gewesen, klar? Ich hab mit meinen Kollegen den Schutz der Farm übernommen. Wir haben uns gegen die Angriffe verteidigt, bis die Kerle abgezogen sind. Das ist jedenfalls die Version fürs Protokoll.«

»Und wie wollen Sie erklären, dass im Wald vor dem Haus Männer mit aufgeschlitzten Kehlen und gebrochenem Genick liegen?«, fragte Jan.

»Nehmen wir alles auf unsere Kappe. Meredith und Stearling haben die Ranch verteidigt. Kane, Millner und ich sind denen in den Rücken gefallen und haben die Kerle erledigt. Das war's «, meinte Tucker lapidar.

»Bei allem Respekt, Sir, aber das wird Ihnen niemand abnehmen. Die Nachtwölfe sind ehemalige Elitesoldaten und Fremdenlegionäre. Durchweg harte Burschen. Die lassen sich nicht so einfach von - mit Verlaub - einfachen Provinzpolizisten das Genick brechen«, gab Jan zu bedenken.

»Was die glauben oder nicht, interessiert mich 'nen Scheiß. Die können uns nicht das Gegenteil beweisen«, antwortete Tucker.

»Und jetzt macht schon, verschwindet von hier. Ich rufe jetzt die Kavallerie. Schätze, die werden Robertson schicken. Freu mich schon drauf, sein entsetztes Gesicht zu sehen.«

»Tucker hat recht, Männer. Wenn wir hierbleiben, wird uns Robertson verhaften«, sagte Maynard.

Crasher meldete sich auf Jans Handy. Der Devil hatte wie sooft sein Mobiltelefon im Wagen zurückgelassen.

»Die haben sich zurückgezogen, lungern aber immer noch auf der Straße vor der Abzweigung zur Farm herum. Sieht fast so aus, als warteten die auf irgendwas. Soll ich denen nochmal Beine machen?«

»Nein, nur wenn die Anstalten machen, näherzukommen. Wir sind hier so gut wie fertig. Die Söldner haben den Rückzug angetreten. Wir sind in zehn Minuten da und werden das Problem regeln«, antwortete Maynard, der über Lautsprecher auf Jans Handy mitgehört hatte.

Hannah hatte die Kollegen der Streife beauftragt, Felix Neumann vorläufig festzunehmen und aufs Revier zu bringen. Zuvor hatte sie Polizeidirektor Wawrzyniak informiert und ihn gebeten, an der Vernehmung teilzunehmen, da Rico Steding krank zuhause und Jan noch nicht aus Australien zurück war.

IT- Spezialist Oberkommissar Schuberth hatte das von der Überwachungskamera aufgenommene Spiegelbild bearbeitet und dabei ein erstaunliches Ergebnis erzielt. Es war glasklar zu erkennen, dass der Mann auf dem Bild der Bauunternehmer Felix Neumann war.

»Was soll der Scheiß?«, schimpfte Felix Neumann. »Sie können mich doch nicht einfach von der Baustelle holen. Was glauben Sie eigentlich, wie ich mein Geld verdiene? Als wenn dieser Scheißkerl von Langhoff nicht schon genug Schaden angerichtet hat, verdammt!«

Der Bauunternehmer war wütend. Die Zornesröte stand ihm ins Gesicht geschrieben.

»Wir haben Sie nicht grundlos aufs Präsidium gebeten, Herr Neumann. Wir haben Grund zur Annahme, dass Sie Robert Langhoff ermordet haben«, erklärte Hannah.

»Wie bitte? Was zum Geier soll das denn jetzt? Das ist doch völliger Blödsinn. Ich war zur Tatzeit zu Hause. Das hat meine Frau bestätigt. Reicht Ihnen das nicht?«, polterte Neumann.

»Im Normalfall schon. Immer vorausgesetzt, ein Zeuge sagt die Wahrheit. In Ihrem Fall haben wir aber den Verdacht, dass Ihre Frau eine Falschaussage gemacht hat.«

»Das ist ja lächerlich«, meckerte Neumann.

Die Tür zum Verhörraum öffnete sich und Polizeidirektor Wawrzyniak trat ein. Er stellte sich vor und setzte sich.

»Polizeidirektor? Da scheint's ja mächtig zu brennen, wenn jetzt hier bereits die Großkopferten aufschlagen«, kommentierte Neumann. »Haben Sie eigentlich nichts Besseres zu tun, als einen unschuldigen Bürger zu schikanieren? Also, was zum Teufel wollen Sie von mir?«

Neumanns Halsschlagader hatte mittlerweile den Umfang eines Gartenschlauchs erreicht.

»Wie wär's, wenn Sie jetzt mal wieder runterfahren und sich beruhigen«, beschwichtigte Waffel den aufgebrachten Bauunternehmer.

»Ach ja, dann hätten Sie mich vielleicht nicht wie einen Schwerverbrecher vor den Augen meiner Leute in die grüne Minna verfrachten und abtransportieren sollen. Hätte vollkommen ausgereicht, wenn Sie mich angerufen und zum Gespräch geladen hätten«, maulte Neumann.

»Nur, dass das hier kein Kaffeekränzchen ist, sondern eine Mordermittlung. Sie sind doch sonst nicht so zart besaitet, Neumann«, erwiderte Hannah scharf und schob ihm den vergrößerten Ausdruck der Aufnahme der Überwachungskamera über den Tisch.

»Was soll das sein?«, motzte er.

»Das Foto eines Mannes, der zur Tatzeit am Tatort war.«

»Ach und Sie glauben, dass ich das bin? Naja, eine gewisse Ähnlichkeit lässt sich nicht leugnen. Das war's dann aber auch schon. Und deswegen haben Sie mich hierher schleifen lassen? Ich muss schon sagen…«

»Wir haben die Aufnahme von Experten mit den Fotos in Ihren offiziellen Dokumenten vergleichen lassen. Sie wissen schon, Personalauweis, Reisepass, Führerschein und so weiter. Der biometrische Abgleich erbrachte eine Übereinstimmung von 98 Prozent. Es gibt keinen Zweifel, dass Sie der Mann sind, der am Abend des Mordes an Robert Langhoff zur Tatzeit am Tatort war. Sie wurden um 23.55 Uhr von einer privaten Überwachungskamera an der Abtnaundorfer Straße aufgenommen. Keine hundert Meter von der Firma Langhoff und Vogt entfernt und unweit vom Tatort am See im Abtnaundorfer Park«, sagte Hannah,

»Unsinn, Sie müssen sich irren. Ich bin um elf ins Bett gegangen. Das hat meine Frau bestätigt«, blieb Neumann bei seinem Alibi.

»Hören Sie, Herr Neumann, die Falschaussage Ihrer Frau wird Sie nicht retten«, sagte Waffel. »Ihr Handy war zur fraglichen Zeit im Bereich des Abtnaundorfer Parks eingeloggt. Zusammen mit der Aufnahme der Überwachungskamera sind das glasklare Beweise, dass Sie dort waren.«

»Quatsch, ich war zu Hause, wie oft soll ich Ihnen das noch erzählen«, wehrte sich Neumann.

»Woher wussten Sie, dass Robert Langhoff an dem Abend zu dieser späten Zeit noch im Büro war?«, fragte Hannah,

»Was soll die Frage? Wusste ich nicht, woher auch?«

»Sagen Sie endlich die Wahrheit. Die Fakten, die wir dem Haftrichter vorlegen können, reichen aus, um Haftbefehl zu erlassen. Sie hatten Streit mit Langhoff wegen unbezahlter Rechnungen von Kunden, die er Ihnen vermittelt hatte. Und als Sie erfahren haben, dass er sein Geld bekommen hatte und Sie nicht, haben Sie rot gesehen. Sie gelten als aufbrausend und unbeherrscht, Herr Neumann. Das beweisen mehrere Vorstrafen wegen Körperverletzung. Einmal haben Sie einem säumigen Zahler mit dem Hammer die Hand zertrümmert, wie in den Akten nachzulesen ist. Außerdem haben Sie Langhoff unter Zeugen gedroht, dass Sie ihn fertigmachen werden. Nicht besonders clever, aber eben Ihrer cholerischen Art geschuldet. Also, Neumann, Sie hatten ein handfestes Motiv, Sie waren nachweislich zur Tatzeit am Tatort und Sie besitzen einen Zimmermannshammer. Mit eben einem solchen wurde Langhoff der Schädel eingeschlagen. Und jetzt frage ich Sie ein letztes Mal, bevor wir Sie abführen lassen: Woher wussten Sie, dass Langhoff zu dieser späten Zeit noch im Büro war?«

Hannah konnte förmlich spüren, wie es in Neumann arbeitete. Er blickte zu Boden und schüttelte den Kopf. Erst leicht, dann heftiger. Dann nickte er. »Also gut, ich wollte gerade zu Bett gehen, als dieser Anruf kam«, sagte er.

»Wer war dran?«, fragte Hannah.

»Keine Ahnung«, zuckte Neumann die Achseln. »Der Anrufer sagte, dass Langhoff mich treffen wollte. Er hätte einen Vorschlag, wie ich doch noch an mein Geld kommen würde. Der Typ meinte, ich solle um zwölf ins Büro kommen. Langhoff würde dort auf mich warten.«

»War der Anrufer ein Mann?«, wollte Hannah wissen.

»Die Stimme klang mechanisch, so als würde sie jemand absichtlich verändern. Zumindest klang sie männlich.«

»Und Sie haben dem Anrufer geglaubt? Ich meine, kam Ihnen die Sache nicht merkwürdig vor? Langhoff hätte Sie doch auch selbst anrufen und Sie irgendwann tagsüber treffen können?«, wollte Waffel wissen.

»Wissen Sie, über welche Summen wir hier reden? Langhoff hat mich um mehr als eine Million Euro betrogen. Ich war am Boden, stand vor dem Ruin. Konnte mich bis heute nur mit Mühe und Not über Wasser halten. Ich brauchte das Geld und zwar dringend. Also bin ich hingefahren. Was hatte ich zu verlieren?«

Der kräftige, übergewichtige Mittfünfziger zog aus der Hosentasche seiner braunen Breitcordhose ein Stofftaschentuch hervor und wischte sich den Schweiß von der Stirn. So langsam schien er zu registrieren, dass es nicht sonderlich gut um ihn stand.

»Nehmen wir mal an, Sie sagen die Wahrheit. Was geschah dann?«, wollte Waffel wissen.

»Na ja, ich wartete ein paar Minuten vor der Tür. Als sich nichts regte, habe ich geklingelt. Doch es öffnete niemand. Etwa zehn oder fünfzehn Minuten später gab ich auf und machte mich zurück auf den Heimweg. Ich hatte mich gerade einige Schritte entfernt, da sah ich einen Mann aus dem Haus kommen. Ich drehte um und ging auf ihn zu. Es war Robert Langhoff. Als er mich sah, zuckte er zusammen und wollte sofort zurück ins Haus flüchten. »Was wollen Sie? Hauen Sie ab«, rief er. Es gelang mir einen Fuß in die Tür zu quetschen. Ich packte ihn am Arm und hielt ihn fest. «

»Verschwinden Sie, oder ich rufe die Polizei, brüllte er.«

»Und dann haben Sie sich Langhoff vorgeknöpft?«, fragte Hannah.

»Klar, das hatte ich vor. Aber bevor ich ihn richtig zu fassen bekam, hatte er sich losgerissen und ist die Treppe hinauf in sein

Büro getürmt. Ich bin hinterher und hab gegen die Tür gehämmert. Ich hab' ihn aufgefordert, seine Schulden zu bezahlen. Als er nicht reagierte, bin ich wieder runter und hab' mindestens 'ne halbe Stunde draußen auf ihn gewartet. Doch er kam nicht mehr. Um Viertel vor eins bin ich dann stinksauer zurück nach Hause gefahren.«

Hannah und Waffel sahen sich an. Zwei Köpfe, ein Gedanke. Sie nahmen Neumann seine Story nicht ab.

»Jetzt erzähle ich Ihnen mal, wie es wirklich war, Herr Neumann«, begann Hannah. »Sie haben Robert Langhoff vor der Tür seines Büros abgepasst. Als der nicht mit Ihnen reden wollte, sind Sie ausgerastet, haben Ihren Zimmermannshammer aus dem Gürtel gezogen und ihn erschlagen. Anschließend haben Sie ihn in einen Plastiksack gesteckt und zum nahegelegenen Seeufer getragen. Bevor Sie die Leiche ins Wasser geworfen haben, haben Sie ihm mit der Hammerspitze die Augen ausgehackt. Es sollte so aussehen, als wenn irgendein Irrer eine Botschaft hinterlassen wollte. Danach haben Sie den Sack soweit es ging vom Ufer entfernt in den See geworfen und den blutigen Hammer gleich hinterher. Natürlich erst, nachdem Sie feinsäuberlich Ihre Fingerabdrücke abgewischt hatten. Da es in der Nacht trocken war, haben sie am Ufer keine Spuren hinterlassen. Sie haben sich vergewissert, dass Sie niemand gesehen hat und sind zurück nach Hause gefahren. Die Handschuhe haben Sie auf dem Rückweg irgendwo in einer Mülltonne entsorgt.«

»Unsinn. So war das nicht«, wehrte sich Neumann vehement »Ich hab die Wahrheit gesagt. Auf dem Rückweg hab ich gemerkt, dass ich meinen Hammer verloren hatte. Der muss mir beim Gerangel mit Langhoff aus dem Gürtel gerutscht sein. Vermutlich hat der Täter ihn gefunden und damit Langhoff erschlagen. Glauben Sie vielleicht, ich wäre so dämlich gewesen und hätte der Polizei gleich die Tatwaffe mitgeliefert? Außerdem hatte ich weder Handschuhe noch einen Plastiksack dabei. Wozu auch? Ich wollte mit Langhoff reden und hatte nicht geplant, ihn zu ermorden, zum Teufel.«

»Da ist noch was, Herr Neumann. Es gibt einen Zeugen, der Sie unten am See gesehen hat«, legte Hannah nach.

»Nein, dieser Mann muss sich irren.«

»Ich habe nicht gesagt, dass der Zeuge ein Mann ist.«

»Hab ich jetzt mal angenommen. Da lief irgendwo so ein Typ mit seinem Hund herum. Kann sein, dass der mich gesehen hat. Allerdings war das vor Langhoffs Büro und nicht unten am See.«

»Na gut, das war's fürs Erste, Herr Neumann. Wir nehmen Sie vorläufig fest, wegen des Verdachts Robert Langhoff ermordet zu haben. Sie können selbstverständlich einen Anwalt kontaktieren«, sagte Waffel, stand auf, öffnete die Tür des Vernehmungszimmers und befahl Polizeiobermeister Gredig, Felix Neumann abzuführen.

Maynard fuhr rechts ran und stoppte. Hinter der nächsten Kurve lag die Einfahrt zu seiner Ranch. Dort wartete Red Bill Rafferty mit seinen Männern. Crasher hatte sie mit Warnschüssen zurückgedrängt. Sie hatten sich jetzt auf die andere Straßenseite außerhalb der Reichweite des Maschinengewehrs zurückgezogen und warteten, bis Maynard versuchen würde, auf sein Anwesen zurückzukehren. Sie wussten sicher längst, dass Rafiks Söldner es nicht geschafft hatten auf Meredith' Ranch vorzudringen. Von den schweren Verlusten unter den Nachtwölfen ahnten sie jedoch scheinbar noch nichts.

Der Devil checkte die Aufnahmen der Überwachungskameras auf seiner Farm.

»Sieh dir das an«, reichte er Jan sein Handy.

»Verdammt, was machen die da?«

»Sie versuchen das Tor auf der Rückseite zu sprengen. Die haben sich mit Minensuchgeräten vorgearbeitet und bringen Sprengladungen am Gatter an. Das sind Rafiks Männer. Ich sagte ja, die wollen mich und nicht Meredith. Dass wir denen dort in den Rücken fallen würden, hatten die so nicht eingeplant. Rafik ist davon ausgegangen, dass ich meine Ranch nicht verlassen werde. Jetzt glaubt er, dass der Weg für ihn frei ist, auf die Farm zu gelangen und sie niederzubrennen.«

»Was zum Teufel machen wir jetzt?«, fragte Jan.

Maynard rief Crasher an. »Sie sind am Hintereingang und versuchen das Tor zu sprengen. Du musst sie aufhalten, bis wir da sind, klar?«

»Verstanden, aber beeilt euch, die Munition wird langsam knapp.«

»Von hier aus sind es hinter der Kurve noch etwa dreihundert Meter bis zu den Bikern. Tom bleibt hier, schleicht sich langsam bis auf Schlagdistanz heran und zerstört die Motorräder. Sie werden ihn in der Dunkelheit nicht kommen sehen. Und wenn sie ihn bemerken, wird es zu spät sein.« Maynard stieg aus und erzählte Tom, was er plante. Der nickte kurz, gab ihm das MG an und sprang von der Ladefläche.

»Wenn du die Sache erledigt hast, versteck das MG irgendwo im Unterholz und lauf den Feldweg hinunter zur Ranch. Beeil dich. Ich deaktiviere die Sprengfallen und schalte den Strom aus. Wenn du drin bist, melde dich sofort, klar?«

»Alles Roger, Maynard.«

»Okay, dann los.«

Der Devil wendete den Pick-up und fuhr mit Jan die Redground Road zurück. Querfeldein würden sie etwa zehn Minuten brauchen, um zur Rückseite der Ranch zu gelangen. Sie mussten sich sputen, jeden Moment könnte es den Söldnern gelingen, das Tor zu sprengen und auf den Hof vorzudringen. Crasher würde unter Beschuss geraten, sobald er die erste Salve abgefeuert hätte. Dann würde er wahrscheinlich den Kopf einziehen und in Deckung bleiben müssen.

Wind und Regen waren stärker geworden. Der Feldweg verwandelte sich langsam in eine Rutschbahn aus Wasser und Schlamm. Der unbeleuchtete Pick-up bahnte sich seinen Weg durch den aufgeweichten Untergrund und die schier undurchdringliche Schwärze der mondlosen Nacht. Sie mussten sich beeilen, jetzt zählte jede Sekunde. Wenn es den Söldnern gelänge, auf den Hof zu gelangen, bevor sie das Tor zum Hintereingang erreicht hätten, war Crashers Leben keinen Pfifferling mehr wert. Und vor Castor und Pollux würden diese seelenlosen Bastarde sicher auch nicht haltmachen.

Der Toyota Pick-up schlidderte über den seifigen und schlammigen Boden wie ein außer Kontrolle geratener Puck übers Eis.

Vor ihnen erhelllte ein greller Feuerball den Nachthimmel. Sie hörten Schüsse aus automatischen Waffen.

»Die jagen die Minen in die Luft und ballern aus allen Rohren, verdammt«, rief Maynard und trat aufs Gas.

Plötzlich tauchten direkt vor ihnen wie aus dem Nichts die Umrisse von Fahrzeugen auf. Der Devil schaltete den Motor aus und ließ den Geländewagen ausrollen.

Jan sprang heraus, bewaffnete sich mit Sturmgewehr, Pistole und Kampfmesser und steckte sich zwei Handgranaten in die Jackentasche. Währenddessen schlich der Devil vor zu den Fahrzeugen der Söldner. Als er sich vergewissert hatte, dass der Pick-up und die beiden Range Rover verwaist waren, zerstach er nacheinander die Reifen.

Dann liefen sie den Sandweg durch das kleine Waldstückchen bis das Gatter der Farm in der Dunkelheit in Sichtweite war. Jetzt waren sie nur noch fünfzig Meter von ihren Kontrahenten entfernt. Nah genug, um trotz der widrigen Witterungsverhältnisse ihre Ziel anzuvisieren und auszuschalten. Denn genau das hatten sie über viele Jahre im Hindukusch erfolgreich praktiziert.

Maynard gab Jan ein Handzeichen, auf der anderen Seite des Weges Stellung zu beziehen und in Deckung zu gehen. So wie es aussah, waren die Nachtwölfe noch nicht bis zum Tor vorgedrungen und immer noch damit beschäftigt, sich die letzten Meter durch das Minenfeld zu bahnen.

Jan zählte acht Männer, die ihnen den Rücken zugedreht hatten. Zwei von ihnen würden sterben, bevor die anderen auf sie aufmerksam wurden. Danach mussten sie mit heftiger Gegenwehr rechnen. Als die nächste Sprengfalle detonierte, drückten die beiden ab. Die Schüsse verhallten im Lärm der Detonationen. Zwei Männer sackten getroffen zu Boden. Ob sie tot waren, konnten sie aus der Entfernung nicht ausmachen. Doch scheinbar hatten die anderen noch nicht bemerkt, was gerade in ihrem Rücken geschah. Der Devil legte das Gewehr ab, lud seine Pistole und steckte sie in den Gürtel. Er zog sein Kampfmesser aus der Scheide und signalisierte seinem Freund, dass sie vorrücken würden. Maynard schlich geduckt und behände wie eine Wildkatze im Schutze der Dunkelheit am Rande des Weges entlang. Er hatte einen besonderen Trumpf im Ärmel: Er wusste, wo die Minen lagen. Jan nicht, deshalb blieb er ihm dicht auf den Fersen.

Die Söldner waren mittlerweile in heller Aufregung. Sie schossen blindlings in die Richtung, aus der sie attackiert worden waren, doch ihre vermeintlichen Ziele hatten längst die Positionen verändert.

Die Männer schrien wild durcheinander. Jan glaubte herauszuhören, dass sie französisch sprachen. Er wusste, dass nichts schlimmer war, als gegen einen unsichtbaren Gegner zu kämpfen. Es gab kein Ziel, während man selbst zur wandelnden Zielscheibe wurde. Diese Art von Hilflosigkeit ließ einen Kämpfer blitzschnell die

Orientierung verlieren und in Panik verfallen. Und das war gewöhnlich der Anfang vom Ende.

Maynard war einem der Männer mittlerweile so nahe gekommen, dass er seinen Atem spüren konnte. Der feuerte wie ein Besessener in die Richtung, aus der sie beschossen worden waren.

Der Devil atmete tief ein, machte einen gewaltigen Satz nach vorn und schnitt dem Mann ansatzlos die Kehle durch.

Jan, der nur wenige Meter hinter ihm lauerte, musste nicht eingreifen. Wie ein Geist aus der Dunkelheit hatte er innerhalb weniger Sekunden auf diese Weise drei weitere Söldner getötet.

Plötzlich gab es einen fürchterlichen Knall. Während der Devil am Boden liegend das Gesicht in den Händen vergrub, wurde Jan von der Wucht der Explosion von den Beinen gerissen und gegen einen liegenden Baumstamm geschleudert. Für einen Moment drohte er vor Schmerzen ohnmächtig zu werden. Sein Brustkorb brannte wie Feuer. Wahrscheinlich hatte er sich die Rippen gebrochen. Als er den Kopf hob, konnte er schemenhaft erkennen, dass das Gatter zum Hof gesprengt worden war.

»Die sind drin, verdammt«, schrie Maynard. Seine Stimme verriet Angst. Jan erschrak. Nie zuvor hatte er den Devil dermaßen aufgewühlt erlebt. Er fürchtete um das Leben seines Freundes Crasher und natürlich um das seiner geliebten Gefährten Castor und Pollux, die längst mehr waren, als nur zwei treue Begleiter. Sie waren seine Famile.

Sie war mittlerweile seit über zwanzig Jahren im Polízeidienst, davon gut zehn Jahre als Ermittlerin bei der Mordkommission. Dass eine geschlagene Viertelstunde vor Beginn einer Dienstbesprechung bereits alle Teilnehmer vollständig versammelt waren, hatte sie bisher noch nicht erlebt. Jedenfalls konnte sie sich daran nicht erinnern Und das um neun Uhr morgens. Hannah zog verwundert die Augenbrauen hoch. War sie tatsächlich die Letzte, die den Besprechungsraum betrat?

»Entschuldigung, Kollegen, bin ich zu spät? Wir hatten doch neun Uhr gesagt, oder?«

»Hatten wir, alles gut«, nickte Rico Steding, der immer noch verschnupft klang. »Schätze, es sind alle scharf darauf, dabei zu sein, wenn wir den Fall Langhoff aufklären. Hatte so schnell wohl keiner mit gerechnet. Ich auch nicht, wenn ich ehrlich bin.«

»Ganz so weit sind wir noch nicht. Gibt schon noch 'n paar Fragen zu klären, bevor Neumann dem Haftrichter vorgeführt werden kann«, bremste Hannah die Euphorie.

Sie informierte die Runde über das gestrige Verhör. Polizeidirektor Wawrzyniak nickte mehrmals zur Bestätigung, nippte vorsichtig an seinem heißen Kaffee und fischte sich einen Schokoladenkeks nach dem anderen vom Teller. Ricos Frau hatte wie so oft für das Wohlbefinden seiner Kollegen gesorgt. Mit vollem Mund meldete sich Waffel zu Wort.

»Die schönsten Fälle sind gelöste Fälle«, grinste er. »Ich denke, die Beweislast gegen den Hauptverdächtigen ist mehr als ausreichend, um den Mann wegen Mordes anzuklagen«, freute er sich und hatte bereits einen weiteren Keks ins Visier genommen.

Oberstaatsanwalt Oberdieck holte Luft und plusterte sich auf wie ein Pfau. »Verstehe gar nicht, weshalb alle so überrascht sind. Dass Neumann der Täter ist, habe ich doch schon vor einer Woche gesagt.«

»Klar, was denn sonst? Sind Sie sowas Ähnliches wie das Orakel von Delphi? Oder vielleicht doch nur 'n notorischer Besserwisser? Hab's doch gleich gesagt, bla, bla bla...«, äffte Josie Nussbaum ihn nach. »Ich kann den Scheiß nicht mehr hören«, fuhr sie aus der Haut.

»Aber meine Damen und Herren, ich muss doch bitten. bleiben Sie sachlich«, schritt Waffel ein. »Und ja, in der Tat, Ralf, du hast

Neumann als Hauptverdächtigen genannt. Aber jemanden des Mordes zu verdächtigen ist nicht besonders schwierig. Die notwendigen Beweise zu liefern, dagegen schon. Kompliment an die Kolleginnen und Kollegen der Mordkommission und der Gerichtsmedizin. Wie wir gehört haben, kam der entscheidende Hinweis von einem Studenten der Rechtsmedizin aus der Abteilung von Frau Professor Nussbaum.«

»Mit Verlaub, Kollegen, wir sollten doch zunächst nochmal die Fakten checken, bevor wir uns ein abschließendes Urteil bilden«, sagte Hannah und blickte mahnend in die Runde.

Sie stand vor dem Whiteboard und berichtete detailliert über die bisherigen Ermittlungsergebnisse. »Natürlich belasten die Fakten den Verdächtigen schwer. Aber es sind durchaus noch Fragen offen.«

»Die da wären?«, maulte Oberdieck.

»Ich habe heute Morgen nochmal mit dem Zeugen gesprochen, der am Abend der Tat gegen Mitternacht mit seinem Hund in der Nähe des Architekturbüros Langhoff und Vogt unterwegs war. Er hatte angegeben, dort einem Mann begegnet zu sein, der sich auf dem Gehweg Richtung Abtaundorfer Park befand. Laut seiner Beschreibung war dieser Mann groß und schlank, hatte eine sportliche Figur. Er trug dunkle Kleidung und soll zwischen dreißig und vierzig Jahre alt gewesen sein. Felix Neumann dagegen ist mittelgroß, kräftig und bereits Mitte fünfzig. Außerdem war er nach eigener Aussage mit einer braunen Breitcordhose bekleidet, wie sie bei Zimmermännern üblich ist. Und einen Sack mit einer Leiche darin trug er auch nicht über der Schulter«, sagte Hannah.

»Wer sagt denn, dass dieser unbekannte junge Mann auch der Täter war? Kann tausend Gründe geben, warum der dort um Mitternacht entlang gegangen ist. Vielleicht war er in der Stadt feiern und wolte einfach nur nach Hause gehen. Entscheidend ist doch, dass Neumann von der Überwachungskamera erfasst worden ist.

Das beweist, dass er zur Tatzeit am Tatort war. Punkt aus«, kommentierte Oberdieck.

Hannah nickte. »Sicher, Herr Oberstaatanwalt. Da haben Sie recht. Es beweist aber nicht, dass Neumann Langhoff umgebracht hat. Was mich stört, ist die Tatsache, dass Neumann für die Tat einen Zimmermannshammer verwendet hat, der doch sofort auf ihn als Täter hinweist. Und dann ist er noch so dumm und wirft den Hammer in den See, damit die Spurensicherung ihn sofort findet?«

»Und wieso in aller Welt hackt er dem Opfer die Augen aus? Neumann ist Choleriker, kein Psychopath«, ergänzte Josie Nussbaum.

»Tja, und warum hat ihn eigentlich diese Überwachungskamera nicht auf dem Rückweg aufgenommen? So wie ich das verstanden habe, hatte Neumann doch seinen Wagen gleich am Anfang der Abtnaundorfer Straße abgestellt, weil er die Hausnummer nicht mehr im Kopf hatte und deswegen gut fünfhundert Meter zu Fuß weitergelaufen ist?«, fragte Waffel.

«Ähm, das konnten wir inzwischen klären, Chef«, meldete sich Oberkommissar Jungmann zu Wort. »Wir waren heute morgen bei dem Hausbesitzer. Der hat erklärt, dass die Überwachungskamera schon seit Monaten falsch eingestellt war. Er hatte es immer wieder vergessen, sie neu ausrichten zu lassen. Deshalb hat die Kamera nur die gegenüberliegende Straßenseite erfasst und nicht den Gehweg unmittelbar vor dem Haus. Könnte also durchaus sein, dass Neumann deshalb nicht auf dem Rückweg von der Kamera aufgenommen worden ist.«

»Das ist doch irrelevant. Der könnte ja auch den Weg durch den Park genommen haben. Und die Sache mit dem Hammer ist für mich auch keine Überraschung. Er hat ihn in den See geworfen, weil er wusste, dass das Wasser sämtliche Spuren darauf verwischen würde. Und die Tatsache, dass er dem Opfer die Augen ausgehackt hat, lässt darauf schließen, dass er es aussehen lassen wollte, als hätte irgend so ein Psychopath den Mord begangen. Reines Ablenkungsmanöver. Na ja, und wie es scheint, konnten ja auf dem Hammer tatsächlich keine Spuren mehr gesichert werden, oder?«, fragte der Oberstaatsanwalt.

»Nein. Und einen solchen Zimmermannshammer kann man in jedem Baumarkt kaufen. Wie übrigens auch die Plastikhandschuhe und den blauen Plastiksack«, sagte Josie.

»Also, warum eiern wir hier eigentlich noch rum? Neumanns Alibi hat sich in Luft aufgelöst. Er war zur Tatzeit nachweislich am Tatort. Er hatte ein glasklares Motiv, Langhoff den Schädel einzuschlagen. Danach ist er seelenruhig durch den Park zu seinem Wagen zurückgelaufen und nach Hause gefahren. Ein durchaus nachvollziehbarer und insgesamt schlüssiger Tathergang. Neumann ist der Täter, daran gibt es keine Zweifel. Soviele Zufälle auf einmal gibt es nicht. Vollkommen ausgeschlossen«, resümierte Oberdieck.

Obwohl Hannah und Josie längst nicht so sicher waren wie der Jurist Oberdieck, klang seine Schilderung der Tat absolut nachvollziehbar. Dem hatten sie im Moment nichts entgegenzusetzen. Polizeidirektor Wawrzyniak nickte. »Tja, so wie du es schilderst, Ralf, wird es wohl gewesen sein. Wir haben allen Grund zur Annahme, dass wir den Täter gefasst haben. Also werden wir veranlassen, dass er dem Haftrichter vorgeführt wird. Ich werde für morgen Mittag eine Pressekonferenz einberufen, um die Öffentlichkeit über unseren Ermittlungserfolg in Kenntnis zu setzen. Wie gesagt, die schönsten Fälle sind die gelösten Fälle. Ich gratuliere Ihnen zu diesem grandiosen Fahndungserfolg. Ein erneuter Beweis für die Effektivität der Leipziger Polizei«, triumphierte Waffel.

Hannah runzelte die Stirn und zuckte die Achseln.

»Nur die Ruhe, Schätzchen. Immerhin gut möglich, dass sich die Tat genauso abgespielt hat wie Oberdieck es zusammengefasst hat. Aber ich bin bei dir. Könnte durchaus auch ganz anders gewesen sein. Vor allem bleibt die Frage offen, wer Neumann angerufen und um diese Zeit zu Langhoffs Büro bestellt hat? Wollte ihm da jemand eine Falle stellen? Was, wenn es stimmt, dass Langhoff sich vor dem wütenden Neumann zurück ins Haus gerettet hatte und der dann unverrichteter Dinge wieder abziehen musste?«, fragte Josie.

»Möglich. Vielleicht hatte der Täter die Szene beobachtet und hat danach auf Langhoff gewartet. Irgendwann hat der schließlich das Büro verlassen und wollte zu Fuß den Heimweg antreten. Vorausgesetzt es stimmt, dass Neumann im Gerangel mit Langhoff seinen Zimmermannshammer verloren hatte, musste der Täter ihn nur aufheben, um Langhoff damit zu erschlagen. Fragt sich nur, ob die Tat geplant war oder ob der Täter spontan diese unverhoffte Gelegenheit genutzt hat?«, überlegte Hannah.

»Und an wen denkst du da?«

»Oh, da würden mir schon ein paar Leute einfallen. Aber warten wir mal ab, was Neumann dem Haftrichter erzählt. Vielleicht legt er ja ein Geständnis ab, während wir weiterhin vergeblich nach dem wahren Täter suchen«, antwortete Hannah.

Tom war vorsichtig im Schutze der Dunkelheit am Rande der Redground Road vorgerückt und hatte sich unbemerkt bis auf fünfzig Meter an die Gruppe der Biker herangeschlichen. Es regnete und kräftige Böen zerrten an seiner durchnässten Kleidung. Er konnte beobachten, wie Raffertys Männer hinüber zur Farm blickten, wo immer wieder greller Feuerschein aufflackerte und Schüsse zu hören waren. Wahrscheinlich hatten Jan und Maynard die Nachtwölfe mittlerweile gestellt und versuchten nun, sie von der Ranch fernzuhalten. Er hatte allerdings keine Ahnung, was dort im Moment tatsächlich vor sich ging. Jedenfalls waren die Biker abgelenkt und das spielte ihm in die Karten. Trotz schlechter Sicht konnte er erkennen, dass der Anführer Red Bill telefonierte. Gut möglich, dass er sich gerade mit Rafik Merabet beriet, was als Nächstes zu tun wäre.

Tom musste damit rechnen, dass sich die Biker jeden Moment in Bewegung setzen würden, um auf das Haupttor vorzurücken. Sie würden wahrscheinlich versuchen auf die Farm durchzubrechen. Gut möglich, dass sie zuvor die Zufahrt mit Minensuchgeräten passierbar gemacht hatten. Und jetzt war es seine Aufgabe, genau das zu verhindern.

Das Problem war, dass sich die Rocker in unmittelbarer Nähe ihrer Motorräder aufhielten. Würde er jetzt mit dem Maschinengewehr aus dieser Entfernung und in tiefschwarzer Nacht auf die Bikes feuern, würde er unweigerlich auch die Männer treffen.

Viel Zeit zum Nachdenken blieb nicht, er musste handeln und zwar sofort. Er lud das MG durch und feuerte mehrere Salven über die Köpfe der Männer in den dunklen Nachthimmel. Mit Erfolg. Die Biker erschraken und warfen sich sofort schützend zu Boden. Tom stemmte das MG in die Hüfte und mähte innerhalb weniger Sekunden die parkenden Motorräder nieder, die sofort Feuer fingen.

Als die ersten Tanks explodierten und die Stichflammen gen Himmel schossen, sprangen die Biker auf und flüchteten so schnell sie konnten in alle Himmelsrichtungen, um sich in Sicherheit zu bringen.

Nachdem die Motorräder in Flammen standen, schulterte er das schwere Maschinengewehr und zog sich langsam zurück, aufmerksam darauf achtend, dass die Männer ihm nicht folgten. Doch die waren durch diesen plötzlichen Angriff geschockt, liefen wie aufgescheuchte Hühner durcheinander und begriffen offensichtlich noch gar nicht, was gerade geschehen war. Mit einer solch heftigen Attacke hatten sie nicht gerechnet.

In sicherer Entfernung griff Tom zum Handy und rief Jan an.

»Auftrag erledigt. Wie sieht's bei euch aus?«

»Rafik ist mit einigen seiner Männer auf die Farm gelangt. Die haben das Tor gesprengt und sind jetzt auf dem Hof in Deckung gegangen. Wir werden versuchen, sie in den Schussbereich des Maschinengewehrs abzudrängen. Aber die haben längst bemerkt, dass sie diese Gefahr meiden müssen«, rief Jan.

»Okay, die Motorräder brennen und die Biker wissen offensichtlich nicht, was sie tun sollen. Einige von denen haben sich auf den Weg die Redground Road hinunter Richtung Crockwell gemacht. Schätze von denen droht im Moment keine echte Gefahr. Sag dem Devil, er soll die Minen entschärfen und den Strom abstellen. Dann bin ich in fünf Minuten am Haupttor und kann die Kerle in ihrem Rücken attackieren«, antwortete Tom.

»Gut, verstanden«, bestätigte Jan und flüsterte Maynard zu, was zu tun war.

Tom überquerte die Redground Road und lief den unbefestigten Weg entlang Richtung Farm. Die Biker nahmen keine Notiz von ihm. Ein Großteil war bereits abgezogen und auf dem Rückweg in die Stadt. Einige versuchten, ihre Motorräder zu löschen oder davon zu retten, was noch zu retten war. Von ihrem Anführer Red Bill war nichts mehr zu sehen.

Auf dem Hof war im Moment alles still. Rafik hatte sich mit seinen Männern - Jan schätzte, dass es insgesamt nur noch vier oder fünf Kämpfer waren - irgendwo auf der Farm verschanzt. Er rief Crasher an, doch der meldete sich nicht.

Er warf Maynard einen fragenden Blick zu und zuckte nervös mit den Schultern.

»Vielleicht haben die ihn geschnappt und das Maschinengewehr gekapert«, befürchtete er.

»Du solltest meinen Freund nicht unterschätzen. Der weiß, was zu tun ist«, flüsterte der Devil.

Plötzlich raschelte es hinter ihnen. Blitzschnell schnellte der Devil herum, bereit, dem Angreifer das Messer in den Hals zu rammen.

»Hey, stopp, ich bin's, verdammt«, rief der Mann.

»Crasher? Wo zum Teufel kommst du denn her? Wieso bist du nicht auf deinem Posten?«

»Die haben versucht, die Tür zum Scheunendach aufzubrechen. Bin gerade noch rechtzeitig gesprungen.«

»Also haben die das MG?«

Crasher nickte »Ja, aber keine Munition«, hielt er zwei Patronen-gürtel in die Luft und grinste.

»Guter Mann«, flüsterte Jan. »Aber wie kommen wir jetzt an die Kerle heran?«

»Wir müssen sie beschäftigen und von Tom ablenken. Den haben sie nicht auf der Rechnung«, sagte Maynard und nickte Jan zu, Tom anzurufen und ihm mitzuteilen, was sie vorhatten.

Kurz darauf gab er seinen Freunden ein Zeichen, das Scheunendach unter Beschuss zu nehmen.

Die Gegenwehr der Söldner war heftig. Sie feuerten aus erhöhter Position aus allen Rohren auf ihre Gegner.

»Haltet die Köpfe unten. Die haben Nachtsichtgeräte, verdammt«, warnte Jan.

»Feuert, was das Zeug hält, wir müssen die Kerle ablenken. Die sollen ruhig glauben, dass sie uns von da oben aus überlegen sind«, sagte der Devil. »Den Rest wird Tom übernehmen.«

Die Geschosse schlugen in unmittelbarer Nähe rechts und links neben ihnen. Das Holz der morschen Baumstämme, hinter denen sie Deckung gesucht hatten, splitterte und flog ihnen regelrecht um die Ohren. Jetzt die Köpfe zu weit herauszustrecken, konnte tödlich enden. Die Söldner verstanden ihr Geschäft. Da waren offenbar durchweg gute Schützen am Werk.

»Schießt, verdammt, wir müssen diese Bastarde beschäftigen«, rief Jan, tauchte über dem Baumstamm auf und feuerte mehrere Salven kurz hintereinander Richtung Scheunendach.

»Verdammt, Tom, wo bleibst du denn? Uns geht gleich die Munition aus«, rief er Tom an, nachdem er den Kopf wieder eingezogen hatte.

»Bin unten vor der Scheune. Gehe jetzt hoch. Du sagst, es wären vier oder fünf Männer? Ist das sicher?«, wollte Tom wissen.

»Genau wissen wir das nicht. Ist jetzt auch scheißegal. Mach die Kerle fertig, verdammt nochmal. Lange halten wir hier draußen nicht mehr durch. Die haben uns hier festgenagelt«, antwortete Jan.

Im gleichen Moment schrie Crasher neben ihm auf und krümmte sich vor Schmerzen. Er war getroffen worden.

»Scheiße, verflucht«, rief Jan und robbte zu ihm hinüber. Crasher hielt sich den Arm, der im Bereich des Ellenbogens kräftig blutete.

»Wir müssen von hier verschwinden und zwar schnell, sonst erwischen die uns alle«, sagte Jan.

»Moment noch. Haltet durch«, forderte der Devil, sprang auf und stürmte Richtung Gatter.

»Hey, wo zum Teufel willst du hin?«, rief ihm Jan hinterher.

Die Söldner feuerten auf den Devil und deckten ihn mit einem Kugelhagel ein. Jan wusste, dass er die Aufmerksamkeit der Angreifer auf sich ziehen wollte, um sie von dem verletzten Crasher abzulenken und um Toms Chancen zu erhöhen, unbemerkt in den Rücken der Nachtwölfe zu gelangen.

Tom war außen an der Scheune hochgeklettert und hatte die Luke zum Dach erreicht. Das schwere MG hatte er allerdings nicht mitnehmen können. Mit Pistole und Kampfmesser bewaffnet zog er sich durch die schmale Öffnung. Er sah in fünf Meter Entfernung vier Männer, die mit Sturmgewehren aus der hinteren Luke heraus auf ihre Gegner feuerten. Sie hatten ihn noch nicht bemerkt. Er blieb einen kurzen Moment liegen und checkte seine Optionen. Ihm war vollkommen klar, dass es alles andere als einfach werden würde, alle vier Männer zu töten, bevor einer von ihnen ihn erledigen würde. Aber er hatte keine Wahl, er musste es versuchen.

Tom nahm die Pistole, sprang auf, stürzte sich auf die Männer und drückte ab. Er schoss dem ersten ohne Vorwarnung in den Hinterkopf und seinem Nebenmann in den Rücken. Die anderen beiden schnellten herum und feuerten auf ihn, ohne ihn zu treffen. Tom zog sein Kampfmesser, warf sich auf einen der Männer, packte ihn und zog ihn als Schutzschild vor seinen Körper, als der andere der beiden erneut abdrückte. Die Kugel traf den Mann in die Brust. Tom stieß den Getroffenen von sich und hechtete auf den letzten verbleibenden Mann. Der konnte jedoch ausweichen, packte Tom, rollte über ihn hinweg und sprang auf. Er richtete die Waffe auf ihn und grinste.

»Pech gehabt, Freundchen. Da hast du dir wohl zu viel vorgenommen«. Er drückte ab. Klick, klick. Er versuchte es ein zweites Mal. Klick, klick.

Tom nutzte sein unverhofftes Glück und sprang auf. Das Sturmgewehr hatte offensichtlich eine Ladehemmung.

Der Söldner warf das Gewehr wutentbrannt zu Boden und zog ein Messer.

»Dann schlitz ich dich eben auf, du Hurensohn«, schrie er mit funkelnden Augen.

»Nur zu«, winkte ihn Tom provozierend heran. Der Kerl war etwas kleiner als er, aber verdammt kräftig. Die beiden Kontrahenten belauerten sich, ohne jedoch den anderen anzugreifen.

»Was ist? Hat dich plötzlich der Mut verlassen?«, fragte er Tom.

Jetzt erkannte Tom, wen er vor sich hatte. Der Kerl war Rafik Merabet, der Anführer der Nachtwölfe. Ein harter Bursche, der keinerlei Skrupel kannte.

Rafik griff an. Er versuchte, Tom das Messer in die Brust zu rammen. Der wich aus, der Versuch ging ins Leere. Die Männer standen sich gegenüber wie zwei wilde Stiere und atmeten schwer. Rafik schnellte ein zweites mal nach vorn. Als Tom erneut ausweichen wollte, stolperte er und fiel über einen Balken zu Boden. Der Söldnerchef nutzte die Chance, warf sich auf ihn und drückte ihm sein Messer an den Hals.

»Au revoir, bâtard«, rief er und holte aus, um seinem Gegner das Messer in den Hals zu stoßen.

Tom war geschlagen. Er schloss die Augen und riss schützend die Arme vors Gesicht.

In Erwartung des Todesstoßes vernahm er plötzlich einen langgezogenen Seufzer. Er spürte wie warme Flüssigkeit auf sein Gesicht tropfte. Dann kippte Rafik nach vorn und fiel auf ihn wie ein nasser Sack.

»Früher wären vier Gegner kein Problem für dich gewesen. Du lässt nach, mein Freund«, hörte er Jan sagen. Der zog sein Messer aus Rafiks Hals und wischte es an dessen Jacke ab.

Der Richter hatte die Haft angeordnet, der Oberstaatsanwalt bereitete die Mordanklage vor. Hannah fragte sich, ob Felix Neumann vielleicht doch ein Geständnis ablegen würde. Hatte er aber, wie erwartet, nicht. Und das nährte ihre Zweifel. Es gab einfach noch zu viele Ungereimtheiten. Und ja, Neumann war aufbrausend und unbeherrscht. Er gehörte nicht zu denen, die Probleme stundenlang ausdiskutierten. Er war ein Mann der Tat. Im besten Sinne des Wortes. Wenn es ihm zu bunt wurde, ließ er bisweilen schon mal die Fäuste fliegen. Eine nicht gerade kurze Liste von Vorstrafen wegen Beleidigungen, Drohungen bis hin zu Handgreiflichkeiten sprachen für sich. Klar, Neumann war ein waschechter Choleriker, aber war er auch ein Mörder? Hannah glaubte zumindest nicht an Vorsatz. Natürlich war es möglich, dass er Langhoff im Affekt geschlagen hatte. Aber hatte er ihn auch erschlagen? Hatte er tatsächlich vorsätzlich seinen Zimmermannshammer aus dem Hosenbund gezogen und dem Architekten damit den Schädel eingeschlagen? Und aus welchem Grund hätte er seinem Opfer post mortem die Augen aushacken sollen? Das machte doch überhaupt keinen Sinn. Aber ergeben Morde überhaupt einen Sinn? Wohl kaum, dachte Hannah.

Sie hatte sich gerade einen Kaffee aufgesetzt, als Jan anrief. Sie sah auf die Uhr. Es war halb sieben. In Australien musste es demnach halb füüf Uhr Nachmittags sein.

»Hey, Schatz«, sagte er und erzählte ihr, was letzte Nacht geschehen war, bemühte sich dabei aber, nicht allzu dramatisch zu klingen. Er wollte ihr die schmutzigen Details ersparen. Das hatte Zeit, bis er wieder zu Hause war.

»Und jetzt? Die Behörden müssen doch nun endlich einschreiten. Es gab Tote, verdammt«, konnte Hannah nicht so recht glauben, was Jan ihr gerade erzählt hatte.

»Tja, wir sind hier in der australischen Provinz. Hier gilt noch das Recht des Stärkeren. Die Leute sind alle bewaffnet. Sie schützen ihr Hab und Gut notfalls mit Waffengewalt. Es gibt hier unzählige Banden von marodierenden Outlaws, die Farmer und Rancher überfallen, deren Anwesen kilometerweit entfernt von Städten, Dörfern und Ansiedlungen liegen. Die haben es vor allem auf Rinder und Schafe abgesehen. Da werden ganze Herden gestohlen und illegal als Schlachtvieh verkauft. Die Polizei ist oft hunderte von Kilometern entfernt und überhaupt nicht in der Lage, diese Überfälle zu unterbinden. Die Farmer müssen sich selbst helfen und sich notfalls mit der Waffe verteidigen. Und da sind Tote keine Seltenheit. Viehdiebe in Notwehr zu erschießen, gehört hier zur

Tagesordnung. Man hat das Gefühl, man befände sich im Wilden Westen Ende des neunzehnten Jahrhunderts. Unvorstellbar aber wahr. Leider«, seufzte Jan.

»Was wird Cartwright jetzt tun? Seine Pläne, das Land zum Bau seines Freizeitparks mit Gewalt in Besitz zu bringen, sind komplett gescheitert. Die Söldner und Biker sind besiegt und in die Flucht geschlagen worden. Und der Architekt, der seine Super-Achterbahn konstruieren sollte, ist tot«, fasste Hannah zusammen.

»Stimmt. Inzwischen ist auch die Presse aufmerksam geworden. Hier ist heute Mittag ein Fernsehteam aus Sydney aufgetaucht. Es ist wohl durchgesickert, dass es Tote gegeben und die Bundespolizei bisher nicht reagiert hat. Die haben mit Sheriff Tucker gesprochen, der bestätigt hat, dass die Bundespolizei nicht eingegriffen hätte, obwohl ihnen bekannt war, dass sich in der Gegend Banden aufhalten, die die umliegenden Farmen überfallen. Er hat versucht, denen weiszumachen, dass es ihm mit Unterstützung der Kollegen aus Goulburn gelungen war, diese Verbrecher zu stellen, erfolgreich zu bekämpfen und schließlich in die Flucht zu schlagen. Doch wenn die Presse erst mal das ganze Ausmaß dieses Falls erkennt, werden die ihm nicht glauben. Wie auch sollten vier Dorfpolizisten über zwanzig schwerbewaffnete Söldner erledigen?«

»Ihr müsst da jetzt schleunigst verschwinden, bevor die spitzkriegen, was dort wirklich passiert ist«, warnte Hannah.

»Klar, keine Frage. Robertson weiß genau, dass wir die Kerle erledigt haben. Ihm fehlen zwar noch die Beweise, aber er wird sicher einen Grund finden, uns alle zu verhaften.«

»Deshalb müsst ihr da so schnell wie möglich weg. Ihr habt euren Job gemacht und Maynard und Meredith von Cartwrights Schergen befreit. Der steht mit leeren Händen da: Kein geeignetes Bauland, keinen kompetenten Statiker, keinen Hyper Rollercoaster, keinen einzigartigen Freizeitpark. Ende, aus, vorbei. Das war's für diesen verbrecherischen Großkotz.«

»Stimmt und die Presse wird seine Machenschaften schonungslos aufdecken. Dafür werden Tucker, Meredith und Maynard sorgen.«

»Ja, aber sie werden keine Beweise liefern können, dass die Söldner und die Rocker von Cartwright gekauft worden sind.«

»Vielleicht doch. Ich hab vor einer guten Stunde mit Rollins gesprochen.«

»Du glaubst, er wird gegen seinen Boss aussagen?«

»Ich hoffe es.«

»Hast du Rollins bei der Gelegenheit nach diesen beiden Männern gefragt, die im Auftrag von Cartwright in Leipzig waren und sich am Morgen der Tat mit Langhoff im Mercure Hotel getroffen haben?«

»Habe ich. Er meinte, diese beiden Typen wären Cartwrights Männer fürs Grobe. Die sollten Langhoff dazu bewegen, den Vertrag für den Bau der Super Achterbahn zu unterschreiben. Logan und Hunter wären skrupellose Typen, die vor nichts und niemanden Halt machen würden.«

»Logan und Hunter. Du meinst Louis und Hunter, oder?«

»Louis Gane ist Logan, Cartwrights Kettenhund.«

»Hm, klar, das Lo von Louis und Gane ohne e ergeben Logan. Da muss erst mal einer drauf kommen, verdammt«,

»Rollins sagte, dass Cartwright fuchsteufelswild geworden sei, als er erfahren hätte, dass Langhoff sein Angebot abgelehnt hatte und für Fisher Investments arbeiten wollte.«

»Also hat er Logan befohlen, Robert Langhoff zu töten«, schlussfolgerte Hannah.

»Das konnte Rollins nicht bestätigen. Aber er hält es durchaus für möglich. »Wrecking Ball« Cartwright aus Burwood verarscht man nicht, wäre seine Philosophie, die sich besser jeder zu eigen machen sollte, der mit ihm geschäftlich zu tun hätte, meinte Rollins..«

»Wenn Logan und Hunter tatsächlich Langhoff ermordet haben, können sie das unmöglich ohne fremde Hilfe getan haben. Es musste ihnen jemand gesteckt haben, wann und wo sie ihn am besten erledigen konnten. Und dieser Jemand hat dann Felix Neumann in die Falle gelockt, um ihn der Polizei als Täter zu präsentieren. Aber wer, zum Teufel nochmal? Tino Vogt oder Stefan Glaser vielleicht? Aber wussten die überhaupt von Langhoffs Treffen mit Cartwrights Männern?«

»Tja, wenn's denn so war, wird es verdammt schwierig werden, das zu beweisen«, seufzte Jan.

»Wenn du es schaffen solltest, Rollins davon zu überzeugen, gegen Cartwright auszusagen, könnte er vielleicht ja auch versuchen, herauszufinden, ob Logan und Hunter Langhoff tatsächlich ermordet haben.«

»Damit würde er sich in Lebensgefahr begeben. Logan würde ihn sofort umbringen, wenn er rausbekommen würde, dass Rollins ein Spitzel ist. Das Risiko einzugehen können wir nicht von ihm verlangen. Aber gut, ich werde mit ihm darüber reden. Aber versprich dir nicht zuviel davon.«

»Klar, verstehe. Rollins hat sich in Gefahr gebracht, indem er euch geholfen hat. Jetzt noch mehr von ihm zu fordern, wäre nicht okay«, meinte Hannah.

»Es liegt allein an ihm. Ich werde es versuchen«, versprach Jan.

»Ich weiß, danke. Viel wichtiger ist jetzt, dass ihr aus Crockwell verschwindet, bevor euch Robertson erwischt. Am besten, ihr bucht so schnell wie möglich den nächsten Flieger.«

»Haben wir vor. Ich halte dich auf dem Laufenden. Ich liebe dich, Schatz und gib Niklas einen dicken Kuss von mir.«

»Ich dich auch, Großer. Komm nach Hause, hörst du? Du fehlst uns.«

Sheriff Tucker hatte veranlasst, dass die toten Söldner geborgen und ins Leichenschauhaus nach Goulburn gebracht wurden. Dabei hatte er mächtig aufs Tempo gedrückt, damit die Toten verschwunden wären, bevor Chief Robertson von der Bundespolizei aufkreuzte, um den Fall zu untersuchen. Seine Nachforschungen würden zweifelsohne zu dem Ergebnis führen, dass diese Männer eiskalt hinterrücks abgeschlachtet worden waren. Die blutige Schlacht hatte insgesamt sechsundzwanzig Opfer gefordert. Während Jan und seine Männer unverletzt geblieben waren, hatte eine Kugel Crashers Ellenbogen zerschmettert. Es würde sicher eine zeitlang dauern, bis er wieder ein Flugzeug fliegen konnte. Die Officer Millner und Stearling erlitten Schusswunden an Armen und Beinen, die allerdings nicht lebensgefährlich waren. Tuckers Assistent Jeffrey Kane hatte ein Streifschuss am Kopf getroffen. Er hatte riesiges Glück, dass das Projektil haarscharf an seiner Schläfe vorbeigeschrammt war.

Der Anführer der Nachtwölfe, Rafik Merabet, war tot, der Boss der Comancheros, Red Bill Rafferty oder John Keane, wie er mit bürgerlichem Namen hieß, war verletzt. Beim Versuch, sein Motorrad zu löschen, hatte er sich erhebliche Brandwunden zugezogen.

»Ich denke, dass es ratsam wäre, wenn ihr von hier verschwindet, bevor die Kavallerie aus Parrarmatta anrückt. Die werden euch verhaften und anklagen. Robertson ist an der Wahrheit nicht interessiert. Der will sich an Maynard rächen. Außerdem hat er sich von Cartwright kaufen lassen. Der Kerl ist hinterhältig und korrupt. Leider keine Seltenheit bei der Bundespolizei. Die halten ihre Hand auf, wo immer es nur geht«, seufzte Sheriff Tucker, der zusammen mit Jimmy Morisson und Johnny Henderson Meredith' Farm im Eiltempo verlassen hatte, weil er vermutete, dass Robertson zuerst dort auftauchen würde. Jetzt würde er dort nur noch die alte Frau und drei verletzte Polizisten vorfinden, die der Presse bereits erzählt hatten, dass die Nachtwölfe sie überfallen und angeschossen hätten. Tucker hatte bereits dafür gesorgt, dass die Söldner mit gebrochenem Genick und aufgeschlitzter Kehle ins Krematorium gebracht wurden, bevor die Bundespolizei dumme Fragen stellen würde.

Tuckers Handy klingelte. Kane rief an. Der Sheriff hörte zu, nickte und bedankte sich.

»Hm, ging ja schneller als ich dachte. Robertson ist mit seinen Männern auf dem Weg hierher. Als er auf Meredith' Farm die Leute von der Presse gesehen hatte, hat er sofort Befehl gegeben, dort wieder abzurücken.«

»Okay, nehmt den Truck, verschwindet durch den Hinterausgang und versteckt euch im Wald. Schließt das Tor, hängt die Kette davor und nehmt den Schlüssel mit. Wenn die Luft rein ist, melde ich mich«, sagte Maynard.

»Echt jetzt? Lass uns die Kerle erledigen. Dieser Robertson ist ein Parasit. Den wird keiner vermissen«, wütete Jimmy.

»Nein, wir tun genau das, was der Devil gesagt hat. Also los, beeilt euch«, antwortete Jan.

»Macht schon, die werden gleich hier sein«, trieb Tucker zur Eile. Fünf Minuten später fuhren zwei schwarze Escalades auf den Hof. Robertson stieg aus und steuerte angriffslustig auf Sheriff Tucker zu.

»Wer zum Teufel hat Ihnen die Erlaubnis erteilt, die Leichen einzusammeln und wegzuschaffen, bevor die Spurensicherung die Tatorte untersucht hat?«, schrie er den Sheriff an.

»Niemand«, antwortete Tucker gelassen.

»Das ist ein Fall für die Bundespolizei. Wir verfolgen hier keine Verkehrssünder, sondern führen Mordermittlungen durch, verdammt. Sind Sie von allen guten Geistern verlassen, Tucker? Wo haben Sie die Leichen hingeschafft?«

»Liegen vorschriftsmäßig im Leichenschauhaus in Goulburn. Der dort zuständige Pathologe untersucht die Todesursachen und schreibt einen Bericht. Auf Antrag können Sie gern eine Kopie erhalten.«

»Wie bitte? Ich höre wohl nicht richtig. Ich erwarte, dass Sie dafür Sorge tragen, dass der vollständige Bericht noch heute auf meinem Schreibtisch liegt, verstanden?«, meckerte Robertson.

»Klären Sie das mit den Kollegen in Goulburn. Ich bin Sheriff in Crockwell und habe so gehandelt, wie es bei einem Mordfall üblich ist. Leider gibt es in Crockwell keine Gerichtsmediziner oder Profiler. Wir haben die Spuren gesichert und den Tatort fotografiert. Die Ergebnisse schicke ich meiner übergeordneten Behörde, der Bezirkspolizei in Goulburn zu«, erklärte Tucker seelenruhig.

»Das ist ja eine unglaubliche Stümperei. Das haben Sie zu verantworten, Tucker. Ich werde dafür sorgen, dass Sie zur Rechenschaft gezogen werden. Darauf können Sie sich verlassen, Sie…, Sie…«, tobte Robertson.

»Sprechen Sie's ruhig aus. Tun Sie sich keinen Zwang an. Aber das wird nichts daran ändern, dass ich vorschriftsmäßig gehandelt habe«, blieb der Sheriff ruhig.

»Das wird sich noch rausstellen«, drohte der Chief. Er wandte sich ab und befahl seinen Männern, die Farm nach Schusswaffen zu durchsuchen und diese sicherzustellen.

»Stopp«, rief Maynard und lud seine Schrotflinte durch. »Haben Sie 'nen Durchsuchungsbeschluss?«

»Brauchen wir nicht. Wir ermitteln in einem Mordfall. Also los, Männer«, befahl Robertson.

»Rühren Sie sich nicht von der Stelle. Hier gab es keinen Mord. Oder sehen Sie hier irgendwo 'ne Leiche? Der Überfall der Söldner fand auf der Farm von Meredith Connor statt, nicht hier. Also nehmen Sie Ihre Leute und verschwinden von meinem Grundstück. Es gibt hier für Sie nichts zu tun«, forderte der Devil.

»Na gut, wie Sie wollen, Deville. Dann kommen wir zum nächsten Thema. Wo sind Ihre Freunde? Es besteht der dringende Verdacht, dass Sie und Ihre schiesswütigen amerikanischen Kumpanen mehr als zwanzig Männer erschossen haben«, ätzte der Chief.

»Da irren Sie sich. Wir waren zum Zeitpunkt des hinterhältigen Überfalls von Cartwrights Söldnern auf Meredith Connors Farm hier auf meiner Ranch. Das werden Ihnen Sheriff Tucker die Officer aus Goulburn sicher bestätigen. Und meine Freunde sind nicht mehr hier. Sie wollten sich noch ein wenig Land und Leute ansehen, bevor sie wieder nach Hause fahren«, sagte Maynard.

»Stimmt«, nickte Tucker. »Ach, bevor ich's vergesse, die Dienstaufsichtsbeschwerde wegen unterlassener Hilfeleistung schicke ich morgen nach Parramatta. Die liegt meinem ausführlichen Bericht über die Vorkommnisse der vergangenen Tage bei. Sie haben nachweislich von dem Angriff der Nachtwölfe gewusst und nichts unternommen. Na ja, Sie hatten wahrscheinlich gehofft, dass die Söldner uns erledigen. In diesem Fall wären alle lästigen Zeugen tot gewesen. Sie hätten Ihre Rache an Mr. Deville genießen und anschließend Ihr Schmiergeld von Cartwright abholen können. Leider hat nichts von alldem geklappt.«

»Sie sind ja ein Fall für den Psychiater, Tucker. Was Sie sich da aus den Fingern saugen, ist ja krank, verdammt«, ätzte Robertson.

»Nein, Sie sind krank und zwar unheilbar, Robertson. Es gibt Zeugen, die bestätigen werden, dass Sie von Cartwright gekauft worden sind. Und wir haben die Aussage von Red Bill Rafferty, dass Sie die Comancheros nach Crockwell geschickt haben um in Ihrem Auftrag die Farmer zu schikanieren. Und im Fall der Nachtwölfe haben Sie auch die Finger im Spiel, das ist mal sicher. Und jetzt fordere ich Sie auf, der Bitte Mr. Devilles nachzukommen und augenblicklich sein Grundstück zu verlassen. Sie sind hier nicht zuständig, verstanden? Kommen Sie wieder, wenn Sie einen Durchsuchungsbeschluss haben«, sagte der Sheriff.

»Das werden Sie noch bereuen, Tucker, das schwöre ich Ihnen«, drohte Robertson.

»Abmarsch«, befahl der Sheriff.

Der Devil zielte mit der Schrotflinte auf Robertson. »Sie haben's gehört, oder sind Sie mittlerweile nicht nur blind sondern auch noch taub?«

»Ihr wisst ja gar nicht, was Ihr euch gerade für Probleme einhandelt, Ihr dämlichen Hinterwäldler. Wir werden wiederkommen, verlasst euch drauf. Und dann mache ich euch fertig, kapiert?«, wütete der Chief.

»Ach ja und die Aufzeichnung der Überwachungskamera, die übrigens über einen erstklassigen Ton verfügt, lege ich meinem Bericht bei. »Dämliche Hinterwäldler« ist echt gut, Chief. Ihren Vorgesetzten wird's gefallen. Na ja, oder auch nicht. Sie werden es erfahren«, grinste der Sheriff.

Chief Robertson knallte wutentbrannt die Beifahrertür zu und funkelte seine beiden Kontrahenten wütend durch die Seitenscheibe an, während die Escalades vom Hof rauschten.

»Idiot«, zuckte Sheriff Tucker die Achseln.

Ricos Nase triefte, der Hals kratzte und es pochte heftig hinter den Schläfen. Er gehörte ins Bett und nicht auf das Podium einer Pressekonferenz. Sein Schädel brummte, als würde gerade ein Güterzug hindurchrasen. Trotzdem bemühte er sich tapfer die Fragen der anwesenden Journalisten zu beantworten.

Zuvor hatte Polizeidirektor Wawrzyniak die Verhaftung eines Tatverdächtigen bekanntgegeben und hinzugefügt, dass der zuständige Richter Untersuchungshaft angeordnet hatte. Oberstaatsanwalt Oberdieck hatte bestätigt, dass der Verdächtige aufgrund der bisherigen Ermittlungsergebnisse des Mordes an Robert Langhoff angeklagt werden würde.

»Welche konkreten Beweise liegen gegen den Verdächtigen vor?«. wollte ein junger Bartträger aus der ersten Reihe wissen. Er stellte sich als Helge Tillmann von der Leipziger Volkszeitung vor.

»Sie wissen doch, Herr Tillmann, dass ich zu einem laufenden Verfahren keine Auskunft erteilen darf. Aber uns liegen ernstzunehmende Hinweise vor, die wir nicht ignorieren können. Und wir wissen, dass der Verdächtige zum Tatzeitpunkt am Tatort war. Ob er denn tatsächlich auch der Täter war, wissen wir noch nicht. Allerdings deutet Vieles darauf hin. Es wird zurzeit weiter ermittelt«, erklärte Rico.

»Aber die vorliegenden Fakten reichen aus, um den Mann anzuklagen?«

»Ja«, nickte Rico. »Der Oberstaatsanwalt hat das ja bereits bestätigt.« Eine junge, zierliche Frau aus der vorletzten Reihe stand auf und outete sich als Reporterin vom »Blick«. »Stimmt es, dass es sich bei dem Verdächtigen um den Leipziger Bauunternehmer Felix Neumann handelt?«, fragte sie.

Rico zuckte kurz zusammen. Wo zum Teufel hatte die Frau diese Information her? Er musste sich einen Augenblick sammeln. Dann antwortete er. »Netter Versuch, Frau Gräbel, aber Sie wissen doch ganz genau, dass ich Ihnen keine Auskunft zur Person des Verdächtigen geben darf. Solange der Mann nicht rechtskräftig verurteilt worden ist, gilt die Unschuldsvermutung.«

»Klar, aber es pfeifen ja bereits die Spatzen von den Dächern, dass Neumann der Mörder ist.«

»So, tun die das? Na, dann zitieren Sie doch die Spatzen, wenn die sich so sicher sind«, grinste Rico.

Im Saal ertönte Gelächter. Frau Gräbel setzte sich mit hochrotem Kopf wieder hin. Sie hatte keine weiteren Fragen.

»Gibt es weitere Verdächtige?«, wollte ein älterer, vollbärtiger Mann mit wüster, grauer Mähne ala Einstein wissen. Rico kannte ihn. Er war Rentner und Hobbydetektiv. Er besuchte regelmäßig die öffentlichen Pressekonferenzen der Polizei.

»Wieso? Kommen Sie mit Ihrem neuen Krimi nicht weiter? Leider kann ich Ihnen dazu nichts sagen. Aber lassen Sie doch wie immer Ihrer Fantasie freien Lauf, Herr Fitzek. Äh, Entschuldigung, ich meine natürlich, Herr Pfitzner.«

Erneut erntete er Lacher aus der Runde der Journalisten.

Währenddessen saß Hannah in der letzten Reihe. Sie verfolgte die Fragen der Presse längst nicht mehr, sondern war tief in ihren Gedanken versunken. Sie war totmüde. Niklas hatte sie die ganze Nacht auf Trab gehalten. Die Schneidezähne kamen durch, was ihm offensichtlich starke Schmerzen bereitete. Sie hatte sein Zahnfleisch mehrfach mit Zahnhilfegel eingerieben und ihn zu sich ins Bett geholt. Doch an Schlaf war nicht zu denken. Sie hatte sich bisher tapfer wachgehalten, doch so langsam ließ die Wirkung des Koffeins der zwei Becher Kaffee vom frühen Morgen nach. Sie brauchte jetzt dringend Nachschub. Am besten den starken Kaffee von Ricos Frau.

Sie hörte die Tür zum Presseraum aufgehen und blickte neugierig über die Schulter. Und dann sah sie sie. Was zum Teufel wollten die denn hier?, dachte sie. Wie auf der Perlenschnur aufgereiht stellten sich die Frauen in einer Reihe nebeneinander an die Rückwand des Saales und starrten aufmerksam Richtung Podium. Sie erkannte Lena Iwanova, Lisa Langhoff, Sofia Glaser, Mila Iwanova, Rebecca Langhoff, Irma Steffens und - zu ihrer Überraschung - auch…Klara Peters.

Was in aller Welt hatten diese Frauen hier zu suchen? In diesem Moment fiel ihr auf, dass die Frauen durch eine Gemeinsamkeit verbunden waren: Ihre Vornamen endeten allesamt mit einem A. Wollte sich dieses »A-Team« Gewissheit darüber verschaffen, dass Felix Neumann Robert Langhoff erschlagen hatte? Oder wollten sie die Bestätigung dafür, dass ihr teuflischer Plan, Neumann in die Falle zu locken und ihn für ihre Tat büßen zu lassen, funktioniert hatte? Klar, dämmerte es ihr, es war genau so, wie sie schon die ganze Zeit vermutet hatte - die Frauen hatten sich gegen Robert Langhoff verschworen. Jede hatte ihren persönlichen Grund dafür, den Mann zu hassen. Sie alle waren von Robert Langhoff benutzt und anschließend eiskalt abserviert worden. Dafür wollten sie Rache. Also hatten sie eine Art Schicksalsgemeinschaft der Betrogenen und Verstoßenen gebildet, die es Langhoff heimzahlen wollte. Und wie es aussah, war ihnen das auch gelungen. Das galt für alle anwesenden Frauen, bis auf …, ja, bis auf Klara Peters. Hannah war bisher nicht bekannt, dass sie ein Verhältnis mit Langhoff gehabt hätte oder sogar von ihm missbraucht oder vergewaltigt worden war. Also was zum Henker machte sie hier?

»Hey Hannah, wie lange willst du noch hier sitzen? Die schließen gleich ab«, rüttelte sie Rico aus dem Halbschlaf.

»Oh, verdammt, bin ich doch tatsächlich eingenickt.«

Sie drehte sich um und sah Richtung Tür. Nichts. Niemand mehr da.

»Hast du diese verrückten Frauen gesehen? Was zum Geier wollten die hier?«

»Du meinst die beiden Journalistinnen?«, antwortete Rico.

»Nein, verdammt, ich meine Lisa Langhoff, Lena Iwanova und ihre Töchter. Die waren doch gemeinsam mit Sofia Glaser, Irma Steffens und Klara Peters gerade noch hier und haben die Pressekonferenz aufmerksam verfolgt«, beteuerte Hannah.

»Äh, nein…da musst du dich getäuscht haben. Die waren nicht hier. Ganz sicher nicht. Bist wohl zwischenzeitlich weggenickt und hast geträumt. Naja, so spannend war unser Geschwafel ja nun auch wirklich nicht. Komm, Mädchen, jetzt werden wir uns erstmal stärken. Gibt belegte Brötchen, Kaffee und Kekse. Meine Frau hatte heute die Spendierhosen an. Danach fühlst du dich gleich wieder besser.

»Verdammt, da hab ich mir doch im Halbschlaf 'nen schönen Scheiß zusammenfantasiert. Gibt's doch gar nicht«, seufzte sie, stand auf und folgte ihrem Chef zurück ins Büro.

Sie war beschäftigt. Sehr beschäftigt sogar. Sie hatte alles dafür getan, um ihre Spuren zu verwischen. Und sie hatte ein falsche Fährte gelegt, um Felix Neumann zu belasten. Dieser Mann war einfach der perfekte Täter. Er besaß ein Motiv. Und er war Choleriker, neigte ständig zu irgendwelchen Unbeherrschtheiten. Kurzum, der Kerl hatte eine extrem kurze Lunte. Er hatte mit Robert Langhoff gestritten und ihm mit seinem Zimmermannshammer den Schädel eingeschlagen. Klar, wer denn sonst? Alles passte perfekt zusammen. Niemand würde ernsthaft daran zweifeln.

Als sie schließlich gegen Mitternacht hundemüde ins Bett fiel, stellte sie plötzlich fest, dass sie den ganzen Tag über so gut wie nichts gegessen hatte.

Sie schlief unruhig, litt unter Schweißausbrüchen und wälzte sich ständig von einer Bettseite zur anderen.

Gegen sechs Uhr morgens stand sie auf, ging in die Küche, machte sich ein Käse-Sandwich, trank ein Glas Buttermilch und legte sich wieder ins Bett. Sie döste mit offenen Augen vor sich hin und dachte nach.

Ihre Unruhe hatte nichts mit Sorge zu tun. Sie hatte ihren Plan akribisch umgesetzt. Die Vorstellung, für den Rest des Lebens eingesperrt zu sein, machte ihr keine Angst. Ihr würde nichts geschehen. Niemals.

Der unruhige Schlaf war eher ein Ausdruck der Vorfreude.

Der Staatsanwalt hatte Anklage gegen den Mann erhoben. Er würde wegen Mordes verurteilt werden. Vonwegen, das perfekte Verbrechen existiert nicht. Doch, es gibt es. Natürlich.

Sie hatte überlegt, Langhoff selbst zu töten, doch dann kam ihr diese eine geniale Idee, die sie schließlich dazu veranlasst hatte, es nicht selbst zu tun.

So war es besser. Eine saubere Lösung. Robert Langhoff war tot, Felix Neumann wegen Mordes hinter Gitter. Alles geklärt. Auf sie würde kein Verdacht fallen. Sie war frei.

Robert Langhoff hatte ihr das Leben zur Hölle gemacht. Er hatte behauptet, dass er sie liebt, dass er sie heiraten wollte, dass sie Kinder haben würden, dass er nie mehr eine andere Frau auch nur ansehen würde. Sie hatte ihm geglaubt.

Nichts davon entsprach der Wahrheit. Er hatte Gefallen daran gefunden, mit ihr ins Bett zu gehen. Sie hatten Sex, viel Sex. Und an den ausgefallensten Orten. Tag und Nacht. Er konnte seine Finger einfach nicht von ihr lassen. Und jedesmal beteuerte er, wie sehr er sie liebte. Und sie liebte ihn auch. Doch dann war der Tag gekommen, an dem er sie fallen ließ wie eine heiße Kartoffel. Er liebte eine andere, hatte er gesagt. Einfach so. Das war's. Keine Erklärung, kein Bedauern, kein Abschied.

Gegen neun Uhr morgens stieg sie aus dem Bett. Unter der Dusche schrubbte sie ihre Haut mit einem Stück Kernseife. Fest und gründlich. Der ganze Schmutz des gestrigen Abends musste entfernt werden. Sie musste sich von ihrer Schuld reinwaschen. Mit einem großen, harten Stück Seife.

Sie trocknete sich ab und band ihre Haare hoch. Bevor sie gestern Abend getan hatte, was getan werden musste, war sie einkaufen gewesen. Sie hatte sich zwei Tage frei genommen. Sie hatte den Urlaub bereits vor einer Woche angemeldet, damit niemand Verdacht schöpfen würde.

Sie zog sich an, föhnte ihre Haare und verbrachte den Rest des Tages auf dem Sofa, knabberte Kartoffelchips, trank Cola und sah sich ihre Lieblingsserie an. *Orange Is The New Black*. Ein Comedy-Drama über die kriminelle Piper Chapman, die wegen Drogenschmuggels eine Haftstrafe in einem New Yorker Gefängnis absitzt und dabei grundlegende persönliche Veränderungen durchmacht.

Aber auch das würde ihr nicht passieren. Niemals.

Als die Escalades der Bundespolizei auf die Redground Road Richtung Crockwell abbogen, griff Maynard zum Handy und gab Entwarnung.

»Hat sich schneller erledigt als erwartet. Robertson hatte nichts in der Hand, was er gegen uns hätte verwenden können.«

Fünf Minuten später waren Jan und seine Freunde zurück auf der Farm.

»Den sind wir noch längst nicht los. Der kommt wieder«, prophezeite Jan.

»Möglich, aber wir werden vorbereitet sein«, sagte Sheriff Tucker entschlossen. »Deshalb brauche ich all eure Waffen, die ihr gegen die Söldner eingesetzt habt. Einigen von denen wurde in Rücken und Hinterkopf geschossen. Wenn man eure Fingerabdrücke darauf findet, haben wir ein Problem. Wir werden die Waffen reinigen und bei uns aufbewahren. Offiziell haben die Officer Millner und Stearling die Nachtwölfe in ihrem Rücken attackiert und dabei ein paar von denen erwischt. Du musst dein Waffenarsenal verstecken, Maynard, bis Gras über die Sache gewachsen ist. Und macht um Gottes willen auf dem Scheunendach sauber, da sieht's aus wie auf dem Schlachthof.«

Der Devil nickte. »Wird umgehend erledigt, Sheriff. Und ja, Robertson wird zurückkommen, soviel steht fest.«

»Wenn die Presse euch befragt, haltet euch an die Vorgaben, klar? Die Söldner haben die Connor-Ranch angegriffen. Die Polizei aus Crockwell und Goulburn hat die Angreifer erfolgreich abgewehrt.

Dabei sind leider mehr als zwanzig Menschen ums Leben gekommen. Bei der Polizei gab es mehrere Verletzte, aber zum Glück keinen Toten. Die Comancheros haben die Deville-Farm belagert, aber es aufgrund der umfangreichen Sicherungsmaßnahmen nicht gewagt, anzugreifen. Es hat lediglich einen Schusswechsel gegeben, bei dem der Tank eines Motorrads explodiert war und dadurch die anderen Motorräder in Brand gesteckt hat. Daraufhin sind die Biker abgezogen. Punkt aus. Kurz und knapp. Rückfragen der Presse beantwortet ihr nicht, verstanden?«

»Und wenn die uns nach Cartwright fragen?«, wollte Maynard wissen.

»Dann erzähl denen die Wahrheit. Dass dir unbekannte Männer ein Angebot für den Kauf deiner Ranch gemacht hätten, du aber abgelehnt hättest. Daraufhin wären erst die Rocker, danach die Söldner aufgekreuzt und hätten euch schikaniert und angegriffen. Genau das hat Meredith bereits den Leuten vom Fernsehen gesagt. Dass Cartwright dahintersteckt, haben wir denen längst gesteckt. Die haben bereits ihre Kollegen in Sydney auf ihn angesetzt. Ein TV-Übertragungswagen steht vor dem Firmengebäude von Cartwright and Sons. Sie wollen Cartwright vor die Kamera zerren und mit den Vorwürfen konfrontieren. Der wird zwar alles abstreiten, aber er wird den Teufel tun, und nochmal versuchen, euer Land einzukassieren«, schmunzelte Tucker.

»Hm, es könnte da natürlich ein neues Problem auftauchen. Was, wenn Cartwrights Leute erfahren, dass Reggie in Sydney im Krankenhaus liegt. Könnte natürlich sein, dass Logan ihm da einen unangemeldeten Besuch abstatten wird«, warnte Jan. »Wir sollten ihn da so schnell es geht wegschaffen.«

Maynards Augen verdunkelten sich. Daran schien er noch gar nicht gedacht zu haben. Sie wollten Reggie eigentlich am Wochenende aus dem Hospital holen und nach Hause nach Goulburn bringen. Und ausgerechnet jetzt fiel Crasher wegen eines zerschmetterten Ellenbogens aus.

»Hey, keine Panik Leute. Wäre nicht das erste Mal, dass ich Ersatz brauche. Hab 'nen guten Kumpel. Bronco ist Buschpilot. Fliegt Abenteurer und Jäger aus der Zivilisation ins Outback. Rufe ihn sofort an. Wenn er nicht gerade irgendwo mitten in der Wildnis steckt, wird er in ein paar Stunden hier sein«, beruhigte Crasher Maynards Nerven.

»Gut, er soll kommen so schnell es geht. Am besten heute noch. Wir haben keine Zeit zu verlieren«, machte Jan Druck.

»Wo sind eigentlich die Geländewagen der Nachtwölfe geblieben, die im Wald hinter der Farm standen?«, wollte Tom wissen.

»Hab' ich heute morgen bereits abholen lassen. Wir haben sie in der Nähe von Meredith' Farm im Unterholz versteckt. Die Reifenspuren wird der Regen verwischen. Besser Robertsons Männer finden sie da, als hinter deiner Farm. Wir bleiben dabei: Die Nachtwölfe sind niemals hier gewesen, klar? Das erspart uns 'ne Menge lästiger Fragen«, antwortete Sheriff Tucker.

Jan war beeindruckt. Er hätte dem kleinen, übergewichtigen Provinzpolizisten, der kurz vor der Rente stand, nie und nimmer zugetraut, dermaßen entschlossen und professionell zu handeln. Keine Frage, Sheriff Tucker hatte alles im Griff. Er hatte die Abläufe unter enormen Zeitdruck geradezu generalstabsmäßig geplant. Und es schien zu funktionieren. Robertson tappte weitgehend im Dunkeln. Und so sollte es auch bleiben.

»Ich schlage vor, dass uns Crashers Kumpel Bronco noch heute nach Sydney fliegt. Wir müssen verschwinden, bevor uns Robertson in die Finger bekommt. Je eher wir weg sind, umso besser«, glaubte Jan. »Dort werden wir zunächst Reggie aus dem Krankenhaus holen und dann werde ich mich mit Rollins treffen.

Ich muss von ihm wissen, wie ich an diesen Logan herankommen kann. Mit dem Kerl gibt es noch ein paar offene Fragen zu klären.« Jimmy Morisson schüttelte den Kopf. »Wir kommen nicht mit. Johnny und ich bleiben noch ein paar Tage hier bei Maynard. Zur Sicherheit, falls sich die Typen nochmal blicken lassen.«

»Hey Jungs, danke, aber das wird nicht nötig sein. Der Sheriff und ich haben die Lage unter Kontrolle. Cartwright wird aufgeben müssen. Er steht jetzt unter Beobachtung. Die Medien werden sich auf ihn stürzen, wenn herauskommt, dass seine Männer nochmal in Crockwell aufkreuzen. Zudem kennt jetzt auch der seriöse Teil der Bundespolizei in Parramatta die verbrecherischen Methoden von Cartwright and Sons.«, sagte der Devil.

»Nix da, Freundchen, So schnell wirst du uns nicht los. Wir bleiben. Erst wenn wir davon überzeugt sind, dass Ruhe eingekehrt ist, fahren wir wieder nach Hause, klar? Keine Widerrede, kapiert?«, stellte Jimmy klar.

»Du hast ja bloß Angst, dass du beim Poker verlierst. Na ja, kann ich verstehen, bist echt 'n lausiger Zocker«, grinste Johnny.

»Meinetwegen. Wie ihr wollt«, zuckte Jan die Achseln. »Aber geht um Gottes Willen diesem Robertson aus dem Weg. Der wird einen Vorwand finden, euch zu verhaften und in den Knast zu sperren, bis ihr verfault.«

»Mach dir keinen Kopf. Wir können sehr gut auf uns aufpassen«, antwortete Jimmy.

Crasher hatte ein paar Meter weiter telefoniert. »Alles klar, Bronco ist in Goulburn. Er wird in zwei Stunden hier sein. Wir fliegen euch nach Sydney, packen Reggie ein und bringen ihn nach Hause.«

»Wir?«, fragte Jan.

»Sicher. Glaubst du vielleicht, ich überlasse diesem Bruchpiloten meine Cessna. So weit kommt's noch. Nee nee, ich werde mich hübsch daneben setzen, damit dieser Kamikaze nicht auf dumme Ideen kommt«, meinte Crasher.

»Das klngt ja nicht gerade vertrauenserweckend, was du uns da über deinen Kumpel erzählst. Müssen wir uns Sorgen machen?«, fragte Tom.

»Nicht, wenn ich dabei bin«, antwortete Crasher vielsagend.

»Okay, wenn ich mit Rollins gesprochen habe, knöpfe ich mir Logan vor. Sobald ich alles mit dem Kerl geklärt habe, fliegen wir zurück in die Staaten und buchen uns den Rückflug nach Deutschland«, erklärte Jan.

»Glaubst du, Rollins wird dir helfen an Logan heranzukommen? Das könnte ihn seinen Job kosten. Vielleicht sogar mehr. Ungefährlich wird das für ihn nicht«, glaubte Tom.

»Ich denke, Rollins hat mit Cartwright abgeschlossen. Aber sicher ist das natürlich nicht. Trotzdem muss ich versuchen, mit ihm zu reden. Logan könnte in Leipzig einen Mord begangen haben«, sagte Jan.

Je mehr Zeit sie hatte, darüber nachzudenken, desto mehr kam ihr der Gedanke, dass Felix Neumann nicht Täter sondern lediglich Bauernopfer war. Da hatte ihn jemand in die Falle gelockt. Und Neumann ist ohne groß zu überlegen hineingetappt. Denken war eben nicht seine Stärke. Und jetzt saß er auf der Anklagebank. Hannah befürchtete, dass der Mix aus Beweisen, Fakten und Indizien ausreichen würde, um den Bauunternehmer wegen Mordes an Robert Langhoff zu verurteilen.

Wer zum Teufel hatte ihn in der Tatnacht angerufen und an den späteren Tatort gelockt? Die Stimme klang nach einem Mann, wäre aber stark verzerrt. gewesen, gab Neumann an. Möglich, dass der Anrufer oder die Anruferin eine Stimmwandler-App genutzt hatte. Ihr fielen adhoc die Apps RoboVox und Snapchat ein. Das wiederum sprach eher für einen jüngeren Anrufer. Die Älteren hätte wahrscheinlich ein Taschentuch oder die geballte Faust über das Handymikrofon gehalten.

Hannah saß am Schreibtisch und blickte auf die Wanduhr über der Tür. Jan wollte mit Rollins reden und versuchen, an Logan heranzukommen. Ob das gelingen würde, stand in den Sternen. Und selbst wenn, würde der ihm bestimmt nicht erzählen, was in Leipzig geschehen war. Jedenfalls nicht freiwillig.

Es war jetzt später Vormittag. Sie erwartete Jans Anruf gegen Mitternacht. Er war gestern Nachmittag mit Tom nach Sydney geflogen, wollte Maynards Bruder Reggie aus dem Krankenhaus abholen und sich danach mit Rollins treffen.

Allerdings hatte sie wenig Hoffnung, dass er etwas aus Logan herauskriegen würde. Der würde sich wahrscheinlich eher die Zunge abbeißen, bevor er seinen Chef ans Messer liefern würde. Cartwright führte ein stahlhartes Regiment. Wer da nicht spurte, wurde kurzerhand entsorgt. Und das hieße nicht etwa Abmahnung oder Entlassung, sondern zumindest eine gehörige Tracht Prügel mit anschließendem Krankenhausaufenthalt. Und was mit Verrätern geschehen würde, war ihr ohnehin klar. Da wurde kurzer Prozess gemacht. Und dieses Risiko würde Louis Gane, den alle kurz Logan nannten, nicht eingehen wollen. Es sei denn, Jan könnte ihn umstimmen. Fragte sich nur, was für ihn schlimmer wäre. Cartwrights Bestrafung oder Jans Befragung? Logan konnte zwischen Pest und Cholera wählen.

Sie sah nachdenkllich aus dem Fenster. Es war ruhig heute. Rico Steding war zu Hause geblieben und kurierte seine Erkältung aus. Jungmann und Krause halfen bei der Sitte aus. Schuberth saß vorm Computer und suchte nach neuen Apps und Programmen, die seine Arbeit optimieren könnten. Josie hielt einen Vortrag vor Studenten in der Pathologie des Gerichtsmedizinischen Instituts. Oberdieck bereitete die Anklage gegen Neumann vor. Und Waffel hatte einen Termin beim Bürgermeister, um mit ihm über die Unterstützung der Stadt Leipzig bei den dringend erforderlichen Umbauarbeiten im Präsidium an der Dimitroffstraße zu sprechen.

Hannah dachte über Klara Peters nach. Sie war die Sekretärin von Tino Vogt und hatte relativ wenig mit Robert Langhoff zu tun gehabt. Hatte sie vielleicht auch mit ihm geschlafen? Eher nicht, dachte Hannah. Während Sofia Glaser, Mila Iwanova und selbst Irma Steffens hübsche junge Frauen waren, war Klara Peters eher ein Mauerblümchen mit Brille und Emanzenfrisur. Sie war klein, unscheinbar und verschlossen. Eigentlich unsichtbar. Sie konnte sich beim besten Willen nicht vorstellen, dass sie besondere Anziehungskraft auf Männer ausübte. Zudem war sie flach wie ein Brett. Wohlgeformte weibliche Rundungen waren Fehlanzeige. Aber warum zum Teufel spukte sie dauernd in ihrem Kopf herum? Nein, rief sie sich zur Ordnung, Klara Peters hatte mit der ganzen Sache nichts zu tun. Bei Irma Steffens war sie sich dagegen weniger sicher. Immerhin hatte sie ein Verhältnis mit Langhoff gehabt. Und sie hing an ihm, hatte stets alles getan, was er verlangt hatte, nur um in seiner Nähe zu sein. Tino Vogt hatte durchblicken lassen, dass sie Langhoff sogar bisweilen gestalkt hatte. Sie galt in seinen Augen als krankhaft eifersüchtig. Nicht nur einmal war sie an den Wochenenden in den Clubs aufgetaucht, wo Langhoff Ausschau nach hübschen jungen Mädchen gehalten hatte. Rein zufällig natürlich. Und sie hatte ständig nach einem Vorwand gesucht, beim ihm zu Hause aufzukreuzen. Sie hatte ihm Unterlagen zur Unterschrift, Anfragen oder Angebote von Kunden gebracht oder ihn nochmal an kurzfristige Termine erinnert Ob dann dort zu Haus bei Langhoff etwas zwischen den beiden gelaufen war, ließ sich nur erahnen. Tino Vogt war jedenfalls felsenfest davon überzeugt, dass es dort regelmäßig zu Quickies gekommen war. Langhoff galt als Spezialist für die »schnelle Nummer zwischendurch«, wie Tino Vogt sich ausgedrückt hatte. Konnte es sein, dass Vogt sogar ein Stück weit eifersüchtig auf seinen Partner gewesen war, weil der bei den Frauen - auch bei den jungen, wie es aussah - ausgesprochen gut ankam?

Als sie es sich gerade in ihren Gedanken versunken im Schreibtischsessel bequem gemacht hatte, wurde sie abrupt aus ihren Tagträumen gerissen. Josie kam mit allerhand Tüten in den Händen ins Büro gestürmt und lud ihre Fracht mit hinreichend Gepolter auf Ricos Schreibtisch ab.

»Hi, Schätzchen. Türkische Pizza, Nussecken und zwei leckere Cappuccino mit Sahne. Jetzt zelebrieren wir inmitten dieser verdammten Männerdomäne mal 'nen ausgiebigen Frauentag. Was hältst du davon?«

»Ich dachte, du hast ein Seminar?«, wunderte sich Hannah.

»Mittagspause. Geht um zwei weiter. Und diese wunderbaren Leckereien sind längst nicht alles, was ich im Gepäck habe.«

»Aha, da bin ich aber mal gespannt.«

»Fragt mich doch so'n Schnösel von Erstsemester, wie groß und schwer der Täter wäre. Keine Ahnung, hab ich geantwortet, noch hätten wir den Täter nicht. Da schriebe der »Blick« aber was anderes, meinte er.«

Josie nahm ihr Handy, rief eine Seite auf und zeigte sie Hannah.

»Verdammt. Wo in aller Welt haben die das her?«, rief sie entsetzt.

Wie der »Blick« aus sicherer Quelle erfahren hat, handelt es sich bei dem Tatverdächtigen im Mordfall Robert Langhoff um den Leipziger Bauunternehmer Felix Neumann. Neumann soll den Architekten im Streit mit einem Hammer erschlagen haben. Aus Kreisen der Polizei und der Staatsanwaltschaft war zu vernehmen, dass dementsprechende Beweise vorlägen, die Neumann schwer belasten würden. Neumann und Langhoff stritten wegen einer Reihe unbezahlter Rechnungen, die die Baufirma an den Rand der Pleite getrieben hätten. Es soll sich dabei um mehrere Millionen Euro handeln. Neumann sitzt derzeit in Untersuchungshaft und erwartet seinen Prozess.

»Tja, mal ehrlich, diese Frage stellst du doch nicht wirklich, oder? Irgendwo findet der »Blick« doch immer ’nen Informanten.«

»Leider«, nickte Hannah.

»Na, jedenfalls ließ der Student nicht locker und meinte, den Kopfverletzungen des Opfers nach zu urteilen, wäre der Schlag mit dem Hammer nicht besonders hart gewesen. Dieser Neumann wäre aber ein Brocken von mindestens einhundertzwanzig Kilo und gut einsneunzig groß. Ich sah ihn an und fragte ihn, worauf er eigentlich hinaus wollte. Er antwortete, wenn Neumann auf Langhoff eingeschlagen hätte, wären die Kopfverletzungen weitaus heftiger ausgefallen. Und dann wollte er noch wissen, ob Neumann Linkshänder wäre. Als ich ihn fragend ansah, meinte er, dass der Schlag von einem Linkshänder ausgeführt worden wäre, der wesentlich kleiner und längst nicht so kräftig wie Neumann gewesen wäre.«

»Und hatte dieser Naseweis recht?«, wollte Hannah wissen.

»Und wie der recht hatte. Ich bin sofort nochmal runter in die Pathologie und habe mir Langhoffs Kopf angesehen. Der Schlag erfolgte von unten und traf den Kopf von schräg rechts. Und wenn ein Mann von Neumanns Kaliber den schweren Hammer geschwungen hätte, wäre die Stirnplatte zerschmettert worden und die Ränder der Augenhöhlen weggebrochen. Kurz gesagt, Langhoffs Schädel wäre Matsch gewesen. War er aber nicht. Die Schläge waren tatsächlich nicht besonders kräftig gewesen.«

»Von einer Frau?«

»Ja, würde ich sagen.«

Hannah atmete tief durch. Diese Informationen musste sie erst Mal sacken lassen.

»Neumann war’s nicht, Hannah. Das denkst du doch jetzt, oder?«

»Das denke ich schon die ganze Zeit.«

»Und jetzt?«

»Tja, wir müssen herausfinden, wer Neumann angerufen und an den Tatort gelockt hat. Und wir müssen erneut sämtliche Alibis der Frauen, die in diesen Fall verwickelt sind, überprüfen. Irma Steffens zum Beispiel war am Abend der Tat noch sehr lange im Büro. Wer weiß, vielleicht hatte sie gehofft, Neumann würde Langhoff attackieren und verletzen. Und wenn es so war, hat sie Langhoff den Rest gegeben, nachdem Neumann den Verletzten am Boden liegend zurückgelassen hatte und abgehauen ist. Neumann hatte ja angegeben, dass er seinen Zimmermannshammer im Eifer des Gefechts verloren hätte. Er hätte mit Langhoff gerangelt, bevor der sich losreißen und ins Treppenhaus flüchten konnte, um sich in Sicherheit zu bringen.«

»Ach, und du meinst, Irma Steffens hätte ihn dort verletzt vorgefunden, hätte den Zimmermannshammer aufgehoben und ihm den Schädel eingeschlagen?«

»Möglich«, zuckte Hannah die Schultern. »Immerhin hatte sie ein starkes Motiv. Sie war krankhaft eifersüchtig. Und sie hatte zuvor erfahren, dass Langhoff mit Mila Iwanova im Bett gewesen war, sie sogar vergewaltigt haben sollte. Da hatte sie Rot gesehen und wollte Langhoff nur noch umbringen.«

»So hätte es sich in der Tat abgespielt haben können. Aber wie wollen wir das beweisen? Wir haben rein gar nichts gegen Irma Steffens in der Hand. Im Gegenteil, alle Fakten sprechen für Neumann als Täter. Kann doch genauso gut sein, dass der Kerl lügt und absichtlich nicht so hart zugeschlagen hat, um den Verdacht auf eine Frau zu lenken?«

»Nein, meine Liebe, so schlau ist der nicht. Wenn der Langhoff tatsächlich erschlagen hat, dann im Affekt. Und in einem solchen Zustand denkt man nicht mehr nach. Da schmiedest du keine großartigen Pläne mehr. Du schlägst zu, wieder und wieder, bis deine Wut befriedigt ist.«

»Stimmt«, nickte Josie und biss genüsslich von ihrer Pizza ab.

»Wir bleiben an der Sache dran, hängen das aber nicht an die große Glocke. Du weißt doch, wie Waffel denkt.«

»Klar, der hat fast schon eine erotische Beziehung zu gelösten Fällen. Er liebt es abgöttisch, der Öffentlichkeit die Ermittlungserfolge der Leipziger Polizei zu präsentieren, deren allmächtiger und unfehlbarer Chef er ist. Dabei hat der ein Glänzen in den Augen, als wenn ihm gerade unterm Tisch einer runtergeholt wird«, grinste Josie.

»Hey, Frau Professor, etwas mehr Respekt bitte. So was hat Waffel nicht nötig.«

»Ha, Schätzchen, du weißt ja gar nicht, wovon die Männer so alles träumen. Da ist unser Direktorchen sicher keine Ausnahme«, kicherte sie.

»Mag sein«, seufzte Hannah, trank den mittlerweile lauwarmen Cappuccino und machte sich gierig über eine Nussecke her.

Um kurz nach 16 Uhr hob Crashers Cessna vom Crockwell Airstrip an der Kialla Road ab. Der Flug nach Sydney würde etwa zwei Stunden dauern.

»Lange nicht gesehen, Bronco. Dachte du wärst längst tot«, scherzte Crasher, der im Cockpit als Co-Pilot Platz genommen hatte.

»Nee, nur die Guten sterben jung. So einen alten, dreckigen Bastard wie mich will der oben gar nicht haben. Würde mich nicht wundern, wenn der mich am Ende noch ganz vergisst«, krächzte Bronco mit seiner Reibeisenstimme. Seine whiskeygetränkten Stimmbänder klangen, als wären sie gerade ganz unten aus einer Kiste Reißnägel gezogen worden.

»Hm, könnte sein, aber das erledigst du ohnehin von selbst. Ist eh ein Wunder, dass du nicht schon längst mit einer deiner Schrottkisten abgeschmiert bist. Aber du hast bisher noch jede Bruchlandung überlebt. Nur der Allmächtige weiß, wieso. Schätze, du hast mehr Leben als 'ne Katze und die hat immerhin neun.«

«Neun? Nein, ich hab nur dieses eine, aber das hat mich bisher noch nicht im Stich gelassen. Letzte Woche ist mir auf dem Rückflug von Ayers Rock nach Goulburn doch glatt der Sprit ausgegangen. Die verdammte Benzinuhr hatte den Geist aufgegeben.«

»Und wie bist du runtergekommen?«

»Tja, es war bereits stockdunkel und ich hatte mindenstens noch fünfzig Kilometer bis Goulburn. Bin runter gegangen und hab mich an den Autoscheinwerfern auf der Goulburn Road orientiert. Zum Glück waren um die Zeit nur noch wenige Fahrzeuge unterwegs. Hab 'ne Bilderbuchlandung hingelegt, doch so ein scheiß Truck hatte mich doch glatt übersehen. Ich konnte gerade noch so aus der Kiste springen, bevor das Monstrum meine Piper pulverisiert hat. Der hat einmal laut gehupt, mit den Wischerblättern die Überreste von der Scheibe geputzt und hat Gas gegeben. War in etwa so, als wenn ein Güterzug an einem unbeschrankten Bahnübergang ungebremst durch einen liegengebliebenen Pkw rauscht.«

»Und dann bist du per Anhalter nach Goulburn gefahren?«

»Sagte doch, war mitten in der Nacht. Da hat keine Sau angehalten. Bin die zwanzig Kilometer zu Fuß gegangen. Die Blasen an meinen Quanten waren groß wie Tennisbälle und es hat wie aus Eimern geschüttet. War durchgeweicht wie'n nasser Lappen.«

»Na, das kann dir heute nicht passieren. In meiner Cessna bist du so sicher wie in Abrahams Schoß. Hat mich bisher noch nie im Stich gelassen. Trotzdem solltest du'n bisschen vom Gas gehen. Der Sprit reicht für dreihundertfünfzig Kilometer, aber nicht bei Vollgas und Gegenwind.«

»Aye aye, Sir, du bist der Boss«, antwortete Bronco.

Jan und Tom hatten es sich bequem gemacht und dösten vor sich hin. Obwohl ein rauer Wind wehte, glitt die Cessna stabil und gleichmäßig vor sich hin. In knapp zwei Stunden würden sie in Sydney landen. Dort würden sie am Airport einen Wagen mieten und Reggie vom Royal Prince Albert Hospital abholen. Anschließend würden Crasher, Bronco und Reggie mit der Metro zurück zum Flughafen fahren und sofort zurück nach Crockwell fliegen. Jan und Tom würden sich auf den Weg raus nach Burwood machen, um sich dort mit Rollins zu treffen.

Kurz nach 18 Uhr setzte die Cessna zum Landeanflug an. Eine Viertelstunde später saßen sie bereits im Auto Richtung Innenstadt. Jan hatte den Mietwagen online gebucht. Der weiße Toyota Camry wartete bereits vollgetankt an der Straße vor der Mietwagenzentrale.

Sie brauchten eine halbe Stunde bis zum Krankenhaus. Tom hielt vor der Einfahrt und ließ Crasher und Bronco aussteigen.

»Wir warten hier unten, bis ihr uns grünes Licht gebt, dass ihr Reggie habt. Nicht, dass der bereits unerwünschten Besuch erhalten hatte«, sagte Jan.

»Geht klar, wir melden uns«, versprach Crasher und stampfte zusammen mit Bronco die Zufahrt zum Hospital hinauf.

Wieder dauerte es beinahe eine halbe Stunde, bis Crasher Entwarnung gab. »Die Ärzte haben Stress gemacht. Sie wollten Reggie noch übers Wochenende da behalten. Hab denen erklärt, dass der Pilot nur heute zur Verfügung steht und ich mit dem verletzten Arm nicht fliegen könnte. Dann haben sie beide Augen zugedrückt und die Entlassungspapiere fertiggemacht. Reggie ist soweit wohlauf. Ich soll euch grüßen.«

»Okay, danke für alles. Wir melden uns, sobald wir die Sache erledigt haben«, sagte Jan.

»Seid bloß vorsichtig. Mit diesen Typen ist nicht zu spaßen. Die zögern keine Sekunde, euch 'ne Kugel zu verpassen. Viel Glück«, antwortete Crasher.

Als der weiße Toyota Camry in die Park Road Richtung Burwood Park einbog, hatte bereits die Dämmerung eingesetzt. Jan griff zum Handy und rief Rollins an. Es dauerte eine gefühlte Ewigkeit bis er sich meldete.

»Dachte schon, Sie hätten kalte Füße gekriegt und 'nen Rückzieher gemacht«, sagte Jan.

»Besser, wir treffen uns nicht in der Nähe des Firmengebäudes. Hier ist die Hölle los. Die Zeitungen haben heute von einem Massaker in der Provinz berichtet. Die schreiben, dass Cartwright ein Killerkommando nach Crockwell geschickt hätte, um widerspenstige Farmer zur Räson zu bringen. Nach einem Schusswechsel mit der Polizei hätte es Tote und Verletzte gegeben. Cartwright hätte sich mit Gewalt das Land der Farmer einverleiben wollen, um dort einen gigantischen Freizeitpark zu bauen. Der Plan gelte nunmehr als gescheitert. George Cartwright hätte bisher für eine Stellungnahme nicht zur Verfügung gestanden. Die Bundespolizei hätte angekündigt, Ermittlungen gegen den Immobiliengiganten einzuleiten.«

»Hm, klingt so, als wäre Cartwright am Arsch«, antwortete Jan.

»Der kocht vor Wut. Aber so leicht gibt der sich nicht geschlagen. Bisher hat er immer noch Mittel und Wege gefunden, sich aus Schwierigkeiten herauszuwinden. Gehen Sie mal davon aus, dass er nicht nur Robertson, sondern halb Parramatta geschmiert hat. Cartwrights Arm ist verdammt lang«, meinte Rollins.

»Okay, also, wo treffen wir uns?«

»Gar nicht.«

»Was zum Teufel soll der Scheiß, Rollins?«

»Das kann ich im Moment nicht riskieren. Ich habe Frau und Kinder, Major. Aber ich kann Ihnen sagen, wo Sie Logan heute Abend antreffen werden. Er wird gegen acht im »Wallflower« sein. Das ist ein Club in der Belmore Street/Ecke Burwood Road. Der gehört - wie sollte es auch anders sein - Cartwright. Logans Freundin arbeitet dort. Pikanterweise ist der Laden nur einen Steinwurf von der Burwood Police Station entfernt. Also seien Sie achtsam, falls es dort zu einer Auseinandersetzung kommen sollte. Und unterschätzen Sie den Kerl nicht. Er wird nicht allein sein. Sein bester Kumpel Hunter und weitere seiner Kollegen von der Security werden ebenfalls dort sein.«

»Haben Sie was läuten hören, dass Logan etwas mit dem Mord an dem Architekten Robert Langhoff zu tun hat? Hatte Cartrwright ihn beauftragt, den Mann aus dem Weg zu räumen, falls der sich weigert, für ihn zu arbeiten und stattdessen bei der Konkurrenz aus Chicago anheuert?«

»Nein, aber möglich wär's. Ich sagte ja bereits: Logan und Hunter sind die Männer fürs Grobe. Die schrecken auch vor Mord nicht zurück.«

»Okay, ach, eine Frage noch. Gibt Cartwright das Projekt jetzt auf? Ich meine, das Bauland in Crockwell wird er nicht bekommen und der Mann, der seinen Hyper Rollercoaster konstruieren sollte, ist tot.«

»Nein, ein Cartwright gibt niemals auf. Verlieren steht nicht auf seiner Agenda. Im Gegenteil, er wird Himmel und Hölle in Bewegung setzen, um zu bekommen, was er will.«

»Also wird er weiterhin versuchen, sich die Farmen in Crockwell einzuverleiben? Obwohl mittlerweile ganz Australien weiß, was dort geschehen ist und wer dafür verantwortlich ist?«

»Glaube ehrlich gesagt nicht, dass sich die Verbindung von Cartrwright zu den Nachtwölfen und den Comancheros beweisen lassen wird. Wenn doch, hat er in der Tat ein Problem. Er wird 'ne Weile abwarten, wie sich die Dinge entwickeln. Dann wird er wieder angreifen. In Crockwell oder an einem andern Ort. Alles ist möglich.«

»Danke für die offenen Worte, Rollins. Das weiß ich zu schätzen. Wir bleiben in Verbindung, oder?«

»Sie können sich auf mich verlassen, Major. Bitte verstehen Sie, dass ich vorsichtig sein muss. Bin gerade dabei, mir einen neuen

Job zu suchen. Das wird mir allerdings nicht viel helfen, wenn Cartwright erfährt, dass ich mit Ihnen geredet habe..«

»Klar, verstehe. Von mir wird niemand was erfahren. Ehrensache. Äh, hätt' ich jetzt fast vergessen. Logans Wagen und das Kennzeichen?«

»Er fährt eine rote Corvette Stingray mit dem Kennzeichen LG 99 CC. Okay, dann viel Glück, Major«, wünschte Rollins und legte auf.

Jan sah auf die Uhr. Halb acht. Er gab die Adresse des »Wallflowers« ins Navi ein. Tom startete den Toyota und wendete. Das Ziel würden sie in zwölf Minuten erreicht haben.

Inzwischen war es dunkel geworden und die angenehmen Tagestemperaturen von 22 Grad fielen allmählich deutlich ab. Das Thermometer im Auto zeigte momentan nur noch 15 Grad.

Crasher, Bronco und Reggie befanden sich wahrscheinlich schon auf dem Rückflug nach Crockwell. Jan schrieb eine Whattsapp und erhielt prompt Antwort. Crasher schickte einen erhobenen Daumen. Jan nickte zufrieden. Maynards Bruder Reggie war jetzt in Sicherheit. Teil eins ihres Auftrags war erfüllt.

Die Belmore Street war nur schwach beleuchtet. Sie fuhren an der Polizeistation vorüber bis an die Ecke Burwood Road. Das »Wallflower« befand sich in einem weißen dreistöckigen Gebäude. Der Eingang war hell erleuchtet. Eine kurze Treppe führte hinauf. Zwei gewaltige Brocken von Türstehern regelten den Einlass. Jan beobachtete wie die Gäste entweder eine Clubkarte bereithielten oder ein Ticket auf dem Handy vorwiesen. Mit beiden konnte Jan nicht dienen. Wie zum Teufel sollte er an diesen beiden Naturgewalten vorbeikommen?

Jan und Tom stiegen aus und sahen sich um. Von Logans Corvette war weit und breit nichts zu sehen. Hatte Rollins sie etwa auf eine falsche Fährte geführt?

Als um neun immer noch nichts von Logan zu sehen war, griff Jan zum Handy. Rollins sollte verdammt noch mal erklären, was hier eigentlich los war.

Tom tippte Jan auf die Schulter und nickte Richtung Eingang. Er steckte sein Handy wieder ein. Eine rote Corvette Stingray parkte direkt neben der Treppe. Zwei Männer stiegen aus. Einer von beiden schien Logan zu sein. Den anderen kannten sie nicht. Sie waren Logan zusammen mit Rollins auf Meredith' Farm begegnet. Möglich, dass der andere Mann Hunter Washington war, dachte Jan.

»Okay und jetzt?«, fragte Tom.

»Bin für Vorschläge aller Art offen«, antwortete Jan.

»Wir gehen da hoch, machen die beiden Gorillas fertig, marschieren in den Club, schnappen uns Logan, schleppen ihn raus in unseren Wagen und quetschen ihn anschließend aus wie 'ne Zitrone.«

»Klar, ist doch ganz einfach. Warum bin ich da nicht schon selbst drauf gekommen?«

»Hast du 'nen besseren Vorschlag?«

»Hab ich. Lass mich mal ans Steuer«, meinte Jan.

»Was zum Teufel hast du vor?«

»Wir besorgen uns Eintrittskarten. Was sonst?«

Jan bog in die Burwood Road ein, drehte um, fuhr langsam zurück und hielt am rechten Straßenrand. Als er beobachtete, dass die beiden Türsteher die Zugangsberechtigungen einer Gruppe von mehreren Frauen kontrollierten, trat er aufs Gaspedal und rauschte der roten Corvette in die Fahrertür.

»Oh, verdammt, was zum Henker soll das werden?«, stammelte Tom.

»Wart's ab«, meinte Jan.

Einer der Gorillas schob seinen mächtigen kahlrasierten Schädel über die Brüstung, blickte grimmig nach unten und schimpfte wie ein Rohrspatz.

Jan und Tom stiegen aus. »Oh, sorry verdammt, ist mir doch glatt so 'ne scheiß Katze vors Auto gelaufen«, zuckte Jan entschuldigend die Achseln.

»Hey, habt ihr 'nen Knall, oder was? Das wird verdammt teuer für euch, Freunde«, meckerte der Türsteher auf dem Weg die Treppe herunter.

»Ich denke, ich rufe besser die Polizei«, sagte Jan und holte sein Handy aus der Tasche.

»Nein, wartet hier. Ich regel das. Wagt euch nicht vom Fleck, kapiert? Mein Kumpel behält euch im Auge«, warnte der Aufpasser.

Etwa fünf Minuten später kam der Gorilla mit zwei Männern im Schlepptau aus einem Nebeneingang unterhalb der Treppe. Einer davon war Logan.

Als er die eingebeulte Tür seiner Corvette sah, schlug er vor Entsetzen die Hände über dem Kopf zusammen.

»Oh nein, Scheiße. Wisst ihr überhaupt, was ihr da angerichtet habt, ihr Penner? Die Farbe ist 'ne Speziallackierung. Kostet ein Vermögen, die Tür neu zu lackieren.«

»Tut mir echt leid, aber ich musste…«

»Halt's Maul, du Arsch. Das kostet dich fünf Riesen, Freundchen«, brüllte Logan.

»Was? Fünfhundert Dollar? Nee, da rufe ich besser die Polizei«, antwortete Jan scheinbar aufgebracht.

»Leg das Handy weg, sonst breche ich dir den Arm, klar? Von wegen fünfhundert, das ist kein verkackter japanischer Kleinwagen, klar? Die Karre ist 'ne Spezialanfertigung für über zweihunderttausend Dollar. Du schuldest mir fünftausend, verdammt«, erklärte Logan.

»Hab ich nicht. Muss den Schaden meiner Versicherung melden«, antwortete Jan ruhig.

»Lasst mal sehen, was ihr dabei habt. Dann reden wir weiter«, sagte Logan und nickte dem Türsteher zu, die beiden zu durchsuchen.

»Zwei gegen drei. Günstiger wird's nicht mehr«, sagte Jan auf Deutsch.

Tom nickte und verpasste dem Türsteher einen harten Kinnhaken. Jan packte den Kerl neben Logan und streckte ihn mit einer Kopfnuss nieder. Logan stürzte sich auf ihn und versuchte ihn in den Schwitzkasten zu nehmen und zu Boden zu werfen. Jan wich geschickt aus und ließ Logan ins Leere laufen. Er setzte sofort nach, riss ihn am Kragen zurück, umklammerte seinen Hals und schnürte ihm die Luft ab.

Als der zweite Mann, der anscheinend Logans Kumpel Hunter war, wieder aufstehen wollte, trat ihm Tom unters Kinn. Von der Wucht des Trittes schwer getroffen, klatschte der Kerl wie ein nasser Sack auf den Rücken.

Jan drückte zu, bis Logan bewusstlos war. Dann öffnete er die Hintertür des Toyotas und stieß ihn auf den Rücksitz.

Als er sich umdrehte, traf ihn ein harter Schlag des Gorillas an der Schulter, als er gerade noch im letzten Moment den Kopf wegziehen konnte. Er krachte benommen gegen die Beifahrerseite. Der Angreifer wollte sofort nachsetzen und holte zu einem kapitalen Faustschlag aus, als Tom von hinten seinen Arm packte, ihn herumriss und den Arm wie einen morschen Ast auf seinem Knie zerschmetterte. Der Gorilla schrie auf vor Schmerzen. Tom verpasste ihm eine knüppelharte Gerade ins Gesicht, die ihn von den Beinen holte und gegen einen Müllcontainer schleuderte.

»Los, nichts wie weg«, rief Jan, lief um den Wagen herum, sprang hinein und gab Gas, als Tom gerade noch das zweite Bein nachzog und die Beifahrertür zuknallte.

Hannah wollte nicht untätig herumsitzen und abwarten, bis Jan anrief und ihr erzählte, was sein Aufeinandertreffen mit Logan ergeben hätte. Josies spontaner Besuch hatte durchaus neue Erkenntnisse geliefert. Was ihrem cleveren Studenten aufgefallen war, nährte durchaus ihre Zweifel an Neumanns Schuld.

Sie setzte sich ins Auto und fuhr nach Abtnaundorf. Sie wollte sich nochmal ausführlich mit Tino Vogt unterhalten. Jetzt, wo festzustehen schien, dass Neumann Robert Langhoff erschlagen hatte, war sie gespannt, was Vogt dazu sagen würde. Außerdem wollte sie ihm noch mal auf den Zahn fühlen, ob er tatsächlich in der Tatnacht nichts von den Geschehnissen direkt vor seiner Nase mitbekommen hatte.

Der Architekt befand sich gerade in einem Kundengespräch, als Hannah um halb drei ins Büro kam. Klara Peters bat sie, im Wartezimmer Platz zu nehmen und bot ihr einen Kaffee an.

»Ach, äh, Frau Peters, sagen Sie, Sie waren doch auch in der Tatnacht noch lange im Büro. Wann sind Sie eigentlich nach Hause gegangen? Sie hatten mir erzählt, dass Langhoff und Vogt sich gestritten hätten. Irma Steffens meinte, das wäre etwa gegen Mitternacht gewesen?«

Klara Peters stellte den Kaffee auf den Beistelltisch neben Hannahs Stuhl. »Nehmen Sie Milch und Zucker?«, fragte sie.

»Weder noch, schwarz bitte«, antwortete Hannah.

»Kann ich Ihnen vielleicht noch ein paar Kekse anbieten? Vanillekipferl, sind besonders lecker, sollten Sie mal probieren«, sagte Klara, ohne auf die Frage zu reagieren. Offenbar brauchte sie einen Moment, um über ihre Antwort nachzudenken.

»Oh, danke nein, habe heute eh schon zu viel Süßes gegessen«, bedankte sich Hannah. »Aber wenn Sie bitte meine Frage beantworten würden«, hakte sie nach.

»Ja, natürlich. Ehrlich gesagt, hab ich nicht auf die Uhr gesehen. Es kommt öfter vor, dass wir bis lang in die Nacht hinein arbeiten.

Mein Chef ist ein Nachtmensch. Er geht selten vor Mitternacht nach Hause. Er meint immer, die besten Ideen hätte er, wenn's dunkel und ruhig ist. Na ja, zu Hause wartet eh niemand auf ihn. Kommt auch schon mal vor, dass er auf dem Sofa im Büro übernachtet.«

»Und war das in jener Nacht auch der Fall?«

»Als ich nach Hause ging, war er jedenfalls noch da. Ich bin am nächsten Tag erst gegen Mittag ins Büro gekommen, nachdem Irma mich angerufen und erzählte hatte, was geschehen war.«

»Was hat sie denn erzählt? Ich meine, was sagte sie, was passiert sei?«

»Sie sagte, Robert Langhoff sei tot aufgefunden worden. Man hätte seine Leiche im See im Abtnaundorfer Park gefunden.«

»Hm, was ging Ihnen durch den Kopf, als Sie gehört hatten, was geschehen war?«

»Na ja, ich war geschockt. Ich habe mich gefragt, wer denn so etwas tut. Robert Langhoff hatte doch niemanden was getan.«

»Sie haben den Streit zwischen Vogt und Langhoff aber noch mitbekommen, bevor Sie das Büro verlassen haben, oder?«

»Ja, aber die beiden hatten zuletzt öfter Zoff. War nichts Besonderes. Sie beruhigten sich auch schnell wieder.«

»Also waren die beiden noch im Haus, als Sie gingen?«

»Ja«, nickte Klara.

»Und Irma Steffens?«

»Glaube ja, in ihrem Büro brannte noch Licht.«

»Aber Sie haben Sie nicht mehr gesehen?«

»Nein«, schüttelte Klara den Kopf. »Aber warum fragen Sie mich das eigentlich alles? Sie haben doch den Täter.«

»Ja, sieht so aus. Aber ein paar Fragen sind noch offen. »Und die würde ich gern noch klären, um den Fall rund zu machen.«

»Ach, ich dachte, Neumann wäre bereits überführt. Stand jedenfalls in der Zeitung«, wunderte sich Klara.

»Das wird das Gericht entscheiden, nicht der »Blick«, sagte Hannah. »Wussten Sie eigentlich, dass Robert Langhoff ein Verhältnis mit Irma Steffens hatte?«

»Sicher. Das konnte man ja nicht übersehen.«

»Hat Tino Vogt Irma entlassen?«

»Nein, sie ist zurzeit freigestellt. Für sie gibt es im Moment ja nichts zu tun. Wir wissen alle nicht ob und wie es weitergehen wird.«

»Wie standen Sie eigentlich zu Robert Langhoff?«

»Ich? Wieso? Ich verstehe die Frage nicht?«

»Sie haben die Frage schon verstanden. Aber ich kann gern deutlicher werden. Hatten Sie auch Sex mit Robert Langhoff?«

»Nein!«, rief Klara empört. Sie kniff die Lippen zusammen und ihre Augen verdunkelten sich.

»Schon gut. Dann wäre das ja geklärt«, hob Hannah beschwichtigend die Arme.

»Hallo, Frau Kommissarin«, tauchte Tino Vogt plötzlich in der Tür zum Warteraum auf. »Was kann ich noch für Sie tun. Dachte, der Fall sei geklärt?«

»Ich habe bereits Frau Peters erzählt, dass es noch offene Fragen gibt.«

»Ach, und das obwohl Neumann überführt und des Mordes angeklagt ist?«

»Sie haben ausgesagt, dass Sie in der Tatnacht unter Alkoholeinfluss mit Robert Langhoff heftig gestritten hätten. Und Sie haben bestätigt, dass es in diesem Streit um seinen Auftrag als Statiker ging, den er mal wieder nicht über die Firma abrechnen wollte.«

»Stimmt. Das war bei uns immer wieder ein Streitpunkt. Bin danach auch sofort auf dem Sofa eingeschlafen. Das waren einwandfrei einige Gläser zu viel.«

»Also haben Sie nicht mehr mitbekommmen, wann Robert Langhoff das Büro verlassen hat?«

»Nein. Wird wohl irgendwann nach Mitternacht gewesen sein.«

»Dann wissen Sie auch nicht, wann Irma Steffens und Klara Peters gegangen sind?«

»Nein, Irma hatte ich den ganzen Tag nicht gesehen und Klara hatte mir am Abend noch was zu Essen bestellt und ist dann wohl auch nach Haus gefahren. Das muss so gegen Mitternacht gewesen sein. Robert war kurz zuvor zurückgekommen. Wir hatten, wie bereits erwähnt, einen kurzen aber heftigen Streit.«

»Und wie haben Sie erfahren, was danach in der Nacht geschehen war?«

»Irma hat mich am nächsten Morgen geweckt und mir alles erzählt. Ich war total fertig, hatte einen schweren Kater. Ich habe zunächst überhaupt nicht realisiert, was sie da so alles von sich gegeben hatte.«

»Und Klara Peters?«

»Die war noch nicht da. So viel ich mich erinnere, kam sie erst gegen Mittag ins Büro.«

»Also haben Sie auch nicht gehört, dass Felix Neumann mit Robert Langhoff gegen Mitternacht unten im Flur heftig gestritten hatte?«

»Nein, nichts. Ich habe geschlafen wie ein Stein.«

»Sind Sie überrascht, dass Felix Neumann verdächtigt wird, Ihren Partner ermordet zu haben?«

»Nein, aber warum sagen Sie »verdächtigt«? Ich dachte, er wäre bereits des Mordes überführt?«

»Endgültig bewiesen ist das nicht. Aber das wird der Richter entscheiden.«

»Na ja, Neumann ist Choleriker. Geht bei jeder Kleinigkeit sofort aus dem Sattel. Und sehen Sie sich den Kerl an. Wo der hinlangt, wächst kein Gras mehr.«

»Eben«, nickte Hannah.

»Wie meinen Sie das?«

»Das darf ich Ihnen nicht sagen, da die Ermittlungen noch nicht endgültig abgeschlossen sind. Allerdings weisen die Kopfverletzung eher auf einen weniger kräftigen Täter hin. Möglicherweise sogar auf eine Frau.«

»Also glauben Sie nicht, dass Neumann der Mörder ist?«

»Ich glaube nicht, ich ermittle.«

»Entschuldigen Sie, aber Ihre Aussagen irritieren mich. Also wird Neumann doch nicht angeklagt?«

»Der Staatsanwalt hat Klage eingereicht. Ob es zum Verfahren kommt, entscheidet der Richter.«

Tino Vogt zuckte die Schultern. »Na ja, das soll mal einer verstehen. Wenn 's sonst keine Fragen mehr gibt, bitte ich Sie, mich jetzt zu entschuldigen. Ich habe gleich den nächsten Termin. Muss ja schließlich irgendwie weitergehen.«

»Mit Stefan Glaser als Partner?«, fragte Hannah.

»Ja, vielleicht. Hängt auch davon ab, ob und wann Roberts Versicherung zahlt. Solange der Mordfall nicht aufgeklärt und abgeschlossen ist, wird kein Geld fließen. Möglich, dass uns zwischenzeitlich die Luft ausgeht. Und Glaser wird sich bestimmt nicht mit einem Partner zusammentun, der kurz vor der Pleite steht. Und genau da stehen wir im Moment, Frau Kommissarin. Also je eher Sie Neumann hinter Gitter bringen, umso mehr steigen die Chancen, dass die Firma überlebt.«

»Verstehe. Das liegt aber, wie gesagt, allein beim Gericht. Äh, eine letzte Frage noch, Herr Vogt. Ist Klara Peters verheiratet oder in einer festen Beziehung?«

»Nein, sie ist ledig. Ob sie einen Freund hat, kann ich Ihnen nicht sagen. Aber so viel, wie sie arbeitet, würde ich das schon fast ausschließen.«

»Hatte Robert Langhoff vielleicht auch ein Auge auf Klara geworfen?«

»Was? Wohl kaum. Der hatte ein komplett anderes Beuteschema, wenn Sie wissen, was ich meine.«

»Klar, Sie meinen, dass er sich eher für rassige Katzen als für graue Mäuse interessiert hat?«

»Das haben Sie gesagt«, kommentierte Tino Vogt und reichte Hannah zum Zeichen, dass das Gespräch bendet war, die Hand.

Sie fuhren die Burwood Road nach Süden und sahen sich nach einer dunklen Seitenstraße um. Viel Zeit hatten sie nicht. Wahrscheinlich hatte Hunter Washington bereits die Verfolgung aufgenommen. Doch im Rückspiegel war kein Fahrzeug zu sehen, das sich ihnen schnell näherte.

»Hier links«, meinte Tom. »Scheint alles ruhig zu sein.«

Jan bog in die Duff Street ab. Eine enge Straße, die nur mäßig beleuchtet war. Am Rand ragten zu beiden Seiten hohe Bäume in den dunklen Himmel. Er folgte einem Schild mit der Aufschrift *Woodstock Community Centre*. Die Straße wurde immer schmaler und führte schließlich in einen kleinen Park. Er fuhr auf einen befestigten Parkplatz, der von üppigem Buschwerk umgeben war und ließ den Wagen langsam ausrollen. Er hielt inmitten der hohen Büsche, stellte den Motor ab und stieg aus. Alles ruhig. Von einer Laterne am Gehweg schwappte nur gedämpftes Licht herüber. Der Wagen war von der Straße aus nicht mehr zu sehen. Perfekt. Hier würden sie Cartwrights Leute nicht so schnell entdecken.

Trotzdem war Eile geboten. Je eher sie von hier wieder verschwinden würden, desto weniger mussten sie befürchten von Cartwrights Leuten aufgespürt zu werden.

Jan öffnete die Hintertür, zog Logan vom Rücksitz und ohrfeigte ihn wach. Benommen kam er zu sich. Logan war ein großer, drahtiger Typ. Mit seinen braunen Augen und den schwarzen, lockigen Haaren wirkte er wie ein Südländer. Jan schätzte ihn auf Mitte dreißig. Logan blinzelte ihn wütend an.

»Entspann dich. Wir haben nur 'n paar Fragen, dann sind wir wieder weg. Wenn du uns Antworten lieferst, geht das hier ganz schnell, verstanden?«

»Jetzt weiß ich, wer ihr seid. Ihr gehört zu dieser alten Frau und dem widerspenstigen Indianer, verdammt. Was zum Teufel wollt ihr von mir?«

»Was ist letzte Woche in Leipzg passiert? Du und dein Kumpel Hunter werdet dringend verdächtigt, den Architekten Robert Langhoff ermordet zu haben«, sagte Jan.

»Leipzig? Was zum Henker habt ihr damit zu tun? Wieso interessiert ihr euch für diesen Mann?«

»Hey, die Fragen stellen wir, klar?«, fauchte Tom.

»Ihr habt euch mit Langhoff im Mercure Hotel in Leipzig getroffen, um ihn vertraglich an Cartwright zu binden. Aber er hat euch eine Absage erteilt. Er hatte sich für die Konkurrenz entschieden. Ein absoluter Tiefschlag für euren Boss. Erst verliert er den Kampf um das Bauland in Crockwell und jetzt auch noch den einzigen Statiker weit und breit, der seine Pläne von einem neuen Hyper Rollercoaster in die Tat umsetzen konnte. Und bevor der genau das für die Konkurrenz tun würde, hat Cartwright euch befohlen, ihn zu erledigen«, sagte Jan.

»Bullshit«, schimpfte Logan.

»Ach ja? Wie war's denn dann?«, fragte Jan.

»Seit ihr etwa extra wegen diesem Scheiß den weiten Weg nach Australien gekommen und uns sogar bis in dieses verfluchte Kaff am Arsch der Welt gefolgt? Seid ihr Bullen, oder was?«

»Halt dein Maul und antworte, sonst prügel ich die Antwort aus dir heraus, klar?«, drohte Tom und stieß ihm die flache Hand vor die Brust.

»Fragt doch einfach diese Bitch. Die wollte den Kerl anscheinend loswerden. War wohl so 'n Eifersuchtsding.«

»Welche Bitch, verdammt? Ich brauch den Namen«, verlangte Jan.

»Keine Ahnung, wie die hieß. Sie hatte für uns das Hotel gebucht und den Termin gemacht. Irgendwas mit A. Anna oder Sarah oder so ähnlich. Jedenfalls hatte sie uns nach dem Treffen mit Langhoff erzählt, dass er Fisher seine Zusage gegeben hatte. Als Cartwright das erfahren hatte, wollte er, dass wir uns den Typ nochmal vorknöpfen. Wir hatten aber keine Ahnung, wo wir ihn finden konnten. Sie hat uns dann später abermals angerufen und gegen Mitternacht irgendwo in die Botanik gelotst, wo wir mit dem Mann Tacheles reden wollten. Wir sind dahin gefahren, aber als wir dort ankamen, war der Typ bereits tot. Er lag mit eingeschlagenem Schädel im Eingang seiner Firma. Dann kam diese Frau, hat uns erzählt, dass ihm irgendso ein Typ, mit dem er Streit hatte, den Schädel eingeschlagen hätte und verschwunden wäre. Wir halfen ihr, die Leiche in einen Sack zu stopfen und in so 'nem Tümpel in der Nähe zu versenken. Danach haben wir uns so schnell wie möglich wieder aus dem Staub gemacht«, meinte Logan.

»Wie sah die Frau aus?«

»Klein, schlank, etwa Mitte zwanzig.«

»Geht's ein bisschen genauer, verdammt? Hatte sie kurzes oder langes Haar? War sie blond oder eher dunkel?«

»Sie trug 'ne Mütze und es war nicht besonders hell.«

»Was war mit der Tatwaffe?«

»Das war so 'n spitzer Hammer mit einem gelben Griff. Klebte jede Menge Blut dran. Lag im Flur neben der Leiche. Den haben wir auch in den See geworfen. Dann hat uns Anna, oder wie zum Teufel sie hieß, erklärt, wie wir durch diesen Park zurück zu unserem Wagen gelangen würden. Wir sollten auf gar keinen Fall die Straße nehmen. Keine Ahnung, warum. Aber wir haben getan, was sie gesagt hat. Dann sind wir zurück ins Hotel und am nächsten Tag von Leipzig über Frankfurt zurück nach Sydney geflogen.«

»Hör zu, Logan, wir werden deine Story überprüfen. Solltest du gelogen haben, kommen wir zurück, klar? Und dann ist die verbeulte Tür deiner Corvette dein geringstes Problem. Du hast gesehen, was wir mit Rafik und seinen Söldnern angestellt haben. Richte Cartwright aus, sollte er noch einmal auch nur in die Nähe von Crockwell kommen oder seine Söldner dort hinschicken, suchen wir ihn persönlich auf und ziehen ihm bei lebendigem Leibe die faltige Haut von seinen morschen Knochen. Wir hätten ihn schon in seinem scheiß Golfclub erledigen können, wenn wir gewollt hätten«, drohte Jan.

»Wer zum Teufel seid ihr? Auftragskiller? Serienmörder? CIA-Agenten? Gewöhnliche Bullen jedenfalls nicht«, wollte Logan wissen.

Tom verpasste ihm einen knallharten Faustschlag in die Magengrube. »Ich hab dich gewarnt. Die Fragen stellen wir.«

Logan schrie auf und krümmte sich vor Schmerzen, als hätte gerade Sugar Ray Leonard einen Balletttänzer krankenhausreif geprügelt.

Jan zog sein Handy. »Bitte mal recht freundlich«, machte er ein Foto von Logan. »Und jetzt verpiss dich, bevor wir's uns anders überlegen.«

»**Endlich**«, seufzte Hannah und nahm das Gespräch entgegen. »Dachte schon, die hätten euch erwischt«, sorgte sie sich.

»Alles im grünen Bereich. Sind jetzt am Airport und versuchen so schnell wie möglich einen Flug in die Staaten zu ergattern. Dallas ist ausgebucht. Tom verhandelt gerade am Schalter von Australian Airlines über zwei Restplätze nach Los Angeles.«, sagte Jan.

»Okay, habt ihr mit Logan reden können?«

»Haben wir.«

»Und? Lass dir doch nicht alles aus der Nase ziehen, verdammt.«

Jan erzählte Hannah ausführlich, was Logan gesagt hatte.

»Und ihr habt ihm geglaubt?«

»Ehrlich gesagt, ja. Klang nicht danach, als wenn er sich das alles aus den Fingern gesaugt hätte. Außerdem hat Tom ein bisschen nachgeholfen.«

»Deckt sich auf jeden Fall mit dem, was Neumann ausgesagt hat. Josie und ich vermuten, dass Robert Langhoff von einer Frau erschlagen wurde und dass ihr anschließend jemand geholfen hat, die Leiche wegzuschaffen«, meinte Hannah und erzählte ihm, was Josies Student herausgefunden hatte.

»Ist was dran«, meinte Jan.

»Konnte sich Logan tatsächlich nicht mehr an den Namen der Frau erinnern? Oder wollte er nicht?«

»Na ja, er hat sie beschrieben. Und er wusste noch, dass ihr Name irgendwas mit A war. Anna oder Sarah.«

»Was nicht wirklich hilfreich ist. Im Gegenteil: Lena, Mila, Lisa, Rebecca, Sofia, Irma und Klara - im Grunde könnte das jede Einzelne von denen gewesen sein. Könnte es sein, dass euch Logan verarscht hat?«

»Möglich, glaube ich aber nicht. Der hatte gestrichen die Hosen voll, dass Tom ihn platt macht. Der hat gezittert wie Espenlaub, als wir ihm erzählt haben, dass wir die Nachtwölfe erledigt hätten und dass es uns auf einen weiteren Mann nicht mehr ankommen würde.«

»Tino Vogt meinte sich zu erinnern, dass Klara Peters am Abend der Tat etwa gegen 23 Uhr nach Hause gegangen sei. Ob Irma Steffens zu dem Zeitpunkt noch da war, wusste er nicht. Klara Peters sagte dagegen, sie hätte um Mitternacht die Firma verlassen und noch Licht in Irmas Büro gesehen, als sie gegangen wäre.«

»Hm, Irma Steffens hatte ein Motiv. Sie war krankhaft eifersüchtig. Und Langhoff hatte sie abserviert. Logan meinte, dass er herausgehört hätte, dass die Frau eine gehörige Portion Wut auf Langhoff gehabt hätte«, sagte Jan.

»Ganz klar, Irma Steffens ist mittlerweile unsere Hauptverdächtige. SIe hat Neumann angerufen und zum Tatort bestellt. Nachdem sich Langhoff vor seinem Angreifer in den Hausflur retten konnte, und Neumann unverrichteter Dinge wieder abgezogen war, hat sie Langhoff mit Neumanns Hammer, den er im Gerangel mit Langhoff verloren hatte, erschlagen. Anschließend hatte sie Logan angerufen, der ihr dann bei der Entsorgung der Leiche geholfen hat.«

»Möglich, ja. Ich schicke dir ein Foto von Logan. Vielleicht hat ihn ja jemand in der Nähe des Tatorts gesehen? Du hast doch irgendwas von einem Spaziergänger mit Hund erzählt, der einem Mann auf dem Weg in den Park begegnet wäre, oder?«

»Stimmt. Wenn er Logan wiedererkennt, könnte das Neumanns Aussage untermauern, dass er nicht am Auffindeort der Leiche am See gewesen war, sondern nach dem Streit mit Langhoff sofort nach Hause gefahren war. Und dass die Überwachungskamera an der Abtnaundorfer Straße ihn auf dem Rückweg nicht erfasst hatte, ist mittlerweile auch vom Tisch. Er ist auf dem Gehweg direkt an der Villa vorbeigelaufen. Dort konnte die Kamera ihn nicht aufnehmen, weil sie falsch eingestellt war und nur die gegenüberliegende Straßenseite im Blickfeld hatte.«

»Tja, alles richtig. Aber vollständig entlastet wird er dadurch nicht. Die Indizien sprechen gegen ihn. Und die Fakten und Beweise erst recht. Dagegen gibt es nicht einen handfesten Beweis gegen Irma Steffens. Sieht nicht gut aus für Neumann. Und wenn tatsächlich Irma die Täterin war, hatte sie die Tat verdammt clever geplant.«

»Das Problem ist, dass uns die Zeit davonläuft. Die Staatsanwaltschaft hat die Klage gegen Neumann bei Gericht eingereicht. Schätze, der Termin wird bereits Anfang nächster Woche stattfinden. Wenn es uns nicht gelingt, bis dahin zu beweisen, dass Irma Steffens zumindest die Drahtzieherin der Tat war, wird Neumann höchstwahrscheinlich verurteilt werden. Ob sie auch die Mörderin war, müssten wir dann im nächsten Schritt beweisen.«

»Ich denke, Neumann hat verdammt schlechte Karten. Wer weiß, Hannah, vielleicht verrennst du dich da auch. Immerhin möglich, dass Neumann doch der Mörder war und im Nachhinein natürlich versucht, seine Haut zu retten. Aber das wird das Gericht entscheiden, nicht wir.«

»Zum Glück«, seufzte Hannah. »Trotzdem werden wir bis zum Termin versuchen, Irma Steffens doch noch zu überführen. Weiß zwar im Moment nicht wie, aber vielleicht fällt uns plötzlich doch noch etwas vor die Füße, was wir bisher übersehen haben.«

»Tja, wir werden sehen«, antwortete Jan. »Hab gerade online die Abendausgabe vom *Herald* gelesen. Die Bundespolizei in Parramatta hat der Staatsanwaltschaft empfohlen, Cartwright wegen Landfriedensbruch und Anstiftung zur Gewalt anzuklagen. Es gäbe Hinweise darauf, dass Cartwright die sogenannten »Nachtwölfe«, eine berüchtigte osteuropäische Söldnertruppe, sowie die Rockerbande »Comancheros« damit beauftragt hätte, die Farmer in Crockwell mit Gewalt von ihrem Besitz zu vertreiben. Bei den gewalttätigen Auseinandersetzungen mit der örtlichen Polizei hätte es über zwanzig Tote und mehrere Verletzte gegeben. Wie zu vernehmen war, wollte die Firma Cartwright And Sons in Crockwell einen Mega Freizeitpark eröffnen. So wie der *Herald* in Erfahrung bringen konnte, hätte der Anführer der Bikerbande aus Sydney, Red Bill Rafferty, der mit bürgerlichem Namen John Keane heißt, der Bundespolizei gegenüber bestätigt, dass er von Cartwright angeheuert wurde. Der Pressesprecher der Firma Cartwright and Sons hat dagegen alle Vorwürfe zurückgewiesen, aber angeboten, bei der Aufklärung des Sachverhalts nach bestem Wissen und Gewissen mitzuwirken. Firmenchef George Cartwright bestreitet dagegen vehement, irgendetwas von dieser Aktion gewusst zu haben.«

»Ha, klar, was denn sonst? Der wird Schuldige präsentieren, um seine Haut zu retten. Ist doch überall das Gleiche. Wer das Geld hat, hat die Macht«, kommentierte Hannah.

»Na jedenfalls scheint damit die Gefahr einer erneuten Attacke auf die Farmen von Meredith und Maynard vorüber zu sein. Glaube auch ehrlich gesagt, dass sich weder die »Nachtwölfe« noch die »Comancheros« jemals wieder in die Nähe von Crockwell wagen werden. Jetzt muss Sheriff Tucker nur noch diesen korrupten Bürgermeister Shannon aus dem Amt jagen, dann sollte in Crockwell endlich wieder Ruhe einkehren«, meinte Jan.

»Hoffentlich. Sag mal, was ist eigentlich aus »Tokio« geworden? Ist Maynard noch mit ihr zusammen?«, wollte Hannah wissen.

»So viel ich weiß, ja. Sie wollte für ein paar Wochen zurück zu ihrer Familie in die USA. Aber wenn ich den Devil richtig verstanden habe, wird sie zurückkommen. Du weißt ja, über private Dinge redet er nicht gern.«

»Ist eben 'n Kauz. Aber ein liebenswürdiger«, lachte Hannah. »Bitte melde dich, sobald du weißt, wie eure Reiseroute aussehen wird. Wird Zeit, dass du nach Hause kommst. Grüß Tom von mir und seid bitte vorsichtig. Nicht, dass euch Cartwrights Leute auf den letzten Drücker noch einen Besuch abstatten.«

»Wir machen jetzt, dass wir hier wegkommen. Und zwar so schnell wie möglich. Ich liebe dich, Schatz. Bis bald«, antwortete Jan, beendete das Gespräch und sah sich nach allen Seiten um, ob es etwas Verdächtiges zu entdecken gab.

Wie besessen hatte sie sich über eine ganze Tafel Vollmilchschokolade hergemacht. Sie hatte Heißhunger auf Süßes gehabt. Zucker beruhigte die Nerven, war allerdings weniger gut für ihren nervösen Magen. Die innere Unruhe versuchte sie mit Joggen im Zaum zu halten.

Während sie durch den Park lief, arbeitete ihr Hirn auf Hochtouren. Wieso in aller Welt ließ es diese verflixte Kommissarin nicht gut sein und stellte nach wie vor Fragen? Der Fall war gelöst, Neumann der Täter. Es gab nicht den geringsten Hinweis darauf, dass der Mann unschuldig war. Niemand zweifelte mehr daran, dass der Kerl Robert Langhoff im Zustand rasender Wut mit seinem Hammer den Schädel eingeschlagen hatte.

Also was zum Teufel stimmte nicht mit dieser Frau? Hatte sie einen Grund für ihre Zweifel, oder war das einfach nur so ein Bauchgefühl? Wollte sie sich profilieren oder war sie einfach nur eine chronisch untervögelte, frustrierte Emanze mit extremem Drang zur Selbstdarstellung?

Wenn sie diese Frau allerdings so ansah, erschien ihr das alles eher unwahrscheinlich. Sie sah gut aus, hatte eine hammergeile Figur und strotzte nur so vor Selbstbewusstsein. Von Selbstzweifeln keine Spur. Und sie war extrem gut in ihrem Job, das hatte sie während der Ermittlungen erfahren müssen.

Also was zum Henker sollte sie jetzt tun? Stillhalten und warten, bis Neumann verurteilt war? Oder sollte sie etwas unternehmen, damit diese nervigen Schnüffeleien endlich aufhörten. Vielleicht brauchte diese Kommissarin tatsächlich mal einen Denkzettel? Und zwar einen, der es in sich hatte. So viel sie wusste, war die Frau verheiratet und hatte ein kleines Kind.

Sie wohnte in Gohlis in der Schmutzlerstraße in einem gemütlichen Reiheneckhaus. Sie war ihr aus einem Impuls heraus gefolgt, einfach um zu sehen, wo sie wohnte. Vor der Tür stand ein Kinderwagen, aus dem eine ältere Frau gerade ein Kleinkind hob und es der Kommissarin in die Arme legte. Ein rührendes Bild.

Dabei kamen ihr spontan ein paar Ideen, wie man dieser Frau ein klares Zeichen senden könnte, die Füße stillzuhalten und diese verdammten Schnüffeleien endlich einzustellen.

Jan und Tom waren um 23.30 Uhr Ortszeit von Sydney mit American Airways nach Los Angeles geflogen. Nach gut dreizehn Stunden Flugzeit hatten sie um 18:30 Uhr Ortszeit ihre Zwischenetappe erreicht. Während Tom fast während des gesamten Fluges geschlafen hatte, hatte Jan vor sich hingedöst und Musik gehört. Er hatte nachgedacht. Darüber, ob jetzt in Crockwell endlich Ruhe einkehren würde und was mit Cartwright und Logan geschehen würde. Und natürlich darüber, was gerade in Leipzig vor sich ging. Auch er glaubte nach alldem, was er von Hannah über den Fall Langhoff gehört hatte, nicht, dass Neumann der Mörder war. Die Dinge stellten sich weitaus komplexer dar. Es deutete tatsächlich vieles darauf hin, dass Irma Steffens den Mord geplant und ausgeführt hatte. Er hatte beinahe schon Hochachtung davor, wie geschickt sie es vermieden hatte, auch nur die geringste Spur zu hinterlassen. Allerdings sagte ihm seine Erfahrung, dass früher oder später doch noch Hinweise auftauchen würden, die schließlich den wahren Täter entlarvten. Fragte sich nur wann. Im Augenblick jedenfalls fehlten jegliche Beweise. Und die Verhandlung gegen Felix Neumann würde bereits am Mittwoch stattfinden. So wie er den Oberstaatsanwalt und den Polizeidirektor kannte, wollten sie den Fall möglichst schnell zum Abschluss bringen. Dass es zu einem reinen Indizienprozess kommen würde, spielte dabei kaum eine Rolle. Und in der Tat sprach im Moment alles für Neumann als Täter. Der Bauunternehmer musste befürchten, zu einer lebenslangen Freiheitsstrafe verurteilt zu werden. Und wenn das erst geschehen wäre, würde das Interesse der Staatsanwaltschaft nach weiteren Ermittlungen gegen Null tendieren. Schlimmer noch, Oberdieck würde der Mordkommission wahrscheinlich sämtliche weiteren Nachforschungen strikt untersagen.

Der Zwischenstopp in L.A. betrug nur knapp zwei Stunden, bevor der Lufthansa-Flug nach Frankfurt startete. Nach gut zehn Stunden landeten sie schließlich nach ruhigem Flug um 18 Uhr Ortszeit auf dem Frankfurt Airport. Diesmal war es genau andersherum. Während Jan von der Müdigkeit übermannt geschlafen hatte wie ein Murmeltier, hatte Tom putzmunter beinahe die gesamten gut achthundert Seiten des neuen Steven King Romans »Das Institut« gelesen. Wobei von Lesen keine Rede sein konnte, er hatte sie förmlich verschlungen. Er hatte sich das Buch in einem Souvenirladen am Los Angeles International Airport gekauft.

Während Tom nur eine knappe Stunde auf seinen Anschlussflug nach Hannover warten musste, hätte Jan geschlagene vier Stunden auf eine Verbindung nach Leipzig warten müssen. Kurzerhand entschloss er sich, einen Mietwagen zu nehmen.

»Mach's gut, alter Freund. War mir wieder mal ein Vergnügen an deiner Seite gestanden zu haben«, sagte Tom und umarmte Jan.

»Tja, schätze, langsam werden wir zu alt für diesen Scheiß. Ich hoffe, dass Maynard und Meredith jetzt endlich zur Ruhe kommen werden.«

»Wäre ihnen zu wünschen. Aber solange dieser Cartwright auf freiem Fuß ist, wird der weiterhin sein Unwesen treiben. Ehrlich gesagt bezweifle ich, dass die den Kerl einsperren werden. Der hat jede Menge Kohle. Und wer das Geld hat, hat die Macht. Das ist in Australien nicht anders, als an jedem anderen beschissenen Ort auf dieser Welt«, seufzte Tom.

»Wahrscheinlich hast du recht. Aber Cartwright wäre dumm, wenn er nochmal in Crockwell aufkreuzen würde«, meinte Jan.

»Wird er nicht, aber dafür hat er ja schließlich seine Leute.«

»Na, hoffen wir mal, dass diesmal die Gerechtigkeit siegen wird und der Kerl in den Knast wandert. Die Medien haben dermaßen Druck gemacht, dass das Gericht eigentlich gar nicht anders kann, als Cartwright zu verurteilen.«

»Hoffentlich«, nickte Tom. »Wir hören voneinander. Grüß Hannah und Niklas von mir«, verabschiedete sich Tom.

Vier Stunden später bog der weiße VW Tiguan in die Schmutzlerstraße in Gohlis ein. Um kurz vor 23 Uhr steckte Jan den Schlüssel
ins Schloss, öffnete lautlos die Haustür und schlich auf leisen Sohlen in die Küche. Hannah und Niklas schliefen. Er brauchte jetzt
erstmal einen Kaffee. Stark und schwarz.

Nach zehn Stunden Schlaf klingelte der Wecker. Er schreckte
hoch und wusste einen Moment lang nicht, wo er war. Er sah auf
die Uhr.
»Was zum Teufel…«, stammelte er, als er feststellte, dass es be-
reits halb elf Uhr vormittags war. Nachdem er geduscht und sich
angezogen hatte, ging er die Treppe hinunter in die Küche.
»Da ist er ja, unser müder Krieger«, empfing ihn Hannah, umarmte
und küsste ihn.
»Hey, dachte, du wärst schon im Präsidium«, war Jan überrascht.
»Wo ist Niklas?«, wollte er wissen.
»Mutter ist mit ihm draußen. Der Junge braucht frische Luft.
Müssten aber gleich zurück sein.«
Hannah hatte den Frühstückstisch gedeckt und Kaffee gekocht.
»Wir haben noch Zeit. Um 15 Uhr ist Dienstbesprechung. Es gibt
interessante Neuigkeiten. Hier, sieh dir das mal an«, sagte sie und
zeigte ihm ein Handy-Video.
»Wer zum Teufel ist das? Irma Steffens? Wer hat diese Aufnah-
men gemacht und wo kommen die her?«, wunderte er sich.
»Ist Schuberth nach intensiven Recherchen im Darknet drauf ge-
stoßen. Du weißt, der kann sowas.«
Das Video zeigte eine Frau, die am Fußende einer Treppe über einem am Boden liegenden Mann hockte und ihm mit einem Hammer den Kopf einschlug. Das Gesicht war nicht zu erkennen. Die
Frau trug ein dunkles Sweatshirt und eine graue Wollmütze.
»Schuberth meinte, das Video wäre nicht allzu schwer zu finden
gewesen. Er glaubt sogar, dass wir es finden sollten. Die Kleidung

gehört Irma Steffens. Das konnten wir anhand von Fotos auf ihrer Facebook Seite herausfinden. Und das Video wurde von ihrem Handy hochgeladen. Unklar ist allerdings, wer es gemacht hat.«

»Und ihr seid absolut sicher, dass das kein Fake ist?«

»Schuberth überprüft das noch. Aber er ist ziemlich sicher, dass die Aufnahmen echt sind.«

»Aber Irma Steffens wird doch nicht so dämlich sein, ihre Tat filmen zu lassen und sie dann auch noch ins Internet zu stellen?«

»Schuberth hat es auf einer Darknet-Plattform gefunden, auf der vermeintlich reale Gewalttaten gezeigt werden und auf der man angeblich sogar einen Mord auf Bestellung buchen kann. Echt spooky, oder?«

»Kann man wohl sagen. Wir werden Irma Steffens mit diesen Aufnahmen konfrontieren müssen. Bin gespannt, was dabei herauskommen wird«, sagte Jan und biss mit Heißhunger in sein Käsebrötchen.

»Und da ist noch was. Rico hat heute morgen angerufen. Er sagt, es würde gemunkelt, dass es im Fall Neumann einen Deal zwischen Staatsanwaltschaft und Verteidigung geben würde.«

»Was für ein verdammter Deal?«

»Na ja, angeblich wäre Neumann bereit, ein umfassendes Geständnis abzulegen, wenn die Anklage nicht auf Mord sondern auf Totschlag lauten würde.«

»Also hat der Anwalt seinem Mandaten deutlich gemacht, dass er im Falle einer Mordanklage mit einer lebenslangen Haftstrafe zu rechnen hätte und es deshalb zu seinem Vorteil wäre, wenn er gestehen würde und dann lediglich fünf oder sechs Jahre wegen Totschlags abzusitzen hätte?«

»Genau so sieht's aus.«

»Hm, klar die Beweislage ist nach wie vor für eine Mordanklage relativ dünn, auch wenn alle Indizien dafür sprechen. In einer solchen Situation ist nahezu jedes Urteil möglich. Oberdieck will natürlich einen Erfolg verbuchen und nicht riskieren, dass Neumann freigesprochen wird. Also macht so ein Deal durchaus für beide Seiten Sinn.«

»Tja, wie gesagt, ist vorerst nur ein Gerücht. Warten wir's ab«, sagte Hannah und schenkte ihm Kaffee nach.

Als Josie Nussbaum um kurz nach drei eintraf, war die Runde komplett. Zuvor hatte Jan den Kollegen in kurzen Worten erzählt, was er in Australien eigentlich gemacht hatte. Allerdings hatte er sich dabei auf das Notwendigste beschränkt und die harten Fakten verschwiegen. Wichtig war vor allem, dass es eine Verbindung zwischen der Firma Cartwright and Sons und Robert Langhoff gegeben hatte. Und dass in diesem Zusammenhang Louis Gane, ein Mitarbeiter der Firma, der von allen kurz Logan genannt wurde, in Leipzig gewesen war, um mit Langhoff über ein Engagement als Statiker zu verhandeln.

Sie hätten Logan in Sydney zur Rede gestellt. Der hätte bestätigt, dass er einen Anruf von der Frau erhalten hätte, die er bereits vom Telefon kannte und die sich um seine Hotelreservierungen gekümmert hätte. An den Namen konnte er sich nicht mehr genau erinnern. Irgendwas mit A hatte er gesagt. Die hätte ihn dann gegen Mitternacht zur Firma bestellt, damit er nochmal mit Langhoff reden könnte. Als er dort angekommen wäre, wäre Langhoff allerdings bereits tot gewesen. Das wäre natürlich unbefriedigend gewesen, aber allemal besser, als dass der Mann für die Konkurrenz gearbeitet hätte. Er hätte den Auftrag von Cartwright erhalten, Langhoff auszuschalten, wenn der den Vertrag mit Ihm nicht unterschreiben würde. Das hätte sich jedoch erledigt, als er dort eintraf. Er hätte der Frau dann geholfen, die Leiche zu entsorgen. Er hätte keine Ahnung wer Langhoff umgebracht hätte, nahm aber an, dass es diese Frau gewesen wäre. Aus welchem Grund auch immer. Es interessierte ihn nicht. Hauptsache wäre gewesen, dass damit sein Auftrag erledigt war.

»Was soviel heißt, dass dieser Logan die Frau identifizieren kann, die er am Tatort getroffen hatte, oder?«, fragte Oberkommissar Krause.

»Nicht unbedingt. Es war dunkel und sie trug eine Mütze«, antwortete Jan.

»Versuchen müssen wir es natürlich. Also sollten wir versuchen, Logan nach Leipzig zu holen, um seine Aussage aufzunehmen«, schlug Oberkommisar Jungmann vor.

»Tom und ich haben ihm ein Foto von Irma Steffens gezeigt, das Hannah mir geschickt hatte. Er war sich nicht sicher«, sagte Jan.

»Okay, dann würde ich sagen, wir sehen uns das Video an, das der Kollege Schuberth aus dem Darknet gefischt hat«, meinte Hannah und drückte die Entertaste ihres Laptops.

Der IT-Experte Oberkommissar Schuberth hatte technisch alles aus der Datei herausgeholt, um eine möglichst hohe Auflösung der Bilder zu gewährleisten. Er erklärte den Kollegen, wie er auf dieses Video gestoßen war.

»Wahnsinn«, kommentierte Krause. »Sieht tatsächlich so aus, als wäre das Irma Steffens. Aber wer in aller Welt hat dieses Video gemacht?«

»Wir tippen auf Tino Vogt«, antwortete Hannah. »Wir glauben, er hat den Tod Langhoffs zusammen mit Irma Steffens geplant. Auch wenn die beiden unterschiedliche Motive hatten. Irma Steffens war eifersüchtig und wollte sich an Langhoff rächen, weil er sie eiskalt abserviert und sich mit anderen Frauen vergnügt hatte. Tino Vogt war stinksauer auf Langhoff, weil der seine Einnahmen als Statiker nicht dafür genutzt hatte, um die überschuldete Firma zu retten. Für ihn gab es nur noch einen Ausweg. Er musste irgendwie an das

Geld aus Langhoffs Lebensversicherung gelangen, die der zugunsten der Firma abgeschlossen hatte.«

»Wir haben die Aussagen von Klara Peters und Irma Steffens, die sich widersprechen. Eine von beiden lügt. Und derzeit sieht es so aus, als wäre das Irma Steffens. Zumal es keinen Grund gibt, warum Klara Peters etwas mit Langhoffs Ermordung zu tun gehabt haben sollte«, sagte Rico Steding.

Hannah nickte. »Und wir sollten auf jeden Fall auch nochmal mit Lisa Langhoff reden. Sie und ihre Tochter Rebecca wussten von der Beziehung ihres Ex-Mannes zu Irma Steffens. Und durch Rebecca, die ja der Clique mit Mila Iwanova, Sofia Glaser und Irma Steffens angehörte, waren sie ja auch immer auf dem Laufenden, was die Affären Langhoffs mit anderen jungen Frauen anging. Lisa und Rebecca hatten alle Gründe dieser Welt, auf Robert Langhoff sauer zu sein. Zumal er sie finanziell am ausgestreckten Arm hatte verhungern lassen. Der knallharte Ehevertrag ließ Lisa leer ausgehen und mit der Vollendung des achtzehnten Lebensjahres hatte er auch die Unterhaltszahlungen für Rebecca eingestellt.«

»Also gehören die beiden auch zum Kreis der Verdächtigen?«, fragte Jungmann.

»Möglich, aber ich glaube nicht, dass Lisa und Rebecca Robert Langhoff umbringen wollten. Ich bin allerdings sicher, dass die beiden weitaus mehr wissen, als sie uns gesagt haben«, glaubte Hannah.

Rico wandte sich an Josie Nussbaum. »Gibt es nach wie vor keine verwertbaren Spuren? Ich meine, irgendwas müsst ihr doch gefunden haben.«

»Klar, aber nichts, was beweisen würde, dass Irma Steffens die Mörderin war. Der Latthammer, den die Spusi aus dem See gefischt hat, gehört Felix Neumann. Aber der hatte ja nicht bestritten, ihn benutzt zu haben, um auf Langhoff einzuschlagen. Andere Fingerabdrücke waren darauf nicht zu finden. Hängt auch damit zusammen, dass der Hammer mindestens zwei Tage im Wasser gelegen hatte. Außerdem gehe ich davon aus, dass der Täter oder die Täterin Handschuhe getragen hat. Was wir mittlerweile ziemlich sicher sagen können, ist, dass Robert Langhoff nicht durch Neumanns Schlag auf die Stirn getötet worden ist. Der war nicht besonders hart gewesen. Wahrscheinlich war es ihm in letzter Sekunde gelungen, die Haustür zu schließen, bevor Neumann ein zweites Mal gezielt zuschlagen konnte. Der erste Versuch muss ihm abgerutscht sein. Jedenfalls hatte er sein Ziel nicht mit voller Wucht getroffen. Wahrscheinlich hat Langhoff durch den Schlag auf die Stirn das Bewusstsein verloren und ist mit dem Hinterkopf auf die Fliesen im Flur geknallt«, erklärte Josie.

»Und Neumann hatte nicht nachsetzen können, weil die Tür zugefallen war?«, fragte Krause.

»Ja, wahrscheinlich«, nickte Josie.

»Und danach hat Irma Steffens Robert Langhoff mit Neumanns Latthammer, den er vor der Tür verloren hatte, die Augen ausgehackt?«, wollte Jungmann wissen.

»Möglich«, bestätigte Josie.

»Und Langhoff hat noch gelebt, als Irma ihm…?«, fragte Hannah entsetzt.

Josie nickte. »Das Aushacken der Augen ist beinahe mit chirurgischer Geschicklichkeit ausgeführt worden. Dabei wurden die Augenhöhlen kaum verletzt. Mit der Spitze eines solch groben Zimmermannshammers grenzt das fast schon an ein Kunststück.«

»Soll das etwa heißen, dass Langhoff auch an diesen Verletzungen nicht verstorben ist?«, fragte Jan entsetzt.

»Nein, Jan, Robert Langhoff ist verblutet«, antwortete Josie.

»Brutaler gehts kaum. Ist Irma Steffens vielleicht eine verfickte Psychopathin mit ausgeprägten chirurgischen Kenntnissen?«, schimpfte Hannah.

»Und wieso hat sie Langhoff überhaupt die Augen ausgehackt?«, fragte Krause.

»Tja, ich bin kein Experte, aber ich würde mal behaupten, dass Irma sicherstellen wollte, dass diese Augen keine anderen jungen Frauen mehr ansehen sollten. Klingt natürlich abartig, aber passt ins Profil einer Geistesgestörten«, antwortete Josie schulterzuckend.

»Immer vorausgesetzt, Irma war tatsächlich die Täterin. Aber vielleicht hat ja auch Klara Peters gelogen. Möglich, dass auch sie ein Motiv hatte, um Robert Langhoff zu ermorden. Auch, wenn wir noch nicht wissen, welches. Auf jeden Fall hat sie es bisher geschafft, als vollkommen unverdächtig zu erscheinen. Wir wären gut beraten sowohl Irma Steffens als auch Klara Peters nochmal intensiv in die Mangel zu nehmen«, schlug Rico vor.

»Okay, ich schlage vor, ich rede mit Lisa und Rebecca Langhoff und Jan knöpft sich Irma Steffens und Klara Peters vor«, sagte Hannah.

»Guter Vorschlag«, kommentierte Rico Steding, der wie immer nichts dagegen hatte, wenn Hannah Entscheidungen traf. Er war zwar der Chef, aber sie waren mittlerweile längst ein Team auf Augenhöhe.

»Äh, Schuberth, sieh dich bitte weiter im Darknet um. Vielleicht gibt es da ja noch mehr. Das mit diesem Handyvideo war auf jeden Fall erstklassige Arbeit.«

»Klar, Jan, mache ich«, grinste Schuberth, der sich natürlich über das Lob freute.

»Ich hätte da noch was«, sagte Josie. »Irma Steffens hatte ja behauptet, sie hätte am Tatabend gegen zehn noch einen Tee mit Klara Peters getrunken und danach bis morgens um zehn durchgeschlafen. Das klingt fast so, als hätte ihr Klara Peters absichtlich was in den Tee geschüttet.«

»Und was?«

374

»Ein Sedativum. Propofol zum Beispiel.«

»Und aus welchem Grund sollte sie das getan haben?«

»Na ja, ich bin keine Ermittlerin, aber hab mich natürlich auch gefragt, wer von den beiden lügt. Wenn Klara Peters vorhatte, Robert Langhoff zu töten, brauchte sie Beweise dafür, dass es Irma Steffens und nicht sie getan hatte. Also hat sie Irma sediert und anschließend mit ihrem Auto nach Hause gefahren. Irma war benommen, aber noch nicht vollkommen weggetreten. Klara hat sie ausgezogen und ins Bett verfrachtet. Danach hat sie Irmas Sweatshirt, ihre Mütze und ihr Handy mitgenommen und ist mit einem Taxi zurück in die Firma gefahren. Dann hat sie Neumann angerufen und ihn unter dem Vorwand, dass Langhoff mit ihm über die unbezahlten Rechnungen reden wollte, in die Firma bestellt. Der hatte draußen gewartet, bis Langhoff herauskam. Er hatte vor, ihn zur Rede zu stellen. Der war natürlich überrascht, zu dieser späten Stunde auf Neumann zu treffen und brüllte ihn an, dass er verschwinden sollte, sonst würde er die Polizei rufen. Neumann wurde stinksauer. Es gab ein Gerangel, bei dem Neumann mit seinem Latthammer zugeschlagen, aber nicht voll getroffen hat, weil es Langhoff gelungen war, sich zurück in den Hausflur zu retten. Klara Peters hatte gehofft, dass Neumann ihr die Arbeit abgenommen hätte. Aber als sie unten Im Flur nach ihm sah, stellte sie fest, dass er lediglich ohnmächtig war. Sie zog sich Irma Steffens Sachen an und holte Tino Vogt aus seinem Büro. Sie griff sich Neumanns verlorenen Latthammer und entfernte Langhoff damit die Augen, während Tino Vogt oben auf der Treppe stand und die Szene mit Irma Steffens Handy aufnahm. Anschließend ließ sie Langhoff in seinem Blut liegen und rief Logan an, der ja noch in Leipzig war. Sie wusste, dass er stinksauer auf Langhoff war, weil der bei der Konkurrenz angeheuert hatte. Als Logan eintraf, war Langhoff tot. Der glaubte natürlich, Klara Peters wäre Irma Steffens. Das Alter passte und die Stimme war dieselbe, die ihn gerade als Irma Steffens angerufen hatte. Logan hatte zwar zuvor einige Male mit Irma telefoniert, kannte sie aber nicht von Angesicht. Er war überrascht, dass Langhoff tot war, half ihr dann aber dabei, die Leiche zu entsorgen. Wobei die beiden selbstverständlich Plastikhandschuhe trugen, die Klara vorsorglich besorgt hatte. Logan war froh, dass das Problem Langhoff vom Tisch war. Er konnte seinem Chef Vollzug melden. Am nächsten Morgen ist er zurück nach Australien geflogen. Klara hatte jetzt einen Zeugen dafür, dass Irma Robert Langhoff ermordet hatte. Anschließend säuberte sie den Flur von Langhoffs Blut und benutzte dabei ein stark säurehaltiges Reinigungsmittel, das auf Fliesen keinerlei Spuren hinterlässt. Und es ist uns bisher auch nicht gelungen, dort Blut zu finden. Sie hatte den Flur geradezu klinisch gesäubert. Als sie fertig war, hat sie sich umgezogen, hat Irmas Handy genommen und das Video im Darknet hochgeladen, während Tino Vogt auf dem Sofa in seinem Büro gelegen hatte. Vermutlich war Vogt angetrunken, aber offensichtlich noch nicht so voll, dass er nicht noch das Video hätte aufnehmen können. Wahrscheinlich hatte er sich danach dann vollends abgeschossen und ist in seinem Büro eingeschlafen. Klara Peters ist mit ihrem eigenen Wagen zurück in Irma Steffens Wohnung gefahren, hat ihre Kleidung wieder fein säuberlich zurück in den Schrank gepackt und ihr Handy auf den Nachtschrank gelegt. Dann ist sie nach Hause gefahren, mit dem Wissen, gerade den perfekten Mord begangen zu haben.«

Josie war fertig. Sie hatte sich ein paar Stichworte aufgeschrieben und blickte über ihre Lesebrille hinweg in die Runde. Was sie sah, waren erstaunte Gesichter. Niemand sagte ein Wort.

»Äh, was ist?«, fragte sie.

»Hut ab, Frau Professor. Echt beeindruckend. Wusste gar nicht, dass du über eine solche Kombinationsgabe verfügst. Holmes und Watson hätten gestaunt«, sagte Hannah.

»Na ja, ich hab nur darüber nachgedacht, warum nicht auch Klara Peters als Täterin in Frage kommen könnte. So oder so ähnlich könnte sie vorgegangen sein. Allerdings hab' ich bis jetzt auch keine Erklärung dafür gefunden, aus welchem Grund sie hätte Langhoff töten sollen«, antwortete Josie.

»Tja, die berühmte Frage nach dem Motiv. Da ist sie wieder. Waschechte Psychopathen brauchen allerdings kein Motiv, um zu töten. Eine Stimme im Kopf befiehlt es ihnen. Oder ein Opfer besitzt Eigenschaften, die sie in den Wahnsinn treiben. Manchmal reicht schon ein Lispeln, ein Blinzeln oder ein Räuspern, das bei ihnen einen Schlüsselreiz auslösen kann, gegen den sie sich nicht wehren können«, erklärte Jan.

»Oder Klara Peters hatte auch ein Verhältnis mit Robert Langhoff. Irgendwann hat er sie dann, wie alle anderen Frauen zuvor auch, eiskalt abserviert. Oder sie sehnte sich nach einer Beziehung zu ihrem Chef, wurde aber von ihm abgewiesen. Also könnte ihr Motiv ebenfalls Eifersucht, Rache oder verletzte Eitelkeit gewesen sein«, mutmaßte Rico.

»Denkbar, aber ich glaube, dass Irma Steffens diejenige ist, die es zu überführen gilt. Sie wollte Rache nehmen, dafür, dass Langhoff sie belogen und betrogen hatte. Sie kannte Robert Langhoff genau. Sie wusste, dass er ständig weiter nach jungen Frauen Ausschau hielt. Das machte sie rasend. Und sie missbilligte, wie mies er seine Familie und seinen Partner Tino Vogt behandelte. Wenn Klara Peters Aussage stimmt, war sie zur Tatzeit noch im Büro. Dass sie angeblich zu Hause war, kann sie nicht belegen. Schuberth hat ja gesagt, dass ihr Handy über Mitternacht in Abtnaundorf eingeloggt war. Das müssen wir allerdings noch überprüfen, weil sie ganz in der Nähe wohnt. Und dieses Handyvideo belastet sie natürlich stark. Mit großer Wahrscheinlichkeit ist die Person, die darauf zu erkennen ist, Irma Steffens. Dass sie das Video im Darknet hochgeladen hat, verleiht ihr vielleicht einen besonderen

Kick. Purer Narzissmus möglicherweise. So nach dem Motto, seht, was ich getan habe, aber ihr werdet mich nicht kriegen«, sagte Hannah.

»Okay, also dann. Es gibt reichlich Arbeit. Wir haben zwei Tage Zeit, den Oberstaatsanwalt davon zu überzeugen, dass Neumann Langhoff nicht umgebracht hat. Sehr gute Arbeit, Kollegen«, lobte Dezernatsleiter Rico Steding.

Jan war gerade auf dem Weg zum Kaffeeautomaten. Ricos letzte Reserven waren bei der Dienstbesprechung drauf gegangen. Der Kaffee seiner Frau war weit und breit der beste, jedenfalls wenn man den Aussagen von Polizeidirektor Wawrzyniak glauben schenken konnte. Der war geradezu verrückt danach. Es verging kein Tag, an dem er nicht unter irgendeinem fadenscheinigen Grund ins Büro der Mordkommission platzte, nur um von Rico einen Kaffee zu schnorren. Natürlich am liebsten in Kombination mit den leckeren Schokoladenkeksen, die ständig auf Ricos Schreibtisch standen.

Er hatte gerade zwei Euro im Schlitz des Automaten versenkt, als sein Handy klingelte. Rollins rief an.

»Hallo Sergeant, so früh schon auf den Beinen?«, meldete er sich.

»Auf Cartwright und Logan wurde geschossen, Sir. Gerade eben«, schrie Rollins gegen den Straßenlärm im Hintergrund an.

Jan hörte das Heulen von Sirenen, begleitet von lauten Hupkonzerten und hysterischen Schreien.

»Was zum Teufel ist passiert?«

»Ich stehe unten auf der Kings Street vor dem Aufgang zum Supreme Court Building. Cartwright hat heute Morgen um 9 Uhr seinen Gerichtstermin. Er ist vor einigen Minuten die Treppe zum Haupteingang hinaufgegangen, hat auf dem Absatz Halt gemacht, um sich den Fragen der Presse zu stellen.«

»Und dann hat irgendein Irrer 'ne Waffe gezogen und losgeballert?«.fragte Jan.

»Nein, Sir. Cartwright wurde aus der Entfernung getroffen. Als Logan sich schützend vor ihn stellte, erwischte ihn einen Wimpernschlag später die zweite Kugel. Ich hab' gerade über Funk mit 'nem Kollegen der Security gesprochen. Der sagt, dass die beiden am Kopf getroffen wurden. Sähe nicht gut aus.«

»Scharfschützen?«

»Ich denke ja. Aber wenn ich mich so umsehe, fällt mir kein Gebäude auf, das hoch genug wäre, um von dort aus eine günstige Schussposition zu haben. Außerdem stehen hier überall hohe Bäume. Wer auch immer das getan hat, muss sein Handwerk verstehen.«

»Hm, fällt Ihnen da auf Anhieb jemand ein?«

»Cartwright hat mehr Feinde als Al Capone und Meyer Lansky zusammen. Möglich, dass jemand einen Auftragskiller angeheuert hat. Und da läuft zurzeit eigentlich nur einer frei herum. Zoran Martinovic, ein Serbe, der zu den »Nachtwölfen« gehört und für Rafik Merabet gearbeitet hat. Er war Scharfschütze in der Fremdenlegion. Über 1.500 erfolgreiche Abschüsse werden ihm nachgesagt. Er gilt als Institution.«

»Und jetzt ist er nicht mehr für »Le Couteau« tätig?«, fragte Jan.

»Le Couteau«, das Messer, war der Kampfname von Rafik Merabet, einem französischen Ex-Oberst mit algerischen Wurzeln, der die Söldnertruppe »Die Nachtwölfe« angeführt hat, die in Crockwell versucht hatten, Maynard und Meredith im Auftrag von Cartwright von ihren Farmen zu vertreiben.

»Nein, Sir. Martinovic hat sich nach der Auflösung der Nachtwölfe bei Cartwright um einen Posten bei der Security beworben. Doch Logan wollte ihn nicht haben. Er ist Rassist. »Scheiß Ölauge«, hat er Martinovic übelst beschimpft.«

»Offensichtlich ein Fehler, wie es aussieht.«

»Ja, möglich. Allerdings gibt es da ein großes Fragezeichen, Sir.«

»Sie glauben, dass es zwei Schützen waren, die Cartwright und Logan zeitgleich ins Visier genommen haben?«

»Ja, einer allein hätte das in der Kürze der Zeit nicht schaffen können. Aber außer Martinovic fällt mir niemand ein, der dabei gewesen sein könnte.«

»Okay, Sergeant, danke für Ihren Anruf und halten Sie mich bitte auf den Laufenden.«

»Eine Frage noch, Sir? Könnte es sein, dass sich einer Ihrer Männer zufälligerweise heute Morgen in Sydney aufhält?«

»Klar, Sie glauben, dass Maynard Deville das getan haben könnte, oder?«

»Weiß nicht, aber außer ihm und Martinovic kenne ich hier niemanden, der dafür in Frage käme.«

»Selbst wenn der Devil das getan hätte. Wer wäre dann der zweite Schütze gewesen? Eine Kombination aus diesen beiden ist wohl auszuschließen.«

»Wohl kaum. Ich muss jetzt dem Krankenwagen folgen, Sir. Ich melde mich, sobald ich mehr weiß«, beendete Rollins das Gespräch.

Als Jan mit zwei Bechern Kaffee zurück ins Büro kam, saß Hannah am Schreibtisch und telefonierte.

»Jungmann und Krause sind unterwegs. Rico hat ihnen aufgetragen, Irma Steffens und Klara Peters ausfindig zu machen und unverzüglich ins Präsidium zu bringen.«

»Könnte ohne Haftbefehl schwierig werden«, kommentierte Jan und reichte Hannah ihren Kaffee.

Die rümpfte die Nase, als sie den Plastikbecher entgegennahm.

»Must I, Miss Sophie?«

»Same procedure as every day, James«, grinste Jan. »Was Besseres gibt's heute nicht, hau weg, die Pfütze.«

Widerwillig nahm Hannah einen kleinen Schluck.

»Ach was, die beiden rocken das«, sagte sie schließlich. »Immerhin müssen wir sie wegen vermeintlicher Falschaussage im Zusammenhang mit einem Mordfall befragen. Das ist ein schwerer Vorwurf, dem sie sich stellen müssen. Rico hat vorgeschlagen, dass du die Verhöre mit den Frauen führst. Sie kennen dich bisher noch nicht. Könnte ein Vorteil sein. Bin gespannt, was du für einen Eindruck hast.«

»Mit wem hast du gerade gesprochen?«

»Mit Josie. Sie meinte, es wäre gut, wenn sie die DNA der beiden Frauen hätte. Wenn Irma Steffens tatsächlich sediert worden ist, könnte sie das vielleicht noch in ihrem Blut nachweisen.«

»Unwahrscheinlich. Das ist bereits eine Woche her. Propofol kann je nach Menge und der Statur des Probanden maximal bis zu achtundvierzig Stunden nach der Einnahme nachgewiesen werden.«

»Hab ich auch gesagt, aber Josie meinte, dass es mittlerweile Methoden gäbe, die das auch noch weitaus später möglich machen. Sie hätte zuletzt Wirkstoffe aus dem Bereich der Benzodiazepine noch nach einer Woche im Blut einer vermeintlich vergewaltigten Krankenschwester gefunden.«

»Wow, ich sag's ja, Professorin Miraculix findet für alles eine Lösung. Also gut, lassen wir uns mal was einfallen, wie wir an die Körperflüssigkeiten dieser jungen Frauen gelangen.«

»Wir werden's zunächst mal mit dem Bauerntrick versuchen. Könnte klappen«, schlug Hannah vor.

»Schaun wir mal«, antwortete Jan. »Ach, übrigens, gerade hat Rollins angerufen. Auf Cartwright und Logan wurde geschossen.«

»Was? Und das erzählst du so nebenbei? Haben sie überlebt?«

»Rollins meinte, dass sie wahrscheinlich von Scharfschützen erwischt wurden. Sieht wohl nicht gut aus.«

»Was hieße, dass dieser Logan schon mal als Zeuge ausfallen würde.«

»Ja, aber das werden wir den beiden Frauen nicht auf die Nase binden.«

»Wenn Cartwright erledigt ist, werden Maynard und Meredith hoffentlich Ruhe vor diesem verfluchten Halsabschneider haben«, sagte Hannah.

»Ja, aber da ist ja immer noch dieser widerliche Robertson von der Bundespolizei in Parramatta. Der hasst Maynard seit dem Tag, als er ihm auf der Farm von Meredith eine Tracht Prügel verabreicht hat. Seitdem sinnt der Kerl auf Rache. Aber mit dem wird der Devil schon fertig, denke ich«, antwortete Jan.

Rico Steding kam ins Büro gestürmt. »Gute Nachrichten, Freunde. Krause hat Irma Steffens gefunden und ist mit ihr auf dem Weg hierher.«

»Hört sich gut an, aber wo warst du eigentlich?«, wollte Hannnah wissen.

»Tja, jetzt kommt leider der Teil mit den schlechten Nachrichten. Ich war oben bei Waffel. Der hat bestätigt, dass Oberdieck tatsächlich auf den Vorschlag von Neumanns Anwalt eingegangen ist. Die Staatsanwaltschaft verzichtet auf eine Mordanklage und plädiert stattdessen auf Totschlag. Im Gegenzug wird Felix Neumann ein Geständnis ablegen. Die beiden waren bereits beim Richter. Der ist einverstanden. Das bedeutet, dass Neumann am Mittwoch aller Voraussicht nach nur fünf oder sechs Jahre anstatt lebenslänglich erhält«, erklärte Rico.

»Wundert mich nicht«, meinte Jan. »Ich sagte ja bereits, die Beweislage gegen Neumann ist dünn. Die Indizien sprechen zwar gegen ihn, aber ob das dem Richter reichen wird, um eine lebenslängliche Haftstrafe zu verhängen? Und Oberdieck riskiert bei einer Mordanklage, dass Neumann freigesprochen wird.«

»Also haben beide Parteien ihr Risiko minimiert. Oberdieck bekommt seine Verurteilung wegen Totschlags und Neumann entgeht einer Mordanklage und verbüßt lediglich fünf Jahre Haft«, sagte Hannah.

»Aber wenn Neumann wüsste, dass er Robert Langhoff nicht getötet, sondern ihm während ihres Gerangels lediglich eine Gehirnerschütterung zugefügt hat, würde der gar nichts gestehen. Aber das wird er wohl, wenn überhaupt, erst nach seiner Verurteilung erfahren«, seufzte Hannah.

»Ein Grund mehr, die wahre Täterin zu überführen«, gab sich Rico kämpferisch. »Am besten noch bis Mittwoch.«

Jan ließ Irma Steffens eine gute halbe Stunde warten, bevor er den Verhörraum betrat. Er hielt eine Flasche Mineralwasser und zwei Gläser in den Händen. Vor ihm saß eine hübsche, junge Frau mit weiblichen Rundungen, lockigem, dunkelblondem Haar und braunen Knopfaugen. Er konnte gut verstehen, dass Robert Langhoff ihr nicht widerstehen konnte. Wenn man mal davon absieht, dass Irma viel zu jung für ihn war und außerdem noch seine Angestellte.

Im Nebenraum hinter dem venezianischen Spiegel warteten Hannah und Rico, um das Gespräch zu verfolgen.

»Hauptkommissar Krüger«, stellte er sich vor. »Entschuldigen Sie bitte, dass Sie so lange warten mussten, Frau Steffens.«

Er schob ein Glas über den Tisch und schenkte Wasser ein.

»Danke, dass Sie gekommen sind. Wir haben noch ein paar offene Fragen zu klären. Vielleicht können Sie uns ja dabei helfen?«

»Ich habe Ihren Kollegen doch bereits alles erzählt. Außerdem haben Sie doch den Täter. Wozu jetzt noch dieser ganze Aufwand?«, wollte Irma wissen.

Jan lächelte. »Reine Routine, Frau Steffens. Was uns beschäftigt, ist die Tatsache, dass uns zwei vollkommen widersprüchliche Aussagen vorliegen. Sie haben angegeben, um kurz nach 22 Uhr die Firma verlassen zu haben und nach Hause gefahren zu sein, während Klara Peters behauptet, dass Sie noch in ihrem Büro saßen, als sie kurz nach Mitternacht gegangen ist. Eine von beiden lügt«, sagte Jan bestimmt und blickte Irma in die Augen.

»Die Frage ist einfach zu beantworten: Klara hat sich geirrt.«

»Tja, ist natürlich möglich. Aber sie sagte auch, dass Ihr Auto noch auf dem Firmenparkplatz stand, als sie in ihren Wagen gestiegen ist.«

»Unsinn. Wir haben gegen halb zehn noch zusammen einen Tee getrunken. Danach war ich todmüde, bin nach Hause gefahren und sofort zu Bett gegangen.«

»Sie haben behauptet, dass Sie sich am nächsten Morgen an nichts mehr erinnern konnten, was den Abend zuvor geschehen war. Stimmt das?«, wollte Jan wissen,

»Nicht ganz. Ich sagte ja, wir haben Tee getrunken, dann bin ich nach Hause gefahren. Allerdings weiß ich tatsächlich nicht mehr genau, wann ich zu Hause angekommen und wann ich ins Bett gegangen bin. Da fehlt mir jegliche Erinnerung«, antwortete Irma.

»Wäre es möglich, dass Klara Ihnen was in den Tee getan hat, um Sie außer Gefecht zu setzen?«

»Ich verstehe nicht, was Sie meinen, Herr Kommissar«, schien Irma zu mauern.

»Nein? Was ist daran so schwer zu verstehen? Klara hat Sie mit Propofol sediert, damit Sie sich nicht daran erinnern können, was in der Tatnacht geschehen ist. Offensichtlich mit Erfolg. Sie will Ihnen den Mord an Robert Langhoff anhängen, Irma«, kam Jan direkt auf den Punkt.

»Wie bitte? Das ist ja lächerlich. Neumann hat Robert Langhoff erschlagen. Daran gibt es ja wohl keinen Zweifel. Deshalb steht er übermorgen wegen Mordes vor Gericht und wird seine gerechte Strafe erhalten«, war Irma sicher.

»Wir wissen mittlerweile, dass Neumanns Attacke auf Langhoff nicht tödlich war. Der konnte sich nämlich in letzter Sekunde in den Hausflur retten, knallte dabei allerdings mit dem Hinterkopf unglücklich auf die Fliesen und verlor das Bewusstsein. Und was danach passierte, kann ich Ihnen zeigen«, sagte Jan, klappte seinen Laptop auf, drehte ihn herum und drückte die Enter-Taste.

»Was zum Teufel geschieht da gerade? Wer ist das? Wo haben Sie das her?«, stammelte Irma entsetzt.

»Das sind Sie, Frau Steffens, wie Sie über Robert Langhoff knien und ihm mit Neumanns Latthammer die Augen aus dem Kopf hacken«, sagte Jan mit lauter, fester Stimme.

»Nein nein, …Unsinn. Das bin ich nicht«, rief Irma verzweifelt.

»Sieht aber verdammt danach aus. Das sind Ihr Sweatshirt, Ihre Wollmütze und Ihre Sneakers, Frau Steffens. Wollen Sie das etwa bestreiten? Und dieses Video ist mit Ihrem Handy aufgenommen und später ins Darknet gestellt worden. Die Aufnahmen hat Ihr Komplize Tino Vogt gemacht, mit dem Sie den Mord an Robert Langhoff geplant haben. Sie hatten beide wahrlich genug Gründe, um Langhoff zu töten«, sagte Jan.

»Ich schwöre, ich habe nicht den Hauch einer Ahnung, was hier gerade gespielt wird«, versicherte Irma.

»Natürlich nicht. Sie können sich ja Ihren Angaben nach an nichts mehr erinnern. Das heißt allerdings nicht, dass Sie Langhoff nicht umgebracht haben. Und im Moment sehe ich nur noch eine Chance, Ihre Unschuld zu beweisen. Wenn es gelingt, zweifellos festzustellen, dass Klara Peters Sie mit Propofol außer Gefecht gesetzt hatte, wäre das der Beweis dafür, dass Sie nicht die Mörderin sind. Andernfalls sieht es schlecht für Sie aus, Frau Steffens.«

Irma rutschte nervös auf ihrem Stuhl herum und kaute an den Fingernägeln. »Ich denke, dass ich jetzt besser nichts mehr sage und einen Anwalt anrufe«, seufzte sie.

»Wir können das Verfahren abkürzen, Irma«, sagte Jan.

»Ach ja? Und wie?«

»Wir bringen Sie ins Gerichtsmedizinische Institut. Dort wird Ihnen Blut abgenommen, das anschließend auf Reste eines Sedativums untersucht wird«, erklärte Jan.

Irma runzelte die Stirn und zog die Augenbrauen hoch. »Das ist doch nach einer Woche längst nicht mehr nachweisbar. Wozu brauchen Sie meine DNA wirklich, Herr Kommissar? Haben Sie am Tatort Blutspuren gefunden? Oder gibt es Blutreste an der Kleidung des Opfers? Sie wollen mich doch aufs Glatteis führen. Nein, ich werde das alles erst mit meinem Anwalt besprechen«, wehrte sie sich.

»Natürlich, wie Sie wollen. Aber Sie haben recht. Die Aussicht darauf, noch Rückstände eines Sedativums in Ihrem Blut zu finden, ist nicht besonders hoch und wird mit jedem Tag geringer. Aber es wäre zumindest eine vage Möglichkeit, Ihre Unschuld zu beweisen«, erklärte Jan.

»Nein, wie gesagt, ich möchte das zunächst mit einem Anwalt abklären. Und bei diesem Video handelt es sich um ein Fake, Herr Kommissar. Keine Ahnung, wer das gemacht und anschließend ins Netz gestellt hat. Und überhaupt, halten Sie mich für so dämlich, dass ich meine Tat hätte filmen lassen und danach für alle Welt sichtbar im Internet verbreitet hätte? Mit Verlaub, das ist doch purer Bullshit«, schimpfte Irma.

»Irgendwie habe ich das Gefühl, dass Sie den Ernst der Lage nicht erkannt haben. Dieses Video wurde mit Ihrem Handy gemacht und auch von Ihrem Handy ins Darknet gestellt«, unterstrich Jan.

»Blödsinn. Mein Handy lag zu Hause auf meinem Nachtschrank. Und dieses Video ist da garantiert nicht drauf.«

»Dann wäre es sicher von Vorteil, wenn Sie uns Ihr Handy überlassen würden, um das eingehend zu prüfen. Allerdings hat unsere IT-Abteilung längst bestätigt, dass die Aufnahmen von Ihrem Handy stammen. Daran besteht nicht der geringste Zweifel«, versicherte Jan.

»Ich möchte jetzt bitte einen Anwalt anrufen. Sofort«, antwortete Irma.

»Frau Steffens, ich nehme Sie hiermit fest wegen des dringenden Verdachts Herrn Robert Langhoff getötet zu haben«, sagte Jan und las Irma ihre Rechte vor.

»Wie bitte? Sie wollen mich einsperren? Das geht nicht. Ich leide unter Klaustrophobie. Ich will jetzt sofort mit meinem Anwalt sprechen«, geriet Irma in Panik.

»Selbstverständlich«, nickte Jan.

»Abführen«, wies er Polizeiobermeister Gredig an, stand auf und verlies wortlos den Raum.

Auf dem Flur kam ihm Rico Steding entgegen. »Okay, gut gemacht. Aber wie gehen wir mit ihrem Problem um? Nicht, dass die uns in der Zelle zusammenbricht.«

»Gredig soll, wenn nötig, die Tür einen Spalt offenstehen lassen. Wir warten auf den Anwalt. Dann sehen wir weiter«, antwortete Jan.

»Hannah sitzt im Büro. Klara Peters ist vor einer Viertelstunde eingetroffen. Am besten, du klinkst dich dort ein«, sagte Rico.

»Gut, sag bitte Bescheid, wenn Irmas Anwalt da ist.«

»Um den kümmere ich mich. Klara Peters ist im Augenblick wichtiger«, antwortete der Dezernatsleiter.

»Stimmt«, nickte Jan und machte sich auf den Weg ins Büro.

Hannah saß mit Klara Peters am Besprechungstisch im Büro der Mordkommission als Jan eintrat.

»Ich habe Frau Peters bereits erklärt, warum wir sie zu uns gebeten haben«, sagte sie.

Jan stellte sich vor, setzte sich und schlug seine Kladde auf. »Frau Peters, wie war eigentlich Ihr Verhältnis zu Robert Langhoff?«

Klara zog die Augenbrauen hoch und zuckte mit den Schultern. »Gut, aber Sie wissen ja, dass ich für Herrn Vogt gearbeitet habe, oder?«, antwortete sie.

Er hatte gehofft, sie mit dieser direkten Frage zu verunsichern, konnte aber keine Anzeichen von Verlegenheit erkennen.

»Frau Steffens behauptet nach wie vor, sie wäre am Tatabend gegen 22 Uhr nach Hause gefahren, nachdem sie vorher noch mit Ihnen zusammen einen Tee getrunken hätte. Sie dagegen haben ausgesagt, dass Irma Steffens noch im Büro war, als Sie kurz nach Mitternacht die Firma verlassen haben. Was stimmt denn nun?«

»Irma muss immer so lange warten, bis ihr Chef von einem Termin zurückkommt. Und Robert Langhoff war um zehn noch nicht wieder in der Firma, sondern kam erst kurz vor Mitternacht zurück. Das sollte Ihre Frage beantworten«, sagte Klara.

»Und die Sache mit dem Tee?«

»Ich trinke Tee, Irma trinkt Kaffee.«

»Also haben Sie an diesem Abend keinen Tee mit Irma getrunken?«

»Nein und auch keinen Kaffee.«

»Als Sie gingen, stand Irmas Auto noch auf dem Parkplatz?«

»Ja«, nickte sie.

»Was für ein Auto fährt Frau Steffens?«

»Einen roten Kleinwagen.«

»Hm, und ich nehme an, dass niemand aus der Firma ein ähnliches Fabrikat fährt?«

»Sicher nicht«, grinste Klara.

»Haben Sie Felix Neumann angerufen und in der Tatnacht zur Firma bestellt?«

»Nein«, schüttelte sie den Kopf.

Jan fiel auf, dass Klara Peters ruhig und gelassen wirkte. Beinahe schon abgeklärt. Sie hatte bisher mit keinem Wort erwähnt, dass Felix Neumann ja bereits als Täter feststände.

»Wie haben Sie erfahren, was in der Nacht geschehen war.«

»Als ich am nächsten Tag um halb zehn in die Firma kam, hat mir Tino Vogt sofort erzählt, dass Robert Langhoff tot im Abtnaundorfer See gefunden wurde. Er war vollkommen fertig mit den Nerven.«

»Und Irma?«

»Die kam irgendwann gegen Mittag. Sie hatte angeblich verschlafen.«

»Kam das öfter vor?«

»Manchmal schon. Vor allem dann, wenn Robert Langhoff bis spät in die Nacht hinein in seinem Büro gearbeitet hatte. Er wollte Irma immer dabei haben. Na ja, Sie wissen ja warum.«

»Hatte Vogt an diesem Abend Alkohol getrunken?«

»Ja, leider. Er wartete auf Robert Langhoff. Er wollte mit ihm über die Schulden der Firma reden.«

»Und als Langhoff gegen Mitternacht eintraf, gab es Streit zwischen ihm und Vogt, richtig?«

»Ja, aber nur kurz. Als Langhoff aus Vogts Büro kam, bin ich nach Hause gefahren.«

»Haben Sie Felix Neumann angetroffen, als sie das Büro verlassen haben?«

»Nein.«

Jan klappte seinen Laptop auf, rief das Handyvideo auf und zeigte es Klara.

Sie beugte sich vor und starrte einen Moment wortlos auf den Bildschirm.

»Puh«, blies sie die Backen auf und schüttelte ungläubig den Kopf.

»Das ist doch jetzt nicht wahr? Ist das etwa Irma, die auf Robert

389

einschlägt? Wo zum Teufel haben Sie das her? Ist das Video ein Fake?«, erschrak sie.

»Wohl kaum, Frau Peters. Erkennen Sie Irma auf diesen Bildern?«

»Sieht so aus, als wäre das unten im Treppenhaus. Irma trägt so eine graue Wollmütze, ja. Auch zusammen mit einem solchen Sweatshirt. Und so ähnliche Sneaker dazu. Aber ob diese Person auf dem Video tatsächlich Irma ist, kann ich nicht sagen. Das ist bitter«, seufzte sie.

»In der Tat, Frau Peters. Vor allem für Felix Neumann, der glaubt, Robert Langhoff erschlagen zu haben.«

»Hat er nicht?«

»Nein, hat er nicht. Robert Langhoff ist auf dem Boden des Treppenhauses langsam und qualvoll verblutet, nachdem ihm mit Neumanns Latthammer die Augen ausgehackt worden waren.«

»Das ist ja schrecklich«, seufzte Klara. »Irma war vollkommen fertig, als Robert ihr den Laufpass gegeben hatte. Sie wollte das nicht wahrhaben. Sie war gekränkt und eifersüchtig, als sie erfahren hatte, dass er sich bereits wieder mit anderen Frauen vergnügt hatte. Wir haben ihr empfohlen, ein paar Tage freizunehmen und darüber nachzudenken, eventuell zu kündigen. Aber sie wollte nicht. Und dann plötzlich tat sie so, als wenn nichts gewesen wäre und machte weiter ihre Arbeit«, berichtete Klara.

»Und das fanden Sie nicht merkwürdig?«

»Nein, aber hätte ich wohl, nachdem, was sie dann getan hat. Anscheinend war sie eine tickende Zeitbombe, die nur darauf gewartet hat, zu explodieren.«

»Wären Sie bereit, einen DNA-Test zu machen, Frau Peters?«

»Ich? Aus welchem Grund?«, fragte sie gelassen.

»Es gibt neue Spuren. Und wir wollen nur ausschließen, dass die mit Ihnen in Verbindung stehen«, log Jan.

»Äh, was denn für Spuren?«, zeigte Klara erstmals einen Anflug von Unsicherheit.

»Die KTU hat im Treppenhaus neben dem Blut von Langhoff das einer weiteren Person gefunden. Der vermeintliche Täter hatte die Bodenfliesen zwar klinisch gesäubert, aber schließlich wohl doch eine winzige Stelle übersehen.«

»Werde ich etwa verdächtigt?«, fragte Klara.

»Nein, wenn Sie die Wahrheit gesagt haben, haben Sie nichts zu befürchten. Und der DNA-Abgleich wird dann ja wohl negativ sein. Damit wären Sie aus der Nummer raus.«

»Ich bin mir nicht sicher, was Sie im Schilde führen, Herr Kommissar? Aber mit einem Beschluss der Staatsanwaltschaft bin ich selbstverständlich zu einem DNA-Test bereit. Im Moment sehe ich aber keine Veranlassung dazu«, antwortete Klara selbstbewusst.

»Gut, Sie bleiben vorerst in Haft, Frau Peters«, sagte Jan.

»Wie bitte? Ich bin freiwillig hier erschienen und Sie verhaften mich? Dafür gibt es keinen Grund«, schimpfte Klara.

»Leider doch, Frau Peters. Wir haben Bilder einer Überwachungskamera, die zeigen, dass Sie in der Tatnacht um kurz vor zwei Uhr morgens mit ihrem Wagen auf der Abtnaundorfer Straße stadteinwärts unterwegs waren. Wir haben allen Anlass, an Ihrer Aussage zu zweifeln.«

»Ich will sofort einen Anwalt sprechen«, verlangte Klara.

»Wie werden sehen, was wir tun können«, antwortete Jan, klappte seinen Laptop zu und rief Gredig herein, um Klara Peters abzuführen.

»Bist du verrückt? Hast verdammt hoch gepokert, mein Freund. Wenn das mal gut geht«, zweifelte Hannah.

»Eine von beiden verarscht uns und zwar nach Strich und Faden. Jetzt sind wir mal dran. Wir brauchen Blut, Urin oder Speichel der Frauen, egal was. Wenn Josie doch noch nachweisen kann, dass Irma Steffens sediert worden ist, wissen wir, wer Robert Langhoff getötet hat.«

»Du glaubst also an Josies Theorie, dass Klara Peters Irma Steffens nach allen Regeln der Kunst ausgetrickst hat?«

»Ich glaube gar nichts, Hannah. Wir brauchen Beweise.«

»Und was machen wir mit Irma Steffens? Sollen wir sie nicht besser nach Hause schicken? Wenn der da unten in der Zelle was passiert, kriegen wir mächtig Ärger«, gab Hannah zu bedenken.

»Ich habe Gredig angewiesen, die Zellentür offen zu lassen und nicht das Licht zu löschen, wenn Irma es wünscht. Eine Nacht auf der engen harten Pritsche hat schon so manchen zum Nachdenken gebracht. Morgen früh sehen wir weiter«, meinte Jan. »Und jetzt lass uns nach Hause fahren. Deine Mutter wartet sicher schon.«

Jan hatte sich bereits um kurz nach sieben Uhr morgens auf den Weg ins Präsidium gemacht. Er wollte auf jeden Fall dort sein, bevor die Anwälte von Irma Steffens und Klara Peters eintreffen würden. Wahrscheinlich würde sogar der Firmenanwalt von Langhoff und Vogt aufkreuzen. Dr. Buchberger verstand es ausgezeichnet die Staatsanwaltschaft unter Druck zu setzen. Oberdieck sträubten sich die Nackenhaare, wenn er nur diesen Namen hörte. Wahrscheinlich würde der Anwalt fordern, seine Klientinnen umgehend auf freien Fuß zu setzen. Und er würde damit drohen, Beschwerde gegen die Staatsanwaltschaft einzureichen, wenn seine Mandantinnen weiterhin grundlos festgehalten werden.

Jan musste dringend mit Waffel sprechen, dass der den Oberstaatsanwalt davon überzeugte, die beiden Frauen zumindest achtundvierzig Stunden festzuhalten. Bis dahin mussten sie einen Weg finden, an die DNA der Verdächtigen zu gelangen. Am besten wäre natürlich, Oberdieck würde den Richter dazu bringen, einen Test anzuordnen. Aber von diesem Szenario waren sie im Moment noch meilenweit entfernt.

Er hatte die Musik voll aufgedreht. Er brauchte einen amtlichen Adrenalinstoß, um die Dinge hellwach und mit dem nötigen Biss anzugehen. Was eignete sich dazu besser als Heavy Metal. »Sabbath Bloody Sabbath«, schrie Ozzy Osbourne und Tony Iommi steuerte auf seiner Gibson SG für Linkshänder eines seiner legendären Mörderriffs bei. Wer dabei nicht auf Touren kam, war entweder taub oder gelähmt:

Sabbath Bloody Sabbath/Nothing more to do/Living just for dying/Dying just for you, Yeah!.

Zuerst hörte er gar nicht, dass sein Handy klingelte, aber bei einem zufälligen Blick auf den Beifahrersitz erkannte er das hellerleuchtete Display, auf dem der Name *Rollins* blinkte.

»Es gibt Neuigkeiten, Colonel«, sprach ihn Sergeant Rollins mit seinem neuen Dienstgrad an. »Cartwright und Logan sind tot. Zwei Volltreffer in den Kopf. Die Polizei spricht von zwei Projektilen des Kalibers .50 BMG. Die beiden waren auf der Stelle tot. Und sie wissen mittlerweile auch, von wo die Schüsse abgefeuert worden sind«, berichtete Rollins.

»Wahrscheinlich aus mehreren hundert Metern Entfernung«, schätzte Jan.

»Da liegen Sie um einiges daneben, Colonel. Es waren zwei Schützen und die haben kurz hintereinander jeweils nur einen Schuss abgefeuert. Sie befanden sich auf dem Dach der Art Gallery. Und die ist gut 2.000 Yards vom Supreme Court entfernt, auf dessen Treppe die Männer erschossen wurden.«

»Das sind etwa 1.800 Meter. Sicher kein Pappenstiel, würde ich mal behaupten. Und, gibt es bereits Verdächtige?«, fragte Jan.

»Es gibt ein Video der Überwachungskamera am Haupteingang des Kunstmuseums. Sehen Sie sich das mal an, Sir«, forderte Rollins.

Ein Pling zeigte Jan den Eingang einer WhatsApp-Nachricht an. Er öffnete sie, ohne die Augen von der Straße zu nehmen. Als er an einer roten Ampel halten musste, warf er einen kurzen Blick darauf. Er erkannte zwei Personen, die dunkel gekleidet waren und einen Rucksack trugen. Der Größere der beiden trug eine Baseballkappe, der andere hatte die Kapuze seines Hoddies über den Kopf gezogen. Die Bildqualität war zwar mäßig, aber er wusste trotzdem sofort, wen er dort sah.

»Viel kann man nicht erkennen«, hielt Jan den Ball absichtlich flach.

»Nein, aber für uns beide genug, um zu wissen, wer das ist. Die Polizei weiß es nicht. Noch nicht. Sie werden aber schnell herausfinden, dass dieses Kaliber von Scharfschützen benutzt wird. Vornehmlich von denen, die bevorzugt mit einer Barrett M 82 oder einer MacMillan TAC-50 unterwegs sind.«

»Hm, Sie glauben, dass einer der Männer Maynard Deville ist?«

»Sie nicht, Sir? Die Frage ist nur, wer der andere ist? Sieht eher aus wie ein kleiner Junge. Haben Sie 'ne Idee, Sir?«

Jan zögerte mit seiner Antwort. Er war nicht sicher, aber im Moment fiel ihm nur eine Person auf diesem Planeten ein, die die Figur eines kleinen Jungen hatte und auf eine solch gewaltige Entfernung einen dermaßen exakten Treffer landen konnte.

»Nein, Sergeant. Deshalb bin ich auch nicht sicher, dass der andere Mann der Devil ist«, mauerte er. Er hielt es für besser, nicht sofort die Katze aus dem Sack zu lassen.

»Was soll das, Sir? Wir stehen auf der gleichen Seite. Ich könnte Maynard helfen. Aber dazu bräuchte ich die beiden Gewehre. Alles andere erledige ich dann. Es gibt da nämlich jemanden, der den perfekten Täter abgeben würde«, sagte Rollins.

»Sie meinen diesen Martinovic?«

Jetzt war es Rollins, der zögerte zu antworten. »Lassen Sie mich das machen, Colonel. Kümmern Sie sich darum, dass ich die Tatwaffen erhalte. Reden Sie mit Maynard. Am besten heute noch. Wenn Robertson von der Sache Wind bekommt, wird der sofort in Crockwell auftauchen und Maynard in die Mangel nehmen.«

Jan wusste, dass Rollins recht hatte. »Okay, Sergeant, danke für den Anruf. Ich kümmere mich um die Sache und gebe Ihnen Bescheid, wenn ich mit dem Devil gesprochen habe«, versprach Jan und beendete das Gespräch.

Sie lag auf der knüppelharten schmalen Holzpritsche in einer Zelle im Keller des Polizeipräsidiums und döste vor sich hin. Ihr Anwalt würde sie gleich morgen früh aus dieser misslichen Lage befreien. Die Polizei hatte nichts gegen sie in der Hand. Deshalb versuchten sie es jetzt mit diesen dummen Psychospielchen. Als ob sie wegen einer Nacht in Gewahrsam einknicken würde wie ein morscher Ast im Sturm. Sie hatte weder das Wasserglas angefasst, das ihr bei ihrer Vernehmung angeboten worden war, noch würde sie heute morgen ihr Frühstück anrühren. Dann wäre sie dümmer als es die Polizei erlaubt. Dass dieser Kommissar scheinbar annahm, sie würde auf diese billigen Taschenspielertricks reinfallen, beleidigte ihre Intelligenz.

Das letzte Tageslicht suchte sich den Weg durch das schmale Fenster im Keller. Die Gitter brachen die Lichtstrahlen und warfen gleichförmige Karomuster auf die weiße Zellenwand, die im Laufe der Jahre vom Staub verdreckt und mit Parolen beschmiert war. Ein neuer Anstrich wäre längst fällig gewesen, doch scheinbar wollte man den Häftlingen nicht den Eindruck einer Wohlfühloase vermitteln. Schließlich saßen sie im Knast und befanden sich nicht in der Suite eines Fünf-Sterne-Hotels. Dieser neue Kommissar schien tatsächlich zu glauben, er könnte sie aufs Glatteis führen.

Dass Neumann Robert Langhoff nicht umgebracht hatte, war zugegebenermaßen nicht eingeplant gewesen. Bestenfalls hätte er ihm mit einem harten, gezielten Schlag die Schädeldecke zertrümmert. Es war Robert jedoch gelungen, in letzter Sekunde die Tür zu schließen, so dass der Schlag an der Türkante hängengeblieben war und ihm damit die Wucht genommen hatte. Sein Pech. Es wäre der angenehmere Tod gewesen. Aber sie war darauf vorbereitet gewesen, die Sache selbst in die Hand nehmen zu müssen.

Klar, sie hätte bevorzugt, ihm mit ihrem Fleischermesser die Augen auszuschälen. Das hatte sie schließlich auf dem Schlachthof ihrer Eltern gelernt, als sie dort nach dem Abitur ein Jahr lang als Ausbeinerin gearbeitet hatte. Sie hatte gelernt, mit dem Filetiermesser das Fleisch von den Knochen zu lösen. Um das Fleisch dabei so wenig wie möglich zu verletzen, waren viel Übung und anatomische Kenntnisse erforderlich. Diese Fertigkeit kam ihr jetzt zugute. Zwar war die Spitze des Latthammers grober als die feine Klinge eines Ausbeinermessers, aber trotzdem war es ihr gelungen, die Augen auszuhacken ohne die Augenhöhlen nachhaltig zu verletzen. Robert hatte nicht viel davon mitbekommen. Er lag ohnmächtig auf dem Boden und hatte nur kurz gezuckt, als die Spitze des Hammers seine Augäpfel aufgespießt hatte. Das viele Blut war sie gewohnt. Und sie wusste natürlich auch, wie man diese Schweinerei gründlich saubermachte.

Dass die Spurensicherung Blutreste gefunden haben wollte, war natürlich nur eine Behauptung dieses Kommissars um sie nervös zu machen. Dieser alkalische Schaumreiniger hatte die Fliesen schnell und zuverlässig gereinigt. Zumal das Blut noch frisch und nicht bereits angetrocknet war. Völlig ausgeschlossen, dass danach noch irgendwo Blutreste klebten. Sie hatte diesen Schlachthofreiniger bereits unzählige Male verwendet.

Das Handyvideo hatte die Polizei wie geplant mehr verwirrt, als dass es Hinweise auf den Täter geliefert hatte. Sie rätselten, wer diese Person war, die mit dem Rücken zur Kamera über Robert kniete und ihm die Augen aushackte. War es das, wonach es aussah, oder nur ein profaner Trick?

Sie hatte es geschafft, der Polizei zu demonstrieren, wie ein perfekter Mord aussah. Obwohl es Bilder der Tat gab, gab es keinen Täter. Sie wussten nicht, welche der beiden verdächtigen Frauen

Robert Langhoff getötet hatte. Die Indizien, also das, was offensichtlich war, wiesen auf Irma Steffens hin und die Beweise dafür, dass Klara Peters die Tat begangen hatte, fehlten in Gänze. Und die würden auch niemals irgendwo auftauchen. Warum? Ganz einfach, es gab keine. Dieser Gedanke zauberte ihr ein Lächeln ins Gesicht.

Es war ihr gelungen, sich an dem Mann zu rächen, der sie belogen und betrogen hatte. Er hatte sie hintergangen und gedemütigt. Er hatte ihr den Himmel auf Erden versprochen und danach fallen gelassen wie eine heiße Kartoffel. Nur um sich mit dem nächsten Flittchen zu vergnügen. Diese Augen würden nie wieder eine andere Frau ansehen, dafür hatte sie gesorgt.

Trotzdem bereitete ihr dieser neue Kommissar ein flaues Gefühl im Magen. Er würde nicht lange brauchen, um zu erkennen, wer die Schwachstelle in ihrem ansonsten perfekten Plan war. Sie musste Tino Vogt genau im Auge behalten. Sollte sie feststellen, dass er die Nerven verlor, würde sie reagieren müssen. Und zwar bevor er der Polizei alles erzählen würde. Klar, er hatte keine Beweise. Im Zweifelsfall würde seine Aussage gegen ihre stehen. Aber soweit musste sie es ja nicht kommen lassen. Warum sollte sie dieses Risiko eingehen? Je mehr sie darüber nachdachte, desto klarer wurde ihr, was zu tun war. Der Kerl musste verschwinden. Je schneller, desto besser.

Er beeilte sich. Um kurz nach halb acht stieg er eilig die Treppe hinunter in den Keller. Polizeiobermeister Gredig saß an seinem provisorischen Schreibtisch im Flur des Zellentraktes und füllte gerade ein Formular aus.

»Morgen, Gredig«, begrüßte ihn Jan.

»Morgen, Herr Hauptkommissar«, antwortete der Polizeiobermeister ohne von seinem Schriftstück aufzusehen.

»Und, hat's geklappt?«, fragte Jan ungeduldig.

»Hm, war verdammt knapp. Dachte schon, die kommt überhaupt nicht mehr zu Potte. Sonst müssen doch Frauen am laufenden Band. Die hier scheinbar nicht. Die hat die Nacht durchgeschlafen wie ein Murmeltier. Als sie eingeschlafen war, hat der Kollege das Klo präpariert. Danach hat er die Zellentür geschlossen. Als er um sieben kurz vor seinem Schichtende die Zelle kontrolliert hat, war die Toilette unbenutzt.«

»Jetzt mach's verdammt nochmal nicht so spannend. Hast du was für mich oder nicht?«

»Wir haben ihr um Viertel nach sieben das Frühstück gebracht. Sie hat's nicht angerührt. Dann ging zum Glück alles ganz schnell. Sie hat aus dem Wasserhahn getrunken und musste kurz danach pinkeln. Als die Spülung nicht funktionierte, hat sie an die Zellentür geklopft ud gefragt, was der Scheiß denn solle. Ich glaube, die hat was gemerkt.«

»Und dann?«

»Nichts dann. Ich habe ihr gesagt, dass wir routinemäßig die Zelle durchsuchen müssen und habe sie für fünf Minuten in die Nebenzelle gesperrt. War nicht viel, aber müsste ausreichen«, sagte Gredig und hielt stolz einen Plastikbecher mit fingerbreit Urin darin in die Höhe, als hätte er gerade einen Pokal gewonnen. Er grinste wie ein Honigkuchenpferd.

»Super Arbeit, Gredig. Her mit dem Zeug, es eilt«, sagte Jan und streckte den Arm aus.

Gredig hielt den Becher in den Händen und machte keinerlei Anstalten, ihn Jan zu übergeben.

»Was ist eigentlich mit dem versprochenen Laptop und dem Drucker? Ich meine, kann doch nicht sein, dass wir hier unten noch alles wie die Höhlenmenschen mit Papier und Kugelschreiber erledigen, oder?«, meckerte Gredig.

»Hör zu, Mann, jetzt nicht, klar? Es brennt. Die Probe muss sofort in die Gerichtsmedizin. Jede Minute zählt. Sattel die Gäule und

398

schaff den scheiß Becher da rüber. Ich kümmere mich um die Sachen. Hab' ich versprochen. Gib mir ein paar Tage, dann schaffe ich diesen ganzen Scheiß hier runter. Höchstpersönlich, wenn's sein muss. Und wenn ich das Zeug irgendwo aus einem Büro abzweigen muss. Aber jetzt gib Gas, Gredig. Arme und Beine ergeben eine kreisende Scheibe, kapiert?«

»Bin schon unterwegs, Chef«, antwortete der Polizeiobermeister. Er klebte mit Tesafilm den beschrifteten Zettel an den Becher, nickte Jan kurz zu und spurtete die Treppe hinauf.

»Na, also, geht doch«, rief ihm Jan hinterher und folgte ihm.

Punkt acht erschien Dr. Buchberger auf der Bildfläche. Er hatte zur Unterstützung einen Kollegen mitgebracht. Oberstaatsanwalt Oberdieck saß bereits mit finsterer Miene im Büro der Mordkommission, als Jan hereinkam. Hannah sah ihn an, zuckte mit den Schultern und verdrehte die Augen.

»Was zum Teufel nochmal machen Sie hier? Welchen Teil meiner Anweisung haben Sie nicht verstanden? Sind Sie taub oder einfach nur widerspenstig, Krüger? Seit Sie von Ihrem Abenteuerspielplatz zurück sind, haben wir hier das reinste Chaos. Nochmal extra für Sie zum mitschreiben: Wir-haben-den-Täter, klar? Neumann hat ein Geständnis abgelegt. Übermorgen findet die Verhandlung statt. Also warum zum Henker ermitteln Sie in diesem Fall noch? Die Sache ist erledigt, hören Sie? Er-le-digt, sagte ich«, echauffierte sich Oberdieck.

»Sind Sie fertig?«, fragte Jan.

»Wie bitte?« tobte der Oberstaatsanwalt.

»Vielleicht hören und sehen Sie sich erstmal an, was wir zu sagen haben.«

»Dieser hartnäckige Kerl von Anwalt wartet in meinem Büro. Er verlangt, seine beiden Mandantinnen sofort gehen zu lassen. Wenn nicht, wird der uns das Fell über die Ohren ziehen, dass uns Hören und Sehen vergeht. Sie haben genau fünf Minuten, Krüger, dann will ich, dass die beiden Frauen auf freien Fuß gesetzt werden, verstanden?«

»Okay, verstanden«, antwortete Jan und nickte Hannah zu, das Video zu starten.

Oberdieck musste schlucken. »Was ist das? Wo haben Sie das her?«

Jan erklärte ihm, was es mit diesem Video auf sich hatte.

»Und Sie sind sicher, dass diese Aufnahme von Irma Steffens Handy hochgeladen wurde? Warum sollte sie sich auf diese Weise selbst belasten? Das macht doch keinen Sinn.«

Hannah erzählte ihm von dem Verdacht, dass Klara Peters den Mord zusammen mit Tino Vogt geplant und ausgeführt hatte und jetzt versuchen würde, Irma Steffens die Tat anzuhängen.

»Und die Frau auf diesem Video? Wer ist das? Irma Steffens oder Klara Peters?«

»Sie sieht aus wie Irma Steffens. Sie trägt ihr Sweatshirt, ihre Wollmütze und ihre Schuhe«, sagte Jan.

»Hat der Anwalt das Video gesehen?«

»Nein, wir wollten es zuerst Ihnen zeigen«, sagte Hannah.

»Ja, äh, gut«, stammelte Oberdieck, der sichtlich geschockt schien.

»Aufgrund der neuen Beweise werde ich einen Haftbefehl gegen Irma Steffens beantragen. Klara Peters kann gehen. Gegen sie liegt nichts vor.«

»Das wäre ein Fehler. Warten wir doch zumindest die achtundvierzig Stundenfrist ab. Dagegen kann selbst Dr. Buchberger nichts ausrichten«, schlug Hannah vor.

»Nein, Klara Peters kann gehen. Ihre Aufgabe ist es, festzustellen, wer die Frau auf diesem Video ist. Und klären Sie verdammt nochmal zuvor ab, ob diese Aufnahmen überhaupt echt sind. Ich muss mich jetzt um die Anwälte kümmern. Halten Sie mich auf dem Laufenden«, sagte Oberdieck und verließ eilig das Büro, um mit Dr. Buchberger und seinem Adlatus zu sprechen.

»Dem schlottern die Knie. Er hat zusammen mit Neumanns Anwalt beim Richter einen Deal ausgehandelt. Und sie haben Neumann Angst vor einer lebenslangen Haftstrafe gemacht und zu einem Geständnis geraten, um die Anklage auf Totschlag abzumildern. Dieser Deal droht jetzt zu platzen. Der Richter wird wenig erfreut sein und Oberdieck steht da wie ein Idiot«, meinte Jan.

Um kurz nach neun erschien Rico Steding. Er kam vom Zahnarzt. Hatte über Nacht plötzlich heftige Zahnschmerzen bekommen. Die Wurzelbehandlung eines Backenzahns im Unterkiefer hatte für Abhilfe gesorgt.

»Oh Mann, wie ich das hasse. Hab zum Glück nicht viel gespürt. Hoffe das bleibt so, wenn die Betäubung nachlässt«, nuschelte er. Rico packte seine Thermoskanne aus, stellte sie auf den Tisch und fischte drei Becher aus der Fensterbank.

»Darfst du denn schon wieder Kaffee trinken?«, fragte Hannah besorgt.

»Nee, erst in zwei Stunden. Aber ich kürze die Wartezeit eigenmächtig ein wenig ab. Dem Zahn wird's nicht schaden. Der spürt ohnehin nichts mehr«, grinste er.

Rico füllte die Becher bis zum Rand und reichte zwei davon Hannah und Jan.

»Ich geh mal raus und rufe Maynard an. Kannst Rico ja derweil auf den neuesten Stand bringen, Hannah. Und trinkt nicht den ganzen Kaffee aus. Waffel wird sicher gleich reinplatzen und der bekommt schlechte Laune, wenn er keinen Kaffee mehr kriegt.«

Es dauerte eine gefühlte Ewigkeit, bis der Devil sich meldete. »Hat Rollins bereits angerufen?«, ließ er die Begrüßung weg.

»Ja, heute Morgen um Viertel vor sieben auf dem Weg zur Arbeit. Hat er dir das Video der Überwachungskamera geschickt?«

»Ja.«

»Und was sagst du dazu?«

»Viel kann man nicht erkennen. Zwei Typen mit Rucksack, die ein Kunstmuseum besuchen.«

»Ist eigentlich Tokio wieder zurück?«

»Ja.«

»Hm, und ihr wart gestern morgen nicht zufällig in Sydney?«

»Ja, aber nicht zufällig. Wir haben Meredith im Krankenhaus besucht.«

»Um Gottes willen. Was ist passiert?«

»Vor drei Tagen sind Logans Männer bei Meredith aufgetaucht. Sie sollte den Kaufvertrag unterschreiben. Als sie sich geweigert hat, haben sie sie brutal zusammengeschlagen. Crasher und Bronco mussten sie noch am späten Abend ins Krankenhaus bringen.«

»Und Johnny konnte das nicht verhindern?«

»Nein, er war draußen auf der Weide und hat Zäune repariert.«

»Wie geht's Meredith?«

»Sie haben ihr den Arm und ein paar Rippen gebrochen. Eine Rippe hatte sich in die Lunge gebohrt. Sie konnte im letzten Moment operiert werden. Sie ist 'ne zähe Farmersfrau. Sie wird's schaffen.«

»Rollins hat mir davon nichts erzählt.«

»Er sagt, dass er davon nichts wusste. Ich glaube ihm.«

»War Logan dabei?«

»Ja.«

»Hat dir Rollins von Cartwrights Gerichtstermin am Supreme Court erzählt?«

»Ja.«

Jan musste nicht weiter fragen. Ihm war ohnehin bereits klar, was geschehen war.

»Cartwright und Logan sind tot«, sagte er.

»Sie haben uns von Söldnern und Rockern überfallen lassen. Dabei sind viele Menschen gestorben, auch wenn es unsere Gegner waren. Sie haben beinahe meinen Bruder Reggie umgebracht, haben Crasher angeschossen und Meredith schwer verletzt. Cartwright und Logan waren gewissenlose Kriminelle, die über Leichen gingen. Jemand musste sie aufhalten.«

»Rollins sagt, die Schüsse wären aus mehr als 2.000 Yards abgefeuert worden. Und der Schusswinkel wäre verdammt ungünstig gewesen. Die Polizei hat die Projektile untersucht und festgestellt, dass das Kaliber .50 BMG verwendet wurde. Und sie wissen mittlerweile auch, dass Scharfschützen dieses Kaliber vorzugsweise in Verbindung mit bestimmten Gewehrtypen verwenden: Der eine ist eine Barrett M 82 und der andere eine MacMillan TAC-50. Es wird nicht allzu lange dauern, bis Robertson bei euch auftauchen wird, um nach diesen Waffen zu suchen.«

»Dann wird er wie immer unverrichteter Dinge nach Hause fahren müssen. Er wird hier nicht finden, wonach er sucht.«

»Rollins hat vorgeschlagen, ihm die Waffen zu überlassen. Er hat einen Plan, wie er euch aus der Sache raushalten kann.«

»Traust du ihm?«

»Er hat uns jetzt bereits mehrfach geholfen. Er ist ein Marine und genau wie wir Afghanistan-Veteran. Er hat die »Sniper« bewundert. Wollte auch einer sein. Hatte sogar am Auswahlverfahren teilgenommen. Ist aber abgelehnt worden. Von dir. Er meinte, du hättest gesagt, er wäre zu klein und nicht kräftig genug.«

»Wir konnten nicht jeden nehmen. Am Ende haben wir nur die fünfzehn Besten ausgewählt. Und diese Männer waren die Besten.«

»Jedenfalls steht er auf unserer Seite. Er hat bei Cartwright gekündigt. Ich hab ihm vorgeschlagen, nach Crockwell zu gehen und dort neu anzufangen.«

»Du hast was?«

»Ja, ich hab ihm gesagt, dass du ihm helfen würdest, einen guten Job zu finden. Marines helfen einander. Semper Fi, Maynard, schon vergessen?«

»Na ja, wenn Johnny doch wieder zurück nach New York will, könnte er vielleicht für Meredith arbeiten.«

»Klar, warum nicht. Also vertrau ihm und gib ihm die Waffen. Er wird alles weitere regeln. Die Polizei wird den vermeintlichen Täter ausfindig machen. Rollins meinte, der Kerl hätte nichts anderes verdient. Er war als Scharfschütze bei der Fremdenlegion und hat danach bei den »Nachtwölfen« angeheuert. Rollins ist sicher, dass er beim Überfall der Söldner auf Meredith' Farm dabeigewesen ist. Zuletzt hatte er sich bei Cartwright als Security-Mitarbeiter beworben. Doch Logan hat ihn beleidigt und beschimpft und vom Hof gejagt. Darauf hin hat er Logan unter Zeugen gedroht, er würde ihn fertigmachen. Tja, somit erfüllt dieser Kerl alle Voraussetzungen für den perfekten Mörder: Er wollte sich an Cartwright und Logan rächen. Er ist ein gefürchteter Scharfschütze und die Polizei wird die Tatwaffen bei ihm finden. Außerdem wohnt er zurzeit in Sidney und war zur Tatzeit in der Nähe des Tatortes. Kleidung, Kappe und Rucksack, also alles, was die Männer auf dem Überwachungsvideo trugen, wird die Polizei bei ihm zu Hause finden«, erklärte Jan.

»Und was ist mit dem zweiten Mann auf dem Video?«

»Ein ehemaliger Kumpel von den »Nachtwölfen«, der ihm geholfen hat, aber dessen Namen er natürlich nicht preisgeben wird. Das wäre Verrat. Und Verrat wird bei den »Nachtwölfen« mit dem Tod bestraft. Das weiß auch die Polizei. Die werden sich mit dem Kerl als Täter zufrieden geben, weil sie wissen, dass sie den anderen ohnehin nicht finden werden.«

»Gut, ich werde mit Rollins reden«, antwortete Maynard.

»Okay, ich werd's ihm ausrichten.«

»Nein, das mache ich selbst.«

»Sicher, wie du willst. Dann grüß Tokio von mir und die anderen selbstverständlich auch. Wir hören uns«, sagte Jan und beendete das Gespräch.

Dezernatsleiter Rico Steding hatte kurzfristig für 15 Uhr eine Dienstbesprechung einberufen. Es bestand Hoffnung, dass bis dahin erste Ergebnisse aus der Rechtsmedizin vorliegen würden. Klara Peters wurde auf Intervention ihres Anwaltes Dr. Buchberger wieder entlassen. Irma Steffens dagegen blieb vorerst in Gewahrsam. Allerdings müsste man sie wohl oder übel bis spätestens 18 Uhr gehen lassen, wenn bis dahin keine neuen Beweise vorliegen würden. Das Handyvideo belastete sie zwar schwer, aber da sie auf den Aufnahmen nicht einwandfrei identifiziert werden konnte, reichte das dem Richter nicht für einen Haftbefehl. Irma Steffens hatte ihr Handy nicht freiwillig checken lassen und war auch nicht bereit, einen DNA-Test durchführen zu lassen. Mittlerweile hatte sie dieses Video wahrscheinlich auch längst gelöscht. Dass sie sich geweigert hatte, eine Blutprobe abzugeben, war ein Indiz dafür, dass ihr Klara Peters womöglich keine Sedativa verabreicht hatte. Und damit stände ihre Aussage mehr als nur auf tönernen Füßen.

Zehn Minuten nach drei betraten Oberstaatsanwalt und Polizeidirektor den Besprechungsraum. Damit war bis auf Josie Nussbaum die Runde komplett. Hannah griff zum Handy und rief sie an. Josie befand sich auf dem Weg.

»Viertelstunde, Schätzchen. Trinkt noch in Ruhe 'nen Kaffee«, vertröstete sie Hannah.

»Ich hoffe, dass sich die ganze Aufregung am Ende nicht als überflüssig erweisen wird. Morgen früh ist Gerichtstermin. Der Täter hat gestanden. Damit ist die Sache klar. Der Richter wird mich in der Luft zerreißen, wenn ich morgen plötzlich die Anklage gegen

Neumann platzen ließe und einen neuen Hauptverdächtigen präsentieren würde«, befürchtete Oberdieck.

»Da muss ich dem Oberstaatsanwalt zustimmen. Warum sollte Neumann ein Geständnis ablegen, wenn er es gar nicht gewesen ist? Macht doch gar keinen Sinn. Ich denke, dieses Video ist eine Fälschung. Oder ein Fake, wie man das wohl heutzutage nennt«, meinte der Polizeidirektor, der natürlich über die Entwicklung der letzten vierundzwanzig Stunden ebensowenig begeistert war wie der Oberstaatsanwalt. Die beiden konnten sich nur schwerlich mit dem Gedanken anfreunden, dass sich ihr vermeintlich längst gelöster Mordfall plötzlich in Luft auflösen würde.

Hannah sah auf die Uhr. Sie musste die Zeit überbrücken, bis Josie eintraf und hoffentlich Ergebnisse im Gepäck hätte, die sie der Aufklärung des Falles ein gutes Stück näherbrächten.

»Wie die Untersuchungen der Rechtsmedizin ergeben haben, war Neumanns Attacke gegen Langhoff nicht tödlich. Der Schlag mit dem Latthammer gegen den Kopf war an der zufallenden Tür hängengeblieben und traf sein Ziel deshalb nicht mit voller Wucht. Langhoff fiel benommen mit dem Hinterkopf auf die Fliesen und verlor das Bewusstsein. Danach wurden ihm entweder von Irma Steffens oder Klara Peters mit der Spitze des Latthammers, den Neumann im Eifer des Gefechts vor der Tür verloren hatte, die Augäpfel ausgehackt. Dabei hatte Langhoff so viel Blut verloren, dass er schließlich wenig später verstorben ist. Anschließend wurde seine Leiche unter Mithilfe von Louis Gane im Abtnaundorfer See entsorgt. Den hatte die Täterin ebenso wie Neumann mit der Begründung, dass Langhoff mit ihnen reden wollte, wenig später an den Tatort bestellt. Der Architekt Tino Vogt hat mit der Täterin gemeinsame Sache gemacht. Von ihm stammt wahrscheinlich auch das Video, das er mit Irma Steffens Handy aufgenommen hat. Wer es anschließend ins Darknet gestellt hat, ist noch unklar«, erklärte sie und blickte abschließend in die Runde.

»Woher wissen Sie denn, dass Neumanns Angriff auf Langhoff nicht tödlich war? Er selbst behauptet, er hätte ihm den Schädel eingeschlagen«, bemerkte Oberdieck.

»Äh, das wird Frau Professor sicher gleich erklären«, antwortete Hannah unsicher.

»Hm, naja, wir werden sehen. Und was die vermeintliche Täterin angeht: Welche Beweise liegen für Ihre Theorie vor, dass eine der beiden Frauen Langhoff umgebracht hat? Ich sehe auf diesem Handyvideo lediglich eine unbekannte Person, die sich über einen am Boden liegenden Körper beugt. Wir wissen zurzeit nicht mal, ob dieses Video tatsächlich echt ist, oder ob da jemand Aufmerksamkeit erwecken wollte, um im Internet ein paar tausend Klicks zu erhaschen. Das ist doch in den sozialen Netzwerken mittlerweile so eine Art Volkssport geworden. Also ich bin jedenfalls nicht bereit, aufgrund dieser haltlosen Behauptungen den Prozess gegen Neumann platzen zu lassen. Das Gericht wird darüber entscheiden, ob der Mann wegen Totschlags im Affekt schuldig ist oder nicht. Für mich ist die Sache jedenfalls eindeutig«, führte Oberdieck aus.

»Dem schließe ich mich vorbehaltlos an«, stimmte Horst Wawrzyniak zu.

»Es gibt keine Mordanklage?«, spielte Jan den Unwissenden.

»Nein. Der Richter hat Staatsanwaltschaft und Verteidigung deutlich gemacht, dass für eine Mordanklage eindeutige Beweise erbracht werden müssten. Dazu müsste man Neumann nachweisen, dass er vorsätzlich gehandelt habe. Aber so wie es aussah, hätten die beiden gestritten, ein Wort hätte das andere gegeben, bis einer der beiden handgreiflich geworden wäre. Es wäre auch durchaus möglich, dass Langhoff zuerst zugeschlagen hätte«, erklärte der Oberstaatsanwalt die Zweifel des Gerichts.

»Und genauso hat es Neumann bei seiner Vernehmung auch dargestellt. Er hat gestanden, im Affekt zugeschlagen zu haben, ohne

Langhoff umbringen zu wollen. Deshalb war es meiner Meinung nach richtig, Anklage wegen Totschlags zu erheben«, rechtfertigte Waffel die Entscheidung des Oberstaatsanwaltes.

»Warum besteht er dann nicht auf Notwehr?«, fragte Jan.

»Weil er die Notwehr nicht beweisen kann. Neumann blieb unverletzt und es gab keine Zeugen«, erklärte Oberdieck.

»Haben Sie ihm eigentlich schon mitgeteilt, dass er Langhoff nicht umgebracht hat? Das hat doch Frau Professor Nussbaum bereits in der letzten Dienstbesprechung offen kommuniziert?«, gab Jan nicht klein bei.

»Das habe ich so nicht aufgefasst. Es klang eher nach einer Vermutung als nach einer Tatsache. Die Staatsanwaltschaft hält sich an Fakten und nicht an irgendwelche Mutmaßungen. Und die sagen klipp und klar, dass Felix Neumann Robert Langhoff den Kopf eingeschlagen hat. Alles andere hat das Gericht zu entscheiden«, entgegnete Oberdieck.

Dann kam Josie. Jan musterte Hannah und glaubte in ihren Augen die pure Erleichterung zu erkennen. Die Diskussion mit dem Oberstaatanwalt hatte zu nichts geführt. Der hatte nur noch eins im Sinn: Felix Neumann sollte morgen wegen Totschlags verurteilt werden. Klappe zu, Affe tot. Fall abgeschlossen. Jetzt hoffte sie inständig, dass ihre Freundin ein paar gute Nachrichten im Gepäck hatte.

»Bitte um Entschuldigung, aber die letzten Untersuchungsergebnisse haben wir erst vor wenigen Minuten erhalten. Sie sind sozusagen noch taufrisch«, sagte Josie gutgelaunt.

Bei Hannah keimte Hoffnung auf, während Jan scheinbar regungslos abwartete, was Josie zu sagen hatte.

Sie stellte ihren Laptop auf den Tisch, setzte sich und öffnete ihn. Dann vernetzte sie ihn mit ein paar kurzen Klicks mit dem Bildschirm an der Wand, so dass alle Anwesenden sehen konnten, was sie vorzutragen hatte.

»Wir haben heute morgen etwa gegen halb zehn eine Urinprobe von Irma Steffens erhalten…«, begann sie, als sie der Oberstaatsanwalt jäh unterbrach.

»Wie bitte? Wo zum Teufel haben Sie die her?«, ging Oberdieck aus dem Sattel.

»Die wurde mir heute morgen von Poizeiobermeister Gredig ins Institut gebracht. Er hat mir versichert, dass Irma Steffens keinerlei Einwände hatte«, erklärte Josie.

»Da ist doch was faul, verdammt. Sie wissen, dass das Konsequenzen haben wird, wenn Sie sich diese Probe illegal beschafft haben? Dieser Buchberger wird uns allesamt in die Tonne hauen, dass uns Hören und Sehen vergeht. Ich hoffe für Sie, dass Frau Steffens tatsächlich freiwillig in den Becher gepinkelt hat«, zeigte sich Oberdieck grantig.

»Also von uns hat sie keiner dazu gezwungen. Möchte mir ehrlich gesagt auch nicht ausmalen, wie das ausgesehen haben mag. Da entstehen plötzlich ganz merkwürdige Bilder in meinem Kopf«, grinste Jan.

»Ist das so, Herr Hauptkommissar? Aber klar, Sie sind ja für Ihre speziellen Methoden bekannt«, ätzte Oberdieck.

»Dann bin ich mal gespannt darauf, an was Sie da so denken? Glauben Sie vielleicht, ich hab sie mit vorgehaltener Waffe bedroht, damit sie in den Becher pinkelt? Am besten Sie fragen sie mal danach«, antwortete Jan.

»Fakt ist, dass sie keine Einwände hatte. Wir haben Frau Steffens zu nichts überredet, dass das klar ist«, betonte Hannah.

»Dünnes Eis, verdammt dünnes Eis. Aber gut, fahren Sie bitte fort, Frau Professor«, beruhigte sich der Oberstaatsanwalt.

»Gut, dann wäre das geklärt. Wir haben die Urinprobe von Irma Steffens auf Spuren von Propofol untersucht. Das Ergebnis war negativ. Allerdings heißt das zunächst nicht unbedingt, dass ihr nicht doch vor einer Woche Propofol verabreicht worden war. Das

Problem ist, dass dieses Sedativum im Urin maximal 72 Stunden nachweisbar ist, im Blut sogar nur 48 Stunden. Allerdings haben wir in der jüngeren Vergangenheit immer wieder festgestellt, dass auch nach einer Woche noch Reste von Propofol im Urin gefunden werden konnten. Das aber nur dann, wenn die Dosis besonders hoch gewesen war. Hätte Klara Peters ihr aber eine erhöhte Dosis Propofol in den Tee geschüttet, wäre Irma wahrscheinlich sofort kollabiert und noch an Ort und Stelle zusammengebrochen. Es wäre schwierig für sie geworden, Irma nach Hause zu fahren und ins Bett zu schaffen. Sie hätte sie wohl oder übel ein paar Treppen rauf und runter tragen müssen«, erklärte Josie.

»Was für die eher schmächtige Frau wohl unmöglich war«, ergänzte Hannah.

»Ja«, nickte Josie. »Deshalb haben wir nach einem Mittel gesucht, das sich eher langsam entfaltet aber dafür umso länger wirksam ist. Also nicht nach einem Narkotikum sondern nach einem Benzodiazepin, einem starken Beruhigungsmittel, das in geringen Dosen auch als Schlafmittel genutzt wird.«

Josie blickte über ihre Lesebrille in die Runde und schaute in fragende Gesichter.

»Wir haben den Urin auf Flunitrazepam untersucht. Einem gängigen Schlafmittel aus der Gruppe der Benzodiazepine. Das auch als Rohypnol bekannte Medikament ist im Urin in hoher Dosis länger als eine Woche nachweisbar. Der Test war positiv.«

»Also hatte Klara Peters ihr Flunitrazepam in den Tee getan, das mit Verzögerung wirkt und sie nach Hause gefahren, bevor sie vollkommen weggetreten war?«, fragte Jan.

»Ja, das wäre möglich. Wenn Irma Steffens allerdings unter Schlafstörungen leidet und deshalb regelmäßig Rohypnol zum Einschlafen verwendet, kann das natürlich auch der Grund sein, warum wir Spuren davon in ihrem Urin gefunden haben«, erklärte Josie.

»Tja, dann wissen wir also immer noch nicht, ob Irma Steffens die Wahrheit gesagt hat«, seufzte Rico.

»Na ja, zumindest ist es möglich, dass sie nicht gelogen hat«, antwortete Josie.

»Wenn sie regelmäßig Schlaftabletten nimmt, wird man die bei ihr zu Hause irgendwo finden. Auf dem Nachtschrank oder im Badezimmer zum Beispiel«, glaubte Jan.

»Wäre allerdings sehr ungewöhnlich, wenn eine so junge Frau regelmäßig Schlaftabletten schlucken würde. Das betrifft vor allem reifere Frauen in den Wechseljahren. Ich würde behaupten, dass Irma Steffens vor einigen Tagen mit einer hohen Dosis Flunitrazepam oder Rohypnol sediert worden ist. Sie hat ausgesagt, dass sie am nächsten Tag bis Mittag durchgeschlafen hätte und danach immer noch unter Kopfschmerzen und Schwindel litt. Ein handelsübliches Schlafmittel hilft beim Einschlafen, verlängert aber den normalen Schlaf nicht und zeigt auch gewöhnlich keine Nebenwirkungen.«

»Nehmen wir mal an, Irma Steffens hat die Wahrheit gesagt und wurde von Klara Peters sediert. Dann wäre doch ihre Unschuld so gut wie bewiesen gewesen. Also warum hat sie dann einem DNA-Test nicht zugestimmt«?, wunderte sich Oberkommissar Krause.

»Tja, das hat einen ganz simplen Grund. Sie ist schwanger«, platzte es aus Josie heraus.

»Wie bitte?«, staunte Hannah.

»Ja, wir konnten in ihrem Urin einen starken Anstieg des Schwangerschaftshormons Beta hGG feststellen. Sie ist mit 98 prozentiger Sicherheit schwanger.«

»Ja, aber warum wollte sie das unbedingt verheimlichen?«, fragte Krause.

»Weil der Vater Robert Langhoff ist«, antwortete Josie staubtrocken.

»Wow, das ist ja jetzt mal 'ne Nachricht«, rief Hannah.

»Hm, na dann wird sie ja wohl kaum den Vater ihres Kindes umbringen, oder?«, meinte Rico.

»Aber vielleicht hatte sie Robert Langhoff von dem Kind erzählt und der wollte nichts davon wissen. Weder von ihr noch von dem Kind«, mutmaßte Waffel.

»Was wiederum ein Tatmotiv wäre«, ergänzte Hannah.

»Tja, meine Damen und Herren. Ich habe Ihren Ausführungen jetzt lange genug geduldig zugehört. Ich denke, Sie drehen sich im Kreis. Sie haben keine Beweise, sondern verstricken sich zunehmend in Mutmaßungen, die allesamt wenig zielführend sind. Felix Neumann hat Robert Langhoff mit seinem Latthammer erschlagen. Selbst wenn er nicht sofort tot war, ist er wenig später an den schweren Kopfverletzungen verstorben. Das Entfernen der Augäpfel durch diese unbekannte Person war nicht tödlich. Der immense Blutverlust, als er hilflos im Flur lag, dagegen schon. Das haben die Untersuchungen in der Gerichtsmediizin ergeben. Also ist Neumann der Täter«, schlussfolgerte der Oberstaatsanwalt.

Oberdieck erhob sich, zog seine Hose hoch und nickte kurz in die Runde. »Ich denke, wir sehen uns morgen früh im Gericht«, sagte er und verschwand.

Allgemeine Enttäuschung machte sich breit. So viel Josie auch herausgefunden hatte, es hatte sie kaum vorangebracht.

Waffel zog die Augenbrauen hoch und zuckte mit den Schultern. »Ich sag's nicht gern, aber der Oberstaatsanwalt hat recht. Solange wir nicht beweisen können, dass eine der beiden Frau die Tat geplant und Langhoff final getötet hat, gilt Neumann als schuldig. Er war sicher, Langhoff erschlagen zu haben und hat gestanden, dies im Affekt getan zu haben. Er weiß nichts davon, was anschließend im Hausflur geschehen war und dass letztlich eine der beiden Frauen für Langhoffs Tod verantwortlich war. Wenn nicht noch ein Wunder geschieht, wird er morgen wegen Totschlags verurteilt.«

»Das soll verstehen, wer will. Die Obduktion hat einwandfrei erwiesen, dass Langhoff verblutet ist und weder an dem Schlag gegen den Kopf, noch durch das Entfernen der Augäpfel verstorben ist«, winkte Hannah frustriert ab. »So seltsam das klingt, aber eine dieser beiden Frauen hat den perfekten Mord begangen. Und wir wissen nicht welche. Und wahrscheinlich werden wir das auch niemals herausfinden.«

»Unsinn, Hannah. Den perfekten Mord gibt es nicht. Wir werden das fehlende Glied in der Beweiskette finden. Und ich glaube, ich weiß auch, was zu tun ist. Eine der beiden Frauen hat die Tat geplant. Im Moment wissen wir noch nicht, welche. Was wir aber wissen, ist, dass beide ein und denselben Partner hatten. Tino Vogt wird uns sagen können, welche von beiden die Täterin ist. Er war zur Tatzeit am Tatort. Und er das Handyvideo gemacht. Dass er behauptet, im Zeitraum der Tat mit einer halben Flasche Whiskey intus auf dem Sofa in seinem Büro tief und fest geschlafen zu haben, ist nur zum Teil richtig. Zuvor hatte er nämlich dieses Video gemacht. Und die schlechte Qualität der Aufnahme weist darauf hin, dass er zu diesem Zeitpunkt nicht mehr nüchtern war. Die Bilder sind unscharf und verwackelt.«, sagte Jan.

»Stimmt. Vogt brauchte dringend das Geld aus Langhoffs Lebensversicherung. Er stand kurz vor dem Aus. Deshalb hat er sich von der Täterin überreden lassen, ihr zu helfen, Langhoff zu liquidieren. In nüchternem Zustand hätte er das niemals geschafft. Sie brauchte Vogt um an das Geld zu kommen. Wahrscheinlich war sie mit ihm ins Bett gestiegen und hat ihm glauben gemacht, dass sie gemeinsam eine Zukunft haben würden. Womöglich wollte Irma Steffens ihm sogar das Kind, dass sie von Langhoff erwartet, unterschieben«, vermutete Hannah.

»Also ist Tino Vogt der Schlüssel zur Aufklärung. Das weiß allerdings auch die Täterin. Deshalb müssen wir schneller sein«, sagte Jan.

»Du glaubst, er wird auspacken, wenn wir ihn unter Druck setzen?«, fragte Rico.

»Vielleicht. Ich hab so eine Idee, wer uns dabei tatkräftig unterstützen könnte«, sagte Jan und griff zum Handy.

Tino Vogt war nervös. Ihm lief die Zeit davon. Lange würde er die Gläubiger nicht mehr hinhalten können. Er brauchte dringend Geld. Das Geld, das ihm sein Partner Robert Langhoff zuletzt vorenthalten hatte, obwohl er über die Mittel verfügte, die gemeinsame Firma zu entschulden. Jetzt war Robert tot. Und Tinos letzte Hoffnung war, dass zeitnah die Lebensversicherung, die Robert zugunsten der Firma abgeschlossen hatte, ausgezahlt wird. Eine Miilion Euro für einen Neuanfang. Er hatte extra dafür ein neues Firmenkonto eröffnet, um Roberts Vertraute auszutricksen, die Zugriff auf das alte Konto hatten. Gut möglich, dass eine seiner Geliebten oder sogar seine Ex-Frau das Passwort kannten und sich ungeniert bedienen würden, sobald das Geld eingegangen wäre. Aber zum Glück hatte sie ihn rechtzeitig gewarnt, ein neues Firmenkonto zu eröffnen, auf das nur noch zwei Personen Zugriff hatten. Und sie hatte ihm auch das Geld aus Roberts GbR-Konten in Aussicht gestellt. Sie war gerade dabei, das Passwort zu ändern. Robert hatte ihr das entsprechende Formular bereits vor Wochen unterschrieben, als zwischen den beiden noch alles im Lot war. Zusammen würden sie sich eine sorgenfreie Zukunft aufbauen. Das hatte sie ihm versprochen. Ein besseres Angebot gab es nicht, eine Alternative zu seinen Schulden schon gar nicht. Also tat er, was sie von ihm verlangt hatte.

Tino parkte seinen Wagen vor dem Firmengebäude. Als er gerade aussteigen wollte, trat plötzlich eine Gestalt aus dem Schatten, hielt die Fahrertür fest und blockierte seinen Ausstieg.

»Guten Morgen, Herr Vogt«, begrüßte ihn der Mann freundlich.

Tino sah zu ihm auf. Der Kerl war groß und schlank. Er trug einen teuren schwarzen Designeranzug und extravagante, braune Lederschuhe. Er meinte bei dem Mann einen osteuropäischen Akzent herauszuhören.

»Was soll das? Wer sind Sie?«, fragte er wütend.

»Nur der Freund eines Mannes, der es gut mit Ihnen meint, Herr Vogt. Ich soll Ihnen liebe Grüße ausrichten.«

»Grüße? Von wem?«

»Louis Gane.«

»Keine Ahnung, wer das ist:«

»Sie kennen ihn wahrscheinlich unter dem Namen Logan. Er hat Ihnen geholfen, die Leiche zu entsorgen, dabei hat er gesehen, wie Sie die Tat mit dem Handy aufgenommen haben.«

»Blödsinn. Ich habe keinen blassen Schimmer, wovon Sie reden, Mann.«

»Logan lässt sich entschuldigen. Leider kann er nicht persönlich anwesend sein. Er ist bereits nach Sidney zurückgekehrt. Deshalb hat er mich gebeten, ihn vor Ort zu vertreten.«

»Weshalb? Ich sagte ja bereits, ich kenne diesen Mann nicht.«

»Wenn er zurückkommt und bei der Polizei seine Aussage macht, werden Sie ihn sicher wiedererkennen. Er hat sowohl die Frau als auch Sie erkannt. Die Frau hatte ihn mit einer Waffe bedroht und ihn gezwungen, dabei zu helfen, die Leiche in den See zu werfen. Wenn durch seine Aussage die Schuldigen zur Rechenschaft gezogen werden können, wird die Staatsanwaltschaft über die Kleinigkeit hinwegsehen, dass er der Frau bei der Entsorgung des Toten zur Hand gegangen war.«

»Sie labern Schwachsinn, Mann. Und jetzt lassen Sie mich gefälligst aussteigen, sonst rufe ich die Polizei.«

Plötzlich packte der Kerl ihn mit eisernem Griff am Hals. »Ihre große Klappe sollten Sie lieber schließen, mein Freund. Steht Ihnen gar nicht. Logan macht Ihnen ein einmaliges Angeot. Er wlll die Hälfte des Geldes aus der Lebensversicherung und der einzige Zeuge, der sie noch auffliegen lassen könnte, verschwindet für immer vom Radar. So wie es aussieht, wird dieser Neumann morgen als Täter verurteilt werden. Damit wären Sie aus dem Schneider und die Versicherung würde zeitnah zahlen. Logan kann Sie mit seiner Aussage zurück in die Steinzeit katapultieren, moi Drug. Sie wären ruiniert und könnten sich nur noch die Kugel geben, klar?« Tino Vogt schwitzte. Er hatte Angst. Und er hatte längst registriert, dass der Kerl es ernst meinte. Todernst sogar.

»Wie kann ich sicher sein, dass Logan schweigt, nachdem er das Geld erhalten hat?«, lenkte er schließlich ein.

»Gar nicht. No risk, no fun, Kumpel. Allerdings schadet doch ein bisschen Vertrauen unter Geschäftspartnern nie, oder? Sobald Sie mir die Kohle übergeben haben, hören Sie nie wieder was von uns.«

»Das kann noch Wochen dauern, bis das Geld auf dem Geschäftskonto eingegangen ist.«

»Sie haben genau drei Tage Zeit, die Kohle zu besorgen. Gehen Sie zu Ihrer Bank und lassen Sie sich einen Vorschuss auf die Versicherungsleistung auszahlen. Eine halbe Million in kleinen Scheinen. Keine Hunderter und schon gar keine Zweihunderter, kapiert?«

»Die werden mir das Geld nicht geben«, jammerte Tino Vogt.

»Ihr Problem«, zuckte der Mann mit den Schultern. »Strengen Sie sich ein bisschen an, dann wird Ihnen schon was einfallen. Ich melde mich und sage Ihnen, wann und wo wir uns zur Übergabe treffen werden. Einen schönen Tag noch, Herr Vogt.«

Der Mann ließ von ihm ab, drehte sich um und verschwand genauso schnell, wie er gekommen war.

»Verdammte Scheiße«, schrie Tino Vogt, schlug frustriert aufs Lenkrad, stieg aus und knallte wütend die Wagentür zu.

Hannah wartete. Entweder war niemand zu Hause, oder sie hatten das Klingeln nicht gehört. Sie wollte gerade ein zweites Mal den Klingelknopf drücken, als die Tür geöffnet wurde.

»Sie? Ich dachte, es wäre alles geklärt«, wunderte sich Lisa Langhoff.

»Nein, ganz und gar nicht, Frau Langhoff.«

»Oh, das überrascht mich jetzt aber. Also gibt's noch Zweifel an Neumanns Schuld?«

»Darf ich vielleicht reinkommen, dass wir uns in Ruhe unterhalten können?«

»Äh, ja sicher«, antwortete Lisa Langhoff, trat zur Seite, ließ sie eintreten und führte ihren Gast in die Küche. »Bin gerade nach Hause gekommen. Mache mir 'n Kaffee. Wollen Sie auch einen?«

»Gern«, nickte Hannah und setzte sich an einen winzigen Esstisch, der in eine Ecke unterhalb der Dachschräge gequetscht worden war. Lisa und Rebecca Langhoff bewohnten eine kleine Zwei-Zimmer-Wohnung im Dachgeschoss eines Mehrfamilienhauses. Nach der Scheidung stand Lisa Langhoff von einem Tag auf den anderen praktisch mittellos da. Die Miete beglich sie von den Unterhaltszahlungen, die ihr Ex-Mann für die gemeinsame Tochter leisten musste. Als Rebecca vor drei Monaten neunzehn wurde, hatte ihr Vater die Zahlungen eingestellt. Da sie sich aber noch in der Ausbildung befand, hatte Lisa einen Anwalt eingeschaltet. Erst als der mit Klage gedroht hatte, hatte ihr Mann die Zahlungen wieder aufgenommen.

»Neumann hat Ihren Mann verletzt, aber nicht getötet. Der Schlag an den Kopf war nicht die Todesursache«, begann Hannah.

Lisa zog überrascht die Augenbrauen hoch, während sie Kaffee einschenkte. »Wollen Sie damit sagen, dass Neumann unschuldig ist?«

»Nein, er hat Ihrem Mann seinen Latthammer gegen den Kopf geschlagen. Auch wenn dieser Schlag nicht tödlich gewesen war, trägt er natürlich eine Mitschuld. Die Anklage gegen ihn lautet nicht auf Mord, sondern auf Totschlag im Affekt. Die zuständige Rechtsmedizinerin hat festgestellt, dass Robert Langhoff verblutet ist. Er hatte sich im letzten Moment vor Neumann in den Hausflur retten können, war aber dabei unglücklich auf den Hinterkopf geknallt und hatte das Bewusstsein verloren. Und was danach geschehen ist, kann ich Ihnen zeigen«, sagte Hannah.

Sie erklärte Lisa, wo die Polizei dieses Video gefunden hatte und wer es ihrer Meinung nach aufgenommen hatte.

»Das ist ja furchtbar«, rief sie entsetzt und fasste sich betroffen an die Stirn, während sie die Bilder betrachtete.

Hannah wusste, dass es hart für Lisa war, aber sie brauchte ihre Hilfe. Sie kannte Irma Steffens und Klara Peters seit nunmehr mindestens zwei Jahren. Und Tino Vogt noch viel länger.

Lisa setzte sich und schüttelte angesichts dieser grausamen Bilder fassungslos den Kopf. »Und Sie denken, dass dieses Monster Irma ist und dass Tino die Aufnahmen gemacht hat?«

»Sagen Sie's mir?«, zuckte Hannah mit den Schultern.

»Nein, Irma hat Robert geliebt. Sie hätte ihm das niemals antun können. Und Tino hätte gar nicht die Nerven, eine solch bestialische Szene zu filmen. Nein nein, vollkommen ausgeschlossen«, musste sich Lisa sammeln.

Hannah erzählte ihr, was Irma Steffens und Klara Peters ausgesagt hatten. »Eine von beiden lügt, klar. Aber beide sagen, dass Tino Vogt zur Tatzeit im Büro war und dort stark angetrunken auf dem Sofa gelegen hätte. Angeblich hatte er dort auf Ihren Mann gewartet und wollte ihn wegen der Firmenschulden zur Rede stellen. Er soll mindestens eine halbe Flasche Whiskey getrunken haben.«

»Ich glaube, dass Klara Peters nicht dieses Mauerblümchen ist, als das sie sich gerne darstellt. Wussten Sie, dass sie auch was mit Robert hatte?«

»Nein, das ist mir neu. Woher wissen Sie das?«, war Hannah überrascht.

»Irma hat die beiden inflagranti erwischt. Als sie einmal früher ihre Mittagspause beendet hatte und in Roberts Büro kam, kniete Klara vor dem Schreibtischstuhl und hat es ihm besorgt«, verzog Lisa angewidert das Gesicht. »Ich meine, Klara? Geht's noch? Aber mein Mann hat leider nichts, aber auch gar nichts anbrennen lassen. Der hat alles, was nicht bei zehn auf den Bäumen war…, naja, …Sie wissen schon. Einfach ekelhaft. Aber so war er eben.«

»Und Sie glauben Irma?«

»Hm, weiß nicht. Aber warum hätte sie das erfinden sollen?«

»Weil sie Klara in ein schlechtes Licht rücken wollte?«

»Tja, möglich. Ausschließen kann ich das natürlich nicht.«

»Wussten Sie, dass Irma schwanger ist?«, ließ Hannah die Bombe ohne Vorwarnung platzen.

Augenblicklich verdunkelten sich Lisas Gesichtszüge. Sie schien nicht nur überrascht, sondern geradezu geschockt von dieser Nachricht. Sie brauchte einen Moment, um zu antworten. »Wie bitte? Nein, natürlich nicht.«

Hannah nickte und sah ihr in die Augen. Lisas Blick sagte mehr als tausend Worte.

»Nein, das glaub ich jetzt nicht. Und Robert ist der Vater?«, fragte Lisa fassungslos.

»Der DNA-Test war positiv«, erklärte Hannah.

»Dieser Mistkerl. Deshalb hat er mit Irma Schluss gemacht. Ein Kind wäre sicher das Letzte gewesen, was er in seiner neugewonnenen Freiheit als Single gebrauchen konnte«, seufzte Lisa.

»Ist das wahr, oder nur einer dieser billigen Bullentricks, um uns gegeneinander auszuspielen?«

Hannah drehte sich erschrocken um. Rebecca Langhoff stand in der Küchentür und blinzelte sie wütend an.

»Was soll das hier werden? Glauben Sie wirklich, wir wüssten, wer die Person in diesem Video ist? Die Frau trägt Irmas Klamotten, Größe und Figur könnten auch passen. Aber denken Sie allen Ernstes, Irma wäre so blöd, ihre Tat aufzunehmen und dann auch noch ins Internet zu stellen?«

»Sie kennen dieses Video?«

»Klar, seitdem das Ding viral geht, hat es bereits mehr als 50.000 Klicks im Darknet, Tendenz stark ansteigend. Wenn Sie mich fragen, ist das ein Fake. Oder glauben Sie allen Ernstes, Irma hätte meinem Vater bei lebendigem Leibe die Augen ausgehackt? Und dann auch noch in Betracht zu ziehen, die zarte Seele von Tino Vogt hätte in aller Ruhe sein Handy gezückt und diesen Horror gefilmt, ist echt krank. Noch kranker, als ein solches Video ins Netz zu stellen, nur um die Aufmerksamkeit dieser geistesgestörten Darknet-User auf sich zu ziehen.«

»Ich glaube gar nichts, Rebecca, ich ermittle. Irma Steffens ist schwanger. Als ihr Vater das erfahren hat, hat er sie eiskalt abserviert. Sie war enttäuscht und wütend. Und musste dann auch noch mit ansehen, wie er sich ausgerechnet mit Klara Peters eingelassen hatte. Das muss ein Schock für sie gewesen sein. Und schließlich erfuhr sie auch noch von Mila Iwanova, dass sie angeblich von Ihrem Vater vergewaltigt worden war. Zweifellos zu viel für die junge Frau, die davon geträumt hatte, sich mit ihrer großen Liebe ein neues Leben aufzubauen. Dieser Traum war von einer Sekunde auf die andere geplatzt wie eine Seifenblase. Enttäuschung und Wut schlugen schließlich in Hass und Zorn um. Sie wollte nur noch Rache. Sie schmiedete einen Plan wie sie es Robert Langhoff, der sie so schändlich belogen und betrogen hatte, heimzahlen konnte. Dann kam ihr die Idee, Tino Vogt mit ins Boot zu holen. Der war von seinem Freund und Geschäftspartner zuletzt schändlich behandelt worden. Obwohl er das Geld hatte, die Firma zu entschulden, hatte er sich strikt geweigert, die Verbindlichkeiten zu begleichen. Die Firma stand vor der Pleite, Tino Vogt vor dem Ruin. Der äußerst sensible Vogt war verzweifelt, griff zur Flasche, äußerte Selbstmordgedanken. Irma wollte vermitteln, doch Robert Langhoff ließ sie erneut abblitzen. Und auch dafür hasste sie ihn. Schließlich fassten die beiden den Entschluss, sich das Geld zu holen, das Robert Langhoff nicht zahlen wollte. Also mussten sie dafür sorgen, dass die Lebensversicherung über eine Million Euro, die Ihr Vater zugunsten der Firma abgeschlossen hatte, zur Auszahlung kommt. Und genau das haben sie getan.«

»Kompliment für Ihren flüssigen Vortrag, Frau Kommissarin. Er beinhaltet allerdings nichts als Märchen aus Tausendundeiner Nacht. Felix Neumann hat meinen Vater während eines Streits mit seinem Zimmermannshammer den Schädel eingeschlagen. Dieser Choleriker hatte sich wieder mal nicht unter Kontrolle. Morgen wird der Kerl seine gerechte Strafe erhalten. Ende der Geschichte«, sagte Rebecca.

»Tja, besser hätte es der Oberstaatsanwalt auch nicht formulieren können. Wenn es allerdings so gewesen wäre, wie Sie das hier in Kurzform schildern, frage ich mich, warum Neumann nicht wegen Mordes, sondern lediglich wegen Totschlags angeklagt worden ist. Der bekommt fünf Jahre und ist nach der Hälfte seiner Strafe wieder auf Bewährung draußen. Und die wahre Mörderin bleibt gänzlich unbehelligt. Ihrem Vater wurden brutal die Augen ausgehackt und danach ließ ihn die Täterin elendig wie ein abgestochenes Stück Vieh verbluten. Er muss fürchterlich gelitten haben. Das sind Tatsachen, Rebecca, keine Märchen. Also wenn Sie irgendwas wissen, was uns helfen könnte, die Mörderin zu überführen, dann sagen Sie es mir. Und zwar jetzt. Bevor der Fall mit der Verurteilung Neumanns zu den Akten gelegt wird«, wurde Hannah deutlich.

»Wir haben alles gesagt, was wir wissen. Alles andere muss das Gericht entscheiden«, antwortete Rebecca schmallippig und verließ die Küche.

»Natürlich könnten Sie recht haben, mit dem was Sie über Irma und Tino gesagt haben. Nur eins macht mich stutzig. Tino Vogt trinkt keinen Alkohol. Er ist allergisch dagegen. Nur ein einziger Schluck Whiskey könnte ihn umbringen. Tino trinkt immer nur Cola. Also kann er in der Tatnacht auch nicht angetrunken gewesen sein. In dieser Hinsicht haben beide Frauen die Unwahrheit gesagt. Und es stimmt auch nicht, dass Tino Vogt ruiniert gewesen wäre, wenn Robert die Schulden der Firma nicht übernommen hätte. Der Laden ist weit mehr wert, als die halbe Million Euro Verbindlichkeiten. Ein Verkauf hätte ihm sicher ein Vielfaches davon eingebracht. Außerdem haben sich Irma Steffens und Tino Vogt nie besonders gut verstanden. Klara Peters war seine Vertraute, nicht Irma. Der hätte niemals mit Irma gemeinsame Sache gemacht. Es sei denn…«, unterbrach Lisa Langhoff ihren Redefluss.

»Es sei denn, was?«, hakte Hannah nach.

»Na ja, es sei denn, Irma hätte sich mit ihm eingelassen. Tino war immer eifersüchtig auf Robert. Irma Steffens ist eine begehrenswerte junge Frau, die einen Mann im Handumdrehen um den Finger wickeln kann. Tino war rattenscharf auf Irma. Es machte ihn wahnsinnig, dass sie ihn nicht beachtete, während sie Robert hinterherlief wie ein Schoßhündchen«, sagte Lisa.

»Gut«, nickte Hannah. »Danke für Ihre Offenheit, Frau Langhoff. Vielleicht können Sie nochmal mit Rebecca reden. Ich denke, sie weiß mehr, als sie gesagt hat. Jeder Hinweis, und erscheint er auch noch so unbedeutend, könnte helfen, die Mörderin Ihres Mannes zu überführen.«

Hannah bedankte sich für den Kaffee und machte sich auf den Weg nach Hause. Es war spät geworden und Niklas musste ins Bett gebracht werden.

Mittwoch morgen, kurz vor neun Uhr. Ein betongrauer Himmel schwebte über den Gebäuden, als spielte er mit dem Gedanken, es regnen zu lassen. Der Saal 3 im Landgericht Leipzig war bereits mit interessierten Besuchern gut besetzt. Staatsanwaltschaft, Verteidigung und Zeugen warteten auf den Richter. Der Angeklagte Felix Neumann saß regungslos neben seinem Anwalt und starrte ins Leere.

Seitdem Jan vor zwei Tagen aus Australien zurückgekehrt war, war die Mordkommission im Fall Langhoff nicht entscheidend vorangekommen. Es fehlten die Beweise, um Irma Steffens überführen zu können. Niemand glaubte daran, dass Felix Neumann geplant hatte, Robert Langhoff eiskalt zu erschlagen. Der Bauunternehmer war reingelegt worden und sehenden Auges in die Falle getappt. Wahrscheinlich hatte Irma Steffens die Tat auf den Punkt geplant. Und scheinbar so perfekt, dass die Spurensicherung bisher keinerlei Hinweise auf den Täter gefunden hatte. Irma hatte behauptet, mit Klara Peters gegen 21.30 Uhr am Tatabend noch einen Tee getrunken zu haben und danach nach Hause gefahren zu sein. Sie wäre totmüde gewesen und hätte am nächsten Morgen bis kurz nach zehn im Bett gelegen. Erst als sie gegen Mittag ins Büro zurückgekehrt war, hätte sie erfahren, was in der Nacht geschehen war. Ihr Handy hätte ausgeschaltet auf ihrem Nachtschrank gelegen.

Klara Peters dagegen hatte angegeben, dass Irma Steffens noch in ihrem Büro gewesen sei, als sie kurz nach Mitternacht die Firma verlassen hätte. Sie hätte sie zwar selbst nicht mehr gesehen, aber in ihrem Büro hätte noch Licht gebrannt. Sie nahm an, dass Irma auf die Rückkehr ihres Chefs gewartet hatte. Ihr Handy hätte sie auf ihrem Schreibtisch liegen gelassen. Das käme öfter vor, weil sie es privat so gut wie nie benutzen würde.

Oberkommissar Schuberth hatte überprüft, wo die Handys der beiden Frauen zur Tatzeit um Mitternacht eingelockt waren. Er konnte die Angaben der Frauen nicht widerlegen. Die Geräte waren zur Tatzeit nicht eingeschaltet. Möglich natürlich, dass sie ein zweites Handy besaßen.

Zwei Minuten nach neun öffnete sich die Tür hinter dem Richtertisch und ein kleiner, rundlicher Mann mit Halbglatze betrat den Gerichtssaal.

»Oh, verdammt, das ist »Tiger Woods«, Oberdiecks Golfkumpel«, erschrak Hannah.

»Was? Wer? Willst du mich veräppeln?«, glaubte Jan nicht, was er da gerade gehört hatte.

»Richter Theodor Wortmann. Der trägt diesen Spitznamen, weil er genau wie Oberdieck ein vollkommen talentloser Golfer ist.

Hat angeblich ein halbes Jahr und mehrere Anläufe gebraucht, um überhaupt die Platzreife zu erlangen. Hat Handicap -54, genau wie der Oberstaatsanwalt.«

»Aha, und was heißt das?«, kannte sich Jan nicht aus.

»Dass die beiden auf einer 18-Loch-Anlage 54 Schläge über dem Platzstandard von 72 Schlägen liegen. Und selbst das schaffen sie selten, wie man so hört.«

»Hm, na ja, der Mensch braucht eben ein Hobby, oder?«

»Klar, aber wahrscheinlich wäre für die beiden Briefmarken sammeln oder Singvögel beobachten die weitaus sinnvollere Beschäftigung«, meinte Hannah.

»Bitte erheben Sie sich«, forderte der Gerichtsdiener, der sich in seinem schwarzen Anzug und weißem Hemd stocksteif vor dem Richtertisch aufgebaut hatte und in den Sitzungssaal hineinrief. Er wirkte wie ein einsamer Pinguin auf einer Eisscholle, der nach seinen Artgenossen Ausschau hielt.

Richter Wortmann setzte sich und winkte die Vertreter der Staatsanwaltschaft und der Verteidigung nach vorn ans Richterpult.

Hannah und Jan hatten in der zweiten Reihe im Zuschauerraum Platz genommen, während Josie und Rico draußen vor dem Saal warten mussten, bis sie als Zeugen aufgerufen würden.

Seitlich von ihnen saßen wie auf der Perlenschnur aufgereiht die Frauen mit A: Lisa und Rebecca Langhoff, Lena und Mila Iwanowa, Sofia Glaser, Irma Steffens und mit ein wenig Abstand zu den anderen, auch Klara Peters. Die Mörderin saß im Gerichtssaal. Sie wollte live dabei sein, und sich daran ergötzen, wie ihr perfekter Plan aufging.

Jan rätselte, ob sie bereits ahnte, dass Felix Neumann nicht wegen Mordes, sondern lediglich wegen Totschlags angeklagt werden würde. Er würde die Frauen genau beobachten. Vielleicht könnte er in ihren Gesichtern lesen. Eine von ihnen war schuldig. Aber welche, verdammt?

Der Richter hatte die Parteien an den Richtertisch beordert, um sich noch mal zu vergewissern, dass der Deal zwischen Verteidigung und Staatsanwaltschaft auch tatsächlich wie vereinbart zum Tragen käme.

Jan hatte das Spielchen längst durchschaut. Es war altbekannt. Es war ein Spiel, das in allen Gerichtssälen dieser Welt Tag für Tag aufs Neue gespielt wurde. Es hatte schlichtweg häufig keine Bedeutung, ob der Angeklagte schuldig war oder nicht. Wenn Gefahr bestand, lebenslänglich zu erhalten, gab es für ihn oft nur einen Ausweg: sich schuldig zu bekennen und über die Anwälte einen Deal für ein geringeres Strafmaß auszuhandeln. Unschuldige wollten nicht das Risiko eingehen, fünfzehn oder zwanzig Jahre absitzen zu müssen, wenn sie eine Absprache treffen und nach zwei oder drei Jahren wieder draußen sein könnten. Das war Mathematik, nicht Gerechtigkeit, aber so lief dieses Spielchen nunmal.

Und genau das hatte Felix Neumann auf Anraten seines Anwalts getan. Alle Indizien sprachen gegen ihn. Wenn es schlecht für ihn liefe, würde das Gericht ihn zu einer lebenslangen Haftstrafe verurteilen. Was Neumann allerdings noch immer nicht wusste, war, dass er Robert Langhoff gar nicht getötet hatte. Allerdings hatte er ihn mit seinem Latthammer geschlagen und dabei am Kopf verletzt. Von dem, was danach geschehen war, hatte er keine Ahnung. Also nahm er an, dass er der Mörder war.

Und genau das spielte dem Oberstaatsanwalt in die Karten. Der hatte zwar die Ergebnisse der Gerichtsmedzin zur Kenntnis genommen, dass Neumanns Attacke gegen Langhoff nicht tödlich war, wertete aber seinen Tod als unmittelbare Folge des Hammerschlages gegen den Kopf des Opfers.

Sein Problem war, dass er dafür keine Beweise hatte. Im Gegenteil, Josephine Nussbaum hatte behauptet, dass der Schlag gegen den Kopf eher schwach gewesen war, weil die Wucht vom Türrahmen abgebremst worden wäre. Erst durch das eher unglückliche Aufschlagen mit dem Hinterkopf auf dem harten Fliesenboden hätte das Opfer das Bewusstsein verloren und sei nach der Entfernung der Augäpfel langsam verblutet.

Oberdieck kannte das Video und hatte selbst gesehen, dass nicht Felix Neumann, sondern eine Frau, die aussah wie Irma Steffens, im Flur des Treppenhauses der Firma über dem Opfer gekniet und es mit dem Hammer bearbeitet hatte. Er hielt diese Aufnahmen für eine Fälschung. Und er ging nach wie vor fest davon aus, dass Robert Langhoff an den Folgen des Angriffs durch den Angeklagten ums Leben gekommen war. Auch wenn der Schlag nicht unmittelbar tödlich gewesen war.

Und genau das war der Punkt. Neumann war selbstverständlich nicht unschuldig. Aber er hatte Langhoff nicht ermordet.

Oberdieck war nicht bereit, den Prozess gegen Neumann zu verschieben, bis endgültig geklärt wäre, wer Robert Langhoff tatsächlich getötet hatte. Er befürchtete, dass das Gericht ihn am Ende aus Mangel an Beweisen freisprechen würde. Zumindest von der Mordanklage. Und der Freispruch eines Angeklagten bedeutete auch immer eine persönliche Niederlage der Staatsanwaltschaft. Und das galt es für Oberdieck zu verhindern. Er wollte auf der Karriereleiter nach oben. Er wollte Generalstaatsanwalt werden.

Jan war klar, dass es ohne Beweise keine Anklage gegen Irma Steffens geben würde. Und er wusste, dass auch Oberdieck das wusste. Deshalb hatte er mit Neumanns Anwalt einen Deal vereinbart. Der Bauunternehmer würde in einem wahrscheinlich nicht mal zweistündigem Verfahren wegen Totschlags im Affekt zu einer Freiheitsstrafe zwischen fünf und acht Jahren verurteilt werden. Bei guter Führung würde er nur die Halfte davon absitzen. Allemal besser, als zu riskieren, fünfundzwanzig Jahre wegen Mordes hinter Schloss und Riegel zu landen.

Sie hatte sich vor dem Gerichtssaal mit den anderen Frauen mit A getroffen. Nur eine hielt Abstand zu ihr und würdigte sie keines Blickes. Und das aus gutem Grund. Sie steckte in einem fürchterlichen Dilemma. Sie glaubte zu wissen, was tatsächlich geschehen war, konnte es aber nicht beweisen.

Lisa Langhoff hatte von dem Deal zwischen Verteidigung und Staatsanwaltschaft erfahren. Sie sagte, dass die Kommissarin sie aufgesucht und erzählt hätte, dass Neumann nicht der Mörder ihres Mannes wäre, sondern die Frau, die im Video zu sehen war. Und sie hätte ihr Fragen über Tino Vogt gestellt. Klar, die Polizei hatte ihn im Visier. Der Mann war sensibel und schwach. Man würde ihn nur in die Enge treiben und unter Druck setzen müssen, dann würde er einknicken und auspacken.

Und genau das war die Schwachstelle in ihrem ansonsten perfekten Plan. Sie hatte ihn gebraucht, also hatte sie ihn trotz schwerwiegender Bedenken mit ins Boot geholt. Tino Vogt brauchte dringend Geld. Sie hatte ihm einen Weg aufgezeigt, wie er an die notwendigen Mittel zur Rettung der Firma gelangen könnte. Dazu war es notwendig, ein neues Geschäftskonto einzurichten, auf das sowohl die Gelder aus Robert Langhoffs Lebensversicherung, als auch die von seinen geheimen GbR-Konten eingehen würden.

Und von diesem neuen Konto wussten nur sie und Tino. Er hatte ihr Kontovollmacht erteilt.

Dass sie dafür mit ihm schlafen musste, war zwar nicht schön, aber notwendig gewesen. Im Gegensatz zu Robert war der Kerl im Bett eine Niete. Es hatte sie einiges an Überwindung gekostet mit ihm intim zu werden. Für eine kurze Nummer auf dem Sofa in seinem Büro, bei der er sich ungeschickt wie ein Schuljunge angestellt hatte, hatte sie Prokura für das neue Firmenkonto erhalten. Mehr ging nicht. Doch jetzt musste sie handeln, bevor Tino Vogt den Mund aufmachen würde. Klar, auch seine Behauptungen müssten erstmal bewiesen werden, aber er konnte der Polizei immerhin eine schlüssige Geschichte auftischen. Schließlich war er hautnah dabei gewesen, als sie Robert Langhoff die Augäpfel herausgeschnitten und ihn anschließend ohnmächtig in seinem eigenen Blut langsam hatte verrecken lassen.

Danach hatte er sich in seinem Büro volllaufen lassen und war am nächsten Tag mit einem Brummschädel aufgewacht. Die Erinnerungen an den Abend zuvor waren vom Alkohol getrübt und verwässert worden. Es hatte sich zwar schnell herausgestellt, dass er sich nicht mehr an jedes Detail erinnern konnte. Aber das was er noch auf dem Schirm hatte, könnte für sie immer noch gefährlich genug werden. Nein, dieses Risiko durfte sie nicht eingehen. Sie musste handeln.

Sie hatte im Gerichtssaal Platz genommen und sah sich zu allen Seiten um. Ihr Blick blieb an dem großen, kräftigen Mann hängen, der neben der Kommissarin in der zweiten Reihe hinter der Anklagebank Platz saß. Er sah aus wie ein älteres männliches Model. Der Zwei-Meter-Hüne überragte mit seiner kerzengeraden Haltung seine Sitznachbarn um Haupteslänge. Er war schlank, muskulös und wirkte austrainiert wie ein Bodybuilder. Er trug volles, dunkelblondes Haar, das bereits mit einigen grauen Strähnen durchzogen war. Sie benötigte nicht viel Fantasie, um zu erkennen, dass die schöne Kommissarin neben ihm nicht nur seine Partnerin bei der Polizei war. Die beiden waren ein Paar. Da war sie sicher.

Hauptkommissar Krüger war vor ein paar Tagen wie aus dem Nichts aufgetaucht und hatte bei ihrer Vernehmung sofort die richtigen Fragen gestellt. Seitdem hatten die Ermittlungen wieder Fahrt aufgenommen. Es würde nicht lange dauern, bis er herausgefunden hätte, dass Tino Vogt der Schlüssel zur Aufklärung ihres Falles war.

Wenn es stimmte, dass es einen Deal zwischen Staatsanwaltschaft und Verteidigung gegeben hatte, würde die Verhandlung gegen Neumann nicht lange dauern. Er würde wegen Totschlags verurteilt werden und vielleicht fünf oder sechs Jahre bekommen. Nicht das, was sie sich erhofft hatte, aber immer noch besser, als dass er von einer Mordanklage mangels Beweisen freigesprochen werden würde.

Sie war gespannt, ob die Vernehmungen der Zeugen den Fall doch noch in eine andere Richtung lenken würden. Immerhin hatte die Gerichtsmedizin festgestellt, dass Robert nicht unmittelbar an den Folgen des Hammerschlages gestorben war, sondern dass er erst später nach der Entfernung der Augäpfel verblutet war. Und sie stellte sich die Frage, ob die Polizei das Video erwähnen würde. Wahrscheinlich hielt es die Staatsanwaltschaft für ein Fake und

hatte deshalb wenig Interesse daran, es als Beweismittel heranzu-
ziehen. Für den Staatsanwalt stand fest, dass Neumanns Angriff
auf Robert die Todesursache war. Dass er erst später im Hausflur
der Firma verblutet war, nachdem er zuvor verstümmelt worden
war, entlastete Neumann nicht von der Anklage wegen Totschlags.
Wenn denn im Nachhinein noch ermittelt werden könnte, wer
diese Frau war, die auf dem Video über dem Opfer gekniet und es
mit dem Latthammer bearbeitet hatte, würde das Neumann trotzdem nicht gänzlich von seiner Schuld freisprechen. Richter und
Staatsanwalt waren somit auf der sicheren Seite. Aber soweit
würde es nicht kommen. Dafür würde sie sorgen.

Sie atmete tief durch, stieß einen Seufzer aus und warf einen Blick
auf ihre Armbanduhr. Wurde Zeit, dass es jetzt endlich losging.
Immerhin hatte sie noch was anderes zu tun. Und das war weit
wichtiger, als hier im Gericht zu sitzen und Däumchen zu drehen.

Richter Theodor Wortmann verlas in wenigen Sätzen den Anlass
der heutigen Sitzung und übergab anschließend das Wort an den
Oberstaatsanwalt.

Jan beschlich der Eindruck, dass »Tiger Woods« desinteressiert,
beinahe gelangweilt wirkte. Der Verlauf dieser Verhandlung war
im Vorfeld zwischen ihm, der Staatsanwaltschaft und der Verteidigung in seinem Büro abgesprochen worden. Überraschungen
wurden keine erwartet. Reine Routine also, nichts was einen Juris-
ten vom Hocker reißen würde. Wahrscheinlich war er mit seinen
Gedanken bereits auf dem Golfplatz.

Oberdieck erhob sich, setzte seine Lesebrille auf, drehte sich um,
senkte den Kopf und blickte über den Rand seiner Brille, um sich
der Aufmerksamkeit aller Anwesenden im Gerichtssaal zu vergewissern. Wie ein Oberlehrer, der seinen Schülern die Matheauf-
gabe erklärte und sicherstellen wollte, dass auch alle zuhörten.
Auch die Störenfriede in der letzten Reihe.

Scheinbar zufrieden wandte er sich dem Richter zu. Er räusperte sich und begann mit der Verlesung der Anklage.

Wie erwartet klagte er Felix Neumann nicht wegen Mordes, sondern lediglich wegen Totschlags im Affekt an. Er räumte ein, dass die Tat nicht vorsätzlich geschehen, sondern nach einem heftigen Streit mit dem Opfer erfolgt war. Er schilderte in wenigen Worten, worum es in diesem Streit gegangen wäre. Dann ging er darauf ein, dass Robert Langhoff nicht direkt durch den Schlag mit dem Hammer an den Kopf getötet wurde. Vielmehr wäre er etwa eine halbe Stunde danach seinen Verletzungen erlegen, nachdem er im Hausflur ohnmächtig zusammengesackt und verblutet war. Er ging mit keiner Silbe darauf ein, was vermutlich im Treppenhaus der Firma geschehen war, nachdem der Angeklagte den Tatort verlassen hatte. Das Video erwähnte er mit keinem Wort. Schließlich wies er darauf hin, dass der Angeklagte in vollem Umfang geständig war. Er verlas Neumanns Geständnis im Wortlaut. Darin räumte der Angeklagte ein, Robert Langhoff mit seinem Latthammer, den er am Gürtel seiner Arbeitshose trug, geschlagen zu haben, nachdem der ihn zuvor unter anderem als Vollidioten und asozialen Spinner bezeichnet und mit beiden Händen vor die Brust gestoßen hätte.

»Da hab ich Rot gesehen, den Hammer gegriffen und einfach zugeschlagen«, zitierte er Neumann. Zum Abschluss betonte er, dass der Angeklagte seine Tat zutiefst bereut und die Angehörigen des Opfers um Entschuldigung gebeten hätte. Dann beantragte er eine Haftstrafe von sechs Jahren und drei Monaten.

Oberdieck nickte dem Richter zu, setzte seine Lesebrille ab, drehte sich um und kehrte sichtlich zufrieden auf seinen Platz zurück.

Richter Wortmann dankte dem Oberstaatsanwalt und übergab das Wort der Verteidigung. Rechtsanwalt Dr. Buchberger machte es ebenfalls kurz. Er bestätigte im Wesentlichen die Inhalte der Anklageschrift. Dann ging er darauf ein, dass sein Mandant in vollem

Umfang geständig war und er seine Tat zutiefst bereuen würde. Auch wenn er vorher vom Opfer beleidigt und übel beschimpft worden wäre. Er wies darauf hin, dass Neumann bisher noch nie mit dem Gesetz in Konflikt gekommen und deshalb auch nicht vorbestraft war. Dass Neumann ein waschechter Choleriker war, dem öfter mal die Hand ausrutschte, lies er unerwähnt. Die Anzeigen gegen ihn waren allesamt ins Leere gelaufen, weil es keine Zeugen gab, die bereit gewesen waren, gegen ihn auszusagen. Auf dem Bau herrschten eben eigene Gesetze. Und kein Arbeiter war so dämlich, seinen Chef zu verpetzen.

Zum Abschluss betonte er, dass er aufgrund des Geständnisses und der gezeigten Reue seines Mandanten, sowie dem Umstand, dass er vom Opfer massiv provoziert worden war, eine Haftstrafe von vier Jahren für ausreichend hielte.

Dr. Buchberger setzte sich wieder. Richter Wortmann dankte ihm und bat den Oberstaatsanwalt, den ersten Zeugen aufzurufen.

Oberdieck rief Rico Steding in den Zeugenstand. Rico nannte Namen und Dienstgrad. Er schwor, die Wahrheit zu sagen.

»Herr Hauptkommissar Steding, Sie haben die Anklage im Wortlaut vernommen. Gibt es aus Ihrer Sicht noch etwas hinzuzufügen?«, fragte er.

Jan wusste, dass es zwischen dem Oberstaatsanwalt, dem Polizeidirektor und dem Leiter der Mordkommission eine Absprache gegeben hatte, nichts über die Weiterführung der Ermittlungen zu sagen. Immerhin war es möglich, dass dieses Video tatsächlich eine Fälschung war. Und sie hatten nichts, aber auch gar nichts gegen Irma Steffens in der Hand. Neumann war schuldig. Zumindest des Totschlags, vielleicht auch des Mordes. Sollte sich doch noch herausstellen, dass Irma Steffens den Mord an Robert Langhoff geplant und ausgeführt hatte, wäre es möglich, dass Felix Neumann nur noch der schweren Körperverletzung angeklagt werden würde. Das würde die zu erwartende Haftstrafe möglicherweise auf zwei

Jahre reduzieren. Vielleicht käme Neumann sogar mit einer Bewährungstrafe davon. Aber so weit war es noch nicht.

»Nein, aus Sicht der Mordkommission ist alles gesagt worden«, biss sich Rico auf die Lippen.

Oberdieck nickte zufrieden. »Danke, Herr Hauptkommissar.«

»Aber das stimmt doch gar nicht«, protestierte plötzlich jemand aus dem Zuschauerraum.

Jan drehte sich um und sah wie Lisa Langhoff aufgesprungen war und mit den Händen gestikulierte.

»Ich bitte um Ruhe im Saal«, rief Richter Wortmann und schlug mit dem Holzhammer auf den kleinen Eichenholzblock.

Rebecca Langhoff redete auf ihre Mutter ein und zog sie am Arm herunter.

»Ja, aber…, wollte Lisa nicht nachgeben.

»Ruhe«, rief Wortmann.

Lisa Langhoff schüttelte den Kopf, setzte sich wieder und schwieg. Neumanns Anwalt verzichtete auf eine Befragung des Zeugen. Rico wurde aus dem Zeugenstand entlassen.

»Gibt es von Seiten der Staatsanwaltschaft oder der Verteidigung weitere Zeugen?«, fragte der Richter.

Jan konnte erkennen, wie Oberdieck mit sich rang. Sollte er Josephine Nussbaum aufrufen oder besser nicht? Er wusste genau, dass Josie sich von nichts und niemandem Vorschriften machen ließ. Er musste befürchten, dass sie aussagen würde, dass Felix Neumann Robert Langhoff zwar leicht am Kopf verletzt hätte, diese Verletzung aber sicher nicht zu seinem Tod geführt hätte. Diese Aussage der Gerichtsmedizinerin und Pathologin würde das Gericht nicht unberücksichtigt lassen können. Wahrscheinlich würde der Richter danach die Verhandlung unterbrechen und sich mit Staatsanwaltschaft und Verteidigung zur Beratung in sein Büro zurückziehen. Und Richter Wortmann würde den beiden seinen Unmut über den Verlauf der Verhandlung unverblümt kundtun. Anschließend würde Dr. Buchberger über Oberdieck herfallen und zurecht wissen wollen, warum man ihn nicht über die weitere Entwicklung in diesem Fall aufgeklärt hätte.

»Herr Oberstaatsanwalt?«, hakte Wortmann nach.

»Äh, nein, Herr Vorsitzender, keine weiteren Zeugen«, zog Oberdieck den Schwanz ein.

»Herr Anwalt?«, wandte er sich an Dr. Buchberger.

»Nein«, schüttelte er den Kopf, schien aber irritiert, dass die Gerichtsmedizinerin von der Staatsanwaltschaft nicht, wie vorher abgesprochen, in den Zeugenstand gerufen wurde.

Josie saß draußen vor dem Gerichtssaal und bekam von alledem nichts mit.

»Oberdieck hat Schiss«, flüsterte Hannah,

»Klar, was denn sonst? Der traut Josie nicht. Er befürchtet, dass sie sich nicht an die Absprachen hält«, antwortete Jan leise.

»Gut, das Gericht zieht sich zur Beratung zurück. Angeklagter, Sie haben das letzte Wort. Möchten Sie noch etwas sagen?«, fragte der Richter.

»Nein«, antwortete Neumann kurz und bündig.

»Die Verhandlung ist unterbrochen«, sagte Wortmann, ließ den Holzhammer kreisen, stand auf und verließ den Saal durch die Hintertür.

Zwanzig Minuten später kehrte der Richter zurück. Das Urteil stand fest. Alle Anwesenden im Gerichtssaal erhoben sich.

»Im Namen des Volkes ergeht folgendes Urteil«, begann Richter Wortmann. »Der Angeklagte wird wegen Totschlags zu einer Freiheitsstrafe von fünf Jahren und acht Monaten verurteilt.«

Ein kurzes, aber vernehmbares Raunen ging durch den Saal.

Anschließend begründete der Richter das Urteil. »Es gilt als erwiesen, dass der Angeklagte Felix Neumann den Architekten Robert

Langhoff nach einem Streit mit seinem Latthammer niederge-schlagen hat. Dabei wurde Robert Langhoff so schwer am Kopf verletzt, dass er etwa eine halbe Stunde später an den Folgen dieser Kopfverletzung verstarb. Der Angeklagte Felix Neumann hat die Tat vollumfänglich gestanden. Das Gesetz sieht in diesem Fall eine Freiheitsstrafe von bis zu acht Jahren vor. Das Gericht hat bei der Urteilsfindung berücksichtigt, dass der Angeklagte in vollem Umfang geständig war. Das Urteil und die darin enthaltene voll-ständige Begründung wird den Parteien innerhalb von zwei Tagen in Schriftform zugestellt. Die Verhandlung ist geschlossen.«

»Kurz und schmerzlos. Kein Wort über die Verstümmelung und Entsorgung der Leiche«, seufzte Jan.

»Hatte ich nicht anders erwartet«, nickte Hannah.

Auf dem Weg hinaus wandte sich Lisa Langhoff an Hannah. »Was soll denn das? Sie sagten doch, Neumann hätte meinen Mann nicht umgebracht. Was ist denn mit diesem Video? Ich meine, spielt das denn überhaupt keine Rolle mehr?«, regte sie sich auf.

Hannah packte sie am Arm zog sie in eine Ecke neben der Tür.

»Die Staatsanwaltschaft hält die Aufnahmen für eine Fälschung. Und ehrlich gesagt, glauben wir das auch. Die Frau auf diesem Video ist nicht Irma. Jemand will sie als Täterin präsentieren. Und das vor Millionen von Augenpaaren, die auf dieser Plattform im Darknet unterwegs sind«, sagte sie leise.

»Ich denke auch nicht, dass Irma das getan hat. Aber diese Auf-nahmen sind schon verstörend. Wenn es Irma nicht war, wer zum Teufel war es dann?«, fragte Lisa Langhoff schulterzuckend.

»Haben Sie eigentlich nach der Tat mal mit Tino Vogt gespro-chen?«

»Sicher, er behauptet, er wüsste von nichts. Während er auf Robert gewartet hätte, hätte er aus Frust und Ärger über die marode finan-zielle Situation der Firma eine halbe Flasche Whiskey getrunken.

Und das, obwohl er eigentlich niemals Alkohol trinkt. Als Robert schließlich eintraf, hätte es einen kurzen heftigen Streit gegeben, bevor Robert wutentbrannt aus seinem Büro gestürmt wäre. Danach kann er sich an nichts mehr erinnern, bis er am nächsten Tag gegen Mittag von seiner Assistentin geweckt und mit Hilfe von Aspirin, Wasser und Kaffee wieder auf die Beine gestellt worden wäre.«

»Es gibt einen Zeugen, der gesehen hat, wie Tino Vogt die Tat von oben auf dem Treppenabsatz mit der Handykamera aufgenommen hat«, sagte Hannah.

Lisa Langhoff hob überrascht die Augenbrauen. »Wie bitte? Ja, warum verhaften Sie ihn dann nicht und konfrontieren ihn mit diesem Augenzeugen?«

»Geht nicht. Der ist tot.«

»Was? Wieso? Ich meine, was zum Henker ist denn mit ihm geschehen?«

»Ist 'ne lange Geschichte und bringt uns im Moment nicht weiter. Wir glauben, dass Tino Vogt in Gefahr ist. Die Täterin wird das Risiko nicht eingehen, dass er sich schließlich doch noch erinnert und sie verraten könnte.«

»Hm, wenn er, wie auch immer, an der Tat beteiligt war - was ich nicht glaube - warum sollte er sich dann selbst belasten? Er ist zwar sensibel, aber bei Gott nicht dumm«, sagte Lisa Langhoff.

»Reden Sie nochmal mit ihm. Er ist der Schlüssel zur endgültigen Aufklärung. Er hat gesehen, was geschehen ist, nachdem Ihr Mann sich vor Neumann in den Hausflur gerettet hatte. Er kann uns sagen, wer die Mörderin ist«, sagte Hannah.

»Tja, da habe ich ehrlich gesagt meine Zweifel. Kann mir nicht vorstellen, dass er den Mut aufbringt, mir zu beichten, dass er an Roberts Ermordung beteiligt war«, seufzte sie.

»Stellen Sie ihn zur Rede. Fassen Sie ihn hart an und machen Sie Druck. Sagen Sie, dass Sie von der Polizei erfahren hätten, dass es einen Augenzeugen gäbe, der ihn erkannt hätte«, schlug Hannah vor.

»Was geschieht mit Neumann, wenn der wahre Täter doch noch gefunden wird? Kommt er dann frei?«, wollte Lisa wissen.

»Wohl kaum. Er hat Ihren Mann mit einem Hammer angegriffen und dabei verletzt. Wenn natürlich bewiesen werden kann, dass er an diesen Verletzungen nicht verstorben ist, sondern noch gelebt hat, als er von dieser Frau misshandelt und anschließend hilflos zurückgelassen worden war, dann wird das Urteil nicht mehr auf Totschlag lauten, sondern auf schwere Körperverletzung. Könnte sein, dass die Strafe dann geringer ausfallen wird. Aber frei wird Neumann nicht kommen«, erklärte Hannah.

»Also gut, Frau Kommissarin, ich werde sehen, was ich tun kann«, nickte Lisa Langhoff, drehte sich um und verließ zusammen mit ihrer Tochter Rebecca das Landgericht.

Als Jan draußen vorm Gericht im Wagen auf Hannah wartete, vermeldete sein Handy den Eingang einer WhatsApp-Nachricht. Sergeant Rollins hatte einen Link der Online-Ausgabe des Sydney Morning Herald vom späten Mittwoch Abend gesendet:

Wie die Staatsanwaltschaft Sydney mitgeteilt hat, konnte in der Nacht zum Dienstag einer der vermeintlichen Mörder von »Wrecking Ball« George Cartwright und seinem Sicherheitschef Louis Gane verhaftet werden. Bei dem dringend Tatverdächtigen handelt sich um den Serben Zoran M., der sich seit einigen Monaten illegal in Sydney aufhält. Der Serbe ist Ex-Soldat und ausgebildeter Scharfschütze und hatte zuvor unter anderem in der Fremdenlegion gedient. Er wird der Söldnergruppe »Nachtwölfe« zugerechnet. Diese hatte zuletzt in Crockwell im Auftrag von George Cartwright mehrere Farmer tyrannisiert, um diese von ihren Grundstücken zu vertreiben. Dem Vernehmen nach soll die Cart-

wright Gruppe dort den Bau eines Mega-Freizeitparks geplant haben, deren Hauptattraktion die größte Stahlachterbahn der Welt werden sollte. In wie weit dieses Projekt nach Cartwrights Tod weiter vorangetrieben wird, ist derzeit unbekannt.

In der Nacht von Dienstag auf Mittwoch haben Einsatzkräfte der Bundespolizei aus Parramatta die Wohnung des Tatverdächtigen gestürmt und dabei die Tatwaffen sichergestellt. Zudem wurde die Kleidung gefunden, die Zoran M. während der Tat getragen hatte. Der Hinweis auf Zoran M. kam von einem Security-Mitarbeiter der Firma Cartwright and Sons, der von einem heftigen Streit zwischen Zoran M. und Louis Gane, Cartwrights Security-Chef, berichtet hatte. Der Tatverdächtige hatte sich als Mitarbeiter beworben, wurde aber von Gane abgelehnt. Darauf hin habe ihm Zoran M. Rache geschworen und gedroht, ihn und Cartwright zu töten.

Der Tatverdächtige wurde in Untersuchungshaft genommen. In einer ersten Vernehmung konnte er zum Tatzeitpunkt am frühen Freitag morgen kein Alibi vorweisen. Zudem hatte er sich geweigert, die Identität des zweiten Täters preiszugeben. Nach dem Mann wird zurzeit weiter gefahndet.

Jan rief Rollins an. »Verdammt gute Arbeit, Sergeant«, lobte er ihn.

»Martinovic ist ein übler Bursche. Er hat als Söldner unzählige Menschen getötet. Er ist ein gnadenloser Killer, dem es egal ist, ob er Soldaten oder wehrlose Frauen und Kinder erschießt. Er ist ein Psychopath ohne jegliches Mitgefühl. Es ist gut, dass dieser Typ von der Bildfläche verschwindet. Ich hoffe, der Kerl wird lebenslänglich weggesperrt«, sagte Rollins.

»Sie haben was gut bei uns, Sergeant«, meinte Jan.

»Bin gerade in Crockwell. Hatte heute Nachmittag einen Termin im Sheriffbüro. Sergeant Kane möchte mich neben den beiden neuen Beamten aus Goulburn, Millner und Stearling, als zusätzlichen Officer einstellen. Er wartet noch auf die Zusage vom Bürgermeister. Bisher gab es lediglich zwei Polizisten in Crockwell. Nach den letzten Vorfällen soll jetzt die Anzahl verdoppelt werden. Maynard hat mich bei Sheriff Kane empfohlen. Und er hat ein gutes Wort für mich beim neuen Bürgermeister Gerald Tucker eingelegt.«

»Was denn? Shannon ist weg? Und Tucker ist sein Nachfolger? Er war vorher der Polizeichef.«

»Ich weiß. Na ja, die Bezahlung ist mit 600 Dollar die Woche zwar lausig, aber ich erhalte eine mietfreie Dienstwohnung direkt über dem Irish Pub auf dem Marktplatz. Und an meinen freien Tagen helfe ich Meredith Connor auf ihrer Farm. Zusammen mit Johnny Henderson werden wir dort den Laden schmeißen. Ist mir eine besondere Ehre mit einem Ex-Sniper zusammenzuarbeiten.«

»Tja, und dabei haben Sie den besten Scharfschützen aller Zeiten noch nicht mal kennengelernt. Genau genommen ist es eine Scharfschützin.«

»Sie meinen »Tokio«?«

»Ach, also kennen Sie sie bereits?«

»Sicher. Sie ist vor ein paar Tagen nach Crockwell zurückgekehrt. Gerade rechtzeitig, um einen wichtigen Job zu erledigen.«

»Stimmt. Sie hat uns bei unserem letzten Einsatz in Kabul den Arsch gerettet. Die Frau schießt wie der Teufel. Ohne sie hätten wir wohl in Zinksärgen die Heimreise angetreten«, sagte Jan.

»Na, jedenfalls bin ich froh, aus Sydney herauszukommen. Hier kann ich neu anfangen und habe zudem noch ein paar gute Freunde gefunden. Was will ich mehr?«, meinte Rollins.

»Tja, dann wünsche ich Ihnen viel Glück, Sergeant. Und rufen Sie mich bitte nicht an, wenn wieder mal ein paar skrupellose Bodenspekulanten in Crockwell auftauchen. Das schafft ihr dann auch allein.«

Rollins lachte. »Gute Männer braucht man immer. Aber Sie haben recht, Colonel, vier ausgebildete Scharfschützen der Marines sollten mit diesen Typen fertig werden. Ich hoffe trotzdem, dass wir uns hier in Crockwell bald wiedersehen. Spätestens zur Hochzeit.«

»Wie bitte?« Was für 'ne Hochzeit? Sie glauben doch nicht ernsthaft, dass dieser kauzige Nörgler freiwillig vor den Traualtar tritt?«, sagte Jan.

»Abwarten. Wir werden gemeinsam daran arbeiten.«

»Also, wenn ihr das schafft, bin ich dabei, versprochen.«

»Ich nehme Sie beim Wort, Sir.«

»Ach Rollins, halten Sie mich bitte in der Sache Martinovic auf dem Laufenden«, bat Jan.

»Selbstverständlich, Sir. Sie können sich auf mich verlassen, Sir«, antwortete Sergeant Rollins militärisch korrekt.

»Guter Mann. Danke, Sergeant«, verabschiedete sich Jan.

Polizeidirektor Horst Wawrzyniak trank gut gelaunt seinen Kaffee. »Weiß gar nicht, warum Richter Wortmann fast eine halbe Stunde gebraucht hat, um ein Urteil zu fällen, das längst feststand? Na ja, wahrscheinlich wollte er den Eindruck erwecken, dass er es sich nicht leicht gemacht hat, die richtige Entscheidung zu treffen.«

»Dieses Urteil wird ohnehin keinen Bestand mehr haben, wenn die ganze Wahrheit ans Tageslicht kommt«, sagte Hannah.

»Gibt es etwas, von dem ich nichts weiß?«, zog der Chef verwundert die Augenbrauen hoch.

»Wir glauben, dass Tino Vogt der Schlüssel zur Aufklärung des Mordes ist. Er hat mit der Mörderin zusammengearbeitet, weil er das Geld aus Langhoffs Lebensversicherung brauchte. Er weiß, wer es getan hat. Und er wird reden. Wir haben ihn unter Druck gesetzt. Wir haben ihn wissen lassen, dass Logan ihn gesehen hätte, wie er das Handyvideo gemacht hat. Und dass Logan ihn verpfeifen würde, wenn er ihm nicht die Hälfte des Geldes aus Langhoffs Lebensversicherung überlassen würde«, erklärte Jan.

»Und dieser Logan hat tatsächlich gesehen, dass Vogt den Mord aufgenommen hat?«

»Ja, aber er wird es nicht mehr bezeugen können.«

»Weil er wieder zurück in Australien ist?«

»Nein, Chef, weil er tot ist.«

Jan erzählte Waffel in Kurzform, was in Sydney vorgefallen war.

»Hm, und ihr glaubt, dass Vogt auf diesen Bluff hereinfallen wird? Wer hat mit ihm gesprochen? Könnte ein Problem für uns werden, wenn er behauptet, dass die Polizei ihn erpressen würde.«

»Deshalb haben wir jemanden beauftragt, mit Vogt zu reden, den er nicht kennt«, erklärte Jan.

»Und wen? Doch hoffentlich nicht einen von Ihren albanischen Busenfreunden, oder?«

»Shala? Nein, aber der hätte diesen Job sicher zu unserer vollsten Zufriedenheit erledigt.«

»Klar, wahrscheinlich hätte der die Antworten aus Vogt herausgeprügelt. Wir sind die Polizei, Herr Hauptkommissar, nicht die Mafia«, schimpfte Waffel.

»Sicher. Und genau aus diesem Grund haben wir einen vertrauenswürdigen Leipziger Geschäftsmann mit dieser Aufgabe betraut«, antwortete Jan.

»Aha, na da bin ich ja mal gespannt.«

»Grigori Tireshnikow hat Vogt im Auftrag von Louis Gane ein Ultimatum gestellt, bis Freitag eine halbe Million Euro zu beschaffen. Ansonsten würde er auspacken.«

»Unser Freund Grigori? Soso. Na ja, der kennt sich mit den Methoden der Russenmafia ja bestens aus. Und? Hat Vogt die Kröte geschluckt?«

»Sieht so aus. Er wollte das Geld bei der Bank besorgen. Als Sicherheit würde er denen die Versicherungspolice vorlegen. Das

Geld wird nach Abschluss des Prozesses gegen Neumann wahrscheinlich in der nächsten Woche ausgezahlt«, erklärte Jan.

»Wir haben aber noch ein ganz anderes Problem, Chef«, sagte Hannah. »Vogts Komplizin weiß genau, dass er kurz davor ist, die Nerven zu verlieren. Er stellt für sie eine große Gefahr dar. Wenn er auspackt, ist sie geliefert. Und ihr perfekter Plan wäre mit einem Schlag dahin.«

»Und deshalb haben wir Jungmann und Krause auf Irma Steffens und Klara Peters angesetzt. Die Täterin wird versuchen, Vogt auszuschalten, bevor er redet. Und sie weiß, dass sie damit nicht mehr lange warten darf. Tino Vogt schwebt in höchster Gefahr. Wir haben vor seinem Haus am Pappelhof in Abtnaundorf eine Streife zu seinem Schutz postiert. Und zwar rund um die Uhr«, sagte Rico.

»Weiß der Oberstaatsanwalt Bescheid?«, wollte Waffel wissen.

»Der sonnt sich gerade in seinem Erfolg. Da wollten wir ihn nicht stören, Chef«, grinste Hannah.

Josie kam herein. Ihr stand der Ärger ins Gesicht geschrieben.

»Was zum Teufel bildet sich dieser Suppentütenheini eigentlich ein?«, spielte sie darauf an, dass Oberdieck mit der Tochter von Dr. Oetker verheiratet war. »Ich habe stundenlang auf dieser knüppelharten Holzbank gehockt und gewartet. Hab mir Schwielen am Hintern geholt. Hallo? Geht's noch?«, schimpfte sie.

»Hab mich auch gewundert, dass du nicht mehr als Zeugin aufgerufen wurdest. Bin allerdings davon ausgegangen, dass man dich rechtzeitig darüber informiert hat«, zuckte Hannah die Achseln.

»Ach was. Ich saß da wie bestellt und nicht abgeholt. Bis mich dann so ein findiger Justizbeamte fragte, was ich denn da noch wollte. Der Prozess wäre längst vorüber. Der hat den Kopf geschüttelt, als hätte ich nicht alle Latten am Zaun.«

»Oberdieck hatte gehörigen Schiss, dass sich seine Anklage durch deine Aussage in Nullkommanichts in Luft auflösen würde«, meinte Rico.

»Keine Ahnung, möglich. Ich frage mich sowieso, wofür Neumann verurteilt wurde? Über fünf Jahre Haft für ein Hämatom am Kopf? Der hat Langhoff nicht ermordet, verdammt. Der ist eher Opfer als Täter. Er wurde nach allen Regeln der Kunst verarscht«, schimpfte Josie weiter.

»Aber mit Verlaub, Frau Professor, immerhin hat er seinem Gegenüber einen Hammer gegen den Kopf geschlagen. Nur mit viel Glück erwies sich diese Attacke nicht als tödlich. Und Langhoff wäre wahrscheinlich an dieser Kopfwunde verblutet, nachdem er auf die Fliesen im Flur geknallt war. Dass ihn danach noch irgend so eine Geisteskranke gefunden und verstümmelt hat, anstatt ihm zu helfen, ist im höchsten Maße widerwärtig, aber ändert nichts an dieser Tatsache. Also können Sie doch Neumann nicht allen Ernstes als unschuldig darstellen wollen«, regte sich Waffel auf, der wie immer in seiner Anrede förmlich wurde, wenn es um eine Dienstangelegenheit ging.

»Falsch, mein Lieber. Neumanns Schlag gegen Langhoffs Kopf hinterließ keine Platzwunde, sondern lediglich eine dicke Beule«, erwiderte Josie.

Für einen Moment herrschte Schweigen. Diese Information war für alle neu.

»Das hieße ja, dass Neumann nicht mal im Ansatz für den Tod Langhoffs verantwortlich wäre«, schlussfolgerte Hannah.

»Körperverletzung ja, Totschlag nein«, fasste Josie zusammen.

»Ja, aber warum hast du das nicht schon eher gesagt?«, verfiel Waffel wieder ins vertraute Du.

»Hör mal, Horst, Pathologie ist eine Wissenschaft, kein Hexenwerk. Das dauert eben manchmal etwas, bis sich gewisse Vorgänge einwandfrei beweisen lassen. Robert Langhoff hatte neben der Beule einen etwa fünf Zentimeter langen Kratzer am Kopf. Der hatte allerdings nur die Haut aufgeritzt und das wenige Blut hatte sich bereits nach kurzer Zeit verkrustet. Er ist definitiv nicht an dieser Verletzung verblutet. Wir haben bisher kein Blut auf den Fliesen im Flur gefunden. Dort wurde gründlich sauber gemacht. Da wusste jemand ganz genau, was er tat«, erklärte Josie.

»Aber warum hat sich der Täter eigentlich die Mühe gemacht, das Blut zu entfernen?«, wollte Waffel wissen.

»Zunächt mal, um den Tatort zu verschleiern. Wir sollten annehmen, Neumann sei direkt unten am See erschlagen, danach in einen Plastiksack gepackt und ins Wasser geworfen worden. Könnte allerdings auch sein, dass sich die Täterin bei der Attacke gegen den bewusstlosen Mann mit dem Latthammer selbst verletzt hat. Aber wir werden weiter suchen, und wenn ich jede Fliese einzeln herausreißen muss. Blut hinterlässt immer Spuren, lässt sich niemals vollständig entfernen, vor allem nicht aus Fliesenfugen«, sagte Josie.

»Aber was sollte dann der Unsinn mit diesem Video? Warum belastet sich die Täterin damit selbst?«, fragte Waffel.

»Weil sie eine Psychopathin ist. Sie ist arrogant und narzistisch. Sie spielt mit uns, will beweisen, dass sie uns überlegen ist, dass sie niemals Fehler macht. Sie ergötzt sich an unserer Hilflosigkeit. Sie zeigt uns dieses Video und wir können trotzdem nichts tun. Wir werden ihr nichts beweisen können. Zumindest glaubt sie das«, erklärte Jan.

»Na ja, bisher liegt sie damit ja gar nicht mal so falsch«, seufzte Hannah.

»Stimmt. Solange Josie keine verwertbaren Spuren findet, ist Tino Vogt unsere letzte Hoffnung. Wir müssen ihn zum Reden bringen. Und zwar bevor sie ihn umbringt«, sagte Jan.

»Du glaubst tatsächlich, dass sie ihren Partner töten will?«. fragte Rico.

»Partner? Er ist nicht ihr Partner. Er war lediglich Mittel zum Zweck. Sie braucht ihn nicht mehr. Und sie will natürlich verhindern, dass er auspackt«, antwortete Jan.

»Also wenn ich euch richtig verstehe, redet ihr von Irma Steffens, oder?«, vergewisserte sich Waffel.

»Ja, sie hat ein Motiv, kein Alibi und sie ist auf dem Video zu sehen, wie sie mit dem Latthammer in der Hand über dem Opfer kniet. Und dieses Video wurde mit ihrem Handy gemacht und ins Darknet gestellt«, sagte Hannah.

»Außerdem hat sie Zugang zum Geschäftskonto, auf das das Geld aus Langhoffs Lebensversicherung eingehen wird. Und sie hat auch seine privaten GbR-Konten verwaltet, auf dem wahrscheinlich ein paar Millionen Euro liegen«, stellte Rico fest.

»Die sie sicher nur ungern mit jemandem teilen will«, ergänzte Hannah.

»Und sie ist schwanger von Robert Langhoff, der sofort mit ihr Schluss gemacht hat, als er davon erfuhr«, sagte Josie, von deren Theorie, dass Klara Peters hinter der Tat stecken würde, nicht mehr die Rede war.

»Ja und das hat sie so wütend gemacht, dass sie sich an ihm rächen wollte«, nickte Hannah.

»Warum verhaften wir die Frau dann nicht, bei alldem, was wir wissen?«, wunderte sich der Polizeidirektor.

»Haben wir gemacht. Sie war nach achtundvierzig Stunden wieder draußen. Ihr Anwalt hat sich an höchster Stelle über Polizei und Staatsanwaltschaft beschwert. Oberdieck hat uns daraufhin untersagt, die Frau noch mal zu belästigen, solange wir keine handfesten Beweise hätten. Tja, und die haben wir nicht«, zuckte Rico mit den Schultern.

»Also ist im Moment Vogt unsere letzte Hoffnung?«, erkundigte sich Waffel.

»Ja und deshalb müssen wir den Mann im Auge behalten. Wenn Irma Steffens ihn erwischt, bevor er uns alles erzählt hat, können wir einpacken. Dann hat sie gewonnen«, sagte Jan.

»Und genau das hat Oberdieck befürchtet. Deshalb hat er diesem Deal mit Neumann zugestimmt. Der Täter ist gefasst, hat gestanden und wurde verurteilt. Zwar nicht wegen Mordes, aber wen juckt's? Wenn's nach ihm ginge, könnte das ruhig so bleiben. Der hat wenig Interesse daran, dass in diesem Fall weiter ermittelt wird. Wieso auch?«, zuckte Rico die Achseln.

»Egal, Kollegen, wir machen weiter. Schnappt euch diese Irre. Ich halte euch Oberdieck vom Leibe. Aber nur, wenn ich noch 'ne Tasse von dem guten Kaffee deiner Frau kriege. Das Leben ist zu kurz, um schlechten Kaffee zu trinken. Ach sag mal, Rico, hast du vielleicht noch was zu rauchen in deinem Geheimfach? Hab Schmacht bis nach Meppen«, grinste der Polizeidirektor, dem sein Arzt das Rauchen streng verboten hatte.

Polizeiobermeister Gredig, der vor dem Haus von Tino Vogt im Pappelhof in Abtnaundorf bereits seit sieben Uhr morgens Position bezogen hatte, rief an.

»Vogt ist noch zu Hause. Sein Wagen steht in der Einfahrt. Ansonsten ist alles ruhig hier.«

»Okay, danke, melden Sie sich, sobald er das Haus verlässt oder verdächtige Personen dort auftauchen«, sagte Rico.

Jungmann war in der Grunertstraße im Einsatz, wo Irma Steffens wohnte. »Gibt nichts zu vermelden. Hab Frau Steffens bisher noch nicht gesehen. Möglich, dass sie gar nicht zu Hause ist.«

»Wäre natürlich gut, wenn du das rausfinden könntest«, antwortete Rico.

»Okay, ich lass von mir hören, sobald ich mehr weiß.«

Krause stand mit seinem zivilen Einsatzwagen in der Paul-Heyse-Straße in Abtnaundorf. Klara Peters wohnte im zweiten Stock eines dreistöckigen Mehrfamilienhauses. Ihr Auto stand am Straßenrand direkt vor der Haustür.

»Sie hat vor einer halben Stunde die Vorhänge aufgezogen. Ich konnte sie kurz am Fenster sehen. Hab hier alles im Griff«, vermeldete er.

»Gut, danke. Pass auf, dass sie dir nicht entwischt. Folge ihr, wenn sie das Haus verlässt, klar?«, befahl Rico.

»Sicher, Chef. Wird gemacht«, bestätigte Krause.

Jan hatte Hannah und Niklas um kurz nach acht zur Vorsorgeuntersuchung zum Kinderarzt gebracht. Danach hatte er sich sofort auf den Weg ins Präsidium gemacht. Hannahs Mutter würde sie dort wieder abholen, ihre Tochter auf dem Rückweg in der Dimitroffstraße absetzen und mit Niklas nach Hause in die Schmutzlerstraße fahren.

»Vogt ist noch zu Hause. Grigoris Frist zur Geldübergabe läuft heute ab. Hat er ihn schon angerufen?«, meldete sich Rico.

Jan drehte die Musik leiser. *When the Levee Breaks* dröhnte aus den Lautsprechern. Eine mächtige Bluesrock-Walze von Led Zeppelin. Er wusste lange nicht, dass es sich bei diesem Song um ein Cover handelte. Das Original stammte von Kansas Joe McCoy und Memphis Minnie aus dem Jahr 1929 als Reaktion auf die Mississippiflut zwei Jahre zuvor, als die gewaltigen Wassermassen alle Dämme brechen ließen und große Flächen Ackerland zerstörten. Zahlreiche Menschen waren gezwungen, ihr Heim zu verlassen, um sich auf der Suche nach Unterkunft und Arbeit Richtung Mittlerer Westen zu orientieren.

»Er hat ihm eine Nachricht geschickt, dass er ihm Uhrzeit und Übergabeort noch mitteilen wird. Gigori wollte das zuvor mit uns absprechen«, antwortete Jan.

Rico teilte ihm mit, dass alle ihre Beobachtungsposten eingenommen hätten. Bisher wäre allerdings noch alles ruhig.

Jan rief Grigori an. »Hast du mit Vogt gesprochen?«

»Ja, hab gerade mit ihm Kontakt gehabt. Er sagte, dass die Versicherung die Bearbeitung des Vorganges noch nicht abgeschlossen hätte. Sie wären nicht bereit gewesen, ihm vorab eine Bestätigung der Versicherungsleistung zukommen zu lassen. Und ohne dieses Schriftstück würde ihm die Bank keinen Vorschuss gewähren«, berichtete Grigori.

»Hast du ihm Druck gemacht?«

»Sicher, aber er meinte vor Mitte nächster Woche wäre er nicht in der Lage, das Geld zu besorgen. Ich hab ihm gesagt, dass ich morgen eine Anzahlung über fünfzigtausend brauche, ansonsten würde Logan zum Hörer greifen und die Polizei anrufen.«

»Und wie hat er reagiert?«

»Er blieb erstaunlich ruhig. Hat dann gesagt, er würde versuchen, die Summe bis morgen Mittag aufzutreiben. Im Moment wären aber alle Kassen leer. Sowohl seine privaten, als auch die der Firma.«

»Okay, was hast du geantwortet?«

»Hab ihm gesagt, dass ich erst noch mit Logan reden müsste und mich dann wieder bei ihm melden würde.«

»Gut, warte noch mit dem Rückruf. Bin auf dem Weg ins Präsidium und werde mit den Kollegen beraten, wie wir weiter vorgehen wollen«, sagte Jan und beendete das Gespräch.

Als Hannah gegen Mittag zurück ins Präsidium kam, hatte sich noch nicht viel getan. Tino Vogt und Klara Peters hatten ihr Haus nicht verlassen. Irma Steffens war noch in ihrer Wohnung. Als Oberkommissar Jungmann im Flur vor ihrer Wohnungstür stand und klingelte, hatte sie nicht geöffnet. Daraufhin hatte er versucht, sie anzurufen, landete jedoch lediglich auf der Mobilbox. Das Architekturbüro Langhoff und Vogt war vorübergehend geschlossen. Oberkommissar Schuberth klopfte an und betrat das Büro der Mordkommission.

»Hallo zusammen, wir haben gerade eine interessante Entdeckung gemacht. Bevor dieses Video von Irma Steffens Handy hochgeladen wurde, gab es vorher bereits zwei Versuche, die aber danach sofort wieder gelöscht worden waren. Vermutlich hat der User versehentlich gleich zweimal hintereinander eine falsche Datei ins Netz gestellt«, berichtete er.

»Und was war da drauf?«, war Hannah neugierig.

»Keine Ahnung. Wir konnten lediglich herausfinden, dass zuvor zwei andere Dateien hochgeladen und sofort wieder gelöscht worden waren. Leider ist es unmöglich, diese Dateien zu öffnen. Dazu bräuchten wir das Handy«, erklärte Schuberth.

»Schätze, dass Irma Steffens diese Videos längst wieder gelöscht hat«, meinte Hannah.

»Egal, wir verfügen über die technischen Mittel, auf dem Handy gelöschte Dateien wiederherzustellen. Voraussetzung ist natürlich, dass die überhaupt existiert haben und noch auf der Festplatte gespeichert sind. Aber die meisten wissen nicht, wie sie ihre Daten auf dem Handy final löschen können. Die verschieben die Dateien in den Papierkorb und leeren den anschließend in dem festen Glauben, dass sie damit endgültig verschwunden sind. Ein weitverbreiteter Irrglaube«, wusste Schuberth.

»Also müssen wir versuchen, an dieses Handy zu kommen. Ohne richterlichen Beschluss wird das aber wohl nicht möglich sein. Und Oberdieck brauchen wir deswegen gar nicht erst zu fragen«, antwortete Hannah.

»Wollte euch nur informiert haben. Wie gesagt, wenn wir das Handy haben, können wir versuchen, die gelöschten Daten wieder herzustellen.«

»Super Arbeit, Kollege«, sagte Rico, der das Unheil in seinem Rücken noch nicht registriert hatte.

»Wer zum Teufel hat Neumanns Anwalt erzählt, dass der Angriff seines Klienten auf Langhoff harmlos war?«, keifte der Oberstaatsanwalt. »In der mir vorliegenden Akte mit den forensischen Untersuchungen der Gerichtsmedizin steht schwarz auf weiß, dass die Attacke mit dem Latthammer zwar nicht unmittelbar tödlich war, aber das Opfer später an den Folgen dieser schweren Verletzung verstorben sei. Ob da noch jemand nachgeholfen oder sich nicht um den verblutenden Mann gekümmert hat, ist unklar. Dieses verdammte Video ist jedenfalls kein Beweis. Wir wissen ja nicht mal, ob es echt ist.«

»Keine Ahnung. Von uns hat niemand mit Dr. Buchberger gesprochen«, zuckte Rico die Achseln.

»Ach nein? Wer denn dann? Die ominöse Gestalt auf diesem Video vielleicht? Wissen Sie eigentlich, was der Kerl gerade für einen Aufstand macht? Der will den Prozess für ungültig erklären lassen und verlangt die sofortige Freilassung seines Klienten. Es seien absichtlich Beweise zurückgehalten worden, die seinen Mandanten entlasten würden.«

»Entschuldigung, Herr Oberstaatsanwalt, so viel ich weiß, war es doch Dr. Buchberger, der seinem Klienten geraten hat, ein Geständnis abzuliefern und anschließend der Staatsanwaltschaft einen Deal vorzuschlagen«, wunderte sich Hannah.

»Den ich natürlich sofort akzeptiert habe, weil die Beweise für eine Mordanklage gefehlt haben. Neumanns Geständnis war schließlich die Voraussetzung für eine Anklage wegen Totschlags im Affekt. Ob Langhoff sofort nach Neumanns Attacke tot war, oder erst eine halbe Stunde später an deren Folgen verstorben war, ist in diesem Fall unerheblich. Jetzt hat der Anwalt das Video gesehen. Wieso zum Henker kursiert das Ding immer noch im Internet? Kann man den Mist nicht löschen?«

»Leider nein. Das kann nur der Betreiber der Plattform veranlassen, auf der das Video hochgeladen wurde«, erklärte Rico.

»Dann müssen wir den Typen eben dazu zwingen. Ich werde den Richter bitten, eine einstweilige Verfügung auszustellen«, polterte Oberdieck.

»Gegen einen Unbekannten im Darknet?«

»Da wird es ja wohl Mittel und Wege geben, den Kerl ausfindig zu machen.«

»Da finden Sie eher einen einarmigen Oktopus auf dem Grund des Marianengrabens«, seufzte Rico.

»Wenn die Presse von diesem Video erfährt, ist hier die Hölle los. Ab sofort herrscht Nachrichtensperre. Niemand redet über diesen Fall oder gibt einen Kommentar dazu ab, verstanden? Wer sich nicht daran hält, kann seine Sachen packen, klar? Und kommen Sie nicht auf die Idee, weiter im Trüben zu fischen. Die Sache ist erledigt. Der Täter ist gefasst, hat gestanden und ist rechtmäßig verurteilt worden. Da kann sich dieser Staranwalt auf den Kopf stellen. Tiger…, äh, Richter Wortmann wird den Teufel tun, und den Prozess nochmal neu aufrollen. Zumal die Verteidigung dem Urteil zugestimmt und auf Revision verzichtet hat. Also, absolute Funkstille. Wenn jemand Fragen stellt, tauchen Sie ab. Meinetwegen bis auf den Grund dieses verdammten Tiefseegrabens, klar?«, befahl der Oberstaatsanwalt, machte auf den Hacken kehrt und verschwand.

»Klar doch, Sie lästiges Maschinengewehr von Geistesblitzen«, rief ihm Rico halblaut hinterher.

»Was für ein Honk. Was machen wir denn jetzt?«, fragte Hannah.

»Weiter, was sonst?«, antwortete Jan und bemerkte im Augenwinkel, dass sein Handy blinkte.

»**Nein!!**«, rief er nur, als er das Gespräch entgegennahm. Er erschreckte sich fast über die Wucht, die er in dieses kurze, ablehnende Wort gelegt hatte.

»Schade, aber man sollte nie Nie sagen«, lachte Steven Goldblum. »Aber ich rufe dich nicht an, um dich zu überreden, nochmal für die CIA in den Ring zu steigen. Ich denke, Tom hat mittlerweile akzeptiert, dass du dich im Ruhestand befindest.«

»Klar, bis der nächste knifflige Fall ansteht, bei dem Langley nicht offiziell ermitteln darf«, seufzte Jan.

»Das wäre natürlich ein guter Grund«, frohlockte Steven. »Soll dich von Tom grüßen. Hab gestern mit Maynard gesprochen. Es gibt Ärger und zwar nicht zu knapp. Dieser Kerl von der Bundespolizei fährt das ganz große Besteck auf. Er hat erwirkt, dass Parramatta Haftbefehle ausgestellt hat. Die waren gestern bereits beim Devil. Er hat ihnen seine Winchester unter die Nase gehalten und geraten zu verschwinden. Robertson hatte daraufhin gedroht, mit Verstärkung zurückzukommen. Heute morgen sind dann Auslieferungsanträge für Jimmy Morisson und Johnny Henderson beim FBI eingegangen. Und ich hab erfahren, dass auch gegen Tom Ritter und dich ermittelt wird«, erklärte Steven.

»Hm, hab bisher nichts gehört. Hat dir der Devil erzählt, was passiert ist?«, fragte Jan.

»Sicher. Und ich kenne auch die ganze Vorgeschichte mit diesem Robertson. Ein äußerst unangenehmer Zeitgenosse, der es anscheinend zu seiner Lebensaufgabe gemacht hat, sich an Maynard zu rächen.«

»Ja, scheint fast so. Im Moment sitzt der Kerl am längeren Hebel. Am besten wäre es, wenn Johnny sofort von dort verschwinden würde und Maynard und Tokio für ein paar Wochen Urlaub in Wyoming machen würden. Was wirft uns Robertson eigentlich vor? Dass wir uns gegen Cartwrights Söldner zur Wehr gesetzt haben? Außerdem haben der Anführer der »Nachtwölfe«, Rafik

452

Merabet, und der Boss der »Comancheros«, Red Bill Rafferty, zugegeben, von Cartwright angeheuert worden zu sein.«

»Mehrfachen Mord. Robertson ist fest davon überzeugt, dass der Devil Cartwright und Gane erschossen hat. Er hält diesen Martinovic lediglich für ein Bauernopfer, dem der Devil die Beweise untergeschoben hätte. Zudem haben Robertsons Leute einen Obduktionsbericht in die Finger gekriegt, in dem offenbar steht, dass einigen der toten Söldner von hinten in Kopf und Rücken geschossen wurde. Es wurden Reifenspuren und Fußabdrücke sichergestellt, die Rückschlüsse auf die Täter schließen lassen. Und noch ein paar Dinge mehr. Das Übliche eben, wenn man nichts Konkretes in der Hand hat«, sagte Steven.

»Tja und jetzt? Werden wir ausgeliefert und in Sydney vor Gericht gestellt?«

»Eher nicht.«

»Wieso? Konntet ihr Einfluss auf die Sache nehmen?«

»Um Gottes Willen, nein. Natürlich nicht«, hob Steven scheinbar entrüstet die Stimme. »Die CIA wird sich doch nicht in die Angelegenheit der australischen Polizei einmischen«, log er. »Ach, wusstest du eigentlich, dass dieser Robertson eine Vorliebe für gewisse Pornoseiten im Internet hat? Die Behörden müssen wohl einen Tipp erhalten haben, dass er jede Menge Dateien mit widerlichem Schweinkram auf seinem Rechner hat.«

»Pornographie ist nicht strafbar, oder?«

»Kinderpornographie schon. Roberston ist scheinbar ein ausgemachter Pädophiler.«

»Woher zum Teufel weisst du das?«

»Letzte Nacht gab's 'ne Razzia in seiner Wohnung. Die haben seinen Rechner mitgenommen und ausgewertet. Robertson hatte ein paar hundert Fotos und Videos mit kinderpornographischem Inhalt gespeichert. Sollen echt harte Sachen dabei gewesen sein, nichts für zartbesaitete Seelen. Na ja, jedenfalls sitzt der Kerl seit ein paar

Stunden in Untersuchungshaft. Bin zwar kein Richter, aber Robertson wird wohl für ein paar Jahre niemanden mehr belästigen können«, seufzte Steven.

»Habt ihr die Informationen von Rollins?«

»Henry Rollins, dem Schauspieler und Rocksänger? Mit diesem riesigen Tattoo auf dem Rücken? So 'ne überdimensionale Sonne, stimmt's?«

»Stell dich nicht dämlich, Steven, nein, ich meine Sergeant Rollins, Ex-Marine und Ex-Security Mitarbeiter bei Cartwright and Sons.«

»Du weißt doch, dass wir unsere Quellen schützen müssen. Hab gehört, die Polizei in Crockwell hat jetzt einen neuen Sheriff? Soll ein harter Bursche sein, der sein Herz auf dem rechten Fleck trägt.«

»Stellvertretender Sheriff.«

»Na ja, egal. Ist auf jeden Fall ein guter Mann.«

»In der Tat, das ist er.«

»Wie geht's Hannah und Niklas?«, wechselte Steven das Thema.

»Gut, danke. Ist nicht ganz einfach für sie Mutter und Polizistin zu sein. Aber sie macht das ganz gut. Und wie sieht's bei dir aus?«

»Alles beim alten. Viel Arbeit. Da bleibt kaum Zeit für Privates. Ab und zu mal eine Schachpartie bei einem Gläschen Rotwein mit einer alten Freundin. Tja, daran wird sich wohl auch nichts mehr ändern. Du weißt, sie ist mit einem Senator verheiratet. Das alte Schlachtross wird sie erschießen, wenn sie ihn verlässt.«

»Hey, ist der Typ nicht schon weit in den Achtzigern?«

»Der wird bald neunzig. Er ist Jude. Der trinkt nicht, raucht nicht und ernährt sich koscher. Der lebt ewig.«

»Und sie?«

»Sie bringt's nicht übers Herz, den alten Nerd zu verlassen. Jeden Morgen um halb zehn frühstücken die beiden zusammen. Darauf besteht er. Ansonsten interessiert er sich nicht dafür, mit wem seine Frau ins Bett steigt. Solange das alles diskret geschieht, natürlich.«

»Tja, na dann. Danke für deine Hilfe. Hoffentlich hat der Devil jetzt Ruhe. Cartwright und Logan sind tot und dieser verdammte Robertson schmort im Knast.«

»Semper Fi, Jan. Wir sind die Brotherhood Of Warriors. Auch wenn ich eher ein lausiger Marine war.«

»Du *warst* kein Marine, Steven, du *bist* einer und zwar ein sehr guter.«

»Klar, was sonst? Also mein Lieber, grüß deine Familie. Wir hören uns.«

Sie zog vorsichtig die Gardine zur Seite und sah aus dem Fenster. Lächerlich, dachte sie und schüttelte den Kopf. Glaubten diese Einfaltspinsel tatsächlich, dass der Typ da draußem in seinem klapprigen alten Opel sie darin hindern könnte, zu tun, was getan werden musste? Und überhaupt, wie musste es um die Polizei bestellt sein, einen einzigen abgehalfterten Bullen in einem abgewrackten Oldtimer damit zu beauftragen, sie zu observieren? Okay, vielleicht war ja auch alles nur Tarnung. Unter dem verrosteten Blechkleid steckte wahrscheinlich ein nagelneuer Sechsliter-Achtzylinder mit Sechshundert Pferdestärken. Und der Kerl, der gerade mit fettigen Fingern ein komplettes MacDonalds Menue herunterschlang, war kein unterbezahlter, einfacher Polizeibeamter, sondern eine explosive Mischung aus Jason Statham und Chuck Norris. Sie würde ihn einfach nicht beachten. Solange ihr Wagen unten vor der Tür stände, das Licht in ihrer Wohnung brannte und sie das Haus nicht direkt vor seiner Nase verlassen würde, würde der Kerl keinen Alarm schlagen. Allerdings musste sie damit rechnen, dass auch Tino Vogts Haus unter Beobachtung stand. Aber das würde für sie kein ernsthaftes Problem darstellen. Sie war mehrfach bei ihm zu Hause gewesen und wusste deshalb genau wie sie ungesehen hinein- und wieder herauskäme. Ein Kinderspiel. Es sei denn, da würde eine ganze Armee von Bullen von morgens bis abends und sogar in der Nacht rund ums Haus Wache schieben. Aber nein, dafür fehlten Manpower und finanzielle Mittel. Ein Streifenwagen mit zwei Beamten pro Schicht. Mehr war nicht drin.

Sie würde sich bei einsetzender Dämmerung auf den Weg machen. Die Dunkelheit würde ihr zusätzlichen Schutz bieten. Außerdem wäre sie vor ungebetenen Besuchern sicher. Soviel sie wusste, hatte Vogt zurzeit keine feste Freundin. Der Kerl war notorisch untervögelt. Allerdings war er auch nicht der Typ Mann um den sich die Ladies rissen. Der eher unattraktive Mittvierziger war klein und schmächtig. Trotzdem quoll ein gut sichtbarer Rettungsring über seinen Hosengürtel. Sein schmales Gesicht wurde von einer lange dünnen Nase geteilt. Sein feines hellblondes Haar lies bereits einige kahlen Stellen durchschimmern. Er war blass und glattrasiert. Wenn man ihm näher kam, konnte man erkennen, dass auf seiner zarten Babyhaut kaum Bartstoppeln sprießten. Kurzum, Vogt war ein kleiner, hässlicher Milchreisbubi, der wahrscheinlich für Sex bezahlen musste. Natürlich hatte sie seine Blicke in ihrem Rücken gespürt wie er ihr auf den Arsch glotzte, wenn sie sein Büro verließ. Am liebsten hätte er ihr die Kleider vom Leib gerissen und sie auf seinem Ledersofa flachgelegt. Nur allzugern hätte er nur ein einziges Mal das getan, was sein Freund und Partner Robert Langhoff laufend getan hatte: Junge hübsche Frauen anbaggern, sie nach Hause abschleppen und ihnen das Hirn rausvögeln.

Doch im Moment hatte er ganz andere Probleme. Es ging schlichtweg um seine Existenz. Die Firma hatte erhebliche Schulden. Grund war die schlechte Auftragslage vor allem im Bereich der Einfamilienhäuser. Dazu kam, dass vielen Bauherrn aufgrund der enorm gestiegenen Preise im Materialbereich schlichtweg das

Geld ausgegangen war. Auf ihrem Schreibtisch stapelten sich mittlerweise die unbezahlten Rechnungen. Sie hatte Robert mehrfach darauf angesprochen, die Verluste der Firma auszugleichen. Doch der hatte nur mit den Schultern gezuckt und gemeint, dass Vogt mal langsam neue Aufträge reinholen sollte. Der würde sich ohnehin nur darauf ausruhen, dass er derjenige sei, der für Umsätze sorgen würde. Sie wusste natürlich, dass Robert damit recht hatte. Tino Vogt war ein guter Architekt, aber ein lausiger Geschäftsmann. Und das würde sich auch nicht mehr ändern. Jetzt versuchte er nach Roberts Tod zu retten, was längst zum Scheitern verurteilt war. Die Million aus Roberts Lebensversicherung würde die Firma zwar kurzfristig entschulden, aber auf lange Sicht würde sie lediglich ein Tropfen auf den heißen Stein bedeuten. Das Architekturbüro Langhoff und Vogt war ein Auslaufmodel, das dem Untergang geweiht war.

Deshalb hatte sie beschlossen die Million aus der Lebensversicherung nicht in einem Fass ohne Boden versickern zu lassen. Wenn Vogt tot wäre, wäre sie die einzige, die Zugang zu dem neuen Geschäftskonto hätte. Mit etwas Glück würde sie sogar noch die Kohle aus Vogts Lebensversicherung zu Gunsten der Firma kassieren. Zusammen mit den etwa sechs Millionen Euro auf Roberts GbR-Konto, auf das außer ihr niemand Zugriff hatte, würde sie innerhalb kürzester Zeit steinreich sein.

Doch jetzt galt es zunächst, den letzten Stolperstein aus dem Weg zu räumen. Sie sah auf die Uhr und warf anschließend einen Blick aus dem Küchenfenster. Der Typ stand nach wie vor auf der Straße vor ihrem Haus und wartete geduldig darauf, dass sie früher oder später ihre Wohnung verlassen würde. Allerdings würde er davon nichts bemerken. Und wenn er dann irgendwann doch Verdacht schöpfen und Alarm schlagen würde, wäre es vermutlich längst zu spät.

Sie lächelte zufrieden, öffnete den Kühlschrank, nahm eine angefangene Flasche Rosé heraus und schenkte sich ein halbes Glas voll ein. Sie trank einen Schluck, ging ins Schlafzimmer und zog sich um. Jeans, Sweatshirt und Laufschuhe. Sportlich, bequem und vor allem schwarz. Kleidung, die mit der Dunkelheit verschmolz. Auf der Flucht wäre es sicher von Vorteil, wenn sie nicht leuchten würde wie ein Glühwürmchen auf Paarungssuche. Ihre Tasche war bereits gepackt. Sie hängte sie um, setzte ihre schwarze Wollmütze auf, ging zurück in die Küche und leerte das Glas mit einem letzten Schluck. Sie atmete tief durch, nahm den Schlüssel vom Haken neben der Tür und machte sich auf den Weg. »Showtime«, flüsterte sie, als sie leise die Wohnungstür hinter sich zuzog.

Als Jan und Rico um kurz nach sieben in den Pappelhof in Abtnaundorf einbogen, kam ihnen ein Streifenwagen entgegen. Der stoppte und einer der Beamten drehte die Scheibe herunter.

»Bis jetzt war alles ruhig. Vogt war lediglich einmal zu sehen, als er den Müll herausbrachte. Hat uns kurz zugenickt und ist wieder ins Haus gegangen. Bis auf den Postboten war niemand bei ihm. Wir machen Schichtwechsel. Die Kollegen übernehmen bis Mitternacht. Die nächste Schicht wird morgen Früh um sechs abgelöst. Dann sind wir wieder am Start.«

»Danke, Gredig, schönen Feierabend«, sagte Jan und parkte den Wagen in Vogts Einfahrt.

Sie stiegen aus und klingelten. Es dauerte eine gefühlte Ewigkeit, bis der Architekt öffnete.

»Guten Abend, Herr Vogt, wir müssen dringend mit Ihnen reden. Dürfen wir reinkommen?«, fragte Jan.

»Was zum Teufel wollen Sie denn noch? Ich habe Ihnen doch bereits alles erzählt, was ich weiß. Und warum steht da draußen ein Streifenwagen vor meiner Tür? Was soll der Unsinn?«, regte er sich auf.

»Sollen wir das hier an der Haustür besprechen?«, fragte Jan.

»Äh, Entschuldigung. Nein, natürlich nicht«, beruhigte sich der Hausherr. »Bitte, kommen Sie, wir setzen uns in die Küche.«

»Wohnen Sie allein hier?«, wollte Rico wissen, der sich darüber wunderte, wie perfekt aufgeräumt und sauber die Küche war. Entweder war er der geborene Hausmann oder er benutzte seine Küche nicht.

»Ja, seit meiner Scheidung vor ein paar Jahren lebe ich allein. Sie wundern sich wahrscheinlich, warum hier alles aussieht wie aus dem Ei gepellt? Die Antwort ist, dass ich so gut wie nie zu Hause esse. Morgens reicht mir gewöhnlich 'ne Tasse Kaffee. Die trinke ich, wenn ich gegen neun ins Büro komme. Mittags bestellen wir uns was vom Lieferdienst und Abends gehe ich gelegentlich zum Italiener. Das bittere Los eines Singles eben«, erklärte Vogt.

»Verstehe«, nickte Jan.

»Ich würde Ihnen ja gern was anbieten, aber ich habe nur Tee oder Leitungswasser«, zuckte Vogt die Achseln.

»Danke, nein. Sie haben ausgesagt, dass Sie nach Ihrem Streit mit Robert Langhoff am Abend der Tat Ihr Büro nicht mehr verlassen hätten?«, begann Rico.

»Ja, das stimmt. Robert kam gegen Mitternacht zurück in die Firma. Wir haben in meinem Büro etwa eine Viertelstunde heftig gestritten. Es ging darum, dass er nicht bereit war, die Schulden der Firma zu begleichen. Ich hatte zu diesem Zeitpunkt bereits ein paar Glas Whiskey getrunken und Robert war extrem aufgewühlt. Es schien, als hätte er sich über irgendetwas geärgert. Er hatte sich zuvor mit potentiellen Geschäftspartnern getroffen, die ihn für irgendein Großprojekt als Statiker engagieren wollten.«

»Und was geschah, nachdem Herr Langhoff Ihr Büro verlassen hatte?«, fragte Jan.

»Na ja, ich war natürlich wütend, dass sich Robert erneut geweigert hatte, der Firma aus der Talsohle zu helfen. Eine halbe Million

Euro sind viel Geld. Ich hatte ihm angeboten, die Hälfte davon zu-
rückzuzahlen, sobald wir wieder mehr Aufträge hätten. Aber er
blieb stur. Er meinte, es wäre wohl für alle das Beste, wenn wir
den Laden dicht machen würden«, berichtete Vogt.

»Sind Sie ihm gefolgt, um ihn nochmal zur Rede zu stellen?«,
wollte Rico wissen.

»Nein, ich war froh, dass ich es gerade noch auf mein Sofa geschafft habe. Ich war ziemlich besoffen.« »Und dass, obwohl Sie
keinen Alkohol vertragen. Sie sollen angeblich allergisch sein?«,
erkundigte sich Jan.

»Aus diesem Grund hat mich die halbe Flasche Bourbon total gekillt. Ich trinke tatsächlich selten Alkohol. Dafür leider viel zu viel
Coca Cola. Dabei ist beides Gift für meinen Magen. Ich muss im
Handumdrehen eingenickt sein. Irgendwann gegen Mittag hat
mich Irma geweckt und mir erzählt, dass Robert tot aufgefunden
worden war. Mir war schlecht und mein Schädel brummte, als
wäre ich ungebremst gegen eine Litfaßsäule gelaufen. Mit schwarzem Kaffee und zwei Aspirin kehrte ich so langsam ins Leben zurück. Es hat 'ne Weile gedauert, bis mir klar wurde, was geschehen
war«, seufzte Vogt.

Jan schürzte die Lippen und sah seinem Gegenüber für einen Moment schweigend in die Augen. Er bemerkte, dass er damit Unbehagen bei ihm auslöste.

»Was?«, fragte Vogt scharf.

»Haben Sie das Video gesehen?«

»Nein. Welches Video?«

Jan nahm sein Handy, öffnete die Kamera-App, drückte die Play-
Taste und zeigte ihm die Aufnahme.

»Was zum Teufel…,verdammt, ist das Irma?«

»Sagen Sie's uns. Sie haben das Video schließlich aufgenommen.«

»Wie bitte? Wie kommen…?«

»Lassen Sie das, Vogt. Es gibt einen Zeugen und Sie wissen auch genau wer das ist, oder?«

»Hat Irma etwa behauptet, dass ich dieses Video gemacht habe?«

»Guter Versuch, hilft Ihnen aber nicht. Wir wissen nicht genau, ob es sich bei dieser Frau um Irma Steffens handelt. Aber *Sie* wissen, wer das ist. Und sie weiß, dass Sie der einzige Zeuge sind, der ihr noch einen Strich durch die Rechnung machen kann. Sie befinden sich in Lebensgefahr, Herr Vogt. Die Täterin wird nicht darauf warten wollen, bis Sie die Nerven verlieren und auspacken. Das ist jetzt Ihre letzte Chance, reinen Tisch zu machen. Danach könnne wir nicht mehr für Ihre Sicherheit garantieren. Außerdem ist uns zu Ohren gekommen, dass Sie erpresst werden. Glauben Sie mir, mit diesem Logan ist nicht zu spaßen. Ist ein harter Bursche, der keine Sekunde zögern wird, sie ans Messer zu liefern, wenn Sie ihm nicht das geben, was er will. Der hat überall seine Leute. Auch in Leipzig.«

Vogt wurde blass. Er begann zu schwitzen. Übernervös befingerte er den Schlüsselbund in der Hand. Er musterte Jan schweigend einen Moment, als wollte er in seinen Augen ablesen, ob er die Wahrheit sagte oder nur bluffte.

»Wie viel Schweigegeld hat Louis Gane von Ihnen gefordert? Hunderttausend? Zweihunderttausend? Wenn er von Langhoffs Lebensversicherung weiß, wahrscheinlich noch mehr, oder?«

»Unsinn«, keifte Vogt. »Ich habe mit dieser ganzen Sache nichts zu tun. Sollen doch Irma und dieser Logan erzählen, was sie wollen.«

»Glauben Sie allen Ernstes, Sie werden auch nur einen Cent von dem Geld sehen? Werden Sie nicht, dafür hat Ihre Komplizin längst gesorgt.«

»Ich denke, Sie sollten jetzt gehen. Sie haben nichts gegen mich in der Hand. Ich habe Robert weder umgebracht, noch war ich an der Tat beteiligt. Dieses Video beweist gar nichts. Wer weiß, ob es überhaupt echt ist. Und übrigens, Herr Kommissar, auch ich informiere mich täglich im Internet. Cartwright und Logan sind tot. Sie wurden letzte Woche in Sydney erschossen. Stand groß und breit in der *Blitz*. Sie können jetzt getrost Ihren Freund von der Russenmafia zurückpfeifen. Glauben Sie eigentlich, ich wäre dämlich? Dieser Grigori ist in Leipzig kein Unbekannter. Seine Verwicklung in die Drogengeschäfte seiner Freunde von der Russenmafia ging schließlich wochenlang durch die Medien.«

Jan atmete tief durch. Sie hatten Vogt offensichtlich unterschätzt. Doch er wusste, dass sie jetzt nicht locker lassen durften.

»Nein, Herr Vogt, wir halten Sie keineswegs für dumm. Aber Sie unterschätzen offensichtlich die Gefahr, in der Sie sich befinden. Und das wiederum ist im höchsten Maße fahrlässig. Die Frau, die Sie dazu gebracht hat, mit ihr gemeinsame Sache zu machen, wird versuchen, Sie zu beseitigen. Irma Steffens oder Klara Peters oder eine der anderen Frauen mit A? Wer ist *Sie*? Reden Sie, verdammt«, verlangte Jan.

»Frauen mit A?«, zog Vogt verwundert die Augenbrauen hoch.

»Sagen Sie nicht, dass Ihnen noch nicht aufgefallen ist, dass die Namen aller Frauen, die auf irgendeine Art und Weise mit Robert Langhoff in Verbindung standen, auf A enden?«

»Nein, aber jetzt wo Sie's erwähnen«, nickte Vogt.

»Und eine davon trachtet Ihnen nach dem Leben. Also, spucken Sie's endlich aus, bevor es für Sie zu spät sein wird.«

Jan konnte Vogt ansehen, dass er felsenfest davon überzeugt war, dass seine Partnerin ihn nie und nimmer hintergehen würde. Er weigerte sich, überhaupt nur in Betracht zu ziehen, dass sie ihn töten wollte.

»Womit hat sie Sie geködert? Mit Sex? Oder Liebe? Womöglich sogar mit Hochzeit, mit Familie und der Aussicht auf ein gemeinsames Leben? Oder hat sie Ihnen das Geld aus Langhoffs GbR-Konten versprochen, auf denen ein paar Millionen Euro liegen?

Dagegen wäre die Kohle aus seiner Lebensversicherung nur ein Tropfen auf den heißen Stein.«

Jan machte eine Pause, ohne den Architekten aus den Augen zu lassen. Dann wurde er deutlich.

»Ich sage Ihnen mal was, Vogt, nichts von alledem werden Sie bekommen. Sie wird Sie ebenso wie Ihren Freund und Geschäftspartner aus dem Weg räumen. Also zum letzten Mal: Wer ist diese Frau auf dem Video? Wer hat Robert Langhoff getötet?«

Tino Vogt zuckte mit den Schultern. »Ich denke, wir sind dann hier jetzt fertig, oder? Ich werde noch in aller Ruhe ein Gläschen Rotwein trinken und dann zu Bett gehen. Dieses Fernsehprogramm ist unterirdisch. Für diesen Mist sollten sie endlich die Gebühren abschaffen.«

»Sie machen einen Riesenfehler, wenn Sie dieser Frau vertrauen«, warnte Jan und stand auf. »Die Beamten bleiben zu Ihrem Schutz vor dem Haus. Gute Nacht, Herr Vogt.«

Sie spähte über das Treppengeländer im Flur nach unten, um sich zu vergewissern, dass gerade niemand nach oben kam. Alles ruhig. Dann nahm sie die Treppe hinauf in den dritten Stock und weiter bis nach oben auf den Dachboden. Die Tür zum Trockenboden war selten verschlossen. Sie öffnete die Tür, schlüpfte hindurch und zog sie leise hinter sich zu. Um diese Zeit würde sie hier oben niemanden mehr antreffen. Sie brauchte einen Moment, bis sich ihre Augen an das fahle Mondlicht, das durch die Dachluken schien und den Raum nur mäßig erhellte, gewöhnt hatte. Das Licht einzuschalten war keine Option. Es bestand die Gefahr, dass der Polizist unten vorm Haus aufmerksam wurde, wenn er zufällig einen Blick Richtung Dach werfen würde.

Der Dachboden diente als Trockenboden und war ein einziger großer Raum, der sich über die gesamte Hausfläche erstreckte. Sie bahnte sich einen Weg zwischen Bettlaken und Handtüchern hindurch bis zur Tür, die hinunter zum vordersten der insgsamt sechs Hauseingänge führte. Ihre Wohnung lag im zweiten Stock des vierten Eingangs.

Sie stieg im Dunkeln die Treppe hinunter. Eine Straßenlaterne warf gedämpftes, neongelbes Licht durch die Flurfenster, das ihren Schatten auf den weißen Wänden des Treppenhauses abbildete wie die Silhouette eines Scherenschnitts. Ihre schwarze Kleidung verschmolz unsichtbar mit der Dunkelheit.

Sie drückte vorsichtig die Haustür auf und lugte hinaus auf den Gehsteig. Nichts. Keine Menschenseele zu sehen. Der Polizist, der am Straßenrand vor ihrem Hauseingang stand und literweise Kaffee aus der Verschlusskappe einer Thermosflasche in sich hineinschüttete, konnte die ersten beiden Hauseingänge von seiner Position aus nicht einsehen. Dichte, eng verzweigte Laubbäume verdeckten ihm die Sicht. Sie hatte ihn dabei beobachtet, wie er sich vergewissert hatte, dass es keinen Hinterausgang gab. Was er jedoch nicht getan hatte, war, zu überprüfen, ob es nicht auch einen Weg aus einem anderen Hauseingang hinaus auf die Straße gab. Ein dummer Fehler, den sie gerade mit Kusshand zu ihrem Vorteil ausnutzte, während er vergeblich in seinem Wagen darauf wartete, dass sie das Licht löschte, die Wohnung verließ, aus der Haustür trat und in ihr Auto stieg.

Sie lief etwa achthundert Meter die Hauptstraße hinunter und bog dann rechts in eine kleine Nebenstraße ab. Am Ende der Straße befand sich in einem Wendehammer ein halbkreisförmig angeordneter Garagenkomplex. Bevor sie den Schlüssel in das Schloss der am äußeren rechten Rand liegenden Garage steckte, sah sie sich zu allen Seiten um, ob sie von jemanden beobachtet wurde. Als die Luft rein war, öffnete sie das Garagentor und schlüpfte hinein. Ihr Herz ging auf, als sie ihre alte Freundin erblickte. Sie streichelte fast zärtlich über den Tank der Suzuki Intruder 1400, die sie sich vor fünfzehn Jahren von ihrem ersten selbstverdienten Geld gebraucht gekauft hatte. Das gute Stück hatte bereits 1991 das Licht der Welt erblickt und war damit ein Jahr älter als sie selbst. 2006 hatte sie das Motorrad für knapp 3.000 Euro erworben und seitdem gepflegt und gehegt wie ihren Augapfel. Da sie nur in den Sommermonaten und bei gutem Wetter fuhr, zeigte der Tachometer gerade mal 24.750 Kilometer an. Die Leistung von vierundsechzig PS reichte vollkommen aus, um flott über die Landstraßen zu cruisen und sich den Fahrtwind um die Nase wehen zu lassen. Ein wunderbares Gefühl von Freiheit und Unabhängigkeit.

Doch heute Abend war sie lediglich Mittel zum Zweck. Sie musste sie sicher an ihren Zielort bringen und später zügig von dort zurück. Sie holte den Motorradhelm aus dem Regal, setzte ihn auf und schob die Maschine aus der Garage. Sie steckte den Zündschlüssel ins Schloss und trat den Kickstarter. Beim dritten Versuch sprang der Motor an.

Sie zog das Garagentor hinter sich zu, stieg auf, legte den ersten Gang ein, ließ die Kupplung kommen und drehte am Gasgriff. Die Suzi machte einen Satz nach vorn und beschleunigte zügig bis zum Ende der Straße, wo sie auf die Hauptstraße abbog. In einer knappen Viertelstunde hätte sie ihr Ziel erreicht.

Es war spät geworden. Jan wollte Rico gerade zu Hause absetzen, als sein Handy klingelte.

»Meine Kollegin und ich stehen vor dem Haus am Pappelhof. Wir haben gerade eine verdächtige Person beobachtet. Sah so aus, als hätte sie versucht, durch die Seitentür in die Garage zu gelangen. Als wir nachgesehen haben, war die Tür allerdings verschlossen und die Person verschwunden«, berichtete Polizeiobermeister Jurascheck.

»Okay, danke für die Meldung. Ist im Haus noch Licht?«, fragte Jan.

»Nein, und ansonsten scheint alles ruhig zu sein.«

»Und Sie sind sicher, dass jemand versucht hat, in die Garage einzudringen?«

»Ja, wir konnten allerdings nicht erkennen, ob es der Person gelungen war, die Tür zu öffnen. Merkwürdig nur, dass sie sich danach scheinbar in Luft aufgelöst hat.«

»Oder sie hatte einen Schlüssel. Unternehmen Sie nichts. Wir sind spätestens in zwanzig Minuten da«, befahl Jan.

»Verstanden«, bestätigte Jurascheck.

»Feierabend verschoben«, sagte Jan. »Wir müssen zurück zu Vogt. Da tut sich was.«

Rico blies die Backen auf und ließ frustriert die Luft entweichen.

»Meine Frau hat Kohlrouladen gemacht. Hab mich schon den ganzen Tag drauf gefreut«, seufzte er.

»Die schmecken morgen auch noch«, tröstete Jan seinen Chef.

»Ja, aber aufgewärmt sind die nicht mal halb so lecker«, schimpfte Rico und stieg in den Wagen.

Fünfzehn Minuten später bogen sie vom Gontardweg in den Pappelhof ein. Polizeiobermeister Jurascheck wartete bereits auf sie.

»Meine Kollegin und ich haben uns in der näheren Umgebung umgesehen. Wir sind niemandem begegnet. Wir vermuten, dass die Person durch die Garage ins Haus gelangt ist.«

»Könnte das nicht vielleicht auch Vogt gewesen sein?«, fragte Jan.

»Nee, denke eher nicht. Wir haben zwar nur die Umrisse einer dunklen Gestalt gesehen, die erschien allerdings kleiner und schmächtiger als Vogt gewesen zu sein.«

»Gut«, nickte Jan, ging hinüber zum Haus und drückte den Klingelknopf. Nichts. Die Klingel war abgestellt. Er klopfte an die Tür und rief nach Tino Vogt. Keine Reaktion. Er zog das Handy aus der Tasche und wählte Vogts Nummer. Keine Antwort.

»Sie bleiben vorm Haus und melden sich sofort, wenn sich was tut. Wir versuchen auf der Rückseite in den Garten zu gelangen«, wies Jan den Kollegen an.

Jan und Rico beeilten sich. Sie liefen um den Block von Reihenhäusern herum und gelangten auf einem schmalen Gehweg an die Rückseite des Grundstücks. Die Nacht war sternenklar. Es war für die Jahreszeit noch ungewöhnlich warm und der Dreiviertelmond tauchte den Garten und das Haus in ein angenehm gelbes Schummerlicht.

Vogts Garten war mit zwei Meter hohen Holzelementen umgeben. Dahinter ragte eine noch höhere Buchenhecke in den sternenklaren Nachthimmel. Jan entdeckte am Ende des Zauns eine schmale, unauffällige Holztür. Verschlossen.

»Tja, da hilft wohl alles nichts«, seufzte er, hangelte sich mit Mühe über den Zaun und fiel auf der anderen Seite in die dichte Hecke. Fluchend rappelte er sich auf, bog mühevoll die Zweige auseinander und kroch auf allen Vieren aus dem dichten Grün hervor auf eine kurzgemähte Rasenfläche. Er stand auf, klopfte sich das Grünzeug von Jacke und Hose und öffnete das Gartentor, das von innen mit einem Haken gesichert war.

Rico trat mit einem Grinsen ein. »Das ging auch schon mal eleganter. Na ja, man wird eben nicht jünger.«

»Das nächste mal bis du dran, dann lache ich«, nörgelte Jan.

»Mit meinen lädierten Bandscheiben? Unmöglich. Bin froh, wenn ich morgens aus dem Bett komme.«

»Fällt dir was auf?«, fragte Jan.

»Ja, es gibt Bewegungsmelder, aber kein Licht.«

»Stimmt. Bis auf das Fenster im ersten Stock.«

Die Jalousie war zwar heruntergefahren, aber es schimmerte schwach gedämpftes Licht durch die Ritzen.

Plötzlich vernahmen die beiden ein Geräusch. Es klang, als wollte jemand mit Gewalt eine Tür aufstoßen, die sich verkeilt hatte und sich widerspenstig dagegen sperrte, geöffnet zu werden.

»Da vorn. Das kommt unten von der Kellertreppe«, identifizierte Rico die Herkunft. Er zog die Pistole aus dem Brusthalfter und wollte sich gerade in Bewegung setzen, als Jan seinen Arm packte und ihn zurückhielt.

»Lass mich das machen«, meinte er.

»Aha und wenn der Typ 'ne Knarre hat? Womit willst du dich verteidigen? Wirfst du ihm die Autoschlüssel an den Kopf?«, spielte Rico auf die Tatsache an, dass Jan mal wieder unbewaffnet seinen Dienst versah.

»Bleib dicht hinter mir und gib mir Feuerschutz«, sagte Jan und schlich Richtung Kellertreppe. Im fahlen Mondlicht bemerkte er eine Gestalt, die gerade versuchte, die schwere Metalltür aufzustemmen.

Er gab Rico ein Zeichen, dass er stehenbleiben und keinen Mucks von sich geben sollte.

Der nickte, behielt aber seine Waffe im Anschlag.

Jan atmete tief ein, nahm zwei Treppenstufen auf einmal und stürzte sich von hinten auf die Gestalt. Mit der ungeheuren Wucht von beinahe zweieinhalb Zentnern riss Jan die Person zu Boden und begrub sie unter seinem massigen Körper.

Er sprang auf und zerrte seinen Gegner am Jackenkragen hoch auf die Beine.

«Hey, was soll denn das? Sind Sie verrückt geworden?«, rief eine entsetzte Frauenstimme.

Jan zog ihr die Kapuze vom Kopf. »Sie? Verdammt, was machen Sie denn hier?«, war er überrascht. »Ich hatte eigentlich…«

»Klar und damit liegen Sie verdammt richtig. Ich bin ihr gefolgt. Sie ist im Haus. Sie will ihn töten«, sagte sie und stöhnte vor Schmerzen.

Jan brauchte einen Moment, um einzuschätzen, was er da gerade gehört hatte.

»Okay, ich gehe rein. Rico, du kümmerst dich um sie. Lass sie nicht aus den Augen, klar?«

»Die Tür klemmt, ist aber nicht verschlossen. Passen Sie auf, sie ist bewaffnet und wird nicht zögern, Sie zu erschießen«, warnte sie.

Jan wuchtete seine mächtige Schulter gegen die Metalltür, die knarrend nachgab, und verschaffte sich Einlass zum Kellerflur.

Sie hatte freie Fahrt. Um kurz nach neun Uhr abends war kaum noch Betrieb auf den Straßen raus nach Abtnaundorf. Die Suzi holperte langsam und unauffällig über das Kopfsteinpflaster der Ossietzkystraße und bog am Ende auf die Mockauer Straße ab. Sie war froh, dass es nicht regnete. Sie erinnerte sich noch gut an den Unfall vor zwei Jahren, als ein schwarzer BMW aus einer Seitenstraße geschossen kam und ihr die Vorfahrt genommen hatte. Bei der anschließenden Vollbremsung verloren die Räder auf den spiegelglatten Pflastersteinen die Bodenhaftung. Wäre sie nicht rechtzeitig abgesprungen, wäre sie mit ihrer Maschine unter einen entgegenkommenden PKW gerutscht. Sie kam mit dem Schrecken davon und die Schäden am Motorrad konnten behoben werden. Seitdem vermied sie es, bei schlechtem Wetter diese Straße zu benutzen. Auf der Mockauer Straße passte sie ihr Tempo der Ampelschaltung an und erreichte, auf der grünen Welle schwebend, die Friedrichshafener Straße ohne Ampelstopp.

Sie bog in den Kleeweg ab, drosselte das Tempo und wechselte in den Gontardweg. Kurz vor der Abbiegung zum Pappelhof stoppte sie und stellte das Mottorrad in einer Parkbucht am Straßenrand ab. Die letzten Meter würde sie zu Fuß absolvieren.

Vorsichtig näherte sie sich ihrem Ziel. Vor dem Haus wachte ein Polizeiwagen mit zwei Beamten besetzt. Jetzt galt es, ins Haus zu gelangen, ohne dass die Polizisten sie bemerken würden. Allerdings würde das nicht einfach werden, denn sie würde das Sichtfeld der Beamten passieren müssen, um den Seiteneingang der Garage zu erreichen. Und genau in diesem Bereich leuchtete eine Laterne die Straße beinahe taghell aus. Dieses Nadelöhr würde sie nicht umgehen können.

Sie wartete einen Moment, holte tief Luft und lief leichtfüßig die fünfzig Meter hinüber zur Garage, ohne zu den Beamten hinüberzusehen. Sie fingerte den Schlüssel aus der Hosentasche, schloss auf und verschwand hinter der Tür in der dunklen Garage. Die Schlüssel fürs Haus und die Garage hatte sie einige Tage zuvor von Tino Vogts Schreibtisch stiebitzt, als der gerade auf dem Weg zu einer Baustelle war. Sie war umgehend in die Stadt gefahren und hatte die Schlüssel bei einem Schlüsseldienst nachmachen lassen. Allerdings hatte sie das neben ihren Überredungskünsten hundert Euro extra gekostet. Der Inhaber war von Rechtswegen verpflichtet, die Schlüssel und den Kunden zu registrieren. Er tat es nicht.

Leise öffnete sie die Zwischentür zur Küche und spähte hinein. Nichts. Nur Dunkelheit und Stille. Sie zog die Tür hinter sich zu und schlich weiter in den Flur. Sie vergewisserte sich, dass sich weder im Wohnzimmer noch im angrenzenden Essbereich jemand aufhielt. Auch hier war alles ruhig. Vorsichtig stieg sie die Holztreppe hinauf. Obwohl sie eher ein Leichtgewicht war, knarzte das Gebälk bei jedem Schritt. Sie trat weiter außen auf die Stufen, um die Geräusche zu dämpfen. Mit Erfolg.

Der Flur im Obergeschoss war ebenfalls unbeleuchtet. Sie war zwar schon einige Male in diesem Haus gewesen, aber nie in der oberen Etage. Sie hielt einen Moment inne und lauschte aufmerksam in die Dunkelheit. Nichts. Als sich ihre Augen an die Finsternis gewöhnt hatten, bemerkte sie schließlich ein schwaches Lichtband, das unter einem Türspalt am Ende des Ganges hervorlugte.

Daneben am Kopfende des Flurs befand sich eine Tür aus Milchglas, auf der in dicken silbernen Lettern *Bad* zu lesen war. Wie in Reihenhäusern üblich, befand sich das Schlafzimmer direkt daneben. Womöglich gab es sogar noch eine direkte Verbindung zwischen den beiden Räumen.

Sie blickte auf ihr Handy. Wenn die Polizisten sie gesehen hatten, würde womöglich gleich die Verstärkung eintreffen. Ihr blieb nicht mehr viel Zeit. Sie holte tief Luft, atmete lang aus, und tastete nochmal nach dem Filetiermesser, das in ihrem Hosenbund steckte. Dann drückte sie vorsichtig die Türklinke herunter und betrat das Zimmer.

Tino Vogt saß im Bett, hatte drahtlose Kopfhörer auf und blinzelte mit gesenktem Kopf angestrengt auf sein Macbook. Das Licht der Nachttischlampe erhellte das Zimmer nur mäßig. Er war dermaßen vertieft in seine Arbeit, dass er das Unheil nicht kommen sah.

Sie schloss die Tür. »Guten Abend, Tino« rief sie laut und deutlich.

Vogt erschrak, sein Laptop rutschte von den Knien und krachte auf den Teppichboden neben dem Bett.

»Du? Verdammt, was machst du denn hier?«, fuhr ihm der Schreck in die Glieder.

Sie lächelte. »Hey, warum so nervös? Freust du dich denn gar nicht?«

»Äh, ja schon, aber wie zum Teufel bist du hier reingekommen?«, wunderte er sich.

»Ich wollte erst klingeln, aber dann hab ich die Bullen vor dem Haus gesehen. Da dachte ich mir, es wäre besser, wenn die mich hier nicht sehen würden. Hast du eine Ahnung, was die von dir wollen?«

»Nicht wirklich«, zuckte er mit den Schultern. »Die glauben wahrscheinlich, dass ich denen erzählen werde, was tatsächlich in der Tatnacht geschehen ist.«

»Und? Wirst du?«

»Nein, verdammt. Wieso sollte ich? Wir haben einen Deal. Daran halte ich mich.«

»Ist das so?«

»Ja, natürlich. Was denn sonst? Was soll das? Warum stattest du mir so spät am Abend diesen Überraschungsbesuch ab? Zweifelst du etwa an meiner Loyalität?«

»Tja, man kann nie wissen, wollte mich nur noch mal vergewissern, dass alles in Ordnung ist:«

Sie zog Schuhe, Sweatshirt und Hose aus, griff unauffäliig nach dem Messer, verbarg es hinter dem Rücken, und setzte sich aufs Bett. Ihr Blick fiel auf einen Revolver, der in Reichweite auf dem Nachtschrank lag. Hatte er etwa mit ihrem Besuch gerechnet? Wohl kaum, dachte sie, sonst hätte er wahrscheinlich bereits nach der Waffe gegriffen.

»Was soll das werden?«, wurde Tino Vogt unruhig.

»Entspann dich, Tino. Hast du das nicht immer gewollt?«, fragte sie, riss die Bettdecke zur Seite und warf sich auf ihn. »Wir müssen doch jetzt zusammenhalten«, flüsterte sie ihm ins Ohr.

Sie küsste ihn und rieb ihr Becken fordernd an seinem Unterleib. Sie spürte seine Erregung. Schwer atmend drückte er sie fest an sich und versuchte, ihren Slip auszuziehen.

Sie drückte seine Hand beiseite und entzog sich geschickt seinem Begehren. Er ließ nicht nach, wollte jetzt alles. Sie wartete noch einen Moment, bis er kurz davor war, endgültig die Kontrolle zu verlieren. Dann ließ sie ihn gewähren.

Vogt stöhnte und keuchte wie von Sinnen. Er wähnte sich endgültig am Ziel seiner Wünsche.

Sie griff nach dem Fileatiermesser. Sie wusste genau, was zu tun war. Ein kleiner Schnitt an der richtigen Stelle, kaum spürbar, aber ungemein effektiv. Sie öffnete etwa drei Viertel der Arteria Femoralis exakt in der Höhe des Leistenbandes. In seiner Erregung verspürte Vogt keinen Schmerz. Sie wusste aus Erfahrung, dass sie die Oberschenkelarterie nicht vollständig durchtrennen durfte. Das hatte sie auf dem Schlachthof ihrer Eltern gelernt. Denn in diesem Fall würde sich die Arterie möglicherweise zusammenrollen und wieder verschließen. Schließlich stimmte die Anatomie von Schweinen und Menschen zu 95 Prozent überein. Die Beschaffenheit der Organe eines Schweins und deren Funktionen glichen sogar weitgehend jenen der Menschen.

Vogt war in Ekstase. Er keuchte, stöhnte und schwitzte. Als er kurz vor seinem Ziel war, hob sie plötzlich ihr Becken und rollte sich seitlich ab. Er riss entsetzt die Augen auf und versuchte sie festzuhalten. Doch sein Griff hatte bereits an Kraft verloren. Die aufgeschlitzte Oberschenkelarterie blutete stark. Pro Minute verlor das Opfer etwa einen halben Liter Blut und Vogt hatte zu diesem Zeitpunkt schon mindestens zwei Liter verloren.

Das Bett schwamm bereits in einer roten warmen Suppe, die an den Laken heruntertropfte. Vogt hob den Kopf und starrte an sich hinunter. Er stieß einen undefinierbaren Schrei des Entsetzens aus. Sie sprang auf, blickte ihm in die Augen, zuckte gleichgültig mit den Schultern und wischte seelenruhig das rasiermesserscharfe Filetiermesser an der Bettdecke ab.

Vogt versuchte sich verzweifelt aufzurichten, doch er war bereits zu schwach dazu.

»Hilf mir. Bitte…«, wimmerte er.

Er atmete nochmal tief ein, dann verlor er das Bewusstsein.

Jan suchte nach dem Lichtschalter, fand ihn aber nicht. Egal, er zückte sein Handy, wählte den Taschenlampenmodus und stieg im Halbdunkeln vorsichtig die schmale Betontreppe hinauf. Die Tür zum Hausflur war unverschlossen. Im Untergeschoss war alles dunkel und ruhig. Er blieb stehen und lauschte. Nichts. Dann nahm er die Holztreppe hinauf in den ersten Stock. Unter dem Gewicht von beinahe zweieinhalb Zentnern bogen sich die Stufen. Sie knarrten und knackten wie die morschen Holzplanken von Captain Ahabs Walfänger Peqoud im Sturm. Oben angekommen fiel ihm sofort das Licht auf, das aus der halboffenen Tür am Ende des Ganges schien und den Flur in eine mattgelbe Farbe tauchte. Er versuchte auf leisen Sohlen über den Teppichboden zu schleichen, doch die Holzbohlen darunter wehrten sich vehement gegen diese ungewohnte Belastung. Für einen kurzen Moment zog er in Erwägung, auf Rico zu warten, bevor er den Raum betrat. Wenn sie dort mit einer geladenen Pistole auf ihn wartete, wäre er erledigt. Vielleicht sollte er in Zukunft doch seine Dienstwaffe tragen und sie nicht in der untersten Schublade seines Schreibtisches verrotten lassen.

Vorsichtig pirschte er sich vor bis zur Tür. Er blieb stehen. »Polizei, kommen Sie langsam mit erhobenen Händen heraus«, rief er in den Raum.

Keine Antwort.

Er zögerte. Dann blinzelte er vorsichtig um die Ecke. Auf dem Bett lag eine reglose Person. Ansonsten war niemand im Zimmer.

»Oh verdammt«, rief er entsetzt, als er sah, dass Tino Vogt in einer riesigen Blutlache schwamm. Er bewegte sich nicht mehr. Jan stürzte zu ihm und fühlte seinen Puls. Schwach, aber vorhanden. Noch.

Als er gerade den Notruf absetzen wollte, ertönte in seinem Rücken ein fürchterlicher Schrei.

»Oh, mein Gott«, schrie sie und starrte auf das blutverschmierte Bett. »Ist er tot?«

»Nein, aber was zum Teufel machen Sie hier? Sie sollten unten warten. Wo ist mein Kollege?«, wollte Jan wissen.

»Hier«, antwortete Rico, der im Türrahmen stand. »Sie ist mir entwischt.«

Plötzlich vernahmen sie ein lautes Geräusch. Es hörte sich an als wenn der Luftzug ein Fenster zugeschlagen hätte.

»Das kommt aus dem Bad«, rief Rico und riss mit vorgehaltener Waffe die Tür auf. Das Fenster war offen und taumelte im Wind. Rico spähte vorsichtig nach unten und sah gerade noch, wie eine dunkel gekleidete Person vom Garagendach unterhalb des Badezimmers auf die Straße sprang und weglief.

»Klara Peters?«, fragte Jan.

»Keine Ahnung. Ich konnte nur die Umrisse einer Person erkennen. Klein und schmächtig würde ich behaupten. Sah fast aus wie ein Kind«, meinte Rico.

»Natürlich. Wer denn sonst? War doch klar, dass sie versuchen würde, Tino Vogt auszuschalten. Er war kurz davor reinen Tisch zu machen. Sie wusste das und musste handeln«, sagte Irma Steffens.

»Wieso waren *Sie* überhaupt hier?«, wollte Rico wissen.

»Ich habe Klara beobachtet. Bin ihr auf Schritt und Tritt gefolgt. Die Polizei hat mir ja nicht geglaubt, also habe ich versucht, Beweise zu finden, dass Klara Robert ermordet hat.«

»Und? Haben Sie?«

»Nein. Und wenn Tino stirbt, hat sie gewonnen. Warum zum Henker haben Sie nicht besser auf ihn aufgepasst? War doch klar, was sie im Schilde führte.«

Zehn Minuten später kam der Krankenwagen. Die Sanitäter stoppten das auslaufende Blut mit Kompressen, spritzten Adrenalin und wickelten Tino Vogt in wärmende Aluminiumfolie. Als sie ihn nach unten trugen, erkundigte sich Jan in welches Krankenhaus sie ihn bringen würden.

»Uniklinik. Geht am schnellsten. Jede Minute zählt«, antwortete einer der Sanitäter.

»Ich fahre mit«, rief Irma.

»Sind Sie mit ihm verwandt?«, fragte die Notärztin.

»Äh, nein, ich bin eine Mitarbeiterin…«

»Tut mir leid. Geht nicht. Sie können sich später in der Klinik nach ihm erkundigen«, antwortete die Ärztin und folgte den Sanitätern die Treppe hinunter.

Kurz darauf traf Josie mit ihren Kollegen von der Spurensicherung ein.

»Was für eine gottverdammte Sauerei? Hätte sie ihn nicht einfach erschießen können?«, seufzte Josie.

»Hat sie nicht?«, fragte Rico.

»Nein, sie hat ihn aufgeschlitzt und wie ein abgestochenes Stück Vieh auf dem Schlachthof ausbluten lassen.«

»Und das weißt du, ohne dir den Mann angesehen zu haben?«

»Hab unten noch kurz mit der Kollegin gesprochen. Vogt wurde die Oberschenkelarterie durchtrennt. Der Blutmenge auf dem Bett nach zu urteilen. hat er mindestens drei bis vier Liter verloren. Glaube kaum, dass er es schaffen wird.«

»Verdammte Scheiße«, fluchte Jan und griff zum Handy.

»Sag mal Kollege, pennst du oder hast du Tomaten auf den Augen«, herrschte er Jungmann an.

»Was? Wieso?«, stammelte der Oberkommissar.

»Klara Peters hat gerade Tino Vogt ermordet.«

»Unmöglich. Sie ist zu Hause. In ihrer Wohnung brennt Licht. Sie hat das Haus nicht verlassen und ihr Wagen steht auf der Straße.«

»Sicher?«

»Ja, ganz sicher. Ihr müsst euch irren. Oder habt ihr sie gesehen?«

»Nein, aber Irma Steffens ist ihr angeblich zum Tatort gefolgt.«

»Hm, na gut. Ich sehe mal nach. Melde mich gleich zurück«, sagte Jungmann.

»Sei vorsichtig. Sie ist mit Sicherheit bewaffnet«, warnte Jan.

»Jungmann sagt, Klara Peters wäre zu Hause. Er überprüft das gerade«, wandte er sich an Rico.

»Okay, wenn sie ihm entwischt ist, schreiben wir sie sofort zur Fahndung aus«, antwortete Rico.

Jans Blick fiel auf den Nachtschrank. Er zuckte zusammen. Der Revolver war weg.

»Äh, Moment mal. Wo zum Teufel ist Irma?«, wunderte er sich.

»Keine Ahnung. Schon runtergegangen, glaube ich.«

»Nee, ne? Wenn die uns jetzt auch noch mit Vogts Revolver entwischt ist, werde ich wahnsinnig. Komm, wir müssen los. Sofort.«

»Wohin?«

»Zuerst ins Krankenhaus und dann nach den beiden Frauen suchen.«

Auf dem Weg zum Wagen fing sie Polizeiobermeister Jurascheck ab.

»Wir haben uns sofort gemeldet, als wir die Person an der Garage entdeckt hatten. Wir hätten sofort eingreifen müssen. Jetzt ist der Mann tot«, meinte er sichtlich geknickt.

»Nein, Kollege, Sie haben genau das Richtige getan«, beruhigte ihn Jan.

»Nun ja, mit der jungen Kollegin im Schlepptau wollte ich kein Risiko eingehen«, zuckte Jurascheck die Achseln.

»Ach, haben Sie vielleicht die junge Frau gesehen, die vor ein paar Minuten aus dem Haus gekommen ist?«

»Äh, ja, gehörte die nicht zu Ihnen?«

»Nee, das war Irma Steffens, eine Mitarbeiterin des Opfers.«

»Verdammt, hat sie etwa…?«

»Nein nein, aber sie war der Täterin gefolgt. Wir haben sie hinten im Garten angetroffen, als sie sich Zugang zum Haus verschaffen wollte. Offenbar wollte sie Vogt helfen. Ist aber vor ein paar Minuten einfach verschwunden.«

Die Waffe erwähnte er nicht.

»Ja, sie stand am Krankenwagen und hat mit der Ärztin gesprochen. Danach ist sie Richtung Mockauer Straße gegangen, glaube ich. Hätten wir sie aufhalten sollen?«

»Nein«, schüttelte Jan den Kopf. »Sie haben alles richtig gemacht. Machen Sie Feierabend. Danke für Ihre Unterstützung.«

»Ist bestimmt ins Krankenhaus gefahren«, glaubte Rico.

»Fragt sich nur, was sie mit dem Revolver vorhat?«

»Nichts Gutes, befürchte ich.«

Jans Handy klingelte. Jungmann war dran.

»Die Haustür zum Treppenhaus war verschlossen. Ich hab unten vor der Tür Sturm geklingelt. Keine Reaktion«, sagte er.

»Nee, natürlich nicht. Sie hat vor etwa einer Dreiviertelstunde Tino Vogt in seinem Haus am Pappelhof ermordet«, antwortete Jan.

»Wohl kaum. Als ich zurück zum Wagen ging, stand sie oben am Fenster und sah hinunter auf die Straße.«

»Unmöglich. Bist du sicher, dass diese Frau Klara Peters war?«

»Moment. Seht euch die Aufnahme an. Ich hab sie bereits vergrößert.«

Jans Handy meldete den Eingang einer WhatsApp-Nachricht.

Er dauerte einen Moment, bis sich das Foto aufgebaut hatte. Er warf einen Blick drauf und zeigte es Rico.

»Klara Peters, oder?«

»Zweifellos. Verdammt, das kann doch nicht sein«, seufzte Jan.

»Ich glaube, ich werde wahnsinnig. Wer zum Henker hat denn dann Tino Vogt umgebracht?«

»Vielleicht wollte Irma Steffens ja gar nicht ins Haus, sondern wollte es gerade durch den Kellereingang verlassen?«

»Und wer war dann die Person, die aus dem Badezimmerfenster auf das Garagendach gesprungen ist? Du hast sie doch selbst gesehen.«

»Na ja, erkennen konnte ich nur die Konturen einer dunkel gekleideten Gestalt. Das kann im Grunde jeder gewesen sein«, zuckte Rico die Schultern.

»Ja, aber mit hoher Wahrscheinlichkeit hat diese Person Vogt umgebracht und nicht Irma Steffens.«

»Vielleicht waren die zu zweit«, vermutete Rico.

»Klar, im Moment ist leider wieder alles möglich. Gut, fahren wir ins Krankenhaus.«, sagte Jan.

Er rief Jungmann zurück und bat ihn, die Stellung zu halten. Er erzählte ihm, dass Irma Steffens eine Waffe besaß und womöglich vorhatte, Klara Peters damit zu töten.

»Wenn du sie siehst, musst du sie stoppen. Wir schicken Verstärkung.«

»Sollte kein großes Problem sein. Meine Pistole liegt geladen im Handschuhfach. Wenn die hier aufkreuzt, kassiere ich sie ein. Darauf kannst du dich verlassen.«

Jan schätzte Jungmann als erfahrenen Kollegen, der durchaus in der Lage war, hart durchzugreifen, wenn es die Umstände erforderten.

»Okay, ruf mich sofort an, wenn sich bei dir was tut.«

»Verstanden«, bestätigte der Oberkommissar.

Ein halbe Stunde später betraten sie die Uniklinik und nahmen den Fahrstuhl hoch zur Chirurgie. Auf der Station kam ihnen eine Krankenschwester entgegen. Rico Steding wies sich aus und fragte nach Tino Vogt.

»Bitte warten Sie hier. Ich werde sehen, dass ich den Oberarzt erreiche. Möglich, dass er noch im OP ist«, vermutete sie.

»Können Sie mir vielleicht sagen, wie es Herrn Vogt geht?«, bat Rico.

»Nein, das weiß ich leider nicht. Das habe ich Ihren beiden Kolleginnen aber auch schon mitgeteilt.«

»Äh, Moment. Welchen Kolleginnen?«

»Sind vor etwa zehn Minuten wieder gegangen, nachdem sie mit dem Oberarzt Dr. Ebersbach gesprochen hatten.«

»Haben sich die Frauen ausgewiesen?«

»Nicht bei mir.«

»Okay, können Sie die beiden beschreiben?«

Die Krankenschwester nickte. »Äh, ja natürlich. Waren wie Sie zivil gekleidet. Eine der beiden war etwa Mitte vierzig, die andere erheblich jünger. Wirkten fast wie Mutter und Tochter. Wieso, stimmt was nicht?«

»Doch doch, da klappte wohl in der Hektik die Kommunikation nicht. Danke, Schwester, wir warten hier. Bitte sagen Sie das dem Doktor«, bat Rico.

»Verdammt, wer waren die denn? Irma Steffens vielleicht die eine, aber wer zum Geier war die andere Frau? Was ist hier eigentlich los? Ich hab gerade das Gefühl, als würde uns jemand komplett verarschen«, schüttelte Jan genervt den Kopf.

Sie schwang sich auf das Motorrad und gab ihrer Suzi die Sporen. In nicht mal zehn Minuten war sie über den Gontardweg und die Ossietzky-Straße halsbrecherisch zurück in die Paul-Heyse-Straße gerast. Die Straßen waren um halb Elf Uhr abends kaum befahren. Sie hatte freie Bahn. Dass sie zwei rote Ampeln einfach ignoriert hatte, blieb unbemerkt. Sie wusste, dass es an diesen Stellen keine Überwachungskameras gab. Kurz vor ihrem Wohnblock bog sie in die Sackgasse zur Garage ab, stellte das Motorrad hinein und kehrte in Windeseile auf dem gleichen Weg zurück in ihre Wohnung, auf dem sie sie vor etwa einer Stunde unbemerkt verlassen hatte. Sie war schnell gewesen, verdammt schnell sogar. Zu schnell, um in den Verdacht zu geraten, eine Viertelstunde zuvor und fünf Kilometer entfernt einen Menschen ermordet zu haben.

Der Polizist, der bereits seit dem frühen Morgen im Wagen vor der Haustür ausgeharrt hatte, starrte aufmerksam hinauf zum Küchenfenster. Sie sah solange zu ihm hinunter, bis sie sicher war, dass er sie entdeckt hatte. Als er zu seinem Handy griff, grinste sie zufrieden und zog die Vorhänge zu. Er hatte sie gesehen und sofort Meldung gemacht. Gut so.

Sie blickte auf die Uhr. Sie hatte gegen neun die Wohnung verlassen, war unerkannt in knapp zwanzig Minuten hinaus nach Abtnaundorf gefahren, hatte Tino Vogt getötet und war bereits eine gute Viertelstunde später wieder zurück, ohne dass ihr Bewacher vor der Tür ihre Abwesenheit bemerkt hatte. Perfekt. Nein, genial, freute sie sich diebisch.

Nicht mal zwanzig Minuten nach der Tat im Pappelhof wurde sie am Fenster ihrer Wohnung, in der fortwährend das Licht gebrannt hatte und die sie offensichtlich den ganzen Nachmittag bis in den späten Abend hinein nicht verlassen hatte, von einem Polizisten gesehen und einwandfrei identifiziert. Ein unschlagbares Alibi.

Jetzt musste sie nur noch die Tatwaffe, ihre Kleidung und die Schuhe entsorgen, bevor die Polizei mit einem Durchsuchungsbefehl bei ihr aufkreuzen würde. Sie war nicht so naiv, zu glauben, dass dieser Kommissar sich so leicht aufs Kreuz legen ließe. Der ahnte mittlerweile, dass sie die Täterin war und würde nichts unversucht lassen, sie zu überführen.

Morgen früh zwischen sieben und halb acht wurde auf der Paul-Heyse-Straße der Restmüll abgeholt. Sie beschloss, kurz vorher auf ihrem Schleichweg das Haus zu verlassen und die Sachen in den Müllcontainer zu stopfen. Danach würde sie oben am Küchenfenster beobachten, wie auch ihr allerletztes Risiko im Bauch des Müllwagens geschreddert, vergraben und anschließend in der Müllverbrennungsanlage in schwarzem Rauch aufgehen würde.

Sollte diese kleine, clevere Gerichtsmedizinerin dennoch irgendwo in Tino Vogts Schlafzimmer ihre DNA finden, gäbe es dafür eine einfache Erklärung. Sie hatte bereits seit Wochen eine Beziehung zu ihrem Chef und war seitdem mehrfach in seinem Haus, in seinem Schlafzimmer und in seinem Bett gewesen. Nur eben nicht heute. Und dafür besaß sie das allerbeste Alibi, das man sich wünschen konnte: Die Aussage eines Kriminalkommissars, der bestätigen konnte, dass sie den ganzen Tag zu Hause gewesen war.

Sie lächelte, öffnete den Kühlschrank und nahm ein angefangene Flasche Chardonnay heraus. Sie ging ins Wohnzimmer, holte ein Weinglas aus dem Schrank und füllte es bis zum Anschlag. Sie setzte sich, nahm die Fernbedienung vom Tisch, schaltete den Fernseher ein und sah sich auf Netflix die nächste Folge ihrer Lieblingsserie *Haus des Geldes* an. Es war einfach faszinierend wie dieser Professor seinen perfekten Plan ausführte und die Polizei in die Irre führte. Dumm nur, dass er sich irgendwann in seine Gegenspielerin, die Inspectora, verliebte und sich und seinen Plan damit in große Gefahr brachte.

Sie musste schmunzeln. Das würde ihr natürlich nicht passieren. Obwohl, dieser Hauptkommissar Krüger war schon ein äußerst attraktiver Mann, allerdings viel zu alt für sie.

Sie trank einen Schluck Weißwein, lehnte sich zurück und lächelte. Die Gedanken waren frei, die Realität dagegen hart. Aber Träumen war schließlich erlaubt, oder?

Die Viertelstunde Wartezeit kam ihnen vor wie eine Ewigkeit. Schließlich erschien ein Weißkittel auf der Bildfläche und steuerte zielstrebig auf sie zu. Er schien in Eile zu sein. Jan versuchte in seinem Gesicht zu lesen, welche Art von Nachricht er überbringen würde.

»Sind Sie von der Polizei?«, fragte er.

Rico nickte und zog seinen Ausweis. »Das ist mein Kollege Hauptkommissar Krüger«, stellte er Jan vor.

»Merkwürdig, Ihre Kolleginnen waren doch bereits hier. Haben die Sie nicht informiert?«, fragte der Arzt.

»Wer immer diese beiden Frauen auch waren, von der Polizei waren die jedenfalls nicht«, klärte Rico auf.

»Nicht?«, kratzte sich der Arzt verlegen am Kopf.

»Nein. Haben die Frauen sich ausgewiesen?«

»Weiß ich nicht. Sollten Sie die Oberschwester fragen.«

»Haben wir.«

»Äh, ja also. Ich habe leider keine guten Nachrichten«, runzelte der Oberarzt die Stirn. »Der Patient hatte bereits zu viel Blut verloren. Trotz aller Bemühungen konnten wir ihn nicht mehr stabilisieren. Tut mir leid.«

Jan nickte mit zusammengekniffenen Lippen. »Verdammt, wir hatten gehofft, dass es noch nicht zu spät ist. Wissen die beiden Frauen, dass Tino Vogt tot ist?«, fragte er.

»Ja. Ich sagte ja bereits, dass ich annahm, dass….«, antwortete Dr. Ebersbach.

»Ist jetzt nicht mehr zu ändern«, unterbrach ihn Rico.

»Sagen Sie, Doktor, einen solch tödlichen Schnitt in die Oberschenkelarterie kann doch eigentlich nur jemand ausführen, der genau weiß, was er tut, oder?«, erkundigte sich Jan.

»Hm, eigentlich schon. Könnte aber auch Zufall gewesen sein«, zuckte er die Schultern.

»Und in diesem Fall?«

»Fachmännisch ausgeführt, möchte ich mal behaupten. Der Täter hat die Arterie nicht vollständig durchtrennt, sondern einen Teil davon intakt gelassen. Damit hat er verhindert, dass sich das gekappte Gefäß einrollt und wieder verschließt.«

»Wollen Sie damit sagen, dass der Täter oder die Täterin über anatomisches Wissen verfügt haben muss?«

»Auch, aber entscheidend dabei ist eher die chirurgische Perfektion, mit der dieser Schnitt millimetergenau ausgeführt worden ist. Wenn Sie mich fragen, hat derjenige genau gewusst, was er tat.«

»Also kein Zufall?«

»Nein, eher nicht.«

Der große, hagere Arzt rieb sich die Nase und zuckte die Achseln.

»Erstaunlich, dass sich das Opfer nicht gewehrt hat.«

»Wie kommen Sie darauf?«

»Na ja, es ist für einen Chrirugen schon schwierig genug, einen solch präzisen Schnitt an einem sedierten Patienten vorzunehmen.«

»Also hat der Täter oder die Täterin das schon öfter getan. Wollen Sie uns das damit sagen?«, hinterfragte Rico.

»Ich fürchte, ja«, seufzte der Oberarzt.

»Gut, danke, Dr. Ebersbach«, sagte Rico.

»Ach, wären Sie bitte so nett und würden der Oberschwester den Kontakt zu Herrn Vogts Angehörigen herstellen. Bis jetzt hat sich hier noch niemand gemeldet.«

»Sicher«, nickte Rico. »Wir kümmern uns darum.«

»Ja dann, wünsche ich trotzdem eine Gute Nacht«, sagte der Oberarzt und verschwand Richtung Intensivstation.

»Scheiß Job«, murmelte Rico.

»Tja, anscheinend haben wir alle unser Päckchen zu tragen«, seufzte Jan.

»Was jetzt?«, wollte Rico wissen.

»Wir müssen Irma Steffens finden. Und zwar schnell, bevor sie mit dem Revolver weiteres Unheil anrichtet«, antwortete Jan.

»Und wir werden uns Klara Peters vorknöpfen. Irgendwas ist da faul. Scheinbar war sie heute Nacht an zwei Orten gleichzeitig«, sagte Rico.

»Ein Fall von Bilokation«, meinte Jan.

»Wie bitte?«

»Na ja, wenn eine Person vermeintlich an zwei unterschiedlichen Orten gleichzeitig auftaucht, nennt man das Bilokation«, wusste Jan. »Dafür gibt und gab es eine Reihe von abenteuerlichen Erklärungen, aber am wahrscheinlichsten ist die, dass in diesen Fällen ein Doppelgänger im Spiel war.«

»Im Fall von Klara Peters also eine Doppelgängerin. Aber wer zum Teufel sollte diese Frau sein? Hat sie womöglich eine Zwillingsschwester?«, mutmaßte Rico.

»Nein, aber ich denke, wir werden herausfinden, was geschehen ist. Ich vermute, sie hat Jungmann ausgetrickst.«

»Und wie? Ist sie vielleicht geflogen? Hat der Kollege zwischenzeitlich ein Nickerchen gemacht? Oder hat sie sich möglicherweise aus dem Wohnzimmerfenster abgeseilt?«

»Keine Ahnung. Aber ich bin sicher, dass Klara Peters Tino Vogt getötet hat.«

»Wird jetzt allerdings 'ne echte Herkulesaufgabe, das zu beweisen. Der letzte potentielle Zeuge ist tot und der Kollege Jungmann ist ihr Alibi für die Tatzeit. Herzlichen Glückwunsch«, jammerte Rico.

»Jetzt nur nicht den Sand in den Kopf stecken, wie der allseits geschätzte Lothar Matthäus sagte. Jetzt gilt es aber zunächst Schlimmeres zu verhindern. Hast du die Fahndung nach Irma Steffens rausgeschickt?«

»Vor einer halben Stunde«, nickte Rico.

»Also los, dann statten wir jetzt Klara Peters einen spätabendlichen Besuch ab«, sagte Jan, als die beiden aus dem Fahrstuhl stiegen.

Ein dumpfer Knall holte sie abrupt aus ihrem Dämmerschlaf. »Was zum Teufel…«, murmelte sie benommen. Sie schreckte hoch. Für einen Moment hatte sie die Orientierung verloren. Der Fernseher lief. Vor ihr stand die leere Flasche Chardonnay und ein ebenso leeres Weinglas. Sie war auf dem Sofa eingeschlafen. Sie sah auf die Uhr. Halb eins. Als sie gerade glaubte, sie hätte geträumt, knallte es erneut. Nein, kein Knall, eher ein Hämmern, als schlug jemand mit geballter Faust gegen eine Tür. Gegen ihre Tür. Sie stand auf, schlich im Dunkeln auf leisen Sohlen in die Küche und bewaffnete sich mit einem Messer. Wer zum Henker hämmerte mitten in der Nacht an ihre Wohnungstür? Der Eingang zum Hausflur war verschlossen. Der Hausmeister, der im Erdgeschoss wohnte, schloss die Tür jeden Abend pünktlich um zehn ab. Ein Fremder konnte es also kaum sein. Ein Mitbewohner, der womöglich in Not war und ihre Hilfe benötigte, würde klingeln und nicht nachts an ihre Tür hämmern wie ein Geisteskranker.

Sie äugte durch den Türspion. Nichts. Das Flurlicht brannte nicht. Das Mondlicht, das durch das Flurfenster schien, tauchte das Treppenhaus in ein fahles, gelbliches Zwielicht. Sie schlich leise zurück in die Küche, schob den Vorhang einen Spalt zur Seite und spähte hinunter auf die Straße. Der Kerl von der Polizei saß in seinem Wagen und sah zu ihr hoch. Erschrocken wich sie vom Fenster zurück.

Was hatte das zu bedeuten? Wieso war der noch da? Hatten sie womöglich ihr Täuschungsmanöver durchschaut?

Plötzlich hämmerte es erneut an der Tür.

»Verdammt, was soll denn der Scheiß?«, rief sie wütend.

Sie umfasste das scharfe Küchenmesser, schaltete das Licht ein, öffnete die Wohnungstür und trat hinaus in den Flur.

»Wer ist da?« fragte sie mit fester Stimme und sah sich zu allen Seiten um. Dann bemerkte sie plötzlich zwei dunkle Gestalten, die aus dem Türrahmen der Nachbarwohnung traten und schweigend zu ihr herüberstarrten.

»Was zum Teufel wollt ihr hier? Wie seid ihr überhaupt reingekommen? Verschwindet, bevor ich euch Beine mache.«

Mit vorgehaltenem Messer bewegte sie sich mutig auf die beiden Unbekannten zu.

Als sie noch etwa zwei Meter entfernt war, trat die hintere Person blitzschnell aus dem Schatten ihres Vordermanns und richtete eine Pistole auf sie.

Sie erschrak und blieb abrupt stehen. Sie überlegte fieberhaft, ob sie um Hilfe rufen sollte, oder ob es ratsamer wäre, die Ruhe zu bewahren und mit ihren Angreifern zu reden.

Mittlerweile hatten sich ihre Augen an das Zwielicht gewöhnt und sie erkannte, dass zwei Frauen vor ihr standen. Die kleinere von beiden zielte mit einem mächtigen silbernen Revolver auf sie. Die andere war fast einen Kopf größer, stand einen halben Schritt dahinter und starrte sie an. In ihren Augen funkelte der blanke Hass.

»Drück ab, verdammt«, forderte sie.

Sie kannte die Stimme. Mit einem Mal wurde ihr klar, was hier gerade vor sich ging.

»Willst du mich etwa erschießen?«, erkannte sie jetzt auch die Frau mit der Waffe im Anschlag Sie sah wie die Pistole in ihrer Hand unruhig schwankte. »Schätze, dazu fehlt dir der Mumm, Mädchen. Am besten ihr verschwindet jetzt und zwar sofort. Vor der Tür steht die Polizei. Ich kann euch einen Weg zeigen, wie ihr hier ungesehen herauskommt«, bot sie an.

Als die erste Frau im Begriff war, die Waffe zu senken, stürzte die andere Frau nach vorn und entriss ihrer Partnerin die Pistole.

Als sie die Waffe auf ihren Kopf richtete und den Hahn spannte, war ihr sofort klar, dass sie nicht zum ersten Mal eine Pistole in der Hand hielt. Plötzlich hatte sie Angst. Todesangst.

»Lass das. Ich habe nur getan, was getan werden musste. Robert war ein verdammter Vergewaltiger. Ein Lügner und Betrüger. Er hat uns alle behandelt wie Dreck. Willst du für diesen Mistkerl dein Leben ruinieren? Und Tino war schwach, er wollte der Polizei alles erzählen. Ich hatte keine Wahl«, beteuerte sie.

»Fahr zur Hölle, du Miststück!«, schrie die Frau und drückte ab. Einen winzigen Bruchteil einer Sekunde starrte sie in den grellen Feuerblitz, der aus der Mündung des Revolvers eruptierte. Es war das letzte, was sie in diesem Leben sah. Von der Wucht des in ihrem Gesicht einschlagenden Projektils wurde sie gegen die Flurwand katapultiert. Die Kugel durchschlug ihren Schädel und blieb im Beton stecken. Ein Gemisch aus Blut, Knochen und Hirn klatschte gegen die Wand und hinterließ eine schleimige rote Masse, die langsam zu Boden glitt.

Dem grellen Licht folgte Schwärze. Es war vorbei. Als hätte jemand den Stecker gezogen. Sie lag auf den kalten Fliesen. Augen und Mund weit aufgerissen, spiegelte sich das pure Entsetzen ihres allerletzten Augenblickes wider. Sie war tot.

Jan und Rico wollten gerade in die Paul-Heyse-Straße einbiegen, als Jungmann anrief.

»Hier ist gerade ein Schuss gefallen«, rief er aufgeregt. «Kam irgendwo aus dem Haus. Ich gehe rein.«

»Nein, wir sind in einer Minute bei dir«, stoppte ihn Jan.

»Verstanden«, bestätigte Jungmann.

Im Hausflur ging das Licht an. Ein älterer Mann riss die Haustür auf, lief auf die Straße und fuchtelte hektisch mit den Armen, als er Rico und Jan auf sich zukommen sah.

»Polizei«, rief Rico. »Was ist passiert?«

»Kommen Sie, die junge Frau braucht Hilfe, schnell, bitte«, rief er.

»Okay, du bleibst hier und riegelst mit den Kollegen das Haus ab. Keiner kommt rein oder raus, klar? Der Täter ist vielleicht noch da drinnen«, wies Rico Jungmann an.

Im Hausflur hatten sich bereits Hausbewohner versammelt und starrten entsetzt auf die Tote, die mit weit aufgerissenen Augen in einer riesigen Blutlache vor ihrer Wohnungstür lag. Im Hintergrund lief der Fernseher. Jan hörte den Professor telefonieren. Er kannte die Stimme. Klara Peters hatte sich also gerade »Haus des Geldes« angesehen, als ihr Mörder an ihre Tür klopfte.

In der Ferne vernahmen sie die Sirene des Rettungswagens. Ob Jungmann oder einer der Hausbewohner den Rettungsdienst angerufen hatte, war unklar. Spielte im Moment auch keine Rolle.

Jan bückte sich zu Klara hinunter und fühlte ihren Puls. Erwartungsgemäß war da nichts mehr. Wo sich vormals noch ein Gesicht befand, war jetzt nur noch ein großes Loch. Er hatte unzählige Tote gesehen. In Afghanistan gab es täglich Tote und Verletzte. Aber der Anblick eines zerfetzten Gesichts ließ ihm immer noch das Blut in den Adern gefrieren. Der Mörder hatte sein Opfer nicht nur getötet, sondern seine Identität ausgelöscht, es zu einem namen- und gesichtslosen Etwas degradiert.

»Gehen Sie bitte alle zurück in Ihre Wohnungen. Aber seien Sie vorsichtig, der Täter könnte noch im Haus sein. Wir schicken Ihnen gleich Beamte zur Unterstützung. Die werden Ihre Aussagen aufnehmen«, forderte Rico die Bewohner auf, den Tatort zu räumen.

»Glaub ich nicht«, sagte ein Mann mittleren Alters im Schlafanzug und Pantoffeln.

»Was glauben Sie nicht?«; wollte Rico wissen.

»Ich hab sofort, nachdem ich den Schuss gehört hatte, durch den Türspion gesehen und zwei dunkle Gestalten ausgemacht, die die Treppe raufgelaufen sind«, antwortete er.

»Okay, gibt's da oben 'ne Möglickeit, das Haus übers Dach zu verlassen?«

»Nicht übers Dach, aber über den Dachboden. Der erstreckt sich über die gesamte Hausfläche. Von da aus können sie das Haus durch jeden beliebigen Eingang verlassen. Die sind längst weg, wenn Sie mich fragen.«

»Die?«

»Ja, es waren zwei. Sagte ich bereits.«

«Gut, danke, Herr…?«

»Schuh,…äh, Wolfgang Schuh. Wohne gleich hier nebenan. Wer macht denn sowas? Ich meine, die junge Frau war ja erst vor ein paar Wochen eingezogen. Wir kannten uns kaum. Unglaublich«, schüttelte er den Kopf.

Während Rico damit beschäftigt war, die Bewohner zu bitten, den Hausflur zu verlassen, sah sich Jan in Klaras Wohnung um.

Josie Nussbaum und das Team der Spurensicherung trafen kurz nach dem Rettungsdienst ein. Der Notarzt konnte nur noch Klaras Tod feststellen. Dann machte er den Weg frei für die Forensiker. Er zuckte fassungslos die Schultern als er Josie sah. »Sehen Sie selbst, Frau Kollegin. Was gibt es nur für abscheuliche Menschen?«

»In der Tat. Danke, Kollege, ab jetzt übernehmen wir«, nickte Josie.

»Großkalibrige Handfeuerwaffe aus kurzer Entfernung. Sie war auf der Stelle tot«, sagte sie nach dem ersten Blick auf die Leiche.

»Smith & Wesson Kaliber 500. Und zwar das Model H mit einem 10,5 Zoll Lauf. Damit kannst du einen Elefanten erlegen«, sagte Jan, als er aus Klaras Wohnung kam.

»Wie bitte? Woher weißt du das so genau?«, fragte Josie.

»Die Waffe lag auf Tino Vogts Nachtschrank. Und als wir dort abrückten, war sie plötzlich verschwunden. Irma Steffens hatte sie unbemerkt mitgehen lassen«, klärte er auf.

»Ihr wusstet, dass die mit 'ner Knarre unterwegs ist? Was habt ihr gedacht, was sie damit wohl tun würde?«, schimpfte Josie.

»Die Fahndung läuft. Wir suchen nach ihr. Sie war zusammen mit einer bisher noch nicht identifizierten Person im Krankenhaus. Als wir dort eintrafen, war sie kurz zuvor wieder verschwunden. Wir haben Jungmann und Krause gewarnt, dass sie womöglich vorhaben würde, Klara Peters zu erschießen.«

»Und trotzdem ist Klara Peters jetzt tot?«

»Irma hat uns ausgetrickst. Es ist ihr gelungen, unbemerkt ins Haus zu gelangen und wieder zu verschwinden. Und das wahrscheinlich auf dem gleichen Weg wie zuvor Klara Peters.«

»Und ihr habt sicher bereits eine Idee, wie sie das angestellt haben könnten?«

»Ja, die sind über den Dachboden hinunter zum vordersten Hauseingang gelaufen. Den hatte Jungmann offensichtlich nicht im Blick, weil der von Bäumen verdeckt aus seiner Position aus nicht einsehbar war.«

»Im Ernst jetzt?«

»Hör schon auf, Josie. Jungmann und Krause schlagen sich mal wieder in Doppelschichten die Nacht um die Ohren. Und zwar jeder für sich allein. Hätten wir mehr Leute zur Verfügung, wären diese Nachlässigkeiten sicher nicht passiert.«

»Hm, mag sein. Okay, also wir machen unsere Arbeit. Erste Ergebnisse gibt's morgen Vormittag, nachdem ich das Mädchen auf dem Tisch hatte. Die Spusi stellt gerade ihre Wohnung auf dem Kopf. Seht zu, dass ihr Irma findet, bevor die noch mehr Unheil anrichtet« sagte Josie.

»Gut, danke. Wir nehmen jetzt noch die Aussagen der Hausbewohner auf und machen uns dann erstmal vom Acker. Wir melden uns, sobald es was Neues gibt. Die Kollegen bleiben vor Ort, bis ihr mit eurer Arbeit fertig seid«, sagte Jan.

Nach nicht mal vier Stunden Schlaf saßen Hannah und Jan am Frühstückstisch. Er hatte ihr noch in der Nacht erzählt, was geschehen war.

»Da hat sich Kollege Jungmann ja mal nach allen Regeln der Kunst verarschen lassen. Allerdings ist, äh, war diese kleine unscheinbare Frau ein ganz ausgekochtes Luder. Und um ein Haar hätte ihr perfider Plan funktioniert. Damit, dass Irma Steffens mitten in der Nacht bei ihr auftaucht und kaltblütig 'ne Kugel in den Kopf jagt, konnte sie wohl kaum rechnen«, meinte Hannah.

Jan war bereits beim dritten Becher Kaffee. Irgendwie musste er die Müdigkeit aus den Knochen schütteln. Es stand noch viel Arbeit bevor. Irma Steffens schien trotz intensiver Suche wie vom Erdboden verschluckt zu sein.

»Ich bin da gar nicht so sicher«, antwortete er.

»Dass Irma Klara erschossen hat?«

»Ehrlich gesagt traue ich ihr das nicht zu. Klar, sie hat Vogts Waffe mitgehen lassen, weil sie möglicherweise vorhatte, Klara umzubringen. Doch zwischen Absicht und Ausführung besteht bekanntlich ein erheblicher Unterschied. Es ist alles andere als leicht, eine Waffe auf einen Menschen zu richten. Und noch viel schwieriger ist es, dann auch tatsächlich abzudrücken«, wusste Jan.

»Mag sein, aber in diesem Fall gibt es doch wohl keine Zweifel, oder? Wer soll es denn sonst getan haben?«, wandte Hannah ein.

»Wahrscheinlich hast du recht. Ist ja auch nur so ein Gefühl«, nickte er und nahm einen großen Schluck Kaffee.

Jans Handy klingelte. Krause rief an.

»Wir haben sie. Sie war auf dem Weg ins Büro. Die Waffe haben wir allerdings nicht sicherstellen können«, vermeldete er kurz und knapp.

»Okay, bin in zwanzig Minuten da«, hielt sich Jan ebenfalls kurz und legte auf.

»Ich komme mit«, sagte Hannah. »Meine Mutter müsste jeden Moment hier sein.«

Er sah auf die Uhr. Es war zehn vor sieben. »Mach dir keinen Stress. Ich nehme den Audi. Du kannst später nachkommen.«

Fünf Minuten später saß er in seinem Oldtimer. Der Audi Super 90 aus dem Jahr 1976 war zwar zuletzt kaum bewegt worden, aber er hatte ihn bereits im Frühjahr in mühevoller Kleinarbeit fahrbereit gemacht. Unter anderem hatte er eine neue Batterie eingebaut. Es hatte etwas gebraucht, um zu akzeptieren, dass es sich dabei nicht um ein original Ersatzteil gehandelt hatte.

Als er im Präsidium eintraf, wartete Rico zusammen mit Jungmann und Krause bereits ungeduldig im Büro.

»Morgen, habt ihr schon mit ihr gesprochen?«, wollte er wissen.

»Nein, sie sitzt nebenan im Vernehmungszimmer. Sie wollte keine Fragen beantworten, bis ihr Anwalt eintrifft. Aber bisher hat sie ihn noch nicht erreicht«, antwortete Rico.

»Hat sich Josie gemeldet?«

»Nee, aber die Spusi hat einen Sack mit Kleidung und Schuhen gefunden, der offenbar entsorgt werden sollte. Und die Tatwaffe steckte wahrscheinlich im Messerblock in der Küche. Da klebte noch Blut dran. Ist alles bereits im Labor.«

Beinahe zeitgleich mit Hannah erschien Rechtsanwalt Dr. Buchberger um kurz nach neun im Präsidium.

»Ich hoffe mal für Sie, dass Sie meine Mandantin nicht schon wieder ohne ihren Rechtsbeistand verhört haben«, meckerte er.

»Nein, aber wir würden jetzt gern mit der Befragung beginnen«, drängte Rico.

»Meinetwegen«, nickte der Anwalt.

Jan wollte Hannah unbedingt bei der Vernehmung dabei haben. Sie hatte es zuletzt geschafft, einen guten Draht zu Irma aufzubauen. Das konnte sich jetzt durchaus als hilfreich erweisen.

»Frau Steffens, wir haben Grund zur Annahme, dass Sie letzte Nacht etwa gegen halb eins Klara Peters in ihrer Wohnung aufgesucht und erschossen haben«, begann Jan und kam direkt auf den Punkt.

»Wie bitte? Klara ist tot?«, rief Irma und schien sich dabei alle Mühe zu geben, einigermaßen überrascht zu wirken.

»Können Sie uns sagen, wo Sie sich zur Tatzeit aufgehalten haben?«

»Kann ich. Auf einer Bank im Clara-Zetkin-Park.«

»Sie wissen, dass wir das anhand Ihrer Handydaten überprüfen können, oder?«, sagte Hannah.

»Mein Handy lag im Auto. Und das stand auf dem Parkplatz an der Uni-Klinik. Nachdem ich erfahren hatte, dass Tino tot ist, brauchte ich unbedingt frische Luft und bin zu Fuß in den Park gegangen.«

»Sie sind dem Krankenwagen von Abtnaundorf in die Uni-Klinik gefolgt. Haben Sie dort jemand getroffen, der sich ebenfalls nach Tino Vogts Zustand erkundigen wollte?«, fragte Hannah.

»Nein. Nachdem mir der Arzt Tinos Tod bestätigt hatte, bin ich sofort abgehauen. Ich musste mich sammeln. Ich wollte allein sein. Ich bin ziellos durch die Nacht gelaufen und hab mich dann irgendwann auf dieser Bank im Zetkin-Park wiedergefunden.«

»Zeugen dafür gibt es wahrscheinlich nicht?«, fragte Jan.

»Nee, keine Ahnung«, zuckte Irma mit den Achseln.

»Im Krankenhaus waren zwei Frauen. Sie haben sich als Polizistinnen ausgegeben und die Oberschwester nach Vogts Zustand befragt. Haben Sie diese Frauen gesehen? Die waren ja etwa zeitgleich mit Ihnen dort«, wollte Hannah wissen.

»Nein, sagte ich doch bereits«, winkte Irma ab.

»Sie haben Vogts Revolver von seinem Nachtschrank mitgehen lassen. Warum? Was wollten Sie damit?«

»Keine Ahnung, wovon Sie reden, Herr Kommissar«, wiegelte sie ab.

»Mit dieser Waffe wurde aller Wahrscheinlichkeit nach Klara Peters erschossen«, sagte Jan.

»Sie haben doch gerade gehört, dass meine Mandantin nicht weiß, wovon Sie sprechen. Sie hat diese Pistole nicht an sich genommen«, funkte der Anwalt dazwischen.

»Im Moment können wir leider nicht das Gegenteil beweisen, der Verdacht bleibt jedoch bestehen. Sie haben Klara Peters beobachtet und sind ihr gefolgt. Warum?«, wollte Jan wissen.

»Das wissen Sie doch, oder?«

»Nein, klären Sie mich auf.«

»Sie musste befürchten, dass Tino Vogt die Nerven verlieren und ihren gemeinsamen Plan verraten würde. Dieses Risiko konnte und wollte sie natürlich nicht eingehen. Also musste sie ihn töten.«

»Und das wollten Sie verhindern.«

»Ja, ich wollte ihn warnen. Als ich die Polizei vor der Tür gesehen habe, hab ich versucht, unbemerkt durch den Kellereingang ins Haus gelangen.«

»Wussten Sie zu diesem Zeitpunkt, dass Klara Peters bereits im Haus war?«

»Nein. Sie ist mir mit ihrem Motorrad entwischt. Ich hatte gehofft, dass sie noch nicht da wäre.«

»Also sind wir offensichtlich beide zu spät gekommen«, seufzte Jan.

»Leider. Klara besaß einen Schlüssel. Sie war in letzter Zeit häufiger bei Tino gewesen. Sie ist womöglich unbemerkt durch die Garage ins Haus gelangt.«

»Und nach der Tat durch das Badezimmerfenster auf das Garagendach gesprungen und verschwunden.«

»Ja, wahrscheinlich«, bestätigte Irma.

»Dann wäre das ja soweit geklärt. Was dagegen noch ungeklärt ist, ist der Verbleib der Smith & Wesson von Vogts Nachtschrank. Sie waren im Schlafzimmer und haben gesehen, was Klara angerichtet hatte. Sie waren außer sich vor Wut, haben sich die Waffe geschnappt und sind eilig verschwunden«, sagte Jan.

»Sie haben doch gehört, dass meine Mandantin die Waffe nicht an sich genommen hat. Und sie ist nicht Hals über Kopf verschwunden, wie Sie es hier darstellen, sondern wollte ihren Chef im Krankenwagen auf den Weg in die Uni-Klinik begleiten«, erklärte Dr. Buchberger.

Jan wusste, dass das stimmte.

»Wenn all das, was Sie sagen, der Wahrheit entspricht, haben Sie sicher nichts gegen einen Schmauchspurentest einzuwenden. Nur um Sie als Täterin auszuschließen«, schlug Hannah vor.

»Netter Versuch, Frau Kommissarin. Also noch obliegt es der Polizei einen Beweis für die Schuld meiner Mandantin vorzulegen. Sie selbst muss nichts beweisen, überhaupt nichts. Dazu besteht keinerlei Veranlassung«, polterte der Anwalt.

»Ich bin einverstanden«, nickte Irma.

»Das müssen Sie nicht. Sie haben das Recht…«

»Weiß ich. Aber wenn damit meine Unschuld bewiesen wird, soll mir das recht sein«, unterbrach Irma ihren Anwalt.

Hannah und Jan sahen sich überrascht an. Damit hatten sie nicht gerechnet. Hoffte Irma etwa darauf, dass der Test negativ ausfallen würde, obwohl sie die Waffe abgefeuert hatte? Oder hatte sie tatsächlich nicht auf Klara geschossen und ihre Aussage entsprach der Wahrheit?

»Gut, dann würden wir Sie bitten, uns in die Gerichtsmedizin zu begleiten. Wird auch nicht lange dauern«, sagte Hannah.

»Moment, das ist nicht nötig. Ich werde meine Mandantin dort hinbringen«, sagte Dr. Buchberger. »Allerdings möchte ich Sie darauf hinweisen, dass die Ergebnisse von Schmauchspurentests mittlerweile mehr als umstritten sind. Das FBI hat diesen Unsinn bereits 2006 beendet.«

»Dies zu beurteilen ist die Aufgabe des Richters, wenn denn der Test positiv ausfallen sollte. Natürlich wissen wir, dass es viele

Möglichkeiten gibt, mit Schwermetallteilchen in Kontakt zu kommen. Aber Frau Steffens arbeitet ja nicht in einer KFZ-Werkstatt und wechselt täglich Bremsbeläge, oder?«, wandte Jan ein.

»Wohl kaum«, antwortete der Anwalt mürrisch.

»Also gut, wir fahren vorweg. Wenn Sie uns bitte folgen würden«, sagte Jan, zog die Augenbrauen hoch und nickte ihnen zu, ihm zu folgen.

Es hatte ein paar Minuten gedauert, bis Josie aus der Pathologie im Untergeschoss hoch in ihr Büro im zweiten Stock kam. Sie hatte wie so oft die Nacht durchgearbeitet.

»Guten Morgen«, rief sie mit fester Stimme. »Setzt euch doch. Ich brauche jetzt erstmal 'nen amtlichen Schluck Lebenselixier« schmunzelte sie gutgelaunt. Sie öffnete den Kühlschrank und holte ein angefangene Flasche Rosé heraus.

Es war gerademal halb zehn Uhr vormittags, aber das war ihr vollkommen egal. Sie fingerte drei Gläser aus dem Regal und baute sie in Reihe auf dem Schreibtisch auf.

»Für mich bitte nicht«, wiegelte Hannah ab.

»Komm schon, Schätzchen Ein halbes Glas für den Kreislauf. Wirkt nach einer harten Nacht besser als Aspirin.«

»Nee danke, Josie, ist für mich eindeutig zu früh.«

»Und was ist mit dir, Cowboy? Siehst blass aus. Du trinkst einfach zu viel Kaffee. Das Zeug zieht dir das Wasser aus dem Körper. Schlecht für die Verdauung und die Elastizität der Gefäße.«

»Stimmt, aber hält mich auf den Beinen, stimuliert die grauen Zellen und verhindert schlechte Laune.«

»Hm, wie sagte der Alte Fritz doch gleich? Ein jeder soll nach seiner Fasson selig werden, oder?«, grinste Josie, hob ihr Glas und trank es mit einem Zug leer.

»Wie weit seid ihr mit dem Schmauchspurentest?«, fragte Jan.

»Wenn dieser nervtötende Anwalt nicht dauernd dazwischengefunkt hätte, wären wir wohl längst fertig. Ich musste ihm erst lang und breit erklären, was es mit dem Schnelltest auf sich hatte, und warum wir nicht sofort die Rasterelektronenmethode gewählt haben. Schätze, der hat tatsächlich geglaubt, dass wir seine Mandantin hinters Licht führen wollten.«

»Äh, Schnelltest? Sagt mir jetzt gerade auch nichts.«

»Wir reden in diesem Zusammenhang von dem sogenannten Oberflächen-Wischtest. Die zu untersuchende Oberfläche wird abgewischt und anschließend wird eine Reagenzflüssigkeit auf das Tuch geträufelt, um Nitrate und Schwermetalle sichtbar zu machen«, erklärte Josie.

»Hab noch nie davon gehört«, gestand Hannah.

»Der Anwalt auch nicht. Der dachte, wir würden uns illegal eine DNA-Probe seiner Mandantin besorgen.«

»Und was ist mit dem normalen Schmauchspurentest? Macht ihr den auch noch?«, erkundigte sich Jan.

»Nein, das ist nicht notwendig.«

»Muss ich das jetzt verstehen?«, fragte Jan ungehalten.

»Nein, du bist ja kein Forensiker. Ihr wolltet ein schnelles Ergebnis, also haben wir uns bemüht, ein solches zu liefern. Wäre der Oberflächen-Wischtest positiv gewesen, hätten wir anschließend natürlich das Rasterelektronenmikroskop zum Einsatz gebracht. Das braucht allerdings Zeit und kostet nebenbei bemerkt jedesmal 'ne Menge Geld.«

»Äh, dann war dieser Schnelltest also negativ?«

»Na also, Großer, erzähl mir doch nicht, dass du nicht folgen könntest«, frotzelte Josie. »Keine Spur von Schwermetallen. Weder an den Händen, noch an ihrer Kleidung. Diese Frau hat mit ziemlicher Sicherheit keine Waffe abgefeuert. Jedenfalls nicht in der letzten Nacht. Wir können das große Besteck getrost im Kasten lassen.«

»Verdammt! Und da bist du dir ganz sicher?«, hakte Hannah nach.

»›Nee, wir dachten, wir könnten euch mal nach Strich und Faden verarschen«, rollte Josie genervt die Augen.

»Das kann nicht sein. Wer zum Teufel hat dann Klara Peters erschossen?«, war Jan ratlos.

»Irma Steffens jedenfalls nicht«, antwortete Josie.

»Hast du dem Anwalt das Ergebnis schon mitgeteilt?«

»Bin ich ’n Amateur?«

»Oh, gut, das könnte womöglich hilfreich sein. Könntest du ihm erzählen, dass der Schnelltest nicht eindeutig war und ihr deshalb noch weitere Untersuchungen vornehmen müsst? Das verschafft uns Zeit«, sagte Hannah.

»Kein Problem«, nickte Josie und schüttete sich Wein nach.

»Ist es nicht sogar möglich, dass jemand Schmauchspuren abbekommen könnte, wenn er mit jemanden in einem Raum war, der eine Waffe abgefeuert hat?«, fragte Hannah.

»Möglich. Kommt auf den Raum an und auf die Entfernung zwischen dem Schützen und der betreffenden Person.«

»Wenn Irma es nicht war, wird sie uns trotzdem sagen können, wer Klara erschossen hat. Ich bin sicher, dass sie es weiß. Ich glaube sogar, dass sie dabei war«, vermutete Jan.

»Gut, dann lassen wir die noch ein paar Stunden im Unklaren«, war Josie einverstanden.

»Die sollen ruhig den Eindruck gewinnen, dass wir was gefunden haben. Buchberger soll denken, dass ihn seine Mandantin angelogen hat. Vielleicht rät er ihr dann, die Wahrheit zu sagen, bevor der nächste Test sie verrät.«

»Und Irma Steffens soll erfahren, dass Schmauchspuren auch durch die Luft übertragen werden können. Das wird sie nachhaltig verunsichern«, glaubte Hannah.

»Na, auf den Schreck vielleicht doch ’n Sektchen?«, hielt Josie die Flasche hoch.

»Nee, trotzdem danke«, winkte Hannah ab. »Gibt's bereits neue Erkenntnisse vom Tatort?«

»Nicht wirklich. Im Grunde hat sich alles so bestätigt, wie wir bereits gestern Nacht vermutet hatten. Klara ist aus etwa zwei Metern Entfernung erschossen worden. Das großkalibrige Projektil ist oberhalb der Nasenwurzel eingeschlagen und hat beim Austritt den Hinterkopf zertrümmert. Sie hatte etwa eineinhalb Promille Alkohol im Blut. Das entspricht bei ihrem Körpergewicht von knapp fünfzig Kilo in etwa einer Flasche Wein. Die Spusi hat Kleidung und Schuhe gefunden, die sie offenbar gerade entsorgen wollte und hat mit großer Wahrscheinlichkeit das Messer sichergestellt, mit dem sie Tino Vogt fachmännisch aufgeschlitzt hatte. Die Blutspuren darauf werden gerade im Labor untersucht«, berichtete Josie.

»Einen Hinweis auf den oder die Täter, die auf Klara geschossen haben, habt ihr nicht gefunden?«, wollte Jan wissen.

»Das Treppenhaus war natürlich mit Fingerabdrücken übersät. Und die müssten wir natürlich mit den Abdrücken der Tatverdächtigen abgleichen.«

»Die Abdrücke von Irma Steffens hast du ja jetzt, oder?«

»Läuft. Kann ich heute Mittag hoffentlich mehr zu sagen.«

»Okay, dann sollten wir ihren Anwalt informieren, dass ein weiterer Schmauchspurentest notwendig ist und seine Mandantin wegen Mordverdachts vorerst nicht entlassen werden kann«, fasste Hannah zusammen.

»Der wird Gift und Galle spucken. Wird wahrscheinlich sofort beim Oberstaatsanwalt anrufen und sich beschweren«, ahnte Jan.

»Egal, wir müssen den Druck auf Irma erhöhen. Sie hat die Tatwaffe geklaut und entweder selbst auf Klara geschossen oder eine Komplizin gehabt. Da fallen mir zum Beispiel gerade mal so ein paar Frauen mit A ein«, mutmaßte Hannah.

»Wir treffen uns später im Präsidium. Ruf uns an, wenn du soweit bist«, bat Hannah ihre Freundin.

»Schätze so um die Mittagszeit. Ein Uhr vielleicht. Ich melde mich. Ist echt ein feines Tröpfchen, dieser Rosé. Muss mir die Marke merken«, grinste Josie und stellte die Flasche zurück in den Kühlschrank.

Bei der Rückkehr ins Präsidium wartete bereits Oberkommissar Schuberth in ihrem Büro.

»Oberdieck war gerade hier, hat geschäumt vor Wut. Du sollst dich sofort bei ihm melden, Jan.«

»Hm, war klar, aber das kann warten«, nickte er.

»Aber deswegen bin ich nicht hier. Wir haben die Überwachungskameras an der Uniklinik gecheckt. Ein uraltes System, das lediglich unscharfe Schwarz-Weiß-Bilder liefert. Wenn du die Aufnahmen siehst, denkst du, gleich kommt Buster Keaton um die Ecke«, grinste Schuberth.

»Buster…wer?«, zuckte Hannah die Schultern.

»Äh, ach du kennst den nicht? Und was ist mit Charlie Chaplin oder Harold Lloyd?«

»Keine Ahnung.«

»Lass gut sein, Schuberth. Woher soll Hannah auch diese verstaubten Stummfilm-Helden kennen?«, unterbrach Jan.

»Na, von YouTube natürlich. Die sind momentan wieder angesagt.«

»Pah, da sehe ich mir lieber die alten Polizeiruf-Folgen an. Mit Oberleutnant Fuchs und seiner Assistentin Leutnant Vera Arndt«, konterte Hannah.

»Oh, Mann«, schüttelte Schuberth verständnislos den Kopf. »Man merkt, du warst zu lange mit Berne in einem Team. Der alte Sack konnte die Dialoge aus sämtlichen Folgen fehlerfrei mitsprechen.«

»Jedem das seine«, kommentierte Jan. »Also, Kollege, was hast du rausgefunden?«

Schuberth klappte seinen Laptop auf, stellte ihn auf Hannahs Schreibtisch und klickte eine Datei an.

»Seht selbst«, meinte er.

Es dauerte einen Moment, bis schließlich zuerst zwei, dann drei Frauen zu erkennen waren, die vor dem Haupteingang der Uni-Klinik standen und längere Zeit miteinander redeten. Schließlich ging eine von ihnen weiter Richtung Parkplatz, während die anderen beiden das Krankenhaus betraten.

»Okay, ich zeige euch jetzt so gut es geht ihre Gesichter«, sagte der IT-Fachmann und änderte mit einigen wenigen Handgriffen die Einstellungen.

»Ich hatte es geahnt«, entfuhr es Hannah, während Jan noch rätselte, wer die Frauen waren.

»Also ich erkenne nur Irma Steffens. Sie ist diejenige, die gerade das Krankenhaus verlässt«, sagte er.

»Stimmt und die anderen beiden sind Lisa und Rebecca Langhoff«, verriet Hannah. »Irma Steffens muss sie angerufen und ihnen erzählt haben, was passiert ist.«

»Etwa fünfzehn Minuten später haben die beiden das Krankenhaus wieder verlassen. Achtet auf die letzten Meter, bevor sie aus dem Bereich der Kameras verschwinden«, forderte Schuberth. Er ließ die Sequenz dreimal hintereinander laufen.

»Mutter und Tochter trennen sich und gehen in verschiedene Richtungen«, erkannte Jan.

»So, und das I-Tüpfelchen kommt zum Schluss«, sagte Schuberth und rief eine andere Datei auf. »Das ist die Kamera an der Ein- und Ausfahrt vom Parkplatz.«

Als ein zweitüriger Kleinwagen gerade die Schranke zur Ausfahrt passierte, stoppte er die Aufnahme. Er zoomte das Gesicht der Beifahrerin heran.

»Verdammt, das ist Lisa Langhoff, oder?«, rief Hannah.

»Ja und der Wagen ist auf sie zugelassen«, bestätigte Schuberth. »Ein zweitüriger Nissan Micra mit Leipziger Kennzeichen. Die Zahlen sind nicht zu erkennen, aber die Buchstaben LL dafür umso besser.«

»Aber wer sitzt am Steuer? Rebecca? Aber die ist ja gerade in eine andere Richtung verschwunden. Oder vielleicht doch Irma?«, rätselte Hannah.

»Und mir ist aufgefallen, dass der Wagen nach rechts in die Innenstadt abgebogen ist. Hätten sie vorgehabt, nach Hause zu fahren, hätten sie die andere Richtung nehmen müssen«, ergänzte Schuberth.

»Wow, Kollege, das nenne ich mal wieder erstklassige Arbeit«, applaudierte Jan.

»Das war die Arbeit des gesamten IT-Teams«, vergaß Schuberth seine Mitarbeiter nicht.

»Was für ein Team?«, hakte Hannah nach.

»Na ja, Jungmann und Krause haben mich erst auf die Idee gebracht, dass auch außerhalb des Krankenhauses Kameras installiert sind. Ich hatte mich auf die Kameras innerhalb des Gebäudes konzentriert. Um an diese Bilder zu kommen, braucht man allerdings einen Gerichtsbeschluss. Die sind selbstverständlich nur zur internen Verwendung vorgesehen.«

»Klar, die Aufnahmen der Überwachungskameras auf der Intensivstation haben sicher nichts im Internet zu suchen«, nickte Hannah.

»Fragt sich nur, wer am Steuer des Wagens saß und wohin sie gefahren sind«, rätselte Jan.

»Ich kann's mir vorstellen«, sagte Hannah. »Wir brauchen Schmauchspurentests von Lisa und Rebecca Langhoff. Eine von beiden hat Klara Peters erschossen.«

»Tja, das wird schwierig werden. Freiwillig werden sie dazu kaum bereit sein. Und für einen Gerichtsbeschluss reichen unsere Beweise nicht aus. Wenn wir damit zu Oberdieck gehen, springt der uns mit dem nackten Arsch ins Gesicht.«

»Oh Mann, hör auf. Diese Bilder bekomme ich nie wieder aus meinem Kopf«, schüttelte sich Hannah.

»Wenn der dabei so zielsicher ist, wie beim Golfen, musst du dir keine Sorgen machen«, lachte Schuberth.

»Okay, wir besprechen unsere weitere Vorgehensweise im Meeting heute Nachmittag. Wir laden Oberdieck und Waffel dazu ein. Vielleicht kann Waffel Oberdieck überreden, uns zu helfen«, meinte Jan.

»Äh, by the way, wo ist eigentlich Rico?«, fragte Hannah.

»Ach verdammt, hab ich doch glatt vergessen. Rico ist beim Zahnarzt. Sollte ich euch ausrichten. Er wollte gegen Mittag zurück sein. Mea culpa«, zuckte Schuberth entschuldigend die Achseln.

Es war schließlich Viertel nach drei geworden, als alle Teilnehmer eingetroffen waren. Rico hatte eine schmerzhafte Wurzelbehandlung hinter sich und konnte wegen der anhaltenden Betäubung noch nicht wieder richtig sprechen. Hannah hatte ihm einen Eisbeutel besorgt, den er jetzt ein wenig wehleidig auf seine leichtgeschwollene Backe presste.

Schuberth hatte am Kopf des Konferenztisches Platz genommen und seinen Laptop aufgeklappt. Von dort aus projizierte er die Bilder auf den großen Bildschirm an der Wand in seinem Rücken.

Hannah stand vorn vor dem Whiteboard, das den bisherigen Verlauf des vorliegenden Falles mit Fotos, Markierungen und Pfeilen dokumentierte.

Josie, Jan, Rico, Krause und Jungmann saßen bereits am Tisch, als Polizeidirektor Wawrzyniak mit Oberstaatsanwalt Oberdieck im Schlepptau das Büro der Mordkommission betrat.

Während Waffel freundlich in die Runde nickte und allen einen Guten Tag wünschte, setzte sich Oberdieck stumm ans Ende des Konferenztisches und blickte mürrisch wie ein widerspenstiger Maulesel.

In dem Moment fiel Jan ein, dass er sich ja beim Oberstaatsanwalt melden sollte. Dafür würde er sich wohl oder übel entschuldigen müssen. Er beschloss, den richtigen Zeitpunkt abzuwarten.

»Tja, da unser Dezernatsleiter im Augenblick leider ein wenig indisponiert ist, erlaube ich mir, das Meeting zu eröffnen«, begann Hannah. Dann brachte sie die Runde auf den neuesten Stand der Ermittlungen.

»Mittlerweile wissen wir jedoch, dass Irma Steffens die Waffe nicht an sich genommen hat, sondern ein Kollege der Spurensicherung. Allerdings stimmt das Kaliber mit dem der Tatwaffe überein. Und soviele Revolver der Marke Smith& Wesson dürften in Leipzig wohl kaum im Umlauf sein«, sagte Josie Nussbaum.

»Ja, das erklärt dann wohl, warum bei Irma Steffens keine Schmauchspuren festgestellt werden konnten. Einen Haftbefehl zu beantragen ist deshalb sinnlos. Ich werde unverzüglich ihre Freilassung anordnen, bevor Dr. Buchberger Beschwerde gegen die Behandlung seiner Mandantin durch Polizei und Staatsanwaltschaft beim Richter einlegt«, polterte Oberdieck.

»Irma Steffens war die einzige Verdächtige, die wusste, wie man unerkannt über den Dachboden ins Treppenhaus zu Klaras Wohnung gelangen konnte. Entweder war sie bei der Tat dabei, oder aber sie hat dem Täter den Weg ins Haus gezeigt. Dazu würde ich sie nochmal gern befragen«, wandte Jan ein.

»Meinetwegen. Sie haben Zeit bis 18 Uhr. Danach wird sie auf freien Fuß gesetzt«, stimmte Oberdieck zu seiner Überraschung zu.

»Also wenn Frau Steffens als Täterin ausscheidet, wer bleibt denn dann noch übrig?«, kratzte sich der Polizeidirektor nachdenklich am Kopf.

»Irma Steffens hat vielleicht nicht abgedrückt, aber es besteht nach wie vor der Verdacht, dass sie an der Tat beteiligt war. Außerdem hat sie unmittelbar nachdem sie Vogts Haus verlassen hatte, Lisa Langhoff angerufen. Danach haben sie sich im Krankenhaus getroffen. Nachdem sie vom Tod Vogts erfahren hatte, ist Lisa Langhoff gesehen worden, wie sie auf dem Beifahrersitz ihres Wagens die Uni-Klinik verlassen hat und Richtung Innenstadt gefahren ist. Ihre Wohnung liegt bekanntermaßen in entgegengesetzter Richtung. Wer am Steuer des Fahrzeugs gesessen hat, ist noch unklar«, sagte Jan.

»Hm, dann könnten Ihrer Meinung nach Lisa und Rebecca Langhoff als Täterinnen in Frage kommen?«, fragte Waffel.

»Möglich, die beiden hatten ein enges Verhältnis zu Tino Vogt. Er war Rebeccas Patenonkel und hat sich nach der Scheidung ihrer Eltern um sie gekümmert. Es wird gemunkelt, dass Lisa Langhoff und Tino Vogt sogar eine zeitlang ein Paar waren. Und nachdem sie erfahren hatte, dass Klara Peters womöglich ihren Ex-Mann ermordet hat und drauf und dran war, sich sein gesamtes Vermögen inklusive der Lebensversicherung unter den Nagel zu reißen, war ihr klar geworden, dass sie handeln musste. Als jetzt auch noch Tino Vogt ermordet worden war, hat sie Rot gesehen und hat mit Hilfe von Irma Steffens Klara Peters erschossen«, mutmaßte Hannah.

»So weit, so schlecht, meine Damen und Herren. Fragt sich nur, woher Frau Langhoff auf die Schnelle an die Tatwaffe gelangt war? Ich meine, nicht jeder hat einen solch gewaltigen Colt in der Schreibtischschublade liegen, oder?«, meinte der Oberstaatsanwalt.

»Und wenn Irma Steffens bei der Tat zugegen war und in unmittelbarer Nähe der Schützin gestanden hatte, hätten wir Schmauchspuren an ihr feststellen müssen«, gab Josie zu Bedenken.

»Möglich, dass sie zusammen mit Lisa und Rebecca zu Klara gefahren ist und unten im Auto auf sie gewartet hat«, mutmaßte Hannah.

»Tja, wie auch immer. Ohne die Tatwaffe werden wir wohl nicht beweisen können, wer abgedrückt hat«, sagte Oberdieck.

»Klar, aber deshalb müssen wir auch unbedingt einen Schmauchspurentest bei den Langhoffs durchführen«, forderte Jan.

»Dünnes Eis, Herr Hauptkommissar. Darauf wird sich der Richter bei der ausgesprochen dürftigen Beweislage wohl kaum einlassen«, antwortete Oberdieck.

Schweigen in der Runde. So richtig schien niemand zu wissen, wie es jetzt weitergehen sollte. Es fehlten schlichtweg die Beweise. Und der Oberstaatsanwalt zeigte sich einmal mehr wenig kooperativ.

»Wir brauchen dringend Irma Steffens Handy, in der Hoffnung, dass Schuberth die gelöschten Dateien wiederherstellen kann. Solange sie allerdings verdächtigt wird, Klara Peters erschossen zu haben, oder zumindest an der Tat beteiligt gewesen zu sein, wird sie den Teufel tun und mit uns zusammenarbeiten«, vermutete Jan.

»Und was glauben Sie auf diesem Handy zu entdecken? Wir kennen doch das Video bereits, das im Darknet kursiert. Darauf ist nicht zu erkennen, wer die Frau ist, die offensichtlich gerade dabei ist, Robert Langhoff zu töten«, wandte Oberdieck ein.

»Äh ja, also, wir haben im Darknet Spuren von gelöschten Dateien entdeckt, die wahrscheinlich fälschlicherweise hochgeladen worden waren. Schätze, dass da jemand am Werk war, der sich technisch nicht besonders gut auskannte. An diese Irrläufer zu gelangen, ist nicht einfach, aber möglich. Dazu benötigen wir aber die

Quelle, also das Handy, mit dem diese Aufnahmen gemacht wurden. Mit etwas Glück finden wir die gelöschten Videos in einer der Speichermedien«, erklärte Schuberth.

»Und was zum Henker versprechen Sie sich davon? Glauben Sie vielleicht, dass die Täterin dort freundlich in die Kamera lächelt?«. meckerte Oberdieck.

»Nein, aber es ist immerhin möglich, dass der Täter oder die Täterin darauf zu erkennen ist und die Aufnahmen deshalb gelöscht worden sind.«, meinte Hannah. »Nach eigenen Angaben war Tino Vogt bereits ziemlich betrunken, als er das Video aufgenommen hat. Dabei könnte es einige Fehlversuche gegeben haben. Einen davon wollte er wohl versehentlich im Darknet hochladen. Als er den Fehler bemerkt hatte, hat er den Hochladevorgang abgebrochen. Und Spuren dieser Fehlversuche hat Schuberth im Darknet entdeckt.«

»Stimmt«, nickte Oberkommissar Schuberth.

»Hm, wäre einen Versuch wert, denke ich«, schaltete sich Waffel ein. »Vielleicht gelingt es dir ja, den Richter davon zu überzeugen, Irma Steffens Handy zu beschlagnahmen«, wandte er sich an Oberdieck.

»Ihr stellt euch das alles so einfach vor. Selbst wenn der Richter zustimmt und sie uns ihr Handy rausgeben muss, ist sie nicht verpflichtet, uns den Pincode mitzuteilen. Als Beschuldigte in einem Strafverfahren muss sie sich nicht selbst belasten«, grantelte der Oberstaatsanwalt.

»Den brauchen wir nicht«, schaltete sich Schuberth ein.

»Ich mache einen Vorschlag«, ging Hannah dazwischen. »Ich werde mit Irma reden und ihr klarmachen, dass wir ohne ihre Hilfe Klara Peters nicht des Mordes an Robert Langhoff überführen können. Und solange das nicht gelingt, bleibt Felix Neumann im Gefängnis. Und Irma selbst wird weiterhin verdächtigt werden, die Frau auf dem Handyvideo zu sein. Ich werde ihr sagen, dass wir ihr glauben, dass sie Klara nicht erschossen hat, aber sie muss uns die Wahrheit darüber sagen, was in der letzten Nacht geschehen ist.«

»Das wird ihr Anwalt nicht zulassen«, glaubte Oberdieck.

»Nein, vermutlich nicht«, nickte Hannah. »Aber er muss es ja nicht erfahren.«

»Ich komme in Teufels Küche, wenn ich diese illegale Befragung ohne Rechtsbeistand dulde« regte sich der Oberstaatsanwalt auf.

»Das setzt voraus, dass Sie davon gewusst haben.«

»Was bitte soll das denn heißen?«

»Gar nichts. Ich muss mal dringend zur Toilette. Schlage vor, Sie legen derweil eine kleine Pause ein. Wie wär's mit 'ner Runde Kaffee, Rico? Ich glaube, der Oberstaatsanwalt könnte jetzt gut 'ne Tasse gebrauchen. Und Kekse sind doch bestimmt auch noch da«, meinte Hannah.

»Sischer«, nuschelte Rico, dessen Betäubung zwar nachgelassen hatte, aber ihm immer noch Probleme bereitete.

»Gute Idee, Frau Hauptkommissarin. Komm, mach dich locker, Ralf, der Kaffee von Frau Steding ist ein wahrer Hochgenuss. Und diese Schokoladenkekse erst, die zergehen auf der Zunge«, schwärmte Waffel.

»Meinetwegen, Sie haben fünfzehn Minuten«, stimmte Oberdieck widerwillig zu und ließ sich von Rico eine Tasse Kaffee einschenken.

Als Hannah zwanzig Minuten später Irmas Zelle im Untergeschoss verlassen hatte und gerade auf dem Weg zurück ins Büro war, eilte ihr Jungmann auf dem Flur entgegen.

»Beeil dich, Hannah, der Oberstaatsanwalt verliert die Geduld. Er hat mich geschickt, dich zu holen.«

»Okay, alles klar, danke«, nickte sie ihm zu.

»Entschuldigung, hat ein paar Minuten länger gedauert. Aber ich denke, es hat sich gelohnt«, sagte sie, als sie zurück ins Büro kam.

»Fassen Sie sich bitte kurz, ich habe noch Termine«, grantelte Oberdieck.

»Ich habe unsere Unterhaltung mit Irmas Zustimmung aufgenommen. Hören Sie selbst«, antwortete sie und drückte die Play-Taste ihres Audio-Recorders.

Frau Steffens, wir brauchen jetzt dringend Ihre Hilfe, um den Mord an Robert Langhoff aufzuklären und herauszufinden, wer Klara Peters erschossen hat. Wir wissen mittlerweile, dass Sie nicht die Frau sind, die auf dem Video im Darknet zu sehen ist, und Sie haben auch nicht Klara Peters getötet. Sagen Sie uns, was Sie wissen, dann wird dieser Alptraum für Sie hoffentlich bald beendet sein.

Wohl kaum. Ich bin schwanger und der Vater meines Kindes, den ich geliebt habe, ist tot. Ermordet von einer eifersüchtigen Psychopatin, die jahrelang meine Kollegin war und vorgab, mit mir befreundet zu sein. Und jetzt hat sie auch noch Tino Vogt getötet. Erst hat sie ihn belogen und betrogen und dann hat sie ihn abgeschlachtet wie ein Stück Vieh. Ebenso, wie sie es auf dem Schlachthof ihrer Eltern gelernt hat, dieses empathielose Stück Scheiße.

Das Video, das Im Darknet kursiert, wurde mit Ihrem Handy aufgenommen. Klara hat es ihnen unbemerkt gestohlen, Tino Vogt hat die Aufnahmen gemacht und nachdem Sie es im Darknet hochgeladen hatten, hat Klara es wieder zurück auf Ihren Nachtschrank gelegt, als Sie noch unter der Einwirkung von Propofol, das sie Ihnen am Abend zuvor in den Tee geschüttet hatte, geschlafen haben. Befinden sich die Aufnahmen noch auf Ihrem Handy?

Nein, ich habe alle Dateien natürlich unverzüglich gelöscht. Und ich hab versucht, dieses Video im Darknet mit Hilfe eines Freundes ebenfalls zu löschen. Es ist uns nicht gelungen.

Es gab mehr als nur diese eine Aufnahme. Unsere IT- Experten haben herausgefunden, dass vor dieser letzten Version bereits vorher zwei Versuche stattgefunden haben, ein anderes Video hochzuladen. Wir vermuten, dass der User technisch wenig bewandert war und versehentlich die falsche Datei ins Netz gestellt hatte. Wir denken, dass Tino Vogt im angetrunkenen Zustand mehere Videos gemacht hat und auf einem davon Klara Peters deutlich zu erkennen ist. Haben Sie diese Aufnahmen zu Gesicht bekommen?

Ja, aber erst gestern abend. Bis dahin wusste ich nichts von anderen Versionen. Tino Vogt muss die Videos ohne Klaras Wissen von meinem Handy auf sein Gerät kopiert haben, bevor sie mir mein Handy zurückgebracht hat. Er wollte wahrscheinlich ein Faustpfand gegen Klara in der Hinterhand haben, weil er bereits geahnt hatte, dass sie ihn als letzten, lästigen Zeugen umbringen wollte.

Wie zum Teufel sind Sie an Tino Vogts Handy gekommen? Die Spurensicherung hat es doch sofort nach der Tat sichergestellt.

Er hat gestern Abend eines der Videos an Lisa Langhoff geschickt. Danach muss er die anderen Dateien auf seinem Handy gelöscht haben. Sonst hätten ihre Kollegen sie doch längst gefunden, oder?

Und Lisa Langhoff hat Ihnen dieses Video gezeigt?

Ja, ich hatte sie sofort auf dem Weg ins Krankenhaus angerufen und ihr erzählt, was geschehen war. Als wir uns draußen vor der Uni-Klinik getroffen haben, hat sie mir das Video auf ihrem Handy gezeigt.

Und das war nicht das Video, das im Darknet zu sehen ist?

Nein, es zeigt Klara Peters, wie sie über Roberts reglosem Körper kniete, sich zu Tino Vogt herumdrehte und ihn anschrie, er solle sich gefälligst zusammenreißen.

Und Klaras Gesicht und Stimme sind auf dieser Aufnahme zu sehen und zu hören?

Ja.

Also wusste Lisa Langhoff, als Sie sie am Krankenhaus getroffen haben, dass Klara Peters ihren Mann getötet hat. Und jetzt hatte Klara womöglich auch noch ihren Freund Tino Vogt ermordet. Wie hat Lisa reagiert?

Lisa war eigentlich ganz ruhig. Rebecca dagegen war außer sich vor Wut. Wir mussten sie beruhigen.

Und was geschah dann?

Lisa fragte mich nach Klaras Adresse. Sie meinte, sie müsste diesem Miststück einen Besuch abstatten, um ihr eine Lektion zu erteilen. Ich hab ihr geraten, mit dem Video zur Polizei zu gehen, doch davon wollten weder Lisa noch Rebecca etwas wissen. Ich hab sie gewarnt, dass Klara bewaffnet ist und nicht zögern würde, sie zu töten. Außerdem habe ich ihnen gesagt, dass die Polizei vor ihrer Tür steht und sie beobachten würde.

Aber die beiden haben nicht auf Sie gehört.

Nein. Sie wollten wissen, ob es noch einen anderen Weg ins Haus und zu Klaras Wohnung gäbe. Ich sollte sie dorthin begleiten.

Haben Sie aber nicht, wie sie uns gesagt haben.

Nein, aber ich habe ihnen beschrieben, wie sie durch den ersten Hauseingang über den Dachboden ins Treppenhaus zu Klaras Wohnung gelangen könnten. Ich hatte ja keine Ahnung, dass die beiden 'ne Waffe hatten, verdammt.

Wir hatten zunächst angenommen, dass Sie die Tatwaffe von Tino Vogts Nachtschrank geklaut hatten. Doch dann hatte sich herausgestellt, dass ein Kollege der Spurensicherung zuvor die Smith & Wesson gesichert hatte. Merkwürdig ist nur, dass Klara mit eben einem solchem Colt erschossen wurde. Diese Pistole ist ja nicht gerade im Waffenladen um die Ecke erhältlich, sondern eher ein Unikat. Wie erklären Sie sich, dass Lisa Langhoff an diese Pistole gelangt sein könnte?

Es ist der gleiche Colt, aber nicht derselbe.

Entschuldigung?

Als Robert vor ein paar Jahren die Stahlachterbahn in Sydney für die Firma Fisher Investments aus Chicago konstruiert hatte, hatte ihm Andrew Fisher ein paar Wochen später aus den USA eine noble Mahagoni-Kiste geschickt. Darin befanden sich zwei auf Hochglanz polierte Colts der Marke Smith & Wesson samt Munition. Robert war überrascht, hat sich aber trotzdem darüber gefreut. Einen hat er behalten, den anderen hat er Tino Vogt überlassen. Damals waren die beiden noch gute Freunde. Schätze, Lisa hat die Waffe gefunden und mitgenommen, als sie Roberts persönliche Sachen aus seinem Büro geholt hatte.

Und hat damit dann gestern Nacht Klara Peters erschossen?

Nein, das glaube ich nicht.

Wer hat es dann getan?

Ich weiß es nicht. Aber Rebecca ist Sportschützin. Sie weiß, wie man mit einer solchen Waffe umgeht.

Danke, Irma. Wir werden Ihren Anwalt anrufen, dass er Sie abholen kann. Wären Sie damit einverstanden, dass wir uns Ihr Handy nochmal näher ansehen dürfen. Vielleicht finden wir die gelöschten Dateien ja noch. Nur für den Fall, dass auch Lisa Langhoff dieses Video mittlerweile gelöscht hat.

Klären Sie das bitte mit Dr. Buchberger. Ich kann im Moment nicht mehr klar denken. Ich will nur noch nach Hause.

Hannah drückte die Stopp-Taste.

»Soso, es gibt also zwei von diesen verdammten Western-Colts. Wer hätte das gedacht? Die Aussage klingt, als hätte sie nur darauf gewartet, ihren blitzsauber durchdachten Text zum Besten zu geben. Anscheinend hatten Sie ja wenig Mühe, die junge Frau davon zu überzeugen, mit der Polizei zu kooperieren«, kommentierte der Oberstaatsanwalt.

»Immerhin hat uns Irma Steffens Erklärungen geliefert. Die sollten wir jetzt schnellstens verifizieren. Wenn Lisa Langhoff das Video mittlerweile auch gelöscht hat, wird es verdammt schwierig werden, diese Dateien wiederherzustellen. Also sollten wir Lisa und Rebecca Langhoff festnehmen und nach der Waffe suchen. Und zwar sofort«, schlug Jan vor.

»Wenn du mich fragst, Ralf, klingen die Aussagen der Frau durchaus glaubhaft. Wusste gar nicht, dass Klara Peters auf einem Schlachthof gearbeitet hat. Das erklärt natürlich ihren geschickten Umgang mit einem Messer«, sagte Waffel, stopfte sich einen Schokoladenkeks in den Mund und spülte mit einem Schluck Kaffee nach.

»Wir dürfen keine Zeit verlieren, Herr Oberstaatsanwalt. Am besten, Sie stellen umgehend einen Haftbefehl und einen Durchsuchungsbeschluss aus. Dazu brauchen wir den Richter nicht. Das würde deutlich zu lange dauern«, sagte Rico mit schmerzverzerrter Miene. Sein Zahn machte ihm offenbar immer noch zu schaffen.

»Wollen Sie mir jetzt vorschreiben, wie ich meine Arbeit zu machen habe, Herr Hauptkommissar?«, reagierte Oberdieck gewohnt empfindlich.

»Jetzt ist keine Zeit für Animositäten, Ralf. Hauptkommissar Steding hat recht. Wir müssen umgehend handeln, sonst vernichten die Frauen sämtliches Beweismaterial. Ohne dieses Video und die Tatwaffe haben wir nichts gegen sie in der Hand«, forderte Waffel den Oberstaatsanwalt auf.

»Wenn das in die Hose geht, schicken die mich als Eisverkäufer an den Nordpol«, bewies Oberdieck Humor.

»Mach dir nichts draus, Ralf. Ich wurde bereits mehrfach in die Wüste geschickt, um Bäume zu fällen«, konterte Waffel trocken.

»Wie bitte? So 'n Quatsch. In der Wüste gibt's keine Bäume«, ging ihm Oberdieck auf den Leim.

»Nee, jetzt nicht mehr«, antwortete der Polizeidirektor und grinste schelmisch.

»Wirklich witzig, Horst. Aber du musst auch deinen Kopf nicht hinhalten, wenn's schief geht«, jammerte Oberdieck.

»Also gut, Kollegen. Ob mit oder ohne Haftbefehl, wir werden die Langhoffs festnehmen und uns anhören, was sie zu den Vorwürfen zu sagen haben«, entschied Rico.

»Am besten, ihr bringt sie sofort in die Gerichtsmedizin. Wir werden das volle Programm durchführen: Schmauchspurentest, Fingerabdrücke und DNA-Analyse«, sagte Josie. »Je eher, desto besser.«

»Das ist die einzig richtige Vorgehensweise«, stimmte Waffel zu. »Also, Ralf, gib dir 'nen Ruck und hilf uns, verdammt. Wir sind ein Team und wollen am Ende doch alle dasselbe, oder?«

»Ich werd sehen, was ich tun kann. Halten Sie mich auf dem Laufenden«, sprang der Oberstaatsanwalt für seine Körperfülle geradezu explosiv auf und verlies grußlos das Büro. Der Kaffee in seiner Tasse war mittlerweile kalt geworden.

Rebecca und Lisa Langhoff waren nicht erreichbar. Ihre Handys waren ausgeschaltet. Lisa war nicht an ihrem Arbeitsplatz erschienen und Rebecca hatte offensichtlich die Seminare in der Uni geschwänzt. Auch zu Hause waren die beiden nicht anzutreffen.

»Sind wohl auf Tauchstation gegangen. Sollen wir sie zur Fahndung ausschreiben?«, schlug Hannah vor.

»Nein, wir haben lediglich die Aussage vom Irma Steffens und Oberdieck konnte bisher weder einen Haftbefehl noch einen Durchsuchungsbeschluss erwirken. Wir werden weiter nach ihnen suchen, ohne dabei unnötig Wind zu machen. Wir wollen sie nicht warnen«, meinte Rico.

Jan nickte. »Irgendwann werden die beiden nach Hause kommen. Wir werden dort auf sie warten.«

»Okay, dann schicken wir Jungmann und Krause dorthin«, sagte Rico.

»Nee, lass gut sein. Die beiden haben sich schon die letzten Nächte um die Ohren geschlagen. Das übernehme ich«, antwortete Jan. »Ich nehme Gredig mit.«

Um kurz nach 18 Uhr hatte Polizeiobermeister Gredig den zivilen Astra Kombi in Sichtweite zum Hauseingang am Straßenrand geparkt. Sie hielten zunächst Ausschau nach Lisa Langhoffs rotem Nissan Micra, konnten ihn aber nirgendwo entdecken. Dann stiegen sie aus, gingen hinüber zum Haus und klingelten unten. Nichts. Sie warteten einen Moment und sahen hinauf zur Wohnung im zweiten Stock. Die Fenster zur Straße waren allesamt geschlossen. Jan zuckte die Schultern und nickte Gredig zu, zurück zum Wagen zu gehen.

»Kann dauern. In diesem Job ist Geduld gefragt. Dumm nur, dass ich die nicht immer habe. Jungmann und Krause dagegen sind echte Meister der Beharrlichkeit. Die beiden entwickeln eine Ausdauer, die zeugt wahrlich von unendlichem Durchhaltevermögen. Die sitzen sich nächtelang den Hintern wund ohne mit der Wimper zu zucken. Wahre Meister der Observation«, bemerkte Jan respektvoll.

»Wollen wir nicht hoffen, dass wir hier die ganze Nacht verbringen müssen. Irgendwann werden die ja wohl mal nach Hause kommen«, seufzte der Polizeiobermeister.

»Ihr Wort in Gottes Ohr, Gredig. Wollen doch mal hören, was Rock Antenne so zu bieten hat«, suchte Jan nach seinem Lieblingssender im Radio.

»Rock? Sowas hören Sie?«

»Was ist daran so verwunderlich? Bin mit dieser Musik aufgewachsen. Und Sie? Was hören Sie am Liebsten?«

»Ach, den ganzen Kram, der so im Radio läuft. Ed Sheeran, Rhianna, Pink, eigentlich alles. Na ja, und natürlich Helene.«

»Helene Fischer?«, sträubten sich Jan die Nackenhaare.

»Klar, meine Frau hat mich mal mit zu einem Konzert geschleppt. Seitdem sind wir beide Fans.«

Hannah rief an. »Ich hatte jetzt ein paar Stunden Zeit, über mein Gespräch mit Irma nachzudenken. Ich weiß nicht, aber das, was sie sagte, klang alles so…«

»…geplant? Meintest du das?«

»Ja, irgendwie… wie auswendig gelernt.«

»Das dachte ich bereits, als du uns die Aufnahmen vorgespielt hast.«

»Womöglich hat sie doch was mit Klaras Tod zu tun.«

»Ausschließen sollten wir das jedenfalls nicht. Immerhin hat sie Klara gehasst. Sie hat ihr den Vater ihres Kindes ausgespannt und dann umgebracht. Und sie hat Tino Vogt getötet, um das Geld aus der Lebensversicherung und von Langhoffs Geschäftskonten nicht mit ihm teilen zu müssen.«

»Stimmt. Allerdings hatte Lisa Langhoff auch Gründe, um sich an Klara zu rächen. Sie hat ihren Ex-Mann und ihren Liebhaber ermordet«, meinte Hannah.

»Sicher. Bin gespannt, was Lisa uns erzählen wird. Aber dazu müssen wir sie erstmal erwischen«, antwortete Jan.

»Okay. Ich bringe jetzt Niklas zu Bett. Schade, dass du nicht hier bist. Er wird dich vermissen. Ruf mich bitte sofort an, wenn's was Neues gibt.«

»Klar, gib ihm einen Kuss von mir.«

Im Radio lief »Painkiller« von Judas Priest.

»Junge, Junge, das Ding geht aber ab. Wer ist das?«, fragte Gredig.

Faster than a bullet/Terrifying scream/Enraged and full of anger/He is half man and half machine/Rides the metal monster/Breathing smoke and fire/Closing in with vengeance soaring high.
He ist the Painkiller/This is the Painkiller.

»Jedenfalls nichts für zartbesaitete Seelen. Den Song haben wir gehört, bevor wir zu unseren Spezialeinsätzen in die Berge des

Hindukusch aufgebrochen sind. Der war optimal dafür geeignet, uns das notwendige Adrenalin zu holen, bevor wir den Taliban Feuer unterm Arsch gemacht haben.«

»Afghanistan muss die Hölle gewesen sein. Sie sollen da ganz schön aufgeräumt haben, wie so zu hören war. Stimmt das?«, fragte Gredig.

»WIr haben getan, was getan werden musste. Nicht mehr und nicht weniger. Ist lange her. Ich bin nicht stolz darauf«, antwortete Jan.

»Hm, klar, verstehe. Es gibt Dinge im Leben, die möchte man am liebsten vergessen«, meinte Gredig.

»Ich hab's geschafft, dass mich die Erinnerungen nicht im Schlaf verfolgen. Jedenfalls wache ich nicht jede Nacht schweißgebadet auf. Aber diese Zeit vollständig aus meinem Gedächtnis zu streichen, ist mir bisher auch nicht gelungen. Wahrscheinlich ist das auch unmöglich«, seufzte Jan.

»Hey, Sehen Sie, da drüben, da tut sich was, oder?«, war Gredig auf einen Kleinwagen aufmerksam geworden, der am Straßenrand in unmittelbarer Nähe zum Hauseingang hielt.

Jan erkannte Lisa Langhoffs roten Nissan Micra. Mutter und Tochter stiegen aus und überquerten die Straße.

»Los geht's«, rief er, sprang aus dem Wagen und rannte über die Straße. Gredig musste sich sputen, ihm zu folgen.

Als Lisa Langhoff gerade die Haustür aufschloss, sprach Jan sie von hinten an. Die beiden Frauen drehten sich erschrocken um.

»Guten Tag, Frau Langhoff. Tut mir leid, aber Sie müssen uns zusammen mit ihrer Tochter aufs Revier begleiten«, sagte er.

»Was? Wieso?«, reagierte sie überrascht.

»Sie wissen warum«, antwortete Jan.

»Nein, wissen wir nicht. Was soll der Scheiß?«, schimpfte Rebecca.

»Sie stehen im Verdacht, Klara Peters erschossen zu haben«, sagte Jan.

Die beiden Frauen sahen sich verwundert an und zuckten scheinbar ahnungslos mit den Schultern.

»Äh, wie bitte, Klara ist tot?«, fragte Rebecca sichtlich entsetzt.

Jan nickte. Er fragte sich, ob ihre Reaktion echt war oder sie lediglich überzeugend schauspielerte.

»Und Sie glauben, dass wir sie umgebracht haben? Im Ernst
jetzt?«

»Ich glaube gar nichts, ich halte mich an Fakten. Und die spechen
im Moment dafür, dass Sie als Täterinnen in Frage kommen. Und
deshalb müssen wir dringend mit Ihnen reden«, antwortete Jan.

»Ja, äh, aber wir waren den ganzen Tag unterwegs. Wir haben
meine Schwester in Dresden besucht. Könnten wir dieses Gespräch nicht auch oben in meiner Wohnung führen?«, schlug Lisa
vor.

»Wir sind müde, haben Hunger und brauchen dringend eine Dusche«, meinte Rebecca.

»Verstehe«, nickte Jan. »Aber das wird leider warten müssen.
Bitte kommen Sie.«

»Nein, verdammt. Sie können uns doch nicht einfach so mitnehmen. Haben Sie überhaupt einen Haftbefehl?«, keifte Rebecca mit
hochrotem Kopf.

»Können wir«, sagte Gredig. »Also kommen Sie jetzt freiwillig
mit, oder muss ich Ihnen Handschellen anlegen?«

»So geht das nicht. Ich werde sofort unseren Anwalt anrufen«, zog
Rebecca ihr Handy aus der Jackentasche.

»Jetzt nicht«, packte Gredig ihren Arm. »Das können Sie später
vom Präsidium aus machen.«

»Hey, was fällt Ihnen ein? Flossen weg, verdammt«, rief Rebecca
und wehrte sich.

»Schluss jetzt«, forderte Jan lautstark. »Also kommen Sie jetzt
freiwillig mit, oder müssen wir Sie abführen?«

»Nein, schon gut. Wir kommen mit«, lenkte Lisa schließlich ein.

»Lass gut sein, Rebecca. Dieses Missverständnis wird sich schnell aufklären.«

Um kurz nach acht wurden Lisa und Rebecca Langhoff in das Vernehmungszimmer gebracht. Zuvor hatten sie ihren Anwalt angerufen, der aber erst in einer halben Stunde erwartet wurde. Gredig hatte die beiden mit Kaffee und Wasser versorgt.

»Möchten Sie auf Ihren Rechtsbeistand warten, oder darf ich Ihnen vorweg ein paar Fragen stellen?«, wollte Jan wissen.

»Das könnte Ihnen so passen. Nein, ohne unseren Anwalt sagen wir gar nichts«, funkelte Rebecca ihn wütend an.

»Fragen Sie. Wir haben nichts zu verbergen, auch wenn meine Tochter zurecht aufgebracht ist. Sie hätten uns in aller Ruhe zu einem Gespräch einladen können. Stattdessen haben sie uns wie ein paar Strauchdiebe vor unserer Wohnung aufgelauert und in aller Öffentlichkeit verhaftet. Sei's drum. Was wollen Sie wissen, Herr Kommissar?«

Rebecca wollte protestieren, doch ihre Mutter legte ihr beschwichtigend die Hand auf den Arm.

»Wie haben Sie von Tino Vogts Tod erfahren?«, fragte Jan.

»Irma hat mich angerufen. Wir sind sofort ins Krankenhaus gefahren. Dort hat man uns nach kurzer Wartezeit mitgeteilt, dass Tino verstorben war.«

Dass die beiden sich offensichtlich als Polizistinnen ausgegeben hatten, um zu erfahren, wie es um Vogt stand, ließ er unerwähnt. Es war nicht mehr wichtig.

»Sie haben Irma getroffen und mit ihr gesprochen, nachdem sie das Krankenhaus wieder verlassen hatten. Was hat sie Ihnen erzählt?«

»Sie war wütend. Sie meinte, dass Klara Tino umgebracht hätte. Dann zeigte sie uns ein Video, auf dem Klara zu sehen war, wie sie über Robert kniete und ein Messer an den Kopf hielt.«

»Sie meinen das Video aus dem Darknet?«

»Nein, dies war ein anderes. Klara war deutlich zu erkennen. Sie blickte in die Kamera und schimpfte. Und sie trug Irmas Kleidung.«

»Kannten Sie diese Aufnahmen bereits?«

»Nein, woher denn?«

»Irma sagte, Tino Vogt hätte sie Ihnen gestern geschickt.«

»Unsinn«, schüttelte Lisa den Kopf.

»Was hat Ihnen Irma noch erzählt?«

»Sie meinte, dass die Polizei keine Beweise gegen Klara hätte und sie ungestraft davonkommen würde, wenn wir jetzt nichts unternehmen würden.«

»Was genau meinte sie damit?«

»Na ja, sie wollte das Problem Klara Peters offensichtlich selbst in die Hand nehmen. Sie fragte mich, ob wir eine Waffe hätten. Nach kurzem Zögern fiel mir ein, dass Robert eine Pistole besaß. Allerdings hatte ich keine Ahnung, wo er die aufbewahrt hatte. Irma wusste von dieser Pistole. Sie sagte uns, dass die Waffe in seinem Büro im Schreibtisch läge. Sie meinte, wir sollten sie holen, Klara damit einen Besuch abstatten, um sie aufzufordern reinen Tisch zu machen und ein umfassendes Geständnis abzulegen.«

»Und darauf haben Sie sich eingelassen?«

»Ich war geschockt, als ich diese Aufnahmen gesehen habe. Obwohl Felix Neumann ja gestanden hatte, Robert niedergeschlagen zu haben, gab es ja nach wie vor erhebliche Zweifel, ob er ihn auch getötet hatte. Nach diesem Video im Darknet dachten wir ja wohl alle, dass Irma die wahre Täterin war. Als wir dann auch noch erfahren hatten, dass sie von Robert schwanger ist und der trotzdem eine Affäre mit Klara hatte, nahmen wir an, dass sich Irma an ihm rächen wollte. Und jetzt gab es plötzlich diese unerwartete Wende. Klara hatte offensichtlich nicht nur Robert umgebracht, sondern jetzt auch noch Tino. Ich war traurig und wütend zugleich. Ja, in diesem Moment war ich wohl zu allem bereit«, seufzte Lisa.

»Halt den Mund, Mutter. Wir müssen uns doch hier nicht selbst belasten. Sag nichts mehr. Warte bis der Anwalt da ist«, funkte Rebecca dazwischen.

»Wieso? Ist doch die Wahrheit Wir haben Klara jedenfalls nicht getötet. Wir hatten zunächst vor, zu ihr zu fahren und sie zur Rede zu stellen. Es war allerdings bereits weit nach Mitternacht. Ich war niedergeschlagen und müde. Schließlich habe ich Rebecca davon überzeugt, umzudrehen und nach Hause zu fahren.«

»Also waren Sie nicht bei Klara?«

»Nein. Ich habe Rebecca gesagt, dass wir das der Polizei überlassen sollten. Mit diesem neuen Video stand Klara schließlich einwandfrei als Täterin fest. Und es gab ja wohl auch keinen Zweifel daran, dass sie auch Tino ermordet hatte.«

Es klopfte kurz an der Tür. Soeben war der Anwalt eingetroffen.

»Dr. Karol Janssen von Buchberger und Partner. Wir vertreten die Firma Langhoff und Vogt. Frau Langhoff hat mich gebeten, sie zu unterstützen«, stellte er sich vor.

»Hauptkommissar Jan Krüger. Bitte nehmen Sie Platz«, antwortete Jan höflich. »Frau Langhoff und Ihre Tochter sind hier weil sie im Verdacht stehen, gestern Nacht einen Mord verübt zu haben«, erklärte er.

»Weder Frau Langhoff noch ihre Tochter Rebecca haben einen Mord begangen. Meine Mandantinnen haben mir am Telefon glaubhaft versichert, dass sie nach ihrem Krankenhausbesuch nach Hause gefahren sind. Heute morgen sind sie nach Dresden gereist, um einen Verwandtenbesuch zu machen. Als die beiden gegen 19.30 Uhr wieder zu Hause eintrafen, haben Sie dort bereits auf sie gewartet und sie verhaftet.«

»Uns liegen Erkenntnisse vor, die dieser Aussage widersprechen«, erwiderte Jan. »Irma Steffens hat bestätigt, dass ihre Mandantinnen bei Klara Peters waren und eine Waffe dabei hatten. Es war der gleiche Revolver, den auch Tino Vogt besaß. Sie meinte, Rebecca wäre Sportschützin und wüsste, wie man mit einer solchen Waffe umginge. Dann hätte sie den beiden den Weg beschrieben, wie sie unerkannt ins Haus und über den Dachboden zu Klara Peters' Wohnung gelangen konnten. Gleichzeitig hätte sie ihnen aber davon abgeraten, das Recht selbst in die Hand zu nehmen und mit dem Video, das Klara Peters als Mörderin ihres Mannes überführt, zur Polizei zu gehen.«

»Das ist doch von vorn bis hinten gelogen. Diese verfluchte Schlampe hat Klara erschossen und will uns jetzt die Schuld in die Schuhe schieben«, explodierte Rebecca.

»Rebecca, bitte, lassen Sie mich das regeln. Sie beide sagen jetzt überhaupt nichts mehr«, unterbrach Dr. Janssen.

Wieder klopfte es an der Tür. Rico Steding, der das Gespräch im Nebenraum verfolgte, hatte Oberkommissar Schuberth das Zeichen gegeben, das Vernehmungszimmer zu betreten.

Er stellte sich kurz vor, setzte sich und klappte seinen Laptop auf.

»Oberkommissar Schuberth ist unser IT-Experte. Er möchte Ihnen etwas zeigen«, erklärte Jan.

»Äh, ja. Wir haben Bilder einer Überwachungskamera aus Abtnaundorf, die gestern Morgen um kurz vor zwei einen roten Nissan Micra mit dem Kennzeichen L- LL 1974 auf der Abtnaundorfer Straße stadtauswärts aufgezeichnet hat. Dieses Fahrzeug ist auf Lisa Langhoff zugelassen. Wir konnten die Aufnahmen vergrößern und beinahe gestochen scharf erscheinen lassen. Sehen Sie bitte selbst.«

Schuberth drehte den Laptop in Richtung des Anwalts und seiner Mandantinnen.

»Moment, Sie wissen doch sicher, dass diese Aufnahmen illegal sind, oder? Private Sicherheitskameras dürfen lediglich das Grundstück und den Bereich unmittelbar vor dem Hauseingang erfassen. Die Straße und vor allem Fahrzeuge und deren Kennzeichen aufzunehmen, ist nicht erlaubt«, schimpfte Dr. Janssen.

»Stimmt. Die Kamera war vollkommen falsch eingestellt. Und dass nicht erst seit gestern. Wir haben den Eigentümer schon vor Wochen darauf hingewiesen, dass er sich bitte darum kümmern möchte«, erklärte Schuberth.

»Hat er aber nicht. Und ob illegal oder nicht. Fakt ist, dass dies ihr Fahrzeug ist und dass Rebecca am Steuer sitzt. Und nebenan sitzt nicht etwa Lisa, wie zu vermuten wäre, sondern - man glaubt es kaum - Irma Steffens«, sagte Jan.

»Damit kommen Sie nie und nimmer durch. Ich werde…«, polterte der Anwalt, als er von Lisa Langhoff jäh unterbrochen wurde.

»Was zum Teufel wolltet ihr beiden da?«

Rebecca blickte schuldbewusst zu Boden und schwieg.

»Sie waren im Büro Ihres Ex-Mannes und haben die Smith & Wesson aus dem Schreibtisch geholt«, antwortete Jan.

»Blödsinn«, kommentierte Rebecca.

»Was habt ihr verdammt noch mal getan?« ‚rief Lisa Langhoff entsetzt.

»Gar nichts. Die können uns nichts beweisen«, antwortete Rebecca.

»Sie sollten jetzt verdammt nochmal endlich schweigen. Beide«, funkte der Anwalt dazwischen. »Das heißt ja noch lange nicht, dass die beiden danach zum Haus von Frau Peters gefahren sind und sie erschossen haben.«

»Warst du etwa mit Irma bei Klara? Du hast ja wohl nicht …«, ließ sich Lisa von ihrem Anwalt nicht stoppen.

»Nein, sie war's. Sie hat mir die Waffe aus der Hand gerissen und geschossen. Ich wollte Klara doch nur einschüchtern, damit sie die Wahrheit sagt«, beteuerte Rebecca unter Tränen.

»Irma hat bestritten, überhaupt am Tatort gewesen zu sein. Sie vermutete, dass Rebecca als erfahrene Sportschützin den tödlichen Schuss abgefeuert hätte«, sagte Jan.

»Nein, Sie war's, dieses Misttsück. Als sie merkte, dass ich Klara nur drohen wollte, hat sie mir die Waffe aus der Hand gerissen und abgedrückt.«

»Dagegen spricht, dass wir an Irma Steffens keinerlei Schmauchspuren feststellen konnten. Wir werden sie jetzt ebenfalls auf Schmauchspuren testen. Beide«, kündigte Jan an.

»Sie trug ein langärmliges Sweatshirt und Handschuhe, verdammt. Mir wurde erst später klar, warum«, erklärte Rebecca.

»Irma hat uns benutzt und wir waren so dumm und haben ihr geglaubt«, seufzte Lisa. »Und jetzt gibt es außer Rebeccas Aussage nicht mal den Beweis, dass sie überhaupt am Tatort war.«

»Nicht ganz. Im Eifer des Gefechts hat Irma einen Fehler gemacht. Sie hat Rebecca nicht gesagt, dass sie aus der entgegengesetzten Richtung in die Paul-Heyse-Straße einbiegen sollte, um nicht von unserem Beamten vor Ort entdeckt zu werden. Der hat nämlich die wenigen Fahrzeuge, die in der Nacht am Haus vorbeikamen, mit dem Handy aufgenommen.« Jan nickte Schuberth zu. Der rief eine andere Datei auf und drehte seinen Laptop in Richtung des Anwalts.

»Schon erstaunlich, wie gut so eine Handykamera selbst bei schlechtem Licht funktioniert«, meinte Jan. »Schauen Sie auf Datum und Uhrzeit oben rechts.«

Sowohl der rote Nissan Micra als auch Rebecca am Steuer und Irma daneben waren zweifelsfrei zu erkennen.

»Äh, bitte geben Sie mir ein paar Minuten mit meinen Mandantinnen«, bat Dr. Janssen, nachdem er die Aufnahmen gesehen hatte.

»Sicher«, nickte Jan, schaltete das Mikrofon aus und verließ zusammen mit Schuberth den Raum.

Nach nicht mal zwei Minuten rief der Anwalt Jan zurück ins Vernehmungszimmer.

»Frau Langhoff und ihre Tochter sind bereit, ihre Aussagen schriftlich zu bestätigen. Rebecca Langhoff war zugegen, als Irma Steffens Klara Peters mit der Waffe ihres Vaters erschossen hat. Sie betont, dass sie niemals vorhatte, auf Klara Peters zu schießen. Irma Steffens hat ihr die Pistole entrissen und Klara in den Kopf geschossen. Anschließend ist sie zusammen mit der Täterin über den Dachboden geflüchtet. Sie hat Irma mit dem Wagen ihrer Mutter nach Hause gebracht, bevor sie gegen etwa drei Uhr morgens ebenfalls nach Hause zurückgekehrt ist. Die Pistole, ein Colt der Marke Smith & Wesson, hat Irma Steffens behalten. Die beiden Frauen sind bereit, sich einem Schmauchspurentest zu unterziehen, sich, wenn notwendig, auch die Fingerabdrücke abnehmen zu lassen und einen DNA-Test zu machen. Sie werden in vollem Umfang kooperieren«, erklärte Dr. Janssen.

»Gut«, nickte Jan. »Dann sollten wir keine Zeit verlieren und in die Gerichtsmedizin fahren. Ich rufe Frau Professor Dr. Nussbaum an. Sollte der Schmauchspurentest negativ ausfallen, können die beiden vorerst nach Hause zurückkehren. Andernfalls werden wir Haftbefehl erlassen.«

»Ich werde Frau Langhoff und ihre Tochter begleiten«, antwortete der Anwalt.

Um kurz nach zehn war alles erledigt. Josie Nussbaum informierte den Anwalt im Beisein von Jan und Rico über die Testergebnisse.

»Lisa Langhoffs Schmauchspurentest war negativ. Ihre Fingerabdrücke stimmten nicht mit den am Tatort gefundenen Abdrücken überein. Ihre DNA wird noch mit am Tatort sichergestellten Haaren und Hautschuppen abgeglichen. Aber wir erwarten auch hier ein negatives Ergebnis. Bei Rebecca Langhoff wurden an den Handgelenken und im Bereich des Nackens Schmauchspuren entdeckt. Die geringen Mengen deuten jedoch darauf hin, dass sie nicht selbst eine Waffe abgefeuert, sondern sich dabei lediglich in unmittelbarer Nähe aufgehalten hat«, erklärte Josie.

»Also belegen die Untersuchungen die Aussagen meiner Mandantinnen?«, fragte der Anwalt.

»Sieht so aus«, bestätigte Jan.

»Gut, dann können Sie Frau Langhoff und ihre Tochter zunächst wieder mitnehmen. Sie sorgen aber bitte dafür, dass sich beide jederzeit zu unserer Verfügung bereithalten. Sie sollten bis zum Abschluss der Untersuchungen Leipzig nicht verlassen«, sagte Rico.

»Selbstverständlich«, nickte Dr. Janssen.

»Und wie gehts jetzt weiter?«, fragte Rico, nachdem die Frauen in Begleitung ihres Anwalts das Institut verlassen hatten.

»Tja, am besten, ihr schafft Irma nochmal hierher. Wenn sie tatsächlich abgedrückt hat, werden wir Schmauchspuren nachweisen können«, versicherte Josie.

»Auch wenn sie Handschuhe und geschlossene Kleidung getragen hat?«, hinterfragte Jan.

»Ja, verlasst euch drauf«, nickte Josie. »Am besten wäre natürlich, wenn wir sie erkennungsdienstlich behandeln könnten. In diesem Fall werden wir selbstverständlich das komplette Programm auffahren. Aber dazu braucht ihr einen Gerichtsbeschluss. Je schneller der vorliegt, umso besser. Und ihr solltet alles daransetzen, die Tatwaffe zu finden. Ein unangemeldeter nächtlicher Besuch könnte hilfreich sein«, schmunzelte sie.

»Ich bin zum Umfallen kaputt«, seufzte Rico, der immer noch unter den Folgen der morgendlichen Wurzelbehandlung beim Zahnarzt litt.

»Okay«, nickte Jan. »Dann fahren wir jetzt nach Hause, schlafen ein paar Stunden und kreuzen morgen früh pünktlich um sechs bei

Irma Steffens auf. Da sie nicht unbedingt mit unserem Besuch rechnet, wird das Vögelchen wohl kaum ausgeflogen sein.«

»Einverstanden. Dann können wir hoffentlich den Deckel auf diesen Fall machen«, seuftze Rico.

»Nichts lieber als das«, bestätigte Jan.

»Na na, meine Herren, höre ich da etwa sowas wie Amtsmüdigkeit heraus? Na ja, wäre in eurem Alter durchaus nachvollziehbar«, stichelte Josie und grinste provokativ. »So fing's bei Hans Bernstein auch an.«

»Ist nicht jeder so ein schlafloser Zombie wie du«, konterte Jan.

»Ihr wisst doch, Schlaf wird im allgemeinen überbewertet. Wenn ich im Bett darüber nachdenke, was ich alles in der Zeit machen könnte, in der ich mich nutzlos von einer Seite auf die andere wälze, bekomme ich ein schlechtes Gewissen«, meinte Josie.

»Das liegt daran, dass du meistens allein im Bett liegst. Ansonsten könnte ich dir ein paar Tipps geben, was man im Bett noch so alles anstellen könnte.«

»Echt jetzt? Na, da wäre ich ja mal gespannt. Darauf werde ich bei Gelegenheit zurückkommen. Und jetzt seht zu, dass ihr nach Hause kommt und euren Schönheitsschlaf abhaltet. Könnt ihr gut gebrauchen, Cowboys. Ich habe noch reichlich zu tun«, sagte Josie, drehte sich um und verschwand mit einem Lächeln in der Tür zur Pathologie.

Pünktlich um Viertel vor sechs holte Rico Jan in der Schmutzlerstraße ab. Im Dämmerlicht zogen vereinzelte dunkle Wolken auf, aber bisher war es trocken geblieben.

»Morgen, Rico. Haben dich deine Zahnschmerzen überhaupt schlafen lassen?«, erkundigte sich Jan.

»Hab zwei Aspirin geschluckt. Danach ging's«, antwortete sein Chef gequält.

»Wir müssen nach Abtnaundort in die Grunertstraße. Wenn wir uns beeilen sind wir in einer Viertelstunde da«, sagte Jan.

»Dürfte heute Morgen kein Problem sein. Was glaubst du? Haben Lisa und Rebecca Langhoff die Wahrheit gesagt?«

»Ja, nach unseren neuesten Erkenntnissen scheint das der Fall zu sein. Aber wir werden weitere Beweise benötigen, wenn wir Irma Steffens überführen wollen.«

»Wird ohne Durchsuchungsbeschluss wohl eher schwierig werden.«

»Sie weiß noch nicht, dass wir ihre Aussage anzweifeln. Schätze, zurzeit fühlt sie sich sicher. Vielleicht hat sie die Waffe noch. Und möglicherweise auch noch die Handschuhe, die Kleidung und die Schuhe. Eben alles, was sie in der Tatnacht getragen hatte.«

»Klar, aber wenn sie uns nicht freiwillig reinlässt, werden wir wohl keine Chance bekommen, diese Sachen zu finden.«

»Mal sehen, ob sie überhaupt zu Hause ist. Ich hätte mich an ihrer Stelle sofort aus dem Staub gemacht und an einem sicheren Ort aus der Entfernung abgewartet, wie sich die Dinge entwickeln.«

»Tja, wenn wir Pech haben, hat sie genau das getan«, befürchtete Rico.

Nach etwa zehn Minuten bogen sie von der Delitzscher Straße in die Theresienstraße Richtung Mockau ab. Es war mittlerweile hell geworden. Die Straßen waren noch leer. Das würde sich allerdings in der nächsten halben Stunde ändern, wenn der Berufsverkehr einsetzte. Fünf Minuten später wollte Rico gerade von der Mockauer Straße in die Zielstraße abfahren, als Jan ein schwarzer Golf auffiel, der aus der Grunertstraße auf die Mockauer Richtung Süden abbog.

»Verdammt, das ist sie. Bleib dran, aber mit Abstand, dass sie uns nicht sofort bemerkt«, sagte er.

»Wo zum Teufel will die um diese Zeit hin?«, wunderte sich Rico.

»Das werden wir hoffentlich bald wissen.«

Rico wendete seinen 3er BMW und folgte dem Golf, der von der Mockauer auf die B 6 Richtung Messe abbog. Sie hielten ausreichend Sicherheitsabstand, um nicht aufzufallen.

»Die will auf die Autobahn«, glaubte Jan.

»Dann hattest du wohl recht. Sie will verschwinden.«

Der Golf fuhr am Autobahnkreuz Leipzig-Mitte auf die A 14 Richtung Schkeuditzer Kreuz. Ein paar Minuten später und wenige Kilometer weiter verließ sie die Autobahn an der Abfahrt Schkeuditz und fuhr auf die Flughafenstraße.

»Hm, das Reiseziel scheint dann wohl doch etwas weiter entfernt zu liegen«, kommentierte Rico.

»Stopp, langsam. Sie hält. Was zum Teufel will sie da?«, wunderte sich Jan.

Der schwarze Golf hielt am Straßenrand. Irma sprang heraus, öffnete den Kofferraum und zog einen grauen Sack heraus. Sie lief über die Straße auf ein zweistöckiges Gebäude zu, vor dem eine Reihe von großen Müllcontainern stand.

»Das ist das Gebäude der Entsorgungsbetriebe. Sie will Beweismaterial vernichten. Clever, in diesen riesigen Containern findest du so schnell nichts wieder. Und die werden täglich geleert. Man sollte nicht glauben, wieviel Müll dieser Flughafen produziert. Hab mal irgendwo gelesen, dass das mehrere Tonnen sein sollen. Pro Tag, wohlgemerkt.«

Irma warf den Sack in einen der riesigen, blauen Stahlwürfel und lief zurück zum Wagen.

Rico wollte gerade aussteigen, als Jan ihn aufhielt.

»Nein, lass das. Dann verlieren wir sie womöglich. Ich rufe Krause an. Der wird sich darum kümmern.«

»Okay«, nickte Rico und folgte dem Golf bis zum Parkplatz P4. Wie sich schnell herausstellte, handelte es sich um einen Stellplatz für Dauerparker. Irma steuerte scheinbar gezielt einen numerierten Einstellplatz in der Mitte des Geländes an.

Jan gab Rico ein Zeichen, sich quer hinter den Golf zu stellen und sprang heraus.

»Hey, sei vorsichtig, sie könnte noch im Besitz der Pistole sein. Warte«, meinte Rico, öffnete das Handschuhfach und brachte eine SigSauer P6 zum Vorschein. Er steckte das Magazin in die Waffe, lud sie durch und reichte sie Jan.

»Ich nehme mal an, deine Knarre liegt da, wo sie immer liegt, oder?«, schüttelte er verständnislos den Kopf.

Jan nickte, nahm die Waffe und steckte sie in seine Jackentasche. Irma saß noch im Wagen, als er an das Seitenfenster klopfte. Sichtlich überrascht drehte sie sich zu ihm um. Er forderte sie per Handzeichen auf, die Scheibe herunterzulassen.

»Guten Morgen, Irma. Wo soll es denn zu so früher Stunde hingehen?«, erkundigte er sich.

»Was zum Henker wollen Sie denn hier? Verfolgen Sie mich etwa?«, zeigte sich Irma ungehalten.

»Natürlich. Wir behalten alle Verdächtigen im Auge bis der Fall geklärt ist. Reine Routine, Frau Steffens.«

»Was soll der Blödsinn? Ich hab der Polizei alles erzählt, was ich weiß. Rebecca Langhoff hat Klara erschossen. Daran gibt es ja wohl keinen Zweifel, oder?«

»Tja, das sagen Sie. Mittlerweile gibt es allerdings einige neue Erkenntnisse. Und die lassen uns zu dem Schluss kommen, dass Sie es waren, die Klara Peters getötet hat.«

»Wie bitte? Das ist ja komplett lächerlich. Ich war nicht mal in der Nähe, als Lisa und Rebecca Klara aufgesucht und umgebracht haben«, schimpfte Irma.

Jan griff in seine Tasche, brachte sein Handy zum Vorschein und zeigte Irma ein Video. »Das sind Sie mit Rebecca auf dem Weg zur Firma, um Robert Langhoffs Waffe zu holen. Schauen Sie sich Datum und Uhrzeit im rechten oberen Feld an.«

Irma starrte verblüfft auf die Aufahme. Fürs Erste schien sie sprachlos. Damit hatte sie augenscheinlich nicht gerechnet.

Dann zeigte er ihr das Foto, das Jungmann zur Tatzeit vor Klaras Haustür aufgenommen hatte.

»Und das sind Sie und Rebecca etwa zwanzig Minuten später auf der Paul-Heyse-Straße. Sie hatten wohl versäumt, Rebecca zu sagen, dass sie aus der entgegengesetzten Richtung kommen und zum ersten Hauseingang fahren sollte, wo der Polizeiwagen Sie nicht sofort entdecken würde. Ein wirklich bedauerlicher wie dummer Fehler.«

»Na und? Und wenn schon. Ich hab unten im Wagen gewartet. Hätte nicht gedacht, dass Rebecca tatsächlich abdrücken würde.«

»Rebecca sagt, Sie hätten geschossen. Ein Hausbewohner hat zwei Personen gesehen, wie sie die Treppe hinauf Richtung Dachboden gelaufen sind. Und nur Sie kannten diesen Schleichweg, um unerkannt das Haus zu betreten und wieder zu verlassen.«

»Da muss sich der gute Mann geirrt haben. Rebecca war allein.«

»Er war sich absolut sicher, dass es zwei Personen waren. Er ist bereit, das notfalls vor Gericht zu beeiden.«

»Gern. Ich war es jedenfalls nicht, die er dort gesehen haben will«, zuckte Irma die Achseln.

»Der Zeuge sprach davon, dass eine der beiden Personen Handschuhe und einen schwarzen Kapuzenpullover getragen hätte. Bin mal gspannt, was die Kollegen in dem grauen Sack finden werden, den sie gerade in dem Container an der Flughafenstraße entsorgt haben.«

Von einer Sekunde zur anderen verdunkelten sich Irmas Gesichtzüge. Sie funkelte Jan feindselig an.

»Vielleicht befindet sich in diesem Sack sogar die Tatwaffe?«, legte er noch einen drauf.

Irma griff blitzschnell unter ihren Sitz, zog den Colt hervor und zielte auf seinen Kopf. »Nein, die ist hier«, zischte sie. »Los, einen

Schritt zurück. Sagen Sie diesem Stasischwein, er soll mit erhobenen Händen aussteigen.«

»Stasischwein?«, wundert sich Jan.

»Der Typ war bei der Volkspolizei. Meine Mutter kannte ihn. Damals hat er die Leute bespitzelt und schikaniert, heute spielt er sich als treuer Gesetzeshüter auf. Den hätten sie nach der Wende in einer Zelle in Bautzen verfaulen lassen sollen, meinte meine Mutter. Wie Sie sehen, Herr Kommissar, verfolgt uns hier im Osten immer noch die Vergangenheit. Wie konnte so einer eigentlich bei der Kripo landen? Aber die alten Seilschaften existieren scheinbar immer noch«, seufzte Irma.

Jan gab Rico ein Zeichen, dass er aus dem Wagen steigen sollte. Der nickte zum Zeichen, dass er verstanden hatte und stieg langsam aus.

»Nimm verdammt nochmal deine Flossen hoch, du Schwein, und stell dich neben deinen Kumpel, kapiert?«, wütete Irma.

»Und jetzt? Wollen Sie uns auch umbringen? Sie werden nicht weit kommen, die Kollegen sind bereits auf dem Weg. Der Flieger wird ohne Sie abheben müssen. Wo sollte es denn hingehen?«, fragte Jan provokant.

»Halten Sie einfach das Maul. Los, die Hände über den Kopf, umdrehen und runter auf die Knie. Wird's bald, verdammt?«

Leichter Wind kam auf. Dunkle Wolken waren aufgezogen. Vereinzelte Schwaden zogen sich langsam aber stetig zu einer dichten, grauen Wolkendecke zusammen. Hauchfeiner Nieselregen setzte ein. Es würde nicht mehr lange dauern, bis die ersten kräftigen Regengüsse niedergehen würden.

»Lassen Sie den Scheiß, Irma. Sie machen alles nur noch schlimmer«, rief Jan.

»Nein, Sie irren sich. Schlimmer kann's nicht mehr werden. Ich hab einen Menschen erschossen, ich bin schwanger und der Vater meines Kindes ist tot, nachdem er mich zuvor mit dem Kind im

Bauch in die Wüste geschickt hatte, um mit dieser verdammten Hure zu vögeln. Ich bin komplett pleite und hab keinen Job mehr. Und zu guter Letzt drohen mir jetzt noch ein paar Jahre Gefängnis. Nicht gerade die besten Voraussetzungen für einen Neuanfang oder?«, stöhnte Irma.

»Sie haben Klara Peters im Affekt getötet. Der Plan war, sie zu einem Geständnis zu zwingen, nicht sie zu erschießen. Das hat Rebecca Langhoff bestätigt. Wenn Sie jetzt aufgeben und sich stellen, kann sich noch alles zum Guten wenden, glauben Sie mir, Irma«, versuchte Jan sie zu beschwichtigen.

»Nein, Herr Kommissar, gar nichts wird mehr gut. Überhaupt nichts. Sie hätten mich einfach gehen lassen sollen«, seufzte sie.

Jan spürte, dass Irma nicht mehr zu überzeugen war, aufzugeben. Die Lage war ernst. Todernst sogar. Aber er konnte nicht einfach stillsitzen und abwarten, bis eine Kugel in seinem Hinterkopf einschlagen würde.

Tausend Gedanken rasten ihm gleichzeitig durch den Kopf. Er versuchte verzweifelt, sich zu konzentrieren und sie zu ordnen. Was er jetzt dringend brauchte, war eine Lösung. Und zwar eine gute. Dann hörte er, wie Irma den Hahn der Smith & Wesson spannte. Ein unheilvolles, metallisches Klicken, das wie eine Botschaft aus dem Vorhof zur Hölle klang und ihren Tod ankündigte. Das Adrenalin schoss durch seine Adern wie Löschwasser durch einen Feuerwehrschlauch. Er spannte die Muskeln an, atmete tief ein, rollte sich blitzartig zur Seite und sprang auf. Irma drückte ab.

Der Schuss verfehlte seinen Kopf um Haaresbreite. Er duckte sich und stürmte wie ein wilder Stier auf sie zu. Erneut drückte sie ab. Das Geschoss streifte seine Schulter und brachte ihn aus dem Gleichgewicht. Er stolperte und ging zu Boden. Irma stellte sich über ihn, richtete die Waffe auf sein Gesicht und spannte erneut den Hahn. »Auf Wiedersehen, Herr Kommissar, Wir sehen uns in der Hölle«, rief sie.

Jan schloss die Augen. Ein Schuss fiel. Stille. Er spürte nichts. Nicht mal den Tod.

Plötzlich überkamen ihn heftige Schmerzen. Irgendetwas Schweres war auf ihn gefallen und seine Schulter brannte wie Feuer. Er fühlte, wie lauwarme Flüssigkeit über sein Gesicht lief. Blut? Sein Blut? Er schlug die Augen auf.

»Komm schon, steh auf«, hörte er Rico rufen, der gerade dabei war, Irmas leblosen Körper von ihm herunterzuzerren.

»Gut, dass ich die noch auf den letzten Drücker eingesteckt hatte«, hielt er seine nagelneue P 30 hoch. »Dachte mir schon, dass du mal wieder blank ins Gefecht ziehen würdest. Wann zum Teufel gewöhnst du es dir endlich an, deine Dienstpistole zu tragen? Oder bist du in Afghanistan auch ohne Waffe in den Krieg gezogen? Wie ich hörte, war das wohl nicht der Fall. Also warum zum Geier spielst du hier den Pazifisten?«, schimpfte Rico. »Das wird uns eines Tages nochmal Kopf und Kragen kosten.«

Mittlerweile hatten kräftige Schauer eingesetzt. Der Himmel hatte seine Schleusen geöffnet. Innerhalb kurzer Zeit waren die beiden pudelnass.

Jan stand auf, klopfte sich mit einer Hand den Dreck ab, mit der anderen fasste er sich an die schmerzende Schulter.

»Hast Schwein gehabt. Ist nur 'n Kratzer«, sagte Rico.

»Danke«, antwortete Jan kleinlaut.

»Schon gut. Wir hatten Glück, dass dich die Schüsse verfehlt haben. War verdammt knapp«, meinte Rico. »Ich ruf dann mal die Kollegen.«

Jan blickte zu Boden. Vor ihm lag Irma leblos mit einem Loch im Hinterkopf in einer riesigen Blutlache, die vom Regenwasser langsam davongespült wurde.

»Hätte ehrlich gesagt nicht gedacht, dass sie abdrücken würde«, kommentierte Rico.

»Nein, ich auch nicht«, nickte Jan.

Krause rief an. »Wo seid ihr? Ich hab den Sack gefunden. Die Kollegen vom Entsorgungsdienst haben den Container aufgeschlossen und das Ding rausgefischt.«

»Gute Arbeit. Hast du schon hineingesehen?«, fragte Rico.

»Äh, ja natürlich. Eine hellblaue Jeans, ein dunkelblauer Kapuzenpulli, ein paar Sneakers und schwarze Lederhandschuhe«, zählte Krause auf.

»Okay, und wir haben die Tatwaffe«, antwortete Rico.

»Und was ist mit dem Mädchen?«, erkundigte sich Krause besorgt.

»Sie ist tot. Leider«, seufzte Rico.

Die Wunden waren tiefer als zunächst angenommen. Viel tiefer. Das Projektil aus der Smith & Wesson hatte einen massiven Krater in Jans Oberarm hinterlassen. Die Wunde musste zunächst gereinigt und desinfiziert werden. Anschließend wurde sie mit acht Stichen genäht und mit einem Druckverband versehen.

Ricos Wunden saßen deutlich tiefer. Sie hatten sich abgrundtief wie der Grand Canyon in seine Seele gegraben. Körperlich war er unversehrt geblieben, doch die Verletzung saß fest verankert in seinem Kopf. Er hatte eine schwangere Frau erschossen, die ihr ganzes Leben noch vor sich hatte. Es war alles rasend schnell gegangen. Er hatte nicht mal mehr die Zeit gehabt, sie zu warnen oder zur Aufgabe zu überreden. In Bruchteilen einer Sekunde musste er eine Entscheidung treffen. Er oder sie. Instinktiv hatte er auf ihren Hinterkopf gezielt und abgedrückt. In diesem Augenblick wusste er genau, dass der Schuss sein Ziel nicht verfehlen durfte. Das hätte der Frau womöglich die Zeit verschafft, Jan zu erschießen. Nein, er hatte richtig gehandelt. Zweifellos. Es war seine verdammte Pflicht gewesen, seinen Kollegen zu schützen und die Angreiferin unschädlich zu machen. Dafür war er Polizist geworden. Trotzdem fühlte er sich mies. Es würde sicher länger dauern, dieses Trauma zu verarbeiten. Wie lange, stand in den Sternen.

Hannah hatte zu Hause alles stehen und liegen gelassen, hatte Niklas zu ihrer Mutter gebracht und war so schnell wie möglich in die Uni-Klinik gefahren, um sich um Jan und Rico zu kümmern.

Die beiden erzählten ihr in aller Ausführlichkeit, was geschehen war.

Obwohl Jan mal wieder im Dienst unbewaffnet gewesen war und Rico womöglich zu früh abgedrückt hatte, war es jetzt definitiv der falsche Zeitpunkt, die beiden zu kritisieren. Immerhin hatte Irma Steffens sie mit einer Waffe bedroht. Da blieb kaum Zeit für Experimente. Ihr war vollkommen klar, dass Jan jetzt wahrscheinlich tot wäre, wenn Rico nicht geschossen hätte.

Sie verfrachtete die beiden ins Auto und fuhr ins Präsidium. Polizeidirektor Horst Wawrzyniak wartete bereits auf sie.

»Was für ein verfluchter Mist. Zum Glück ist euch nicht mehr passiert. Hätte deutlich schlimmer ausgehen können«, seufzte er.

Natürlich würde es Fragen geben. Warum hatte Jan keine Waffe dabei? Wieso hatten die beiden keine Verstärkung gerufen? Schließlich mussten sie damit rechnen, dass die Frau bewaffnet und gewaltbereit war. Und warum hatte Rico aus nur zwei Metern Entfernung auf ihren Kopf gezielt und nicht auf die Beine?

Nachdem die beiden ihren schriftlichen Bericht vorgelegt hätten, würde es eine Untersuchung geben. Dann würden all diese Fragen gestellt werden. Und zwar nicht von erfahrenen Polizisten, die eine solche Situation beurteilen konnten, sondern von ein paar studierten Sesselfurzern, die noch nie eine Waffe in der Hand hatten, geschweige denn in die Verlegenheit geraten wären, sie auf einen Menschen abfeuern zu müssen. Hannah hatte bereits schon zweimal vor einer solchen Kommission Rede und Antwort stehen müssen. Sie wusste, was auf Jan und Rico zukam. Aber das war im Moment unwichtig.

»Die Handys sowohl von Irma Steffens, Klara Peters als auch von Tino Vogt wurden allesamt sichergestellt und werden von den IT-Spezialisten untersucht und ausgewertet. Schuberth meinte, er wolle uns bis zum Nachmittag die wichtigsten Ergebnisse mitteilen. Ich denke, wir werden diesen Fall lückenlos aufklären. Trotz einiger Wendungen und Überraschungen haben wir bis zuletzt klaren Kopf bewahrt. Wir freffen uns um drei zur Dienstbesprechung. Bis dahin ruht euch alle noch ein bisschen aus«, sagte Waffel, nickte den Dreien aufmunternd zu und verließ zufrieden, ohne nach Kaffee und Keksen zu fragen, das Büro der Mordkommission. Nichts liebte der Polizeidirektor mehr, als aufgeklärte Mordfälle. Dafür war er Polizist geworden.

»Könnte jetzt 'nen Kaffee brauchen. Schwarz wie die Nacht und so stark, dass der scheiß Löffel beim Umrühren steckenbleibt«, sagte Jan.

»Würde mir lieber 'ne halbe Flasche Whiskey reinkippen und danach zwei Tage am Stück durchschlafen, in der Hoffnung, dass sich beim Aufwachen alles als böser Traum herausstellen würde«, seufzte Rico.

»Du hast nichts falsch gemacht, Rico. Im Gegenteil, hättest du nur eine Sekunde gezögert, könnte unser verehrter Kollege seinen Kaffee jetzt auf Wolke sieben schlürfen«, tröstete ihn Hannah.

»Im Himmel? Glaubst du doch selber nicht. Seinen Kaffee trinkt er in der Hölle. Und zwar vom Teufel persönlich über dem Fegefeuer aufgebrüht«, spottete Rico.

»Klingt gut, aber den Kaffee deiner Frau kann selbst der Teufel nicht toppen«, grinste Jan.

»Da hast du recht. Und ausgerechnet heute Morgen hab ich die Thermoskanne auf dem Küchentisch stehen gelassen«, grämte sich Rico.

»Kein Problem. Ich besorge welchen«, bot Hannah an.

»Oh nein, bitte nicht diese Automatenplörre. Ich bin heilfroh, dass mich diese Kugel nicht gekillt hat, da würde ich jetzt ungern an 'ner Vergiftung sterben.«

»Oh Mann«, verdrehte Hannah genervt die Augen. »Also gut, ich besorge euch Kaffee vom Starbucks. Dauert allerdings einen Moment.«

»Äh, ein paar Donuts wären gut. Hab Hunger wie 'n Bär«, rief ihr Jan hinterher.

»Sonst noch Wünsche, der Herrr?«, meckerte Hannah.

»Ja, beeil dich.«

»Ey, Krüger, dir scheint's ja tatsächlich schon wieder besser zu gehen. Frech wie Bolle«, schimpfte Hannah und machte sich auf den Weg zum Willy-Brandt-Platz.

Als sie gerade aus der Tür war, vemeldete sein Handy den Eingang einer WhatssApp.

Sergeant Rollins hatte ihm einen Artikel aus dem *Sydney Morning Herald* geschickt:

Neuer Mega Freizeitpark in Goulburn, lautete die Überschrift.

»Was zum Teufel…«, murmelte Jan und las aufmerksam, was dort geschrieben stand.

Nachdem Cartwright and Sons mit ihren Plänen in Crockwell einen neuen, hochmodernen Freizeitpark entstehen zu lassen, daran gescheitert waren, dass sich die Farmer nicht von ihrem Land trennen wollten, hat nun eine Firma aus Chicago offensichtlich mehr Erfolg.

Die Firmengruppe Fisher Investments, die bereits den Dreamworld Freizeitpark an der Gold Coast in Brisbane erbaut hat, hat in Kingsdale am Lake Sooley in der Nähe von Goulburn ein fünfundzwanzig Hektar großes Areal erworben, um dort einen weiteren Mega Freizeitpark zu erbauen.

Hauptattraktion soll wie bereits in der Dreamworld in Brisbane ein hochmoderner Hyper Rollercoaster werden. Die Ausmaße dieser Mega Stahhlachterbahn sollen dabei noch einmal deutlich übertroffen werden.

Andrew Fisher sprach von der größten und modernsten Stahlachterbahn der Welt. Sie soll sage und schreibe fast siebzig Meter hoch und 1.600 Meter lang werden. Sie verspricht einen Top Speed von nie dagewesenen 85mph, das entspricht 135 Km/h.

Möglich wurde das durch eine erstklassige Architektenleistung. Wie bereits beim Bau des Hyper Rollercoaster in Brisbane wird wieder ein deutscher Architekt für die aufwendige Konstruktion verantwortlich sein.

War in Brisbane noch der Leipziger Architekt und Statiker Dr. Robert Langhoff der Konstrukteur, wird diese Aufgabe nun sein Kollege und Nachfolger Dr. Stefan Glaser übernehmen. Die Pläne sollen bereits fertig in der Schublade liegen.

»Wir freuen uns sehr, dass wir nach dem tragischen Tod unseres Partners Robert Langhoff seinen Nachfolger Dr. Stefan Glaser für diese Aufgabe gewinnen konnten. Sein Konzept hat uns voll und ganz überzeugt und setzt die erfolgreiche Arbeit von Robert Langhoff lückenlos fort«, sagte Andrew Fisher.

»Was in aller Welt…«, zuckte Jan zurück, als hätte er auf eine heiße Herdplatte gefasst.

Rico sah ihn mit großen Augen fragend an.

»Das glaub ich nicht. Glaser arbeitet jetzt für Fisher Investments und hat angeblich eine neue Stahlachterbahn konstruiert.«

»Wie bitte?«, rief Rico überrascht.

»Lies selbst«, leitete Jan die Nachricht an Rico weiter.

»Trittbrettfahrer, ganz klar«, kommentierte er.

»Die Pläne müssen bereits fertig in Langhoffs Schublade gelegen haben, als er mit Cartwright und Fisher verhandelt hat«, glaubte Jan.

»Möglich, aber woher wusste Glaser davon?«

»Die diese Frage beantworten können leben nicht mehr.«

»Irma Steffens hat als persönliche Assistentin für Langhoff gearbeitet. Sie hatte Zugang zu all seinen Unterlagen.«

»Sicher, allerdings könnten Klara Peters und Tino Vogt auch davon gewusst haben.«

»Tja, das werden wir nun leider nicht mehr erfahren«, seufzte Jan. »Und genau das könnte der Plan gewesen sein.«

»Du glaubst, dass Glaser von Beginn an vorhatte, sich die fertigen Baupläne von Langhoff zu beschaffen und danach alle Zeugen aus dem Weg zu räumen?«

»Nur mal angenommen, er hätte mit Klara Peters gemeinsame Sache gemacht. Zuerst haben die beiden die Pläne gestohlen und Glaser hat sie an Fisher Investments als seine eigenen verkauft. Dann hat Klara dafür gesorgt, dass Langhoffs Lebensversicherung auf einem neuen Geschäftskonto landete, auf das nur sie und Vogt Zugriff hatten. Sie hat sich die Zugangsdaten zu Langhoffs GbR-Konten samt Passwort aus seinem Computer gefischt und das Geld auf eines ihrer privaten Konten transferiert. Dann haben Klara und Glaser beschlossen, zunächst Irma Steffens den Mord an Langhoff anzuhängen und danach Vogt aus dem Weg zu räumen, um ihn als Zeugen auszuschalten und auch noch das Geld aus seiner Lebensversicherung zugunsten der Firma zu kassieren«, mutmaßte Rico.

»Und jetzt musste Glaser nur noch dafür sorgen, dass auch Klara Peters von der Bildfläche verschwinden würde«, nickte Jan.

»Und du meinst, dafür hätte er Irma Steffens mit ins Vertrauen gezogen und ihr angeboten, das Geld zu teilen, wenn sie Klara töten würde?«

»Nein, das denke ich nicht. Aber ich halte es durchaus für möglich, dass seine Tochter Sofia Rebecca Langhoff mit ins Boot genommen hat. Die hat dann dafür gesorgt, dass Irma Steffens Wut auf Klara Peters so groß wurde, dass sie Klara getötet hat.«

»Oder Rebecca hat es sogar selbst getan«, ergänzte Jan.

»Wie auch immer, alle potentiellen Zeugen sind tot und Glaser steht als der strahlende Gewinner da.«

»Ja, er und möglicherweise auch Sofia und Rebecca.«

»Du meinst, er beteiligt sie an dem Geldsegen?«

»Muss er vielleicht gar nicht. Rebecca wird nach Vogts Tod wahrscheinlich die Firma erben. Schuberth hat herausgefunden, dass Robert Langhoff mittlerweile 51 Prozent der Firmenanteile innehatte. Und Tino Vogt hat keine unmittelbaren Erben.«

»Verdammt«, schüttelte Jan fassungslos den Kopf. »Also ist es durchaus möglich, dass Klara Peters und Stefan Glaser von Beginn an geplant hatten, erst Robert Langhoff und dann Tino Vogt zu töten. Klara hatte Langhoff dafür gehasst, dass er ihr den Laufpass gegeben hatte und als sie dann auch noch davon erfuhr, dass ihre Konkurrentin Irma Steffens von ihrem einstigen Liebhaber schwanger war, sind ihr die Sicherungen durchgebrannt.«

»Ja und Stefan Glaser, der total pleite war und vor dem geschäftlichen Ruin stand, wusste von den Eifersüchteleien unter Langhoffs Liebhaberinnen. Zudem hatte er seinen Konkurrenten gehasst, weil der mega erfolgreich war und vermeintlich seine Tochter Sofia vergewaltigt hatte.«

Hannah kam zurück. In einer Hand ein Tablett Kaffee in der anderen eine Tüte mit Gebäck.

»Was ist los? Ihr seht aus als wäret ihr gerade 'nem Geist begegnet«, fiel ihr sofort auf, dass etwas nicht stimmte.

»So in etwa«, nickte Jan und erzählte ihr, was sie soeben erfahren hatten.

Sie stellte das Tablett auf den Schreibtisch, reichte Rico und Jan einen Kaffee, riss die Tüte auf und verteilte frische Hefestückchen auf die Teller.

»Hm, klar, so könnte es gewesen sein. Aber der Konjunktiv hilft uns nicht weiter. Wir halten uns an Fakten. Und die besagen nunmal, dass Klara Peters erst Robert Langhoff und dann Tino Vogt umgebracht hat, bevor sie von Irma Steffens erschossen wurde. Die finalen Beweise werden wir hoffentlich bald in den Händen halten. Aber ich denke, daran bestehen mittlerweile keine Zweifel mehr, oder?«

Die beiden nickten. »Nein, natürlich nicht.«

»Und wenn es tatsächlich so gewesen ist, wie ihr gerade vermutet habt, hat Glaser niemanden umgebracht. Er könnte allenfalls als Betrüger entlarvt werden. Aber wer sollte das tun? Diejenigen, die das unter Umständen bestätigen könnten, sind tot. Und selbst dann könnte er im besten Falle des Betruges überführt werden. Und das ist nicht die Baustelle der Mordkommission. Darum müssten sich dann die Kollegen kümmern«, zuckte Hannah die Achseln.

»Man sollte vielleicht nochmal mit Andrew Fisher reden«, schlug Rico vor.

»Klar, aber nicht wir«, meinte Hannah. »So und jetzt kommt mal wieder runter, entspannt euch und greift zu, bevor Waffel aufkreuzt«, grinste sie.

Polizeidirektor Horst Wawrzyniak hatte die Dienstbesprechung auf den nächsten Tag verlegt. Es fehlten noch einige wichtige Ergebnisse aus der Gerichtsmedizin und der IT-Abteilung. Außerdem wollte er Jan und Rico noch etwas Zeit geben, sich von den gestrigen Ereignissen zu erholen.

Um Punkt 15 Uhr hatten sich Hannah, Josie Nussbaum und Oberkommissar Schuberth vor dem Whiteboard im Besprechungsraum versammelt, um die finalen Ergebnisse ihrer Untersuchungen mitzuteilen.

Neben dem Polizeidirektor und dem Oberstaatsanwalt saßen Rico, Jan, Jungmann und Krause im Auditorium. Zudem hatte in der letzten Reihe das Doppel W vom Betrugsdezernat Platz genommen: Windmüller und Wirtz. Sie galten als eingespieltes, erfahrenes Team. Die beiden waren erst vor kurzem aus Magdeburg und Halle nach Leipzig versetzt worden. Neben der Leitung des Betrugsdezernats sollten sie mittelfristig auch die Drogenfahndung übernehmen, damit Krause und Jungmann endgültig zum Mord wechseln konnten.

Rico hatte sie eingeladen, damit sie sich ein Bild der Lage machen konnten. Danach würden sie entscheiden, ob gegen den Architekten Stefan Glaser wegen Betruges ermittelt werden sollte.

Hannah räusperte sich und blickte in die Runde, um sich der Aufmerksamkeit aller Anwesenden gewiss zu sein.

»Der Fall Langhoff hat gestern das bereits vierte Todesopfer gefordert. Irma Steffens kam nach einem Schusswechsel, bei dem Hauptkommissar Krüger verletzt worden war, ums Leben.« Einzelheiten ließ Hannah zunächst bewusst außen vor.

»In der Nacht zuvor hatte Klara Peters Tino Vogt in seinem Haus ermordet. Sie hatte ihm mit einem Messer die Oberschenkelarterie aufgeschlitzt. Vogt verstarb nur wenig später in der Uni-Klinik an seinen Verletzungen. Noch in der selben Nacht suchten Irma Steffens und Rebecca Langhoff Klara Peters in ihrer Wohnung auf. Klara Peters wurde mit einem Kopfschuss aus nächster Nähe getötet. Mit großer Wahrscheinlichkeit hatte Irma Steffens Klara Peters mit der Waffe von Robert Langhoff erschossen, die die beiden Frauen zuvor aus Langhoffs Büro gestohlen hatten.«

»Ach, es ist noch gar nicht sicher, dass Irma Steffens die Todesschützin war?«, hakte der Oberstaatsanwalt ein.

»Dazu wird Frau Professor Nussbaum gleich mehr sagen können«, antwortete Hannah.

»Auslöser dieser Taten war der Architekt Dr. Robert Langhoff. Langhoff besaß eine Vorliebe für junge Frauen. Ihm wurde vorgeworfen, in mehreren Fällen Frauen in seinem Appartement sexuell belästigt und vergewaltigt zu haben, indem er sie zuvor mit Alkohol und Drogen gefügig gemacht haben soll. Eines dieser vermeintlichen Opfer, Mila Iwanova, hatte ihn wegen Vergewaltigung angezeigt. Sofia Glaser, die Tochter des Architekten Stefan Glaser, hatte behauptet, dass er sie gegen ihren Willen zum Sex gezwungen hätte. Eine Anzeige wurde jedoch nicht gestellt.«

»Warum eigentlich nicht?«, wollte Oberdieck wissen.

»Es stand Aussage gegen Aussage. Zudem hatte Sofia wochenlang geschwiegen, bevor sie die Vorwürfe öffentlich gemacht hatte«, erklärte Hannah.

»Hm, ungewöhnlich«, kommentierte Oberdieck.

»Robert Langhoff hatte darüber hinaus eine Beziehung zu seiner persönlichen Assistentin Irma Steffens. Als sie jedoch schwanger wurde, hatte er ihr kurzerhand den Laufpass gegeben und ein Verhältnis mit seiner Mitarbeiterin Klara Peters begonnen, die als rechte Hand seines Partners Tino Vogt galt. Wie sich herausstellte, erwies sich Klara Peters als extrem eifersüchtig. Sie folgte Langhoff quasi auf Schritt und Tritt, um zu verhindern, dass er andere Frauen traf.«

»Stimmt. Irma Steffens dagegen war nicht nur wütend auf Langhoff, weil er die Beziehung zu ihr beendet hatte, sondern auch auf Klara Peters, die sich Langhoff praktisch an den Hals geworfen hatte. Irma soll die beiden mehrfach beim Sex in Langhoffs Büro überrascht haben«, ergänzte Rico.

»Ja«, nickte Hannah. »Zwischen Irma und Klara, die ohnehin kein gutes Verhältnis besaßen, entwickelte sich mit der Zeit der blanke Hass. Irgendwann muss dann bei Klara Peters der Plan gereift sein, es allen heimzuzahlen. Sie ermordete Robert Langhoff und ließ es so aussehen, als wäre es Irma Steffens gewesen. Zuvor jedoch hatte sie dem Bauunternehmer Felix Neumann, der sich von Langhoff betrogen fühlte, eine Falle gestellt, in die der als Choleriker bekannte Geschäftsmann prompt getappt war. Der hatte Langhoff spät am Abend vor seiner Firma aufgelauert, ihn zur Rede gestellt und danach mit seinem Zimmermannshammer schwer verletzt. Klara Peters hatte Langhoff danach im Flur der Firma die Augen ausgestochen und ihn verbluten lassen. Dazu hatte sie den Latthammer benutzt, den Neumann zuvor im Eifer des Gefechts verloren hatte. Tino Vogt hatte diese Tat, bei der Klara Irmas Kleidung trug, mit dem Handy aufgenommen und später von Irmas Handy aus ins Darknet gestellt. Das Handy hatte Klara ihrer Widersacherin zuvor ebenso wie deren Kleidung gestohlen.«

»Auf diesem Video war aber nicht zu erkennen, wer die Täterin war?«, fragte Oberdieck.

»Nein, bis von Oberkommissar Schuberth der Hinweis kam, dass es offensichtlich zuvor mehrere Versuche gegeben hatte, andere Videos hochzuladen. Also war klar, dass nicht nur diese eine Aufnahme der Tat existierte. Klara hatte zwar alle anderen Aufnahmen von Irmas Handy gelöscht, aber Tino Vogt hatte sie zuvor auf sein eigenes Handy übertragen. Als er nun bemerkt hatte, dass Klara ein falsches Spiel mit ihm gespielt hatte und er befürchten musste, ebenfalls von ihr getötet zu werden, hat er die Aufnahme, in der Klara während der Tat in die Kamera blickte, an Irma geschickt. Und genau die hatte Irma Lisa und Rebecca Langhoff in der Tatnacht vor der Uni-Klinik gezeigt. Rebecca war daraufhin so wütend, dass sie zusammen mit Irma und der Waffe ihres Vaters noch in derselben Nacht zu Klara gefahren ist, und sie erschossen hat.«

»Ja wer zum Teufel hat denn jetzt Klara Peters erschossen?«, wollte Oberdieck wissen.

»Wir haben die bei Irma Steffens sichergestellte Smith & Wesson als Tatwaffe identifiziert. Ihre Kleidung, die sie in der Tatnacht getragen hatte, weist erhebliche Schmauchspuren auf. Vor allem die Lederhandschuhe waren stark kontaminiert. Rebecca Langhoff hatte ihre Kleidung bereits gewaschen. Handschuhe haben wir nicht gefunden. Allerdings konnten wir, wenn auch nur in geringem Maße, Schmauchspuren an ihrem rechten Handgelenk und am Hals feststellen«, erklärte Josie.

»Und was heißt das jetzt? Kommen Sie doch bitte auf den Punkt, Frau Professor«, meckerte der Oberstaatsanwalt.

»Ungeduldig wie ein Kleinkind vor der Bescherung«, schüttelte Josie genervt den Kopf.

»Also, ich darf doch bitten«, echauffierte sich der Jurist.

»Einfach mal Klappe halten und zuhören, Ralf«, schaltete sich Waffel ein. »Fahren Sie bitte fort, Frau Professor.«

»Natürlich, gern«, grinste Josie. »Wir haben zudem festgestellt, dass der Schusswinkel auf einen Täter hinweist, der in etwa so groß wie das Opfer war. Und der Schütze war einwandfrei Rechtshänder. Wenn man berücksichtigt, dass Rebecca gut einen Kopf größer ist als Irma und zudem Linkshänderin, kann man nur zu dem Ergebnis gelangen, dass Irma Steffens Klara Peters erschossen hat.«

»Na also, Geduld zahlt sich am Ende doch immer aus, nicht wahr, Ralf? Danke Josie«, setzte der Polizeidirektor noch einen drauf, dem die respektlose Art des Oberstaatsanwalts gegenüber seinen Mitarbeitern auch mächtig gegen den Strich ging.

»Und können wir auch sicher beweisen, dass Klara Peters Tino Vogt ermordet hat, oder muss sich die Anklage wieder mal ausschließlich auf Indizien stützen?«, stänkerte Oberdieck weiter.

»Nein, auch dieser Fall ist klar«, übernahm Hannah. »Wir haben in Klaras Wohnung die Tatwaffe gefunden. An dem Messer klebte noch Vogts Blut. Auch an der Kleidung, die sie bereits zur Entsorgung in einen Plastiksack gesteckt hatte, wurde jede Menge DNA vom Opfer entdeckt.«

»Die Fußspuren vor Vogts Garage stammen von Klaras Schuhen. Aber noch interessanter ist, mit welchem chirurgischen Geschick sie die Oberschenkelarterie ihres Opfers durchtrennt hatte, während sie Sex mit ihm hatte. Exakt an der richtigen Stelle. Und eben so tief, dass die Wunde sich nicht von selbst schließen konnte. Und genau diese Fähigkeit konnten wir zuvor bei der Entfernung von Langhoffs Augäpfeln beobachten«, führte Josie aus.

»Wie erklären Sie sich das?«, wollte Oberdieck wissen.

»Klara Peters Eltern betreiben einen Schlachthof. Sie hat dort schon in jungen Jahren gelernt, fachkundig Schweine und Rinder zu zerlegen«, antwortete Hannah.

»Also hat sie in beiden Fällen genau gewusst, was sie tat. Sie hat ihre Opfer nicht sofort getötet, sondern sie langsam und schmerzhaft verbluten lassen. Das sind Taten einer ausgemachten Psychopathin«, polterte Oberdieck.

»Ja, aber es scheint, als wollte sie mit der Art, wie sie ihre Opfer tötete, eine Botschaft senden. Sie schnitt Langhoff die Augen raus, damit er keine anderen Frauen mehr ansehen konnte. Und sie durchtrennte Vogts Beinarterie, während sie Sex hatten, weil er ganz bewusst und qualvoll dafür bezahlen sollte, dass er sie an Irma verraten hatte. Sie hatte zuvor auf seinem Handy gesehen, dass er die entsprechende Datei heruntergeladen hatte, bevor sie diese auf Irmas Handy gelöscht hatte. Und nun hatte er sie wieder an Irma geschickt, die damit ihre Unschuld beweisen konnte«, meinte Hannah.

»Tja, wie auch immer. Die beiden Täterinnen sind tot. Der Fall ist geklärt. Erstklassige Arbeit, meine Damen und Herren. Was meinst du, Ralf, wann können wir damit an die Presse gehen?«

»Nicht so schnell, Horst. Wir sollten die Ermittlungsergebnisse umgehend dem Richter zukommen lassen, damit er das Urteil gegen Felix Neumann aufhebt und es gegebenenfalls in eine Bewährungsstrafe wegen schwerer Körperverletzung umwandelt. Das jedenfalls werde ich ihm als Vertreter der Staatsanwaltschaft vorschlagen. Neumann ist Opfer eines perfiden Plans geworden. Er ist nach allen Regeln der Kunst reingelegt worden und offensichtlich hatte ihn Langhoff massiv provoziert, vielleicht sogar angegriffen, bevor er zugeschlagen hat. Wenn das geschehen ist, gehen wir an die Presse«, sagte der Oberstaatsanwalt.

»Der erste vernünftige Satz von dem Kerl«, murmelte Jungmann.

»Äh, wie meinen?«, fragte Oberdieck mit hochgezogenen Augenbrauen.

»Äh, ein sehr vernünftiger Vorschlag, Herr Oberstaatsanwalt«, antwortete Jungmann geistesgegenwärtig,

»Damit sind wir aber leider noch nicht am Ende dieses Falls. Jedenfalls nicht ganz«, meldete sich Jan abschließend zu Wort. Er informierte die Anwesenden über den Artikel aus dem *Sydney Mornig Herald*, den ihm Sergeant Rollins am Tag zuvor geschickt hatte.

»Und Sie glauben, dass Glaser die Baupläne von Langhoff gestohlen und sie als seine eigenen an Fisher verkauft hat? Haben Sie dafür Beweise?«, wollte Oberdieck wissen.

»Nein, aber wahrscheinlich haben Klara Peters und Tino Vogt mit Stefan Glaser gemeinsame Sache gemacht. Klara wusste von den fertigen Plänen für die neue Stahlachterbahn. Und sie wusste vor allem, wo sie zu finden waren. Mit dem Geld aus dem Verkauf der Pläne an Fisher Investments und dem Geld aus Langhoffs Lebensversicherung, die er zugunsten der Firma abgeschlossen hatte, wollten Vogt und Glaser als Partner die Firma übernehmen und einen Neuanfang starten. Und Klara hatte sich den alleinigen Zugriff auf Langhoffs GbR-Konten gesichert, auf denen mittlerweile mehrere Millionen Euro lagen. Wieviel genau, wissen wir nicht. Als Klara Peters und Stefan Glaser bemerkten, dass Tino Vogt psychisch labil war und drohte, ihre Pläne zu verraten, beschlossen die beiden, das Risiko Vogt auszuschalten. Was Klara nicht wusste, war, dass Glaser sowohl Rebecca Langhoff als auch seine

Tochter Sofia ins Vertrauen gezogen hatte. Als sie die Chance sahen, mit Hilfe von Irma Steffens Klara Peters zu beseitigen, haben sie sie ergriffen. Rebecca Langhoff hatte Irmas Hass auf Klara so lange geschürt, bis sie sie schließlich mit der Pistole ihres Vaters getötet hat. Und jetzt ist Irma ebenfalls tot. Ein Umstand, der diesem Triumvirat durchaus gelegen kommt«, schilderte Jan seine Sicht der Dinge.

»Wir konnten ermitteln, dass Robert Langhoff einundfünfzig Prozent der Langhoff und Vogt GmbH besaß. Damit hatte er das alleinige Sagen. Diese Anteile gehen nun auf seine Tochter Rebecca Langhoff über. Die neunundvierzig Prozent von Tino Vogt sollen jetzt von Stefan Glaser erworben werben. Und zwar mit dem Geld aus dem Verkauf von Langhoffs Bauplänen an Fisher Investments. Der genaue Verkaufspreis wird derzeit von einem unabhängigen Wirtschaftsprüfer ermittelt. Da die Firma vor der Pleite stand und mindestens eine halbe Million Euro Schulden hatte, wird der Preis nicht allzu hoch sein. Wer schließlich den Erlös aus Vogts Anteilen erhält, ist noch unklar. Vogt hatte keine eigene Famile. Seine Eltern sind tot, Geschwister hatte er nicht«, konnte Schuberth berichten, der sich intensiv darum bemüht hatte, alle notwendigen Informationen über das Architekturbüro Langhoff und Vogt in mühevoller Kleinarbeit zusammenzutragen. Er hatte sich einen Auszug aus dem Handelsregister besorgt, sämtliche Eintragungen beim Amtsgericht Leipzig eingesehen und geprüft und umfassend im Internet recherchiert.

»Zu ergänzen wäre noch, dass wohl die Absicht besteht, dass Rebecca Langhoff in der neuen Firma Glaser und Partner Gesellschafterin und stille Teilhaberin werden wird, ohne Aufgaben im operativen Geschäft. Stefan Glaser übernimmt zusammen mit seiner Tochter Sofia die Geschäftsführung«, fügte Schuberth hinzu.

»Woher zum Teufel wissen Sie das alles, Schuberth? Sind Sie etwa Hellseher?«, echauffierte sich Oberdieck.

»Sicher nicht. Man muss eben wissen, wo man suchen muss. Zudem liegen entsprechende Anträge von Rebecca Langhoff und Sofia und Stefan Glaser dem Amtsgericht seit einigen Tagen vor. Die haben's jetzt natürlich eilig, ihr Schäfchen ins Trockene zu bringen«, antwortete der Oberkommissar.

»Moment mal, da wussten die doch noch gar nicht, dass Tino Vogt nicht mehr am Leben sein würde«, bemerkte der Polizeidirektor, der Jan und Schuberths Ausführungen aufmerksam verfolgt hatte.

»Tja, dazu müsste man die drei wohl mal befragen, denke ich«, schlug Jan vor.

»Klingt abenteuerlich. Um nicht zu sagen nach einem Märchen der Gebrüder Grimm. Können Sie dazu auch nur einen einzigen stichhaltigen Beweis vorlegen?«, meckerte Oberdieck.

»Nein, aber das ist auch nicht die Aufgabe der Mordkommission. Und deshalb haben wir die Kollegen vom Betrugsdezernat zu dieser Dienstbesprechung eingeladen. Selbstverständlich stehen wir unseren neuen Kollegen bei etwaigen Ermittlungen gern zur Verfügung«, sagte Rico.

»Na gut, wir werden die Sache im Auge behalten. Kümmern Sie sich darum«, sagte Oberdieck in Richtung der Kollegen Windmüller und Wirtz.

»Prima, dann haben wir's für heute, denke ich. Morgen Mittag um zwölf werden wir unsere Ergebnisse der Presse mitteilen«, sagte Waffel gutgelaunt. »Natürlich nur, wenn's dir recht ist, Ralf«, beeilte er sich hinzuzufügen.

»Sicher, wenn bis dahin alle Ergebnisse schriftlich auf meinem Schreibtisch liegen«, forderte der Oberstaatsanwalt.

»Klar doch, hab ja sonst nichts zu tun«, schimpfte Josie.

»Wird eng«, fügte Schuberth hinzu.

»Das kriegen Sie hin. Da bin ich mir sicher«, säuselte Waffel.

Der Polizeidirektor stand auf und streckte sich. Oberdieck verschwand wie immer wortlos und mit grimmiger Miene aus dem Besprechungsraum.

»Tja, jetzt könnte ich einen Kaffee gebrauchen und danach 'ne Zigarette rauchen. Gibt was zu feiern, möchte ich meinen«, frohlockte Waffel.

»Tut mir leid, Horst. Hab heute morgen in der Hektik mein gesamtes Frühstück in der Küche stehen gelassen. Und die Packung Marlboro in meiner Schublade ist leer«, zuckte Rico die Achseln.

»Bin schon unterwegs«, seufzte Hannah und bot an, Kaffee, Hefeteilchen und Zigaretten zu besorgen. »Weiß ja mittlerweile, wo ich hin muss.«

»Für mich bitte einen Cappuccino und 'ne Puddingschnecke, mein Täubchen«, grinste Josie.

»Klar, sonst noch jemand ohne Fahrschein? Sonderwünsche werden bevorzugt behandelt«, lächelte Hannah leicht genervt.

»Nee, wir nehmen alle das Übliche. Ist lieb von dir. Morgen bin ich wieder dran«, bemühte sich Rico, die Wogen zu glätten.

»Warte, ich komme mit«, sagte Jan. »Brauche jetzt erst mal frische Luft.«

Jan stieg in den Wagen, drückte Hannah einen Kuss auf die Wange und lächelte.

»Ich hoffe, das war's jetzt«, seufzte er.

»Denke schon, aber man weiß ja nie«, zuckte Hannah mit den Achseln, während sie vom Parkplatz fuhren.

Polizeidirektor Wawrzyniak eröffnete die Pressekonferenz, die um einen Tag verschoben worden war, weil der Staatsanwaltschaft noch nicht alle Berichte vorgelegen hatten. Er begrüßte wie immer die Vertreter von »Presse, Funk und Fernsehen«, als hätte er das Wort »Internet« noch nie gehört.

»Im Fall des Mordes am Leipziger Architekten Dr. Robert Langhoff hat sich eine spektakuläre Wende ergeben. Der Bauunternehmer Felix Neumann hatte Langhoff zwar angegriffen und schwer verletzt, getötet wurde er aber erst danach. Seine Mitarbeiterin Klara Peters hatte dem verletzten und hilflos am Boden liegenden Langhoff jegliche Hilfe verweigert, ihm mit einem Hammer den Schädel eingeschlagen und ihn anschließend verbluten lassen. Ihr Motiv war krankhafte Eifersucht, weil Langhoff, mit dem sie in einer Beziehung stand, sie zuvor verlassen hatte.«

Danach erklärte er die Umstände, unter denen Tino Vogt und Klara Peters getötet worden waren, wer die Täter waren und welche Motive sie hatten.

»Irma Steffens wurde in Notwehr von einem Polizeibeamten getötet, nachdem sie zuvor einen Kollegen angeschossen und schwer verletzt hatte«, beendete er seine Ausführungen.

Stefan und Sofia Glaser erwähnte er ebenso wenig wie Rebecca Langhoff.

Nachfragen der Presse gab es lediglich eine. Ein Reporter der *Blitz* wollte wissen, ob denn Felix Neumann nun entlastet sei und aus dem Gefängnis kommen würde. Waffel antwortete ihm, dass diese Entscheidung ausschließlich das Gericht treffen würde. Allerdings sei Neumann ja nicht gänzlich unschuldig. Deshalb müsste man abwarten, was der zuständige Richter entscheidet.

Da es keine weiteren Wortmeldungen gab, bedankte sich der Polizeidirektor beim Leiter der Mordkommission und dem Vertreter der Staatsanwaltschaft für die hervorragende Zusammenarbeit.

Mit dem Lächeln eines Gewinners auf den Lippen verabschiedete er die Pressevertreter und bedankte sich für ihre Aufmerksamkeit.

»Klappe zu, Affe tot«, murmelte er zufrieden, als er aufstand und noch einmal freundlich in die Kameras lächelte.

Hannah und Jan wollten es in den kommenden Tage etwas ruhiger angehen lassen. Sie hatten sich vorgenommen, mehr Zeit mit Niklas zu verbringen und zusammen etwas zu unternehmen. Bei herrlichem Wetter fuhren sie am Sonntagvormittag mit den Rädern durch den Auwald am Klärwerk Rosental vorbei und der neuen Luppe entlang zum Haus am Auensee.

Das Gericht hatte in den vergangenen Tagen Entscheidungen getroffen. Das Urteil gegen Felix Neumann wurde aufgehoben. Allerdings erhielt er wegen schwerer Körperverletzung zwei Jahre Haft auf Bewährung. Er kam aus dem Gefängnis frei.

Mila Iwanovas Klage wegen Vergewaltigung gegen Robert Langhoff wurde abgewiesen.

Die Staatsanwaltschaft und das Betrugsdezernat hatten Ermittlungen gegen Stefan Glaser aufgenommen. Der Vorwurf lautete Betrug, Urkundenfälschung und Beihilfe zum Mord. Allerdings schienen die Aussichten auf Erfolg eher gering zu sein. Sämtliche Zeugen waren mittlerweile tot. Es gab ein paar Indizien, aber keine stichhaltigen Beweise.

»Glaubst du, dass die Glaser noch drankriegen werden?«, fragte Hannah, die gemütlich neben Jan und Niklas her radelte.

»Keine Ahnung«, zuckte Jan mit den Schultern. »Letztendlich beruht alles nur auf Vermutungen. Allerdings bin ich mir sicher, dass die drei alles geplant hatten. Stefan Glaser hat mittlerweile zusammen mit seiner Tochter die Geschäftsführung der Firma übernommen. Die heißen jetzt Glaser und Partner. Rebecca Langhoff ist Gesellschafterin und stille Teilhaberin und hält die Mehrheit der GmbH Anteile.«

»Hm, also hat sich Rebecca geholt, was ihr zustand. Na ja, verdenken kann man ihr das nicht. Denkst du, dass sie Klara Peters erschossen hat?«

»Möglich. Jedenfalls hatte sie das Ganze geschickt eingefädelt. Hat mich gewundert, dass Irma Steffens ihr dermaßen auf den Leim gegangen ist.«

»Nicht nur Liebe macht blind, sondern auch Rache«, kommentierte Hannah.

»Und Eifersucht natürlich. Da kam bei Irma einiges zusammen. Robert Langhoff hatte sie aber auch mies behandelt. Erst schwängert er sie, dann jagt er sie vom Hof. Zeugt nicht gerade von Charakter«, meinte Jan.

»Und Sofia Glaser? War sie vielleicht die geheime Drahtzieherin im Hintergrund?«

»Wenn ja, dann hat sie das clever gemacht«, sagte Jan beinahe anerkennend.

»Hast du nochmal was von Maynard gehört?«, wechselte Hannah das Thema.

»Nur das, was mir Rollins berichtet hat. In Crockwell herrscht jetzt wieder Ruhe und Ordnung. Chief Tucker ist jetzt Bürgermeister und Officer Kane hat seine Nachfolge als Polizeichef angetreten. Sergeant Rollins arbeitet als Hilfssheriff und die beiden Beamten aus Goulburn sind jetzt endgültig nach Crockwell versetzt wurden.«

»Und was ist mit Johnny Henderson?«

»Ist geblieben. Führt jetzt Meredith Connors' Ranch. Rollins wohnt auch dort und unterstützt ihn dabei, soweit es seine Zeit als Polizist zulässt.«

»Und wo genau wird nun dieser neue Freizeitpark entstehen?«

»Fisher Investments haben ein Stück Land vor den Toren Goulburns gekauft, auf dem keine Siedler leben. Es musste also niemand weichen.«

»Also haben Meredith und Maynard jetzt ihre Ruhe.«

»Scheint so, ja.«

»Ist seine Freundin eigentlich zurückgekommen, um zu bleiben, oder kehrt sie in die Staaten zurück?«

»Hm, das weiß ich nicht. Der sture Bock sollte ihr einfach mal 'nen Heiratsantrag machen. Schätze, dass Tokio abwartet, ob der Kerl noch zu Potte kommt.«

»Oh, das kommt mir bekannt vor«, grinste Hannah. »Manche Männer brauchen eben etwas länger, um über ihren Schatten zu springen. Ich würde Tokio raten, ein bisschen Geduld aufzubringen. Der sture Kauz müsste sich allerdings irgendwann mal straffen, oder?«

»Wird schon«, lächelte Jan.

Nach einer Dreiviertelstunde waren sie am Haus am Auensee angekommen und hatten sich ein schattiges Plätzchen auf der bereits gut besuchten Seeterasse gesichert. Jan bestellte Kaffee, Mineralwasser und Vanilleeis mit Waffeln. Niklas freute sich über die Enten, die am Ufer mit ihren Jungen spielten und Brotkrumen aufpickten, die ihnen Kinder zuwarfen.

Plötzlich vernahmen sie das Aufheulen eines Motors. Ein offener Sportwagen raste mit hoher Geschwindigkeit auf den Parkplatz und stoppte mit einer Vollbremsung ab. Jan erkannte in der Staubwolke einen roten Porsche Carrera Cabrio. Als sich die Schwaden verzogen hatten, sah er, dass vorn zwei junge Männer mit Föhnfrisur, Dreitagebart und Designersonnenbrillen saßen. Auf der Ablage des Verdecks hockten zwei junge Frauen und johlten und kicherten mit Sektflaschen in der Hand, als hätten sie bereits die ein oder andere Flasche geleert.

»Die haben scheinbar mächtig viel Spaß«, kommentierte Jan beiläufig, während der Ober ihre Bestellungen brachte. Der warf einen mißbilligenden Blick auf die Neuankömmlinge und schüttelte verständnislos den Kopf.

Als die vier auf der Terrasse einen Tisch in ihrer Nähe ansteuerten, erkannte Hannah die Frauen.

»Das sind doch Rebecca und Sofia. Die haben anscheinend was zu feiern«, meinte sie.

Offenbar hatten sie vorbestellt, denn ihr Tisch war bereits reichlich gedeckt. Frisches Obst, verschiedene Salate, Meeresfrüchte wie Garnelen, Hummerkrabben und Kaviar. Dazu ein Korb mit Partybrötchen und aufgeschnittenem Weißbrot. In der Mitte thronte neben zwei Flaschen Pellegrino ein Sektkühler mit einer Maxi-Flasche Dom Perignon.

»Das Zeug da auf dem Tisch kostet einem Normalverdiener 'nen verdammten Monatslohn«, kommentierte Hannah.

Dann hatten die beiden Frauen auch Hannah und Jan erkannt. Sie hoben ihr volles Sektglas und prosteten ihnen zu. »Auf die Polizei, deinen Freund und Helfer«, grölte eine offensichtlich bereits angetrunkene Sofia Glaser. Rebecca Langhoff zwinkerte ihnen zu, rief »Zum Wohl« und leerte ihr Glas in einem Zug. Einer der anscheinend bei einem Begleitservice gemieteten Giggolos schenkte ihr sofort nach.

»Klar, ihr uns auch«, murmelte Hannah, die sich über diesen frechen Auftritt maßlos ärgerte. »Diese dämlichen Schnepfen feiern vermutlich ihren neu erworbenen Reichtum.«

»Kümmer dich nicht um die. Die sollen sich mal nicht zu früh freuen. Die beiden Neuen vom Betrug sollen ausgesprochene Wadenbeißer sein. Egal, ist nicht mehr unser Fall«, blieb Jan gelassen und fütterte Niklas mit einem Löffel Vanilleeis.

»Idioten«, schimpfte Hannah halblaut und drehte den Störenfrieden den Rücken zu.

Jan blickte versonnen hinaus auf den See, auf dessen glatter Oberfläche sich weiße Wolkenfetzen spiegelten.

»Hochmut kommt vor dem Fall. Steht schon im Alten Testament«, seufzte er.

»Altes Testament? Kennen die nicht. So wie die sich benehmen, haben die ihre Bildung aus dem »Neuen Blatt«, ätzte Hannah.

»Ist was dran. Wie alttestamentarische Engel sehen die jedenfalls nicht aus«, lachte Jan, trank einen Schluck Kaffee und erfreute Niklas mit dem nächsten Löffel Vanilleeis.

Joachim Krug wurde 1955 in Gifhorn geboren, machte Abitur in Wolfsburg und studierte in Köln und Bochum Sport und Latein. Der Diplomsportlehrer, Studienrat und Fußball-Lehrer mit UEFA-Pro-Lizenz war als Spieler, Trainer und Manager viele Jahre im Profifußball tätig, bevor er 2016 mit »**Schwarzer Drache**« seinen ersten Thriller veröffentlichte.

Mein besonderer Dank gilt:

Marco Gruzska - Technische Umsetzung und Layout

Dr. Norbert Weckes - Textkorrekturen

Die Bücher sind bei TWENTYSIX.de, bei Amazon und in den örtlichen Buchhandlungen erhältlich.

Besuchen Sie die Facebook Seiten **Schwarzer Drache** und **Joachim Krug**.